教育部哲学社会科学研究重大课题攻关项目
"中国历代民歌整理与研究"(09JZD0012)阶段性成果之一

中国历代民歌整理与研究丛书

教育部哲学社会科学研究重大课题攻关项目
"中国历代民歌整理与研究"(09JZD0012)阶段性成果之一

陈书录 丛书主编

隋唐五代歌谣集

党银平 段承校 编著

南京师范大学出版社
NANJING NORMAL UNIVERSITY PRESS

图书在版编目（CIP）数据

隋唐五代歌谣集 / 党银平，段承校编著. -- 南京：南京师范大学出版社，2014.9
（中国历代民歌整理与研究 / 陈书录主编）
ISBN 978-7-5651-1873-9

Ⅰ. ①隋… Ⅱ. ①党… ②段… Ⅲ. ①民间歌谣－作品集－中国－隋唐时代②民间歌谣－作品集－中国－五代十国时期 Ⅳ. ①I276.2

中国版本图书馆CIP数据核字(2014)第214666号

书　　名	隋唐五代歌谣集
丛书主编	陈书录
编　　著	党银平　段承校
责任编辑	王欲祥
出版发行	南京师范大学出版社
地　　址	江苏省南京市宁海路122号（邮编：210097）
电　　话	(025)83598919(传真)　83598412(营销部)　83598297(邮购部)
网　　址	http://www.njnup.com
电子信箱	nspzbb@163.com
印　　刷	南通印刷总厂有限公司
开　　本	787毫米×1092毫米　1/16
印　　张	34
字　　数	765千
版　　次	2014年9月第1版　2014年9月第1次印刷
书　　号	ISBN 978-7-5651-1873-9
定　　价	98.00元
出 版 人	彭志斌

南京师大版图书若有印装问题请与销售商调换
版权所有　侵犯必究

编辑说明

隋唐五代时期是中国古典诗歌发展演进的重要阶段，唐代更被后世称誉为诗歌的黄金时代，诗歌作者之广泛、体裁之丰富、风格之多样、手法之多姿，都出现了全面繁荣的盛况，其中，民间歌谣便是值得珍视的诗歌类型。唐人殷璠《河岳英灵集序》谓："夫文有神来、气来、情来，有雅体、野体、鄙体、俗体。编纪者能审鉴诸体，委详所来，方可定其优劣，论其取舍。"[①]这虽然是对盛唐诗坛格局的概论，也能概括隋唐五代诗歌创作的整体走向。

隋唐五代之际，民间歌谣的创作与传播是很繁盛的，当时的农夫商贾、童稚妇孺、市井细民、俳优歌伎、道士禅僧等都参与了歌谣的创作或传播活动，即便在偏远荒僻的敦煌地区，也曾出现"三月仲春色光辉，万户歌谣总展眉"（无名氏《三月仲春色光辉》）、"万户歌谣满路，千门谷麦盈仓"（《儿郎伟》）、"歌谣再复归唐国，道舞春风杨柳花"（《敦煌》）的壮观情景，留下了数量众多的民歌经典。

从现存文本看，隋唐五代民间歌谣的形式相当丰富，民歌包括了山歌、乡歌、竹枝歌、曲子词、五更转、十二时歌、十二月歌、百岁篇、儿郎伟等；民谣则包括了风谣（颂谣、怨谣）和谶谣（佳谶、哀谶）等；内容上多反映民间群体或个人的生活诉求、感情寄托、社会理想及民情民俗等，或讴歌，或抨击，或戏谑，或婉讽，或怨刺，都具有强烈的现实性和广泛的传唱性；艺术上普遍具有简洁朴实、直白俚俗、灵活生动的特点。这些民间歌谣常是当时及后世诗人借鉴摹仿的源头活水，如竹枝词（歌）便是起源于巴蜀一带的一种山歌。五代杜光庭《录异记》卷二"异人"条云："赵燕奴者，合

---

① 《唐人选唐诗新编》，傅璇琮编，陕西人民教育出版社1996年版，第107页。

州石镜人也。居大云寺地中。……以捕鱼宰豚为业,每斗船驱傩及歌《竹枝》词较胜,必为首冠。"①张紫晨《歌谣小史》引《夔州府志》说:"万州正月七日,乡士市女江南峨眉碛上作鸡卜子,击小鼓,唱竹枝词。"又说:"开州风俗皆重田神,春则刻木虔祈,冬则用牲报赛,邪巫击鼓以为溪祀,男女皆唱竹枝歌。"②此体后来成为唐代民间流行的民歌体式,广泛传布于川、湘、鄂,包括巫山、奉节、建平、常德、吉首、武陵、清江等地区,并引起文人的高度重视和模仿,刘禹锡、白居易、于鹄等诗人皆有借题模拟之作。

但中国古代自六朝以后,官府采诗之制已经废止,隋唐五代的歌谣除谣体记载较多外,民歌则存留甚少(参张紫晨《歌谣小史》),有些则存在有目无辞的缺憾,如唐永徽年间的《武媚娘曲》、龙朔年间的《突厥盐》、垂拱年间的《契苾儿歌》、景龙年间的《阿纬娘歌》(见唐张鷟《朝野佥载》卷一、《新唐书》卷三五《五行志二》)都已难睹原歌风貌。为了弥补这种缺憾,前代学者曾经做过一些搜集整理工作,如宋代郭茂倩所编《乐府诗集》、明代杨慎所编《古今风谣》、清代杜文澜所编《古谣谚》等歌谣选集,在古代歌谣史背景下收录了不少作品,然所得数量仍然有限。近现代以来,随着敦煌遗书的发现与新出土文献的问世,隋唐五代时期的歌谣作品日益丰富。

本书以前贤今人的前行成果为依托,旁搜正史、别传、总集、别集、笔记、小说及出土文献等相关史料,对隋唐五代时期的歌谣作品再作整理。兹将收录情况略作说明如下:

一、基本体例

全书分为第一编"隋代歌谣"、第二编"唐代歌谣"、第三编"五代歌谣"、第四编"隋唐五代俗谚俚语"、第五编"唐五代敦煌民歌"、第六编"附录"六大部分,大体按历史断代线索编排作品。每首(则)作品下以按语方式引述作品出处或不同记载,涉及正文所列歌、谣、语、谚等则标"(略)"字,以求文字省净;有异文异字者亦予以注明;其异体字例改作今字,如"鞾"改作"靴","煮"改作"煮","琱"作"雕"等;作品之语词一般不作注释。

---

① 《唐五代笔记小说大观》下册,上海古籍出版社2000年版,第1518页。
② 《歌谣小史》,福建人民出版社1981年版,第170页。

后附"引用书目"标明参考文献的版本。

二、收录范围

1. 本书主要辑录现存隋唐五代时期的民歌和民谣，包括敦煌曲子词及各种俚曲小调（五更转、儿郎伟、十二时歌、十二月歌等）。同时，此期的俗谚俗语不少具备了韵文韵语的色彩，与民歌风调有一定的关联，王世贞《调谐编》引苏轼之语云："街谈市语，皆可入诗，但要人熔化耳。"①本书对此也进行了分编补录。"附录"部分则收录了一些有争议的仙道吟唱诗、口号、酒令、偈谶及嘲谑语，以备参考。

2. 本书只收录纯粹的民间作品或近于民间歌谣的无名氏作品，对于文吏诗人的仿民歌体或直接润饰的作品不予收录。如李白、杜甫、元稹、白居易、张籍、王建等所作的乐府诗或竹枝词皆不著录。

3. 有些作品的作者归属有异议者不予收录。如《穆护砂》诗："玉管朝朝弄，清歌日日新。折花当驿路，寄与陇头人。"张璋、黄畬《全唐五代词》卷八"无名氏词·仙鬼词"笺评："按《穆护砂》，即《穆护子》。隋朝曲，与《河传》同时皆开汴河时辞，人所劳歌，其声犯角。"②而《全唐诗·乐府》一作张祜诗。又如《水调歌五首》，《全唐五代词》同卷录为无名氏词，《全唐诗·乐府》又作韩翃或罗邺诗，凡此类作品本书不作辑录。另如传坎曼尔所作类似民歌的《忆学字》、《教子》、《诉豺狼》，已被今人考明为伪作者，亦不予收录。

4. 有些无名氏词富于文人气息，难以遽定为民歌者不予收录。任半塘《敦煌歌辞总编》卷二注《菩萨蛮·相思意》："末句分明温韦情调，无民间气息。惜阙处太多，不辨究竟。"同卷注《菩萨蛮·抛鞭落》："此辞文人之作，入《花间集》难辨。"又注菩萨蛮《溪边舞》："其作者为文人可知，离民间为远。""仿《古诗十九首》中的《青青河畔草》，令人联想到李易安的《声声慢》。颇疑此与《鱼美人》均系欧阳炯所作。"③

5. 唐五代无名氏的佛教白话诗无民歌气息者不录。如《张淮深变文

---

① 《历代笑话集》，王利器辑录，上海古籍出版社1981年版，第76页。
② 《全唐五代词》，上海古籍出版社1986年版，第963页。
③ 《敦煌歌辞总编》，上海古籍出版社1987年版，上册，第502页。

附诗六首》因属沙州文人所写而弃录；再如任半塘《敦煌歌辞总编》卷四据斯2204、0126所录《十无常》十首注："曲调甚好，乃后期《杨柳枝》所自出。……此调之来源仍在民间，非佛曲歌辞原本所有。……但和声辞系外加，且如此之长，则是佛曲歌辞之本等措施，非民间歌辞所有。"[①]此类作品本书未作补录。另外，初唐诗僧王梵志的通俗诗，仅据中国社会科学院文学研究所《中国文学史》第二章第二节"唐代民间歌谣"补录《工匠莫学巧》（前八句）与《男女有亦好》，再据张紫晨《歌谣小史》第九章"隋唐五代歌谣"节录《叙事歌》（富饶田舍儿），其他未作收录。

本书只是关于隋唐五代歌谣整理的"抛砖"之作，辑录过程中或有误录漏收、体例不清、文字错讹的不足与缺陷，恳望相关方家随时教正，以便在后续工作中进行修订完善。

---

① 《敦煌歌辞总编》，上海古籍出版社1987年版，中册，第1071—1072页。

目 录

编辑说明 ·· (1)

第一编 隋代歌谣 ·· (1)

柳归舜闻君山鹦鹉所唱歌诗/1　文中子东征歌/2　文中子梦颜子援琴歌/2　直隶清河贝州百姓歌/2　东邻师婆歌/2　长白山歌/3　慧化尼歌/3　隋炀帝梦二竖子歌/4　隋炀帝挽舟者歌/4　迷楼宫人歌/5　桃李子歌（其一）/5　桃李子歌（其二）/6　桃李子歌（其三）/6　无名氏送别诗/6　开皇初太原童谣/6　章仇大翼引开皇初童谣/7　守住青石城谣/7　炀帝开汴河时百姓谣言/7　隋炀帝大业中童谣/8　隋炀帝时童谣/8　隋时并州谣言/8　隋大业长白山谣/9　赵州民为和干子谣/9　窦建德军中谣/9

第二编 唐代歌谣 ·· (10)

廉州人歌/10　沧州百姓歌/10　薛仁贵军中歌/11　郢州人歌/11　桑条歌/11　柳毅与二龙君赠答歌/12　夷陵空馆女郎歌/13　黄獐歌/13　武后宫人《离别难》/14　鲁城民歌/14　雒县舆人颂/15　蜀州民为郑知贤歌/15　景龙中人为宰相歌/15　选人歌/15　王法曹歌/16　袁仁敬歌/16　土人何婆唱/17　阿来婆琵琶卜唱/17　工匠莫学巧/17　叙事歌/18　男女有亦好/18　唐中宗时优人词/19　洛川仙女答张郁歌/19　杨国忠闻屏风女歌/19　崔成甫使妇人唱得宝歌/20　得宝歌/20　开元宫人袍中诗/21　玄宗时得体歌/21　洛下女郎歌/22　西鄙人为哥舒翰歌/22　龙护老人铸镜歌/23　长安民为鲜于氏兄弟歌/23　宾朋为裴长史歌/23　邺下百姓为张

嘉祐歌/24　选人为崔沔王邱歌/24　朱子真对赵颖歌/24　邻生为颜令宾挽歌/24　清源郡人为薛昱歌/25　澧州人为刺史歌/25　黄州左公歌（其一）/26　黄州左公歌（其二）/26　舒州人歌/27　黄台瓜辞/27　叶法善掘地得古曲几上十八字歌/27　梦黄衣童子歌/27　三生石歌/28　凤凰台怪和歌/29　晁采《子夜歌》十八首/30　建州民为陆长源歌/32　河南民为河南尹某公歌/33　长道县人为王田二公歌/33　吉州民为刺史张儇歌/34　果州百姓为史谦恕歌/34　杭州民诵刺史房孺复/34　郎大家宋氏《宛转歌》二首/35　刘采春《啰唝曲》六首/35　杜秋娘《金缕曲》/36　盛小丛《突厥三台》/36　柳氏《杨柳枝》/37　王丽真女郎《字字双》/37　柳藏经绝句歌/37　扬州民为杜公（亚）诵/38　象胥氏译四夷之歌/38　童女步虚歌/38　汴州人歌/39　道州民为薛刺史歌/39　独孤遐叔梦其妻歌/40　独孤穆与隋县主及来氏歌人赠答歌/40　黄子野叩舷歌/42　吴人歌/42　柳州民颂柳宗元歌/42　金缶魅歌/43　士人梦屏风妇人歌/43　高平民为文斤歌/44　邢凤子梦妇人歌/44　希道授炙毂子歌/44　嵩岳诸仙歌/45　薛昭与凤台兰翘云容诸女歌/46　河中鬼踏歌/47　刘明德墓志铭末附歌/47　僧伽卒后显形长庆元年夜半于泗州牧苏公寝室前歌/47　后十三年有人于益州见赵旭形容短小如八九岁小儿模样行歌于市/48　吴彩鸾歌/48　鲍生家妓歌/49　建昌民为何易于歌/49　宾友酒令歌/49　宜春头陀歌/50　钟陵郡民为雁门公歌/50　巴州薛刺史歌/50　高苑令歌/51　曲江游人歌/51　蜥蜴求雨歌/51　挽歌/51　马自然歌/51　蓝采和踏歌/52　洛城五凤楼中歌/52　殷七七醉歌/53　阳春曲/53　咸通中小儿歌/53　华亭君歌/54　闽人为郑家八虎歌/54　唐末黄巢颂歌/54　黄巢《咏菊》二首/54　张生妻梦中歌/55　伊用昌望江南词咏鼓/55　伊用昌题酒楼壁/56　蜀中酒阁道人歌/56　戚逍遥歌/56　成都醉道士示胡二郎歌/57　雪溪水神夜宴歌/57　湘中蛟女答郑生歌/59　裴姓闻家中群婢踏歌/60　赵旭听神女叩柱歌/60　小妾歌/60

红裳女子歌/61　妙香歌/61　击盘歌送欧阳训酒/62　席上歌/62　张孜纪梦歌/62　曲中唱语/62　改唱/63　街中又唱/63　卖药道人《无事歌》/63　郎大家宋氏《长相思》/64　长孙绍祖闻少女歌/64　句曲父老为三茅君歌/65　张曙游巴州东楼歌/65　李翱拜禹歌/65　婺州山人歌/66　同谷子五子之歌/66　无名氏明月湖醉后蔷薇花歌/67　纥真山神泉歌/67　张打油诗/68　长沙窑出土民歌/68　塞姑/76　一片子/76　回纥/76　醉公子二首/77　长命女/77　镇西二首/77　水鼓子/78　石州/78　相府怜/78　杨柳枝二首/79　柘枝引/79　撷芳词/79　竹枝/80　促拍满路花/80　蓝采和水仙子/80　琴精/81　王十八娘《菩萨蛮》/81　唐初军中谣/81　武德二年江东童谣/81　唐贞观中高昌国童谣/82　咸亨后谣/82　上元元年淮西童谣/83　调露初京城民谣/83　调露中嵩山谣/83　李敬玄谣/84　唐永淳初童谣/84　杨柳谣/84　女武王谣/85　随日童谣/85　武后时谣/85　长安中谣言/85　裴炎谣/86　武后长寿元年民间谣/86　武后时谣/87　武后时童谣/88　神龙后乌鹊窠谣/88　黄獐子谣/88　天枢谣/89　唐中宗时童谣/89　唐景龙中谣/89　吏部谣/90　金桥童谣/90　羊头山谣/90　幽州谣/91　神鸡童谣/91　天宝中京兆谣/92　天宝间谣/92　唐天宝中童谣/92　唐天宝中幽州谣/93　天宝中两京童谣/93　时人为杨氏谣/93　杨氏谣/94　马仆射谣/94　峡路谣/95　唐天宝中玄都观诗妖/95　国学生徒为齐皞韦公肃歌/96　钱起闻鬼谣/96　唐德宗时诗谣/97　唐德宗时童谣/97　连山郡乳穴谣/97　唐元和初童谣/98　淮夷为霍丘县造谣/98　唐宪宗时童谣/98　吴元济将败之兆/99　成都人为段公谣/99　荆门县人送裴均入朝谣/100　钟陵民为李公谣/100　陇亭童谣/101　抚州民为千金陂谣/101　咸通初洛中谣/101　咸通七年童谣/102　咸通十四年成都童谣/102　唐僖宗时童谣/102　乾符六年童谣/103　黄巢谶谣/103　黄巢军中谣/103　中和初童谣/103　胡楚宾谣/104　卖丝粜谷谣/104　光启中福建童谣/104　福

建骑马谣/104　天祐中江南童谣/105　真人谣/105　诸军为唐末帝谣/106　长沙童谣/106　锡山古谣/106　嘲虾蟆/107　高黎贡山谣/107　薛瑶《返俗谣》/107

第三编　五代歌谣··(108)

卢绛梦白衣妇人歌词/108　白衫举子歌/108　没了期歌/108　甘露寺僧闻异人夜饮歌/109　病狂人歌/109　吴王称号时广陵黄冠道人歌/110　虞皋歌/111　吴越王还乡歌/111　吴越王唱山歌/112　广州三樵歌/112　九龙帐歌/112　伪蜀鸳鸯树歌/113　吴涵虚上升歌/113　无名氏度世古玄歌/113　清泰三年歌/113　高酒秃醉歌/114　浔阳渔父歌/114　吴高祖时华姥山童子歌/114　泰州民刺褚仁规诗/114　开宝中江南叟醉歌/115　周季年东汉国民唱/115　杭州还乡和尚唱/115　南唐客人歌/116　金陵渔者唱/116　南唐伶人献先主词/116　秦中芭蕉谣/116　后梁秦陇间谣/117　蜀人谣/117　时人为画工张图跋异李罗汉谣/118　山阴老人伪谣/118　李后主时江南童谣/119　杨渥时谣言/119　淮南市井小儿唱/119　武义中童谣/120　吴越文穆王治世子府时谣言/120　长兴中人为张生铁谣/120　湖南童谣/120　又湖南童谣/121　卢光稠未举南康时谣/121　蜀童谣/121　蜀中扫地和尚谣/122　闽人谣/122　桂管童谣/122　长沙童谣/123　湘中童谣/123　周行逢据湖南时谣/123　五代民间十七字诗/124　辽述律后谣/124　刘铱末年广南童谣/124　水调词(断句)/124　水调词(断句)/125

第四编　隋唐五代俗谚俚语···(126)

刘炫引谚/126　事狐神谚/126　薛克构引谚/126　左史谚/126　路励行引谚/127　员庄谚/127　娄师德引谚/127　颜师古引谚/127　引谚论封建/128　崔仁师引谚/128　唐太宗引谚/128　唐太宗引谚论词臣/129　贞观时谚/129　李勣引谚别张文瓘/129　郝南容引谚/129　魏徵引谚/130　贾言

忠引谚/130　王勃引谚/130　陈子昂引谚/130　刘知几引今谚/131　魏元忠引谚/131　陆象先引俗谚/131　张说引谚/131　李邕引谚/132　李邕妻温氏引谚/132　赵蕤引谚/132　洛人为袁家楼谚/132　袁家梨谚/133　河内王懿宗引谚/133　长安二年俗谚/133　中宗引谚/134　画松谚语/134　树稼谚/134　陇西谚/135　瘴气谚/135　喜兆谚/136　玄宗引俗谚/136　天宝时谚/136　李白诗谚/136　杜甫引谚/136　韦杜二曲谚/137　张果引谚/137　哥舒翰引谚/137　时人为李义府张怀庆谚/137　张鷟引俗谚七则/138　《玉泉子》引俗谚二则/139　张怀瓘引谚/139　李谭引谚/139　李观引谚/140　代宗引谚/140　白居易引谚/141　元稹引谚二则谕淮西/141　柳宗元引俗谚论谈鬼/141　段成式引俗谚/141　范摅引谚论著书/142　王濬引谚/142　苏鹗引谚/142　孙光宪引俗谚/143　省躬谚/143　台中谚/143　借书俗谚/144　中唐俗谚/144　仕宦俗谚/144　李哲家怪引谚/145　宋守敬引谚/145　段成式引谚/145　僖宗时俗谚/146　襄阳古谚/146　邡县古谚/146　丹徒谚/146　稷下谚/147　木奴谚/147　洛谷谚/147　门匠谚/147　鬼门关谚/148　琼振二州人谚/148　安定郡里谚/148　俗谚/149　宁茵事谚/149　鸬鹚谚/149　盐铁谚/149　冯翊谚/149　昭潭谚/150　江右四郡谚/150　徐闻谚/150　荆棺峡谚/150　南中谚/151　益阳谚/151　李振引谚/151　徐知谔引谚/151　五代时湖州谚/152　后梁河北谚/152　王彦章引谚/152　后唐洛阳为张全义谚/152　时为高道兴谚/153　黄筌徐熙画笔谚/153　王仁裕引谚/153　王仁裕引俗谚/154　杨亿引谚/154　赞宁引谚/154　陶谷引谚/155　李冗引谚论骄奢/155　孙光宪引谚论何凝/155　孙光宪引谚论谑戏/155　孙光宪引谚论乘船走马/156　南郑县旱山谚/156　廓州云岩县库利川土谚/156　悯忠寺高阁谚/156　唐史官引语论冀州民俗/157　段成式引农谚/157　妆容谚/157　俗谚/157　刘师颜引谚论占候/157　占雨谚/158　西北人谚/158　慧棱禅师引谚/159　华壤英主

为神迥谚/159　三高僧谚/159　省禅师引谚/159　匡真禅师引谚/160　本寂禅师引谚/160　禾山和尚引谚/160　道明禅师引谚/160　丹霞和尚引谚/161　药山和尚引谚/161　长庆引谚/161　云岩引谚/161　洞山引谚/161　华严和尚引谚/162　雪峰引谚/162　齐云和尚引谚/162　荷玉和尚引谚/162　招庆和尚引谚/163　福先招庆和尚引谚/163　男僧引谚/163　本寂禅师引俗谚/163　长庆引谚/163　《碧岩集》引谚/164　麻谷引谚/164　玄讷禅师引谚/164　陈尊宿引谚/164　禅师引谚/164　光祚禅师引谚/165　禅师引谚/165　名僧引谚/165　辩才引谚/165　唐人俗谚/165　崔致远引谚/166　崔致远引野谚/166　拓跋恒引谚/166　南唐俗谚/167　变文引俗谚/167　长安为崔弘度屈突盖语/167　幽州为卢昌衡卢思道语/168　樗蒲人语/168　时人为屈突氏兄弟语/168　时人为三耳秀才语/168　谭公府中为裴镜民语/169　沧洲语/169　鹦鹉谷水世语/170　武德时诸曹嘲语/170　并州人为释道杰语/170　时人为来虞二氏子语/170　村人学解嘲人语/171　马周引俚语/171　魏薛草书语/171　时人为神照语/171　生日俗语/172　时人为玄奘法师兄弟语/172　赞皇人语/172　四俊语/172　时人语/173　葛立方引俗言/173　时人为贺氏兄弟语/173　高宗时王府官语/173　高宗时语/174　时人为李义甫语/174　四郡人为杨德干语/174　时人为权怀恩语/175　河北语/175　江淮间语/175　京洛语/176　相书语/176　葬书语/176　阴阳书语/177　薛稷书语/177　台中语/177　吴人语/178　峡程旧语/178　时人嘲陆馀庆语/178　韦氏语/178　天授中语/179　学者为苏李沈宋语/179　题张昌仪门语/179　益州人吏为杜景俭语/179　时人为萧佺邹昉语/180　中宗时人为李元恭语/180　中宗时(京师)人为郑愔语/180　武三思干政时天下语/181　时人为窦怀贞语/181　时人为崔无诐语/181　时人为苏颋李某语/182　司府吏人为尹思贞语/182　时人为贾敦颐张仁愿语/182　景云初语/182　景云中海内语/183　李处郁语/183

时人号王丘崔沔语/183　时人为阎麟之裴光庭语/184　唐时人为进士登科语/184　选人语/184　长安人为宋清语/185　俗语/185　先天时京中语/185　时人为杨惠之语/186　里闾诅语/186　唐时人为秘书省太常寺官语/186　开元落第者语/187　世人为吴道子王陁子言/187　时人为韩朝宗语/187　时人号李知远语/187　时人为李义语/188　时人为杨贵妃语/188　天宝中时人语/188　称二王语/188　罗吉口号/189　陕州士民为卢奂语/189　真源邑中为华南金语/189　徐浩引俗语/189　唐时为八诗人语/190　时人为魏博牙军语/190　陈藏器引俗语/190　时人为阳城郑刚李周南语/191　冯梦龙引唐俗语/191　洛阳歌妇嘲语/191　江湖行船语/191　代宗朝京师语/192　号钱郎语/192　时人为刘毕语/192　戏谏司语/192　裴度语/193　贞元少年语/193　宝历中宫人语/193　时人为兔褐语/193　镇海军壮儿语/193　两京闾巷语/194　宝历宫中语/194　举场语/194　京师人号牛杨语/195　京师为牛僧孺李宗闵语/195　荆南民为段文昌语/195　历城士人为光政寺磬语/195　齐人为妒妇津语/196　举场中为乡贡进士语/196　京师语/196　右威卫嘲语/196　会昌中长安人语/197　会昌中长安人笑语/197　濠梁里人为薛媛语/197　时人为刘师贞语/197　郭崇韬故人子弟引俚语/198　人为分香莲语/198　蜀人谓长须僧语/198　宣州人为弘农王语/198　崔淙引俚语/199　丹州俗语/199　户牖俗语/199　金榆山土人言/199　段成式引俗语/200　段成式引俗言/200　蜀人为南诏语/200　元和时人为进士榜语/200　杜牧闻梦中人语/201　大中后进士语/201　大中时语/201　选举人语/202　科目举人语/202　戏杜审权语/202　讥裴休/202　咸通初人语/203　天下为潘纬何涓语/203　韩偓用俗语/203　郑仁表自语/203　嘲四相/204　湖苏二郡语/204　吏部旧语/204　省中语/204　时人为省中谚/205　谏院台省语/205　御史台语/205　京兆府语/205　翰林谏议语/206　举子语/206　时人为进士语/206　杂帖语/207　闽人语/207　咸通中语/207

崔沆放榜时人语/207　乾符中人称蒋凝语/208　僖宗时里巷语/208　广明初都人语/208　丹阳语/208　绍兴邦人旧语/209　建安语/209　绵州里语/209　江陵语/209　汾晋村野间语/210　唐昭宗引俚语/210　太白山神语/210　韩鄂引俗语/211　人为太白山横云语/211　清丰故老传语/211　后辈称吴道子曹仲达语/212　蓟州耆旧语/212　南溪县故老传语/212　宋城民为祝天贶和甄语/212　《灌畦暇语》引常言/213　《酉阳杂俎》引语/213　秦中儿童戏歌/213　举场旧话/214　岭南俗语/214　谕长安市民语/214　故都头钱俗语/215　唐末五代人语/215　时人为黄筌语/215　场中为沈颜语/215　梁时人为吴道子刘彦齐语/216　教坊伶人献语/216　曾崇范妻闻梦中人语/216　扬州人为彭玕语/216　五代人语/217　唐末五代士人语/217　《新五代史》引语/217　冯赟引俗语/217　厨官为魏王卢相两家饮馔语/218　五代俗语/218　闽伶官戏主延政语/218　孟蜀丐者语/218　蒲萄髻语/219　曹务光语/219　杜重威引俚语/219　广陵人语/219　五代南汉广南石谶语/220　赞宁引语/220　从谂等语/220　佛书引语/221　灵佑禅师引俗语/221　五代竟钦禅师语/221　慧颙禅师语/222　僧道熙语/222

第五编　敦煌歌谣……………………………………（223）

咏廿四气诗/223　汝南薛彦俊励志诗/227　无名氏诗四首/227　沙州歌谣八首/228　无名氏诗二首/229　无名氏诗三首/230　自从塞北起烟尘/230　无名氏诗五首/231　尚书后题诗/232　秦地断长川/232　辩才家教卷上并序/232　客龄然过潼关/236　海边黛色在似有/236　无事辞却家/237　无名氏诗四十二首/237　明堂诗/242　无名氏咏物诗十六首/242　陷蕃诗七首/244　青海卧疾之作二首/245　秋夜/246　青海望敦煌之作/246　首秋闻雁并怀敦煌知己/246　秋中雨雪/246　临水闻雁/247　秋中霖雨/247　梦到沙州奉怀殿下/247　秋夜望月二首/248　夏日非所书情/248　忆故

人二首/248　夜度赤岭怀诸知己/249　晚次白水古戍见枯骨之作/249　晚秋至临蕃被禁之作/249　晚秋登城之作二首/249　陷蕃诗/250　忽有故人相问以诗代书达知己二首/251　得信酬回/251　闻城哭声有作/252　除夜/252　春宵有怀/252　久憾缧绁之作/252　非所寄王都护姨夫/252　哭押牙四寂/253　白日走风沙/253　感丛草初生/253　春日羁情/253　恨到荒城一闭关/254　愤闷屡纵横/254　晚秋/254　佚题诗六首/254　逢故人之作/255　题故人所居/255　非所夜闻笛/256　感兴临蕃驯雁/256　闺情二首/256　娥眉怨/257　别望怨/257　思佳人率然成咏七首/258　奉答二首/259　无名氏诗二首/259　无名氏《过田家二首》/260　无名氏《松篁翠色能藏马》/260　从军行二首/261　闺情五首/262　陷蕃诗十二首/262　无名氏诗二首/265　龂䶦新妇文附诗二首/266　写书不饮酒/266　孝子传附诗九首/266　无名氏诗十一首/267　崔氏夫人训女文/269　燕子赋之二附诗一首/269　飞落家家昭/270　无名氏诗三首/270　等闲当时苦/270　读诵须勤苦/271　净土不离自家田/271　少年老伴自皆殊并序/271　夫字为首尾/272　故人闻道雁传书/272　无名氏诗四首/272　书后有残纸/273　咏月诗六首/273　无名氏诗四首/274　奉赠贺郎/275　赵□不买卜/275　沙弥天生道理多/275　无名氏诗二首/276　无名氏诗二首/276　十恨/277　闻阿耶名字何何嗜/277　雁行悲失序/277　闻道测书难/278　三十余年在战场/278　无名氏诗二首/278　无名氏诗十一首/279　敦煌境望好/280　无名氏诗二首/280　无名氏诗三首/281　今见花时满树红/281　无名氏婚嫁诗/282　催妆二首/282　咏开撒帐合诗/283　去行座幛诗二首/283　去扇诗三首/283　咏同牢盘诗/283　去帽惑诗/284　去花诗二首/284　脱衣诗二首/284　合发诗三首/284　梳头诗/285　系指头诗/285　咏系去离心人去情诗/285　咏下帘诗/285　去襆头诗/285　请下车诗/286　咏门诗/286　问答诗二首/286　撑被诗/286　女嫂答/286　儿

答/287　催妆诗/287　无名氏诗三首/287　天愁日月无光/288　计写两卷文书/288　无名氏诗四首/288　朱明应肇蚌/289　落花篇/289　须人读自书/290　歌谣/290　忽起气肠嘘/291　无名氏诗五首/291　知君清楼对金江/292　即日一千僧/292　店铺招徕叫卖口号二首/292　一到龙沙十五年/292　题戍楼山/293　无名氏诗三首/293　无名氏诗六首/293　九想观诗九首/294　无名氏诗二首/296　无名氏诗十六首/296　无名氏《大有百姓不喜欢》/298　咏九九诗九首/299　枯树再生苗/300　无名氏诗七首/300　残奴弹唱/301　悲咽老来怨恨多/301　嘲法师诗二首/302　自咏一绝/302　敦煌西裔是临边/302　无名氏诗四首/303　秋胡小说附诗/303　无名氏诗二首/304　好客须留住/304　路玉令何在/304　立春/305　无名氏诗四首/305　无名氏诗二首/306　今日写书了/306　春至人先觉/306　王梵志诗集序附诗/307　无名氏诗三首/307　嘲沙弥诗/307　送却丁未旧岁/308　日日长相望/308　小来不学文字名/308　无名氏诗二首/308　庐山远公话附诗二首/309　今日好风光/310　郎君须立身/310　离合诗图诗四首/310　往日修行时/311　无名氏诗三首/311　买去城南今草园/311　康大娘遗书诗/312　诸杂斋文附诗三首/312　无名氏诗二首/313　此定□公到兄歌/313　无名氏诗二首/313　嘴赤脚亦赤/315　芭蕉若结子/315　春日春风动/315　不见小人行/316　小儿骑竹马/316　今夜叹孤愁/316　吐阿人易老/316　无名氏诗四首/317　青青河畔草/317　五言诗一首赠上/317　无名氏诗二首/318　学郎身姓□/318　无名氏诗四首/318　意逐青云去/319　禅定消长夜/319　可怜学生郎/319　无名氏诗二首/320　劝善偈二首/320　伦敦藏《般若波罗蜜多心经》卷末题诗/320　题画和尚/321　猫儿题/321　长安辞(来生得见五台山四首)/321　无名氏残句十五则/322　风归云四首/324　天仙子二首/327　竹枝子二首/327　洞仙歌二首/328　破阵子四首/329　浣沙溪二首/330　柳青娘二首/331　倾杯乐二

首/331　内家娇二首/333　拜新月二首/334　抛球乐二首/335　渔歌子二首/335　喜秋天二首/336　捣衣声（三载长征）/336　定乾坤（征战几时休）/337　宫怨春（到边庭）/337　鹊踏枝（征夫早归）/338　失调名（上战场）/338　望江南（临池柳）/338　别仙子（调名本意）/339　菩萨蛮（千般愿）/339　思越人（美东邻）/339　思越人（拌不得）/339　怨春闺（调名本意）/340　送征衣（如鱼水）/340　再相逢（情恨切）/341　失调名（花发增思）/341　失调名（六问枕不平）/341　望江南（负心人）/342　渔歌子（恨狂夫）/342　渔歌子（玉郎至）/342　临江仙（少年夫婿）/343　南歌子（奖美人）/343　南歌子（奖美人）/343　山花子（难期会）/344　南歌子（心自偏）/344　泛龙舟（游江乐）/344　秋夜长（在他乡）/345　秋夜长（远行人）/345　浣溪沙（远客思归）/345　菩萨蛮（送行人）/346　谒金门（上龙门）/346　生查子（立功勋）/346　生查子（金殿选）/347　水调辞（天阙声名）/347　郑郎子（对明主）/347　菩萨蛮（问龙门）/348　浣溪沙（为君王）/348　临江仙（时世参差）/348　浣溪沙（厌良贤）/349　浣溪沙（志不迷）/349　浣溪沙（幽境）/349　山僧歌（独隐山）/349　取性游（岩前笑）四首/350　取性游（悟真如）四首/350　最上乘（顺水流）四首/351　菩萨蛮（却回归）/352　望江南（娘子面）/352　失调名（织锦纹）/352　浣溪沙（开园穿池）/353　南歌子（赏春）/353　南歌子（消暑）/353　定乾坤（修文寰海）/354　酒泉子（犯皇官）/354　赞普子（蕃家将）/354　菩萨蛮（回鸾辂）/355　望江南（敦煌郡）/355　浣溪沙（合郡人心）/356　菩萨蛮（敦煌将）/356　定西蕃（调名本意）/356　望江南（龙沙塞）/357　望江南（边塞苦）/357　献衷心（却西迁）/358　谒金门（开于阗）/358　菩萨蛮（在三峰）/358　菩萨蛮（却回归）/359　菩萨蛮（忧邦国）/359　望江南（曹公德）/359　浣溪沙（献大贤）/360　失调名般涉调（贺当家）/360　望远行（佐圣朝）/360　歌乐还乡（调名本意）/361　鹊踏枝（他邦客）/361　浣溪沙（不忘恩）/361　酒泉子（裴氏晖威）/362　南歌子（对尊颜）/362　乐世辞（孤雁）/362　浣溪沙（海燕）/362

望江南(五凉咏月)/363　酒泉子(咏马)/363　酒泉子(咏剑)/363　浣溪沙(是船行)/364　失调名(莨菪不归)/364　红娘子(秋水似天仙)/364　失调名(醉思乡)/365　水调辞(无谷还逢谷)/365　失调名(断诸恶)/365　失调名(见真时)/365　失调名(一室空)/366　失调名(劝诸人一偈)/366　杨柳枝/366　谒金门/367　谒金门/367　临江仙/367　失调名(伤蛇曲子)/368　失调名(多征使)/368　失调名(阵云收)/368　失调名(葡萄酒)/368　喜秋天(送征衣)/369　失调名(曲子吐萌)/369　浣溪沙(使风行)/369　木兰花(春风斩断我)/369　失调名(花落又重开)/370　失调名(双泪流)/370　失调名(归明王)/370　失调名(苏合香)/371　失调名(苏合香)/371　失调名(母恩长)/371　失调名(佛·母同恩)/371　失调名(须报恩)/372　失调名(阿罗汉)/372　失调名(祥花坠)/372　失调名(道泰)曲子/372　捣练子(孟姜女四首)/373　捣练子(孟姜女六首)/373　长相思(三不归三首)/375　三台"十二月辞"二首/375　浣溪沙(问江湖二首)/376　西江月(女伴秋江三首)/376　虞美人(海棠开二首)/377　定风波(伤寒三首)/378　失调名(听唱张骞一新歌九首)/379　菩萨蛮(归不归二首)/380　南歌子(风情问答二首)/380　南歌子(长相忆)二首/381　苏幕遮(聪明儿二首)/381　定风波(儒士定风波二首)/382　菩萨蛮(求宦二首)/382　献忠心(调名本意二首)/383　感皇恩(四海清平四首)/384　失调名(当身无敌二首)/385　皇帝感(新集《孝经》十八章十八首)/385　皇帝感(新合《千文》《皇帝感》辞九首)/387　十恩德(报慈母十恩德十首)/388　十种缘(父母恩重赞十三首)/390　孝顺乐(调名本意十二首)/392　求因果(孝义十首)/393　求因果(悌让四首)/395　求因果(修善十一首)/395　求因果(苦学二首)/397　求因果(真悟八首)/397　求因果(息争十首)/398　求因果(二首)/399　失调名(送师赞四首)/400　行路难(七夕相望八首)/400　拨弹关(调名本意二首)/402　无如叵(调名本意二首)/402　失调名(迷生死四首)/403　失调名(禅唱二首)/403　失调名(三嘱歌三首)/404　还京乐(斫妖魅四

首)/404　三冬雪(斫妖魅十五首)/405　千门化(化三衣七首)/407　失调名(出家赞文十首)/408　十无常(调名本意十首)/409　五更转(七夕相望五首)/411　五更转(缘名利七首)/412　十二月歌(辽阳寒雁十二首)/413　十二月(边使戎衣十二首)/415　十二时(咏史十二首)/416　五更转(识字五首)/417　十二时(发愤勤学十二首)/418　十二时(天下传孝十二首)/419　百岁篇(丈夫十首)/420　百岁篇(女人十首)/422　百岁篇(垅上苗十首)/423　百岁篇(池上荷十首)/424　十二时(劝凡夫十二首)/425　十二时(佛性成就十二首)/427　十二时(禅门十二首)/428　十二时(法体十二首)/429　十二时(学道十二首)/431　太子十二时/432　五更转(假托禅师各转十首)/433　五更转(南宗赞五首)/435　五更转(无相五首)/436　五更转(太子入山修道赞十五首)/436　五更转(太子成佛五首)/438　十二时(劝学八首)/438　十二时(求宫四首)/440　五更转(警世二首)/440　南宗定邪正五更转/441　阿曹婆辞(镇陇西三首)/441　斗百草辞(喜去觅草四首)/442　何满子辞(长城侠客四首)/443　剑器辞(上秦王三首)444　剑器词/444　苏幕遮(大唐五台曲子六首寄在《苏莫遮》)/444　失调名(发箭到长安)/445　失调名(一家归)/446　失调名(男儿出外)/446　浣溪沙(黄莺)/446　失调名(问安)/447　失调名(草头霜冷)/447　临江仙(大王处分)/447　望江南(大丈夫汉)/448　失调名(远征行)/448　浣溪沙(山头水道)/448　失调名(抛我一生)/449　浣溪沙(万里迢停)/449　失调名(耶娘老)/449　高兴歌(酒赋二十一首)/450　婆罗门(咏月曲子四首)/452　失调名(女人束装)/453　春光好(感恩光)/453　失调名(忆家乡)/453　失调名(绿朵清特花正红)/454　失调名(君蓬生来不得了)/454　无名氏失调名词二首/454　失调名(闻说长安万里)/455　失调名(织成锦字)/455　别仙子三首/455　失调名十七首/456　无名氏归去来八首/457　无名氏入山学五首/458　无名氏山中乐五首/459　无名氏出深山五首/460　安心难三首/460　缁门百岁篇十首/461　五更转(维摩五更转五首)/462　行路难十

首/463 悉昙颂八首/466 辞娘赞/467 散花乐七首/468 归去来(出家乐赞)/469 归去来(归西方赞)/469 水古子三十八首/470 儿郎伟(今者时当岁暮)/474 儿郎伟(若说开天辟地)/475 儿郎伟(驱傩之法)/475 儿郎伟(驱傩圣法)/475 儿郎伟(驱傩之法)/476 儿郎伟(适从远来至官门)/476 儿郎伟(圣人福禄重)/477 儿郎伟(咒愿太夫人)/477 儿郎伟(适从远来至官宅)/477 儿郎伟二首/478 儿郎伟(青阳上元)/478 儿郎伟(驱傩岁暮)/479 儿郎伟(今夜旧岁未尽)/479 儿郎伟(驱傩之法)/479 儿郎伟(驱傩是故之常法)/480 儿郎伟(盖闻二仪交运)/480 儿郎伟(圣人福禄重)/481 儿郎伟(万乘之国)/481 儿郎伟(王畿之内)/482 儿郎伟(夫论四时递运)/482 儿郎伟(十道销戈铸戟)/482 儿郎伟(天生万物)/483 儿郎伟(驱傩之法)/483 儿郎伟(玄英斯夜将末)/484 儿郎伟(旧年初送玄律)/484 儿郎伟(驱傩之法)/485 儿郎伟(正月阳春佳节)/485 儿郎伟(驱傩古人糟粕)/486 儿郎伟(若夫敦煌胜境)/486 儿郎伟(凤楼更多巧妙)/487 儿郎伟(和尚众人之杰)/487 儿郎伟(今因良时吉日)/487 儿郎伟(架镂上侵日月)/488 儿郎伟三首/488 儿郎伟(障车词五首)/490 儿郎伟六首/491 儿郎伟残文/492

第六编　附录 (493)

巴峡鬼夜吟/493 原陵老翁吟/493 许磋醉吟/493 许宣平负薪吟/494 许宣平吟/494 段縠市中狂吟/494 酒肆布衣醉吟/495 沙碛女子五原夜吟/495 灢水神月夜吟/496 古丈夫与毛女吟/496 广陵街道士戏吟/497 太白山玄士画地吟/497 邻道场人货丹吟/497 马拯闻衡山祝融峰僧寺食堂内土偶吟诗/497 长安中鬼秋夜吟/498 洋州馆亭白衣丈夫吟/498 南省北街人吟/498 冢中人续郑郊吟/499 嵩山小儿吟/499 白蘋洲碧衣女子吟/499 新林驿女吟示欧阳训/499 密陀僧湖城厅吟/500 张立本女吟/500 虎神吟/500 云房先生吟/501 君山老父吟/501 马植闻堤上白

衣吟/501　衡州舟子吟/502　湘中女子驿楼诵诗/502　织锦人吟/502　李梦符渔父吟/502　伊用昌湖南闾斋吟/503　章江书生吟/503　富春沙际鬼吟/503　九华山白衣丈夫吟/504　有神降于郑绎家吟诗/504　壶隐仙人吟诗/504　龙朔中时人饮酒令/505　打令口号/505　伶人口号/505　招手令/505　谷城石人腹谶文/506　符凤引谶/506　安禄山古谶/506　安庆绪将败时谶/506　牛僧孺谶/507　黄巢将兴之谶/507　天复初刘道昌得篆书/507　唐末旧谶/507　天目山谶/508　莆阳古谶/508　宋齐丘引南唐开国谶/508　广顺末京师谶/508　壶公山古谶/509　周广顺初江南伏龟山圮石函铁铭/509　涟水古冢瓶文/509　唐商客王昌瑾得古镜铭/510　黄涅槃谶/510　陈智广谶/511　僧缄示王处厚/511　钱处士李氏谶/511　上蓝和尚晋汉两代谶/511　又报王审知十字谶/511　又遗钟传偈/512　蜀王氏谶文/512　封抱一歇后语/512　李涛答弟妇歇后语/512　菜儿与小子弟辈相谑语/513　王苏苏和李标/513　选人嘲高士廉木履/513　嘲刘师老/514　嘲郑薰/514　嘲蒋蟠金丹/514　袁州人谑彭伉/514　时人为彭会毛炳语/515　嘲伛偻人/515　蜀选人嘲韩昭/515

引用书目 ……………………………………………（516）

第一编　隋代歌谣

柳归舜闻君山鹦鹉所唱歌诗

其一
戴蝉儿，分明传与君王语。
建章殿里未得归，朱箔金缸双凤舞。

其二
昔请司马相如，为作《长门赋》。
徒使费百金，君王终不顾。

其三
顾鄙贱，奉恩私。愿吾君，万岁期。

其四
露接朝阳生，海波翻水晶。
玉楼间寥廓，天地相照明。
此时下栖止，投迹依旧楹。
顾余复何忝，自侍群仙行。

【按】《全唐诗补编》之《全唐诗续拾》卷五七据程毅中点校本《玄怪录》卷二辑录（《太平广记》卷十八"柳归舜"条引出《续玄怪录》），其一注："唱歌者云此曲是汉武钩弋夫人常所唱。"其二首句注："此句疑衍'司'字。"又："阿苏儿云此为阿娇深宫下泪唱者。"其三注："武游郎云此为李夫人随汉武帝时歌。"其四注："凤花台云此为昨过蓬莱玉楼所作诗。"尾句"自"一作"日"。末又附节录《玄怪录》："吴兴柳归舜，隋开皇九年自巴陵泛舟，遇风吹至君山，因维舟登岸，行数里，忽道旁有一大石，石中央又生一树，有鹦鹉数千，翱翔其间，相呼姓字，有名阿苏儿、武游郎、凤花台等名者。相互唱歌吟诗，又与归舜相问对。后归舜得二道士指点，方达舟所。后再寻访，不复见也。"

文中子东征歌

我思国家兮远游京畿,忽逢帝王兮降礼布衣。

遂怀古人之心兮将兴太平之基,时异事变兮志乖愿违。

吁嗟道之不行兮垂翅东归,皇之不断兮劳身西飞。

【按】《全唐文》卷一三五杜淹《文中子世家》:"仁寿三年,文中子盖冠矣,慨然有济苍生之心。遂西游长安,见隋文帝,帝坐太极殿,召而见之。因奏太平之策十有二焉。……帝大悦,曰:'得生几晚矣,天以生赐朕也。'下其议于公卿,公卿不悦。时文帝方有萧墙之衅,文中子知谋之不用也,作《东征之歌》而归。歌曰(略)。文帝闻而伤之,再征之,不至。"清杜文澜《古谣谚》卷八一据录,题目从拟。

文中子梦颜子援琴歌

礼乐既正,诗书既成;

赞明《易》道,聿修玄经。

归休乎,何必永厥龄!

【按】《全唐文》卷一三五杜淹《文中子世家》:"大业元年,……乃续诗书,正礼乐,修玄经,赞《易》道,盖有事于述者,九年而《六经》大就。……十三年,江都难作,而文中子有疾,召薛收而谓之曰:'吾梦颜子称孔子之命,而登吾阶,坐于牖下,北面援琴而歌曰(略)。此殆夫子使回召我也,吾必不起矣。'盖寝疾七日而终。"清杜文澜《古谣谚》卷八一据录,题目从拟。

直隶清河贝州百姓歌

刺史杀罗政,司马蝮蛇瞋。

长史含笑判,清河生吃人。

【按】见张紫晨《歌谣小史》第九章"隋唐五代歌谣"(福建人民出版社1982年版第151页),题目自拟。

东邻师婆歌

合家齐拍掌,神明大歆饗。

买奴合婢来,一个分成两。

【按】隋·侯白《启颜录》:"鄠县董子尚村,村人并痴,……时东邻有师婆,村中皆为出言甚中,……师婆取照,各见其影,乃大喜曰:'神明与福,令一奴而成两婢也。'因歌曰(略)。"(见王利器辑录《历代笑话集》,上海古籍出版社1981年版第15页。)

长白山歌

长白山头百战场,十十五五把长枪。
不畏官军十万众,只畏荣公第六郎。

【按】《隋书》卷六四《来护儿传》:"长子楷,……楷弟弘,……弘弟整,武贲郎将、右光禄大夫。整尤骁勇,善抚士众,讨击群盗,所向皆捷。诸贼甚惮之,为作歌曰(略)。"明杨慎《古今风谣》题作《长白山歌》,今从拟。小注:"《北史》:来整,荣国公护之子也,尤骁勇,讨击所向皆捷,诸贼歌之。"第三句"十万"作"千万",末句"畏"作"怕"。清杜文澜《古谣谚》卷八七据录,题作《群盗为来整歌》。

慧化尼歌

其一

东海十八子,八井唤三军。
手持双白雀,头上戴紫云。

其二

丁丑语甲子,深藏入堂里。
何意坐堂里?中央有天子。

其三

西北天火照龙山,童子赤光连北斗。
童子木上悬白旛,胡兵纷纷满前后。
拍手唱堂堂,驱羊向南走。

其四

胡兵未济汉不整,治中都护有八井。

其五

兴伍伍,仁义行,武得九九得声名。
童子木底百丈水,东家井里五色星。
我语不可信,问取卫先生。

其六

戌亥君臣乱,子丑破城隍。
寅卯如欲定,龙蛇伏四方。
十八成男子,洪水主刀傍。
市朝义归政,人宁俱不荒。
人言有恒性,也复道非常。
为君好思量,何□□禹汤。
桃源花□□,李树起堂堂。
只看寅卯岁,深水没黄杨。

【按】唐·温大雅《大唐创业起居注》卷三:"(少帝义宁二年三月)乃进帝为相国,加九锡,赐殊物,加殊礼焉。……于是文武将佐裴寂等二千人,不谋同辞,并不肯奏,乃相率上疏劝进曰:……裴寂等又依光武长安同舍人强华奉赤伏符故事,乃奏:'神人太原慧化尼、蜀郡卫元嵩等歌谣、诗谶。慧化尼歌词曰(略)。又曰(略)。又曰(略)。又曰(略)。又曰(略)。蜀郡卫元嵩周天和五年闰十月作诗(略),未萌之前,谣谶遍于天下,今睹其事,人人皆知。陛下虽不以介怀,天下信为灵效,……既膺符命,不得拘文牵旨,违天不祥。"《全唐诗》卷八七五"谶记"据录,题作《劝进疏引谶》,其二"人"作"八"。其三首三句录作:"西北天火照,龙山昭童子。赤光连北斗。"其五首三句作"兴伍伍,仁义行武,得九九,得声名"。其六注:"李花谣,缺四字。"清杜文澜《古谣谚》卷十五未录其六之"李花谣"。

隋炀帝梦二竖子歌

住亦死,去亦死,未若乘船渡江水。

【按】《隋书》卷二二《五行志上》:"是年(大业十一年)盗贼蜂起,道路隔绝,帝惧,遂无还心。帝复梦二竖子歌曰(略)。由是筑宫丹阳,将居焉。功未就而帝被杀。"明杨慎《古今风谣》据录,题作《隋炀帝二竖子歌》;清杜文澜《古谣谚》卷十复录,题作《隋炀帝梦二竖子歌》,今从拟。原注:"《长短经》霸图篇注:'住'作'去','去'作'住','未'作'不'。"

隋炀帝挽舟者歌

我兄征辽东,饿死青山下。
今我挽龙舟,又困隋堤道。
方今天下饥,路粮无些少。

前去三十程,此身安可保!
寒骨枕荒沙,幽魂泣烟草。
悲损闺内妻,望断吾家老。
安得义男儿,悯此无主尸。
引其孤魂回,负其白骨归。

【按】佚名《隋炀帝海山记》:"帝御龙舟,中道,夜半,闻歌者甚悲,其歌曰(略)。帝闻其歌,遂遣人求其歌者,至晓不得其人。帝颇徊徨,通夕不寐。"宋·刘斧《青琐高议后集》卷五《隋炀帝海山下》抄录,清杜文澜《古谣谚》卷九〇补录其歌,题作《隋炀帝幸江南时闻民歌》,第六句"少"作"小",第七句"三十"作"三千",第十一句"闺内"作"门内",第十四句"悯"作"焚"。清褚人获《坚瓠辛集》卷二"炀帝闻歌",首句"征"作"御",第七句"三十"作"三千",第十一句"闺内"作"门内",第十四句"悯"作"焚"。张紫晨《歌谣小史》亦转录,第七句"三十"作"三千",第十一句"闺内"亦作"门内",第十五句"回"作"日"(福建人民出版社1981年版第151页)。

迷楼宫人歌

河南杨柳谢,河北李花荣。
杨花飞去落何处?李花结果自然成。

【按】佚名《迷楼记》:"大业九年,帝将再幸江都。有迷楼宫人静夜抗歌云(略)。帝闻其歌,披衣起听,召宫女问之云:'孰使汝歌也?汝自歌之耶?'宫女曰:'臣有弟在民间,因得此歌,曰道途儿童多唱此歌。'帝默然久之,曰:'天启之也,天启之也!'"清杜文澜《古谣谚》卷九〇据录,题作《迷楼宫人歌》,今从拟。首句注:"《广博物志》卷四十二'谢'亦作'树'。"次句注:"《广博物志》'花'作'桃'。"第三句注:"《广博物志》'落'作'去'。"《全唐诗》卷八七五"谶记"题作《唐受命谶》其六《李花谣》,"河南"作"江南","谢"作"树","河北"作"江北",第三句作"杨柳飞绵何处去"。又明杨慎纂《古今风谣》题曰《隋末诗谶》,引《海山记》:"江都迷楼宫人杭静夜半树云:河南杨柳歌,江北李花营。杨柳飞绵何处去,李花结果自然成。又炀帝作《凤舸歌》云:三月三日到江头,正见鲤鱼波上游。意欲持钩往撩取,恐是蛟龙还复休。皆唐兴之兆。又炀帝《索酒歌》云:宫木阴浓燕子飞,兴衰自古漫成悲。他日迷楼更好景,宫中吐馅奕红辉。其后迷楼为唐兵所焚,竟叶诗谶。"又见清褚人获《坚瓠辛集》卷二"大业童谣",首句"河南"作"河阳"。

桃李子歌(其一)

桃李子,莫浪语,黄鹄绕山飞,宛转花园里。

【按】唐·温大雅《大唐创业起居注》卷一："又有《桃李子歌》曰(略)。案李为国姓,桃当作陶,若言陶唐也。配李而言,故云桃花园,宛转属旌幡。汾晋老幼,讴歌在耳,忽睹灵验,不胜欢跃。帝每顾旗旒,笑而言曰:'花园可尔,不知黄鹄如何?吾当一举千里,以符冥谶。'"《全唐诗》卷八七五"谶记"题为《唐受命谶》(其二),小注:"桃李子歌,下三首同。"

桃李子歌(其二)

桃花园,宛转属旌幡。

【按】唐·温大雅《大唐创业起居注》卷一:"配李而言,故云(略)。"《全唐诗》卷八七五"谶记"另录为二句,题为《唐受命谶》(其三),小注:"《起居注》云:李为国姓,桃若言陶唐也。帝起兵,旗幡赤白相映,若花园,帝每顾旗幡,笑而言曰:'花园可尔,不知黄鹄如何?吾当一举千里,以符冥谶。'"清杜文澜《古谣谚》卷十五注:"案《隋书·五行志上》引大业中童谣,与此前一则半同半异,今两存之。"

桃李子歌(其三)

桃李子,洪水绕杨山。

【按】《旧唐书》卷三七《五行志》:"隋末有谣云(略)。炀帝疑李氏有受命之符,故诛李金才。后李密据洛口仓以应其谶。"《全唐诗》卷八七五"谶记"据录,题为《唐受命谶》(其五),小注:"唐《五行志》云:高祖讳渊,洪水也。"

无名氏送别诗

杨柳青青著地垂,杨花漫漫搅天飞。
柳条折尽花飞尽,借问行人归不归?

【按】原诗首见崔琼《东虚记》,谓此诗作于隋炀帝大业(605—617)末年。又载《古诗类苑》卷七一、《诗纪》卷一二九、《全隋诗》卷八。

开皇初太原童谣

法律存,道德在,白旗天子出东海。

【按】唐·温大雅《大唐创业起居注》卷一:"开皇初,太原童谣云(略)。常亦云'白衣天子',故隋主恒服白衣。每向江都,拟于东海。常修律令,笔削不停,并以彩画五级木坛自随以事道。"清杜文澜《古谣谚》卷十五据录,题作《开皇初太原童谣》,今从拟;《全唐诗》卷八七五"谶记"称"太原童谣",归入《唐受命谶》(其一)。

章仇大翼引开皇初童谣

修治洛阳还晋家。

【按】清·杜文澜《古谣谚》卷九〇引唐·杜宝《大业杂记》:"大业元年,敕有司于洛阳故王城东营建东京,以越国公杨素为营东京大监,安德公宇文恺为副。废三崤旧道,令开蒉栅道。时有术人章仇大翼表奏云:陛下是木命人,雍州是破木之冲,不可久住。开皇之初,有童谣云云云。陛下曾封晋王,此其验也。帝览表,怆然有迁都之意,即日车驾往洛阳,改洛州为豫州。"

守住青石城谣

守住青石城,人人得太平。
学会扔石片,强似射弓箭。

【按】见张紫晨《歌谣小史》第九章"隋唐五代歌谣"(福建人民出版社1981年版第153页)。

炀帝开汴河时百姓谣言

天子先栽,然后百姓栽。

【按】佚名《开河记》:"翰林学士虞世基献计,请用垂柳栽于汴渠两堤上。一则树根四散,鞠护河堤;二乃牵船之人,获其阴凉;三则牵舟之羊食其叶。上大喜,诏民间有柳一株,赏一缣。百姓竞献之。又令亲种,帝自种一株,群臣次第种,方及百姓。时有谣言曰(略)。栽毕,帝御笔写赐垂杨柳姓杨,曰'杨柳'也。"清杜文澜《古谣谚》卷九〇据录,注:"《提要》云:……《海山记》述炀帝西苑事,所录炀帝诸歌,其调乃唐李德裕所作《望江南》调。段安节《乐府杂录》述其缘起甚详,大业中安有是体?考刘斧《青琐高议》后集载有此记,分上下二篇,其文较详,盖宋人所依托。此本删并为一卷,益伪中之伪矣。《迷楼记》亦见《青琐高议》,载炀帝幸江都,唐帝入京见迷楼云云,竟以迷楼为在长安,乖谬殊甚。《开河记》述麻叔谋开汴河事,词尤鄙俚,皆近于委巷之传奇,同出依托,不足道也。"

隋炀帝大业中童谣

桃李子,鸿鹄绕阳山,宛转花林里。莫浪语,谁道许。

【按】《隋书》卷二二《五行志上》:"大业中,童谣曰(略)。其后李密坐杨玄感之逆,为吏所拘,在路逃叛。潜结群盗,自阳城山而来,袭破洛口仓,后复屯兵苑内。'莫浪语',密也。宇文化及自号许国,寻亦破灭。'谁道许'者,盖惊疑之辞也。"宋郭茂倩《乐府诗集》卷八九"杂歌谣辞七"据录,题作《隋炀帝大业中童谣》,今从拟。明杨慎纂《古今风谣》题作《隋大业中童谣》;《全唐诗》卷八七五"谶记"题作《唐受命谶》(其四)《桃李子歌》,小注:"隋《五行志》载此,以'莫浪语'为李密,'谁道许'为宇文化及国号。"清杜文澜《古谣谚》卷十亦据录,题《大业中童谣》,首二句注:"《旧唐书·五行志》作'洪水绕杨山'。《长短经》霸图篇注:'绕'作'遶'。《唐志》云:炀帝疑李氏有受命之符,故诛李金才。后李密据洛口仓,以应其谶。"又尾注:"《长短经》注:'宛转'作'宛在','林'作'囷'。注又云:李,唐姓也;洪水,唐王讳也;杨,隋姓也;花者,华不实也;园,囷也,代王名侑,侑与囷同音。言杨侑虽为帝,终于历数有归,唐王当践其位也。《隋唐嘉话》云:隋文帝梦洪水没城,意恶之,乃移都大兴。术者云:洪水即唐高祖之名也。"

隋炀帝时童谣

萧萧亦复起。

【按】《隋书》卷七九《外戚传》:"(萧琮)尝与贺若弼深相友善,弼既被诛,复有童谣曰(略)。帝由是忌之,遂废于家,未几而卒。"清杜文澜《古谣谚》卷十据录,题目从拟,注:"案《乐府诗集》卷八十载陈初童谣,有此五字,'亦'作'已',余同。然其上下文仍有数语,且时代事验亦异,今并存之。"

隋时并州谣言

一张纸,两张纸,客量小儿作天子。

【按】《北史》卷七一《隋庶人谅传》:"庶人谅,字德章,……开皇元年,立为汉王。……十七年,出为并州总管。……谅自以居天下精兵处,以太子谗废,居常怏怏,阴有异图。……及蜀王以罪废,谅愈不自安。会文帝崩,……遂发兵反,……于是从乱者十九州。……杨素进击之,谅乃降。……除名绝其属籍,竟以幽死。先是,并州谣言(略),时伪署官告身皆一纸,别授则二纸,谅闻谣喜曰:'我幼字阿客,谅与量同音,吾于皇家最小。'以为应之。"题目自拟。

隋大业长白山谣

长白山前知世郎,纯著红罗绵背裆。
长矟侵天半,轮刀耀日光。
上山吃獐鹿,下山吃牛羊。
忽闻官军至,提刀向前荡。
譬如辽东死,斩头何所伤!

【按】见明·杨慎纂《古今风谣》,题作《隋大业长白山》,清杜文澜《古谣谚》卷八五据录,改题《隋大业长白山谣》,今从拟。小注:"吴本落'谣'字,今据李本补。《古音馀》卷二'隋'上有'河洛'二字。"林庚、冯沅君主编《中国历代诗歌选》上编(一)尾联"死"作"豕"(人民文学出版社1964年版第277页);张紫晨《歌谣小史》第三句"天半"作"半天",第四句"轮刀"作"枪刀"(福建人民出版社1981年版第152页)。

赵州民为和干子谣

老禾不早杀,余种秽良田。

【按】《隋书》卷六二《柳彧传》:"于时刺史多任武将,类不称职。彧上表曰:'……伏见诏书以上柱国和干子为杞州刺史,其人年垂八十,钟鸣漏尽。前任赵州,阖于职务,政由群小,贿赂公行,百姓吁嗟,歌谣满道,乃云(略)。古人有云:"耕当问奴,织当问婢。"此言各有所能也。"清杜文澜《古谣谚》卷十据录,题目从拟。原题"和干子"作"和平子",今据《隋书》改。

窦建德军中谣

豆入牛口,势不得久。

【按】《旧唐书》卷五四《窦建德传》:"(窦)建德中枪,窜于牛口渚,车骑将军白士让、杨武威生获之。先是,军中有童谣曰(略),建德行至牛口渚,甚恶之,果败于此地。"又《新唐书》卷三五《五行志》:"窦建德未败时,有谣曰(略)。"宋郭茂倩《乐府诗集》卷八九"杂歌谣辞七"、明杨慎《古今风谣》皆据录,并题作《唐武德初童谣》,《全唐诗》卷八七八"谣"题作《牛口谣》,清杜文澜《古谣谚》卷十二题作《窦建德军中谣》,今从拟。《古谣谚》注:"《新唐书·窦建德传》无'童'字。"

第二编　唐代歌谣

廉州人歌

廉州颜有道,性行同庄老。
爱人如赤子,不杀非时草。

【按】《旧唐书》卷七三《颜师古传》:"师古叔父游秦,武德初累迁廉州刺史,封临沂县男。时刘黑闼初平,人多以强暴寡礼,风俗未安,游秦抚恤境内,敬让大行。邑里歌曰(略)。高祖玺书劳勉之。"宋郭茂倩《乐府诗集》卷八六"杂歌谣辞"据录,题作《颜有道歌》;明杨慎纂《古今风谣》题作《唐武德初廉州颜有道歌》,第三句"人"作"民";《全唐诗》卷八七四"歌"题作《廉州人歌》,今从拟,"人"亦作"民";清杜文澜《古谣谚》卷十二题作《廉州邑里为颜游秦歌》,注:"校勘记云:按两书游秦所仕,俱作廉州,然廉州去岭南甚近,而黑闼之叛在洺州,乃河北道,相距辽远,风俗当无由相及。疑廉字上有误,否则初平上不得为黑闼也,俟考。"

沧州百姓歌

新河得通舟楫利,直至沧海鱼盐至。
昔日徒行今骋驷,美哉薛公德滂被。

【按】唐·刘肃《大唐新语》卷四"政能":"薛大鼎为沧州刺史,界内先有(无)棣河,隋末填塞,大鼎奏闻开之,引鱼盐于海。百姓歌曰(略)。大鼎又决长卢及漳、衡等三河,分泄夏潦,境内无复水害。"《旧唐书》卷一八五《薛大鼎传》:"薛大鼎,……贞观中累转鸿胪少卿、沧州刺史。州界有无棣河,隋末填废,大鼎奏开之,引鱼盐于海,百姓歌之曰(略)。"宋郭茂倩《乐府诗集》卷八六"杂歌谣辞"据录,题作《新河歌》,第三句"骋"作"结";明杨慎《古今风谣》题作《贞观中新河歌》,次句"至"作"达",第三句"骋"作"结";《全唐诗》卷八七四"歌"题作《沧州百姓歌》,今从拟;清杜文澜《古谣谚》卷十二题作《沧州百姓为薛大鼎歌》,次句"至"作"达",注:"《新唐书·薛大鼎传》'河'作'沟',无'得'字,'直达'作'属',无'日'字。《孔帖》卷七十七'沟'作'渠',馀与《新书》同,《大唐新语》卷四'达'作'至'。"《旧唐书》卷四九《食货志下》系此于永徽元年,"至"作"达"。又《新唐书》卷一九七《薛大鼎传》作:

"无棣渠久廞塞,大鼎浚治属之海,商贾流行,里民歌曰:'新沟通,舟楫利。属沧海,鱼盐至。昔徒行,今骋驷。美哉薛公德滂被!'"

薛仁贵军中歌

将军三箭定天山,战士长歌入汉关。

【按】《旧唐书》卷八三《薛仁贵传》:"寻又领兵击九姓突厥于天山,……时九姓有众十余万,令骁健数十人逆来挑战,仁贵发三矢,射杀三人,自余一时下马请降。仁贵恐为后患,并坑杀之。更就碛北安抚馀众,擒其伪叶护兄弟三人而还。军中歌曰(略),九姓自此衰弱,不复更为边患。"又见宋司马光《资治通鉴》卷二〇〇"唐纪十六·高宗龙朔二年"条,宋郭茂倩《乐府诗集》卷八六"杂歌谣辞"、明杨慎纂《古今风谣》、《全唐诗》卷八七四"歌"皆据录,并题曰《薛将军歌》,《古谣谚》卷十二题作《薛仁贵军中歌》,今从拟。后者注:"《新唐书·薛仁贵传》'战'作'壮'。校勘记云:《通鉴》作'壮'。按《事类赋》十三注引此亦作'壮'。《御览》卷二百七十六'战'作'将'。"

鄜州人歌

父母育我田使君,精诚为人上天闻。
田中致雨山出云,仓廪既实礼义申。
但愿常在不患贫。

【按】《旧唐书》卷一八五上《田仁会传》:"永徽二年,授平州刺史,劝学务农,称为善政。转鄜州刺史,属时旱,仁会自曝祈祷,竟获甘泽。其年大熟,百姓歌曰(略)。"明杨慎纂《古今风谣》仅录前三句,题作《永徽中田使君歌》,后注:"田仁会为鄜州刺史,百姓歌之。"清杜文澜《古谣谚》卷十二据《旧唐书》辑录,题作《鄜州百姓为田仁会歌》,注:"按《新唐书·田仁会传》不言转鄜州刺史,以此事属于官平州时。"《新唐书》卷一九七《田仁会传》作:"人歌曰:'父母育我兮田使君,挺精诚兮上天闻。中田致雨兮山出云,仓廪宽兮礼义申。愿君常在兮不患贫。'"《乐府诗集》卷八六据补,末句"患"作"忧"。《全唐诗》卷八七四"歌"系于永徽中,题为《鄜州人歌》,无"仓廪既实礼义申"一句,又小注:"一作父母育我兮田使君,挺精诚兮上天闻。中田致雨兮山出云,仓廪宽兮礼义申。愿君常在兮不患贫。"今据《旧唐书》录。又《太平御览》"田中"作"旱田";《孔帖》卷八二"但愿"作"愿公"。

桑条歌

桑条韦也,女时韦也乐。

【按】《新唐书》卷三五《五行志二》:"永徽末,里歌有(略)。"《全唐诗》卷八七四"歌"据录,小注:"永徽以后,人唱《桑条歌》。神龙年中,韦后临朝,郑愔作《桑条歌乐词》十余首进之,逆韦大喜。"明杨慎纂《古今风谣》题作《唐永徽末里谣》,后注:"后韦后用事。"末句无"乐"字,清杜文澜《古谣谚》卷九九据此辑录。又唐张鷟《朝野佥载》卷一:"永徽年以后,人唱《桑条歌》云:'桑条韦,女韦也乐。'至神龙年中,逆韦应之。谄佞者郑愔作《桑条乐词》十余首进之,逆韦大喜,擢之为吏部侍郎,赏缣百匹。"《太平广记》卷一六三据录,题曰《桑条歌》,题目从拟。

柳毅与二龙君赠答歌

洞庭龙君歌

大天苍苍兮大地茫茫,人各有志兮何可思量。
狐神鼠圣兮薄社依墙,雷霆一发兮其孰敢当!
荷真人兮信义长,令骨肉兮还故乡,齐言惭愧兮何时忘。

钱塘君歌

上天配合兮生死有途,此不当妇兮彼不当夫。
腹心辛苦兮泾水之隅,风霜满鬓兮雨雪罗襦。
赖明公兮引素书,令骨肉兮家如初,永言珍重兮无时无。

柳毅歌

碧云悠悠兮泾水东流,伤美人兮雨泣花愁。
尺书远达兮以解君忧,哀冤果雪兮还处其休。
荷和雅兮感甘羞,山家寂寞兮难久留,欲将辞去兮悲绸缪。

【按】《太平广记》卷四一九"柳毅"条引《异闻集》:"唐仪凤中,有儒生柳毅者应举下第,将还湘滨。念乡人有客于泾阳者,遂往告别。至六七里,鸟起马惊,疾逸道左,又六七里,乃止。见有妇人牧羊于道畔,毅怪视之,乃殊色也。……二舞既毕,龙君大悦,锡以纨绮,颁于舞人,然后密席贯坐,纵酒极娱。酒酣,洞庭君乃击席而歌曰(略)。洞庭君歌罢,钱塘君再拜而歌曰(略)。钱塘君歌阕,洞庭君俱起奉觞于毅,……饮讫,复以二觞奉二君,乃歌曰(略)。歌罢,皆呼万岁。"《全唐诗》卷八六四"神"收录于洞庭龙君《宴柳毅诗》下,其中《洞庭龙君歌》之"真"作"贞","齐"作"永";《柳毅歌》次句"伤"下有"嗟"字,第五句"荷"后有"君"字;清杜文澜《古谣谚》卷六七题作《柳毅与二龙君赠答歌》,今从拟。《古谣谚》后注:"按《说郛》卷一百十七列《异闻实录》(按此与《广记》所引《异闻录》本一书,而《广记》无'实'字,当系编纂时删去)未载此条,今据《广记》录之。"

夷陵空馆女郎歌

其一

明月清风,良宵会同。
星河易翻,欢娱不终。
绿樽翠杓,为君斟酌。
今夕不饮,何时欢乐?

其二

杨柳杨柳,袅袅随风急。
西楼美人春梦中,翠帘斜卷千条入。

其三

玉户金釭,愿陪君王。
邯郸宫中,金石丝簧。
卫女秦娥,左右成行。
纨缟缤纷,翠眉红妆。
王欢顾盼,为王歌舞。
愿得君欢,常无灾苦。

【按】唐·牛僧孺《玄怪录》卷二"刘讽":"文明年,竟陵掾刘讽夜投夷陵空馆,月明下憩。忽有四女郎西轩至,仪质温丽,缓歌闲步,徐徐至中轩,回命青衣曰:'紫绥,取西堂花茵来,兼屈刘家六姨姨、十四舅母、南邻翘翘小娘子,并将溢奴来。传语道:此间好风月,足得游乐,弹琴、咏诗,大是好事。'……未几而三女郎至,一孩儿,色皆绝国。于是紫绥铺花茵于庭中,揖让班坐。……女郎谈谑歌咏,音词清婉。……三更后,皆弹琴击筑,齐唱迭和。歌曰(略),又歌曰(略),又歌曰(略)。歌竟,已是四更。"又见《太平广记》卷三二九《侯鲭录》卷二,《全唐诗》卷八六六"鬼"据录,题作《夷陵女郎空馆夜歌》,题注:"文明中,竟陵刘讽投夷陵空馆,夜见一女郎,命青衣紫绥邀刘家六姨姨、十四舅母、南邻翘翘小娘子、溢奴同歌咏。歌竟,已是四更。"清杜文澜《古谣谚》卷九五附录十题作《夷陵空馆女郎歌》,注:"按《说郛》卷一百十七列《玄怪记》,而复载《续玄怪记》,则'记'字必'录'字之误,然未载此二条,今据《广记》录之。"

黄獐歌

黄獐,黄獐,草里藏,弯弓射你伤。

【按】唐·张鷟《朝野佥载》卷一："周如意年中以来,始唱《黄獐歌》,其词曰(略)。俄儿契丹反叛,杀都督赵文翙,营府陷没。差总管曹仁师、张玄遇、麻仁节、王孝杰,前后百万众,被贼败于黄獐谷,诸军并没,罔有孑遗。《黄獐》之歌,斯为验矣。"又见两《唐书·五行志》及《乐府诗集》卷八六,《新唐书》"里"作"裏";《旧唐书》"你"作"尔";《乐府诗集》卷八六及《全唐诗》卷八七四"歌"皆题作《黄獐歌》,今从拟。明杨慎纂《古今风谣》题作《如意中黄獐歌》,小注:"其后王孝杰败于黄獐谷。""你"作"尔"。清杜文澜《古谣谚》卷十二题作《如意初里歌》,次句"你"作"尔",注:"《新唐书·五行志》'獐'下有'谷'字,校勘记云:《通考》作败于黄獐谷。按谷在平州东南,与碣石山西麓相近,张氏宗泰考证并有'谷'字,是。"

武后宫人《离别难》

此别难重陈,花飞复恋人。
来时梅覆雪,去日柳含春。
物候催行客,归途淑气新。
剡川今已远,魂梦暗相亲。

【按】见《全唐诗》卷七九七,小注:"武后朝,有士人陷冤狱,妻配掖庭,善吹觱篥,乃撰离别难曲以寄情焉。初名'大郎神',盖取良人第行也。既畏人知,遂三易其名,曰'悲切子',终号'怨回鹘'。"张璋、黄畬《全唐五代词》卷八"无名氏词·仙鬼词"据补,唯次句"飞"作"深","恋"作"变"(上海古籍出版社1986年版第959页)。

鲁城民歌

鲁地抑种稻,一概被水沫。
年年索蟹夫,百姓不可活。

【按】唐·张鷟《朝野佥载》卷二:"姜师度好奇诡,为沧州刺史兼按察,造抢车运粮,开河筑堰,州县鼎沸。于鲁城界内种稻,置屯穗,蟹食尽,又差夫打蟹,苦之,歌曰(略)。"复见《太平广记》卷二五九"姜师度"条,首句"鲁"原作"卤","抑"作"一"。《全唐诗》卷八七四"歌"据录,题作《鲁城民歌》,小注:"姜师度好奇诡,为沧州刺史,开河筑堰,州县鼎沸。鲁城界内,种稻置屯,蟹食穗尽。又差夫打蟹,民苦之,歌曰。"今从拟。清杜文澜《古谣谚》卷五七题为《鲁城民为姜师度歌》,首句"抑"作"一"。

雒县舆人颂

我有圣帝抚令君,遭暴昏椓悍寡纷。
民户流散日月曛,君去来兮惠我仁,
百姓苏矣见阳春。

【按】《全唐文》卷二一五陈子昂《汉州洛县令张君吏人颂德碑》:"府君姓张氏,名知古,盖汉少傅留侯之裔也。……代在关中,今为宜州人也。……追残猛聿至,蟊贼内讧,始于硕鼠之侵,终屠饿狼之喙。杼轴既尽,郭邑殆空,……我府君毅然始宣皇明,恭职事,巡省黄发,周爱令图,所以绥亡固存,蠲虐去暴,与百姓更始者。舆人斐然,乃作诵曰(略)。"《全唐诗》卷八七四"歌"据录,题为《雒县舆人颂》,次句"椓"作"椓"。小注:"雒县令张知古,为令绥亡固存,蠲虐去暴,与百姓更始,舆人斐然,为作诵云云。"清杜文澜《古谣谚》卷七五题作《舆人诵张知古》。

蜀州民为郑知贤歌

州有长吏,一隅欢喜。
调吏如琴,养民如子。

【按】《全唐诗续拾》卷五八据《千唐志斋藏志》圣历二年《周中大夫行蜀州长史上柱国郑公(知贤)墓志铭》辑录。

景龙中人为宰相歌

礼贤不解开东阁,燮理惟能闭北门。

【按】宋·阮阅编《诗话总龟》卷三七"讥诮门上"引《朝野佥载》:"唐景龙中,洛下霖雨百余日,宰相不能调阴阳,乃闭坊市北门,卒无效,滂溢至甚。人歌曰(略)。"《全唐诗》卷八七四"歌"据录,小注略同,题作《景龙中嘲宰相歌》;《古谣谚》卷八二题作《景龙中人为宰相歌》,今从拟。复见清褚人获《坚瓠集》戊集卷二"闭门弭灾"条。

选人歌

今年选数恰相当,都由座主无文章。
案后一腔冻猪肉,所以名为姜侍郎。

【按】唐·张鷟《朝野佥载》卷四:"唐姜晦为吏部侍郎,眼不识字,手不解书,滥掌铨衡,曾无分别。选人歌曰(略)。"清杜文澜《古谣谚》卷五七、《全唐诗》卷八七四"歌"均据录,前者题为《选人为姜晦歌》,后者题作《选人歌》,今从后者。张紫晨《歌谣小史》第九章亦作转述。

王法曹歌

前得尹佛子,后得王癫獭。
判事驴咬瓜,唤人牛嚼沫。
见钱满面喜,无镪从头喝。
尝逢饿夜叉,百姓不可活。

【按】唐·张鷟《朝野佥载》卷二:"王熊为泽州都督,府法曹断掠粮贼,惟各决杖一百。通判,熊曰:'总掠几人?'法曹曰:'掠七人。'熊曰:'掠七人,合决七百。法曹曲断,府司科罪。'时人哂之。前尹正义为都督公平,后熊来替,百姓歌曰(略)。"清杜文澜《古谣谚》卷五七据录,题作《泽州百姓为尹正义王熊歌》;《全唐诗》卷八七四"歌"题作《王法曹歌》,今从拟,尾联"尝"作"常"。清褚人获《坚瓠癸集》卷二亦录,题为《饿夜叉》。又《太平广记》卷二六〇颔联之"沫"作"铁"。张紫晨《歌谣小史》第九章谓:"尹佛子可能是尹卿,……王癫獭不知何人,似为王熊,是泽州都督府法曹。泽州百姓将他二人作了对比,并用歌谣传唱。"(福建人民出版社1981年版第160页)

袁仁敬歌

天不恤冤人兮,何夺我慈亲兮。
有理无申兮,痛哉安许陈兮。

【按】唐·杜佑《通典》卷二五"职官七·大理卿":"开元二十一年七月,大理卿袁仁敬暴卒,系囚闻之,皆恸哭悲歌曰(略)。"《全唐诗》卷八七四"歌"补录,题作《袁敬仁歌》,小注云:"开元二十一年,大理卿袁仁敬暴卒,系囚闻之,皆恸哭,悲歌云云。"清·杜文澜《古谣谚》卷十二引《旧唐书逸文》(《太平御览》卷二三一):"大理卿袁仁敬暴卒,系囚闻之,皆恸哭悲歌,歌曰(略)。"题作《大理因为袁仁敬歌》,末句"许"作"诉",注:"《通典》卷二十五无'悲'字,《唐会要》卷六十六有'悲'字,叙此事均在开元二十一年七月。"又注:"《唐会要》'申'上有'由'字。"又注:"按《旧唐书逸文》据岑氏建功辑本采录。"

土人何婆唱

其一

个丈夫富贵,今年得一品,明年得二品,后年得三品,更后年得四品。

其二

今年减一品,明年减二品,后年减三品,更后年减四品。更得五六年,总没品。

【按】见唐·张鹜《朝野佥载》卷三,明·冯梦龙《古今谭概》荒唐部第三十三:"唐张鹜至洪州,闻土人何婆善琵琶卜,与郭司法往质焉。士女填门,饷遗塞道。何婆心气殊高,郭再拜下钱问其品秩,何婆乃调弦柱,和声气,唱曰(略)。郭曰:'何婆错矣!品少者官高,品多者官小。'何婆改唱曰(略)。郭大骂而起。"

阿来婆琵琶卜唱

东告东方朔,西告西方朔,
南告南方朔,北告北方朔,
上告上方朔,下告下方朔。

【按】唐·张鹜《朝野佥载》卷三:"崇仁坊阿来婆弹琵琶卜,朱紫填门。浮休子张鹜曾往观之,见一将军,紫袍玉带甚伟,下一匹绸绫,请一局卜。来婆鸣弦柱,烧香合眼而唱(略)。将军顶礼既,告请甚多,必望细看,以决疑惑。遂即随意支配。"明冯梦龙《古今谭概》荒唐部第三十三据之抄录。

工匠莫学巧

工匠莫学巧,巧即他人使。
身是自来奴,妻亦官人婢。
夫婿暂时无,曳将仍被耻。
未作道与钱,作了擘眼你。

【按】据中国社会科学院文学研究所中国文学史编写组《中国文学史》第二章"变文和民歌"第二节"唐代民间歌谣"补录(人民文学出版社1962年版第526页)。此为王梵志之通俗诗前四联,张锡厚主编《全敦煌诗》卷二四据伯3211辑录原诗后六联为:"奴人赐酒食,恩言出美气。无赖不与钱,蛆心打脊使。贫穷实可怜,饥寒肚露地。户役一概差,不办棒下死。宁可出头坐,谁肯被鞭耻。何为抛宅走,良由不得止。"(作家出版社2006年版第三册第1134—1135页)。

叙事歌

富饶田舍儿,论情实好事。
广种如屯田,宅舍青烟起。
槽上饲肥马,仍更买奴婢。
牛羊共成群,满圈养肫子。
窖内多埋谷,寻常愿米贵。
里正追役来,坐著南厅里。
广设好饮食,多酒劝遣醉。
追车即与车,须马即与使。
须钱便与钱,和市亦不避。
索面驴驮送,续后更有雉。
官人应须物,当家皆具备。
县官与恩泽,曹司一家事。
纵有重差科,有钱不怕你。

【按】张紫晨《歌谣小史》第九章"隋唐五代歌谣"据刘复《敦煌掇琐》著录,题作《叙事歌》(福建人民出版社1981年版第157页)。张锡厚主编《全敦煌诗》卷二六据伯3418校录,以首句为题(作家出版社2006年版第四册第1275—1276页),今据补,题目从《歌谣小史》。

男女有亦好

男女有亦好,无时亦最精。
儿在愁他役,又恐点着征。
一则无租调,二则绝兵名。
关门无呼唤,耳里挃惺惺。

【按】见中国社会科学院文学研究所中国文学史编写组《中国文学史》第二章"变文和民歌"第二节"唐代民间歌谣"(人民文学出版社1962年版第525页)。张锡厚主编《全敦煌诗》卷二六据伯 3418 校录,末句"挳惺惺"作"极星星"(作家出版社 2006 年版第四册第1307 页)。

唐中宗时优人词

回波尔时栲栳,怕妇也是大好。
外边只有裴谈,内里无过李老。

【按】唐孟棨《本事诗》"嘲戏第七":"中宗朝,御史大夫裴谈崇奉释氏。妻悍妒,谈畏之如严君。尝谓人:'妻有可畏者三:少妙之时,视之如生菩萨。及男女满前,视之如九子魔母,安有人不畏九子魔母耶?及五十、六十,薄施妆粉,或黑,视之如鸠盘荼,安有人不畏鸠盘荼?'时韦庶人颇袭武氏之风轨,中宗渐畏之。内宴唱《回波词》,有优人词曰(略)。韦后意色自得,以束帛赐之。"《全唐诗》卷八六九"谐谑一"据录,题作《中宗朝优人回波词》;张璋、黄畲《全唐五代词》卷八据录,题为《回波乐》。又见明·冯梦龙《古今谭概》闺诫部第十九"裴谈",次句"也"作"亦",第三句"边"作"面",末句"里"作"面","过"作"如"。

洛川仙女答张郁歌

其一
彩云入帝乡,白鹤又回翔。
久留深不可,蓬岛路迢长。

其二
空爱长生术,不是长生人。
今日洛川别,可惜洞中春。

【按】见《全唐诗》卷八六三"女仙",题目从拟,小注:"明皇时,燕人张郁客京洛,与豪贵子弟狂游。忽独步,沿洛川,睹风景恬和,沿步高吟。忽见临水翠幄,有一女郎出,邀郁命席谈笑,谓郁知人世不可居,好道,可与言。郁不能对,女郎歌此,遂与郁别,乘洛波而去。"清杜文澜《古谣谚》卷九八据录,题作《洛川仙女与张郁赠答歌》,又补录《张生(郁)洛川沿步吟》:"浮生如梦能几何,浮生复更忧患多。无人与我长生术,洛川春日且长歌。"

杨国忠闻屏风女歌

三朵芙蓉是我流,大杨造得小杨收。

【按】宋·乐史《杨太真外传》："上曰：'……忆有一屏风，合在，待访得，以赐尔。'屏风乃虹霓为名，雕刻前代美人之形，可长三寸许。其间服玩之器，衣服，皆用众宝杂厕而成。……此乃隋文帝所造，赐义成公主，随在北胡。贞观初，灭胡，与萧后同归中国，因而赐焉。"附录："妃归卫公家，遂持去。安于高楼上，未及将归，国忠日午偃息楼上，至床，睹屏风在焉。才就枕，而屏风诸女悉皆下床前，各通所号，……俄有纤腰妓人近十余辈，曰：'楚章华踏谣娘也。'乃连臂而歌之，曰（略）。"（《开元天宝遗事十种》）。《古谣谚》卷八九、《全唐诗续拾》卷五七皆同题补录，题目从拟。

崔成甫使妇人唱得宝歌

得宝弘农野，弘农得宝耶！
潭里船车闹，扬州铜器多。
三郎当殿坐，看唱《得宝歌》。

【按】《旧唐书》卷一〇五《韦坚传》："至开元二十九年，田同秀上言'见玄元皇帝，云有宝符在陕州桃林县古关令尹喜宅'。发中使求而得之，以为殊祥，改桃林为灵宝县。及此潭成，陕县尉崔成甫以坚为陕郡太守，凿成新潭，又致扬州铜器，翻出此词，广集两县官，使妇人唱之，言（略）。"《全唐诗》卷八七四"歌"据录，题作《崔成甫翻得宝歌》，次句"耶"作"那"，末句"看"作"听"；《古谣谚》卷十二题作《崔成甫使妇人唱得宝歌》，次句注："《陇蜀馀闻》引《开天传信记》，'那'作'耶'。"《新唐书》卷五三《食货志三》："先时民间唱俚歌曰'得体纥那邪'。其后得宝符于桃林，于是陕县尉崔成更《得体歌》为《得宝弘农野》。坚命舟人为吴、楚服，大笠、广袖、芒屦以歌之。成甫又广之为歌辞十阕，自衣缺后绿衣、锦半臂、红抹额，立第一船为号头以唱，集两县妇女百余人，鲜服靓妆，鸣鼓吹笛以和之。"宋司马光《资治通鉴》卷二一五"唐纪三十一·玄宗天宝二年"条及胡三省注据引。

得宝歌

得宝耶？弘农耶？弘农耶？得宝耶？

【按】唐·郑棨《开天传信记》："唐开元末，于弘农古函谷关得宝符，白石赤文，正成'乘'字。识者解之云：'乘者四十八，所以示圣人御历之数也。'及帝幸蜀之来岁，正四十八年。得宝之时，天下歌之曰（略）。得宝之年，遂改元为天宝。"《全唐诗》卷八七四"歌"题作《得宝歌》，小注："开元末，弘农古函谷关得宝符，因改元为天宝。其符白石赤文，正成桑字，解者云，桑者，四十八，以示御历之数。及帝幸蜀之来岁，正四十八年。得宝之时，天下歌之云云。"《古谣谚》卷二一据录，题作《开元末天下唱得宝歌》，注："按《说郛》及《学津讨源》本字句多讹脱，今据《广记》卷二百三十六参订。"

开元宫人袍中诗

沙场征戍客,寒苦若为眠。
战袍经手作,知落阿谁边?
蓄意多添线,含情更著绵。
今生已过也,结取后身缘。

【按】唐·孟棨《本事诗·情感第一》:"开元中,颁赐边军纩衣,制于宫中。有兵士于短袍中得诗曰(略)。兵士以诗白于帅,帅进之。玄宗命以诗遍示六宫,曰:'有作者勿隐,吾不罪汝。'有一宫人自言万死,玄宗深悯之,遂以嫁得诗人,仍谓之曰:'我与汝结今生缘。'边人皆感泣。"《全唐诗》卷七九七据录,小注"已过也"一作"看已过","结取"一作"愿结","身"作"生"。

玄宗时得体歌

得丁纥反体都董反纥那也,纥囊得体耶?
潭里船车闹,扬州铜器多。
三郎当殿坐,看唱《得体歌》。

【按】《旧唐书》卷一〇五《韦坚传》:"天宝元年三月,擢为陕郡太守、水陆转运使。……于长安城东九里长乐坡下、浐水之上架苑墙,东面有望春楼,楼下穿广运潭以通舟楫,二年而成。坚预于东京、汴、宋取小斛底船三二百只置于潭侧,其船皆署牌表之。若广陵郡船,即于舳背上堆积广陵所出锦、镜、铜器、海味。……驾船人皆大笠子、宽袖衫、芒屦,如吴、楚之制。先是,人间戏唱歌词云(略)。"宋郭茂倩《乐府诗集》卷八六据录,题作《得体歌》,解题引《乐府杂录》:"《得宝歌》一曰《得宝子》,又曰《得鞢子》。明皇初得太真妃,喜而谓后宫曰:予得杨氏,如得至宝。乐府遂作此曲。二说不同。"《全唐诗》卷八七四"歌"题作《得体歌》,次句"耶"作"那",末句"看"作"听"。小注:"天宝初,韦坚为陕郡太守、水陆转运使,于长安城东浐水傍,穿广运潭,以通吴会。数十郡舟楫,若广陵郡船,即堆积广陵所出锦镜铜器,馀郡皆然。舟人大笠、宽衫、芒履,如吴楚之制。先是民间戏唱得体歌,至开元末,田同秀上言,见玄元皇帝云,有宝符在陕州桃林县古关令尹喜宅,遣中使求得之,以为殊祥,改县为灵宝。及坚凿新潭成,又致扬州铜器,陕县尉崔成甫乃翻其词为得宝歌,集两县官伎女子唱之。成甫又作歌词十章,自衣缺胯、绿衫、锦半臂、偏袒膊、红抹额,于第一船作号头唱之,和者女子百人,皆鲜服靓妆,齐声接影,鼓笛胡部以应之。明皇临观大悦,下诏褒赏。"《古谣谚》卷十二题作《玄宗时人间唱得体歌》,首句注:"《新唐书·

食货志三》,'也'作'那'。"次句注:"《佩觿》卷上,'囊'作'那'。《全唐诗》一函七、十二函八,'耶'作'那'。"第三句注:"《佩觿》'潭'作'河'。"第五句注:"《嫩真子》:明皇兄弟六人,一人早亡,故明皇为太子时号五王宅,宁王、薛王,明皇兄也;申王、岐王,明皇弟也,故谓之三郎。"末句注:"《全唐诗》'看'作'听'。钱氏大昕《廿二史考异》云:按《广韵》体,蒲本切,《集韵》,部本切,未闻有都董之音。且都董双声,不可以成切,必转写之讹也。体从本,其音必与本近,故转读为宝耳。"

洛下女郎歌

其一　红裳人

皎洁玉颜胜白雪,况乃当年对风月。
沉吟不敢怨春风,自叹容华暗消歇。

其二　白衣人

绛衣披拂露盈盈,淡染胭脂一朵轻。
自恨红颜留不住,莫怨春风道薄情。

【按】原载唐·段成式《酉阳杂俎续集》卷三"支诺皋下",《全唐诗》卷八六七"怪"据录,题为《洛下女郎歌》,今从拟。《全唐诗》小注:"天宝中,洛下崔玄微夜见诸女郎,李氏、陶氏、杨氏,衣服颜色各异,自言俱住苑中,邀封家十八姨,命席,各歌以送酒。仍言苑中多被恶风,乞玄微立朱幡,图日月五星文于苑东,免诸侣之患。女郎乃众花之精,封十八姨者,风神也。"

西鄙人为哥舒翰歌

北斗七星高,哥舒夜带刀。
吐蕃总杀尽,更筑两重壕。

【按】《太平广记》卷四九五"哥舒翰"条引《乾𦠅子》:"天宝中,哥舒翰为安西节度,控地数千里,甚著威令,故西鄙人歌之曰(略)。"宋钱易《南部新书》庚转录,清杜文澜《古谣谚》卷五八据补,注:"按《说郛》卷二十三列《乾𦠅子》,未载此条,今据《广记》录之。"《全唐诗》卷七八四后二句作"至今窥胡马,不敢过临洮";《全唐诗外编》之《全唐诗续补遗》卷三亦补录,唯末句"两"作"西"。原歌又题作《哥舒歌》。张紫晨《歌谣小史》第九章据《全唐诗》转述。

龙护老人铸镜歌

龙盘龙盘,隐于镜中。

分野有象,变化无穷。

兴云吐雾,行雨生风。

上清仙子,来献圣聪。

【按】原载《太平广记》卷二三一"李守泰"条引《异闻录》,《全唐诗》卷八六四"神"据录,题目从拟,小注:"天宝三载,扬州进水心镜,纵横九寸,背有龙盘,势如生动。七载,秦中大旱,叶法善用镜龙祈雨,云从之出,甘霖大需。初铸镜时,有老人自称龙护,同一小童名玄冥至炉所,经三日,失之,于炉前获素书一纸,并一歌,移炉于扬子江心,五月五日午时铸成焉。"

长安民为鲜于氏兄弟歌

前尹赫赫,具瞻允若。

后尹熙熙,具瞻允斯。

【按】《新唐书》卷一四七《李叔明传》:"李叔明字晋,阆州新政人,本鲜于氏,世为右族。兄仲通,字向,天宝末为京兆尹、剑南节度使。兄弟皆涉学,轻财务施。……(叔明)迁京兆尹,长安歌曰(略)。"明杨慎《古今风谣》、清杜文澜《古谣谚》卷十二皆据录,前书题曰《天宝中京兆谣》,末句"斯"作"师";后书题作《长安民为鲜于氏兄弟歌》,并注:"《古今风谣》'具瞻'作'公尹'。"《全唐诗》卷八七四"歌"题作《京兆二尹歌》,小注:"李仲通,天宝末为京兆尹,弟叔明,乾元中复为京兆,长安歌云云。"

宾朋为裴长史歌

宾朋何喧喧,日夜裴公门。

愿得裴公之一言,不须驱马埒华轩。

【按】《李太白全集》卷二六《上安州裴长史书》:"伏惟君侯,贵而且贤,鹰扬虎视,齿若编贝,肤如凝脂,昭昭乎若玉山上行,朗然映人也。而高义重诺,名飞天京,四方诸侯,闻风暗许。倚剑慷慨,气干虹蜺。月费千金,日宴群客,出跃俊马,入罗红颜,所在之处,宾朋成市。故时人歌曰(略)。白不知君侯何以得此声于天壤之间,岂不由重诺好贤,谦以得也。"清杜文澜《古谣谚》卷七五据录,题目从拟,首句"宾朋"作"宾客"。

邺下百姓为张嘉祐歌

张公张公清且明,蝗虫避境□成,正晴□雨□晴。

【按】《全唐文》卷三九六尉迟士良《周太师蜀国公碑阴记》:"洎有唐拨乱反正,崇德报功,……历典凡百,独惟张公曰嘉祐……邺下分忧,俗隐咸柔,政□必举,□我先正;勤君死难□,直书副□之诚。……焚萧而片云飞盖,整策而沛泽随车。……既而秋霖昏作,将害粢盛,公祈以巫,应时晴朗。飞蝗自魏,蔽日而西,公祝以诚□焉。故嘉种黄茂,岁则大熟。百姓歌曰(略)。"清杜文澜《古谣谚》卷八一据录,题目从拟,小注:"《金石萃编》卷八十二《周尉迟迥庙碑阴》'境'下阙四字,无'成'字,'正'作'巫'。上'晴'下阙一字,'雨'下阙十字,无下'晴'字。"《全唐诗续拾》卷五八亦据补。

选人为崔沔王邱歌

沔人澄明澈底清,邱山介直连天峻。

【按】《全唐文》卷三三八颜真卿《通议大夫守太子宾客东都副留守云骑尉赠尚书左仆射博陵崔孝公宅陋室铭记》:"明年(开元十四年)入朝,分掌十铨,公与王邱为选人所歌曰(略)。时人韪之。"《全唐诗续拾》卷五八据补,后按:"《全唐诗》卷八七六收作'时人语',二句互乙,文字有数处不同,故重录之。"

朱子真对赵颖歌

人间几日变桑田,谁识神仙洞里天。
短促共知有□异,且须欢醉在生前。

【按】见《全唐诗》卷八六〇"仙",小传:"朱子真,明皇时人,居南山下,别墅甚盛。出游,尝以绣衣女子数人自随,长安少年赵颖造之求饮,令侍女及木凤歌舞侑酒,子真自歌。……"又见同书卷七七〇,第三句"共"作"虽",缺字作"殊",末句"醉"下注:"一作'笑'。"

邻生为颜令宾挽歌

其一

昨日寻仙子,轴车忽在门。

人生须到此,香魄竟难论。

客至皆连袂,谁来为鼓盆!

不堪衿袖上,犹带旧眉痕。

其二

残春扶病饮,此席最堪伤。

梦幻一朝事,风花几日狂!

孤鸾徒舞镜,双燕懒归梁。

厚意虽全展,含酸奠一觞。

其三

奄忽那如此,夭桃正吐春。

捧心还劝我,掩面托何人?

湿露谁歌薤?逝川宁问津!

临丧应有主,宋玉在西邻。

【按】宋·金盈之《新编醉翁谈录》卷八"令宾能诗笔":"颜令宾居南曲角,举止风流,好尚甚雅,亦颇见称于时。……寻卒,士夫持之数封,其母拆视之,皆哀挽之词。……其邻有张□□□□□□因取挽歌数篇,教挽匶者唱之,声甚悲怆。其一哀章云(略)。其二挽章(略)。其三挽章(略)。"

清源郡人为薛昱歌

郡号清源,官有清德。

【按】清·杜文澜《古谣谚》卷二七引《嘉庆一统志》卷二六四:"泉州府名宦,唐薛昱,天宝中,为清源太守,郡人歌曰。"题目从拟,《全唐诗续拾》卷五八亦据录。

澧州人为刺史歌

可怜地上楼,百姓不知修。

上有清使君,下有清江流。

【按】《全唐文》卷六一九戎昱《澧州新城颂并序》:"澧州,荆之近庸,国之南屏。……古城之东垣,不盈百仞。……乾元中,盗不盈百,即州将失守。间岁,微泸军溃,即郡人涂炭。向使崇堵可固,廪藏是蓄,何蕞尔之寇,得残生人乎!前年春,天子辍伊吕之佐,而牧守澧,公行不加惧,布无恩之惠,人和乐而不使。公尝曰:'一日必葺其墙宇,而况于城池乎?'遂度木于山,浮木于水,……不三四旬,功乃就矣。……澧人歌之曰(略)。虽臧质石城之谣,不是过也。耳目风化,得无颂乎!"《古谣谚》卷八一、《全唐诗续拾》卷五八均据录,题目从拟。

黄州左公歌(其一)

我欲逃乡里,我欲去坟墓。
左公今既来,谁忍弃之去。

【按】《全唐文》卷三八三元结《左黄州表》:"乾元己亥,赞善大夫左振出为黄州刺史,下车,黄人歌曰(略)。於戏!天下兵兴,今七年矣。淮河之北,千里荒草;自关已东,海滨之南,屯兵百万,不胜征税。岂独黄人能使其人忍不去者,谁曰不可颂乎?"《古谣谚》卷七五据录,题曰《黄州为左振歌》;《全唐诗》卷八七四"歌"分录为二首,题作《黄州左公歌》及《又歌》,小注:"乾元二年,赞善大夫左震出为黄州刺史,黄人歌云。"

黄州左公歌(其二)

吾乡有鬼巫,惑人人不知。
天子正尊信,左公能杀之。

【按】《全唐文》卷三八三元结《左黄州表》:"后一岁,黄人又歌曰(略)。於戏!近年以来,以阴阳变怪,将鬼神之道,罔上惑下,得尊重于当时者,日见斯人。黄之巫女,亦以妖妄得蒙恩泽,朝廷不问,州县惟其意,公忿而杀之。则彼可诛戮,岂独巫女? 如左公者,谁曰不可颂乎?"《全唐诗》卷八七四"歌"小注:"肃宗尝遣女巫分行天下,祭名山大川祈福,巫所至因缘为奸。至黄州,震斩巫,阅其赃籍奏焉。"宋洪迈《容斋四笔》卷四"左黄州表":"唐肃宗时,王玙以祠祷见宠,骤得宰相。帝尝不豫,玙遣女巫乘传分祷天下名山大川。巫皆盛服,中人护领,所至干托州县,赂遗狼籍。时有一巫美而艳,以恶少年数十自随,尤憸狡不法。驰入黄州,刺史左震晨至馆请事,门镝不启。震怒,破镝入,取巫斩廷下,悉诛所从少年,籍其赃得十余万,因遣还中人。玙不能诘,帝亦不加罪。震刚决如此,而史不记其他事。予读《元次山集》,有《左黄州表》一篇云:'乾元己亥,赞善大夫左振,出为黄州刺史,下车,黄人歌曰(略)。后一岁,又歌曰(略)。盖此巫黄人也。振在州三迁侍御史,判金州刺史,将去,黄人多去思,故为作表。'予谓振即震也。为政宜民,见于歌颂,史官当特书之于循吏中,而仅能不没其实,故为标显于此。己亥者,乾元二年。"

舒州人歌

邻邑谷不登,我土丰粢盛。
禾稼美如云,实系我使君。

【按】见《全唐诗》卷八七四"歌",小注:"宝应中,荥阳郑縠守舒州,蝗虫不入界,人歌之云云。"今从拟。《古谣谚》卷八二据录,题作《舒州人为郑縠歌》,后注:"按'縠'字疑是'穀'字。"

黄台瓜辞

种瓜黄台下,瓜熟子离离。
一摘使瓜好,再摘令瓜稀。
三摘犹尚可,四摘抱蔓归。

【按】《旧唐书》卷一一六《肃宗代宗诸子》:"(李)泌因奏曰:'臣幼稚时念《黄台瓜辞》,陛下尝闻其说乎?高宗大帝有八子,睿宗最幼,天后所生四子,自为行第,故睿宗第四。长曰孝敬皇帝,为太子监国,而仁明孝悌。天后方图临朝,乃鸩杀孝敬,立雍王贤为太子。贤每日忧惕,知必不保全,与二弟同侍于父母之侧,无由敢言。乃作《黄台瓜辞》,令乐工歌之,冀天后闻之省悟,即生哀愍。辞云(略)。而太子贤终为天后所逐,死于黔中。陛下有今日运祚,已一摘矣,慎无再摘。"

叶法善掘地得古曲几上十八字歌

岁年永悲,羽翼殆归。哀哉罹殃苦,令我不得飞。

【按】《太平广记》卷七七"叶法善"条引佚名《广德神异录》:"宁州有人,卧疾连年,求法善飞符以制之,令于居宅井南七步掘约五尺许,得一古曲几,几上有十八字歌曰(略)。疾者遂愈。"《全唐诗续拾》卷五七据录,题目从拟。

梦黄衣童子歌

中五之德方峨峨,胡呼胡呼何奈何!

【按】唐·苏鹗《杜阳杂编》卷上:"代宗广德元年,吐番犯便桥。上幸陕,王师不利。

常有紫气如车盖,以迎马首。……上至陕,因望铁牛,蹴然谓左右曰:'朕年十五六,宫中有尼号功德山,言事往往神验,屡抚吾背曰:天下有灾,遇牛方回。今见牛也,朕将回尔。'是夜,梦黄衣童子歌于帐前曰(略)。诘旦,上具言其梦,侍臣咸称土德当王,胡虏破灭之兆也。"原注:"黄衣土之色,中五土之数,峨峨者高盛之义也。"《全唐诗》卷八六八"梦"据录,题作《梦黄衣童子歌》,今从拟,"胡呼胡呼"作"胡胡呼呼";《古谣谚》卷六七题作《代宗梦黄衣童子歌》,次句"何奈何"作"可奈何",自注:"黄衣,土之色;中五,土之数;峨峨者,高盛之意也。"

三生石歌

其一

三生石上旧精魂,赏月吟风不要论。
惭愧情人远相访,此身虽异性常存。

其二

身前身后事茫茫,欲话因缘恐断肠。
吴越山川游已遍,却回烟棹上瞿塘。

【按】唐·袁郊《甘泽谣》"圆观"条:"后十二年秋八月,直诣余杭,赴其所约。时天竺寺山雨初晴,月色满川,无处寻访。忽闻葛洪川畔,有牧竖歌《竹枝词》者,乘牛叩角,双髻短衣,俄至寺前,乃圆观也。……圆观又唱《竹枝》,步步前去,山长水远,尚闻歌声,词切韵高,莫知所诣。初到寺前歌曰(略);寺前又歌曰(略)。"《古谣谚》卷九六附录十一同题据录,注:"按《冷斋夜话》卷十引《唐忠义传》略同,惟妇人负瓮而汲作锦裆女子浣。又叙圆观语,若能相顾一笑下有'吾已三生为比丘,居湘西岳麓寺,寺前有巨石林间,尝习禅其上,遂不复言'一节,正谓三生石之事,此略之非也。又往观新儿一节,叙为圆观既死明年之事。天竺寺作孤山,均与此书不合。惠洪又云:东坡删削其传而曰圆泽,而不书岳麓三生石事,赞宁辞所为圆观,东坡何以书为泽,必有据。钱氏希言《戏瑕》卷一,宋人小说惟圆泽三生石事,是苏长公撰,却类唐人文笔,今《广记》中已阑入矣。后阅《冷斋夜话》,乃知唐人元有《忠义传》,载李憕之子源与惠林寺道人圆观游,托生锦裆妇人家。却后十二年,扣角而歌于孤山月下。长公删润其语,而曰圆泽,其实非长公笔也。《甘泽谣》附录东坡《圆泽传》,五川居士云:予按苏公集载《圆泽传》,出自袁郊所作《甘泽谣》,其事则即圆观,特入《唐书·李憕传》数语耳,方疑公以观为泽,未考所本。后数日,偶见惠洪述观道人三生为比丘条下,亦以为疑。欲问其说于叔党,则当时人固已疑之矣。赞宁在宋初最称博学,去袁郊未远,所录亦称圆观,其岳麓三生石事,及源入蜀,及明年儿始生,又与郊记不合,是未尝见《甘泽谣》各书所闻也。今并录于后。予家有刘松年《三生图》,元人楷书《圆泽传》,又与坡公稍异,上有赵松雪鉴定签题名僧二十人诗篇,最后吴匏庵跋语,皆作圆泽,无一人称观者,岂后人因坡公所定,不复为异欤？惟《神会传》则称圆观,是从《甘泽谣》所定也。"又注其一次句:"《冷斋夜话》'吟'作'临'。《潜确类书》卷六十二'不'作'莫'。"其一末句注:"《冷斋夜话》'异'作'坏','长'作'常'。《潜确类书》卷二十七'长'作'灵'。"《全唐诗补编》之《全唐诗续补遗》卷三题为圆观《竹枝词》,张璋、黄畬《全唐五代词》卷八据《唐词纪》补录,题曰《竹枝》。

凤凰台怪和歌

其一 妇人歌

深闺闲锁难成梦,那得同衾共绣床。
一自与郎江上别,霜天更自觉宵长。

其二 男子和

纤阿敛照窗风起,渐觉霜寒逼玉床。
幽恨从来无早暮,不知宵漏向人长。

其三 又歌

愁听黄莺唤友声,空闺曙色梦初成。
窗间总有花笺纸,难寄妾心字字明。

其四 又和

遥知把笔怯禽声,密语书来屡自惊。
若道花笺传不尽,幽情含处已分明。

其五 又歌

寂静璇闺度岁年,并头莲叶又如钱。
愁人独处难堪此,安得君来独枕眠。

其六 又和

愁多四月日如年,金错囊无买酒钱。
满地落花愁不寐,非关明月夜迟眠。

其七 又歌

卧病匡床香屡添,夜深犹有一丝烟。
怀君无计能成梦,更恨砧声到枕边。

其八　又和

寒灯未灭夜愁添,轻帐低垂薄似烟。
忘却闺中病无寐,空教魂梦到君边。

【按】《全唐诗》卷八六七"怪"仅录其一、其三、其五、其七,题作《凤凰台怪和歌》,小注:"大历中,有士人独行凤皇台,见一男子与妇人相和而歌,追而观之,乃二兽也。一类豕而高,一类龙而小。"《全唐诗补编》下《全唐诗续拾》卷五七据元林坤《诚斋杂记》卷下,元伊世珍《琅嬛记》卷上引《诚斋杂记》补录八首,题作《凤凰台兽相和歌》,今据之著录。其一首句"闲"《全唐诗续拾》作"寒";其三次句"成"作"惊";其五首句"年"作"华",第三句"难"作"那"。又注引《诚斋杂记》:"唐大历中,有人独行到凤凰台,望见一男子与一妇人相和而歌,声澈云际。""歌罢,其人迫而视之,乃二兽焉,一类猪而体特高,蔚有文彩;一类龙而小,遍体纯黄色,其人惊而走。行者问之,因语其故,共往观之,寂然无所见,惟竹书一束在地。"

晁采《子夜歌》十八首

其一

侬既剪云鬟,郎亦分丝发。
觅向无人处,绾作同心结。

其二

夜夜不成寐,拥被啼终夕。
郎不信侬时,但看枕上迹。

其三

何时得成匹,离恨不复牵。
金针刺菡萏,夜夜得见莲。

其四

相逢逐凉候,黄花忽复香。
颦眉腊月露,愁杀未成霜。

其五

明窗弄玉指,指甲如水晶。
剪之特寄郎,聊当携手行。

其六
寄语闺中娘，颜色不常好。
含笑对棘实，欢娱须是枣。

其七
良会终有时，劝郎莫得怒。
薑蘖畏春蚕，要绵须辛苦。

其八
醉梦幸逢郎，无奈乌哑哑。
中山如有酒，敢借千金价。

其九
信使无虚日，玉醍寄盈觥。
一年一日雨，底事太多晴。

其十
绣房拟会郎，四窗日离离。
手自施屏障，恐有女伴窥。

其十一
相思百余日，相见苦无期。
褰裳摘藕花，要莲敢恨池。

其十二
金盆盥素手，焚香诵普门。
来生何所愿，与郎为一身。

其十三
花池多芳水，玉杯挹赠郎。
避人藏袖里，湿却素罗裳。

其十四
感郎金针赠，欲报物俱轻。
一双连素缕，与郎聊定情。

其十五

寒风响枯木,通夕不得卧。
早起遣问郎,昨宵何以过。

其十六

得郎日嗣音,令人不可睹。
熊胆磨作墨,书来字字苦。

其十七

轻巾手自制,颜色烂含桃。
先怀侬袖里,然后约郎腰。

其十八

侬赠绿丝衣,郎遗玉鈎子。
即欲系侬心,侬思著郎体。

【按】见《全唐诗》卷八〇〇,小注:"晁采,小字试莺,大历时人。少与邻生文茂约为伉俪,及长,茂时寄诗通情,采以莲子达意,坠于盆。逾旬,开花并蒂,茂以报采,乘间欢合。母得其情,叹曰:'才子佳人,自应有此。'遂以采归茂。"

建州民为陆长源歌

其一

令我州郡泰,令我户口裕,
令我活计大,陆员外。

其二

令我家不分,令我马成群,
令我稻满囷,陆使君。

【按】宋·王象之《舆地纪胜》卷一二九福建路·建宁府·官吏"唐陆长源"注:"建中初,为建中太守,民歌之曰(略)。又曰(略)。"《全唐诗》卷八七四"歌"据录,题作《建州人歌》,小注:"陆长源,建中初为建州刺史,有惠政,百姓歌美之云。"《古谣谚》卷二六亦据录,题作《建州民为陆长源歌》,今从拟。

河南民为河南尹某公歌

其一
天灾流行兮代有,下民昏垫兮时数。
命无以逃兮谅自嗟,岂将天怒。
我尹之慰恤兮,实解予之愁苦。
夫得耕兮妇得织,日出得作兮日入得息。
此固我君之忧民兮,俾我尹之来即。

其二
明明在上兮天子圣,四方取则兮我公令。
疲民苏息兮公之政,一日将去兮谁活我之性命。

【按】《全唐文》卷五一〇李方郁《修中岳庙记》:"上四年,用大司计侍郎为丞相。其明年,以我相秉枢机,我公掌纶诰,宜为避嫌,遂自阁下拜河南尹。将辞,上悄然谓公曰:'前时洛水为灾,洛民大溃,四走无逃,至有没死者,岂胜其冤耶!而公今去,我无东顾之患矣。'公既至理事,先以恤民为寄,活生瘗死,大开廪庾,赈贫乏,饱饥肠,暖寒体,极于畿甸,靡不周悉。而又蠲逋租,省徭赋,俾安稳其起居,勤强其事业。故远迩之民,相贺而歌曰(略)。又歌曰(略)。"《古谣谚》卷八一据录,注:"案《全唐文》称李方郁为建中时人,今考建中为德宗年号,文内称上四年,而建中之号仅有四年,其明年则为兴元元年,文内叙述,又与时事不甚相符,惟据连枝台座之语,知尹河南者为时相之昆弟耳,俟考。"《全唐诗续拾》卷五八亦据之补录。

长道县人为王田二公歌

二公更事,阖境之庇。
二公其休,谁其为嗣。

【按】《全唐文》卷四二九于邵《田司马传》:"司马姓田氏,名某,字某。……知长道县事,……在公之勤,岁寒不易,嘉声美政,益震于曩时。……时特进鸿胪卿兼刺史太原王公,劳于取人,逸于用人,前后褒贬,无有不当。田公虽让德有余,而王公渴日不足,遂举摄司马,仍知县事。……故人歌之曰(略)。"《古谣谚》卷八一据录,题作《长道隶人为王田二公歌》;《全唐诗续拾》卷五八题作《长道县人为王田二公歌》,今从拟。

吉州民为刺史张儇歌

昔吏訑訑,今吏詹詹。公能驭之,铅亦为铦,跖亦为廉。始继而苦,终优以恬。昔民嗷嗷,今民哈哈。公能抚之,鳏寡有怡。流亡既来,徭税先具,污茇尽开。向覆官仓,仓无斗粮。公来几时,积粟埋梁。向阅官库,库无尺缯。公来几时,山积层层。瑞露溶溶,降味公松。瑞莲漪漪,合蒂公池。公有异政,神之祚之。民歌路谣,冀闻京师。天子明圣,恩光远而。

【按】《全唐文》卷六八六皇甫湜《吉州刺史厅壁记》:"自江而南,吉为富州,民朋吏嚚,分土艰政。……御史中丞张公历刺缙云浔阳,用清白端正之治,诏书宠褒,赐以金紫,移莅于吉。下车之初,视簿书,簿书棼如丝;视胥吏,胥吏沸如縻。召诘其官,皆眊然如醒;登进其民,皆薾然而疲。公噫眙良久,于是大新其典,为之开之以修省简便,键之以勤强练密。……威令神行,惠利川流。未及再期,庶富而教,至于无事。百姓扶老提稚,载路而歌曰(略)。于是掾吏将卒,趋伏固请,愿书于公堂之北壁。"《古谣谚》卷七六据录,题曰《吉州民为刺史张公歌》,第六句"继"作"泄",第十句"抚"作"植";《全唐诗续拾》卷五八亦补录,题作《吉州民为刺史张儇歌》,谓张儇之名据同人《庐陵县令厅壁记》补,今从拟。《全唐诗续拾》第四句"铅"一作"雄",第五句"跖"一作"路",第六句"始泄"一作"继始",第十句"植"一作"抚",第二十九句"谣"一作"陲",第三十一句"圣"一作"堂"。

果州百姓为史谦恕歌

使君来何晚,昔日无储今有饭。

【按】宋·叶廷珪《海录碎事》卷十二"臣职部下·刺史门·今有饭":"史谦恕为果州刺史,百姓歌之曰(略)。"《古谣谚》卷五三及《全唐诗续拾》卷五八皆据录。此歌又见明·凌迪知《万姓统谱》卷七四。

杭州民诵刺史房孺复

虽有饥馑,必遇丰年。大盗既去,我公来臻。

【按】《全唐文》卷五三三李观《上杭州房使君书》:"使君令问熙洽,穆如清风,……吏不慢局,狱无挠刑,斩前守之苛弊,若啬夫之去草。能于是,民诵之曰(略)。斯使君之善也。"《古谣谚》卷七六据录,题作《杭州民诵房使君》;《全唐诗续拾》卷五八题为《杭州民诵刺史房孺复》,今从拟,次句"遇"作"有"。

郎大家宋氏《宛转歌》二首

其一

风已清,月朗琴复鸣。掩抑非千态,殷勤是一声。歌宛转,宛转和且长。愿为双鸿鹄,比翼共翱翔。

其二

日已暮,长檐鸟声度。此时望君君不来,此时思君君不顾。歌宛转,宛转那能异栖宿。愿为形与影,出入恒相逐。

【按】见《全唐诗》卷八〇一,小注:"一作拟晋女刘妙容宛转歌。"又:"一作崔液诗。"其一"鸿"一作"黄";其二第三、四句注:一本均无"此时"二字。此又被录入张璋、黄畲编《全唐五代词》卷一。

刘采春《啰唝曲》六首

其一

不喜秦淮水,生憎江上船。
载儿夫婿去,经岁又经年。

其二

借问东园柳,枯来得几年。
自无枝叶分,莫怨太阳偏。

其三

莫作商人妇,金钗当卜钱。
朝朝江口望,错认几人船。

其四

那年离别日,只道住桐庐。
桐庐人不见,今得广州书。

其五

昨日胜今日,今年老去年。
黄河清有日,白发黑无缘。

其六

昨日北风寒,牵船浦里安。

潮来打缆断,摇橹始知难。

【按】见《全唐诗》卷八〇二,小注:"刘采春,越州妓也。"张璋、黄畲编《全唐五代词》卷二补录,注:"刘采春,浙江人,唐时妓女。有《啰唝曲》多首。"毛先舒《填词名解》卷一评其一:"《罗唝曲》作于唐妓刘采春,一名《望夫歌》,《全唐诗话》云即罗唝之曲也。又有《醉公子》、《一片子》、《纥那曲》,与此曲调略同,盖皆唐五言绝句耳。"又黄周星《唐诗快》卷十四:"不怨夫婿,而怨水与船,此《子夜》、《读曲》诸歌所未有。"钟惺《名媛诗归》卷十五评其二:"'借问东园柳,枯来得几年'二句,'得'字问得宛曲。'身无枝叶分','分'字安心正志,不堪自处。"又评其三:"'莫作商人妇'句,懊恨无端,然非淫亵声口。'朝朝江口望'句,'朝朝'字更含下错认矣。"黄周星《唐诗快》卷十四:"有如此才貌,乃作商人妇乎?可惜镜湖春色,何不早归元尚书。"其四次句"住"《云溪友议》作"往",钟惺《名媛诗归》卷十五评:"'那年离别日,只道住桐庐'二句,回想俱属虚摹;'年'字,'日'字,意直警动;'只道'字,含语未竟。'桐庐人不见,今得广州书'二句,却是得书后猜疑未定,辗转不释,其意有在。"黄周星《唐诗快》卷十四评其五:"千古不刊之论,不意出自妇人口中。"

杜秋娘《金缕曲》

劝君莫惜金缕衣,劝君惜取少年时。

花开堪折直须折,莫待无花空折枝。

【按】见《全唐诗》卷二八"杂曲歌辞",无名氏作,复见张璋、黄畲编《全唐五代词》卷二"唐词",后一书注:"杜秋娘,金陵娼家女,年十五为浙西观察使李锜妾,常唱《金缕曲》劝酒。"次句"惜取"作"须惜",第三句"花开"作"有花","直"作"君",末句"无花"作"花残"。并按云:"此词郭茂倩《乐府诗集》列为李锜作,调名为《金缕衣》。《全唐诗·乐府》作《金缕衣》,但未列作者姓名。而《客座赘语》认为杜秋娘作。后来一般唐诗选本多作杜秋娘,标名为《金缕曲》。此亦七言绝句入乐歌者。"

盛小丛《突厥三台》

雁门山上雁初飞,马邑阑中马正肥。

日旰山西逢驿使,殷勤南北送征衣。

【按】见《全唐诗》卷八〇二,又见张璋、黄畲编《全唐五代词》卷二"唐词",后书按:"《突厥三台》,开元末碛西节度使盖嘉运所进,此词传为歌妓盛小丛所作。据钟惺《名媛诗归》注云:'李尚书(讷)为浙东廉使,夜登越城楼,闻歌声激切,召至,乃小丛歌《突厥三台》也。时崔侍御元范至府幕赴阙,李饯之,命小丛歌饯,在座各为一纸赠之。其为名流所重如此'云云。附录于此备考。"

柳氏《杨柳枝》

杨柳枝,芳菲节,可恨年年赠离别。
一叶随风忽报秋,纵使君来岂堪折。

【按】见《全唐诗》卷八九九"词十一"。

王丽真女郎《字字双》

床头锦衾斑复斑,架上朱衣殷复殷。
空庭明月闲复闲,夜长路远山复山。

【按】见《全唐诗》卷八九九"词十一",又见张璋、黄畬编《全唐五代词》卷二"唐词",俞陛云《唐词选粹》谓"颇具乐府风格"。

柳藏经绝句歌

其一

寒水停园沼,秋池满败荷。
杜门穷典籍,所得事今多。

其二

谁谓三才贵,余观万化同。
心虚嫌蠹食,年老怯狂风。

【按】见《全唐诗》卷八六七"怪",小注:"建中间,东都薛弘机隐渭河之隈。有客造门,自云姓柳,名藏经,歌一诗,与弘机谈论经典而别。明年又来,复歌一绝,情意搔然,竟失其踪。是夜恶风发屋,一枯柳拉折,其内不知谁人藏经百余卷,尽烂坏。"

扬州民为杜公(亚)诵

其一

膴膴原田,自今以始,岁其丰年。(野人诵)

其二

沔彼流水,我邦是纪,钟美不知。(都人诵)

【按】《全唐文》卷五一九梁肃《通爱敬陂水门记》:"岁在戊辰,扬州牧杜公命新作西门,所以通水庸、致人利也。冬十有二月,土木之工告毕。……当开元以前,京江岸于扬子,海潮内于邗沟,过茱萸湾,北至邵伯堰,汤汤涣涣,无隘滞之患。其后江派南徙,波不及远,河流浸恶,日淤月填,若岁不雨,则鞠为泥途。……随导随塞,人不宽息,物不滋殖,百有余年矣。贞元初,公由秋官之贰出镇兹土,既下车,……相川原,度水势,自江都而西,循蜀冈之右,得其浸曰句城湖,又得其浸曰爱敬陂,方圆百里,支辅四集,盈而不流,决而可注。……于是变浊为清,激浅为深,洁清淡澄,可灌可鉴。然后漕輓以兴,商旅以通。自北而南,泰然欢康。……化硗薄为膏腴者,不知几千万亩。野人诵曰(略)。都人诵曰(略)。"《古谣谚》卷七五据录,注:"案以新旧《唐书》、《通鉴》考之,贞元戊辰节度扬州者,乃杜亚也。"《全唐诗续拾》卷五八亦据补,后按:"贞元四年,杜亚为扬州牧,疏浚邗沟,通爱敬陂,事竣,甚便农商,州民为之作诵。梁肃文述其事甚详,兹不具录。"

象胥氏译四夷之歌

炜炜煌煌,天子之祥。
唐有神圣,莫敢不来王。

【按】《全唐文》卷六四七元稹《郊天日五色祥云赋》:"象胥氏译四夷之歌曰(略)。"《全唐诗续拾》卷五八据录。

童女步虚歌

凤凰三十六,碧天高太清。
元君夫人踏云语,泠风飒飒吹鹅笙。

【按】见《全唐诗》卷八六二"仙"之春台仙《游春台诗》,题注:"贞元十一年,秦中秀才白幽求,从新罗王子过海,失风,至一高山,半腹一城,台阁壮丽。有大树枝,为风相磨,如人诵诗。详诗意,殆示之进,幽求疑未敢前。俄有朱衣人自城中出,传敕诸真君来。殿廊下玉女数百奏乐,白鹤孔雀盘舞应之。日晚出宴迎月殿,有四真君各为迎月诗。后一诗忘其下句。又有童女唱《步虚歌》,幽求问从者是何处,曰诸真君游春台也,主人是东岳真君,四时各随地分为游。幽求向诸真君乞归,许之,得随西岳真君后,操舟归,自明州返旧土。"

汴州人歌

其一

浊流洋洋,有闢其郛。
闻道欢呼,公来之初。
今公之归,公在丧车。

其二

公既来止,东人以完。
今公没矣,人谁与安。

【按】《全唐文》卷五六七韩愈《故金紫光禄大夫检校尚书左仆射同中书门下平章事兼汴州刺史充宣武军节度副大使知节度事管内支度营田汴宋亳颍等州观察处置等使上柱国陇西郡开国公赠太傅董公行状》:"公讳晋,字混成,河中虞乡万岁里人。……及郛,三军缘道欢声,庶人壮者呼,老者泣,妇人啼,遂入以居……贞元十二年七月也。……十五年二月三日,薨于位。……公之薨也,汴州人歌之曰(略)。又歌曰(略)。"《全唐诗》卷八七四"歌"题作《汴州人歌》,今从拟,其二第三句"没"作"殁",小注:"宣武节度董晋薨,汴州人歌之云云。"《古谣谚》卷七六合为一首,题作《汴州人为董晋歌》,小注:"《考异》云:'人谁'或作'其谁',按外集作'其',非是。"

道州民为薛刺史歌

我有耇老,公燠其肌。我有病癃,公起其羸。
髦童之嚚,公实智之。鳏孤孔艰,公实遂之。
孰尊恶德,远矣自古。孰羡淫昏,俾我斯瞽。
千岁之冥,公闢其户。我子洎孙,延世有慕。

【按】《全唐文》卷五八一柳宗元《道州毁鼻亭神记》:"鼻亭神,象祠也。不知何自始立。因而勿除完而恒新,相传且千岁。元和九年,河东薛公由刑部郎中刺道州,除秽革邪,敷和于下,州之罢人,去乱即治,变呻为谣,若痿而起,若矇而瞭,腾踊相视,欢爱克顺。既底于理,公乃考民风,披地图,得是祠骇曰:'象之道,以为子则傲,以为弟则贼。君有鼻而天子之吏实理,以恶德而专世祀,殆非化吾人之意哉!命亟去之。于是撤其屋,……州民既谕,相与歌曰(略)。'"《古谣谚》卷七六据录,题作《道州民为薛刺史歌》,今从拟;陈尚君《全唐诗续拾》卷五八题为《道州民为刺史薛伯高毁鼻亭神歌》,次句"肌"作"饥",第十一句注"羡":"一作'恣'。"

独孤遐叔梦其妻歌

今夕何夕,存耶没耶。良人去兮天之涯,园树伤心兮三见花。

【按】《太平广记》卷二八一引薛渔思《河东记·独孤遐叔》:"时近清明,月色如昼,系驴于庭外,入空堂中。……复有公子女郎共十数辈,青衣黄头亦十数人,步月徐来。言笑宴宴,遂于筵中间坐,献酬纵横,履舄交错。中有一女郎忧伤摧悴,侧身下坐,风韵若似遐叔之妻。窥之,大惊,即下屋袱,稍于暗处,迫而察焉,乃真是妻也。方见一少年举杯瞩之曰:'一人向隅,满坐不乐。小人窃不自量,愿闻金玉之声。'其妻冤抑悲愁,若无所控诉,而强置于坐也。遂举金爵,收泣而歌曰(略)。"《全唐诗》卷八六八"梦"据录,题作独孤遐叔妻白氏《梦中歌》,小注:"贞元中,遐叔游剑南归,至会光门外,天已暝,路隅有佛堂,止焉。至夜分,忽闻有公子女郎十数辈携酒具赏会。中有一女郎,忧伤摧悴,乃其妻白氏也。少年举杯强之歌,转面挥涕。遐叔惊愤,扪一砖飞击,悄然一无所有。遐叔谓其妻死矣。至其居,妻梦魇方寤,说梦中,与遐叔所见并同。"《古谣谚》卷九五附录十同录,题曰《独孤遐叔梦其妻歌》,今从拟。

独孤穆与隋县主及来氏歌人赠答歌

来氏歌
平阳县中树,久作广陵尘。
不意阿郎至,黄泉重见春。

独孤穆歌
金闺久无主,罗袂坐生尘。
愿作吹箫伴,同为骑凤人。

县主歌
朱轩下长路,青草启孤坟。
犹胜阳台上,空看朝暮云。

县主歌

露草芊芊,颓茔未迁。
自我居此,于今几年?
与君先祖,畴昔恩波。
死生契阔,忽此相过。
谁谓佳期,寻当别离。
俟君之北,携手同归。

独孤穆歌

伊彼维扬,在天一方。
驱马悠悠,忽来异乡。
情通幽显,获此相见。
义感畴昔,言存缱绻。
清江桂州,可以遨游。
惟子之故,不遑淹留。

【按】《太平广记》卷三四二引唐·陈翰《异闻集·独孤穆传》:"唐贞元中,河南独孤穆者,客淮南。夜投大仪县宿。未至十里余,见一青衣乘马,颜色颇丽。……须臾设食,水陆毕备,食讫,青衣数十人前导曰:'县主至。'见一女,年可十三四,姿色绝代,拜跪讫,就坐,谓穆曰:'庄居寂寞,久绝宾客,不意君子惠顾。然而与君有旧,不敢使婢仆言之,幸勿为笑。'……县主曰:'欲自宣泄,实增悲感。妾父齐王,隋帝第二子。隋室倾覆,妾之君父同时遇害。大臣宿将,无不从逆。唯君先将军力拒逆党。……及乱兵入宫,贼党有欲相逼者,妾因辱骂之,遂为所害。'因悲不自胜。……逡巡,青衣数人皆持乐器,而有一人前白县主曰:'言及旧事,但恐使人悲感。且独郎新至,岂可终夜啼泪相对乎?某请充使,召来家娘子相伴。'县主许之,既而谓穆曰:'此大将军来护儿歌人,亦当时遇害,近在于此。'俄顷即至,甚有姿色,善言笑,因作乐,纵饮甚欢。来氏歌数曲,穆唯记其一,曰(略)。良久曰:'妾与县主居此二百余年,岂期今日忽有佳礼!'县主曰:'本以独孤公忠烈之家,愿一相见,欲豁幽愤耳。岂可以尘土之质,厚诬君子?'……穆因以歌讽之曰(略)。县主亦以歌答曰(略)。来氏曰:'……今日相对,正为嘉耦。'……于是群婢戏谑,皆若人间之仪。……县主曰:'……妾此亦终不安,君江南回日,能挈我俱去,葬我洛阳北坂上,得与君相近,永有依托,生成之惠也。'穆皆许诺,曰:'迁葬之礼,乃穆家事矣。'酒酣,倚穆而歌曰(略)。因下泪沾巾,来氏亦泣语穆曰:'独孤郎勿负县主厚意。'穆因以歌答曰(略)。"《全唐诗》卷八六六"鬼"据录,总题《临淄县主与独孤穆冥会诗》;《古谣谚》卷八九题曰《独孤穆与隋县主及来氏歌人赠答歌》,今从拟,第二首"金闱"作"今闻",第五首"桂州"作"桂舟"。

黄子野叩舷歌

其一

早潮初上海门开,漠漠彤云雪作堆。
一百六峰都掩尽,不知何处有僧来。

其二

几日江头醉不醒,满天风雪卧沧溟。
定知酒伴无寻处,门外松涛坐独听。

【按】清·杜文澜《古谣谚》卷五一引《榕阴新检》:"唐黄子野,字仲,侯官人。王伾微时,覆舟于罗刹江,子野见之,奋臂呼曰:能生得人者予百金。因自见知于人,遂变姓名,焚毫素,耕于方山。后伾为散骑常侍,使人召之,则亡。令福州观察使物色之,得之岐阳江上,一男子扁舟披蓑,独卧雪中,忽扣舷歌曰云云。俄尔又歌曰云云。使者疑为子野,遥呼之曰:仲无恙乎?子野曰唯唯。于是遂达伾命,随子野至青山中。家徒壁立,几上惟《周易》一卷。子野佯喜,设脱粟之食,与之约:旦日雪霁会传舍。夕时子野不至,使者驰至其家,则书币封识如故,子野已遁去矣。"

吴人歌

朝判长洲暮判吴,道不拾遗人不孤。

【按】见《全唐诗》卷八七四"歌",小注:"滕遂,贞元末登科,历大理评事、长洲令,摄吴县,时人歌之云。"今从拟。《古谣谚》卷八二据录,题作《吴县人为滕遂歌》。

柳州民颂柳宗元歌

柳州柳刺史,种柳柳江边。
柳色依然在,千株绿拂天。

【按】宋·刘斧《青琐高议》前集卷一"柳子厚补遗":"柳宗元,字子厚,晚年谪授柳州刺史。子厚不薄彼人,尽仁爱之术治之。民有斗争至于庭,子厚分别曲直使去,终不忍以法从事。于是民相告:'太守非怯也,乃真爱我者也。'相戒不得以讼。后又教之植木、种禾、养鸡、蓄鱼,皆有条法,民益富,民歌曰(略)。"今据录,题目自拟。

金缶魅歌

色分蓝叶青,声比磬中鸣。
七月初七夜,吾当示汝形。

【按】见《全唐诗》卷八六七"怪",原题《金缶魅诗》,小注:"河东李员,居长安延寿里。元和初,室西隅有声若韵金石。俄有歌者,音清越,久不已,凡数夕闻焉。后至秋始六日,夜雨颓堂北垣,明日,得一缶,仅尺馀,制用金,形状奇古,盖千百年之器。"

士人梦屏风妇人歌

长安女儿踏春阳,无处春阳不断肠。
舞袖弓腰浑忘却,蛾眉空带九秋霜。

【按】唐·段成式《酉阳杂俎》前集卷十四"诺皋记上":"元和初,有一士人失姓字,因醉卧厅中。及醒,见古屏上妇人等悉于床前踏歌,歌曰(略)。其中双鬟者问曰:'如何是弓腰?'歌者笑曰:'汝不见我作弓腰乎?'乃反首,髻及地,腰势如规焉。士人惊惧,因叱之,忽然上屏,亦无其他。"《全唐诗》卷八六八"梦"据录,题作邢凤《梦中美人歌》,小注:"泾原节度李彙,说贞元中有帅家子邢凤,居长安平康里南。质一大第,即其寝,而昼偃,梦一美人,古装,高鬟长眉,执卷而吟。凤发其卷,美人曰:'君必欲传之,无过一篇。'取彩笺传其《春阳曲》。问曲中弓弯何谓,美人云:'父母教妾为此舞。'乃起,整衣张袖舞数拍,为弓弯状以示凤。既罢,辞去,凤觉,仍于襟袖得其词。"首句"女儿"作"少女","踏"注"一作玩","阳"注"一作忙";次句"无"作"何","阳"注"一作归";第三句"腰"作"弯";末句"蛾眉空带"作"罗衣空换",注:"一作罗帏空度。一作蛾眉空带。"《古谣谚》卷九七附录十二题作《士人梦屏风妇人歌》,注:"《梦游录》叙此事,士人名邢凤。"又首句注:"《孔帖》卷十三'儿'在'女'上。《全唐文》卷七百三十七沈亚之《异梦录》、《全唐诗》十二函七及《广异记》、《梦游录》、《异闻录》、《潜確类书》卷四'女儿'作'少女'。《异闻录》、《梦游录》'踏'作'玩'。《全唐诗》注'阳'一作'忙。'"次句注:"《广异记》、《梦游录》、《全唐文》、《潜確类书》'无'作'何'。"第三句注:"《广异记》、《梦游录》、《全唐文》、《全唐诗》'腰'作'弯'。"尾句注:"《全唐文》、《全唐诗》'蛾眉'并作'罗衣','带'作'换'。《异闻录》、《梦游录》'蛾眉'作'罗帏','带'作'度'。《广异记》作'罗帏空度九秋霜'。"张璋、黄畬《全唐五代词》卷八题作《(屏上妇人)踏歌》,《删补唐诗选脉笺释会通评林》调名作《春阳曲》,首句"女儿"一作"少女",次句"无"一作"何",末句"蛾眉空带"一作"罗帏空度"。

高平民为文斤歌

我圣君兮德巍巍,择良牧兮治边陲。
感神功兮云雨施,稼穑如梁兮又如茨。
无阶达天真兮,咸愿立乎丰碑。

【按】《全唐文》卷七一三潘滔《文公祠记》:"按《邵阳图经》,公姓文,讳斤。晋咸康中为高平令。隐于此山,得道羽化,故名文仙山。……洎唐贞元十年,上天愍旸,旱魃为虐,草木黄落,如惔如焚。于时州伯太原王公高、县宰昌黎韩公谨辉至诚恳请曰:'如神降临,膏雨滂霈,即为刻石记事。'当时响应,云行雨施,年谷既登,仓廪充实。……至元和三年,岁在戊子,灾患荐臻,旱又甚矣。州牧济阳丁公立、邑君冯翊庄公齐,命官启告,酬愿立碑。遂雨洒四溟,润泽九谷。……野老荷蓑与笠,相对伫锸而歌曰(略)。"《古谣谚》卷八一据录,题作《高平民为文斤歌》,今从拟;《全唐诗续拾》卷五八题作《高平野老为文斤歌》,后按:"文斤为东晋高平令,其隐居地后称文仙山。元和三年大旱,州县为文斤立碑而获雨,野老相对伫锸而歌此歌。详见潘记。同治《湖南通志》卷二十《山川》收作尚颜《邵州甘雨歌》,未详有他据否,今不取。"

邢凤子梦妇人歌

阳春二月雨和尘,阳春踏尽春风起,愁尽人间白发人。

【按】清·杜文澜《古谣谚》卷九一引《梦占逸旨》卷五:"邢郎梦听阳春之曲,自注云:《异闻录》曰:邢凤之子梦一妇人歌《踏春阳曲》曰。"题作《邢凤子梦妇人歌》,今另作分录。

希道授炙毂子歌

其一

木津天魂,金液地魄。
坎离运行宽无成,金木有数秦晋合。
近效宜六旬,远期三载阔。

其二

魄微入魂牝牡结,阳呴阴滋神鬼灭。
千歌万赞皆未决,占往今来抛日月。

【按】见《全唐诗》卷八六二"仙",题注:"炙毂子王叡,成疹积年,苦冷。游燕中,逢樱杖樱笠者,鹤貌高古,名曰希道。授以丹诀,并一歌。制丹饵之,周星得瘳。后竟仙去。"

嵩岳诸仙歌

其一　穆王把酒请王母歌
劝君酒,为君悲且吟。自从频见市朝改,无复瑶池宴乐心。

其二　王母持杯穆天子歌
奉君酒,休叹市朝非。早知无复瑶池兴,悔驾骅骝草草归。

其三　穆天子重歌
八马回乘汗漫风,犹思往事憩昭宫。
宴移玄圃情方洽,乐奏钧天曲未终。
斜汉露凝残月冷,流霞杯泛曙光红。
昆仑回首不知处,疑是酒酣魂梦中。

其四　王母酬穆天子歌
一曲笙歌瑶水滨,曾留逸足驻征轮。
人间甲子周千岁,灵境杯觞初一巡。
玉兔银河终不夜,奇花好树镇长春。
悄知穆满饶词句,歌向俗流疑误人。

其五　酒至汉武帝王母又歌
珠露金风下界秋,汉家陵树冷修修。
当时不得仙桃力,寻作浮尘飘陇头。

其六　汉帝上王母酒歌
五十余年四海清,自亲丹灶得长生。
若言尽是仙桃力,看取神仙簿上名。

其七　汉帝召丁令威歌
月照骊山露泣花,似悲先帝早升遐。
至今犹有长生鹿,时绕温泉望翠华。

其八　王母召叶静能为明皇歌

幽蓟烟尘别九重,贵妃汤殿罢歌钟。
中宵扈从无全仗,大驾苍皇发六龙。
妆匣尚留金翡翠,暖池犹浸玉芙蓉。
荆榛一闭朝元路,唯有悲风吹晚松。

【按】详见唐·李玫《纂异记》"嵩岳嫁女"条(《唐五代笔记小说大观》上册,上海古籍出版社2000年版第496—499页),又见《太平广记》卷五〇"嵩岳嫁女"条。《全唐诗》卷八六二"仙"据录,题为嵩岳诸仙《嫁女诗》,题注:"元和中,洛阳田璆、邓韶,博学有文。中秋,出建春门望月,遇二书生,邀至其庄,池馆台榭,率陈设盘筵,若有侍者。诘之,云:'今夕上清神女嫁玉京仙郎,群仙会于兹岳,将藉君礼导升降耳。'言讫,花烛满空,有云母双车,偕群仙下,帏中坐者为西王母,相者为刘纲,侍者为茅盈,弹筝击筑者麻姑、谢自然。二书生,卫符卿、李八百也。顷之,汉武帝、唐明皇至。未顷,穆天子至,各为歌相劝酬。汉帝又召丁令威歌,子晋吹笙和之。王母亦召叶静能歌明皇时事。于是黄龙持杯,于车前再拜,祝仙郎神女,刘纲、茅盈,与巢父各有催妆诗。玉女引仙郎与神女入帐,璆、韶奉命相礼,礼毕,符卿、八百引之辞王母,各赐延寿酒一杯,曰:'可增人间半甲子。'送出庄门四五步,失所在,惟嵩山嵯峨倚天,得樵径归,已岁余矣。于是二人弃家入少室山学道,不知所终。"小注其四尾联"穆满"作"碧海";其六次句"灶"作"药";其八末句"皇"作"黄"。《古谣谚》卷九五附录十同题辑录,注:"按各歌末注均遵《全唐诗》采录。"

薛昭与凤台兰翘云容诸女歌

凤台歌

脸花不绽几含幽,今夕阳春独换秋。
我守孤灯无白日,寒云陇上更添愁。

兰翘和

幽谷啼莺整羽翰,犀沉玉冷自长叹。
月华不忍扃泉户,露滴松枝一夜寒。

云容和

韶光不见分成尘,曾饵金丹忽有神。
不意薛生携旧律,独开幽谷一枝春。

薛昭和

误入宫垣漏网人,月华静洗玉阶尘。

自疑飞到蓬莱顶,琼艳三枝半夜春。

【按】《太平广记》卷六九"张云容"条引《传记》:"薛昭者,唐元和末为平陆尉,……坐谪为民于海东。……过兰昌宫,古木修竹,四合其所,昭逾垣而入。……及夜,风清月皎,见阶前有三美女,笑语而至。……长曰云容张氏,次曰凤台萧氏,次曰兰翘刘氏,……凤台请击席而歌,送昭容酒,歌曰(略)。兰翘和曰(略)。云容和曰(略)。昭亦和曰(略)。诗毕,旋闻鸡鸣,三人曰:'可归室矣。'昭持其衣,超然而去。"《古谣谚》卷九六附录十一据录,其一末句"陇"作"岭",题目从拟。

河中鬼踏歌

河水流溷溷,山头种荞麦。

两个胡孙门底来,东家阿嫂决一百。

【按】《太平广记》卷三四六"踏歌鬼"条引唐·薛渔思《河东记》:"长庆中,有人于河中舜城北鹳鹊楼下见二鬼,各长三丈许,青衫白袴,连臂踏歌曰(略)。言毕而没。"《全唐诗》卷八六五"鬼"据录,题作《河中鬼踏歌》,今从拟;《古谣谚》卷九五附录十同题据录,注:"案《说郛》卷六十列《河东记》,未载此条,今据《广记》录之。"

刘明德墓志铭末附歌

哀哉哲人,于何是美。言满山川,名扬间□。

上敬而恭,下问不耻。直而能谦,和而有礼。

奈何龙剑,俱沉逝水。风树萧萧,荒坟累累。

曾闵攀号,哀情摧毁。中外痛咽兮苦深,肠断绝兮不能已已。

【按】《全唐诗续拾》卷五八据《山右石刻丛编》卷八《唐故校尉守左武卫泾州四门府折冲都尉员外置同正员赐紫金鱼袋上柱国刘府君墓志铭》补录,注:"刘明德字节望,长庆二年卒。"第三句阙字注:"疑为'里'字。"

僧伽卒后显形长庆元年夜半于泗州牧苏公寝室前歌

淮南淮北,自此福焉。

自东自西,无不熟矣。

【按】见《全唐诗补编》之《全唐诗续拾》卷五七据《宋高僧传》卷十八《唐泗州普光王寺僧伽传》,注:"按:僧伽卒于中宗景龙四年,年八十三。"

后十三年有人于益州见赵旭形容短小如八九岁小儿模样行歌于市

尘缘尽兮仙缘来,清风冷然入我怀。
青童仙君事已谐,洞明山上瑞云埋。
九月九日黄花开,仙人招我上天阶。
凌空双鹤何快哉。

【按】见宋·罗烨《醉翁谈录》己集卷二"赵旭得青童君为妻",《全唐诗补编》下《全唐诗续拾》卷五七"宋人著作中所载唐五代神仙鬼怪诗"据录,后注:"按《太平广记》卷六五引《通幽录》载赵旭与青童往来故事,录诗一首,《全唐诗》卷八六三收入。《醉翁谈录》所载故事,较《通幽记》为详,不注出处。有二种可能:其一,《广记》所收为节本。其二,宋人在《通幽记》基础上增益。同书全录唐人传奇之文甚众。今尚难遽作论断。"

吴彩鸾歌

若能相伴陟仙坛,应得文箫驾彩鸾。
自有绣襦并甲帐,琼台不怕雪霜寒。

【按】清·杜文澜《古谣谚》卷五五引《事文类聚》(前集卷十一天时部引《传奇》):"钟陵西山有游帷观,每至中秋,车马喧阗,数十里若阛阓。豪杰多召名姝善讴者,夜与丈夫间立,握臂连踏而唱,推对答敏捷者胜。太和末,有书生文箫往观,睹一姝甚丽,其词曰云云。生意其神仙,植足不去,姝亦相盼。歌罢,独秉烛,穿大松径,将尽,陟山扪石,冒险而升。生蹑其踪,姝曰:莫是文箫耶? 相引至绝顶坦然之地。后忽风雨,裂帷覆机,俄有仙童持天判曰:吴彩鸾以私欲泄天机,谪为民妻一纪。姝乃与生下山,归钟陵。"《全唐诗》卷八六三"女仙"亦录,"琼"作"瑶",小注:"钟陵西山馆,中秋游女甚盛。太和末,有书生文箫,睹一姝甚妙,相盼不去,复为山歌,歌罢,穿大松径,扪山险上升。生蹑其踪,姝相引至绝顶,忽风雨,有仙童持天判云:吴彩鸾私欲,谪为民妻一纪。乃与生下山,归钟陵。"

鲍生家妓歌

其一

白露湿庭砌，皓月临前轩。

此时颇留恨，含思独无言。

其二

风飐荷珠难暂圆，多生信有短因缘。

西楼今夜三更月，还照离人泣断弦。

【按】唐·李玫《纂异记》"韦鲍生妓"条："酒徒鲍生，家富蓄妓。开成初，行历阳道中，止定山寺，遇外弟韦生下第东归，同憩水阁。鲍置酒，酒酣，韦谓鲍曰：'乐妓数辈焉在？'……鲍生曰：'……唯与梦兰、小倩俱，今亦可以佐欢矣。'顷之，二双鬟抱胡琴、方响而至，遂坐韦生、鲍生之左。……酒阑，鲍谓韦曰：'出城得良马乎？'对曰：'予春初塞游，自鄜坊历乌延，抵平夏，止灵武而回，部落驵骏获数匹。……'鲍抃掌大悦。……韦戏鲍曰：'能以人换，任选殊尤。'鲍欲马之意颇切，密遣四弦更衣盛装，顷之乃至。命捧酒劝韦生，歌一曲以送之云（略）。又歌送鲍生酒云（略）。韦乃召御者，牵紫叱拨以酬之。"《太平广记》卷三四九据引，其一第三句"颇"作"去"；《古谣谚》卷八九亦补录，题曰《鲍生家妓歌》，今从拟。

益昌民为何易于歌

我有父，何易于。昔无储，今有馀。

【按】见《全唐诗》卷八七四"歌"，小注："何易于，会昌中摄令，有惠政，民歌之云。"《古谣谚》卷八二据录，题为《益昌民为何易于歌》，今从拟，小注："案《全唐文》卷七百九十五孙樵《书何易于》，何易于尝为益昌令，案以此核之，'会昌'当作'益昌'。"

宾友酒令歌

莫打南来雁，从他向北飞。

打时双打取，莫遣两分离。

【按】《太平广记》卷二七五"童仆·归秦"引《北梦琐言》："沈询有嬖妾，其妻害之，私以配内竖归秦，询不能禁。既而妾犹侍内，归秦耻之，乃挟刃伺隙，杀询及其夫人于昭义使笱。是夕,询尝宴府中宾友,乃便歌著词令曰(略)。及归而夫妻并命焉,时咸通四年也。"《全唐诗》卷八七九"酒令"据录,小注:"询,吴人,会昌进士第,咸通中为昭义节度。尝宴府中,宾友改令歌此。询有嬖妾,妻以配内竖归秦,而仍留侍内,秦耻恨,伺宴罢,杀询夫妻,如所歌也。"题目自拟。

宜春头陀歌

经世学,经世学成无用著。
山中乐,山中乐土堪耕凿。
瘿瓢有酒同君酌,醉卧草庐谁唤觉。
松阴忽听双鸣鹤,起来日出穿林薄。

【按】《全唐诗续拾》卷二七据《道藏·太平部》收《急救仙方》卷六十《仙授理伤续断仙方序》引,注:"宜春头陀,姓名不详,会昌间结庵宜春之钟村,自称年已一百四五十,村氓彭叟与其善,传其歌辞,诗一首。"附注:"《全唐诗》无宜春头陀诗。"第七句"鸣"注:"《中国医籍考》卷七十引作'鸠'。"

钟陵郡民为雁门公歌

自公之来,阖境谨哈。饮公之化,若乳婴孩。

【按】《全唐文》卷七四七韦愨《重修滕王阁记》:"钟陵郡控连山,大江环合州城。……故我雁门公按节廉问,方颁条诏,令肃而兵戎慑服,政和而疲瘵昭苏。……故州民相与称贺,继而歌曰(略)。"《古谣谚》卷八一据录,题曰《钟陵郡民为雁门公歌》,今从拟;《全唐诗续拾》卷五八题为《钟陵郡民为节度使纥干臮歌》,并按:"记云大中执徐岁'故我雁门公按节廉问'。检《唐方镇年表》卷五,大中二年纥干臮镇江西,臮封雁门公。"

巴州薛刺史歌

日出而耕,日入而归。
吏不到门,夜不掩扉。
有孩有童,愿以名垂。
何以字之,薛孙薛儿。

【按】宋·王象之《舆地纪胜》卷一八七"利东路·官吏":"薛逢为巴州刺史。人咏之曰(略)。"《全唐诗》卷八七四"歌"题为《巴州薛刺史歌》,今从拟;《古谣谚》卷二六题作《巴州人为薛逢歌》。

高苑令歌

高苑之树枯已荣,淄川之水浑已澄,邹邑之民仆已行。

【按】见明·凌迪知《万姓统谱》卷五八;《全唐诗》卷八七四"歌"据录,题曰《高苑令歌》,今从拟,小注:"高苑令刘敬和,先为邹、淄二县令,后在高苑,岁饥,擅发仓施赈,民得全活,歌之云云。"《古谣谚》卷八二据录,题作《邹淄高苑三县民为刘敬和歌》。

曲江游人歌

春光且莫去,留与醉人看。

【按】五代·冯贽《云仙散录》"百花狮子"引《曲江春宴录》:"曲江贵家游赏,则剪百花装成狮子,互相送遗。狮子有小连环,欲送,则以蜀锦流苏牵之,唱曰(略)。"《古谣谚》卷五三据录,题作《曲江贵家游赏戏唱》;《全唐诗》卷八七四"歌"题作《曲江游人歌》,今从拟。

蜥蜴求雨歌

蜥蜴蜥蜴,兴云吐雾。
雨若滂沱,放汝归去。

【按】见《全唐诗》卷八七四"歌",小注:"唐时求雨法,以土实巨瓮,作木蜥蜴,小童操青竹,衣青衣以舞,歌云云。"

挽歌

红轮决定沈西去,未委魂灵往那方。

【按】见《全唐诗》卷八七四"歌",今据之著录。

马自然歌

昔日曾随魏伯阳,无端醉卧紫金床。
东君谓我多情懒,罚向人间作酒狂。

【按】清·杜文澜《古谣谚》卷六七引《闻奇录》："马自然貌丑,齇鼻,秃鬓,大口。饮酒石馀,醉卧,即以拳入口。人有疾病,告之,折薪草呵而与食,无不差者。尝吟曰(略)。后往梓州,上升。"题作《马自然歌》,今从拟;《全唐诗》卷八六一"仙"题作马湘《又诗一首》,首句"曾"小注一作"尝",第三句"懒"作"赖"。

蓝采和踏歌

踏歌踏歌蓝采和,世界能几何。红颜一春树,流年一掷梭。古人混混去不返,今人纷纷来更多。朝骑鸾凤到碧落,暮见苍田生白波。长景明晖在空际,金银宫阙高嵯峨。

【按】《太平广记》卷二二"神仙·蓝采和"条引《续神仙传》："蓝采和,不知何许人也,常衣破蓝衫,六銙黑木腰带,阔三寸余,一脚着靴,一脚跣行。……每行歌于城市乞索。持大拍板,长三尺馀,常醉踏歌,老少皆随看之。机捷谐谑,人问,应声答之,笑皆绝倒。似狂非狂,行则振靴唱(略)。歌辞极多,率皆仙意,人莫之测。……后踏歌于濠、梁间酒楼,乘醉。有云鹤笙箫声,忽然轻举于云中,掷下靴、衫、腰带、拍板,冉冉而去。"《全唐诗》卷八六一"仙"据录,《古谣谚》卷七二首句注:"《合璧事类》前集卷五十、《潜确类书》卷六十三无上'歌'字。"第三句注:"原本'三'作'一',据《全唐诗》、《潜确类书》改。"第四句注:"《潜确类书》'年'作'光'。"第七句注:"《合璧事类》'骑'作'骖'。"第八句注:"《合璧事类》'苍'作'桑'。"末句注:"《合璧事类》'高'作'空'。"张璋、黄畲编《全唐五代词》卷八第三句"一春"作"三椿"。

洛城五凤楼中歌

天津桥畔火光起,魏王堤上看洪水。

【按】唐·康骈《剧谈录》卷上"洛中大水"条:"咸通四年秋,洛中大水,苑囿庐舍,靡不淹没。厥后,香山寺僧云:'其日将暮,见暴水自龙门川北下,有如决江海,鼓怒之间,殷若雷震。有二黑牛出于水上,掉尾跃空而进。众僧与居人凭高望之,谓城中悉为鱼矣。俄见定鼎、长夏二门,阴瞖忽开,亦有青牛奋跃而出,相去约有百步,黑牛奔走而回,向之怒浪惊澜,翕然遂低数丈。是夕漂溺尤甚,京邑遂至萧条。十余年间,尚未完葺。先是,皇城守阍者,白昼闻五凤楼中有人歌云(略)。'时郑相国涯留守洛师,闻之,以为妖妄。经月余,从事宴罢夜归,执烛者有火烬遗落,骑从才过,烟焰已高,救之不及,遂烧其半。及潦将兴,谷洛先涨,魏王与月波二堤俱坏,乃明阍者之言。"《全唐诗》卷八七五"谶记"据录,题为《洛城五凤楼中歌》,今从拟;《古谣谚》卷五八题作《洛中阍者闻五凤楼中人歌》,注:"《全唐诗》十二函八'洪'作'流'。按'流'亦可通,作'洪'者尤切。"

殷七七醉歌

弹琴碧玉调,药炼白朱砂。
解酝顷刻酒,能开非时花。

【按】《太平广记》卷五二"殷天祥"条引沈汾《续仙传》:"殷七七,名天祥,又名道筌。尝自称七七,俗多呼之,不知何所人也。……周宝旧于长安识之,寻为泾原节度,延之礼重,慕其道术房中之事。及宝移镇浙西,数年后,七七忽到,复卖药,宝闻之惊喜,召之,师敬益甚,每日醉歌曰(略)。宝常试之,悉有验。"《全唐诗》卷八六一据录,次句"炼"一作"炉",尾句注:"一作能栽顷刻花。"《古谣谚》卷七二同题补录,注:"冯氏应榴《苏诗注》卷一引《云笈七签》作:'解酝须臾酒,能开顷刻花。琴弹碧玉调,炉炼白朱砂。'"又注:"案《说郛》卷五十八列《续神仙传》,但标姓名乡里,余语俱删削,今据《广记》采出六条,依《说郛》次第录之。"

阳春曲

愁见唱阳春,令人离肠结。
郎去未归家,柳自飘香雪。

【按】见《全唐诗》卷八六一"仙",小注:"七七有异术,过润州,与客饮,云:'某有一艺侑欢。'顾屏上画妇人,曰:'可歌《阳春曲》。'妇人应声而歌,其音清亮,似从屏中出。"《古谣谚》卷九八附录十三亦补录,题为《屏风画妇人歌阳春曲》,注引《诗史》:"殷七七有异术,尝与客饮,云:某有艺,成宾主欢。即顾屏上画妇人曰:可唱《阳春曲》。妇人应声随歌曰云云,如此者十余曲。"

咸通中小儿歌

得节不得节,不过十二月。

【按】宋·司马光《资治通鉴》卷二五一"唐纪五十一·咸通十年"条:"官军大集,纵击,杀贼近万人,余皆溺死,降者才及千人,(庞)勋亦死而人莫之识,数日,乃获其尸。"《考异》引《彭门纪乱》:"初,庞勋之求节也,必希岁内得之,于是闾里小儿竞歌之曰(略)。即庞勋九年十月十七日作乱,十年九月十九日就戮,通其闰月计之,正一岁而灭。"《全唐诗续拾》卷五八据录。

华亭君歌

华亭君,来几时,免我疾苦疗我饥。

【按】《全唐诗续拾》卷五八据《檇李诗系》卷四二辑录,文曰:"唐末,琅琊张聿为嘉兴军华亭令。有以干乞至境上者,闻民此歌,不谒而去。"

闽人为郑家八虎歌

贾彪之虎兮往代,荀爽八龙兮典载。
名不朽兮人不逢,人不逢兮名空在。
荥阳八虎今成群,见之避之走纷纷。

【按】《全唐诗续拾》卷五八据宋赵与泌、黄岩孙纂《仙溪志》卷四辑录,注出《艺文志》、《九国志》、《独(疑有误)实录》及《郡志》,注:"按唐末诗人郑良士有子八人,皆善文学,时称郑家八虎,为作歌。"

唐末黄巢颂歌

高高山上灯一盏,天下穷人都苦寒。
不是黄巢来造反,谁杀赃官八百万。

【按】见哈尔滨师院《中国古代文学作品选》(二)。题目自拟。

黄巢《咏菊》二首

题菊花

飒飒西风满院栽,蕊寒香冷蝶难来。
他年我若为青帝,报与桃花一处开。

不第后赋菊

待到秋来九月八,我花开后百花杀。
冲天香阵透长安,满城尽带黄金甲。

【按】其一见宋·张端义《贵耳集》卷下:"黄巢五岁,侍翁父为菊花联句,翁思索未至,巢信口应曰：'堪与百花为总首，自然天赐赭黄衣。'巢之父怪欲击巢，乃翁曰：'孙能诗，但未知轻重，可令再赋一篇。'巢应之曰（略）。"《全唐诗》卷七三三著录二首。厦门大学中文系《历代民歌选析》（福建人民出版社1981年版）及贾克非《中国历代歌谣精选》（北岳文艺出版社1987年版）选录此诗，故亦据之重录。张紫晨《歌谣小史》称第二诗"在民间流传一时，而且变成了'百花发时我不发，我若发时却吓杀。要与秋风战一场，满身披就黄金甲'。"（福建人民出版社1981年版第163页）

张生妻梦中歌

其一　为长须人歌

叹衰草，络纬声切切。良人一去不复还，今夕坐愁鬓如雪。

其二　为白面少年歌

劝君酒，君莫辞，落花徒绕枝，流水无返期。莫恃少年时，少年能几时。

其三　为紫衣人歌

怨空闺，秋日亦难暮。夫婿断音书，遥天雁空度。

其四　为黑衣胡人歌

切切夕风急，露滋庭草湿。良人去不回，焉知掩闺泣。

其五　为绿衣少年歌

萤火穿白杨，悲风入荒草。疑是梦中游，愁迷故园道。

其六　长须人歌答

花前始相见，花下又相送。何必言梦中，人生尽如梦。

【按】见《全唐诗》卷八六八"梦"，题目从拟，小注："张生家汴州中牟县赤城坂，别妻游河朔，五年而还汴，出郑州门，已昏黑。忽于草莽中见灯火荧煌，有长须者、白面年少者、紫衣者、及黑衣胡人、绿衣少年，挟其妻宴饮。张扣得一瓦击之，中长须头；再发一瓦，中妻额。忽阒然无所见，张君谓其妻已死矣。归至家，妻在，问之，曰：'昨夜梦有六七人遍令饮酒，各请歌。饮次有发瓦来，中奴额，惊觉，尚头痛。'因知昨夜所见，乃妻梦也。"《古谣谚》卷九五附录十引《梦游录》辑录此歌，题作《张生梦其妻及长须人歌》。

伊用昌望江南词咏鼓

江南鼓，梭肚两头乐。钉著不知侵骨髓，
打来只是没心肝，空腹被人谩。

【按】见《全唐诗》卷八六一"仙",小注:"伊用昌,不知何许人。与其妻乞食,多在江右庐陵、宜春诸郡,出语轻忽,常为人殴击,呼之为伊风子。爱作《望江南》词,与妻唱和,词皆有旨。妻有殊色,豪富子弟以言笑戏调,不可犯。夫妻至南城县,丐死牛肉,食之死。后人有见之者,夫妻皆蹑虚而行,发视所埋处,惟有烂牛肉,无别物。"又见《全唐诗》卷九〇〇"词十二",题作《忆江南》。

伊用昌题酒楼壁

此生生在此生先,何事从玄不复玄。
已在淮南鸡犬后,而今便到玉皇前。

【按】见《全唐诗》卷八六一"仙",小注:"用昌死后一年,有江西镇将丁,于其地见用昌夫妻,仍唱《望江南》词。"

蜀中酒阁道人歌

尾闾不禁沧溟竭,九转神丹都谩说。
惟有班龙顶上珠,能补玉堂关下穴。

【按】见《全唐诗》卷八六二"仙",题注:"蜀中有道人,饮于酒阁,歌此诗。有许仲源者,问其诗中班龙珠何物,云为鹿角。授仲源制服方,化一白鹤飞去,许后亦得仙。"

戚逍遥歌

笑看沧海欲成尘,王母花前别众真。
千岁却归天上去,一心珍重世间人。

【按】《太平广记》卷七〇"戚逍遥"条引《续仙传》:"戚逍遥,冀州南宫人也。……逍遥十余岁,好道清淡,不为儿戏。……年二十余,适同邑蒯浔,舅姑酷,责之以蚕农怠惰。……而逍遥但以香水为资,绝食静想,自歌曰(略)。蒯氏及邻里悉以为妖。"《全唐诗》卷八六三"女仙"据录,小注:"戚逍遥,冀州南宫人。幼好道,父以女诫授逍遥,逍遥曰:'此常人之事耳。'遂取老子仙经诵之。年二十余,适同邑蒯浔。不为尘俗事,惟独居一室,绝食静想,作歌云云,人悉以为妖。一夜,闻室内有人语声。又三日,忽闻屋裂声如雷,仰视天半,逍遥与仙众俱在云中,历历闻分别语,观望无不惊叹。"《古谣谚》卷七二亦同题据录,今从拟。

成都醉道士示胡二郎歌

欲究丹砂理,幽玄无处寻。
不离铅与汞,无出水中金。
金欲炼时须得水,水遇土兮终不起。
但知火候不参差,自得还丹微妙旨。
人世分明知有死,刚只留心恋朱紫。
岂知光景片时间,将谓人生长似此。
何不回心师至道,免逐年光虚自老。
临樽只解醉醺酣,对镜方知渐枯槁。
二郎切切听我语,仙乡咫尺无寒暑。
与君说尽只如斯,莫恋娇奢不肯去。
感君恩义言方苦,火急回心求出路。
吟成数句赠君辞,不觉便成今与古。

【按】见《全唐诗》卷八六二"仙",题注:"有胡二郎者,尝见一道士于成都,醉卧通衢,二郎怜之。每值其醉,辄取石支其首。道士一日醒,见二郎在傍,感之,因劝修道,且歌以讽之。二郎问为何人,曰:'吾即尔朱先生也。'去不见,二郎后亦得仙。"

霅溪水神夜宴歌

皤皤美女唱公无渡河歌

浊波扬扬兮凝晓雾,公无渡河兮公竟渡。
风号水激兮呼不闻,提衣看入兮中流去。
浪排衣兮随步没,沉尸深入兮蛟螭窟。
蛟螭尽醉兮君血干,推出黄沙兮泛君骨。
当时君死兮妾何适,遂就波澜兮合魂魄。
愿持精卫衔石心,穷取河源塞泉脉。

曹娥唱怨江波三叠

悲风淅淅兮波绵绵，芦花万里兮凝苍烟。
虬螭窟宅兮渊且玄，排波叠浪兮沈我天。
所覆不全兮身宁全，溢眸恨血兮徒涟涟。
誓将柔荑抉锯牙之啄，空水府而藏其腥涎。
青娥翠黛兮沉江壖，碧云斜月兮空蝉娟。
吞声饮恨兮语无力，徒扬哀怨兮登歌筵。

太湖神歌

白露溥兮西风高，碧波万里兮翻洪涛。
莫言天下至柔者，载舟覆舟皆我曹。

松江神歌

君不见夜来渡口拥千艘，中载万姓之脂膏。
当楼船泛泛于叠浪，恨珠贝又轻于鸿毛。
又不见潮来津亭维一舠，中有一士青其袍。
赴宰邑之良日，任波吼而风号。
是知溺名溺利者，不免为水府之腥臊。

雪溪神歌

山势萦回水脉分，水光山色翠连云。
四时尽入诗人咏，役杀吴兴柳使君。

湘王歌

渺渺烟波接九嶷，几人经此泣江篱。
年年绿水青山色，不改重华南狩时。

屈大夫歌

凤骞骞以降瑞兮，患山鸡之杂飞。玉温温以呈器兮，因碔砆之争辉。当侯门之四闢兮，墐嘉谟之重扉。既瑞器而无庸兮，宜昏暗之相微。徒刻石以为舟兮，顾沿流而志违。将刻木而作羽兮，与超腾之理非。矜孑孑于空阔兮，靡群援之可依。血淋淋而滂流兮，顾江鱼之腹而将归。西风萧萧兮湘水悠悠，白芷芳歇兮江篱秋。日晼晼兮川云收，棹四起兮悲风幽。羁魂汨没兮我名永浮，碧波虽涸兮厥誉长流。向使甘言顺行于曩昔，岂今日居君王之座头。是知贪名徇禄而随世磨灭者，虽正寝而死兮无得与我俦。

当鼎足之嘉会兮,获周旋于君侯。雕盘玉豆兮罗珍羞,金卮琼斝兮方献酬。敢写心兮歌一曲,无诮余持杯以淹留。

鸱夷君歌

云集大野兮血波汹汹,玄黄交战兮吴无全垒。既霸业之将坠,宜嘉谟之不从。国步颠蹶兮吾道遘凶,处鸱夷之大困,入渊泉之九重。上帝悯余之非辜兮,俾大江鼓怒其冤踪。所以鞭浪山而疾驱波岳,亦粗足展余拂郁之心胸。当灵境之良宴兮,谬尊俎之相容。击箫鼓兮撞歌钟,吴讴越舞兮欢未极,遽军城晓鼓之冬冬。愿保上善之柔德,何行乐之地兮难相逢。

【按】《太平广记》卷三〇九"蒋琛"条引《集异记》:"有女乐数十辈皆执所习于舞筵,有俳优扬言曰,蹯蹯美女唱《公无渡河歌》,其词曰(略)。……俳优又扬言曹娥唱《怨江波》凡五叠,琛所记者唯三,其词云(略)。歌竟,四座为之惨容。江神把酒,太湖神起舞作歌曰(略)。江神倾杯起舞作歌曰(略)。湘王持杯,雪溪神歌曰(略)。酒至溪神,湘王歌曰(略)。……屈大夫左持杯,右击盘,朗朗作歌曰(略)。……鸱夷君衔杯作歌曰(略)。"《古谣谚》卷九五附录十据录,题作《雪溪水神夜宴歌》,今从拟,第一首末句"取"作"断",第七首第四句"之"作"以",第十三句"阔"作"举",第二十六句"而"作"之","兮"作"乎",注:"按《说郛》卷一百十五列《集异记》,未载此条,今据《广记》录之。"《全唐诗》卷八六四"神"题作《水神雪溪夜宴诗》,小注:"雪溪蒋琛,常设网罟给食。一夕,风雨晦冥,见鱼鳖蹙波为城,蛟蜃嘘气为楼台宫殿,有松江、太湖、雪溪诸神为境会夜宴,同预者,湘江神、鸱夷君、范相国,及申屠狄、徐衍诸人,各有诗歌云。"《蹯蹯美女唱公无渡河歌》作《诸神命丽玉唱公无渡河歌》,末句"穷"后有"断";曹娥《怨江波》之"啄"作"喙";《松江神歌》第五句"潮"作"朝";《湘王歌》作《湘江神歌》;《屈大夫歌》第十三句"空举"作"空江",第二十三句"顺行"作"盛行";《鸱夷君歌》首句"云集"作"雪集"。

湘中蛟女答郑生歌

溯清春兮江之隅,拖湖波兮袅绿裾。
荷拳拳兮来舒,非同归兮何如。

【按】《太平广记》卷二九八"太学郑生"条引《异闻集》:"后十余年,生(郑晨)兄为岳州刺史,会上巳日,与家徒登岳阳楼望鄂渚,张宴乐酣,生愁思吟曰:'情无限兮荡洋洋,怀佳期兮属三湘。'声未终,有画舻浮漾而来,中为彩楼,高百余尺,其上帷帐栏笼,尽饰帷囊,有弹弦鼓吹者,皆神仙蛾眉,被服烟电,裾袖皆广尺。中一人起舞,含颦怨慕,形类汜人,舞而歌曰(略)。舞毕,敛袖索然。须臾,风涛崩怒,遂不知所往。"《全唐诗》卷八六四"神"据录,题作《湘中蛟女答郑生歌》,今从拟。首句"清春"作"青山",次句"湖波"作"湘波",第三句

"来舒"作"情未舒",末句"何如"作"将焉如"。《古谣谚》卷九六附录十一题作《郑生与湘中蛟女赠答吟》。首句"清风"作"青春",注:"按《说郛》卷一百十七列《异闻实录》(按此与《广记》所引《异闻录》本一书,而《广记》无'实'字,当系编纂时删去)未载此条,今据《广记》录之。"

裴姓闻冢中群婢踏歌

柏堂新成乐未央,回来回去绕裴郎。

【按】《太平广记》卷三三五"浚仪王氏"条引《广异记》:"浚仪王氏,士人也。其母葬,女婿裴郎饮酒醉,入冢卧棺后,家人不知,遂掩圹。后经数日,不见裴郎,家诬为王氏所杀,遂相讼。……遂开圹得之,气息奄奄,以粥灌之,数日平复,说云:'初葬之夕,酒向醒,无由得出,举目窃视,见人无数,文柏为堂,宅宇甚丽,王氏先亡长幼皆集。……又闻群婢连臂踏歌,词曰(略)。"《全唐诗》卷八六六"鬼"录为残句,《古谣谚》卷九六附录十一据录,题目从拟。后按:"《说郛》卷一百十八列《广异记》,未载此条,今据《广记》录之。"

赵旭听神女叩柱歌

月露飘摇星汉斜,独行窈窕浮云车。
仙郎独邀青童君,结情罗帐连心花。

【按】《太平广记》卷六五引《通幽记》:"天水赵旭,……夜深,忽闻外一女呼青夫人,旭骇而问之。答曰:同宫女子相寻尔,勿应。乃扣柱歌曰(略)。歌甚长,旭惟记两韵。"《古谣谚》卷九六附录十一据录,注:"《补侍儿小名录》'月露'作'白云','飘摇'作'飘飘'。"末句"连心"作"同心"。后按:"《补侍儿小名录》以此歌属之青童,当由删节其文,因而致误。"《全唐诗》卷八六三"女仙"录作《青童与赵旭叩柱歌》,首句"月露"作"白云"。

小妾歌

卜得上峡日,秋天风浪多。
江陵一夜雨,肠断木兰歌。

【按】《太平广记》卷三四六引唐·薛渔思《河东记·臧夏》:"上都安邑坊十字街东,有陆氏宅,制度古丑,人常谓凶宅。后有进士臧夏僦居其中,与其兄咸尝昼寝,忽梦魇,良久方寤。曰:"始见一女人,绿裙红袖,自东街而下,弱质纤腰,如雾濛花,收泣而云:'听妾一篇幽恨之句。'其辞曰(略)。"题目自拟。《全唐诗》卷八六六"鬼"据录,题作《安邑坊女幽恨诗》,次句"天"作"江",第三句"江陵"作"巴陵"。

红裳女子歌

其一

凉风暮起骊山空,长生殿锁霜叶红。
朝来试入华清宫,分明忆得开元中。

其二

金殿不胜秋,月斜石楼冷。
谁是相顾人,褰帷吊孤影。

婴儿为红裳歌

烟灭石楼空,悠悠永夜中。
虚心怯秋雨,艳质畏飘风。
向壁残花碎,侵皆坠叶红。
还如失群鹤,饮恨在雕笼。

【按】见《全唐诗》卷八六七"怪",题作《石瓮寺灯魅诗》。小注:"进士杨稹,家于渭桥,肄业昭应石瓮寺。有红裳女子,既夕而至,容色姝丽,徐步帘外而歌。稹纳之,自称开元中明皇与杨妃建此寺,封我为西明夫人,乃西偏经幢中灯精也。晨去暮还,不止。家人潜伏佛榻窥之,扑灭灯,遂绝。"又注:"前二首红裳女子歌,此首,风雨夜一婴儿为红裳歌。"

妙香歌

劝君酒莫辞,花落抛旧枝。
只有北邙山下月,清光到死也相随。

【按】见《全唐诗》卷八六七"怪",题作《妙香词》。小注:"唐郑继超遇田参军,赠妓曰妙香。数年告别,歌北邙月词送酒。翌日,同至北邙山下,化狐而去。田君亦狐也。"张璋、黄畲编《全唐五代词》卷八据补,谓出自毛先舒《填词名解》卷四引《洞微志》,另题为妙香《北邙月》,注:"妙香,唐时妓女,相传后化狐而去。"(上海古籍出版社1986年版第1063页)

击盘歌送欧阳训酒

飞燕身轻未是轻,枉将弱质在岩扃。
今来不得同鸳枕,相伴神魂入杳冥。

【按】见《全唐诗》卷八六七"怪"。

席上歌

洞府深沉春日长,山花无主自芬芳。
凭阑寂寂看明月,欲种桃花待阮郎。

【按】见《全唐诗》卷八六七"怪",小注:"有少年于岩下逢女子,留与同居十日,于席上作歌赠少年云。"

张孜纪梦歌

上天知我忆其人,使向人间梦中见。

【按】见《全唐诗》卷八六八"梦",小注:"处士张孜写李白真,虔祷,忽梦白自天降,与语诗。因为歌以纪之,其略曰。"

曲中唱语

张公吃酒李公颠,盛六生儿郑九怜。
舍下雄鸡伤一德,南头小凤纳三千。

【按】唐·孙棨《北里志》"张住住"条:"俄而复值北曲王团儿假女小福,为郑九郎主之(《说郛》郑九郎上有一节二字),而私于曲中盛六子者。及诞一子,荥阳抚之甚厚。曲中唱曰(略)。"第三句小注:"舍下,《说郛》作'上舍','伤'作'失'。"《全唐诗》卷八七二"谐谑四"据录,题作《曲中唱语》,今从拟。小注:"南曲张住住,少与邻儿庞佛奴订结发之约,及笄,里南陈小凤权聘,求其元,住住先期梯就佛奴,以遂平生。后令佛奴髡鸡冠,取丹物诳小凤,小凤得之,献三缗于张氏。时北曲有王小福者,郑九郎主之,而私于曲中盛六子,及诞一子,郑抚之甚厚。曲中因有此唱。"《古谣谚》卷九〇合录此首及以下二首(《改唱》、《街头又唱》),总题作《南曲中小儿唱》。此唱又见明冯梦龙《情史》卷三"情私类·张住住"。

改唱

张公吃酒李公颠,盛六生儿郑九怜。
舍下雄鸡失一足,街头小福拉三拳。

【按】唐·孙棨《北里志》"张住住"条:"久之小凤因访住住,微闻其唱,疑而未察。其与住住昵者,诘旦告以街中之辞曰:'是日前佛奴雄鸡,因避斗,飞上屋,伤足。前曲小铁炉田小福者,卖马街头,遇佛奴父,以为小福所伤,遂殴之。'住住素有口辩,因抚掌曰:'是何庞汉,打他卖马街头田小福?街头唱:舍下雄鸡失一足,街头小福拉三拳。且雄鸡失德,是何谓也?'"《全唐诗》卷八七二"谐谑四"据录,题作《改唱》,今从拟。《古谣谚》卷九〇仅录后二句。

街中又唱

莫将庞大作蓛团,庞大皮中的不乾。
不怕凤凰当额打,更将鸡脚用筋缠。

【按】唐·孙棨《北里志》:"住住因呼宋媪,使以前言告佛奴。奴视鸡足且良,遂以生丝缠其鸡足,置街中,召群小儿共变其唱住住之言。小凤复以住住家噪弄不已,遂出街中以避之。及见鸡跛,又闻改唱,深恨向来误听,乃益市酒肉,复之张舍。一夕,宴语甚欢,至旦将归,街中又唱曰(略)。小凤闻此唱,不复诣住住。"《全唐诗》卷八七二"谐谑四"及《古谣谚》卷九〇皆据录。"蓛",《全唐诗》首句"蓛"小注:"锦葵花也,音翘。"第三句"凰"作"皇";《古谣谚》首句"团"作"翘"。

卖药道人《无事歌》

无字歌,呵呵亦呵呵,哀哀亦呵呵。
不似荷叶参军子,人人与个拜□木,
大作厅上假阎罗。

【按】宋·陶穀《清异录》卷下"作用·无字歌":"长沙狱掾任福祖拥驺吏出行,有卖药道人行吟曰(略)。福祖审思岂非异人,急遣访求,已出城矣。"《古谣谚》卷六九据引,题曰《长沙卖药道人吟》;《全唐诗外编》第四编童养年《全唐诗续补遗》卷十四亦据补,题曰卖药道人《无事歌》,首句"字"作"事",第五句缺字补作"顷"。

郎大家宋氏《长相思》

长相思,久离别。关山阻,风烟绝。

台上镜文销,袖中书字灭。不见君形影,何曾有欢悦。

【按】见宋·郭茂倩《乐府诗集》卷六九"杂曲歌辞九",《全唐诗》卷八〇一补录。

长孙绍祖闻少女歌

其一

宿昔相思苦,今宵良会稀。

欲持留客被,一愿拂君衣。

其二

星汉纵复斜,风霜凄已切。

薄陈君不御,谁知思欲绝。

【按】《太平广记》卷三二六"长孙绍祖"条引《志怪录》:"长孙绍祖常行陈蔡间,日暮,路侧有一人家,呼宿。房内闻弹筝篌声,窃于窗中窥之,见一少女,容态闲婉,明烛独处。绍祖微调之,女抚弦不辍,笑而歌曰(略)。绍祖悦怪,直前抚慰,女亦欣然曰:'何处公子,横来相干?'因与会合。又谓绍祖曰:'昨夜好梦,今果有征。'屏风衾枕,率皆华整。左右有婢,仍命馔,颇有珍羞,而悉无味。又饮白醪酒,女曰:'猝值上客,不暇更营佳味。'才饮数杯,女复歌,歌曰(略)。因前拥绍组,呼婢彻烛共寝,仍以小婢配其苍头。将曙,女挥泪与别,赠以金缕小合子:'无复后期,时可相念。'绍祖乘马出门百余步,顾视,乃一小坟也。怆然而去。其所赠合子,尘埃积中,非生人所用物也。"《古谣谚》卷九五附录十据录,题作《长孙绍祖闻少女歌》,今从拟;《全唐诗续拾》卷五七题为《陈蔡女鬼与长孙绍祖歌》,注:"按六朝人所著小说以《志怪》为书名者有多种,鲁迅辑入《古小说钩沉》,不录此条。长孙为塞北胡姓,似不应见于六朝小说中。宋朱翌《猗觉寮杂记》卷上引张荐《灵怪集》,有东蔡女鬼与裴绍祖诗二句:'横陈君不御,惟知思不绝。'疑《广记》所注书名有误。"

句曲父老为三茅君歌

茅山连金陵,江湖据下流。

三君乘白鹤,各治一山头。

召雨泽旱田,陆地亦复收。

妻子保堂堂,使我无百忧。

白鹤翔青天,何时复来游?

【按】《全唐诗补编》之《全唐诗续拾》卷五七据《广卓异记》卷二十引《总仙记》补录,注:"按《太平广记》卷五引《洞仙记》'茅濛'条,与《总仙记》此条前半合,知乐史当有所本。此诗见该条后半,未见更早记载。"

张曙游巴州东楼歌

江风起兮江楼春,千里万里兮愁杀人。

楼前芳草兮关山道,江上孤帆兮杨柳津。

是何贶我兮击拊,眷我兮殷勤。

【按】清·杜文澜《古谣谚》卷九二"附录七"引《学斋占毕》卷二:"唐张曙《击瓯赋》:宋玉《九辩》曰'悼余生之不时',今余不时也。甲辰,窜身巴南,避许溃师,郡刺史甚欢接。春一日,登郡东楼,下临巴江,馔酒簇乐,以相为娱。言间,有马处士末至,善击瓯者,请即清宴,爱骋妙绝。处士审音以知声,余审乐以知化,斯可以抑扬淫放,顿挫匏竹,运动节奏,出鬼入神。太守请余赋之,余乃歌曰。"

李翱拜禹歌

惟天地之无穷兮,哀生人之常勤。

往者吾弗及兮,来者吾弗闻。已而已而!

【按】《全唐文》卷六三七李翱《拜禹言》:"贞元十五年六月二十九日,陇西李翱敬载拜于禹之堂下。自宾阶升,北面立,弗敢叹,弗敢祝,弗敢祈。退,降,复敬再拜。哭而归,且歌曰(略)。"《古谣谚》卷七六据录,题目从拟。

婺州山人歌

静居青嶂里,高啸紫烟中。
尘世连仙界,琼田前路通。

【按】见《全唐诗》卷七八四,题作《婺州山中人歌》,今从拟。小注:"《葆光录》:婺州有僧入山,见一人古貌、巾褐、骑牛,手执鞭,光铄日色,扣角而歌云云。僧揖之,不应,驰去。"《古谣谚》卷八二同题著录。

同谷子五子之歌

其一
邦惟固本自安宁,临下常须驭朽惊。
何事十旬游不返,祸胎从此召殷兵。

其二
酒色声禽号四荒,那堪峻宇又彤墙。
静思今古为君者,未或因兹不灭亡。

其三
唯彼陶唐有冀方,少年都不解思量。
如今算得当时事,首为盘游乱纪纲。

其四
明明我祖万邦君,典则贻将示子孙。
惆怅太康荒坠后,覆宗绝祀灭其门。

其五
仇雠万姓遂无依,颜厚何曾解忸怩。
五子既歌邦已失,一场前事悔难追。

【按】宋·计有功《唐诗纪事》卷七一"同谷子":"昭宗播岐,何后用事,有同谷子者,咏《五子之歌》,何后潜令秦王诛之,事未行而奔去。诗曰(略)。"《全唐诗》卷七八四据录,题目从拟。

无名氏明月湖醉后蔷薇花歌

万朵当轩红灼灼,晚阴照水尘不著。
西施醉后情不禁,侍儿扶下蕊珠阁。
柔条嫩蕊轻鲭鳂,一低一昂合又开。
深红浅绿状不得,日斜池畔香风来。
红能柔,绿能软,浓淡参差相宛转。
舞蝶双双谁唤来,轻绡片片何人剪。
白发使君思帝乡,驱妻领女游花傍。
持杯忆著曲江事,千花万叶垂宫墙。
复有同心初上第,日暮华筵移水际。
笙歌日日征教坊,倾国名倡尽佳丽。
我曾此处同诸生,飞盂落盏纷纵横。
将欲得到上天路,刚向直道中行去。
一朝失势当如此,万事如灰壮心死。
谁知奏御数万言,翻割龟符四千里。
丈夫达则贤,穷则愚,胡为紫,胡为朱。
莫思身外穷通事,且醉花前一百壶。

【按】见《全唐诗》卷七八五,题目从拟。第五句"蕊"注:"一作'叶'。"

纥真山神泉歌

纥真山头有神井,入地千尺绝骨冷。

【按】清·杜文澜《古谣谚》卷二六引《太平寰宇记》卷五一"河东道十二·朔州":"朔州鄯阳县纥真山,《冀州图》云:在县城东北三十里,登之望桑干、代郡,数百里宛然。夏恒积雪,故彼人语曰:纥真山头冻死雀,何不飞去生处乐。又有神泉,人歌曰(略)。"题作《人为纥真山神泉歌》。《全唐诗续拾》卷五八亦据录,改题《纥真山神泉歌》,今从拟。

张打油诗

江上一笼统,井上黑窟窿。
黄狗身上白,白狗身上肿。

【按】明·冯梦龙《古今谭概》苦海部第七"雪诗"条:"唐人有张打油,作《雪》诗云(略)。"又明·东海闲民水华郁履行辑《谑浪》卷一同。

长沙窑出土唐代民歌

其一

自入长信宫,每对孤灯泣。
闺门镇不开,梦从何处入。

其二

幼小春闺眷,睡宵春睡重。
□□□□□,□□□□□。

其三

自从君去后,常守旧时心。
洛阳来路远,凡用几黄金。

其四

我有方寸心,无人堪共说。
遣风吹却云,托向天边月。

其五

君生我未生,我生君已老。
君恨我生迟,我恨君生早。

其六

一别行千里,来时未有期。
月中三十日,无夜不相思。

其七
新妇家家有,新郎何处无。
伦情好果报,嫁取可怜夫。

其八
日日思前路,朝朝别主人。
行行山水上,处处鸟啼新。

其九
有僧长寄书,老□长相忆。
莫作□□□,一去无消息。

其十
只愁啼鸟别,恨送古人多。
去后看明月,风光处处过。

其十一
□别即须分,何劳说苦新。
牵牛石上过,不见有啼恨。

其十二
□□□家日,□途柳色新。
□前辞父母,洒泪别尊亲。

其十三
上有东流水,下有好山林。
主人居好宅,日日斗黄金。

其十四
寒食元无火,青松自有烟。
鸟啼新柳上,人拜坟古前。

其十五
小水通大河,山深鸟宿多。
主人看客好,曲路亦相过。

其十六
□林□付之,鸿雁北向飞。
今日是□日,早□□□□。

其十七
人归万里外,意在一杯中。
只虑前程远,闻讯待好风。

其十八
人归千里去,心画一杯中。
莫道前程远,开坑逐便风。

其十九
买人心惆怅,卖人心不安。
题诗安瓶上,将与买人看。

其二〇
夜夜挂长钩,朝朝望楚楼。
可怜孤月夜,沧照客人愁。

其二一
孤竹生南海,安根本自危。
每蒙东日照,常被北风吹。

其二二
街上满梅村,春来尽不成。
腹中花易发,荫处苦难生。

其二三
龙门多贵客,出户是贤宾。
今日归家去,无言谢主人。

其二四
东家种桃李,一半向西邻。
幸有余光在,因何不与人。

其二五
岁岁长为客,年年不在家。
见他桃李树,思忆后园花。

其二六
作客来多日,常怀一肚愁。
路逢千丈木,堪作坐竹楼。

其二七
古人皆有别,此别泪恨多。
去后看明月,风光处处过。

其二八
自从与客来,是事皆隐忍。
有负平生心,崎岖在人尽。

其二九
剑缺那堪用,霞珠不值钱。
芙蓉一点污,□人那堪怜。

其三〇
二八谁家女,临河洗旧妆。
水流红粉尽,风送绮罗香。

其三一
衣裳不如注,人前满面修。
行时无风彩,坐在下行头。

其三二
凡人莫偷盗,行坐饱酒食。
不用说东西,汝亦自绿直。

其三三
念念催年促,由如少水鱼。
劝诸行过家,修学香无余。

其三四

圣水出温泉,新阳万里传。
常居安乐国,多报未来缘。

其三五

天地平如水,王道自然开。
家中无学子,官从何处来。

其三六

客来莫直入,直入主人嗔。
打门三五下,自有出来人。

其三七

上有千年鸟,下有百年人。
丈夫具纸笔,一世不求人。

其三八

男儿大丈夫,何用本乡居。
明月家家有,黄金何处无。

其三九

□起自长呼,何名大丈夫。
心中万事有,不□□中无。

其四〇

白玉非为宝,千金我不须。
怀念千张纸,心藏万卷书。

其四一

二月春丰酒,红泥小火炉。
今朝天色好,能饮一杯无?

其四二

备酒还逢酒,逃杯又被杯。
今朝即不醉,满满酌将来。

其四三

世人皆有别,此别泪恨多。
送客醉南酒,悬令听楚歌。

其四四

终日如醉泥,看东不看西。
为存酒家令,心里不曾迷。

其四五

一日三场战,离家数十年。
将军马上坐,将士雪中眠。

其四六

不意多离别,临别洒泪难。
愁容生白发,相送出长安。

其四七

去去关山远,行行胡地深。
早知今日苦,多与尽师金。

其四八

远送还通达,逍遥近道边。
遇逢遐迩村,进迢遹遛连。

其四九

□□□岩,□□□□□。
□□□□□。□□□□□。

其五〇

天明日月□,立月已三龙。
言身一寸谢,千里重金钟。

其五一

单乔亦是乔,着木亦成乔。
除却乔边木,着女便成娇。

其五二

春水春池满,春时春草生。
春人饮春酒,春鸟弄春声。

其五三

闻流不见水,有石复无山。
金瓶成碎玉,挂在树枝间。

其五四

去岁无田种,今春乏酒材。
恐他花鸟笑,佯醉卧池台。

其五五

日红衫子和罗裙,尽日看花不厌春。
须向妆台重注口,无那萧郎悭煞人。

其五六

熟练轻容软似绵,短衫披帛不鞦缠。
萧郎恶卧衣裳乱,往往天明在花前。

其五七

一暑寒梅南北枝,每年花发不同时。
南枝昨夜花开尽,北内梅花犹未知。

其五八

须饮三杯万士休,眼前花揆四枝柔。
不知酒是龙泉剑,吃入伤中别何愁。

格言

幼小深闺养。

慈乌反哺之念。

羊伸跪乳之义。

牛怀舐犊之恩。

惟有行刘之次。

屋漏不盖,损失梁柱。

日月升明,不照覆盆之下。

罗网之鸟,悔不高飞。

悬钓之鱼,悔不忍饥。

富从升合起,贫从不计来。

君子喻于义,小人奋于利。

小人之浅志短,道者君之深识。

上有千年树,下有百年人。

有钱水亦热,无钱火亦寒。

人生一世,草生一秋。

言满天下无口过。

言满天下无是非。

古人车马不谢,今时寸草须酬。

□非珠玉,谈者为贵。

为君摆此酬,世上求名利。

不知何处在,惆怅望东西。

流水何年尽,山□几□□。

好酒无深埝。

一别行千里。

【按】据周世荣《长沙窑唐诗录存》(《中国诗学》第五辑)辑录,又参阅长沙市文化局文物组《唐长沙铜官窑址调查》(《考古学报》1980年第4期)、唐挚《千年诗情仍悠悠——记酒壶上发现的新唐诗》(《当代》1991年第3期)、王堡《唐窑遗诗,弥足珍贵——品味几首出土唐诗》(《文史杂志》1999年第2期)、陈尚君《全唐诗续拾·新见逸诗附存》曾据之补录。因《去岁无田种》为《全唐诗》卷八五二张氲《醉吟三首》之一,《海鸟浮还没》为《全唐诗》卷七九一贾岛和高丽使《遇海联句》,《万里人南去》为《全唐诗》卷四六韦承庆《南中咏雁》(卷八〇又题于季子《南行别弟》),《近入新丰市》为《全唐诗》卷三一一朱彬(一作陈存)《丹阳作》,《主人不相识》为《全唐诗》卷一一二贺知章《题袁氏别业》,《鸟飞无远近》为《全唐诗》卷一五〇刘长卿《苕溪酬梁耿别后见寄》及卷八九〇刘长卿《谪仙怨》,此皆不予补录。据周氏附注,"《自入长信宫》见《全唐诗外编·补全唐诗》之《闺情》,不著撰人,似为歌妓唱辞",今重录;另原诗其四末句"托"或作"语";其六首句"千"或作"八",末句"夜"或作"日";其八末句"处处"或作"夜夜";其十首句或作"古人皆有别",次句或作"此别泪恨多";其十一次句"新"当作"辛",末句"啼恨"当作"蹄痕";其十三第三句"居"或作"有",末句"黄"或作"量";其十四末句"坟古"或作"古坟";其十六《全唐诗》卷八七五题作《涟水古冢瓶文》,次句"五"或作"三",末句"附"一作"寄";其十八后二句或作"人归千里去,人画一杯中";其十九末句"坑"疑当作"帆";其二〇首句"帐"当作"怅","买"或作"用";其二一末句"人"或作"心";其二三次句"尽"或作"画";其二六末句"忆"一作"得","后"或作"故";其二九首句"与"疑作"为";其三〇次句"霞"或作"瑕";其三二次句"修"或作"羞";其三四次句"由"通"犹";其四二首句"丰"疑作"澧";其四四首句"世"或作"喝";其四六次句或作"曾无赏罚名";其四八末句"尽"当作"画";其五四末句"枝"或作"木";其五八首句"暑"疑作"树";其五九首句"士"或作"事",末句"伤"或作"肠"。

塞姑

昨日卢梅塞口,整见诸人镇守。

都护三年不归,折尽江边杨柳。

【按】见《乐府诗集》卷八〇"近代曲辞二",《全唐诗》卷八九九"词十一"据录。张璋、黄畬《全唐五代词》卷八"无名氏词·仙鬼词"据补(上海古籍出版社1986年版第956页)。注云:"此系《万首绝句》所收唐人乐府也。"

一片子

柳色青山映,梨花雪鸟藏。

绿窗桃李下,闲坐叹春芳。

【按】见《乐府诗集》卷八〇"近代曲辞二",《全唐诗》卷八九九"词十一"据录。张璋、黄畬《全唐五代词》卷八"无名氏词·仙鬼词"据录(上海古籍出版社1986年版第957页)。

回纥

曾闻瀚海使难通,幽闺少妇罢裁缝。

缅想边庭征战苦,谁能对镜冶愁容。

久戍人将老,须臾变作白头翁。

【按】见《乐府诗集》卷八〇"近代曲辞二",题为"回纥",《全唐诗》卷二七"杂曲歌辞"据录。张璋、黄畬《全唐五代词》卷八"无名氏词·仙鬼词"补录,题为《怨回纥》(上海古籍出版社1986年版第958页),笺评引杨慎《词品》卷一:"缠绵含蓄,有长歌之哀,过于痛哭之意,惜不见作者名氏。必陈隋初唐之作也。"《全唐诗》第四句"冶"作"治"。

醉公子二首

其一

门外猧儿吠,知是萧郎至。
刬袜下香阶,冤家今夜醉。
扶得入罗帏,不肯脱罗衣。
醉则从他醉,还胜独睡时。

其二

昨日春园饮,今朝倒接䍦。
谁人扶上马,不省下楼时。

【按】其一见《全唐诗》卷八九九"词十一",张璋、黄畬《全唐五代词》卷八"无名氏词·仙鬼词"据补(上海古籍出版社1986年版第959页),首句"门外"作"昨夜"。其二见《乐府诗集》卷八〇"近代曲辞"。

长命女

云送关西雨,风传渭北秋。
孤灯然客梦,寒杵捣乡愁。

【按】据《乐府诗集》卷八〇"近代曲辞"、《全唐诗》卷二七"杂曲歌辞"著录。张璋、黄畬《全唐五代词》卷八"无名氏词·仙鬼词"据《唐诗纪》补录(上海古籍出版社1986年版第961页)。

镇西二首

其一

天边物色更无春,只有羊群与马群。
谁家营里吹羌笛,哀怨教人不忍闻。

其二

岁去年来拜圣朝,更无山阙对溪桥。
九门杨柳浑无半,犹自千条与万条。

【按】据《乐府诗集》卷八〇"近代曲辞"二、《全唐诗》卷二七"杂曲歌辞"据录。张璋、黄畬《全唐五代词》卷八"无名氏·仙鬼词"据录(上海古籍出版社1986年版第963页)。笺评:"按此词乃唐人七言四句之声诗体,已列入《唐音癸签》唐曲表中,与宋蔡伸《镇西》调慢词者不同。"

水鼓子

雕弓白羽猎初回,薄夜牛羊复下来。

梦水河边秋草合,黑山峰外阵云开。

【按】据《乐府诗集》卷八〇"近代曲辞"二、《全唐诗》卷二七"杂曲歌辞"著录。张璋、黄畬《全唐五代词》卷八"无名氏词·仙鬼词"据《全唐诗·乐府》补录(上海古籍出版社1986年版第963页)。

石州

自从君去远巡边,终日罗帏独自眠。看花情转切,揽涕泪如泉。

一自离君后,啼多双脸穿。何时狂虏灭,免得更留连。

【按】据《乐府诗集》卷七九"近代曲辞一"、《全唐诗》卷二七"杂曲歌辞"著录。张璋、黄畬《全唐五代词》卷八"无名氏词·仙鬼词"据补(上海古籍出版社1986年版第978页)。笺评引胡震亨《唐音癸签》卷十三:"中宗景龙初,知太史事迦叶志忠表称:受命之初,天下先歌《英王石州》。《石州》,商调曲也。"

相府怜

夜闻邻妇泣,切切有余哀。

即问缘何事,征人战未回。

【按】见《乐府诗集》卷八〇"近代曲辞二",末句"未"注:"一作'骨'"。又《全唐诗》卷二七"杂曲歌辞"据录。张璋、黄畬《全唐五代词》卷八"无名氏词·仙鬼词"据《全唐诗·乐府》补录,末句"未"一作"骨"。笺评:"按此调,即《想夫怜》,见《教坊记》。题注引《古解题》曰:'《相府莲》者,王俭为南齐相,一时所辟,皆才名之士。时人以入俭府为入莲花池,谓如红莲映绿水。今号莲幕者,自俭始。其后语讹为《想夫怜》,亦名之《丑儿》。'"(上海古籍出版社1986年版第978—979页)

杨柳枝二首

其一

万里长江一带开,岸边杨柳是谁栽。
锦帆落尽西风起,惆怅龙舟更不回。

其二

悲莫悲兮生别离,登山临水送将归。
武昌无限新栽柳,不见杨花扑面飞。

【按】张璋、黄畲《全唐五代词》卷八"无名氏词·仙鬼词"其一据明版《删补唐诗选脉笺释会通评林》卷五七补录,其一笺评:"杨慎云:唐人《柳枝》词,刘禹锡、白居易而下,凡数十者。予独爱无名氏'万里长江一带开'篇。此词咏人咏物两极其妙。……《柳枝》词当以二首为冠。"《稗史汇编》又传为陈子昂作。其二据《唐诗纪事》卷五八"韦蟾"条补录,原文曰:"蟾廉问鄂州罢,宾僚祖饯,蟾曾书《文选》句云:悲莫悲兮生别离,登山临水送将归。以笺毫授宾从,请续其句。逡巡,有妓泫然起曰:某不才,不敢染翰,欲口占两句。韦大惊异,令随念。云:武昌无限新栽柳,不见杨花扑面飞。座客无不嘉叹。韦令唱作《杨柳枝词》。"笺评:"按此词《全唐诗》作'武昌妓续韦蟾句'。"(上海古籍出版社1986年版第981—982页)

柘枝引

将军奉命即须行,塞外强领兵。闻道烽烟动,腰间宝剑匣中鸣。

【按】张璋、黄畲《全唐五代词》卷八"无名氏词·仙鬼词"据《词谱》卷一补录,《全唐诗·乐府》题作"柘枝词",笺评:"陈元鼎云:此词见于元郭茂倩《乐府诗集》,平仄可以不拘。按《宋史·乐志》小儿舞队有柘枝。和凝词云:'两个瑶池小仙子,此时夺却柘枝名。'是柘枝之由来已久。又沈括《笔谈》:《柘枝》旧曲,遍数极多,此或其曲中之引。"(上海古籍出版社1986年版第985—986页)

撷芳词

风摇荡,雨濛茸,翠条柔弱花头重。春衫窄,香肌湿,记得年时,共伊曾摘。　都如梦,何曾共,可怜孤似钗头凤。关山隔,晚云碧,燕儿来也,又无消息。

【按】见《全唐诗》卷八九九"词十一",张璋、黄畬《全唐五代词》卷八"无名氏词·仙鬼词"据补,"摇荡"一作"摇动",笺评引赵万里辑《古今词话》:"杨湜云:政和间京都妓之姥曾嫁伶官,常入内教舞,传禁中《撷芳词》,以教其妓。人皆爱其声,又爱其词,类唐人所作也。张尚书帅成都,蜀中传此词,竞唱之,却于前段下添'忆忆忆'三字,后段下添'得得得'三字。"(上海古籍出版社 1986 年版第 987 页)

竹枝

盘塘江口是奴家,郎若闲时来吃茶。
黄土筑墙茆盖屋,门前一树紫荆花。

【按】张璋、黄畬《全唐五代词》卷八"无名氏词·仙鬼词"据清孙致弥《词鹄初编》补录(上海古籍出版社 1986 年版第 992 页)。

促拍满路花

西风吹渭水,落叶满长安。茫茫尘世里,独清闲。自然炉鼎,虎绕与龙盘。九转丹砂就,一粒刀圭,便成陆地神仙。　　任万钉宝带貂蝉,富贵欲熏天。黄粱炊未熟,梦惊残。是非海里,直道作人难。袖手江南去,白蘋红蓼,又寻溢浦庐山。

【按】见《全唐诗》卷九〇〇"词十二",张璋、黄畬《全唐五代词》卷八"仙鬼词"据《全唐诗·附词》补录。笺评引胡仔《苕溪渔隐丛话》卷五八:"山谷(述一词)云云(从略)。往三十年有人书此曲于州东茶园酒肆之柱间。或爱其文旨趣,而不能歌也。中间乐工或按而歌之,辄以俗语窜入,晬然有市井气,不类神仙中人语也。十年前有醉道士歌此曲广陵市上,童儿和之,乃合其故时语。此道士去后,乃以物色迹逐之,知其为吕洞宾也。"(上海古籍出版社 1986 年版第 1018 页)

蓝采和水仙子

西风宽舞绿罗袍,每日阶前沉醉倒。头边歪裹乌纱帽,金钱手内抛。　　斗争夺,忙杀儿曹。狂歌唱,檀板敲。子是待,要乐乐陶陶。

【按】张璋、黄畬编《全唐五代词》卷八据《鸣鹤余音》补录(上海古籍出版社 1986 年版第 1055 页)。

琴精

音音音音音,你负心,你真负心,孤负我到如今。记得年时,低低唱,浅浅斟,一曲直千金。　如今寂寞古墙阴,秋风荒草白云深,断桥流水何处寻。凄凄切切,冷冷清清,教奴怎禁?

【按】张璋、黄畬编《全唐五代词》卷八据《鸣鹤余音》补录,笺评:"据《花草粹编》卷七引《西湖纪闻》云:曹珪仕吴越,守嘉兴,后为苏州刺史。光启中,舍宅为招提寺。宋嘉熙丁酉,邓州金鹤云以琴书寓嘉兴富家,居近寺侧,每夜闻歌云云,甚习。一夕,歌声甚近,窥之,乃一女子也。明夜,推户至榻惜别,以百金为意。……后修寺墙,得石匣藏一古琴,系百金焉。"(上海古籍出版社1986年版第1060—1061页)

王十八娘《菩萨蛮》

妾身本是瑯琊种,当年曾得君王宠。倾国斗红妆,人称十八娘。绛绡笼玉质,纤手金盘擘。驿路起尘埃,骊山一骑来。

【按】张璋、黄畬编《全唐五代词》卷八据清徐釚《词苑丛谈》补录,笺评引其卷十二曰:"王十八娘,天宝间宫人。与太真宠相亚,马嵬埋玉,十八娘亦归晋安故里。明万历间与闽人东海生冥会,歌《菩萨蛮》云云,见《幔亭集》。按东坡咏荔枝词有'骨细肌香,恰是当年十八娘'之句,或以为十八娘,即荔枝也。"(上海古籍出版社1986年版第1061页)

唐初军中谣

邓守嚛,百夫避途。

【按】《全唐诗续拾》卷五八据明黄佐《广州人物传》卷三《邓文进传》补录,原注:"用《唐书》、《一统志》参修。"补注:"邓(文通)于唐高祖时仕至韶州刺史。"

武德二年江东童谣

江水何泠泠,杨柳何青青。
人今正好乐,已复戍彭城。

【按】《古谣谚》卷三六引唐·赵蕤《长短经》卷四"霸图篇":"大唐武德二年,王充杀越王侗于洛阳,僭称尊号,隋氏灭矣。注云:今兹三月,江东童谣曰云云。江都西有彭城村,村有彭城水,上引其水入西阁之下,果于此被执。"题作《隋末江东童谣》,后注:"按王充即王世充,唐人避太宗讳,省去'世'字。所谓'上'者,指炀帝而言。'今兹三月',乃恭帝义宁二年之三月,即炀帝之大业十四年,至五月改元武德。盖追叙上一年之事也。"《全唐诗续拾》卷五八题作《武德二年江东童谣》,今从拟。

唐贞观中高昌国童谣

其一

高昌兵马如霜雪,汉家兵马如日月。
日月照霜雪,回首自消灭。

其二

高昌兵,如霜雪;唐家兵,如日月。
日月照霜雪,几何自殄灭。

【按】《旧唐书》卷一九八《西戎·高昌国传》:"其子智盛嗣立。既而君集兵奄至柳谷,进趋田地城,将军契苾何力为前军,与之接战而退。大军继之,攻拔其城,虏男女七千余口,进逼其都。……先是,其国童谣云(略)。文泰使人捕其初唱者,不能得。"又《新唐书》卷三五《五行志二》:"贞观十四年,交河道行军大总管侯君集伐高昌。先是其国中有童谣曰(略)。"宋郭茂倩《乐府诗集》卷八九"杂歌谣辞七"、明杨慎纂《古今风谣》皆据录,并题作《唐贞观中高昌国童谣》,今从拟。《古谣谚》卷十二据录,注:"《新唐书·五行志》'手'作'首'。《高昌传》无二'马'字,'回首自消灭'作'几何自殄灭'。《御览》卷七百九十四,'手'作'首'。"《全唐诗》卷八七八"谣"仅录其一,题作《高昌童谣》,小注同《旧唐书》。又《新唐书》卷二二一上《西域上·高昌传》:"先是,其国人谣曰:'高昌兵,如霜雪;唐家兵,如日月。日月照霜雪,几何自殄灭。'文泰捕谣所发,不能得也。"

咸亨后谣

莫浪语,阿婆嗔,三叔闻时笑杀人。

【按】唐·张鷟《朝野佥载》卷一:"咸亨以后,人皆云(略)。后果则天即位,至孝和嗣之。阿婆者,则天也;三叔者,孝和为第三也。"明杨慎纂《古今风谣》据录,题作《唐咸亨以后谣》,末注:"阿婆者,则天也;三叔,中宗为第三也。"《全唐诗》卷八七八"谣"题作《咸亨后谣》,今从拟;《古谣谚》卷五七题作《咸亨以后谣》。

上元元年淮西童谣

手执金刀起东方。

【按】宋·司马光《资治通鉴》卷二二一"唐纪三十七·肃宗上元元年"条:"十一月,……御史中丞李铣、宋州刺史刘展皆领淮西节度副使。铣贪暴不法,展刚强自用,故为其上者多恶之;节度使王仲昇先奏铣罪而诛之,时有谣言曰(略)。仲昇使监军使、内左常侍邢延恩入奏:展倔强不受命,姓名应谣谶,请除之。"胡三省注倒二句:"此句当属上句,……谶,谓金刀之谣应刘姓也。"《古谣谚》卷十五据录,题曰《上元元年淮西谣言》;《全唐诗续拾》卷五八"谣"题作《上元元年淮西童谣》,今从拟。

调露初京城民谣

侧堂堂,桡堂堂。

【按】《新唐书》卷三五《五行志二》:"调露初,京城民谣有'侧堂堂,桡堂堂'之言。太常丞李嗣真曰:'侧者,不正;桡者,不安。自隋以来,乐府有《堂堂曲》,再言堂堂者,唐再受命之象。'"《全唐诗》卷八七八"谣"据录,题作《调露初京城民谣》,今从拟。"桡"作"挠",小注:"堂,言唐也;侧者,不正,挠者,不安;再言堂者,唐再受命之象。"《古谣谚》卷十二同,注:"《李嗣真传》:调露中,擢太常丞。嗣真常曰:隋乐府有《侧堂堂曲》,明唐再受命。比日有侧堂堂,桡堂堂之谣。侧,不正也;桡,危也。皇帝病日侵,事皆决中宫,持权与人,收之不易,宗室虽众,居中制外,势且不敌,诸王殆为后所蹂践。吾见难不久作矣。"

调露中嵩山谣

嵩山凡几层,不畏登不得,
只畏不得登。三度征兵马,
傍道打腾腾。

【按】唐·张鷟《朝野佥载》卷一:"调露中,大帝欲封中岳,属突厥叛而止。后又欲封,土番入寇,遂停。至永淳年,又驾幸嵩岳,谣曰(略)。岳下遘疾,不愈,回至宫而崩。"《旧唐书》卷三七《五行志》此谣作"不畏登不得,但恐不得登。三度征兵马,旁道打腾腾",《新唐书》卷三五《五行志二》据《朝野佥载》补记,宋郭茂倩《乐府诗集》卷八九、明杨慎纂《古今风谣》及清杜文澜《古谣谚》卷十二皆据《朝野佥载》补录,题作《调露中嵩山谣》,今从拟。《全唐诗》卷八七八"谣"题作《嵩岳童谣》,小注:"调露中,高宗欲封中岳,属突厥叛而止。后欲封,吐蕃入寇,复停。永淳年,又幸嵩岳,至山下,未及行礼,遘疾还,至宫而崩。先是童谣云。"《太平御览》卷五三六"嵩山"作"嵩高"。

李敬玄谣

姚河李阿婆,鄁州王伯母。
见贼不能斗,总由曹新妇。

【按】唐·张鷟《朝野佥载》卷四:"唐中书令李敬玄为元帅,讨吐蕃,至树墩城,闻刘尚书没蕃,著靴不得,狼狈而走。时将军王杲、副总管曹怀舜等惊退,遗却麦饭,首尾千里,地上尺馀。时军中谣曰(略)。"《太平广记》卷二五五转引,首句"姚"作"洮",第三句"能"作"敢";《古谣谚》卷五七题作《军中为李敬玄王杲曹怀舜谣》,第三句"能"作"敢";《全唐诗》卷八七八"谣"题为《李敬玄谣》,今从拟。小注采《朝野佥载》,第三句"能"亦作"敢"。

唐永淳初童谣

新禾不入箱,新麦不入场。
迨及八九月,狗吠空垣墙。

【按】《新唐书》卷三五《五行志二》:"永淳元年七月,东都大雨,人多殍殣。先是童谣曰(略)。"宋郭茂倩《乐府诗集》卷八九据录,题作《唐永淳初童谣》,今从拟。明杨慎纂《古今风谣》题作《唐高宗永淳初童谣》;《全唐诗》卷八七八"谣"题作《永淳中童谣》,《古谣谚》卷十二注:"《全唐诗》十二函八作永淳元年,按永淳二年即改元弘道,未尝有九年,作'元'者是也。"张紫晨《歌谣小史》谓此歌谣是今所见唐代最早的歌谣(福建人民出版社1981年版第156页)。

杨柳谣

杨柳,杨柳,漫头驼。

【按】唐·张鷟《朝野佥载》卷一:"永淳之后,天下皆唱(略)。后徐敬业犯事,出柳州司马,遂作伪敕,自授扬州司马,杀长史陈敬之,据江、淮反。使李孝逸讨之,斩业首,驿马驼入洛。杨柳杨柳漫头陀,此其应也。"《新唐书》卷三五《五行志二》:"永淳后,民歌曰(略)。"《全唐诗》卷八七八"谣"据录,题作《杨柳谣》,今从拟。《古谣谚》卷十二题作《永淳后民歌》,明杨慎纂《古今风谣》误题作《天淳后民歌》,其谣作:"杨柳漫头驼。"后注:"其后徐敬业举兵讨武后,自授扬州司马,李孝逸擒斩之,驿马驮之入洛。"

女武王谣

当有女武王者。

【按】《旧唐书》卷六九《李君羡传》:"贞观初,太白频昼见,太史占曰:'女主昌。'又有谣言(略)。太宗恶之。"《古谣谚》卷十二录作《女武王谣》,今从拟。注:"《李淳风传》:初,太宗之世,有秘记云:唐三世之后,则女主武王代有天下。太宗尝密召淳风以访其事,淳风曰:臣据象推算,其兆已成,然其人已生,在陛下宫内,从今不逾三十年,当有天下,诛杀唐氏子孙殆尽。帝曰:似是者尽杀之如何?淳风曰:天之所命,必无禳避之理。王者不死,多恐枉及无辜。且据上象,今已成,复在宫内,已是陛下眷属,更三十年又当衰老,老则仁慈,虽受终易姓,其于陛下子孙,或不甚损。今若杀之,即当复生,少壮严毒,杀之立雠。若如此,即杀戮陛下子孙,必无遗类。太宗善其言而止。"又注:"校勘记云:《册府》作'当有女主王天下者',《通鉴》同。"《全唐诗续拾》卷五八亦补录是谣。

随日童谣

䵷水竭,武井溢,此中当有圣人出。

【按】《全唐诗续拾》卷五八据蒋斧《沙州文录补》录伦敦博物馆藏敦煌所出《大云经疏》,文曰:"又并州太皇陵侧,旧有一井,俗称武井。先来有水,后遂干枯。隨末以来,微似有水,自国家之后,水便满井,至于今日,其水大流阔数丈,流水汾水。故随日童谣云(略)。即明水流之义,本应神皇,非关人姓刘也。至刘武周闻人说决之即流,不决即李,武周无识,不解此语,谓是刘姓,遂起逆心,家破身亡,一何谬误,岂知黑河武水之流义也。"后按:"《大云经疏》为载初元年沙门十人为武氏篡政而作之伪经。此首童谣,亦为武氏而作,虽称随日,似未可信从。今收入。"

武后时谣

武后临朝万万年。

【按】《全唐诗续拾》卷五八据《分门古今类事》卷十四引《纪异录》著录。

长安中谣言

见乞儿,与美酒,以免破屋之咎。

【按】《全唐诗续拾》卷五八据宋马永卿《实宾录》卷十四著录。

裴炎谣

一片火，两片火，绯衣小儿当殿坐。

【按】唐·张鷟《朝野佥载》卷五："裴炎为中书令，时徐敬业欲反，令骆宾王画计，取裴炎同起事。宾王足踏壁，静思食顷，乃为谣曰（略）。教炎庄上小儿诵之，并都下童子皆唱。炎乃访学者令解之。召宾王至，数唉以宝物锦绮，皆不言。又略以音乐、女妓、骏马，亦不语。乃对古忠臣烈士图共观之，见司马宣王，宾王欻然起曰：'此英雄丈夫也。'即说自古大臣执政，多移社稷，炎大喜。宾王曰：'但不知谣谶何如耳。'炎以谣言'片火绯衣'之事白，宾王即下，北面而拜曰：'此真人矣。'遂与敬业等合谋。扬州兵起，炎从内应，书与敬业等合谋。唯有'青鹅'，人有告者，朝廷莫之能解。则天曰：'此青字者十二月，鹅字者我自与也。'遂诛炎，敬业等寻败。"《全唐诗》卷八七八"谣"据录，题作《裴炎谣》，今从拟。小注："炎为中书令时，徐敬业欲反，令骆宾王画计，取炎同起事，宾王乃为此谣。炎访学者令解之，宾王北面拜曰：此真人矣。遂与敬业等合谋起兵，炎从内应，则天因诛炎。"《古谣谚》卷九三附录八题作《骆宾王为裴炎造谣》，注："《通鉴》卷二百三'唐高宗纪'：光宅元年，秋八月，武承嗣与其从父弟右卫将军三思以韩王元嘉、鲁王灵夔属尊位重，屡劝太后因事诛之，内史裴炎独固争，太后愈不悦，收炎下狱。注引《考异》曰：《新传》云，炎谋乘太后出游龙门，以兵执之，还政天子。会久雨，太后不出而止。若炎实有此谋，则太后杀之宜矣。且炎有此谋，必有同党，当炎下狱，崔詧、李景谌辈，无事犹欲陷之，况有其迹，其同党有不首告乎？又《朝野佥载》云云，此皆当时构陷炎者所言耳，非其实也。"

武后长寿元年民间谣

其一

补阙连车载，拾遗平斗量。
杷推侍御史，椀脱校书郎。

其二

评事不读律，博士不寻章。
面糊存抚使，眯目圣神皇。

【按】唐·张鷟《朝野佥载》卷四："则天革命，举人不试皆与官，起家至御史、评事、拾遗、补阙者，不可胜数。张鷟为谣曰（略）。时有沈全交者，傲诞自纵，露才扬己，高巾子，长布衫，南院吟之，续四句曰（略）。遂被杷推御史纪先知捉向左台，对仗弹劾，以为谤朝政，败国风,请于朝堂决杖,然后付法。则天笑曰:'但使卿等不滥,何虑天下人语?不须与罪,即宜放却。'先知于是乎面无色。"又见明冯梦龙《古今谭概》颜甲部第十八"天后时三疏"。明杨慎纂《古今风谣》仅录其一,题作《武后长寿元年民间谣》,次句"平"作"成",第三句"杷推"作"櫑槌",末句"校书"作"侍中"。小注:"时选举大滥,天下有是谣云云。有举人沈全交取而续之曰:糊心存抚使,眯目圣神皇。为御史纪先知所擒,劾其诽谤之罪。太后笑曰:但使卿辈不滥,何恤人言。先知惭。"又末句后注:"齐鲁谓四齿杷曰櫑。"《全唐诗》卷八七八"谣"分录为二首,题作《武后长寿元年民间谣》及《续谣》;《古谣谚》卷五七题作《则天时张鷟沈全交为滥官谣》,其一第三句"杷"作"把";张紫晨《歌谣小史》转录第二谣,误题为《武后长庆中民谣》,第三句"面糊"作"糊心"(福建人民出版社1981年版第158页)。宋洪迈《容斋四笔》卷十一"张鷟讥武后滥官"条:"武后革命,滥授人官,故张鷟为谚以讥之曰(略)。唐新旧史亦载其语,但泛言之。案天授二年二月,以十道使所举人石艾县令王山辉等六十一人,并授拾遗、补阙;怀州录事参军霍献可等二十四人,并授侍御史;并州录事参军徐昕等二十四人,授著作郎;内黄县尉崔宣道等二十三人,授卫佐校书。凡百三十二人,同日而命试官,自此始也,其滥如此。《刘子玄传》:武后诏九品以上陈得失。子玄言:'君不虚授,臣不虚受,今群臣无功,遭遇辄迁,至都下有车载、斗量、杷推、椀脱之谚,正为此设。'然只是自外官便除此四职,非所谓辄迁,子玄之言失之矣。"

武后时谣

张公吃酒李公醉。

【按】唐·张鷟《朝野佥载》卷一:"天后时,谣言曰(略)。张公者,斥易之兄弟也;李公者,言李氏大盛也。"张鷟《耳目记》:"周则天时谣言曰(略)。张公者,易之兄弟也;李公者,言王室也。"宋彭乘《墨客挥犀》卷六:"郭朏字景初,泉州人。少有才学,而性甚轻脱。尝夜出,为醉人所诬,太守诘其情状,朏笑曰:'谚所谓"张公吃酒李公醉"者,乃朏也。'"明钱希言《戏瑕》卷三:"唐武后时有'张公吃酒李公醉'之谣,张公谓易之、昌宗兄弟也,李公,谓中宗也。此即'薛王沈醉寿王醒'之意。"《全唐诗》卷八七八据录此谣,题作《武后时谣》,今从拟。小注:"张公者,斥易之兄弟也;李公者,言李氏也。"又见《古尊宿语录》卷十《慈明禅师语录》"偈颂"之《僧请益古人十二时歌乃颂之》。《古谣谚》卷四六《钱希言引谚二则唐谣》题注:"此语流传至宋,其时又有'张公帽儿李公戴'云云,至今相传。又有'张三有钱不会使,李四会使却无钱'云云之谚,疑亦是此意耳。后世行市语有张三李四,皆非漫然无本。"同书卷五七复录,题作《天后时谣言》。又宋·范正敏《遁斋闲览》:"郭朏有才学而轻脱,夜出,为醉人所诬,太守诘问,朏笑曰:'张公吃酒李公醉'者,朏是也。太守令作《张公吃酒李公醉赋》,朏云:'事有不可测,人当防未然,何张公之饮也,乃李老之醉焉,清河丈人方肆杯盘之乐,陇西公子俄遭酩酊之愆。'守笑而释之。"

武后时童谣

红绿复裙长,千里万里闻香。

【按】见宋·郭茂倩《乐府诗集》卷八九"杂歌谣辞七",题作《唐武后时童谣》;明杨慎纂《古今风谣》末句"千里万里"作"十里五里";《全唐诗》卷八七八"谣"据录,题作《武后时童谣》,小注"千"一作"十","万"一作"五","闻"一作"犹";《古谣谚》卷七九题目同《乐府诗集》。

神龙后乌鹊窠谣

山南乌鹊窠,山北金骆驼。
镰柯不凿孔,斧子不施柯。

【按】唐·张鷟《朝野佥载》卷一:"神龙以后谣曰(略)。此突厥强盛,百姓不得斫桑养蚕、种禾刈谷之应也。"《新唐书》卷三五《五行志二》:"神龙以后,民谣曰(略)。山南,唐也;乌鹊窠者,人居寡也;山北,胡也;金骆驼者,虏获而重载也。"宋郭茂倩《乐府诗集》卷八九据录,题作《唐神龙中谣》;明杨慎纂《古今风谣》题作《唐中宗神龙以后童谣》,后注:"按山南,唐也;乌鹊窠,人居寡也;山北,胡也;金骆驼,虏获而重载也。"《全唐诗》卷八七八"谣"题作《神龙后乌鹊窠谣》,今从拟。小注:"《五行志》云:山南,唐也;乌鹊窠者,人居寡也;山北,胡也;金骆驼者,虏获而重载也;镰柯斧子者,言突厥强盛,百姓不得斫桑、养蚕、种禾、刈谷也。"《古谣谚》卷十二题作《神龙后民谣》,注:"《全唐诗》十二函八注引《五行志》,镰柯斧子者,言突厥强盛,百姓不得斫桑、养蚕、种禾、刈谷也。按《旧书·五行志》无此条,而此引《五行志》,显系《新书》逸文。《广记》卷一百六十三引《朝野佥载》略同。"

黄犊子谣

黄柏犊子挽纠断,两脚踏地鞋䩺断。

【按】唐·张鷟《朝野佥载》卷一:"景龙中谣曰(略)。六月,平王诛逆韦。挽纠断者,韦欲作乱。鞋䩺断者,事不成。阿韦是'黄犊'之后也。"《全唐诗》卷八七八"谣"据录,题作《黄犊子谣》,今从拟。小注:"景龙中民谣,时又有《阿韦娘歌》。"尾注:"一本此下又有'城南黄犊犊子韦'一句。"又《新唐书》卷三五《五行志二》:"景龙中,民谣曰:'黄犊犊子挽纠断,两足踏地鞋䩺断,城南黄犊犊子韦。'"明杨慎纂《古今风谣》据录,题作《景龙中民谣》,首句"柏"作"特","纠"作"鞫",次句"脚"作"足","鞋䩺"作"鞻繻",后有"城南黄特犊子韦"

一句。后注:"史皆不著事应,又有阿纬娘歌,词亦不传。"《古谣谚》卷十二题曰《景龙中民谣》,首句"柏"作"栌",后有"城南黄栌辗子韦"一句。注:"《广记》卷一百六十三引《朝野佥载》:唐景龙中,谣云云云。六月,平王诛逆韦。挽绋断者,韦欲作乱。鞋䩞断者,事不成。阿韦是黄犊之后也。《广记》卷二百七十五引《朝野佥载》云:隋开皇中,京兆韦衮有奴曰桃符,每征讨将行,有胆力。衮至左卫中郎,以桃符久从役使,乃放从良。符家有黄栌牛,宰而献之,因问衮乞姓,衮曰:止从我姓为韦氏。符叩头曰:不敢与郎君同姓。衮曰:汝但从之,此有深意。故至今为黄犊子。韦即韦庶人,其后也。不许异姓者,盖虑年深代远,子孙或与韦氏通婚,此其意也。"

天枢谣

一条麻线挽,天枢绝去也。

【按】唐·张鷟《朝野佥载》卷一:"景云中谣曰:'一条麻线挽,天枢绝去也。'神武即位,敕令推倒天枢,收铜并入尚方,此其应兆。"《古谣谚》卷五七据录,题作《唐景云中天枢谣》;明杨慎纂《古今风谣》题作《唐景龙中谣》,谓:"一条麻索挽,天枢绝去也。"后注:"初,武后造天枢,其后中宗即位,敕令推倒之。"《全唐诗》卷八七八"谣"据录,题作《天枢谣》,今从拟。小注:"长寿三年,天后于定鼎门内立述德天枢,民因作谣。明皇即位,敕令推倒,收铜入尚方,此其验也。"又《大唐新语》首句"麻"作"丝"。

唐中宗时童谣

可怜安乐寺,了了树头悬。

【按】唐·张鷟《朝野佥载》卷一:"景龙年,安乐公主于洛州道光坊造安乐寺,用钱数百万。童谣曰(略)。后诛逆韦,并杀安乐,斩首悬于竿上,改为悖逆庶人。"《新唐书》卷三五《五行志二》:"安乐公主于洛州造安乐寺,童谣曰(略)。"宋郭茂倩《乐府诗集》卷八九据录,题作《唐中宗时童谣》,今从拟;明杨慎纂《古今风谣》题作《洛州安乐寺童谣》,后注:"《旧唐书》:安乐公主于洛阳州造安乐寺,拟于宫掖,巧妙过之。"《全唐诗》卷八七八"谣"题作《安乐寺童谣》,《古谣谚》卷十二题为《神龙后童谣》。

唐景龙中谣

可怜圣善寺,身首绿毛衣。
牵来河里饮,踏杀鲤鱼儿。

【按】唐·张鷟《朝野佥载》卷一："景龙中谣曰(略)。至景云中,谯王从均州入都作乱,败走,投洛川而死。"《新唐书》卷三五《五行志二》："时又谣曰(略)。"宋郭茂倩《乐府诗集》卷八九据录,题作《唐景龙中谣》,今从拟;明杨慎纂《古今风谣》题作《景龙中圣善寺民谣》;《全唐诗》卷八七八"谣"题作《鲤鱼儿谣》;《古谣谚》卷十二题作《又景龙中谣》。

吏部谣

岑羲獠子后,崔湜令公孙。
三人相比接,莫贺咄最浑。

【按】唐·张鷟《朝野佥载》卷四："唐崔湜为吏部侍郎,贪纵,兄凭弟力,父挟子威,咸受嘱求,赃污狼籍。父挹为司业,受选人钱,湜不之知也,长名放之。其人诉曰:'公亲将赂去,何为不与官?'湜曰:'所亲为谁?吾捉取鞭杀。'曰:'鞭即遭忧。'湜大惭。主上以湜父年老,瓜初熟,赐一颗。湜以瓜遗妾,不及其父,朝野讥之。时崔、岑、郑愔并为吏部,京中谣曰(略)。"《全唐诗》卷八七八"谣"据录,题作《吏部谣》,今从拟。《全唐诗》首句"羲"作"憎","比接"作"比校","最浑"作"骨浑"。《古谣谚》卷五七题为《京中为岑羲崔湜郑愔语》,第三句"比接"作"比较"。

金桥童谣

圣人执节度金桥。

【按】《全唐文》卷二二一张说《皇帝在潞州祥瑞颂十九首奉敕撰》"金桥"："金桥在潞南二里,常有童谣云(略)。皇帝景龙三年十月二十有五日由此桥朝京师。"又见《全唐文》卷四四二潘炎《金桥赋序》："金桥在上党南二里,常有童谣云(略)。景龙三年十月二十五日,帝经此桥之京师。""度"作"渡"。《全唐文纪事》卷十九"颂扬一"补记,《全唐诗》卷八七八"谣"据录,题作《金桥童谣》,《古谣谚》卷七五题曰《潞州金桥童谣》。

羊头山谣

羊头山北作朝堂。

【按】《新唐书》卷三五《五行志二》："玄宗在潞州,有童谣曰(略)。"《古谣谚》卷十二据录,题作《潞州童谣》,注："《全唐文》卷二百二十一张说《皇帝在潞州祥瑞颂》:皇帝临潞州。景龙二年九月以后,尝有童谣云云云。其州南六十里有羊头山。卷四百四十二潘炎《童谣赋序》:郡南六十里有羊头山,今兴唐宫,即当之矣。"又潘炎赋序无"北"字。《全唐文纪事》

卷十九"颂扬一"引《张燕公集》:"景龙二年九月已后,尝有童谣云(略)。"又引潘炎《童谣赋序》:"景龙二年九月后,常有童谣云(略)。郡南六十里有羊头山,今兴唐宫即当之矣。"明杨慎纂《古今风谣》题作《唐元宗在潞州时谣》,《全唐诗》卷八七八"谣"题作《羊头山谣》,小注:"山在潞州南六十里。景龙二年,明皇为别驾,临潞州,有童谣云。"

幽州谣

山上一群鹿,大鹿来相逐。
啼杀涧下羊,却被猪儿触。

【按】宋·刘斧《青琐高议》前集卷六"骊山记":"开元末童谣云(略)。"《全唐诗》卷八七八据录,题作《幽州谣》,并有小注:"《青琐高议》又载一谣云(略)。"《古谣谚》卷八二及《全唐诗续拾》卷五八均据录,后者题作《开元末童谣》,首句"上"作"下",第三句"杀"注:"一作'死'。"

神鸡童谣

生男不用识文字,斗鸡走马胜读书。
贾家小儿年十三,富贵荣华代不如。
能令金距期胜负,白罗绣衫随软舆。
父死长安千里外,差夫持道挽丧车。

【按】《全唐文》卷七二〇陈鸿祖《东城老父传》:"老父姓贾名昌,长安宜阳里人。……昌生此岁,趫捷过人,能搏柱乘梁,善应对,解鸟语音。玄宗在藩邸时,乐民间清明节斗鸡戏。及即位,治鸡坊于两宫间。(索)长安雄鸡,金毫、铁距、高冠、昂尾千数,养于鸡坊。选六军小儿五百人,使驯扰教饲。上之好之,民风尤甚,诸王世(子)家、外戚家、贵主家、侯家,倾帑破产市鸡,以偿鸡值。都中男女,以弄鸡为事;贫者弄假鸡。帝出游,见昌弄木鸡于云龙门道傍,召入,为鸡坊小儿,衣食右龙武军。三尺童子,入鸡群,如狎群小,壮者、弱者、勇者、怯者,水谷之时,疾病之候,悉能知之。举二鸡,鸡畏而驯,使令如人。护鸡坊中谒者王承恩言于玄宗,召试殿庭,皆中玄宗意。即日为五百小儿长。加之以忠厚谨密,天子甚爱幸之。金帛之赐,日至其家。开元十三年,鸡笼三百,从封东岳。父忠死泰山下,得子礼奉尸归葬雍州。县官为葬器丧车,乘传洛阳道。十四年三月,衣斗鸡服,会玄宗于温泉,当时天下号为'鸡神童'。时人为之语曰(略)。"《全唐诗》卷八七八"谣"据录,题作《神鸡童谣》,首句"男"作"儿",末句"持"作"治",小注:"贾昌七岁解鸟语音,明皇选为鸡坊五百小儿长,甚爱幸之。父死,县官为葬器丧车,乘传洛阳道,当时天下号鸡神童,为之语曰。"《古谣谚》卷十八题作《时人为贾昌语》,首句"男"亦作"儿"。

天宝中京兆谣

欲得米粟贱,无过追李岘。

【按】《旧唐书》卷一一二《李岘传》:"岘,乐善下士,少有吏干。……特迁万年令、河南少尹、魏郡太守;入为金吾将军,迁将作监,改京兆府尹,所在皆著声绩。天宝十三载,连雨六十余日,宰臣杨国忠恶其不附己,以雨灾归咎京兆尹,乃出为长沙郡太守。时京师米麦踊贵,百姓谣曰(略)。其为政得人心如此。"宋·郭茂倩《乐府诗集》卷八七题作《唐天宝中京(兆)[师]谣》;《全唐诗》卷八七八"谣"题作《天宝中京兆谣》,今从拟。"米粟"皆作"米麦"。《古谣谚》卷十二题作《京师为李岘谣》,注:"《新唐书·李岘传》作'欲粟贱,追李岘'。"

天宝间谣

杨安史。

【按】宋·张端义《贵耳集》卷下:"天宝间,杨贵妃宠盛,安禄山、史思明之作乱,遂有杨安史之谣。嘉定间,杨太后、史丞相、安枢密,亦有杨安史之谣。时异事异,姓偶同耳。"《古谣谚》卷四八据录,题为《唐天宝宋嘉定两朝谣》;《全唐诗续拾》卷五八题作《天宝间谣》,今从拟。

唐天宝中童谣

燕燕飞上天,天上女儿铺白毡,毡上有千钱。

【按】唐·姚汝能《安禄山事迹》卷下:"禄山起逆方初,童谣云:'燕燕飞上天,天上女儿铺白毡,毡上一贯钱。'燕者,禄山国号。重言燕者,史思明亦称天子。天上女,安字也;铺白毡者,禄山入洛阳之日,大雪盈尺;毡上一贯钱者,言禄山只得一千日。"《新唐书》卷三五《五行志二》:"又禄山未反时,童谣曰(略)。"宋郭茂倩《乐府诗集》卷八九与明杨慎纂《古今风谣》皆据录,并题作《唐天宝中童谣》,今从拟。后者注曰:"天宝十四载,安禄山以范阳叛,明年僭燕号。"《全唐诗》卷八七八"谣"题作《燕燕谣》,小注:"安禄山未反时有此二谣。"《古谣谚》卷十二题作《安禄山未反时童谣》。

唐天宝中幽州谣

旧来夸戴竿，今日不堪看。

但看五月里，清水河边见契丹。

【按】《新唐书》卷三五《五行志二》："时幽州又有谣曰（略）。"宋郭茂倩《乐府诗集》卷八九据录，题作《唐天宝中幽州谣》，今从拟。明杨慎纂《古今风谣》题作《唐天宝中幽州童谣》。《全唐诗》卷八七八"谣"及《古谣谚》卷十二皆题曰《幽州谣》，前者小注："《青锁高议》又载一谣云：山上一群鹿，大鹿来相逐。啼杀涧下羊，却被猪儿触。"又唐·姚汝能《安禄山事迹》卷下："五月，奚、契丹两番数出北山口至于范阳，俘劫牛马子女，止城下累日，城中唯留后羸兵数千，不敌，润客等计无所出，遂以乐人戴竿索者为趫捷可用，授兵出战，至城北清水河大败，为奚、羯所戮。……其乐人本玄宗所赐，皆非人间之伎，转相教习，得五百余人。或一人肩，符首戴□，二十四人戴竿，长百余尺，至于竿杪，人腾掷如猿狖、飞鸟之势，竟为奇绝，累日不惮，观者汗流目眩。于是此辈歼矣。虏未至前月余日，童谣云：'旧来夸戴竿，今日不堪看。但看五日里，清水河边见。'契丹初闻莫悟，至是而应之。"

天宝中两京童谣

不怕上兰单，惟愁答辨难。

无钱求案典，生死任都官。

【按】见《全唐诗》卷八七八"谣"，题作《两京童谣》，小注："天宝逆胡之乱，士庶多投身于胡庭。先是两京童谣有此，后克复之日，朝士系三司狱鞫问，家产罄尽，骨肉分散，生死无路。"《古谣谚》卷六七引《广神异录》："天宝中，士庶投身于胡庭，两京童谣曰云云。及尅复，诸旧僚朝士系于三司狱，鞫问罪状。家产罄尽，骨肉分散，申雪无路，即其兆也。"题作《天宝中两京童谣》，今从拟。

时人为杨氏谣

生女勿悲酸，生男勿喜欢。

【按】唐·陈鸿《长恨歌传》："（玄宗）诏高力士潜搜外宫，得弘农杨玄琰女于寿邸，既笄矣。鬓发腻理，纤秾中度，举止闲冶，如汉武帝李夫人。别疏汤泉，诏赐藻莹。既出水，体弱力微，若不任罗绮。光彩焕发，转动照人。上甚悦，进见之日，奏《霓裳羽衣曲》以导之；定情之夕，授金钗钿合以固之。又命戴步摇，垂金珰。明年，册为贵妃，半后服用。……叔父昆弟皆列位清贵,爵为通侯。姊妹封国夫人,富埒王宫,车服邸第,与大长公主侔矣。而恩泽势力,则又过之,出入禁门不问,京师长吏为之侧目。故当时谣咏有云:'生女勿悲酸,生男勿喜欢。'"此为白居易《长恨歌》"姊妹弟兄皆列土,可怜光彩生门户。遂令天下父母心,不重生男重生女"所本。《古谣谚》卷十八据录,题作《时人为杨氏谣》。又见《开元天宝遗事十种》之宋乐史《杨太真外传》卷上。《全唐诗外编》第四编童养年《全唐诗续补遗》卷十六"无名氏"引《岁时广记》十一《上元》题作《开元时谣》,小注:"《杨妃外传》:开元十载上元日,杨家五宅夜游,与广宁公主骑从争西门市,杨氏奴鞭公主衣,公主堕马,驸马程昌胤扶主,因及数挞,主泣奏。上令决杀杨家奴,昌胤停官,于是杨家转横,时谣云。"

杨氏谣

男不封侯女作妃,看女却为门上楣。

【按】唐·陈鸿《长恨歌传》:"又曰(略)。其为人心羡慕如此。"《资治通鉴》卷二一五"唐纪三十一·玄宗天宝五载"条作:"杨贵妃方有宠,每乘马则高力士执辔授鞭,织绣之工专供贵妃院者七百人,中外争献器服珍玩。岭南经略使张九章,广陵长吏王翼,以所献精美,九章加三品,翼入为户部侍郎,天下从风而靡。民间歌之曰:'生男勿喜女勿悲,君今看女作门楣。'"胡三省注:"凡人作室,自外至者,见其门楣宏敞,则为壮观。言杨家因生女而宗门崇显也。或曰:门以楣而撑拄,言生女能撑拄门户也。"《古谣谚》卷十八将此与"生女勿悲酸,生男勿喜欢"并题作《时人为杨氏谣》,后句作"君看女却为门楣";又见《开元天宝遗事十种》之宋乐史《杨太真外传》卷上,后句作"君看女却是门楣";《全唐诗》卷八七八"谣"题作《杨氏谣》,后句亦作"君看女却是门楣",小注:"天宝十载上元节,杨氏五宅夜游,与广宁公主骑从争西市门,杨氏奴挥鞭,致公主堕马,驸马程昌裔扶救,因及数挞。上令决杀杨氏奴一人,亦罪昌裔停官,于是杨家转横,京师长吏为之侧目。故当时谣曰。"

马仆射谣

斋钟动也,和尚不上堂。

【按】唐·段成式《酉阳杂俎》前集卷十二"语资":"马仆射(原注"一曰侍中")既立勋业,颇自矜伐,常有陶侃之意,故呼田悦为钱龙,至今为义士非之。当时有揣其意者,乃先著谣于军中,曰(略)。月余,方异其服色,谒之,言善相,马遽见,因请远左右。曰:'公相非人臣,然小有未通处,当得宝物直数千万者,可以通之。'马初不实之,客曰:'公岂不闻谣乎?正谓公也。斋钟动,时至也;和尚,公之名;不上堂,不自取也。'马听之始惑,即为具肪玉、纹犀及贝珠焉。客一去不复知之，马病剧，方悔之。"《全唐诗》卷八七八"谣"据录，题作《马仆射谣》；《古谣谚》卷九七附录十二题为《时人为马燧造谣》，注："案侍中仆射，皆北平王马燧之官，既破田悦，而迁延玩寇，亦其不满人意之处。然北平之为人，虽不及李西平之纯粹，然艰难之际，显立功效，臣节不亏。此必好事者为之辞，正如晋人诬陶长沙折翼之梦也。"

峡路谣

其一
朝发白帝，暮彻江陵。

其二
滟滪大如马，瞿塘不可下；
滟滪大如牛，瞿塘不可留；
滟滪大如幞，瞿塘不可触。

【按】唐·李肇《国史补》卷下："凡东南郡邑无不通水，故天下货利，舟楫居多。转运使岁运米二百万石输关中，皆自通济渠入河而至也。江淮篙工不能入黄河。蜀之三峡、河之三门、南越之恶溪、南康之赣石，皆险绝之所，自有本处人为篙工。大抵峡路峻急，故曰（略）。四月五月为尤险时，故曰（略）。"五代孙光宪《北梦琐言》卷七"李学士赋谶"："唐乾宁中，刘昌美典夔州。时属夏潦，峡涨湍险，俚俗云：'滟滪大如马，瞿塘不可下。'于是行旅辍棹，而候水平去焉。"《古谣谚》卷五八仅录其一，又同书卷三一引《峡程记》："滟滪大如象，瞿塘不敢上；滟滪大如马，瞿塘不可下；滟滪大如牛，瞿塘不可流；滟滪大如鳖，瞿塘行舟绝；滟滪大如龟，瞿塘不可窥；滟滪大如服，瞿塘不可触。"题作《俗传滟滪堆语》。《全唐诗补编》之《全唐诗续拾》卷五八"谣"亦补录其一，题作《峡路谣》，今从拟。宋王谠《唐语林》卷八"补遗"仅补录第一首；明杨慎纂《古今风谣》题作《瞿塘行舟谣》，谓："滟滪大如幞，瞿塘不可触。太白诗'五月不可触，猿鸣天上哀'，又诗'瞿塘五月谁敢过'。滟滪大如马，瞿塘不可下。杜子美诗'沉牛答云雨，如马戒丹航'。滟滪大如象，瞿塘不可上；滟滪大如鳖，瞿塘行舟绝；滟滪大如龟，瞿塘不可窥。《南史》滟滪如幞本不通，瞿塘水退为庾公。"

唐天宝中玄都观诗妖

燕市人皆去，函关马不归。
人逢山下鬼，环上系罗衣。

【按】《新唐书》卷三五《五行志二》："天宝中，有术士李遐周于玄都观院庑间为诗曰

（略）。而人皆不悟，近诗妖也。"宋乐史《杨太真外传》卷下："先是，术士李遐周有诗曰（略）。燕市人皆去，禄山即蓟门之士而来；函关马不归，哥舒翰之败潼关也；若逢山下鬼，嵬字，即马嵬驿也；环上系罗衣，贵妃小字玉环，及其死也，力士以罗巾缢焉。"明杨慎纂《古今风谣》题作《唐天宝中玄都观诗妖》，今从拟。首句"皆"作"间"，第三句"人"作"若"。清杜文澜《古谣谚》卷九九据录。

国学生徒为齐暤韦公肃歌

我有学宇，既倾而成之。
我有壁经，既昧而明之。
孰规模之？孰发挥之？
祭酒维齐，博士维韦。
俾我学徒，弦歌以时。
切切祁祁，不敖不嬉。
庶乎遒人，来采我诗。

【按】《全唐文》卷六〇六刘禹锡《国学新修五经壁本记》："初，大历中，名儒张参为国子司业，始详定《五经》，书于论堂东西厢之壁。……积六十岁，崩剥污蔑，涣然不鲜。今天子尚文章，尊典籍，于苑囿不加尺椽，而成均以治，国学上言，遽赐千万。时祭酒暤实尸之，博士公肃实佐之。国庠重严，过者必式，遂以羡赢，再新壁书。惩前土涂，不克以寿，乃析坚木，负墉而比之。……笔削既成，雠校既精，……于是学官陈师正等暨生徒凡四百二十有八人，请金石刻，且歌之曰（略）。时余为礼部郎，凡瞽宗之事，得以关决。故书之以移史官，宜附于艺文云。"《古谣谚》卷七六据录，题目从拟。

钱起闻鬼谣

曲终人不见，江上数峰青。

【按】宋·晁公武《郡斋读书志》卷十七"别集类上·钱起诗二卷"："右唐钱起，徽之父也，吴郡人，天宝中举进士。初从乡荐，客舍月夜，闻人哦于庭曰（略）。起摄衣从之，无所见矣。及就试，诗题乃《湘灵鼓瑟》也，起即以鬼谣十字为落句，主文李昕（一作麟）深嘉之，擢置高第，释褐授校书郎，终考功。"《古谣谚》卷三三据录，题作《钱起闻鬼谣》，今从拟。

唐德宗时诗谣

此水连泾水,双眸血满川。

青牛逐朱虎,方号太平年。

【按】《新唐书》卷三五《五行志二》:"德宗时,或为诗曰(略)。近诗妖也。"明杨慎纂《古今风谣》据录,题作《唐德宗时诗谣》,今从拟。《古谣谚》卷九九据录,第二句"血"作"雪",末句"号"作"见"。又宋金盈之《新编醉翁谈录》卷五"诗谶"次句"眸"作"珠";第三句"逐"作"将","朱"作"赤";末句"方见"作"还号"。其文曰:"泽潞有僧号普满,随意所为,不拘僧相;或歌或笑,莫喻其旨。以言事往往有验,故时人比为万回。或于佛舍中醉题诗数篇而亡去。但记一诗云(略)。朱泚、朱滔兄弟乱,乃知其谶。此水,乃'泚'字;泾水,自泾州兵乱;双珠,泚兄弟也;青牛,乙丑岁,乙,木,丑,牛也;次年丙寅,乃丙火、寅虎是也。"《全唐诗》卷八七五"谶记"据录,题作《普满题潞州佛舍》,小注:"大历中,泽潞僧普满,不拘僧相,言事往往有验。建中初题此,人莫能知其解。及贼泚称兵,方悟此水者,泚字;泾水者,自泾州兵乱也;双珠者,泚与滔;青牛者,兴元二年乙丑岁,乙,木,青,丑,牛也。明年改元贞元,岁在丙寅,丙,火,赤,寅,虎也。至是,贼已平,故云云。"第三句"逐"作"将",末句"方号"作"还号",注:"还一作久。"

唐德宗时童谣

一只箭,两头朱,五六月,化为胆。

【按】《新唐书》卷三五《五行志二》:"朱泚未败前二月,有童谣曰(略)。"宋郭茂倩《乐府诗集》卷八九据录,题作《唐德宗时童谣》,今从拟,末句"胆"作"蛆"。明杨慎纂《古今风谣》题作《唐德宗建中初童谣》,后注:"朱泚以建中四年叛,明年改号曰汉,是岁六月伏诛。"末句"胆"亦作"蛆"。《全唐诗》卷八七八"谣"题作《两头朱童谣》,首句"箭"作"箸",末句"胆"作"胆"。《古谣谚》卷十二题作《朱泚未败前童谣》。

连山郡乳穴谣

盱之熙熙,崔公之来。

公化所彻,土石蒙烈。

以为不信,起视乳穴。

【按】《全唐文》卷五八一柳宗元《连山郡复乳穴记》:"石钟乳,饵之最良者也。楚越之山多产焉,于连于韶者独名于世。连之人告尽焉者五载矣,以贡则买诸他部。今刺史崔公至逾月,穴人来以乳复告。邦人悦是祥也,杂然谣曰(略)。穴人笑之曰:'是恶知所谓祥也!向吾以刺史之贪戾嗜利,徒吾役而不吾货也,吾是以病而给焉。今吾刺史令明而志洁,先赖而后力,欺诬屏息,信顺休洽,吾是以诚告焉。'"《古谣谚》卷七六据录,题曰《连山郡乳穴谣》,今从拟。《全唐诗续拾》卷五八"谣"亦据录,题作《零陵郡复乳穴谣》。

唐元和初童谣

打麦打麦,三三三,舞了也。

【按】《旧唐书》卷三七《五行志》:"元和小儿谣云:'打麦打麦三三三',乃转身曰:'舞了也。'及武元衡为盗所害,是元和十年六月三日。"《新唐书》卷三五《五行志二》载同,又《旧唐书》卷一五八《武元衡传》:"先是长安谣曰'打麦麦打三三三',既而旋其袖曰'舞了也'。解者谓:'打麦'者,打麦时也;'麦打者',盖谓暗中突击也;'三三三',谓六月三日也;'舞了也',谓元衡之卒也。自是京师大恐。"宋郭茂倩《乐府诗集》卷八九、明杨慎纂《古今风谣》皆据《武元衡传》著录,并题作《唐元和初童谣》,今从拟。《全唐诗》卷八七八"谣"题作《打麦谣》,小注:"元和九年六月三日,盗杀宰相武元衡。先是长安中有此谣,解者以为,打麦,刈麦时也;麦打,谓暗中突击也;三三三,谓六月三日也;舞了,谓元衡死也。"《古谣谚》卷十二亦据录,题作《元和小儿谣》,首句小注:"《武元衡传》作'打麦麦打'。"

淮夷为霍丘县造谣

狐死首邱。

【按】《全唐文》卷七三六沈亚之《寿州团练副使厅壁记》:"自建中以来,淮夷窟叛于蔡。……元和(九年)秋,蔡州叛,寿春守令狐通引兵屯霍邱。……冬,蔡兵大入马塘,寇邓家城,杀其将卒五千余人。……时马塘邓家城既陷,霍邱方畏寇乘其虚,复飞语为谣以惑其俗曰(略)。井闾多传言之。"《古谣谚》卷九八附录十三据录,题目从拟。

唐宪宗时童谣

非衣小儿坦其腹,天上有口被驱逐。

【按】《旧唐书》卷一七〇《裴度传》:"宝历元年十一月,度疏请入觐京师。明年正月,度至,帝礼遇隆厚,数日,宣制复知政事。而逢吉党有左拾遗张权舆者,尤出死力。度自兴元请入朝也,权舆上疏曰:'度名应图谶,宅居冈原,不召自来,其心可见。'先是奸党忌度,作谣辞云(略)。'天口',言度尝平吴元济也。又帝城东西,横亘六岗,合《易象·乾》卦之数。度平乐里第,偶当第五岗,故权舆取为语辞。昭愍虽少年,深明其诬谤,奖度之意不衰,奸邪无能措言。"明杨慎纂《古今风谣》据录,题作《唐宪宗时童谣》,今从拟。《古谣谚》卷八七题作《张权舆为裴度造谣词》,后注:"案本书《李逢吉传》:昭愍即位,左右屡言裴度之贤,帝甚嘉之。宝历初,度连上章请入觐。逢吉之党张权舆撰非衣小儿之谣,传于闾巷。而韦处厚于上前解析,言权舆所撰之言。《新唐书·裴度传》:逢吉既代相,思有以牙蘖之。引所厚李仲言、张又新、李续、张权舆等,内结宦官,丑沮日闻。宝历二年,度请入朝,权舆作伪谣云云。参考二传,是此谣本出权舆伪造,今故直题权舆名。"《全唐诗》卷八七八"谣"题作《张权舆作裴度伪谣》,小注:"长庆中,度为李逢吉所构,罢相。敬宗立,欲复用之,逢吉大惧。其党张权舆作伪谣,欲以倾度,天子明其诬,卒相度。"宋司马光《资治通鉴》卷二四三"唐纪五十九·敬宗宝历元年"条:"春,正月,壬辰,裴度自兴元入朝,李逢吉之党百计毁之。先是民间谣云(略)。"首句"非"作"绯",胡三省注:"绯衣,裴字;天上有口,吴字。谓度能擒吴元济,其才为可用也。"

吴元济将败之兆

井底一竿竹,竹色深深绿。
鸡未肥,酒未熟,障车儿郎且须缩。

【按】见明·杨慎纂《古今风谣》,题作《吴元济将败之兆》:"裴度征淮西,掘得一碑,上有谣云(略)。有识之者曰:鸡未肥,肥去月乃巳字;酒未熟,去水乃酉字。后果以己酉日擒吴元济。宋人四六有'学惭鼠狱,智乏鸡碑',下句正用此事。鼠狱,张汤传。"《全唐诗》卷八七五"谶记"题作《淮西池濠石铭》,次句"深深绿"作"深绿绿",小注:"元和十三年,晋公裴度征淮西,命人深池濠,得一石,上有雕出文字为铭。持以献度,咸不能究。有一卒贺曰:'元寂成擒矣。井底一竹竿,竹色深绿绿者,言吴少诚由行间一卒拥十万兵为一方帅,且喻其荣也;鸡未肥者无肉,以肥去肉,己字也;酒未熟者无水,以酒去水,酉字也;障车儿郎,谓兵革之士也;且须缩者,谓宜退守其所也。推是言之,则己酉日当克也。苟未及期,则可俟矣。后冬十月,生得元济,校其日,果己酉焉。擢卒为裨将。"清杜文澜《古谣谚》卷九九题作《吴元济将败之兆》,今从拟。次句"深绿绿"作"深深绿"。

成都人为段公谣

昔公去此,福成以毁。
今公重还,福成复完。
民安军治,亦如此寺。

【按】《全唐文》卷六〇六刘禹锡《成都府新修福成寺记》:"帝念坤维,丞相复来,山川如迎,父老相识,……既告讫役,公来庆成。云鲜日润,辉映前后。于是都人舞忭而谣曰(略)。……公实闻斯言,遂折简见命,谨月而日之,时太和某年某月日。"《古谣谚》卷七六据录,题为《成都人为段公谣》,今从拟。第四句"复"作"以",后注:"案以新旧《唐书》及《通鉴》考之,大和中,成都遭兵燹之后,为节度使者乃段文昌也。"《全唐诗续拾》卷五八"谣"题作《成都人为新修福成寺谣》。

荆门县人送裴均入朝谣

起我堙废而完之,徕我荡析而安之。
昔室于墟,风摇雨濡。自公优柔,
郛闬盈兮。昔饮于污,夏溷冬枯。
自公感通,臀沸生兮。淑旂之华兮,
四牡之骓。徯公之还兮,觞以祝之。

【按】《全唐文》卷六〇六刘禹锡《复荆门县记》:"直故郢北走之道,其聚邑曰荆门。……居殷形束之要。……有由勇爵而授赤社于兹者,徼驰名于省荁,谓相沿为非智,因请罢去其号。……黎民病之。……永贞元年,江陵尹裴公,政成上游,德及矜人,大建长利,俾无遗害。乃外济群欲,内张全模,周图经制,条白于状。昌言既从,公议攸同,……官修其方,人乐其居。……(元和)三年,公以介圭入觐,途出斯邑,邑人之华皓幼童,咸须于道周,距跃而谣曰(略)。却略蹁跹,百形一音。公为驻错衡而劳之,有以文从公者,纪事于牒。"《古谣谚》卷七六据录,题作《荆门县民为裴公谣》,注:"案以新旧《唐书》及《通鉴》考之,永贞元和间,尹江陵者乃裴均也。"《全唐诗续拾》卷五八"谣"题作《荆门县人送裴均入朝谣》,今从拟。

钟陵民为李公谣

李公不愉,吾何以居。
李公不室,吾何以逸。

【按】《全唐文》卷六八九符载《钟陵东湖亭记》:"牧钟陵之民,五改火矣。首年而衣食富,二年而奸慝禁,三年而礼让兴。大抵以清静惠慈为理本,刚明正直为化基。与民同欲,万户一令,遂用无事。里中或谣曰(略)。夫如是,即斯亭斯榭,士林君子犹以为固欤?"《古谣谚》卷八一及《全唐诗续拾》卷五八"谣"皆据录,题目从拟。

陇亭童谣

秦陇无人塞草青,将军一去泣空营。
汉家天子车巡狩,行到江南又起兵。

【按】《全唐诗续拾》卷五八"谣"据《记纂渊海》卷二五补录,题目从拟。

抚州民为千金陂谣

其一

公倅景城,民苏南皮。南皮斗门,厥绩今存。
在昔河流,西走燕魏。民困隄防,日忧理水。
舟楫壅遏,为弊仍岁。公作斗门,分水之势。
亦不役民,荷公之制。

其二

公作千金,抚民惠深。陂水沈沈,乐乎人心。
我田不荒,我苗如林。忧公之去,谁其嗣音。

【按】《全唐文》卷八〇五柏虔冉《新创千金陂记》:"抚州刺史渤海李公,一日无事,理舟汝水,溯流而上,顾视原野而叹曰:'焉有沃壤如此,而不富于民耶!'……因得尽搜故事,得华陂旧基焉。……于是究其源,度其地,鸠其工,谕其民,民咸乐之。……公又于其上横截汝江,置千金陂,南北百二十五丈。……民咸聚而谣曰(略)。又曰(略)。十年夏,新陂成。"《古谣谚》卷八一据录,题目从拟。其一之"河流"作"汝流";其二之"抚民"作"拯民"。《全唐诗续拾》卷五八"谣"亦据录,按:"据记云:公指咸通间'抚州刺史渤海李公',郁贤皓先生《唐刺史考》疑李公为李寂。"

咸通初洛中谣

其一

勿鸡言,送汝树上去;
勿鸭言,送汝水中去。

其二

勿笑父母不认汝。

【按】宋·王谠《唐语林》卷七补遗:"咸通初,洛中谣曰(略)。又曰(略)。及李纳为河南尹,是年大水,纳观水于魏王堤上,波势浸盛,虑其覆溺,于是策马而回。……是时男女多栖于木,咸为所漂者,父母观之不能救。"《全唐诗续拾》卷五八"谣"据补,题目从拟。

咸通七年童谣

草青青,被严霜。鹊始后,看颠狂。

【按】《新唐书》卷三五《五行志二》:"咸通七年,童谣曰(略)。"宋郭茂倩《乐府诗集》卷八九据录,题作《唐咸通中童谣》;明杨慎纂《古今风谣》题作《唐懿宗咸通七年童谣》,第三句"后"作"巢",末句"看"字前有"复";《全唐诗》卷八七八"谣"略同,题作《咸通七年童谣》,今从拟;《古谣谚》卷十二亦据补,第三句"后"作"复"。

咸通十四年成都童谣

咸通癸巳,出无所之。
蛇去马来,道路稍开。
头无片瓦,地有残灰。

【按】《新唐书》卷三五《五行志二》:"(咸通)十四年,成都童谣曰(略)。是岁,岁阴在巳,明年在午。巳,蛇也;午,马也。"宋郭茂倩《乐府诗集》卷八九据录,题作《唐咸通末成都童谣》;明杨慎纂《古今风谣》同题,末句"有"作"无";《古谣谚》卷十二题作《咸通十四年成都童谣》,今从拟;《全唐诗》卷八七八"谣"题作《咸通十四年成都谣》。

唐僖宗时童谣

金色虾蟆争努眼,翻却曹州天下反。

【按】《旧唐书》卷二百下《黄巢传》:"黄巢,曹州冤句人,本以贩盐为事。乾符中,仍岁凶荒,人饥为盗,河南尤甚。初,里人王仙芝、尚君长聚盗,起于濮阳,攻剽城邑,陷曹、濮及郓州。先有谣言云(略)。及仙芝盗起,时议畏之。"又见《新唐书》卷三五《五行志二》,宋郭茂倩《乐府诗集》卷八九据录,明杨慎纂《古今风谣》题作《唐僖宗乾符中童谣》,《全唐诗》卷八七八"谣"题作《唐僖宗时童谣》,今从拟。《全唐诗》有小注:"王仙芝反于曹州,黄巢继之,此谣之应。"《古谣谚》卷十二题作《乾符中谣言》。

乾符六年童谣

八月无霜塞草青,将军骑马出空城。
汉家天子西巡狩,犹向江东更索兵。

【按】《新唐书》卷三五《五行志二》:"乾符六年,童谣曰(略)。"宋郭茂倩《乐府诗集》卷八九据录,题作《唐乾符中童谣》,次句"出"作"步";《全唐诗》卷八七八"谣"题作《乾符六年童谣》;《古谣谚》卷十二亦同题补录,今从拟,第三句"天子"作"天下",后注:"《孔帖》'江东'作'东吴'。"

黄巢谶谣

欲知圣人姓,田八二十一。
欲知圣人名,果头三屈律。

【按】宋·钱易《南部新书》卷丁:"黄巢令皮日休作谶词,云(略)。巢大怒,盖巢头丑,掠鬓不尽,疑'三屈律'之言是其讥也,遂及祸。"题目自拟。《全唐诗》卷八七五"谶记"据录,题曰《皮日休造黄巢谶》,小注:"巢头丑,掠鬓不尽,疑三屈律之言讥之,日休遂及祸。"张紫晨《歌谣小史》第九章转引,谓此为"谶语式歌谣"。

黄巢军中谣

逢儒则肉,师必覆。

【按】《新唐书》卷二二五下《黄巢传》:"初,军中谣曰(略)。巢入闽,俘民绐称儒者,皆释。时(乾符)六年三月也。"《全唐诗》卷八七八"谣"、《古谣谚》卷十二据录,皆题作《黄巢军中谣》,今从拟。

中和初童谣

黄巢走,泰山东,死在翁家翁。

【按】《新唐书》卷三五《五行志二》:"中和初,童谣曰(略)。"宋郭茂倩《乐府诗集》卷八九录载,题作《唐中和初童谣》,又:"按《旧书》:中和四年,黄巢既败,以其残众东走,李克用追击至济阴而还。贼散于兖、郓,黄巢入泰山,至狼虎谷,为其将林言所杀。"明杨慎纂《古今风谣》题作《唐僖宗中和中童谣》。《全唐诗》卷八七八"谣"题作《中和初童谣》,今从拟,小注:"黄巢未败前有此谣,后败走至泰山狼虎谷,为其下所杀,其死处民家果姓翁。"《古谣谚》卷十二亦据录。宋钱易《南部新书》卷丁:"中和初,黄巢将败,有谣云:'黄巢须走泰山东,死在翁家翁。'巢死之处,民家果姓翁。"

胡楚宾谣

胡楚宾,李翰林,词同三峡水,字值双南金。

【按】见《全唐诗》卷八七八"谣",小注:"唐秋浦诗人有胡楚宾、顾云、张乔、伍乔、殷文圭诸人,楚宾文思甚敏,必酒中下笔,当时有谣云。"《古谣谚》卷八二据录,题曰《时人为胡楚宾李白谣》,《全唐诗补编》之《全唐诗续补遗》卷十六题作《高宗时谣》,注①:"谣中'李翰林'即李折,玄宗时人,是此谣至早亦应为天宝间李白居秋浦后可能出现,题误甚明。似仍当从《全唐诗》题作《胡楚宾谣》为妥。"

卖丝籴谷谣

二月卖新丝,五月籴新谷。

【按】清·杜文澜《古谣谚》卷三三引《读史管见》:"钱非桑耕所得,而使农民输钱,政之苛虐,莫此为甚,于是有云云之谣。……"又:"按唐人聂夷中诗有此二句,而胡氏引为谣,未知所据,今姑存之。"

光启中福建童谣

潮水来,山严没;潮水去,矢口出。

【按】宋·吴处厚《青箱杂记》卷七:"光启中,陈岩为福建观察使,童谣曰(略)。其后王潮果代岩,而审知袭位,乃其应也。"《全唐诗》卷八七五"谶记"据录,题作《福州记》,小注:"《五代史》:王潮据泉州,观察使陈岩表为刺史,岩卒,其婿范晖自称留后。潮遣弟审知攻晖,杀之,唐即以潮为观察使。潮卒,审知代立。《吴越备史》载福州先有僧为记云云,其验也。"《古谣谚》卷五九题为《光启中福建童谣》,今从拟。小注:"《五国故事》作谶辞,《吴越备史》卷一作僧记。"原谣后又注:"《五国故事》作'岩高潮水没,潮退矢口出';《吴越备史》'山岩'作'岩头'。"

福建骑马谣

骑马来,骑马去。

【按】宋·吴处厚《青箱杂记》卷七:"时(光启中)又有谣曰(略)。盖光启丙午国亡之应也。"《全唐诗》卷八七五"谶记"据录,题作《陈智广谶》,小注:"智广,留坡人。生元和初,居九座山,不茹荤,叩祸福必验。唐末,王氏入闽,语人云云。自光启丙午据闽,终保大丙午。"同书卷八七八"谣"则题作《福州谣》,小注:"王潮以光启二年丙午拜泉州刺史,至晋开运三年丙午南唐灭王氏,谣之验也。"《古谣谚》卷五九题作《福建骑马谣》,今从拟,小注:"《五国故事》作山僧对王审知语。"又注:"《全唐诗》十二函八:王潮以光启二年丙午拜泉州刺史,至晋开运三年丙午南唐灭王氏,谣之验也。"

天祐中江南童谣

东海鲤鱼飞上天。

【按】《旧五代史》卷一三四《僭伪列传第一》引《五代史补》:"先是,江南童谣云:'东海鲤鱼飞上天。'东海即徐之望也,李者鲤也,盖言李昇一旦自温家起而为君尔。"宋·吴处厚《青箱杂记》卷七:"李昇先为徐温养子,冒徐姓,名知诰,为昇州刺史。童谣曰(略)。后竟即伪位。"宋·文莹《玉壶清话》卷九"李先主传":"天祐中,童谣曰(略)。盖谓主素育于徐氏,后竟复唐姓。"明杨慎纂《古今风谣》谓据《江南野录》补辑,题作《天祐中江南童谣》,今从拟。尾注:"徐知诰冒姓李氏,东海,徐氏之望,鲤,其冒也。"《全唐诗》卷八七八"谣"据录,小注:"李昇初为徐温养子,冒徐姓,名知诰,后继温为南唐。东海,徐氏之望。鲤,李也。"《古谣谚》卷十七据《五代史补》卷三重录,题作《徐温李昇相江南时童谣》。此谣又见清·吴任臣《十国春秋》卷二四《吴·高祖世家》,时间系于武义元年(919)十二月。

真人谣

有一真人在冀川,开口持弓向外边。

【按】见《全唐诗》卷八七八"谣",题目从拟,小注:"唐末民间有此谣,元宗因名其子为弘冀以应之。"又末句小注:"一本此下又有'子子孙孙万万年'一句。"《古谣谚》卷八二同题据录,注:"《全五代诗》卷五十六引《徐骑省集》:太子弘冀,元宗长子,母为光穆皇后。先是,民间谣曰云云,乃名以应之。以靖难功,立为太子,显德六年薨,谥文献。《骑省集》'州'作'川','持'作'张'。卷三十九引《全唐诗》,'州'正作'川',末句正书不旁注。《十国春秋》、南唐文献《太子弘冀传》'持'作'张','外'作'宗'。"宋杨亿《杨文公谈苑》"铜牌记":"梁沙门宝志铜牌记,多谶未来事,云:'有一真人在冀川,开口张弓在左边,子子孙孙万万年。'江南中主名其子曰弘冀,吴越钱镠诸子皆连弘字,期以应之,而宣祖讳正当之也。"

诸军为唐末帝谣

去却生菩萨,扶起一条铁。

【按】《旧五代史》卷四六《唐末帝纪上》:"壬辰,诏赐禁军及凤翔城下归明将校钱帛各有差。初,帝离岐下,诸军皆望以不次之赏,及从至京师,不满所望,相与谣曰(略)。其无厌如此。"《古谣谚》卷十二据录,题作《诸军为唐末帝谣》,今从拟。《资治通鉴》卷二七九"后唐纪八·潞王清泰元年"条作:"除去菩萨,扶立生铁。以闵帝仁弱,帝刚严,有悔心故也。"胡三省注:"闵帝小字菩萨。"《全唐诗》卷八七八"谣"据《资治通鉴》著录,题作《后唐军士谣》。《全唐诗续拾》卷五八"谶"据《旧五代史》同题补录,首句"去"注:"《续世说》作'除'。"又按:"《全唐诗》卷八七八收此谣,仅作四言二句,似据《通鉴》卷二七九所录,今重录之。"

长沙童谣

三羊五马,马子离群,羊子无舍。

【按】宋·吴处厚《青箱杂记》卷七:"庞巨昭善星纬之学,唐末为容州刺史,恶刘隐残虐,乃归长沙。或问湖南与淮南国祚短长,巨昭曰:'吾入境来,闻童谣曰(略)。自今以后,马氏当五主,杨氏当三主。'后皆如其言。"《全唐诗》卷八七八"谣"据录,题作《长沙童谣》,今从拟;《古谣谚》卷五九题作《长沙羊马童谣》。

锡山古谣

其一

有锡兵,天下争。无锡宁,天下清。

其二

有锡沴,无锡乂,天下济。

【按】《全唐诗续拾》卷五八据元《无锡县志》卷四陆羽《慧山寺记》后附补录,作者署"后世无名人",原题作《唐锡山铭》。《古谣谚》卷二八引《常州图经》:"惠山之侧有锡山,其山出锡,古谣云云云,故县名无锡。"遂题作《锡山古谣》,今从拟。小注:"《全唐文》卷四百三十三陆羽《游慧山诗记》,慧山,古华山也,山东峰当周秦间大产铅锡,至汉兴方殚。故创无锡县,属会稽。后汉有樵客山下得铭云:'有锡兵,天下争;无锡宁,天下清。有锡沴,天下弊;无锡乂,天下济。自光武至孝顺之世,锡果竭,顺帝更为无锡县,属吴郡,故东山谓之锡山。此则锡山之岑嶔也。"又尾注:"《舆地纪胜》卷七引古谶作'无锡宁,天下平。有锡争,天下兵。'"陈鼎如、赖征海编《古代民谣注析》注②:"这两句谣又作:'有锡兵,天下争;无锡宁,天下清。'或'无锡宁,天下平;有锡争,天下兵。'"(江西人民出版社1985年版第127页)

嘲虾蟆

一跳八尺,再跳丈六。从春至夏,裸祖相逐。无地取作,掉尾肃肃。

【按】唐·朱揆《谐谑录》"虾蟆":"俗嘲云(略)。"(见王利器辑录《历代笑话集》,上海古籍出版社1981年版第47页)。《全唐诗续拾》卷五八据补,题目从拟。

高黎贡山谣

冬日欲归来,高黎贡山雪。
秋夏欲归来,无那穹赕热。
春时欲归来,囊中络赂绝。

【按】《全唐诗外编》第四编童养年《全唐诗续补遗》卷十六据《蛮书二》及《永昌府文征》一引,题注:"高黎贡山在永昌西,下临怒江,左右平川,谓之穹赕汤浪,加萌所居也。朝济怒江登山,暮方到山顶。冬中山上积雪苦寒,夏秋又苦穹赕汤浪,毒暑酷热,河赕贾客,在寻传羁旅未还者,为之谣曰。"又原注:"络赂,财之名也。"

薛瑶《返俗谣》

化云心兮思淑真,洞寂灭兮不见人。
瑶草芳兮思芬蒀,将奈何兮青春。

【按】《全唐文》卷二一六陈子昂《馆陶郭公姬薛氏墓志铭》:"姬人姓薛氏,本东明国王金氏之允也。……姬人幼有玉色,发于秾华,若彩云朝升,微月宵映也。故家人美之,少号仙子。……年十五,大将军薨,遂剪发出家,将学金仙之道。而见宝手菩萨,静心六年,青莲不至,乃谣曰(略)。遂返初服而归我郭公。"《全唐诗》卷七九九题作薛瑶《谣》,小注:"薛瑶,东明国人。左武卫将军承冲之女,嫁郭元振为妾,诗一首。"又小注:"一作《返俗谣》,薛氏年十五,剪发出家,六年为谣云云。遂返初服,归郭。"首句"真"作"贞",第三句"芬蒀"一作"氛氲"。《古谣谚》卷七五题作《郭公姬人学仙谣》。杨照全、李海山著《韩国汉诗选》选录,题曰《返俗谣》(学苑出版社2000年版第32页)。

第三编　五代歌谣

卢绛梦白衣妇人歌词

玉京人去秋肃索,画檐鹊起梧桐落。倚枕悄无言,月和残梦圆。背灯惟暗泣,甚处砧声急。眉黛小山攒,芭蕉生暮寒。

【按】见《全唐诗》卷八六八"梦",题注:"绛,后主末年为宣州节度,宋平金陵,绛杀歙州刺史龚慎仪,谋奔岭表,不得,复降宋。慎仪侄颖懃之朝,坐斩。初绛未遇时,病疟且死,梦白衣妇人,颇有姿色,歌《菩萨蛮》劝绛酒,曰:'妾,玉真也,他日富贵,相见于固子坡。'至是临刑,有妇人姓耿名玉真者,坐淫乱与同斩,衣服姿貌,宛如前梦。其行刑地,即固子坡也。《南唐野史》、《翰府名谈》云所梦者是诗,行刑地名孟家坡,今并载。"张璋、黄畲编《全唐五代词》卷四录为南唐时妇人耿玉真所作《菩萨蛮》,倒第二句"小山"作"远山"。

白衫举子歌

执板谈歌乞个钱,尘中流浪酒中仙。
直饶到老常如此,犹胜危时弄化权。

【按】宋·赵令畤《侯鲭录》卷六"白衫举子傲敬翔"条:"五代敬翔当权时,门前一举子白衫作舞,歌唱曰(略)。"《全唐诗》卷七八四据录,小注:"《侯鲭录》:敬翔当权时,有一举子白衫,作舞歌,唱云。"首句"谈"作"狂","酒中仙"作"且随缘"。

没了期歌

没了期,没了期,营基才了又仓基。(军士题)
没了期,没了期,春衣才了又冬衣。(武肃续)

【按】见《全唐诗》卷八《没了期歌》,题注:"《晋公谈录》:武肃所言,皆可律下。忽一日,杂役兵士于公署壁题诗云云,部辖者皆怒,王曰不必怒,续书云云。卒伍见之,怡然力役,不复怨咨。"

甘露寺僧闻异人夜饮歌

北服人歌

赵壹能为赋,邹阳解献书。
可惜西江水,不救辙中鱼。

逢掖人歌

伟哉横海鳞,壮矣垂天翼。
一旦失风水,翻为蝼蚁食。

东向人歌

功遂侔昔人,保退无智力。
既涉太行险,兹路信难陟。

朱衣人歌

握里龙蛇纸上弯,逡巡千幅不将难。
顾云已往罗隐耄,更有何人逞笔端。

【按】五代·严子休《桂苑丛谈》"客饮甘露亭"条:"有甘露寺僧语愚云:吴王收复浙右之岁明年夏中夜,月莹无云,望江澄澈如昼,诸徒侣悉已禅寂,竟无人踪。……俄有数人自西轩而来,领仆厮辈挈酒壶,直抵望江亭而止。……东向一人南朝之衣,清扬甚美。西坐一人北房之服,魁梧矍矍。北行一人逢掖之衣,……南行一人朱衣霜简,清瘦多髯。……房服乃执杯而吟曰(略)。次至逢掖,举行而歌曰(略)。巡至东向,曰(略)。以至朱衣,乃朗吟曰(略)。吟罢东楼晨钟遽鸣,……竟无踪矣。"《古谣谚》卷九七附录十二据录,题目从拟,《北服人歌》之"可"作"何";《东向人歌》之"信"作"竟";《朱衣人歌》之"逞"作"运"。

病狂人歌

其一

踏阳春,人间三月雨和尘。
阳春踏,秋风起,肠断人间白发人。

其二

五灵华,晓玲珑,天府由来汝府中。
惆怅此情言不尽,一丸萝卜火吾宫。

【按】明·杨慎纂《古今风谣》仅录其一；《全唐诗》卷八六八"梦"全录，题曰《病狂人歌》，今从拟，小注："周显德中，齐州有人病狂，每歌云云。自言梦见一红衣女子引入，宫殿皆红，一小姑令歌如此。有道士曰：此犯大麦毒所致，女即心神；小姑，脾神也。《医经》：萝卜治麦毒，如此言，以药并萝卜食，遂愈。"同书卷八七八"谣"复录其一作《周显德中齐州谣》，次句"三月"作"二月"，第三、四句作"阳春踏尽西风起"。《古谣谚》卷六八所录其二题作《唐齐州病狂人闻梦中少女歌》："五云华盖晚玲珑，天府由来汝腑中。惆怅此情言不尽，一丸萝卜火吾宫。"题前引《洞微志》云："显德中，齐州有人病狂，云梦中见红裳少女，引入宫殿中，其小姑令歌，遂歌曰云云。一道士解之云：少女心神，小姑脾神。火，毁也。《医经》言萝卜制面毒，故曰火吾宫，此犯大麦毒也。即以药兼萝卜食之，其疾遂愈。"小注："《全唐诗》十二函七首句作'五灵华阁晓琳珑'，'腑'作'府'。《癸辛杂识》前集引首句作'五灵叶盖晚琳珑'，'腑'作'府'，'葡'作'蕻'。《广群芳谱》卷十六引首句作'五灵楼阁晓琳珑'，'汝腑'作'是此'，'此情'作'闷怀'。"又补注："案《说郛》本此歌之前又载一歌，有踏阳春以下二十四字。核其语意，于本事无涉，他书所引亦无之。考《全唐诗》十二函八，载周显德中齐州谣，与此正同，今分别录之。又此条叙次讹谬甚多，以《广群芳谱》所引参订。"《古谣谚》卷八二又据《全唐诗》卷八七八复录其一作《周显德中齐州谣》，次句"二月"改作"三月"，小注："《合璧事类》前集卷十三及苏诗王注引《异闻集》作《邢凤之子梦美人歌》，'肠断'作'愁尽'。"张璋、黄畬《全唐五代词》卷八据《历代诗馀》仅录其一，题作"齐州人《踏阳春》"，"三月"作"二月"，三、四句作"阳春踏尽秋风起"。

吴王称号时广陵黄冠道人歌

其一

盟津鲤鱼肉为角，濠梁鲤鱼金刻鳞。
盟津鲤鱼死欲尽，濠梁鲤鱼始惊人。

其二

横排三十六条鳞，个个圆如紫磨真。
为甚竿头挑著走，世间难得识鱼人。

【按】南唐·史温《钓矶立谈》："吴王称号淮海时，广陵殷盛，士庶骈阗。忽一旦，有黄冠道人，状如病狂，手持一竿，竿首挂一木，刻为鲤鱼形。自云钟离人也，行歌于市曰（略）。又云（略）。大率如此者凡数十篇，时人莫能晓。岁馀忽不知所之。其后武义年中，江南谣言又有'东海鲤鱼飞上天'之语（按此条已见《五代史补》），及烈祖受命，复姓李氏，立唐社稷，其言方验。叟曰：鲤之与李声相通也，鱼而肉角则龙矣。虽以金刻鳞，犹为鱼也。江南虽为强国，而以偏霸终焉，鱼之象也。"清杜文澜《古谣谚》卷二四据录，今从其拟，尾注：

"《十国春秋》吴黄冠道人传,'得'作'遇'。"清·吴任臣《十国春秋》卷十二《吴·黄冠道人传》:"黄冠道人,无名氏,自云钟离人也。高祖改元开国时,广陵殷盛,士庶骈阗,道人状如病狂,手持一竿,竿首悬一木,刻为鲤鱼形,行歌于市曰(略)。又云(略)。其类此意者凡数十章,时人莫能晓。后徐知诰禅代,复姓李氏,其言始应。"《全五代诗》卷二三转录,又《全唐诗补编》之《全唐诗续补遗》卷十一题作黄冠道人《歌二章》,小注:"道人不知其名,自云钟离人。"其二第三句"走"作"定",末句"难得"作"难遇"。

虞皋歌

朝为雄兮暮为雌,天地终尽兮人生几时。

【按】清·吴任臣《十国春秋》卷九九《闽十·虞皋传》引《榕阴新简》:"当敏归时,皋及宾客皆送之,至洞门,客以尺八击玉磬,皋和而歌曰(略)。歌毕,忽然俱去。"

吴越王还乡歌

玉节还乡兮挂锦衣,碧天朗朗兮爱日晖。
功臣道上兮列旌旗,父老远来兮相追随。
家山乡巷兮会时稀,今朝设宴兮觥散飞。
斗牛无字兮民无欺,吴越一王兮驷马归。

【按】吴越·范坰、林禹《吴越备史》卷一:"(开平四年)冬十月戊寅,王亲巡衣锦军,制《还乡歌》,歌曰(略)。"清杜文澜《古谣谚》卷十二据录,题作《吴越王还乡歌》,今从拟。首句"玉"作"三",注:"《十七史商榷》云:三节者,镠在唐已领镇海镇东两军节度,入梁又兼淮南也。《吴越备史》作'玉节',此不读书人妄以意改。"第三句"臣"作"成",注:"二句原本无,据《全唐诗》一函二补。《湘山野录》作'临安道上列旌旗,碧天明明爱日晖'。按改'朗'作'明',乃宋人避圣祖讳。"第四句无"兮",注:"《全唐诗》'来'下有'兮'字。《湘山野录》作'父老远近来相随'。"第五句"巷"作"眷",注:"此句原本无,据《全唐诗》、《湘山野录》补。"第六句注:"此句原本无,据《全唐诗》补。"第七句"字"后有"兮","民"作"人",注:"《全唐诗》'字'下有'兮'字。《湘山野录》作'斗牛光起兮天无欺'。"末句无"兮"字,注:"《全唐诗》'王'下有'兮'字。《湘山野录》以此句为第二句,又释云:时父老不解此歌,王复以吴音歌云:你辈见侬底欢喜,别是一般滋味子,长在我侬心子里。至今狂童游女能效之。"《新五代史》卷六七《吴越世家·钱镠传》:"(开平)四年,镠游衣锦军,作《还乡歌》曰:'三节还乡兮挂锦衣,父老远来相追随。牛斗无字人无欺,吴越一王驷马归。'"宋·释文莹《湘山野录》卷中:"开平元年,梁太祖即位,封钱武肃镠为吴越王。……为牛酒大陈乡饮,别张蜀锦为广幄,以饮乡妇。凡男女八十已上金樽,百岁已上玉樽,时黄发饮玉者尚不减十余人。镠起,执爵于席,自唱《还乡歌》以娱宾曰:'三节还乡兮挂锦衣,吴越一王驷马归。临安道上列旌旗,碧天明明兮爱日辉。父老远近来相随,家山乡眷兮会时稀,斗牛光起兮天无欺。'时父老虽闻歌进酒,都不之晓,武肃觉其欢意不甚浃洽。"《全唐诗》卷八吴越王钱镠《巡衣锦军制还乡歌》据《吴越备史》卷一补录,小注:"《吴越备史》:镠生临安石镜乡临水里,有大木,镠幼时与群儿戏其下,坐大石,指麾为队伍。镠既贵,昭宗改其乡曰广义,里曰勋贵,所居营为衣锦营,俄又升为衣锦军,号大木为衣锦将军。天复元年,镠于其地大会故老宾客,山林树木,皆覆以锦幄,表衣锦之荣。开平四年,镠游[衣锦](锦衣)军,作《还乡歌》。"张紫晨《歌谣小史》据《湘山野录》补述。

吴越王唱山歌

你辈见侬底欢喜,别是一般滋味子,永在我侬心子里。

【按】宋·释文莹《湘山野录》卷中:"再酌酒,高揭吴喉唱山歌以见意,词曰(略)。歌阕,合声赓赞,叫笑振席,欢感闾里。今山民尚有能歌者。"《全唐诗》卷八吴越王钱镠《巡衣锦军制还乡歌》尾注:"《湘山野录》云:时父老不解此歌,王复以吴音歌云(略),至今狂童游女能效之。"末句"永"作"长"。

广州三樵歌

奉敕追三樵,随侯傍道走。
回头语李郎,唤取尔朱九。

【按】唐·张𬸦《朝野佥载》卷四:"周韶州曲江令朱随侯,女夫李逖,游客尔朱九,并姿相少媚,广州人号为'三樵',人歌曰(略)。张𬸦目随侯为'臕乱土枭'。"《太平广记》卷二五四"谐谑四·朱随侯"条转引,清杜文澜《古谣谚》卷五七据录,题作《广州人为朱随侯李逖尔朱九歌》;《全唐诗》卷八七二"谐谑四"题作无名氏《广州三樵歌》,今从拟,小注:"曲江令朱随侯,张𬸦目为臕乱土枭,女夫李逖、游客尔朱九,并姿相少媚,广州人号为三樵,人歌之云云。"

九龙帐歌

谁谓九龙帐,惟贮一归郎。

【按】《新五代史》卷六八《闽世家第八·王审知传附王鏻传》:"(王)鏻妻早卒,继室金氏贤而不见答。审知婢金凤,姓陈氏,鏻嬖之,遂立以为后。初,鏻有嬖吏归守明者,以色见俸,号归郎,鳞后得风疾,陈氏与归郎奸。又有百工院使李可殷,因归郎以通陈氏。鳞命锦工作九龙帐,国人歌曰(略)。"《全唐诗》卷八七四"歌"据录,题作《九龙帐歌》,今从拟;《古谣谚》卷十二题作《闽人为归守明歌》。

伪蜀鸳鸯树歌

愿作坟上鸳鸯,来作双飞,去作双归。

【按】见《全唐诗》卷八七四"歌",小注:"蜀王孟昶说宫婢春燕,末年与(缺)遭杀,并命合葬。墓上有树生异花,似鸳鸯交颈,人名曰鸳鸯树,有歌云云。"《古谣谚》卷八二据录,末句"双归"作"双飞",又注:"案此条乃闽主王昶之事,非蜀主孟昶之事。"

吴涵虚上升歌

玉皇有诏登仙职,龙吐云兮凤著力。
眼前蓦地见楼台,异草奇花不可识。
我向大罗观世界,世界即如指掌大。
当时不为上升忙,一时提向瀛洲卖。

【按】见《全唐诗》卷八六一"仙",小注:"吴涵虚,字含灵,江西人。出家为道士,居南岳,俗呼为吴猱。好睡,经旬不饮食。常言曰:'人若要闲,即须懒,好勤,即不闲也。'清泰年羽化。宋乾祐中,有人于嵩山见之。"

无名氏度世古玄歌

始青之下月与日,两半同升合为一。
大如弹丸甘如蜜,出彼玉堂入金室,子若得之慎勿失。

【按】见《全唐诗》卷八六二"仙",题注:"《蜀志》:后周至真观小蛮桥下,抇得古碑,载此。"

清泰三年歌

丙申年,数在五楼前。但看八九月,胡虏乱中原。

【按】见《全唐诗》卷八七五"谶记",题目从拟。小注:"先是甲子歌有此,后清泰三年丙申,大军于太原南五楼村前大战,至九月,晋祖勾契丹至于城下,王师败绩,至十一月,戎王遣蕃军送晋祖洛阳。即胡虏乱中原之应也。"《全唐诗续拾》卷五八"谶"据《说郛》卷二〇引《洛中纪异录》补录"数在五楼前"一句,题作《王建时谶》。

高酒秃醉歌

酒秃酒秃,何荣何辱?但见衣冠成古丘,不见江河变陵谷。

【按】宋·马令《南唐书》卷二六《浮屠元寂传》:"僧元寂,姓高,自言高骈族人。升元中,受业升元寺,性爽悟,博通经藏。保大中,……讲经论明教大师,赐紫。……元寂屡干宪法,有司惜其才,辄贳之。后主召入,问《华严经》。元寂口说梵行一品,多赐金帛。由是益自恣,日以狂饮为事,大醉,则十数小儿随之,元寂行歌于路曰(略)。与群儿互相应和,旁若无人。坐是落僧职,出居长干寺,常与狂生藉地酣饮,醉死于石子岗。"《全唐诗》卷八二五据录,题作《僧元寂歌》;《古谣谚》卷二四复录,题作《高酒秃醉歌》,题目从拟。

浔阳渔父歌

竹竿籊籊,河水悠悠。相忘为乐,
  贪饵含钩。非夷非惠,聊以忘忧。

【按】见《全唐诗补编》之《全唐诗续拾》卷五七,注:"同前(《三洞群仙录》)卷四引《五代逸史》,云浔阳太守孙恬见之。"《诗·卫风·竹竿》:"籊籊竹竿。"

吴高祖时华姥山童子歌

灵菌长,金刀响。

【按】清·吴任臣《十国春秋》卷十四《吴十四·刘得常传》:"刘得常,升州人。十七岁作《大道歌》,诣茅山见国师吴法通。法通曰:'贤者能饮茅山泉一月,当十倍今日聪明,一年特生光慧,十年闻仙道矣。'得常乃作《冷泉吟》。……高祖时,华姥山一夕有童子歌曰(略)。山中人数闻之,虑有兵。是年盛产黄芝,经月枯悴,得常遂逝焉。"《古谣谚》卷二四据录,题作《华姥山童子歌》;《全唐诗续拾》卷五八据元刘大彬《茅山志》卷十一及《十国春秋》卷十四重录,题作《吴高祖时华姥山童子歌》,今从拟。

泰州民刺褚仁规诗

多求囊白昧苍苍,兼取人间第一黄。

【按】宋·陶榖《清异录》卷上"官志·人间第一黄"条:"伪唐赃臣褚仁规,窃禄泰州刺史,恶政不可缕举。有智民请吻儒为二诗,皆隐语,凡写数千幅,诣金陵粘贴,事乃上闻。诗曰(略)云云。白黄隐金银字。"《全唐诗续拾》卷五八"嘲谑"据补,题目从拟。

开宝中江南叟醉歌

蓝采禾,蓝采禾,尘世纷纷事更多。
争如卖药沽酒饮,归去深崖拍手歌。

【按】宋·马令《南唐书》卷十五《陈陶传》:"陈陶世居岭表,……升元中,至南昌,……乃筑室于西山,日以诗酒为事。……所居幽邃。性尤嗜鲊,……后以修养炼丹为事。……先产药物数十种,陶采而饵之。开宝中,尝见一叟,角发被褐,与老媪货药于市,获钱则市鲊对饮,旁若无人。既醉,行舞而歌曰(略)。或疑为陶之夫妇云。"《古谣谚》卷二四据录,题作《开宝中南昌市老翁老媪歌》,首二句注:"陆氏《南唐书》陶传,二'禾'字作'和'。"第四句注:"陆书作'何如卖药沽美酒'。"末句注:"陆书,'深'作'青'。"《全唐诗续拾》卷四四题作开宝中江南叟《醉歌》,按:"陈陶为大中间人,今存其诗,事迹历历可考。自大中至开宝,已逾百年,得仙之说,固属附会,陶即耆寿,恐亦难以存活一百数十年之久,何况当时即为存疑,并无必证,今列之,另以'开宝中江南叟'列目。"

周季年东汉国民唱

生怕赤真人,都来一夜春。

【按】宋·陶榖《清异录》卷一"天文·赤真人":"周季年,东汉国大雪,盛唱曰(略)。后大宋受命。"《古谣谚》卷六九据录,题作《东汉国民唱》;《全唐诗续拾》卷五八题作《周季年东汉国大雪盛唱》。题目自拟。

杭州还乡和尚唱

还乡寂寂杳无踪,不挂征帆水陆通。
踏得故乡回地稳,更无南北与西东。

【按】见《全唐诗》卷八七五"谶记",小注:"钱氏时,有和尚在街市唱此,人因名为还乡和尚。问之,每云:明年大家都去。钱氏果纳地去归汴云。"

南唐客人歌

太岁当头立,诸神莫敢当。
其中有一物,常带洞庭香。

【按】宋·郑文宝《南唐近事》:"钟传镇江西日,客有以覆射之法求谒。传以历日包一橘致袖中使射之。客口占一歌以揭之云(略)。"(《丛书集成初编》本,中华书局1985年版3856册)。题目自拟。《全唐诗》卷八八〇"占辞"题作《钟传客占历日包橘》,小注:"传领江西日,客有以覆射之法求见,传以历日包橘置袖中,令射,客云。"首句"立"作"坐",次句"莫"作"不"。

金陵渔者唱

二月江南山水路,李花零落春无主。
一个鱼儿无觅处,风兼雨,土龙生甲归天去。

【按】宋·文莹《玉壶清话》卷九"李先主传":"先是数载前,一渔者持蓑笠纶竿,击短版唱《渔家傲》,其舌为鸣根之声以参之,自号'回回客'。人后疑为吕洞宾。音清悲如烟波间,听者无厌,唱曰(略)。人或与钱,则摆手不接。唱于金陵凡半年,了无悟者,里巷村落皆歌焉。'土龙生甲',果以甲辰岁二月殂于正寝。'鱼儿',乃向所谓鲤鱼也。歌中之语皆验焉。"《古谣谚》卷五九据录,题作《金陵渔者唱》,今从拟,第三句小注:"《全五代诗》卷三十九'鱼儿'作'鲤鱼','觅'作'着'。"末句注:"吴本'土'作'壬'。"张璋、黄畬《全唐五代词》卷八"无名氏词"题曰《豆叶黄》,第四句"兼"作"和",末句"土龙"作"玉龙"。

南唐伶人献先主词

惟愿普天多瑞庆,柳条结絮鹅双生。

【按】见《全唐诗》卷八七二"谐谑四",注云:"李先主以国用不足,税民间鹅卵出双子者,柳花为絮者,伶人献词云云。"今从拟。

秦中芭蕉谣

花开来裹,花谢来裹。

【按】五代·王仁裕《玉堂闲话》"秦城芭蕉"："天水之地，迩于边陲，土寒，不产芭蕉。戎帅使人于兴元求之，植二木于亭台间。每至入冬，即连土掘取之，埋藏于地窖，候春暖，即再植之。庚午、辛未之间，有童谣曰（略）。而又节气变而不寒，冬即和煦，夏即暑毒，甚于南中，芭蕉于是花开。……童谣之言，不可不察。"（《太平广记》卷一四〇）《全唐诗》卷八七八"谣"据录，题作《秦城芭蕉谣》，注云："天水地寒，不产芭蕉，戎帅亭台有二本，入冬即埋藏于地窟，候春再植之。庚午、辛未间，有童谣云云。时节气变而不寒，芭蕉花开，蜀人犯封疆，年年一来，不失芭蕉开谢之候。自陇之西，竟为蜀有。盖剑外节气先布于秦城也。"次句"来"作"也"。《古谣谚》卷五八题作《秦中芭蕉谣》，今从拟，末句"来"作"也"。

后梁秦陇间谣

貓貓引黑牛，天差不自由。
但看戊寅岁，杨在蜀江头。

【按】《太平广记》卷一六三"竹貓"条引《王氏见闻》："竹貓者，食竹之鼠也。生于深山溪谷竹林之中无人之境，非竹不食。巨如野狸，其肉肥脆，山民重之，每发地取之，甚艰。岐梁睚眦之年，秦陇之地，无远近岩谷之间，此物争出，投城隍及所在民家，或穿墉坏城，或自门阀而入。犬食不尽，则并入人家房内，秦民之口腹饫焉。忽有童谣曰（略）。智者不能议之。庚午岁，大梁同州节度使刘知俊叛梁入秦，家于天水。天水破，流入蜀。居数年间，……明年岁在戊寅，先主不豫，合眼刘公在目前，蜀人惧之，遂粉刘之骨，扬入于蜀江。先主寻崩，议者方知，貓者刘也，黑牛者，刘之小字。戊寅岁扬骨于蜀江之应。"明·杨慎纂《古今风谣》据录，题作《后梁秦陇间谣》，今从拟；《全唐诗》卷八七八"谣"、《古谣谚》卷六八亦收录，题作《秦人竹貓谣》，前书小注："《王氏见闻》云：竹貓，食竹之鼠，肉肥翠，生深山竹林无人境。岐梁睚眦之年，此物遍入人家房内，秦人口腹饫焉。忽有童谣云云，智者不能议之。庚午岁，梁刘知俊叛梁入秦，岐王以为泾州节度。知俊为人色黑，而其生岁在丑。貓者，刘也，始知貓貓引黑牛之应。后奔蜀，王建用之，令反攻岐，有功，竟忌而杀之。岁戊寅，建不豫，见刘为祟，因粉刘骨投之江，其言扬在蜀江头亦验云。"末句"杨"作"扬"。

蜀人谣

黑牛无系绊，棕绳一时断。

【按】《旧五代史》卷十三《刘知俊传》："时部将皆王建旧人，多违节度，不成功而还，蜀人因而毁之。先是，王建虽加宠待，然亦忌之，尝谓近侍曰：'吾渐衰耗，恒思身后。刘知俊非尔辈能驾驭，不如早为之所。'又嫉其名者于里巷间作谣言云：'黑牛出圈棕绳断。'知俊色黔而丑生，棕绳者，王氏子孙皆以'宗'、'承'为名，故以此构之。"《新五代史》卷四四《刘知俊传》复引。宋郭茂倩《乐府诗集》卷八九、明杨慎纂《古今风谣》皆据录，前书题作《梁太祖时蜀中谣》，后书题作《梁朱温蜀山谣》，小注："《朝野佥载》云：黑牛无系绊，棂绳一时断。"《全唐诗》卷八七八"谣"据录，题作《蜀人谣》："黑牛无系绊，棂绳一时断。"今从拟。题注："（王）建阴忌刘知俊材，蜀人亦共嫉之。建诸子皆以宗、承为名，乃于里巷搆为谣言云云。建虑为子孙害，益恶之，故杀知俊。"又小注："一作黑牛出圈棂绳断。"《古谣谚》卷八七题作《蜀人为刘知俊作谣言》，原谣作："黑牛出圈棂绳断。"

时人为画工张图跋异李罗汉谣

其一

赫赫洛下，唯说异画。张氏出头，跋异无价。

其二

李生来，跋君怕，不意今日却增价，不画罗汉画驼马。

【按】见《全唐诗》卷八七二"诙谐四"，题作无名氏《洛阳人嘲跋异》及《又嘲》，并注："刘道醇《五代名画记》：异，汧阳人，善画佛像。梁龙德中，洛阳广爱寺僧邀之画三门二壁。时有张将军图，尤善丹青，异方用朽，图长揖而进，搦笔倏忽而成右堵，异睹迹惊让，听其成之。洛阳人因为谣嘲异。"《又嘲》小注："后福先寺请异画大殿护法善神，有滑台人李罗汉来与角画，异恐如张图，让西壁与之，自竭思成一神像，平生所未能。李见之，愧甚，自缢死。时人复嘲之云云。"《古谣谚》卷四〇亦据录，题作《时人为画工张图跋异李罗汉谣二则》，今从拟。其二注："《画品》'君'作'异'，'驼'作'驮'。"

山阴老人伪谣

欲识圣人姓，千里草青青。
欲识圣人名，日从日上生。

【按】《新唐书》卷二二五下《董昌传》："昌得郡王，咤曰：'朝廷负我，吾奉金帛不赀，何惜越王不吾与？吾当自取之！'下厌其虐，乃劝为帝。近县举狂澡讙请，昌令曰：'时至，我当应天顺人。'其属吴繇、秦昌裕、卢勤、朱瓒、董庠、李畅、薛辽与妖人应智、王温、巫韩媪皆赞之。昌益兵城四县自防。山阴老人伪献谣曰：'欲知天子名，日从日上生。'昌喜，赐百缣，免税征。……乾宁二年，即伪位，国号大越罗平，建元曰天册，自称'圣人'，铸银印方四寸，文曰'顺天治国之印'。"《全唐诗》卷八七八"谣"题作《山阴老人伪谣》，另为："欲识圣人姓，千里草青青。欲识圣人名，日从日上生。"小注："董昌时，有山阴县老人伪上言曰：愿大王帝于越。三十年前，已闻谣言，故来献。昌得之，大喜，因僭伪号。"今从拟。《古谣谚》卷八七题作《董昌将僭号时山阴老人伪献谣》,次句注:"原本无,今据《广记》卷二百九十引《会稽录》及《全唐诗》十二函八补。"第三句"识"作"知"。末句注:"《会稽录》:天子作圣人。《全唐诗》:知天子作识圣人。"

李后主时江南童谣

索得娘来忘却家,后园桃李不生花。
猪儿狗儿都死尽,养得猫儿患赤瘕。

【按】明·杨慎《古今风谣》据《江南近事》辑录,题作《李后主时江南童谣》,今从拟。后注:"娘,谓再娶周后;猪狗死,谓尽戌亥年;赤瘕,目病,猫有目病,则不能捕鼠,谓不见丙子之年也。"《全唐诗》卷八七八"谣"题作《李后主童谣》,小注:"《南唐近事》解此谣云(同《古今风谣》注)。"《古谣谚》卷二四亦据《南唐近事逸文》辑录此谣,注:"按《说郛》卷三十九列《南唐近事》,未载此条,今据《全唐诗》录之。"

杨渥时谣言

杨老抽嫩鬈,堪作打钟槌。

【按】宋·佚名《五国故事》卷上:"(杨)渥,密长子。既袭父位,遂举兵克江西,虏钟氏而归。先是,谣言云(略)。声犹未率,不堪嗣父事。乃同谋害之而立其弟渭,槌折之言盖冥符也。"(台湾新文丰出版公司1985年版《丛书集成新编》第115册)。《古谣谚》卷二四据录,首句注:"原注:此疑有脱误。"末句注:"《五代史补》卷一:上蓝和尚失其名,居于洪州上蓝院,精究术数,大为钟传所礼。一旦疾笃,往省之,上蓝强起索笔,作偈以授,其末云:但看来年二三月,柳条堪作打钟槌。偈终而卒,传得之不能测。洎明年春,淮帅引兵奄至,洪州陷,江西遂为杨氏有。打钟之偈,人始悟焉。"《全唐诗续拾》卷五八"谶"据《知不足斋丛书》本《五国故事》卷上补录。

淮南市井小儿唱

檀来也。

【按】宋·佚名《五国故事》卷上:"周师未南征,而淮南市井小儿普唱曰(略)。众颇怪之。及扬州建春门有鼍出于水次,众以为应矣。未几,王师入,先锋骑兵皆唱蕃歌。其首句曰(略),方明其兆。"(台湾新文丰出版公司1985年版《丛书集成新编》第115册)。《古谣谚》卷二四据录,题作《淮南市井小儿唱》,今从拟。后注:"《南唐书·嗣主书》戚氏光注云:檀来也,但来也,北人语音。"《全唐诗续拾》卷五八据《知不足斋丛书》本《五国故事》卷上辑录。

武义中童谣

江北杨花作雪飞,江南李树玉团枝。
李花结子可怜在,不似杨花没了期。

【按】南唐·史温《钓矶立谈》:"武义中,有童谣云(略)。及烈祖受禅,其日白雀翔于庭,郡国以符瑞言者,不可以数计。其尤著者,江西杨花为李,临川李树生连理,于是始下还宗之议。"清吴任臣《十国春秋》卷二四《吴·高祖世家》:"(武义元年十二月)是时有童谣云:'东海鲤鱼飞上天。'又有谣云(略)。徐知诰本姓李,后遂应此谣。"末句"没"作"无"。《古谣谚》卷二四据录,《全唐诗续拾》卷五八亦同题补录,唯首句"杨花"作"桃花"。

吴越文穆王治世子府时谣言

何处有鹿脯?

【按】吴越·范坰、林禹《吴越备史》卷二:"(天福五年夏四月)是月甲子,世子宏僔薨。宏僔,王第五子也,母鲁国夫人郟氏。时王年将四十,冢嗣未建,及生,特所钟爱,累奏授两浙副大使、果州团练使。国建,立为世子。初,王治世子府,谣言曰(略)。"《古谣谚》卷二四据录,题作《吴越文穆王治世子府时谣言》,今从拟;《全唐诗续拾》卷五八"谶"题作《吴越文穆王治世子弘樽府时谣言》。

长兴中人为张生铁谣

生铁打石头,直待圆即休。

【按】《全唐诗续拾》卷五八据《分门古今类事》卷二引《纪异录》补录。

湖南童谣

湖南有长街,栽柳不栽槐。
百姓任奔窜,槌芒织草鞋。

【按】清·吴任臣《十国春秋》卷六九《楚三·废王世家》:"先是,潭州多夹道植槐,废王时尽易以柳干,又居人向夜争织草屦为业,声闻内外。童谣云(略)。识者以为长街者,内外路也。栽槐者,兄弟失孔怀也。草鞋者,远行所服,百姓逋逃之义也。其豫兆有如此。"《全唐诗续拾》卷五八"谶"据补,并按:"《全唐诗》卷八七八收此谣为七言四句,此作五言四句,与前不同,故重收之。"

又湖南童谣

湖南城郭好长街,竟栽柳树不栽槐。
百姓奔窜无一事,只是搥芒织草鞋。

【按】清·杜文澜《古谣谚》卷十七引《五代史补》卷四:"马希范卒,判官李皋以希范同母弟希广为天策府都尉,抚御尤非所长。庶兄武陵帅希萼引九洞蛮数路齐进,遂之长沙,缢希广于郊外。先是,城中街道尚种槐,其柳即无十一二。至是,内外一变皆种柳,无复槐矣。又居民夜间好织草鞋,似搥芒之声,闻于郊野。俄有童谣曰云云。人无少长,皆诵之。未几国乱,百姓奔窜,死于沟壑者十之八九。至是,议者始悟,盖长街者,通内外之路也。槐者,为言怀也。不栽槐,盖兄弟不睦,以致国亡,失孔怀之义也。草鞋者,远行所用,盖百姓远行奔窜之义也。"题作《马希广时长沙童谣》。《全唐诗》卷八七八"谣"题作《湖南童谣》,"搥"作"椎",小注:"初,马氏城中街道多种槐树,柳无一二。希萼遂希广自代之初,皆变为种柳,无复有槐。又居人夜织草鞋,搥芒声闻郊野。俄有童谣四句,人无少长皆诵之。未几,国乱,民窜死者十七八。槐言怀,兄弟寻戈,失孔怀之义;草鞋,远行所用,言百姓之奔窜也。"又《全唐诗》卷八六一"仙"《伊用昌题茶陵县门》曰:"茶陵一道好长街,两畔栽柳不栽槐。夜后不闻更漏鼓,只听锤芒织草鞋。"

卢光稠未举南康时谣

卢破黎头出,李子始花开。
潭深鱼正聚,杨柳西边栽。

【按】宋·路振《九国志》卷二《谭全播传》:"当卢光稠之未举南康,先有谣言曰(略)。既而光稠有南康,至于延昌而破,黎球继,球死,李彦图继之,全播方盛。柳者,刘也,而杨氏命刘信攻取之。一郡之地,何冥数之豫定若是乎?"(《丛书集成初编》本第3843册)。《全唐诗续拾》卷五八"谶"据录,末句"西"作"两",题目从拟。

蜀童谣

我有一帖药,其名为阿魏,卖与十八子。

【按】宋·吴处厚《青箱杂记》卷七："(王)衍在蜀时,童谣曰(略)。其后衍兄宗弼果卖国归唐,而宗弼乃王建养子,本姓魏氏,此其应也。"《全唐诗》卷八七八"谣"据录,题作《蜀童谣》,今从拟,次句"为"作"曰",小注:"蜀王衍时有此谣。乾德末,衍兄宗弼果卖国归唐,而宗弼乃王建养子,本姓魏氏,皆验。"《古谣谚》卷五九题曰《王衍在蜀时童谣》。

蜀中扫地和尚谣

水行仙,怕秦川。

【按】宋·陶穀《清异录》卷上"释族·扫地和尚":"王建僭立后,有一僧长持大帚,不论官府人家寺观,遇即汛扫,人以扫地和尚目之。建末年,于诸处写六字云(略)。后王衍秦川之祸,方悟'水行仙'即衍字耳。"明杨慎纂《古今风谣》题作《蜀中扫地和尚谣》,今从拟,题注:"王建据蜀之后,有一僧常持大帚,每过即汛扫,人以扫地和尚目之。扫毕,辄写云云。"尾注:"其后主衍秦州之祸,人方悟。水行仙,衍字也。"《全唐诗》卷八七八"谣"题曰《蜀中扫地和尚》,小注:"王建据蜀之后,有一僧常持大帚,每过即汛扫,人以扫地和尚目之。扫毕,辄写二语,其后王衍果有秦川之祸。水行仙,衍字也。"《古谣谚》卷九九亦据补。

闽人谣

风吹杨叶鼓山下,不得钱郎戈不罢。

【按】吴越·范坰、林禹《吴越备史》卷三:"初,忠懿王之治闽城,垒甓皆有钱文,曰:'此城终归钱氏。'忠懿颇恶之,因划去,而钱文愈明。又谣曰(略)。至是皆验。"(台湾新文丰出版公司1985年版第115册)。《全唐诗》卷八七八"谣"据录,题作《闽人谣》,今从拟,首句"叶"作"菜",小注:"王审知时有此谣。后延羲、延政兄弟相攻,国中大乱。忠献王钱佐时年十九,遣兵伐之,败淮将杨业、蔡遇等,尽取福州之地。鼓山,福州山名。"《古谣谚》卷二四题作《闽人杨叶谣》。又宋·吴处厚《青箱杂记》卷七:"王审知治城,城有钱文,恶之,命划去,而其文愈明。又有谣曰:'风吹杨叶鼓山下,不得钱来兵不罢。'后福州军校李仁福杀帅自立,而归款于金陵,既而又叛李璟,璟攻之。仁福又求救于钱塘,比钱塘兵至,而江南围解,获其将杨匡业,乃其应也。"

桂管童谣

大虫来。

【按】宋·周羽翀《三楚新录》:"(马)殷亦将开拓疆土,闻其所陈甚善,使其部将李勋将数万众击南越。未数月,拔桂管十八城,刘龚惧而乞盟。勋即李老虎也,勇壮绝伦,每一餐费肉十数斤,皆割为大脔而啖之,故时人号曰'老虎'。先是,桂管儿童每聚戏,呼曰:'大虫来!'号呼而走。及勋拔桂管,论者以为应。"(台湾新文丰出版股份有限公司1985年版《丛书集成新编》第114册)。《古谣谚》卷二四据录,题作《桂管儿童呼语》;《全唐诗》卷八七八"谣"题作《桂管童谣》,今从拟,小注:"湖南马殷命其将李勋击南越,拔桂管十八城。勋勇壮绝伦,人号曰李老虎。先是,桂管儿童每聚,戏呼大虫来,至是果应。"

长沙童谣

鞭打马,走不暇。

【按】清·杜文澜《古谣谚》卷十七引《五代史补》卷四:"马希萼既立,不治国事,与僚吏纵酒为乐。其弟希崇因众怒咄咄,与其党窃发擒希萼,囚之于衡阳。又自立未数日,而江南遣袁州刺史边镐乘其乱领兵来伐,希崇度不能敌,遂降。先是,长沙童谣曰云云。未几,果为边镐所灭。"题作《马希崇时长沙童谣》,注:"《江南别录》下句作'马须走'。《三楚新录》卷一、《全唐诗》十二函八作'马急走'。"《全唐诗》卷八七八"谣"题作《长沙童谣》,作:"鞭打马,马急走。"小注:"急一作须。"又注:"楚王马希萼为其弟希崇所篡,希萼于衡山自立为王。希崇求救于吴,吴遣将边镐来伐,希崇将拒之,或以童谣为谏,不得已降镐,马氏遂举族入吴。"

湘中童谣

马去不用鞭,咬牙过今年。

【按】宋·吴处厚《青箱杂记》卷七:"刘言世为马氏宿将,节度朗州,号'刘咬牙'。及马氏将乱,民间谣曰:'马去也,不用鞭,咬牙过今年。'其后边镐入长沙,尽俘诸马归于金陵,而镐亦为王逵所逐,言是岁亦为潘叔嗣所杀,皆其应也。"《全唐诗》卷八七八"谣"据录,题作《湘中童谣》,今从拟,小注:"江南将边镐下长沙,既迁马氏之族,朗州衙将刘言复为乱,袭镐,镐遁归。谣言鞭,边也。"

周行逢据湖南时谣

满天太保,满地司空。

【按】清·王士禛《池北偶谈》卷十"谈献六·溪州铜柱记":"五代楚王马希范《复溪州铜柱记》云:……周行逢据湖南时有谣云(略)。观此碑所书,盖自马氏时已然矣。"《古谣谚》卷五二据录,题作《周行逢据湖南时谣》,今从拟,注:"《三楚新录》:故天策学士徐仲雅有清才,然性好滑稽。初,王逵之起兵也,欲得其名,置司空太保以诱之,自是称司空太保者无算。行逢曰:自吾迁镇西土,四境惧之乎?仲雅对:公界内满天太保,满地司空,何不惧之有?"

五代民间十七字谣

丞相做事业,专用黄蔡叶。一夜西风来,干鳖。

【按】明·冯梦龙《古今谭概》口碑部第三十一"十七字谣"条:"伪周用王敬夫、蔡彦文、叶德新三人谋国事,而抵于亡。丁未春,伏诛于南京,风干蔡、叶之尸于称竿者一月。先是民间作十七字诗云(略)。后竟验焉。"题目自拟。

辽述律后谣

青牛妪,曾避路。

【按】见《全唐诗》卷八七八"谣",小注:"辽太祖后述律氏,生而有雄略,尝至辽土二河之会,有女子乘青牛车,仓卒避路,忽不见。未几,童谣云云。谚谓地祇为青牛妪,后果配太祖,称地皇后云。"

刘铱末年广南童谣

羊头二四,白天雨至。

【按】宋·吴处厚《青箱杂记》卷七:"又乾和中童谣曰:'羊二四日天雨至。'解者以羊是未之神,是岁辛未二月四日,国亡;天雨,犹天水,斥国姓。"《宋史》卷六六《五行志四》:"又(刘)铱末年,童谣曰(略)。后王师以辛未年二月四日擒铱,识者以为国家以德王,房为宋分。羊,未神也;雨者,王师如时雨之义也。"《全唐诗》卷八七八"谣"据录,题作《广州童谣》,小注:"后宋师以辛未年二月四日平南汉,羊,未之神。天雨者,王师如时雨之义。"《古谣谚》卷十三题作《刘铱末年广南童谣》,今从拟,注:"《青箱杂记》卷七作乾和中童谣。"

水调词(断句)

南朝天子好风流。

【按】张璋、黄畲《全唐五代词》卷八"无名氏词"据王灼《碧鸡漫志》卷四补录,笺评:

"《南唐近事》云:元宗留心内宠,宴私击鞠无虚日。尝命乐工杨花飞奏《水调词》进酒,花飞惟唱'南朝天子好风流'一句,如是数四,上悟,覆杯赐金帛。……"(上海古籍出版社1986年版第994页)

水调词(断句)

本为战争收拾得,却因歌舞破除休。

【按】张璋、黄畲《全唐五代词》卷八"无名氏词"据清沈雄《古今词话》卷一补录,笺评:"沈雄云:元宗一日乘醉命奏《水调》,乐工惟歌'南朝天子爱风流'及'本为战争收拾得,却因歌舞破除休',再四不易,因罢歌吹。"(上海古籍出版社1986年版第994页)

第四编 隋唐五代俗谚俚语

刘炫引谚

老吏抱案死。

【按】《隋书》卷七五《刘炫传》:"炀帝即位,牛弘引炫修律令。……弘尝从容问炫曰:'案《周礼》士多而府史少,今令史百倍于前,判官减则不济,其何故也?'炫对曰:'古人委任责成,岁终考其殿最,案不重校,文不繁悉。府史之任,掌要目而已。今之文簿,恒虑覆治,锻炼若其不密,万里追证百年旧案,故谚云(略)。'"《古谣谚》卷十据录,题目从拟。

事狐神谚

无狐魅,不成村。

【按】唐·张鷟《朝野佥载·补辑》(见《太平广记》卷四四七"狐神"):"唐初以来,百姓多事狐神,房中祭祀以乞恩,食饮与人同之,事者非一主。当时有谚曰(略)。"《全唐诗》卷八七七"谚谜"据录,题作《事狐神谚》,今从拟;《古谣谚》卷五七题为《狐神谚》。

薛克构引谚

娶妇得公主,无事取官府。

【按】宋·司马光《资治通鉴》卷二〇二"唐纪十八·开耀元年"条:"秋,七月,公主适薛氏,自兴安门南至宣阳坊西,燎炬相属,夹路槐木多死。绍兄顗以公主宠盛,深忧之,以问族祖户部郎中克构,克构曰:'帝甥尚主,国家故事,苟以恭慎行之,亦何伤!然谚曰(略),不得不为之惧也。'"《古谣谚》卷十五据录,后注:"按此与《旧唐书·张果传》所引字句略殊,然意各有属,故并载之。"

左史谚

螭头有水。

【按】宋·王溥《唐会要》卷五六"省号下"："自隋氏因前代史官有起居注,故置起居舍人,以纪君举,国朝因之。贞观初,置郎而省舍人。显庆中,始两置之,分侍左右仗下,秉笔随相入禁殿,命令谟猷,皆得详录。若伏在紫宸阁内,则夹香案,分立殿下,正直第二螭首。和墨濡翰,皆即螭首之坳处,由是谚传谓(略)。官既密侍,号为清美。"《古谣谚》卷三二据录,题作《左史谚》,今从拟。

路励行引谚

一人在朝,百人缓带。

【按】《太平广记》卷二五〇"路励行"条引隋·侯白《启颜录》："唐路励行初任大理丞,亲识并相贺。坐定,一人云:'兄今既在要职,亲皆为乐。谚云(略),岂非好事!'答云:'非直唯遣缓带,并须将却幞头!'众皆大笑。"《全唐诗》卷八七七"谚谜"题作《路励行引谚》,今从拟。《古谣谚》卷六九题作《路励行亲识引谚》,小注:"《野客丛书》卷廿七,'在'作'左','缓'作'一'。《山谷全书》卷十九《与洪甥驹父书》云:古人所谓一人乘车,三人缓带。"又注:"按《说郛》卷二十三列《启颜录》,未载此条,今据《广记》录之。"路励行为高宗朝司珍大夫。

员庄谚

上有天堂,下有员庄。

【按】唐·刘寿《树萱录》"员庄里谚"："员半千庄在焦戴川北,枕白鹿园,莲圹、竹径、茶藦架、海棠洞、会景堂、花坞、药栏、碾磨、麻稻,垄塍鳞次,里谚云(略)。"《全唐诗》卷八七七"谚谜"、《古谣谚》卷五八均同题补录,今从拟。

娄师德引谚

卒客无卒主人。

【按】见《全唐诗》卷八七七"谚谜",《古谣谚》卷八二据录。

颜师古引谚

贼无历底中道回。

【按】清·杜文澜《古谣谚》卷三引《匡谬正俗》卷八："问曰:谚云云云,谓内应导引为历底,何也？答曰:按《周礼》,有狄鞮氏掌译蛮夷之言。《礼》云:五方之民,言语不通,嗜欲不同,达其志,道其欲。东方曰寄,南方曰象,西方曰狄鞮,北方曰译,此盖谓译导相因耳。今言外人未相练悉,不能来为盗贼,因籍当家有人导引,依其冲要孤虚,故谓之狄鞮也。俗语音讹,变言历底耳。"《全唐诗续拾》卷五八"谚"亦据之重补。

引谚论封建

房上好走马,只怕躏破瓦。

东瓜做碓嘴,只怕捣出水。

【按】清·杜文澜《古谣谚》卷四六引《丹铅总录》卷十六官爵类:"唐太宗议封建,李百药以为不可;魏征以为事虽至善,时即未遑,而有五不可之说。其度之审矣！颜师古则欲封建与郡县并行,王侯与守令偕处,不近乎古之中立两可,今之阿意二说乎？谚云云云,其师古之类乎！"题目从拟。

崔仁师引谚

杀人刖足,亦皆有礼。

【按】《新唐书》卷九九《崔仁师传》:"贞观初,改殿中侍御史。时青州有男子谋逆,有司捕支党,累系填狱,诏仁师按覆。始至,即去囚械,为具食,饮汤沈,以情讯之,坐止魁恶十余人,它悉原纵。大理少卿孙伏伽谓曰:'原雪者众,谁肯让死？就决而事变,奈何？'仁师曰:'治狱主仁恕,故谚称(略)。岂有知枉不申,为身谋哉？使吾以一介易十囚命,固吾愿也！'及敕使覆讯,诸囚咸叩头曰:'崔公仁恕,必无枉者。'举无异辞,由是知名。"《古谣谚》卷十二据录,题作《崔仁师引谚》,今从拟;《全唐诗续拾》卷五八亦著录。

唐太宗引谚

生狼犹恐如羊。

【按】宋·司马光《资治通鉴》卷一九七"唐纪十三·太宗贞观十八年"条:"上曰:'吾如治年时,颇不能循常度。治自幼宽厚,谚曰(略)。'"胡三省注:"曹大家《女诫》曰:生男如狼,犹恐其羊;生女如鼠,犹恐其虎。盖古语也。"《古谣谚》卷十五据录,注:"按《女诫》载《后汉书》曹世叔妻传,系作鄙谚,惟'羊'作'尪',《古今谚》引《贞观政要》仍作'羊',惟两其字作如。"又注:"按此条与《后汉书》详略迥异,故并录之。"唐·吴兢《贞观政要》:"生男如狼,犹恐如羊。生女如鼠,犹恐如虎。"明杨慎纂《古今谚》"古谚古语"据《贞观政要》著录。

唐太宗引谚论词臣

一佛出世。

【按】清·杜文澜《古谣谚》卷五五引《合璧事类》(后集卷二十一给舍门引《国史》):"太宗尝云:朝廷每除一舍人,六亲相贺,谚云(略)。"小注:"《潜确类书》卷五十三引《谈苑》:文宗尝谓近臣曰:词臣之选,古今咸重,朕闻朝廷除一舍人,六亲相贺,谚以为云云,岂容易哉!"题目从拟。

贞观时谚

无知之叟,义指禅师。
乱识之夫,共归明德。
返迷皆有大照,随妄普翳真科。

【按】唐·释道宣《续高僧传》卷二〇《唐蒲州孤介山陷泉寺释僧彻传》:"释僧彻,姓靳,河东万泉人。……致使讲徒例轻此类,故世谚曰(略)。"《全唐诗续拾》卷五八据补,次句"义"作"又"。

李勣引谚别张文瓘

千里相送,归于一别。

【按】《太平广记》卷一六九"李勣"条引《广人物志》:"贞观元年,李勣为并州都督,时侍中张文瓘为参军事。……勣将入朝,……文瓘独无所及,因送行二十余里,勣曰:'谚云(略),稚珪何行之远也?可以还矣。'"《全唐诗》卷八七七"谚谜"题曰《李勣引谚别张文瓘》,今从拟,末句"归"作"终";《古谣谚》卷六八题作《张文瓘引谚》。

郝南容引谚

三公后,出死狗。

【按】唐·张鷟《朝野佥载》卷四:"唐郝象贤,侍郎处俊之孙,顿丘令南容之子也。弱冠,诸友生为之字曰'宠之'。每于父前称字,父绐之曰:'汝朋友极贤,吾为汝设馔,可命之也。'翼日,象贤因邀致十数人,南容引生与之饮。谓曰:'谚曰(略)。小儿诚愚,劳诸君制字,损南容之身尚可,岂可波及侍中也!'因涕泣,众惭而退。'宠之'者,反语为'痴种'也。"《全唐诗》卷八七七"谚谜"、《古谣谚》卷五七均据录,皆题为《郝南容引谚》,今从拟。

魏徵引谚

丰年珠玉,俭年谷熟。

【按】《全唐诗续拾》卷五八据《魏郑公谏录》卷三补录,题目从拟。

贾言忠引谚

军无媒,中道回。

【按】《新唐书》卷二二〇《高丽传》:"乾封元年,藏遣子男福从天子封泰山,还而盖苏文死,子男生代为莫离支,有弟男建、男产相怨。男生据国内城,遣子献诚入朝求救,盖苏文弟净土亦请割地降。……又以李勣为辽东道行军大总管兼安抚大使。……明年正月,……勣进拔城十有六。……三年二月,勣率仁贵拔扶馀城,它城三十皆纳款。……侍御史贾言忠计事还,帝问军中云何,对曰:'必克。昔先帝问罪,所以不得志者,虏未有衅也。谚曰(略)。"《全唐诗》卷八七七"谚谜"据录,后注:"一作'贼无历底中道回'。"《古谣谚》卷十二均亦同题据录。

王勃引谚

祸不入慎家之门。

【按】《全唐文》卷一八二王勃《平台秘略论·规讽九》:"夫陵谷好迁,乾坤忌满。哀乐不同而不远,吉凶相反而相袭。故有全中卒行,用心于不争之场;杜渐防微,投迹于知几之地。昔之善持满者,用此者也。谚曰(略),前代有以之兴矣。"《古谣谚》卷七五据录,题曰《王勃引谚论慎满》;《全唐诗续拾》卷五八题作《王勃引谚》,今从拟。

陈子昂引谚

欲知其人,观其所使。

【按】《全唐文》卷二一一陈子昂《上军国利害事·出使》:"今陛下方开中兴之化,建万代之功,天下瞻望,冀见圣政,此之一使,是陛下为政之大端也。谚曰(略),不可不慎也。"

《古谣谚》卷七五据录,题曰《陈子昂引谚论出使》;《全唐诗续拾》卷五八题作《陈子昂引谚》,今从拟。

刘知几引今谚

季与厥昆,争知嫂讳。

【按】《全唐诗续拾》卷五八据《史通》卷十九《汉书五行志错误篇》补录。

魏元忠引谚

见怪不怪,其怪自灭。

【按】清·闲斋氏《夜谭随录》卷二"猫怪":"闲斋曰:'妖由人作',见以为怪,斯怪作矣。唐魏元忠谓(略),非见理明晰,不能作是语。"宋·郭彖《睽车志》作"见怪不怪,其怪自败",清杜文澜《古谣谚》卷六八据后书辑录。

陆象先引俗谚

天下本无事,只是愚人扰之。

【按】唐刘肃《大唐新语》卷七"容恕":"(陆象先)常谓人曰:'天下本无事,只是愚人扰之,始为烦耳。但静其源,何忧不简。'"明李乐《见闻杂纪》卷五:"天下本无事,庸人扰之耳。"明陈宏绪《寒夜录》卷上:"万茂先曰:要知劳心劳力,自有春风沂水,只在胸中邱壑。所谓天下本无事,庸人自扰之耳。"

张说引谚

岁在申酉,乞浆得酒。

【按】《全唐文》卷二二三张说《请置屯田表》:"窃见漳水可以灌巨野,淇水可以溉汤阴,若开屯田,不减万顷,化萑苇为秔稻,变斥卤为膏腴。用力非多,为利甚溥。谚云(略)。来岁甫迩,春事方兴,愿陛下不失天时,急趋地利。上可以丰国,下可以廪边,河漕通流,易于转运,此百代之利也!"《古谣谚》卷七五据录,题曰《张说引谚论农功》;《全唐诗续拾》卷五八题作《张说引谚》,今从拟。《太平御览》卷三五引《袁子正书》"谚云"作"语云","申酉"作"辛酉"。

李邕引谚

河南照,天下少。

【按】《全唐诗续拾》卷五八据日本《续藏经》第一五〇册收李邕《唐故白马寺主翻译惠沼神塔碑》补录,注:"按此谚当即《续高僧传》所收'河南一遍照,英声不徒召'之语的别一本,详后。"

李邕妻温氏引谚

士无贤不肖,入朝见疾。

【按】《新唐书》卷二〇二《李邕传》:"邕妻温,复为邕请戍边自赎,曰:'邕少习文章,疾恶如仇,不容于众。……妾闻正人用则佞人忧,邕之祸端,故自此始。且邕比任外官,卒无一毁,天意暂顾,罪过旋生。谚曰(略),惟陛下明察。"《古谣谚》卷十二据录,题作《李邕妻引谚》,注云:"按《史记·外戚世家》褚先生引传曰:士无贤不肖,入朝见嫉。然彼不言谚,而此言谚,故置彼录此。"《全唐诗续拾》卷五八题作《李邕妻温氏引谚》,今从拟。

赵蕤引谚

其一

太白入南斗,天子下殿走。

其二

浴不必江海,要之去垢;马不必骐骥,要之善走;
士不必贤也,要之知道;女不必贵种,要之贞好。

【按】其一见唐·赵蕤《长短经》卷七"惧戒":"隋炀帝亲御六军伐高丽,礼部尚书楚国公杨玄感据黎阳反。"原注:"议曰:玄感之反也,太白入南斗,谚曰(略)。由是天下持两端。……今以谚观之,左道可以动众者,信矣!故王者禁焉。"《古谣谚》卷三六、《全唐诗续拾》卷五八均据之补录。其二见唐·赵蕤《长短经》卷一"论士":"谚曰(略)。"《古谣谚》卷三六据录,小注:"按《史记·外戚世家》:褚先生曰云云,字句全同,但彼不言谚,故置彼引此。"

洛人为袁家楼谚

昔日娄师德园,今乃袁德师楼。

【按】唐·佚名《大唐传载》："汝南袁德师,故给事高之子,尝于东都买得娄师德故园地起书楼。洛人语曰(略)。"清杜文澜《古谣谚》卷五八据《太平广记》卷二五一引《刘宾客嘉话录》逸文转录,题曰《洛人为袁家楼谚》,今从拟。注:"案《说郛》卷三十六列《嘉话录》未载此条,今据《广记》录之。"《全唐诗》卷八七二"谐谑四"题为《洛中人语》,原谚另作:"昔娄师德园,今袁德师楼。"

哀家梨谚

愚者得哀家梨必蒸吃。

【按】宋·钱易《南部新书》壬:"长安盛要,哀家梨最为清珍,谚谓(略)。今咸阳出水蜜梨尤佳,鄠、杜间亦有之,父老或谓是哀家种。"《古谣谚》卷五九据录,"吃"作"食"。

河内王懿宗引谚

臣急告君,子急告父。

【按】唐·张鷟《朝野佥载》卷四:"周则天内宴甚乐,河内王懿宗忽然起奏曰:'臣急告君,子急告父。'则天大惊,引问之。对曰:'臣封物承前府家自征,近敕州县征送,太有损折。'"又见明冯梦龙《古今谭概》卷三"痴绝部第三·愚痴"。

长安二年俗谚

其一

枣子塞鼻孔,悬楼阁却种。

其二

蝉鸣蛞蟟唤,黍种糕糜断。

其三

春雨甲子,赤地千里。夏雨甲子,乘船入市。秋雨甲子,
禾头生耳。冬雨甲子,鹊巢下地,其年大水。

【按】唐·张鷟《朝野佥载》卷一:"长安二年九月一日,太阳蚀尽,默啜贼到并州。至十五日夜,月蚀尽,贼并退尽。俗谚曰(略)。又云(略)。又谚云(略)。"《古谣谚》卷五七据录,题作《张鷟引俗谚三则》,其三"冬雨甲子"后补入"牛羊冻死"一句,小注:"苏诗卷三十七王注引《吴兴杂录》:'赤地'作'地赤'。《群芳谱天谱三》:旧作赤地千里,谓第一甲子雨,大旱。或

曰'赤'当作'尺',谓行者苦雨,尺地若千里也。"又"牛羊冻死"句注:"二句原本无,今据《全唐诗》十二函八(卷八八〇)补。《吴下田家志》作'飞雪千里'。"末句小注:"农家谚作春甲子雨,乘船入市。夏甲子雨,赤地千里。秋甲子雨,禾头生耳。冬甲子雨,雪飞千里。"《全唐诗》卷八七七"谚谜"仅录其一、其二,题作《谚》,且其一"悬楼"作"悬栖";同书卷八八〇复录其三,题作《占四时甲子雨》,"冬雨甲子"后亦有"牛羊冻死"一句。

中宗引谚

冬至长于岁。

【按】《旧唐书》卷二一《礼仪志一》:"时(景龙三年)十一月十三日乙丑冬至,阴阳人卢雅、侯艺等奏请促冬至就十二日甲子以为吉会。时右台侍御史唐绍奏曰……上曰:'俗谚云(略),亦不可改。'"《全唐诗》卷八七七"谚谜"据录,题作《中宗引谚》,今从拟,小注:"景龙三年十一月十三日乙丑冬至,时有请改就十二月甲子为吉者,侍御史唐绍、太史令傅孝忠引历争,帝引谚以为不可,竟从绍等议。"《古谣谚》卷十二题作《中宗引俗谚》。

画松谚语

画松当如夜叉臂,鹳鹊啄。

【按】北宋《宣和画谱》卷十"雪峰危栈图二":"毕宏,不知何许人。善工山水,乃作《松石图》于左省壁间,一时文士皆有诗称之。其落笔纵横,皆变易前法,不为拘滞也,故得生意为多。盖画家之流尝有谚语,谓(略),而深坳浅凸,又所以为石焉。而宏一切变通,意在笔前,非绳墨所能制。宏,大历间官至京兆少尹。"《古谣谚》卷四〇、《全唐诗续拾》卷五八皆据之补录,均题为《画松谚语》,今从拟。

树稼谚

树稼,达官怕。

【按】《旧唐书》卷三七《五行志》:"(开元)二十九年十一月二十二日,雨木冰,凝寒冻洌,数日不解。宁王见而叹曰:'谚云(略),必有大臣当之。'其月王薨。"宋·魏泰《东轩笔录》卷五:"唐天宝中冰稼而宁王死,故当时谚曰:冬凌树稼达官怕。"《古谣谚》卷十二据《旧唐书》录作《宁王引谚》,注云:"让皇帝宪传,睿宗长子也,开元四年封为宁王。二十九年冬,京城寒甚,凝霜封树,时学者以为春秋雨木冰即此,是亦名树介,言其象介胄也。宪见而叹曰:此俗所谓树稼也。谚曰云云,必有大臣当之,吾其死矣。十一月薨。王氏鉴《震泽长语》卷上:《春秋》书木冰,《汉书》谓之木介,又云木稼。王荆公诗:木稼尝闻达官怕。余在京师,成化末,亲见之,似烟非烟,似雪非雪,行道茫茫,寻丈不辨。草树玲珑,皆成幡幢宝盖;少壮须发,尽成老翁。父老云:是为木稼。然其应不止达官而已。杨氏慎《墐户录》:北方寒夜,冰华著树如絮,《春秋》谓之雨木冰。《五行志》曰树介,言冰封枝条如介胄也,讹作树稼。"又注:"《唐会要》'稼'作'架'。《东轩笔录》卷五作'冬凌树稼达官怕。'《青箱杂记》作'冬凌树稼而达官怕'。《鸡肋编》'树下'有'木'字。《墐户录》及《潜确类书》卷三十八作'木若稼,达官怕'。"宋邵博《邵氏闻见后录》卷十七:"唐天宝中,长安雨木冰,宁王薨,谣曰(略)。"《全唐诗》卷八八○"占辞"题作《树稼谣》,今从拟,小注:"开元二十九年冬,京城寒甚,凝霜封树,春秋雨木冰,即此。亦名树介,言象介胄也。俗又谓之树稼。"此谣又见宋费衮《梁谿漫志》卷八"树稼灵佐误"、庄绰《鸡肋编》卷下、赵与时《宾退录》卷三、元陆友仁《砚北杂志》、明郎瑛《七修类稿》卷五、徐应秋《玉芝堂谈荟》卷十九"雾凇"等。

陇西谣

其一

郎枢女枢,十马九驹。安阳大角,十牛九犊。

其二

狱中无系囚,舍内无青州。
假令家道乏,腹内不怀忧。

【按】见明·杨慎纂《古今风谣》,其一尾注:"四地名皆在陇西,言宜畜牧也。"其二尾注:"谣云云,青州人恶俗。"《古谣谚》卷二六仅录其一,题为《渭州土产谚》,又引《太平寰宇记》卷一五一"陇右道二":"渭州陇西郡土产,彼地有谚曰云云,谓其宜于畜牧也。"小注:"《秋林伐山》卷十八作《陇西谣》。"《全唐诗》卷八七七"谚谜"亦录其一,题作《陇西谚》,今从拟,首句二"枢"均作"驱"。

瘴气谚

青草黄茅瘴,不死成和尚。

【按】清·杜文澜《古谣谚》卷三一引清闵叙《粤述》:"杜诗云:五岭皆炎热,宜人独桂林。以风高无瘴也。下至平乐梧州,及左右江,瘴气弥盛,早起氤氲,咫尺不相见,非至巳不见山也。其瘴,春曰青草,夏曰黄梅,秋曰新禾,冬曰黄茅。又有曰桂花菊花者,四时不绝,而春冬尤甚。唐人谚云云云。"题作《瘴气谚》,今从拟,杜氏注云:"按此条见于《北梦琐言》,惟无'青草'两字。然彼不言谚,故置彼录此。"

喜兆谚

灵鹊报喜。

【按】五代·王仁裕《开元天宝遗事》卷下"天宝下·灵鹊报喜"条:"时人之家闻鹊声,皆为喜兆,故谓之灵鹊报喜。"题目自拟。

玄宗引俗谚

知子莫若父。

【按】唐·郑处诲《明皇杂录》卷上:"既醒,受简笔立成,才藻纵横,词理典赡。玄宗大喜,抚其背曰:'知子莫若父,有如此耶?'"题目自拟。

天宝时谚

有脚阳春。

【按】五代·王仁裕《开元天宝遗事》卷下"天宝下·有脚阳春":"宋璟爱民惜物,朝野归美,时人咸谓璟为'有脚阳春',言所至之处,如阳春煦物也。"题目自拟。

李白诗谚

以色事他人,能得几时好。

【按】见《李太白全集》卷四《妾薄命》,清王琦注:"《史记》:以色事人者,色衰而爱弛。"明郎瑛《七修续稿》卷五"诗文类·谚语本诗句"辑录。

杜甫引谚

其一
嫁得鸡,逐鸡飞;嫁得狗,逐狗走。

其二
射人先射马,擒贼须擒王。

【按】其一见宋·庄绰《鸡肋编》卷中:"世谓少陵'鸡狗亦得将'用(略),或几是也。"同书卷下:"杜少陵《新婚别》云'鸡狗亦得将',世谓谚云(略)之语也。"其二见清·谈迁《枣林杂俎》仁集"逸典·民谣"。

韦杜二曲谚

城南韦杜,去天尺五。

【按】唐·韩鄂《岁华纪丽》卷二"雨·长安之谚":"谚云(略)。杜牧《雨诗》注中出。"《全唐诗》卷八七六"语"题作《杜甫引俚语》,《古谣谚》卷二五题作《韦杜二曲谚》,今从拟。

张果引谚

娶妇得公主,平地生公府。

【按】《旧唐书》卷一九一《张果传》:"玄宗好神仙,而欲果尚公主,果固未知之,谓秘书少监王迥质、太常少卿萧华曰:'谚云娶妇得公主,真可畏也。'迥质与华相顾,未晓其言。即有中使至,宣曰:'玉真公主早岁好道,欲降先生。'果大笑,竟不奉诏。迥质等方悟向来之言。"《新唐书》卷二〇四《张果传》:"果忽谓秘书少监王迥质、太常少卿萧华曰:'谚谓娶妇得公主,平地生公府,可畏也。二人怪语不伦。'"《全唐诗》卷八七七"谚谜"据录,小注:"明皇欲以玉真公主降果,果先知之,引此以辞。"《古谣谚》卷十二亦据补,注:"原本无下五字,今据《新唐书·张果传》补。"

哥舒翰引谚

狐向窟嗥不祥。

【按】《新唐书》卷一三五《哥舒翰传》:"翰素与安禄山、安思顺不平,帝每欲和解之。会三人俱来朝,帝使骠骑大将军高力士宴城东,翰等皆集。……翰母,于阗王女也。禄山谓翰曰:'我父胡,母突厥;公父突厥,母胡。族类本同,安得不亲爱?'翰曰:'谚言(略),以忘本也。兄既见爱,敢不尽心。'禄山以翰讥其胡,怒骂曰:'突厥敢耳!'翰欲应之,力士目翰,翰托醉去。"《全唐诗》卷八七七"谚谜"、《古谣谚》卷十二皆录作《哥舒翰引谚》,今从拟。

时人为李义府张怀庆谚

活剥王昌龄,生吞郭正一。

【按】唐·刘肃《大唐新语》卷十三"谐谑第二十八":"李义府作诗曰:'镂月成歌扇,裁云作舞衣。自怜回雪影,好取洛川归。'有枣强尉张怀庆,好偷名士文章,乃为诗曰:'生情镂月成歌扇,出意裁云作舞衣。照镜自怜回雪影,时来好取洛川归。'人谓之谚曰(略)。"又载唐张鷟《朝野佥载》逸文:"唐张狗儿亦名怀庆,爱偷人文章,与冀州枣强尉。才士制述,多翻用之。时为之语曰(略)。谅不诬也。"(见《说郛》卷二、《后村诗话续集》)。《古谣谚》卷五八据录,题目从拟。此谚又见明冯梦龙《古今谭概》苦海部第七,唯"王昌龄"作"张昌龄"。

张鷟引俗谚七则

其一

官仓喝雀,犹是向公。

其二

心欲专,凿石穿。

其三

女婿是妇家狗,打杀无文。

其四

亲则不谢,谢则不亲。

其五

线因针而达,不因针而绻;
女因媒而嫁,不因媒而亲。

其六

生前有日但为乐,死后无春更著人。

其七

一床无两好。

【按】其一见清杜文澜《古谣谚》卷五七据《朝野佥载逸文》(苏诗卷二一施注引)所辑,注:"按《说郛》《说海》所收《朝野佥载》均非足本,今采辑谣谚,仅得四条,复据《御览》采出一条,《广记》采出十四条,又附录一条,《事文类聚》采出一条,苏诗注采出一条。"《全唐诗续拾》卷五八亦据补。其二见唐·张鷟《游仙窟》:"五嫂笑曰:'张郎心专,赋诗大有道理。俗谚曰(略)。诚能思之,何远之有!'"《全唐诗续拾》卷五八亦据补。其三见唐·张鷟《游仙窟》:"酒巡到下官,饮乃不尽,五嫂曰:'何为不尽?'下官答曰:'性饮不多,恐为颠沛。'五嫂骂曰:'何由叵耐!(略)。但终须倾使尽,莫漫造众诸!'"其四见《游仙窟》:"下官起谢曰:'予与夫人娘子,本不相识,暂缘公使,邂逅相遇。玉馔珍奇,非常厚重,粉身灰骨,不能酬谢。'五嫂曰:'(略)。幸愿张郎,莫为形迹。'"其五见《游仙窟》:"五嫂因起谢曰:'新妇曾闻(略)。新妇向来专心为勾当,已后之事,不敢预知。娘子安稳,新妇向房卧去也。'"其六见《游仙窟》:"莫言长有千金面,终归变作一抄尘。(略)。只可倡伴一生意,何须负持百处身?"其七见《游仙窟》:"仆答曰:'心绪恰相当,谁能护短长。(略),半丑亦何妨。'"

《玉泉子》引俗谚二则

其一

矮人饶舌,破车饶楔。

其二

蝙蝠不自见,笑他梁上燕。

【按】其一见唐·佚名《玉泉子》:"裴勋质貌么麽,而性尤率易。尝与父坦会饮,坦令飞盏,每属其人辄目诸状。坦付勋曰:'(略)。裴勋十分。'"又见明冯梦龙《古今谭概》衿嫚部第十二。其二见《玉泉子》:"(裴)勋饮讫而复盏曰:'(略)。十一郎十分。'坦第十一也。坦怒笞之。"

张怀瓘引谚

韩《诗》郑《易》挂著壁。

【按】清·杜文澜《古谣谚》卷四〇引《法书要录》卷七:"张怀瓘《书断》上:夫人才智,有所偏工,取其长而舍其短,谚云:'韩《诗》郑《易》挂著壁。'且二王八分,即挂壁之类,唯蔡伯喈乃造其极焉,王次仲即八分之祖也。"《全唐诗续拾》卷五八据唐·张怀瓘《书断》卷上、宋·朱长文《墨池编》卷七补录。

李谔引谚

百日斫柴一日烧。

【按】《全唐文》卷四〇八李谔《妒神颂并序》:"河东之美者,有妒水之祠焉。其神,周代之女,介推之妹。初,文公出国,介推从行,有割股之恩,无寸禄之惠。誓将毕命,肯顾微躯,仪形飘殒于□烟,名迹庶几于不朽。后纵深悔,前路难追,因为灭焰之辰,更号清明之节。妹以兄涉要主,身非令终,遂于冬至之后,日积一薪,烈火焚之,为其易俗,谚云(略),此之谓也。"《古谣谚》卷八一据录,题作《河东妒神俗谚》;《全唐诗续拾》卷五八题为《李谭引谚》,今从拟。

李观引谚

溜之细穿石,绠之细断榦。

【按】《全唐文》卷五三二李观《请修太学书》:"夫学废则士亡,士亡则国虚,国虚则上下危,上下危则礼义销,礼义销则狂可奸圣,贼可凌德,圣德逖迤,不知其终。……谚所谓(略)。斯言损益有渐,非聪喆靡察也。"《古谣谚》卷七六据录,题曰《李观引谚论修学》;《全唐诗续拾》卷五八题作《李观引谚》,今从拟。

代宗引谚

不痴不聋,不作阿家阿翁。

【按】唐·赵璘《因话录》卷一"宫部":"上(唐代宗)曰:'汝不知,他父实嫌天子不作,使不嫌,社稷岂汝家有也?'因泣下,但命公主(升平公主)还。尚父(郭子仪)拘暧,自诣朝堂待罪。上召而慰之曰:'谚云(略)。小儿女子闺帏之言,大臣安用听?'"《全唐诗》卷八七七"谚谜"据录,题作《代宗引谚》,今从拟,小注:"郭暧与升平公主琴瑟不调,父子仪拘暧待罪,代宗引谚慰之。"宋吴曾《能改斋漫录》卷一:"《北史》:长孙平开皇三年为工部尚书,时有人告大都督邿绍非毁朝廷为愤愤者,上怒,将斩之。平进谏曰:'谚云:不痴不聋,不作大家翁。此言虽小,可以喻大。'予按:慎子曰:不聪不明,不能为王。不瞽不聋,不能为翁。乃知此语久矣。……《南史·庾仲文传》亦云:不痴不聋,不成姑公。《因话录》载唐肃宗谓郭子仪曰:'谚云:不痴不聋,不作阿家翁。'"元陶宗仪《南村辍耕录》卷六"家翁":"世言家之尊者曰家主翁,亦曰家公,唐代宗谓郭子仪曰:鄙谚有云,不痴不聋,不作家翁。"钱大昕《恒言录》卷六"成语类":"《通鉴》:唐代宗谓郭子仪曰:'鄙谚有之:不痴不聋,不作家翁。儿女子闺房之言何足听也!'代宗所举鄙谚,盖亦有本。按刘熙《释名》载里语曰:'不瘖不聋,不成姑公。'《宋书·庾炳之传》亦有'不痴不聋,不成姑公'之语。王伯厚谓:'不聪不明,不能为王'、'不瞽不聋,不能为公'。"《古谣谚》卷十引《隋书·长孙平传》作:"不痴不聋,未堪作大家翁。"注:"《北史·长孙平传》'未'作'不',无'堪'字。《因话录》作'不作阿家阿翁'。《义府》卷下云:家即曹大家之家,家翁谓公姥二人。温公《通鉴》云去一'阿'字,作'阿家翁',失古人口语矣。"

白居易引谚

郑玄家牛,触墙成八字。

【按】《全唐诗》卷四四九白居易《双鹦鹉》诗:"郑牛识字吾常叹。"自注:"谚云(略)。"《古谣谚》卷七六、《全唐诗续拾》卷五八均据录。题目从拟。

元稹引谚二则谕淮西

天不可违。

时不可失。

【按】《全唐文》卷六五三元稹《代谕淮西书》:"今天子垂恻隐之诏,建招抚之名。……谚曰(略),又曰(略)。书至之日,善自图之。如或违天失时,寝而不报,则王师进击于外,义士潜谋于中,身首之戮指期,肘腋之危坐见。"《古谣谚》卷七六据录,题目从拟。

柳宗元引俗谚论谈鬼

白日无谈人,谈人则害生。

昏夜无谈鬼,谈鬼则怪至。

【按】唐·柳宗元《龙城录》"夜坐谈鬼而怪至"条:"君诲尝夜坐,与退之、余三人谈鬼神变化。时风雪寒甚,窗外点点火,明若流萤,须臾千万点,不可数度。顷入室中,或为圆镜,飞度往来,乍离乍合,变为犬声去。而三人虽退之刚直,亦为之动颜。君诲与余,但匍匐掩目,前席而已。信乎俗谚曰(略)。亦知言也。余三人后皆不利。"《全唐诗》卷八七七"谚谜"据录,题作《俗谚》,后二句"谈"皆作"说"。《古谣谚》卷九五附录十题作《柳宗元引俗谚论谈鬼》,今从拟,后二句之"谈"亦均作"说"。注:"案《龙城录》乃宋时王铚所作,托名于柳子厚。此条所言退之,即韩文公,君诲未详何人,俟考。"

段成式引俗谚

大海从鱼跃,长空任鸟飞。

【按】唐·段成式《酉阳杂俎前集》卷十二"语资":"(禅师玄览)有弟子义诠,布衣一食,(玄)览亦不称。或怪之,乃题诗于竹曰:'大海从鱼跃,长空任鸟飞。欲知吾道廓,不与物情违。'"

范摅引谚论著书

街谈巷议,倏有裨于王化。

【按】唐·范摅《云溪友议·序》:"余少游秦、吴、楚、宋,有名山水者,无不驰驾踌躇,遂兴长往之迹。每逢寒素之士,作清苦之吟,或樽酒和酬,稍蠲于远思矣。谚云(略)。野老之言,圣人采择,孔子聚万国风谣以成其《春秋》也。江海不却细流,故能为之大。……因事录焉,是曰《云溪友议》。"《古谣谚》卷五八据录,题作《范摅引谚论著书》,今从拟;《全唐诗续拾》卷五八题为《范摅引谚》。

王濬引谚

鸟穷则啄,兽穷则角,人穷则诈。

【按】《全唐诗续拾》卷五八"谚"据《类说》卷二五《炙毂子》补录。

苏鹗引谚

其一
千里井,不反唾。

其二
当道造屋,三年不成。

其三
问路不行。

【按】其一见唐·苏鹗《苏氏演义》卷下引《金陵记》:"江南计吏止于传舍间,及时就路,以马残草泻于井中,而谓己无再过之期。不久,复由此饮,遂为昔时堲刺喉死。后人戒之曰:'千里井,不泻堲。'杜诗:'畏人千里井。'注:谚云(略)。疑唾字无义,当为'堲',谓为堲所哽也。按《玉台新咏》载曹植《代刘勋妻王氏见出而为》之诗曰:'人言去妇薄,去妇情更重。千里不泻井,况乃昔所奉。远望未为迟,踯躅不得共。'观此意,乃是尝饮此井,虽舍而去之,亦不忍唾也。此足见古人忠厚,其理甚明。"《古谣谚》卷四五据录,题作《苏鹗引谚》,今从拟,注:"《潜确类书》卷二十三作'千里不唾井'。"又唐李匡文《资暇集》卷下"不反到":"谚云(略)。盖由南朝宋之计吏,泻刬残草于公馆井中,且自言:'相去千里,岂当重来。'及其复至,热渴汲水遽饮,不忆前所弃草,草结于喉而毙。俗因相戒曰:'千里井,不反刬。'复讹为'唾'尔。"《全唐诗续拾》卷五八据录，题作《李匡文引谚》，次句"反"作"及"，注："按苏鹗《苏氏演义》卷下引杜诗'畏人千里井'注引同。"另宋姚宽《西溪丛语》卷下："李太白《平卢将军妻》诗云：'古人不唾井，莫忘昔缠绵。'李济翁《资暇录》云：'谚有曰（略）。或云刬。'言昔人经驿舍，反马馀刬于井，后经此井，汲水，为刬所哽。"其二、其三见《苏氏演义》卷上："《毛诗·小旻》章云：'筑室于道谋，是用不溃于成。'注云：溃，遂也。笺云：如当道筑室，得人与谋，所谓路人意不同，故不得成遂也。昔慕容垂访苻坚伐晋，亦引此语，令坚不用广访朝臣以乱圣虑。今俗云（略），是由此也。俗又云（略）。《诗》云'如彼行迈谋，是用不得于道'是也。"

孙光宪引俗谚

竹鸡吃半夏。

【按】五代·孙光宪《北梦琐言》卷十："唐崔魏公铉镇渚宫，有富商船居，中夜暴亡。迨晓，气犹未绝。邻房有武陵医士[工]梁新闻之，乃与诊视，……梁新曰：'寻常嗜食何物？'仆夫曰：'好食竹鸡，每年不下数百只。近买竹鸡，并将充馔。'梁新曰：'竹鸡吃半夏，必是半夏毒也。'"题目自拟。

省躬谚

义尽省躬。

【按】宋·赞宁撰《宋高僧传》卷十五《唐扬州慧照寺省躬传》："及乎探赜精微，愈征愈远，时有击论互指为迷者，必请见躬为其判之，坐分曲直。谚曰（略），言到躬义无不尽也。"《全唐诗续拾》卷五八"谚"据录，题目从拟。

台中谚

免巡未推，只得自知。

【按】唐·赵璘《因话录》卷五"徵部"："最新入，知右巡，已次知左巡，号两巡使，所主繁剧。及迁向上，则又入推，益为劳屑。惟其中间，则入清闲。故台中谚曰（略）。言其畅适也。"又宋·王谠《唐语林》卷八补遗："御史台三院：一曰台院，其僚曰侍御史，众呼为'端公'。见宰相及台长，则曰'某姓侍御'。知杂事谓之'杂端'。见台长，则曰'知杂侍御'。虽他官高秩兼之，其侍御号不改。见宰相，则曰'知杂某姓某官'。台院非知杂者，俗号'散端'。二曰殿院，其僚曰殿中侍御史，众呼为'侍御'。见宰相及台长杂端，则曰'某姓殿中'。最新入,知右巡;已次,知左巡,号'两巡使'。所主繁剧。及迁向上,则又入推,益为烦劳。惟其中间,则入清闲。故台中谚曰(略),言其闲适也。"次句"知"作"如"。《全唐诗》卷八七七"谚谜"据录,题作《台中谚》,今从拟,小注:"殿中侍御史,新入知右巡,已次知左巡所主繁剧。及迁向上,则又入推,益为劳屑,惟其中间,则入清闲。故台中谚云。"《古谣谚》卷五八题为《御史台中为巡推谚》,"知"作"如"。

借书俗谚

借一痴,借二痴,索三痴,还四痴。

【按】唐·李匡文《资暇集》卷下"借书":"借借书籍,俗曰:'借一痴,借二痴,索三痴,还四痴。'又案:王府《新书》杜元凯遗其子书曰:书勿借人,古人云:'古谚:借书一嗤,还书二嗤。'后人更生其词至三、四,因讹为痴。"唐段成式《酉阳杂俎》续集卷四"贬误":"今人云,借书还书,等为二痴。据杜荆州书告耽云:知汝颇欲念学,今因还车致副书,可案录受之,当别置一宅中,勿复以借人。古谚云:有书借人为嗤,借人书送还为嗤也。"《古谣谚》卷六九据《酉阳杂俎》辑录,题作《杜预引古谚》,另作"有书借人为嗤,借人书送还为嗤也"。小注:"《履斋示儿编》作'借与人书为一痴,还书与人为一痴'。《资暇集》云,嗤,笑也,后人讹痴字,而增至四痴,谓借,一痴,借之,二痴,索,三痴,还,四痴。《泊宅编》卷十:前辈又以痴为甋,甋,酒器也。盖云借书一甋酒,还之亦以一甋酒。甋通作鸱,吴王取马革受子胥尸,沉之江。颜师古曰:即今之盛酒鸱夷㬵。《游宦纪闻》卷四:礼部韵云:甋,盛酒器也,山谷《以诗借书目于胡朝请》末联云:愿公借我藏书目,时送一鸱开镬鱼。坡公《和陶诗》云:不持两鸱酒,肯借一车书。杨子云《酒箴》:鸱夷滑稽,腹大如壶。苏黄用鸱字本此。"题目自拟。

中唐俗谚

孟诗韩笔。

【按】宋·王谠《唐语林》卷二"文学":"韩文公与孟东野友善。韩公文至高,孟长于五言,时号'孟诗韩笔'。元和中,后进师匠韩公,文体大变。"题目自拟。

仕宦俗谚

贺(上)[下]不贺(下)[上]。

【按】清·杜文澜《古谣谚》卷八四引《瀛奎律髓》卷六"宦情类":"刘宾客《罢姑苏北归

渡扬子津》诗,原评:俗谚云,于仕宦谓云云。凡初至官者,乃任事之始,未知其终也,故不贺;解官而去,则所谓善终者也,故贺。"题目从拟。

李哲家怪引谚

一鸡死,一鸡鸣。

【按】《太平广记》卷三六三"李哲"条引《通幽记》:"唐贞元四年春,常州隶事参军李哲,家于丹阳县东郭。去五里,有庄多茅舍。……数日外,有妇人丧服哭于圃,言杀我夫。明日哭于庭,乃投书曰:'谚所谓(略),吾属百户,当相报耳。'"《全唐诗》卷八七七"谚谜"、《古谣谚》卷九六附录十一均据录。

宋守敬引谚

双陆无休势。

【按】唐·刘肃《大唐新语》卷十二"劝励":"宋守敬为吏,清白谨慎,累迁台省,终于绛州刺史。其任龙门丞,年已五十八,数年而登列岳。每谓寮曰:公辈但守清白,何忧不迁?俗云(略),余以为仕宦亦无休势,各宜勉之。"《全唐诗》卷八七七"谚谜"据录,题为《宋守敬引谚》,今从拟,小注:"守敬清谨,老任龙门丞,竟登岳牧,每勉人但守清,勿忧不迁。引此,云仕宦亦无休势也。"《古谣谚》卷五八题作《宋守敬引谚论仕宦》。

段成式引谚

其一

食草者多力而愚,食肉者勇敢而悍。

其二

小麦忌戌,大麦忌子。

其三

木再花,夏有雹。李再花,秋大霜。

其四

邑中终岁无乌,有寇;郡中忽无乌者,曰乌亡。

其五

鸡无故自飞去,家有蛊。鸡日中不下树,妻妾奸谋。

其六

见蛇交,三年死;蛇冬见寝室,主兵急。

其七

人夜卧无故失髻者,鼠妖也。

其八

山上有葱,下有银;山上有薤,下有金;山上有姜,西有铜锡;山有宝玉,木旁枝皆下垂。

其九

德及幽隐,则比目鱼至;妾媵有制,则白燕来巢。

【按】见唐·段成式《酉阳杂俎》前集卷十六"广动植之一"。

僖宗时俗谚

军中名血为光。

【按】宋·王谠《唐语林》卷七补遗:"僖宗幸蜀回,改元光启。俗谚云(略)。又字体,户口负戈,为启,其未宁乎?俄而未久乱作,长安复陷。"题目自拟。

襄阳古谚

襄阳无西。

【按】唐·李吉甫《元和郡县图志》卷二一"山南道二":"万山,一名汉皋山,在县西十一里,与南阳郡邓县分界处,古谚曰(略),言其界促近。"《全唐诗续拾》卷五八"谚"据补。

邔县古谚

邔无东。

【按】唐·李吉甫《元和郡县图志》卷二一"山南道二":"宜城县,本汉邔县地也。城东临汉江,古谚曰(略),言其东逼汉江,其地短促也。"《全唐诗续拾》卷五八"谚"据补。

丹徒谚

生东吴,死丹徒。

【按】见《全唐诗》卷八七七"谚谜",小注:"吴多产出,可摄生自奉养,丹徒土坚紧如蜡,可葬。"

稷下谚

学识何如观点书。

【按】唐·李匡文《资暇集》卷上"字辨":"稷下有谚曰(略)。书之难,不唯句读、义理,兼在知字之正音、借音,若某字以朱发平声,即为某字;发上声,变为某字;去、入又改为某字。转平、上、去、入易耳,知合发、不发为难。"又转录于宋王谠《唐语林》卷二,《古谣谚》卷四五据录,题作《李济翁引稷下谚论读书》;《全唐诗续拾》卷五八亦据录,题作《稷下谚》,今从拟。

木奴谚

木奴千,无凶年。

【按】宋·赵令畤《侯鲭录》卷四引段公路《北户录》卷三:"又按谚曰(略),盖言果实可以市易五谷,此即木奴之号、果之都称者也。"又见《四时纂要》卷三,《古谣谚》卷三十据录,题作《木奴谚》,今从拟,注:"案《说郛》卷六十三列《北户录》,未载此条,今据《侯鲭录》录之。"《全唐诗续拾》卷五八同题据补。

洛谷谚

艐洞入黄泉。

【按】见《全唐诗》卷八七七"谚谜",小注:"洛谷中有地,名白草、艐洞,皆难行,故谚云。"《古谣谚》卷八二据录,题目从拟。

门匠谚

古无门匠墓。

【按】《新唐书》卷五三《食货志三》:"是时,汴宋节度使春夏遣官监汴水,察盗灌溉者。岁漕经底柱,覆者几半。河中有山,号'米堆',运舟入三门,雇平陆人为门匠,执标指麾,一舟百日乃能上。谚曰(略),谓皆溺死也。"《全唐诗》卷八七七"谚谜"据录,题作《三门谚》,小注:"唐时漕经底柱入三门,每雇平陆人为门匠,执标指麾,一舟百日乃能上,覆者几半。

故谚云云,谓皆溺死也。"《古谣谚》卷十二题作《门匠谚》,今从拟。

鬼门关谚

鬼门关,十人九不还。

【按】《旧唐书》卷四一《地理志四·岭南道》:"北流,州所治。汉合浦县地,隋置北流县。县南三十里,有两石相对,其间阔三十步,俗号鬼门关。汉伏波将军马援讨林邑蛮,路由于此,立碑石龟尚在。昔时趋交趾,皆由此关。其南尤多瘴疠,去者罕得生还,谚曰(略)。"《全唐诗》卷八七七"谚谜"改作:"鬼门关,十人去,九不还。"小注:"容州北流县南三十里,有两石对立,相去三十步,迁谪至此者,罕得生还,俗号鬼门关,唐谚云(略)。"《古谣谚》卷十二作:"鬼门关,十人九不还。"注:"校勘记云:《通典》、《寰宇记》'人'下俱有'去'字。《全唐诗》十二函八、《赤雅》卷中、《潜确类书》卷五十一、《通俗编》卷三及苏诗查注引《名胜志》,'人'下亦有'去'字。《潜确类书》卷四十引《舆地志》,'人'下有'去了'二字。《御览》卷一百七十二引《十道志》作'鬼门关,十人去,九人还'。苏诗王注引《山水志》作'若度鬼门关,十去九不回'。"

琼振二州人谚

跳石牛骨硦,好笑又好哭。

【按】清·杜文澜《古谣谚》卷三十引《岭表录异记逸文》:"自琼至振多溪涧,涧中有石鳞次,水流其间,或相去二三尺,逼似天设,可蹑之而过。或有乘牛过者,牛皆从敛四蹄,跳跃而过;或失,则随流而下,见者皆以为笑。彼人谚曰(略)。"题作《琼振二州人谚》,今从拟。注:"案《说郛》卷六十七列《岭表录异记》,未载此条,今据《御览》录之。"《全唐诗续拾》卷五八据《太平御览》卷九〇〇引刘恂《岭表录异》补录,题为《琼振二州人》,次句注:"武英殿聚珍版丛书本《岭表录异》无'又'字。"

安定郡里谚

岘山张盖雨滂沱。

【按】唐·皇甫枚《三水小牍》卷下"岘阳峰池雨征"条:"安定郡有岘阳峰,峰上有池,若雨,而云起池中,若车盖然,故里谚曰(略)。"《古谣谚》卷五八据录,注:"《孔帖》卷二'沱'作'沛',是也。"《全唐诗续拾》卷五八亦据补。又明杨慎纂《古今谚》"古谚古语"据裴骃《十三州志》辑录此谚。

俗谚

天下无偶然。

【按】宋·刘斧《青琐高议》卷五"流红记":"咏曰:'吾今知天下无偶然者也。'"

宁茵事谚

鹁鸠树上鸣,意在麻子地。

【按】唐·裴铏《传奇》"宁茵":"茵怒而言曰:'宁老有尺刀,二客不得喧竞,但且饮酒。'二客悚然,特吟曹植诗曰:'萁在釜下燃,豆在釜中泣。此一联甚不恶。'寅曰:'鄙谚云(略)。'"又见《太平广记》卷四三四。《全唐诗》卷八七七"谚谜"据录,题作《宁茵事谚》,今从拟,末句小注:"一作意在麻畬里。"《古谣谚》卷九六附录十一题作《斑寅引鄙谚》,又注:"《古谚闲谭》'子地'作'畬里'。"

鸬鹚谚

鸬鹚不打脚下塘。

【按】见《全唐诗》卷八七七"谚谜",小注:"鸬鹚能没水捕鱼,栖宿之处,虽水深鱼多,未尝犯。"《古谣谚》卷八二据录,注:"……《通俗编》卷二十九,案时谚有云:兔儿不吃窠边草,义与之同。"

盐铁谚

扬一益二。

【按】宋·洪迈《容斋随笔》卷九"唐扬州之盛":"唐世盐铁转运使在扬州,尽斡利权,判官多至数十人,商贾如织。故谚称'扬一益二',谓天下之盛,扬为一而蜀次之也。"《全唐诗》卷八七七"谚谜"据录,题作《盐铁谚》,今从拟;《古谣谚》卷十五题作《时人称扬益二州语》,注:"《通鉴》唐昭宗纪:先是,扬州富庶甲天下,时人称云云。"胡注:"言扬州居一,益州为次也。"

冯翊谚

苦泉羊,洛水浆。

【按】唐·李吉甫《元和郡县图志》卷二"关内道二·同州"："苦泉,在县西北三十里许原下,其水咸苦,羊饮之,肥而美。今于泉侧置羊牧,故谚云(略)。"《全唐诗》卷八七七"谚谜"据录,题作《冯翊谚》,小注："冯翊朝邑县许原下地有苦泉,羊饮之,肥而肉美,号为沙苑细肋羊,谚曰。"今从拟。《古谣谚》卷二六题作《朝邑俗谚》。

昭潭谚

昭潭无底橘洲浮。

【按】见《全唐诗》卷八七七"谚谜",小注："昭潭山下有潜穴,通洞庭,水深不测,谚云。"题目从拟。

江右四郡谚

筠、袁、赣、吉,脑后插笔。

【按】宋·王象之《方舆胜览》卷二〇"赣州·风俗"："俗号珥笔。"注："古谚云(略)。"《古谣谚》卷二六据录,首句"袁"作"源",题作《江西四郡谚》。注："《潜确类书》卷五十八作'筠袁赣吉,四府之人,头上插笔'。"《全唐诗》卷八七七"谚谜"题作《江右四郡谚》,今从拟,小注："言好讼也。"

徐闻谚

欲拔贫,诣徐闻。

【按】见《全唐诗》卷八七七"谚谜",小注："徐闻县冬耕夏收,名再熟,彼中谚云。"《古谣谚》卷二六引《元和郡县志逸文》："雷州徐闻县,县南七里,与崖州澄迈县对岸,相去约百里。汉置左右侯官在此,屯积货物,备其所求,故谚云(略)。"注："《寰宇记》'拔'作'救'。"又："按《元和郡县志逸文》,据严氏观辑本采录。"

荆棺峡谚

九子不葬父,一女打荆棺。

【按】见《全唐诗》卷八七七"谚谜",小注："峡壁有棺,以荆为之,相传人有九子,不能葬,女编荆为棺,庋之此。土人谚云。"《古谣谚》卷八二据录,二书同题,今从拟。

南中谚

秋收稻,夏收头。

【按】宋·钱易《南部新书》辛:"南中解毒药谓之'吉财',俗云:'昔人遇毒,其奴吉财得是药,与其主服,遂解,因名之。'又谚曰(略)。即妇人岁以截发而货,以为常也。"《全唐诗》卷八七七"谚谜"据录,尾句小注:"谓妇人截发而货,岁以为常也。"《古谣谚》卷五九同题著录。

益阳谚

长沙益阳,一时相印。

【按】五代·杜光庭《录异记》卷七"异水":"益阳县在长沙郡界,秦时立此县,至今不改。《地理志》云:'益水在其阳。'今则无闻。北临濱水,源出邵陵武岗县界,东北流入洞庭县治。东望时见长沙城隍,人马形色悉可审辨。或平旦,或平午,览瞩移晷,仍渐散灭。县去长沙径道三百里,跨越重山理绝表显,将是山岳炳灵冥像所传者乎?其土谣曰(略)。"《全唐诗》卷八七七"谚谜"据录,题作《益阳谚》,今从拟,小注:"益阳在长沙郡界,去长沙三百里,县治东望,时见长沙城郭人物影,其土谣曰。"《古谣谚》卷八二及《全唐诗续拾》卷五八皆据补,后书题作《益阳土谣》。

李振引谚

百岁奴事三岁郎主。

【按】《新唐书》卷二〇八《刘季述传》:"振曰:'百岁奴事三岁郎主,常也。乱国不义,废君不祥,非吾敢闻。'"《全唐诗》卷八七七"谚谜"及《古谣谚》卷八二皆据录,两书均无"郎"字。题目从拟。

徐知谔引谚

人生百岁,七十者希。

【按】宋·文莹《玉壶清话》卷九《李先主传》:"(梁王徐)知谔单骑奔建康,感寒,遂病而卒。平生尝谓所亲曰:'谚谓(略)。吾幼享富贵,而复恣肆,一日之费,敌世人一年之给,或幸卒于七十之半,已足矣!'果卒于三十五。"《古谣谚》卷五九、《全唐诗续拾》卷五八皆据录,次句"希"均作"稀"。

五代时湖州谚

放尔生,放尔命,放尔湖州作百姓。

【按】清·杜文澜《古谣谚》卷三〇引《西吴枝乘》逸文:"五代时,江南多故,独吴兴未尝被兵,避乱者多家焉。谚曰(略)。"题作《五代时湖州谚》,今从拟;《全唐诗》卷八七七"谚谜"题作《湖州里谚》,"作"作"做",小注:"唐末五代,天下皆被兵,独湖州获免,其时语云。"

后梁河北谚

山东一条葛,无事莫撩拨。

【按】五代·王仁裕《玉堂闲话》"葛周"条:"葛公为梁名将,威名著于敌中。河北谚曰(略)云。"宋钱易《南部新书》癸:"葛从周有殊功,镇青社,人语曰(略)。"《全唐诗》卷八七七"谚谜"据录,题曰《河北谚》,小注:"梁将侍中葛从周有殊功,镇青社,人为语曰。"《古谣谚》卷五八题作《河北为葛从周谚》,注:"案《说郛》卷四十八列《玉堂闲话》,未载此三条(另二条指"花开来里,花谢来里"及"一饮一啄,系之于分"),今据《广记》录之。"题目自拟。

王彦章引谚

豹死留皮,人死留名。

【按】《新五代史》卷三二《王彦章传》:"彦章武人不知书,常为俚语谓人曰(略)。其于忠义,盖天性也。"《全唐诗》卷八七七"谚谜"据录,题作《王彦章引谚》,改作"人死留名,豹死留皮";《古谣谚》卷十二题作《王彦章引俚语》,注:"《夹漈遗稿》卷三《与景韦兄投宇文枢密书》作'人死留名,虎死留皮'。"此谚又见宋刘斧《青琐高议》卷十"王彦章画像记"、陈世崇《随隐漫录》卷一。明商辂《蔗山笔麈》:"王彦章曰:'人死留名,豹死留皮'。状言哉!其志士之思乎?彦章一日在,梁一日不亡,兵败被俘,延颈就死,不可不为一浊世强男子。"明冯梦龙《古今谭概》"委蜕部·序":"语曰:'豹留皮,人留名。'此言形神之异也。"

后唐洛阳为张全义谚

王祷雨,买雨具。无畏之神耶?齐王之洁诚耶?

【按】清·杜文澜《古谣谚》卷五九引宋·张齐贤《洛阳缙绅旧闻记》卷二:"齐王张令

公讳全义,在洛四十余年,累官至太尉、中书令。王诚信,每水旱祈祭,必具汤沐素食,别寝精洁。至祠祭所,俨然若对至尊,容如不足,晴旱祈祷未雨,左右必曰:王可开塔。即无畏师塔也,塔在龙门广化寺。王即依言而开塔,拜讫,王祝曰:今少雨,恐伤苗稼,和尚慈悲,告佛降雨。如是未尝不澍雨,故当时俚谚曰(略)。"题作《洛阳为张全义谚》;《全唐诗续拾》卷五八题作《时人为张全义谚》。题目自拟。

时为高道兴谚

高君坠笔亦成画。

【按】宋·郭若虚《图画见闻志》卷二"纪艺上":"高道兴,成都人。事王蜀,为内图画库使,工佛道杂画,用笔神速,触类皆精。蜀之寺观,尤多墙壁。时人谚云(略)。"《古谣谚》卷四〇据录,题作《时为高道兴谚》,今从拟;《全唐诗续拾》卷五八题作《王蜀时人为高道兴谚》。

黄筌徐熙画笔谚

黄筌富贵,徐熙野逸。

【按】清·杜文澜《古谣谚》卷四十引《画论》:"谚云云云,不惟各言其志,盖亦耳目所习,得之于手而应之于心也。黄筌与其子居寀,始并事蜀为待诏,既归朝,筌领真命为宫赞,居寀复以待诏录之。皆给事禁中,多写禁御所有珍禽瑞鸟,奇花怪石,又翎毛,骨气尚丰满。徐熙,江南处士,志节高迈,多状江湖所有汀花野竹,水鸟渊鱼,又翎毛,形骨贵轻秀。二者春兰秋菊,各擅重名,下笔成珍,挥毫可范。"题目从拟。

王仁裕引谚

一饮一啄,系之于分。

【按】唐·牛僧孺《玄怪录》卷三"掠剩使":"裴曰:'人之转货求丐也,命当即□,忽遇物之箱稀(按程毅中注:"此句似有误。"),或主人深顾所得,乃逾数外之财,即谓之剩,故掠之焉。'曰:'安知其剩而掠之?'裴曰:'生人一饮一啄,无非前定,况财宝乎?阴司所籍,其获有限,获而逾籍,阴吏状来,乃掠之也。'"《太平广记》卷一五八"贫妇"条引《玉堂闲话》:"谚云:一饮一啄,系之于分。斯言虽小,亦不徒然。常见前张宾客澄言,顷任镇州判官日,部内有一民家妇,贫且老,平生未尝获一完全衣。或有哀其穷贱,形体袒露,遗一单衣。其妇得之,披展之际而未及体,若有人自后掣之者,举手已不知衣所在。此盖为鬼所夺也。"

《古谣谚》卷五八及《全唐诗续拾》卷五八皆据《玉堂闲话》补录。

王仁裕引俗谚

孤云两角,去天一握。

【按】《太平广记》卷三九七"大竹路"条引《玉堂闲话》:"兴元之南有大竹路,通于巴州。其路则深溪峭岩,扪萝摸石,一上三日而达于山顶。行人止宿,则以缰蔓系腰,萦树而寝。不然,则堕于深涧,若沉黄泉也。复登措大岭,盖有稍似平处,路人徐步而进,若儒之布武也。其绝顶谓之'孤云两角',彼中谚云(略)。"《古谣谚》卷二八《太白山俗语》引《三秦记》:"武功太白,去天三百尺。孤云两角,去天一握。山水险阻,黄金子午。蛇盘鸟栊,气与天通。"《全唐诗续拾》卷五八据《类说》卷五四所引《玉堂闲话》补录。

杨亿引谚

不到长安辜负眼,不到两浙辜负口。

【按】宋·杨亿口述、黄鉴笔录、宋庠整理《杨文公谈苑》:"谚曰(略)。"《全唐诗续拾》卷五八据《类说》卷五三所引补录,注:"按长安于唐末毁于兵灾,此谚应为其前之作。"

赞宁引谚

其一
东家种竹,西家种地。

其二
腊月煮笋羹,大人道便是。

其三
恭敬不如从命,受训莫如从顺。

其四
青成蓝,蓝谢青。师何常?在明经。

【按】其一、其二、其三,《全唐诗续拾》卷五八据《百川学海》本赞宁《笋谱》辑录;其四见《宋高僧传》卷十二《唐福州雪峰广福院义存传》:"玄沙乘《楞严》而入道,识见天殊,其犹谚曰(略),故有过师之说。"

陶穀引谚

阑单带,叠垛衫,肥人也觉瘦岩岩。

【按】宋·陶穀《清异录》卷下"阑单带叠垛衫":"谚曰(略)。阑单,破裂状。叠垛,补衲盖掩之多。"《古谣谚》卷六九据录,题作《衫带谚》;《全唐诗续拾》卷五八亦据补,题作《陶穀引谚》,今从拟。

李冗引谚论骄奢

骄奢之灾,祸非一致。

【按】唐·李冗《独异志》卷下:"虞氏,梁之富人也。起高楼临大道,日夕歌宴击博于上。博者胜,掩口而笑。适有三客过楼下,飞鸢衔腐鼠堕客。客举面,值其笑,二客相与谋曰:'虞氏富乐久矣,我不侵犯,何为辱我!'乃聚众灭其家。谚曰(略)。"《古谣谚》卷六七据录,题作《李冗引谚论骄奢》,今从拟;《全唐诗续拾》卷五八题作《〈独异志〉引谚》。

孙光宪引谚论何凝

好事不出门,恶事行千里。

【按】五代·孙光宪《北梦琐言》卷六"以歌辞自娱":"晋相和凝,少年时好为曲子词,布于汴、洛。洎入相,专托人收拾,焚毁不暇。然相国厚重有德,终为艳词玷之。契丹入夷门,号为'曲子相公'。所谓'好事不出门,恶事行千里',士君子不得不戒之乎!"《全唐诗》卷八七六题作《孙光宪琐言引古语》;《古谣谚》卷五八据《古谚闲谈》卷三补《北梦琐言》末句作"谚所谓",题作《孙光宪引谚论何凝》,今从拟;《全唐诗续拾》卷五八题作《孙光宪引谚》。

孙光宪引谚论谑戏

小舅小叔,相追相逐。

【按】五代·孙光宪《北梦琐言》卷八"张曙起小悼":"唐张祎侍郎,朝望甚高,有爱姬早逝,悼念不已。因入朝未回,其犹子右补阙曙,才俊风流,因增大阮之悲,乃制《浣溪纱》,其词曰:'枕薰蕈炉隔绣帏,二年终日两相思,好风明月始应知。天上人间何处去?旧欢新梦觉来时,黄昏微雨画帘垂。'置于几上。大阮退朝,凭几无聊,忽睹此诗,不觉哀恸,乃曰:

'必是阿灰所作。'阿灰,即中谏小字也。然于风教,似亦不可,以其叔侄年颜相似,恕之可耳。谚曰(略),谑戏固不免也。"《全唐诗》卷八七七"谚谜"题作《孙光宪北梦琐言引谚》,《古谣谚》卷五八题作《又引谚论谑戏》。题目自拟。

孙光宪引谚论乘船走马

乘船走马,去死一分。

【按】五代·孙光宪《北梦琐言》卷十"非意致祸":"唐时杜彦林为朝官,一日,马惊蹶倒,踏镫既深,抽脚不出,为马拖行,一步一踏,以至于卒。古人云(略)。是知跨御常宜介意也。"《全唐诗》卷八七六"语"据录,题作《孙光宪琐言引古语》;《古谣谚》卷五八据《古谚闲谈》卷三改《北梦琐言》"古人云"为"古谚云",题作《孙光宪引谚论乘船走马》,今从拟。

南郑县旱山谚

牛头戴,旱山晦,家中干谷莫相贷。

【按】清·杜文澜《古谣谚》卷二六引《太平寰宇记》卷一三三"山南西道一":"梁州南郑县旱山,在县西南二十里。《周地图记》云:山上有云即雨,故谚云云云。旁有石牛十二头,亦云五头,盖秦惠王所造以镇蜀者。"题作《南郑旱山谚》。《全唐诗续拾》卷五八亦据之补录,题作《南郑县旱山谚》,今从拟。

鄜州云岩县库利川土谚

昔有奴贼,居此川内。

【按】《全唐诗续拾》卷五八据《太平寰宇记》卷一三三辑录,注:"按《太平寰宇记》为乐史于宋初所著书。其所引二谚,应为唐五代时之作。"末句注:"稽胡呼奴为库利,见同书卷三五。"

悯忠寺高阁谚

悯忠高阁,去天一握。

【按】明·孙承泽《春明梦余录》卷六六"寺庙":"唐悯忠寺建于唐贞观十九年,太宗悯东征士卒战亡者,收其遗骸葬幽州城西十余里许,为哀忠墓。又于幽州城内建悯忠寺,作佛事以超度之,中有高阁故,但以阁名,唐谚(略)是也。"《古谣谚》卷五二据录,题曰《悯忠寺高阁谚》,今从拟,小注:"《帝京景物略》卷三'高'作'寺'。"又见清潘荣陛《帝京岁时纪胜》,《全唐诗续拾》卷五八则另据《天府广记》卷三八补录,题作《谚》。

唐史官引语论冀州民俗

魏郡清河,天公无奈何。

【按】《隋书》卷三〇《地理志中》:"魏郡,邺都所在,浮巧成俗,雕刻之工,特云精妙,士女被服,咸以奢丽相高,其性所尚习,得京、洛之风矣。语曰(略)。斯皆轻狡所致。"《古谣谚》卷十据录,题作《唐史官引语论冀州》;《全唐诗续拾》卷五八题作《唐史官引语论冀州民俗》,今从拟。

段成式引农谚

三叶白,草毕秀。

【按】唐·段成式《酉阳杂俎》卷十九"广动植之四·草":"三白草,此草初生不白,入夏叶端方白,农人候之莳田,'三叶白,草毕秀'矣。其叶似薯蓣。"题目自拟。

妆容谚

宫中好广眉,四方且半额。

【按】明·镏绩《霏雪录》卷上:"唐时妇女画眉尚阔,故老杜《北征》云'狼籍画眉阔'。或云:言女幼不能画眉,狼籍而阔耳。余记张司业《倡女词》有'轻鬓丛梳阔扫眉'之句,盖当时所尚如此。谚曰(略)。"

俗 谚

雁飞不到处,人被利名牵。

【按】明·田艺蘅《留青日札》卷六"诗谈二编":"又唐李明远为潘州司马(即今高州),尝有诗云:北鸟飞不到,南人谁与游。即谚所谓(略)者也。"

刘师颜引谚论占候

月如悬弓,少雨多风。月如仰瓦,不求自下。

【按】宋·江休复《江邻幾杂志》："刘师颜视月占旱,问之,云:'谚有之(略)。'"又见宋·赵令畤《侯鲭录》卷四转引,《全唐诗》卷八八〇"占辞"据录,题作《占月语》,首句"悬"作"弯";《古谣谚》卷四七题作《刘师颜引谚论占候》,今从拟。

占雨谚

其一

干星照湿土,明日依旧雨。

其二

云行西,星照泥。

其三

朝霞不出门,暮霞行千里。

其四

天将雨,鸠逐妇。

【按】宋·姚宽《西溪丛语》卷下:"谚云:'干星照湿土,来日依旧雨。'王建《听雨》诗云:'半夜思家睡里愁,雨声落落屋簷头。照泥星出依然黑,淹烂庭花不肯休。'"《全唐诗》卷八八〇"占辞"当据录为其一,改"来日"为"明日",又其三小注:"云朝霞,雨;暮霞,晴也。"其四小注:"《埤雅》云:鹁鸠阴则屏逐其雌,晴则呼而返之。今人辨其声,以为无屋住也。"

西北人谚

其一

要宜麦,见三白。

其二

正月三白,田公笑嚇嚇。

【按】清·杜文澜《古谣谚》卷五七引《朝野佥载逸文》(据《事文类聚》前集卷四):"西北人谚曰(略)。"题为《西北人谚》,今从拟,小注:"按此五字(其一)原本在第二则之首,今以《全唐诗》十二函八核之,当移于前。《锦绣万花谷》引第二则作'泗州人语',苏诗王注作'西人语'。"又其一注:"《农政全书》作'若要麦,见三白。'又云:冬至后第三戌为腊,腊前两三番雪谓之腊前三白,大宜菜麦。《锦绣万花谷》'要'作'欲',《全唐诗》'宜'作'见'。"其二

注:"《全唐诗》'嚇嚇'作'赫赫'。"《全唐诗》卷八八〇"占辞"题作《占年》,小注:"西北人谚也。"

慧棱禅师引谚

驴事未去,马事到来。

【按】宋·普济《五灯会元》卷七《长庆慧棱禅师》:"问:'如何是佛法大意?'云曰(略)。"题目自拟。

华壤英主为神迥谚

大论主,释迦迥,法界多罗一时领。

【按】唐·释道宣《续高僧传》卷十三《唐京师大庄严寺释神迥传》:"释神迥,姓田氏,冯翊临晋人。……又以旬遐馀隙,游历省台,预是文雄,通名谒对,或谈叙儒史,或开悟玄宗,优游自任,亦季世纵达之高僧也。故华壤英俊谓之谚曰(略)。"《全唐诗续拾》卷五八"谚"据补,题目从拟。

三高僧谚

昼之昼,能清秀。越之澈,洞冰雪。杭之标,摩云霄。

【按】《全唐诗外编》第四编童养年《全唐诗续补遗》卷十六引《雍正浙江通志》卷一九八"仙释传·杭州府"补录,题目从拟。又引《高僧传》并《西湖高僧事略》:"道标,富阳人,姓黎氏,一作秦氏,年七岁,有大沙门过而识之,劝令出家,为灵隐山白云峰海和尚弟子。至德二年诏白衣通佛经七百纸者,命为比丘。标首中选,即日得度居南天竺寺。尝于灵鹫峰之西南岭下,葺茅为堂,号西岭草堂,称西岭和尚。经营之外,尤练诗章,当时吴兴清昼(皎然),会稽灵澈,相与酬唱,谚云。又陆羽云:夫日月云霞为天标,山川草木为地标,推能归美为德标,居闲趣寂为道标。长庆三年卒,年八十四。"《古谣谚》卷七四题作《时人为释皎然灵徹道标语》,小注:"《全唐文》卷九百十九《释福林唐湖州杼山皎然传》:释皎然名昼,姓谢氏,长城人。康乐侯十世孙也。幼负异才,性与道合,初离羁绊,渐加削染。与武丘山元浩、会稽灵徹为道交,故时谚曰云云。"

省禅师引谚

临坑不推人。

【按】宋·普济《五灯会元》卷十三《大安省禅师》："僧曰：'失路迷人，请师直指。'师曰：'三门前去。'问：'举步临危，请师指月。'师曰：'不指月。'曰：'为甚么不指月?'师曰（略）。"题目自拟。

匡真禅师引谚

其一
疋上不足，疋下有余。

其二
小财不去，大财不来。

【按】宋·赜藏主编集《古尊宿语录》卷十七《云门（文偃）匡真禅师广录中》："一日云：'古人道，巧拙具生杀。作么生是生杀?'代云（略）。"同书卷十八《云门（文偃）匡真禅师广录下》："师在僧堂内吃茶，问设茶僧云：'什么处安排?'僧指板头云：'在这里。'师云：'你更设一堂茶始得。'无对。代云：'近日钱难得。'又云（略）。"

本寂禅师引谚

作贼人心虚。

【按】宋·普济《五灯会元》卷十三《曹山本寂禅师》："僧问：'和尚作甚么?'师曰：'打著我心。'僧无对。五祖戒代云（略）。"

禾山和尚引谚

嗔拳不打笑面。

【按】南唐·静、筠禅僧编《祖堂集》卷十二《禾山和尚》："僧便问：'和尚无端恶发作什么?'师云：'嗔拳不打笑面。'"《五灯会元》卷十五《云台省因禅师》："僧问：'如何是和尚家风?'师曰：'嗔拳不打笑面人。'"

道明禅师引谚

快马一鞭，快人一言。

【按】宋·普济《五灯会元》卷三《南源道明禅师》："袁州南源道明禅师，上堂：'快马一鞭，快人一言。有事何不出头来，无事各自珍重！'"

丹霞和尚引谚

龙生龙子,凤生凤子。

【按】南唐·静、筠禅僧编《祖堂集》卷四《丹霞和尚》:"至洛京,参忠国师。初见侍者,便问:'和尚还在也无?'对曰:'在,只是不看客。'师曰:'太深远生。'侍者曰:'佛眼觑不见。'师曰(略)。"

药山和尚引谚

生我者父母,成我者朋友。

【按】南唐·静、筠禅僧编《祖堂集》卷四《药山和尚》:"百丈索道吾信,岩便取呈似和尚,和尚见了,云:'灼然是生我者父母,成我者朋友。你不用在我这里,便速去。'"又卷六《洞山和尚》:"住止必须择伴,时时闻于未闻,远行要假良朋,数数清于耳目。故云(略)。"

长庆引谚

养子方知父慈。

【按】南唐·静、筠禅僧编《祖堂集》卷五《云岩和尚》:"保福曰:'昔日云岩又奚为?'庆云(略)。"

云岩引谚

牛不吃栏边草。

【按】南唐·静、筠禅僧编《祖堂集》卷五《云岩和尚》:"僧问石头:'如何是祖师意?'石头曰:'老僧面前一踏草,三十年来不曾锄。'有人举似师,师云(略)。"

洞山引谚

两个泥牛斗入海,直至如今无消息。
蓬生麻竹,不扶自直;白砂在泥,与之俱黑。
一日为师,终身为父;一日为主,终世为天。
玉不琢不成器,人不学不知道。

【按】均见南唐·静、筠禅僧编《祖堂集》卷六《洞山和尚》。第三条原作"一日为师,终世为天;一日为主,终身为父",今据张华校注①改(中州古籍出版社2001年版第224页)。

华严和尚引谚

贼不打贫儿家。

【按】南唐·静、筠禅僧编《祖堂集》卷八《华严和尚》:"溪林和尚把木剑云:'魔来挠我,魔来挠我。'有人问和尚:'寻常为什么却被魔挠?'云(略)。"

雪峰引谚

相识满天下,知心能几人。

【按】南唐·静、筠禅僧编《祖堂集》卷十《长生和尚》:"师巡堂后,到厨下,雪峰曰:'我寻常向师僧曰:是什摩? 未有人对,阿你作摩生?'师对曰:'放厶甲过,亦有商量。'峰云:'放你过,作摩商量?'对曰:'某甲亦放和尚过。'雪峰曰(略)。"

齐云和尚引谚

一人传虚,万人传实。

【按】南唐·静、筠禅僧编《祖堂集》卷十一《齐云和尚》:"师有时蓦地起来,伸手云:'乞取些子,乞取些子。'又云(略)。"又宋·道原《景德传灯录》卷二〇《随城山护国守澄禅师》:"问:'如何是西来意?'师曰(略)。"

荷玉和尚引谚

好心无好报。

雷声甚大,雨点全无。

【按】南唐·静、筠禅僧编《祖堂集》卷十二《荷玉和尚》:"师有时上堂,良久,云:'须道我好心。'学人便问:'如何是和尚好心?'师云(略)。"同卷《禾山和尚》:"问:'如何是佛法大意?'师云:'为知己者丧身。'僧曰:'为什么却丧身?'师云(略)。"又同卷《荷玉和尚》:"问:'大藏教中还有宗门中事也无?'师云:'是什么?'进云:'如何是宗门中事?'师云(略)。"

招庆和尚引谚

宁可清贫长乐,不作浊富多忧。

【按】南唐·静、筠禅僧编《祖堂集》卷十三《招庆和尚》:"问:'诸缘则不问,如何是和尚家风?'师云(略)。"

福先招庆和尚引谚

霜重方知松柏操,事难始见丈夫心。

【按】南唐·静、筠禅僧编《祖堂集》卷十三《福先招庆和尚》:"师上堂,临下堂时,云:'有人问话者出来。'其时无人问,良久之间,师云:'(略)。珍重!'"

男僧引谚

家无二主,国无二王。

【按】南唐·静、筠禅僧编《祖堂集》卷十四《江西马祖》:"男僧便到马祖处,其僧具陈来旨,大师便上法堂。黄三郎到法堂前,师曰:'咄!西川黄三郎岂不是?'对曰:'不敢。'师曰:'从西川到这里,黄三郎如今在西川?在洪州?'云(略)。"

本寂禅师引俗谚

官不容针,私通车马。

【按】宋·道原《景德传灯录》卷一七《抚州本寂禅师》:"镜清问:'清虚之理毕竟无身时如何?'师曰:'理即如此,事作么生?'曰:'如理如事。'师曰:'漫曹山一人即得,争奈诸圣眼何?'曰:'若无诸圣眼,争鉴得个不怎么?'师曰(略)。"又见同书卷二二《韶州双峰安山竟钦和尚》、《五灯会元》卷一一《临济义玄禅师》、卷十五《双峰竟钦禅师》。

长庆引谚

美食不中饱人吃。

【按】宋·道原《景德传灯录》卷十一《婺州金华山俱胝和尚》:"师将顺世,谓众曰:'吾得天龙一指头禅,一生用不尽。'言讫示灭。长庆代食众云(略)。"

《碧岩集》引谚

鹞子过新罗。

【按】《碧岩集》卷一《圣谛第一义》:"所以云门道:如石击火,似闪电光。这个些子不落心机、意识、情想等,你开口堪作什么? 计较生时,鹞子过新罗。"周裕锴《禅籍俗谚管窥》:"鹞子,或指纸鸢(风筝);新罗,隋唐五代时国名,地在今朝鲜半岛,代指极远处。这条谚语本意为转瞬即远逝,难以追寻。禅宗特指禅机迅疾,不容拟议,稍有思索,便已错失机会。"

麻谷引谚

杀人须见血,为人须为彻。

【按】《碧岩集》卷四《麻谷持锡绕床》:"也好杀人须见血,为人须为彻,瞒却多少人来。"又云:"到这里须是如此始得,何故? 为人须为彻,杀人须见血。"

玄讷禅师引谚

图他一粒米,失却半年粮。

【按】宋·道原《景德传灯录》卷一九《泉州福清玄讷禅师》:"僧问:'如何是触目菩提?'师曰:'阇梨失却半年粮。'曰:'为什么失却半年粮?'师曰:'只为图他一斗米。'"同卷《韶州云门文偃禅师》:"图他一粒米,失却半年粮。如此行脚有什么利益?"

陈尊宿引谚

路逢剑客须呈剑,不是诗人莫说诗。

【按】宋·普济《五灯会元》卷四《睦州陈尊宿》:"问:'如何是曹溪的的意?'师曰:'老僧爱嗔不爱喜。'曰:'为什么如是?'师曰(略)。"又《镇州临济慧照禅师语录》:"林云:'任将三寸辉天地,一句临机试道看。'师云:'路逢剑客须呈剑,不是诗人莫献诗。'"

禅师引谚

一字入公门,九牛车不出。

【按】宋·普济《五灯会元》卷十七《黄龙慧南禅师》:"无为无事人,犹是金锁难。未审过在什么处?师曰(略)。"

光祚禅师引谚

看楼打楼(檨)。

【按】宋·赜藏主编集《古尊宿语录》卷三九《智门光祚禅师语录》:"问:'古人拈起柱杖意旨如何?'师云(略)。"

禅师引谚

水涨船高,泥多佛大。

【按】《碧岩录》卷三《大隋随他去也》:"前箭犹轻后箭深,只这个多少人摸索不着,(略)。"

名僧引谚

看风使帆,应病与药。

【按】《碧岩录》卷七《外道良马鞭影》:"世尊会看风使帆,应病与药。"

辩才引谚

君子爱财,取之有道。

【按】见张锡厚主编《全敦煌诗》卷六八引《辩才家教》卷上《劝善门章第三》,题目自拟。

唐人俗谚

其一

日出事还生。

其二

难将一人手,掩得天下目。

其三

菖蒲花,难见面。

【按】明·郎瑛《七修类稿》卷二一"辩证类·谚语出诗":"世传'日出事还生'、'难将一人手,掩得天下目'……往往形诸言语,莫知所来。殊不知第一句盖武元衡被刺时前夜之诗,以为谶也,其诗云:'坐久喧暂息,楼台惟月明。无因住清景,日出事还生。'第二、三句是曹邺咏李斯者也,诗云:'一车致三毂,本图行地速。不知驾御难,举足成颠覆。欺暗尚不能,欺明当自戮。难将一人手,掩得天下目。不见三尺坟,云阳草中绿。'……'菖蒲花,难见面'……施肩吾之诗也,特揭之于稿。"

崔致远引俚语

人有善愿,天必从之。

【按】朝鲜·徐居正《东文选》卷六四崔致远《新罗寿昌郡护国城八角灯楼记》:"天祐五年戊辰冬十月,护国义营都将重阏粲异才建八角灯楼于南岭,所以资国庆而攘兵衅。俚语曰(略)。则知愿苟善焉,事无违者。"

崔致远引野谚

师明弟子哲。

【按】《孤云先生续集》崔致远撰《法藏和尚传》:"穷一化之始终,资二玄之广略,可谓立之斯立,正是玄之又玄。若向二帙,不倚五编,则抚拊也,傥然靡畅;或据五编,不凭二帙,则咀嚼也,淡乎无味。野谚云(略),岂前后相成之谓乎?"《全唐诗》卷八六九"谐谑一"麴崇裕《送司功入京》小注:"崇裕为冀州参军,尝有司功入京,以诗送之云云。司功曰:'大才士,先生其谁?'曰:'吴儿博士教此声韵。'司功曰:'师明弟子哲。'"

拓跋恒引谚

足寒伤心,民怨伤国。

【按】清·吴任臣《十国春秋》卷七三《楚七·拓跋恒传》:"天福八年,文昭王用孔目官周陟议,令常税外,大县贡米二千斛,中千斛,小七百斛。恒上书曰:'殿下长深宫之中,藉已成之业,身不知稼穑之劳,耳不闻鼓鼙之音。驰骋遨游,雕墙玉食,府库尽矣,而浮费益甚;百姓困矣,而厚敛不息。今淮南为仇雠之国,番禺怀吞噬之志。荆渚日图窥伺,溪洞待我姑息。谚曰(略)。愿罢输米之令,诛周陟以谢郡县。'"《古谣谚》卷二四据录,题目从拟。

南唐俗谚

好物不在多。

【按】宋·郑文宝《南唐近事·补遗》:"(南唐)元宗曲宴保和堂,命从官赋诗。学士朱巩诗成独晚,洎从制皆就,巩已醉矣,唯进一联。上疑其构思大,久复不终篇。巩再拜致谢曰:'好物不在多。'左右皆掩口而笑。"又见录于明冯梦龙《古今谭概》"无术部·朱巩一联"。

变文引俗谚

其一

人急烧香,狗急蓦墙。

其二

久住令人贱。

【按】其一见敦煌变文《燕子赋》(一):"咒虽百种作了,凤凰要自难漫(谩)。燕子曰:'人急烧香,狗急蓦墙,只如[你]钉疮病癫,埋却[你]尸腔。总是转关作咒,徒拟诳惑大王。'"(黄征、张涌泉《敦煌变文校注》,中华书局1997年版,第377页)。其二见《捉季布传文》:"院长不须相恐吓,仆且常闻俗谚云:古来久住令人贱,从前又说水烦昏。"(黄征、张涌泉《敦煌变文校注》,中华书局1997年版,第94页)。《燕子赋》(二):"莫归经冬隐,只为乐山家。九(久)住人憎贱,希来见喜欢。为此经冬隐,不是怕饥寒。幽岩实快乐,山野打盘珊。本拟将身看,却被看人看。"(同上第414页)。《八相押座文》作:"久住令贱。"项楚《敦煌变文选注》(增订本):"久住令人贱:谓长久寄住他人之家,令人厌贱。"

长安为崔弘度屈突盖语

宁饮三升酢,不见崔弘度。
宁茹三升艾,不逢屈突盖。

【按】《隋书》卷七四《崔弘度传》:"仁寿中,检校太府卿,自以一门二妃,无所降下,每诫其僚吏曰:'人当诚恕,无得欺诳。'皆曰:'诺。'后尝食鳖,侍者八九人,弘度一一问之曰:'鳖美乎?'人惧之,皆云:'鳖美。'弘度大骂曰:'傭奴何敢诳我,汝初未食鳖,安知其美?'俱杖八十。官属百工见之者,莫不流汗,无敢欺隐。时有屈突盖为武候骠骑,亦严刻,长安为之语曰(略)。"唐莫休符《桂苑丛谈·史遗》作"宁饮三斗醋,不见崔弘度。宁茹三斗艾,不逢屈突盖。"明冯梦龙《古今谭概》鸷忍部第十六作："宁食三斗醋,不见崔弘度。"《古谣谚》卷十据《隋书》补录,注："《北史·崔弘度传》两'升'字并作'斗','酢'作'醋','茹'作'炙'。《御览》卷四百九十二'酢'作'醋','弘'作'恒'。按改'弘'为'恒',系宋初人避宣祖讳。"又注："按新旧《唐书》均载时人为屈突盖、屈突通之语,与此条半同半异,今并录之。"

幽州为卢昌衡卢思道语

卢家千里,释奴龙子。

【按】《隋书》卷五七《卢昌衡传》："昌衡小字龙子,风神淡雅,容止可法,博涉经史,工草行书。从弟思道,小子释奴,宗中俱称英妙。故幽州为之语曰(略)。"《古谣谚》卷十据录,题目从拟。

樗蒲人语

三个秃不敌一个卢。

【按】隋·侯白《启颜录》："隋卢嘉言尝就寺礼拜,因入僧房,有一僧善于论议,嘉言即与之谈话,因相戏弄,此僧理屈。同座更有二僧,即助此僧酬对,往复数回,三僧并屈。嘉言乃笑而谓曰:'三个阿师,并不解樗蒲,何因共弟子论议?'僧即问曰:'何意论议,须解樗蒲?'嘉言即报曰:'可不闻樗蒲人云(略),阿师何由可得?'弟子观者大笑,三僧更无以应。"(见王利器辑录《历代笑话集》,上海古籍出版社1981年版第11页。)

时人为屈突氏兄弟语

宁食三斗艾,不见屈突盖。
宁服三斗葱,不逢屈突通。

【按】《旧唐书》卷五九《屈突通传》："屈突通,雍州长安人。……开皇中,……擢为右武候车骑将军。奉公正直,虽亲戚犯法,无所纵舍。时通弟盖为长安令,亦以严整知名。时人为之语曰(略)。为人所忌惮如此。"《全唐诗》卷八七六"语"据录,题作《时人为屈突语》;清杜文澜《古谣谚》卷十二题作《时人为屈突氏兄弟语》,今从拟,末句'逢'作'见',注:"《新唐书·屈突通传》'服'作'食'。《全唐诗》十二函八'见'字作'逢'。"

时人为三耳秀才语

天有九头鸟,地有三耳秀才。

【按】唐·牛僧孺《玄怪录》卷二"董慎":"使者复以泥封二人,布囊各送至宅,欻如写出,而顾问妻子,妻子云:'君亡精魂已十余日矣。'慎自此果二十一年而卒。审通数日额角痒,遂踊出一耳,通前三耳,而踊出者尤聪。时人笑曰(略)。亦呼为鸡冠秀才者。"明冯梦龙《古今谭概》委蜕部第二十"三耳秀才":"隋董慎为冥府追为右曹录事,仍辟常州张审通为管记。慎令作判申天府。后有天符来云:'申甚允当。'慎乃取方寸肉擘为耳,安审通额上,曰:'与君三耳,可乎?'审通复活,后数日,觉额痒,涌出一耳,尤聪。时人笑曰(略)。亦呼'鸡冠秀才'。"清杜文澜《古谣谚》卷七〇引张君房《脞说》作"天上有九头鸟,地下有三耳秀才"。

谭公府中为裴镜民语

令德日新裴镜民。

【按】《全唐文》卷一四三李百药《隋故益州总管府司马裴君碑铭并序》:"君讳镜民,字君倩,河东闻喜人也。……莫府交辟,公车致礼。晋荡公受博陆之图,处阿衡之寄,为其诸子精选府僚,辟为谭公大将军记□。府中为其语曰(略)。"清杜文澜《古谣谚》卷八一据录,题目从拟。

沧洲语

不戴金茎花,不得在仙家。

【按】唐·苏鹗《杜阳杂编》卷下:"处士元藏几,自言是后魏清河孝王之孙也,隋炀帝时官奉信郎。大业元年,为过海使判官,遇风浪坏船,黑雾四合,同济者皆不救,而藏几独为破木所载,殆经半月,忽达于洲岛间。洲人问其从来,藏几具以事对。洲人曰:'此乃沧浪洲,去中国已数万里。'乃出菖蒲酒、桃花酒饮之,而神气清爽焉。其洲方千里,花木常如二三月,地土宜五谷,人多不死。……又有金莲花,洲人研之如泥,以间彩绘,光影焕烁,与真金无异,但不能入火而已。更有金茎花,其花如蝶,每微风至,则摇荡如飞,妇人竞采之以为首饰。且有语曰(略)。"《古谣谚》卷六七据录,题作《沧浪洲妇人为金茎花语》,小注:"《白帖》卷一百莲花部所引'茎'作'莲','在'作'到',《全唐诗》十二函八同。案此条上文云:又有金莲花,洲人研之如泥,以间彩绘,光彩焕粲,与真金无异,但不能入火而已。《白帖》盖因此而误为莲也。《广群芳谱》卷五十三引《仙史》'在'作'到',《草花谱》'在'作'入'。"又宋金盈之《新编醉翁谈录》卷五"元藏几沧洲遇仙"转录《杜阳杂编》之文,"在"作"到",《全唐诗》卷八七六"语"据录,题作《沧洲语》,今从拟,首句"茎"作"莲",小注:"沧洲有金莲花,形似蝶,每微风则摇荡如飞,妇人采为首饰,乡语曰。"又见清褚人获《坚瓠广集》卷三"金茎花"条。

鹦鹉谷水世语

此水清,天下平。

【按】宋·王溥《唐会要》卷二八"祥瑞上":"武德元年十二月,新丰鹦鹉谷水清,世传云(略)。开皇之初,暂清复浊,至是复清。"《古谣谚》卷三二、《全唐诗续拾》卷五八皆据录,题目从拟。

武德时诸曹嘲语

崔子曲如钩,随例得封侯。
膊上全无项,胸前别有头。

【按】明·冯梦龙《古今谭概》委蜕部第二十"短而伛":"武德中,崔善为历尚书左丞,甚得时誉。诸曹恶其聪察,因其身短而伛,嘲之曰(略)。"题目自拟。

并州人为释道杰语

大头杰,难杀人。

【按】见《全唐诗》卷八七六《道杰语》,题注:"武德中,蒲州栖岩寺释道杰游并晋,讲肆难击能令人流汗,并州人语曰。"清杜文澜《古谣谚》卷七四引《高僧传》:"释道杰,历游讲肆,观略同异,凡经六载,咸陈难击,故并州语曰。"后注亦引《全唐诗》题注。题为《并州人为释道杰语》,今从拟。

时人为来虞二氏子语

护儿儿作相,世南男作匠。

【按】清·杜文澜《古谣谚》卷十六引《弘简录》(卷十三唐宰辅类):"《来济传》:江都人。父护儿,隋骁将,任左翊卫大将军,阖门死宇文化及之难,济幼得免。转侧流离,笃志好学,富文词,善谈论,晓畅时务,擢进士。永徽二年,拜中书侍郎兼弘文馆学士,俄同中书门下三品。时虞世南子昶无才术,为将作少匠,时人语曰云云。文武岂有种耶!"注:"按《旧唐书逸文》:许敬宗叹曰:来护儿儿作宰相,虞世南男作木匠。《新唐书·来济子恒传》:许敬宗曰云云,与《弘简录》同,均不言时人语,故置彼录此。"《全唐诗续拾》卷五八据录,注:"按《新唐书》卷一〇五《来济传》云此为许敬宗语。"

村人学解嘲人语

绵绢,割两耳,只有面。

【按】见《全唐诗》卷八七二"谐谑四",小注:"前人受赐出,村路逢一人,问何处得此绵绢,具说之,大喜而归。语其妇:我朝日定得绵绢。及晓,诣黑闼门,言极善解嘲。黑闼引入,有猕猴在庭,令嘲之。即云:猕猴,头如镰杓尾如凿,河里搦鱼无僻错。黑闼已怪,犹未之责。又一鸥飞度,复令嘲之,又云:老鸥,项曲绿蹄,被他负物多。于是大怒,令割一耳,走出,至庭,又即倒地。令问之,曰:偏担。复令割一耳,还家。妇迎问绵绢何在,答曰。"此语实出隋侯白《启颜录》,作"绵绢,割却两耳只有面"(见王利器辑录《历代笑话集》,上海古籍出版社1981年版第19页)。

马周引俚语

贫不学俭,富不学奢。

【按】《旧唐书》卷七四《马周传》:"今天下百姓极少,诸王甚多,宠遇之恩,有过厚者。……且帝子何患不富贵,身食大国,封户不少,好衣美食之外,更何所须,而每年加别优赐,曾无纪极。俚语曰(略)。言自然也。"《全唐诗》卷八七六"语"据录,题作《马周疏引俚语》;《古谣谚》卷十二题作《马周引俚语》,今从拟,注云:"《摭异记》载李泌奏疏:古语云:贫不学俭,而俭自来;富不学奢,而奢自至。"

魏薛草书语

前有虞褚,后有薛魏。

【按】《全唐文》卷二二七张说《唐故豫州刺史魏君碑》:"公善于草隶,妙绝时人,以笔意传次子华及甥河东薛稷,世称'前有虞褚,后有薛魏。'此又贻训之美也。"《全唐诗》卷八七六"语"据录,题作《魏薛草书语》,今从拟,题注:"魏徵之子叔瑜善草,以笔意传其子华及甥薛稷,世称之云。"《古谣谚》卷八二题作《世称虞世南褚遂良魏叔瑜薛稷语》。

时人为神照语

河南一遍照,英声不徒召。

【按】唐·释道宣《续高僧传》卷十三《唐汴州安业寺释神照传》:"又往邺下休法师听

《摄大乘论》一遍无遗,讲散辞还,休送出寺,学门怪异。休顾曰:'斯是河南一遍照也。后生领袖,尔其知之。'又往许州空法师所听《杂心论》,才始八卷,为师疾而返,后因遂讲之,初后通冠。时人语曰(略)。"《全唐诗续拾》卷五八"语"据补,题目从拟。

生日俗语

生日可喜乐。

【按】唐·封演《封氏闻见记》卷四"降诞":"太宗曾以降诞日谓长孙无忌曰:'今日是朕生日,俗云(略)。以吾之情翻感思!'因泣下。"

时人为玄奘法师兄弟语

昔闻荀氏八龙,今见陈门双骥。

【按】唐·张说《大唐西域记序》:"乃于轘辕之地,先摧鍱腹之夸,并络之乡;遽表浮杯之异,远迩宗挹。为之语曰(略)。汝、颍多奇士,诚哉此言。"《古谣谚》卷七五、《全唐诗续拾》卷五八皆据录,题目从拟。

赞皇人语

太冲无兄,孝端无弟。

【按】《旧唐书》卷一八八《李知本传》:"李知本,赵州元氏人。……父孝端,隋获嘉丞。初,孝端与族弟太冲俱有世阀,而太冲官宦最高,孝端方之为劣,乡族为之语曰(略)。"《全唐诗》卷八七六"语"据录,题作《赞皇人语》,今从拟,小注:"赞皇李太冲,太宗时为礼部郎中,名冠宗族,乡人语云云。孝端,太冲族兄也。"《古谣谚》卷十二题作《赵州乡族为李太冲李孝端语》。

四俊语

令公四俊,苗、吕、崔、员。

【按】《旧唐书》卷九九《张嘉贞传》:"嘉贞断决敏速,善于敷奏,然性强躁自用,颇为时论所讥。时中书舍人苗延嗣、吕太一、考功员外郎员嘉静,殿中侍御史崔训,皆嘉贞所引,位列清要,常在嘉贞门下共议朝政,时人为之语曰(略)。"《全唐诗》卷八七六"语"题作《四俊语》,今从拟,首句"公"作"君";《古谣谚》卷十二题作《时人为张嘉贞语》,其语为:"令公四俊,苗、吕、员、训。"注:"杨氏慎《哲匠金桴》卷四,'令'作'相'。《孔帖》卷四十三、卷七十二、《全唐诗》二函六、十二函八,'公'作'君'。"又注:"《新唐书·张嘉贞传》及《孔帖》、《全唐诗》,'员、训'作'崔、员'。"钱大昕《廿二史考异》卷五九"旧唐书三·张嘉贞传":"令公四俊,苗、吕、员、训,苗、吕、员三人,皆举其姓,不应崔训独称名。盖本是苗、吕、崔、员,史家不知员读去声,乃改'崔'为'训',颠倒其文,以协韵耳。"

时人语

人君感德,凤凰呈瑞。

【按】宋·陶穀《清异录》卷上"禽·凤隐":"韦嗣立宅后林麓邃密,有黄鹄一双潜于左侧,每韦氏有吉庆事,则先期盘翔。时人议曰(略)。世未尝无凤凰,非可出之时而自隐耳。今山鹄为韦氏家候祥报吉否,则与凤凰隐同焉者也。'"

葛立方引俗言

腰缠十万贯,骑鹤上扬州。

【按】见《全唐诗》卷八七二"谐谑四",小注:"有客相从,各言所志,或愿为扬州刺史,或愿多赀财,或愿骑鹤上升,其一人云云,欲兼三者。"题作《言志》。清杜文澜《古谣谚》卷八四作《葛立方引俗言》,今从拟,前注:"《韵语阳秋》卷三十:俗言云云,言扬州天下之乐国。……"后按:"此二语见《殷芸小说》,本不作俗言,然葛氏或别有所据,故仍存之。"

时人为贺氏兄弟语

学行可师贺德基,文质彬彬贺德仁。

【按】《旧唐书》卷一九〇上《贺德仁传》:"德仁少与从兄德基俱事国子祭酒周弘正,咸以词学见称,时人语曰(略)。德仁兄弟八人,时人方之荀氏。"《全唐诗》卷八七六"语"题作《二贺诗》,小注:"越州贺德仁,少与从兄德基咸以词学见称,时人语曰。"清杜文澜《古谣谚》卷十二题作《时人为贺氏兄弟语》,今从拟。清赵翼《陔馀丛考》卷二二"汉谚用韵法":"汉人谚语多七字成句,大率以第四字与第七字叶韵,此亦一体也。……《唐书》:贺德仁与兄德基俱以文学称,时人语曰(略),皆沿此体。"

高宗时王府官语

宁向儋、崖、振、白,不事江、滕、蒋、虢。

【按】《旧唐书》卷六四《江王元祥传》："江王元祥,高祖第二十子也。……性贪鄙,多聚金宝,营求无厌,为人吏所患。时滕王元婴、蒋王恽、虢王凤亦称贪暴,有授得其府官者,以比岭南恶处,为之语曰(略)。"《全唐诗》卷八七六"语"据录,题作《四王语》;《古谣谚》卷十二题作《高宗时王府官语》,今从拟。

高宗时语

左相宣威沙漠,右相驰誉丹青。
三馆学生放散,五台令史明经。

【按】唐·刘肃《大唐新语》卷十一"惩戒第二十五":"高宗朝,姜恪以边将立功为左相,阎立本为右相。时以年饥,放国子学生归,又限令史通一经。时人为之语曰(略)。以末伎进身者,可为炯戒。"又见《太平广记》卷二一一"阎立本"。明杨慎《古今谚》"古谚古语"言首句谓姜恪,次句谓阎立本。明冯梦龙《古今谭概》口碑部第三一"阎立本、姜恪"条仅录前二句。清杜文澜《古谣谚》卷五八据《大唐新语》著录,题曰《时人为姜恪阎立本及学生令史语》,后按:"《旧唐书·阎立德传》仅有千字文二句,故置彼录此。"《全唐诗》卷八七六"语"题作《高宗时语》,今从拟。

时人为李义甫语

今日巨唐年,还诛四凶族。

【按】《旧唐书》卷八二《李义府传》:"(龙朔)二年,起复为司列太常伯、同东西台三品。……义府本无藻鉴才,怙武后之势,专以卖官为事,铨序失次,人多怨讟。……三年,迁右相,殷王府长史仍知选事并如故,……聚敛更急切。……于是右金吾仓曹参军杨行颖表言义府罪状,制下司刑太常伯刘祥道与侍御详刑对推其事,仍令司空李勣监焉。按皆有实,乃下制曰:'右相、行殷王府长史、河间郡公李义府……可除名长流巂州。其子太子右司议郎津,专恃权门,罕怀忌惮,奸淫是务,贿赂无厌,……可除名长流振州。'义府次子率府长史洽、千牛备身洋、子婿少府主簿柳元贞等,皆凭恃受赃,并除名长流延州。朝野莫不称庆,时人为之语曰(略)。四凶者,谓洽及柳元贞等四人也。"《全唐诗》卷八七六"语"据录,题作《时人为李义甫语》,今从拟,题注:"义甫崇权,其子津、洽、洋,婿柳元贞,四人皆凭恃受赃,义甫败,并除名长流,时人为之语云云。"《古谣谚》卷十二题作《时人为李义府及其子婿语》。

四郡人为杨德干语

宁食三斗蒜,不逢杨德干。

【按】《旧唐书》卷一九〇上《杨炯传》:"虔威子德干,高宗末,历泽、齐、汴、相四州刺史,治有威名,郡人为之语曰(略)。"《全唐诗》卷八七六"语"据录,题作《杨刺史语》,小注:"杨德干历泽、齐、汴、相四州刺史,治有威名,郡人为之语曰。"《古谣谚》卷十二题作《四郡人为杨德干语》,今从拟,注:"《新唐书·贾敦颐传》'蒜'作'炭'。"

时人为权怀恩语

宁饮三斗尘,无逢权怀恩。

【按】《新唐书》卷一〇〇《权怀恩传》:"怀恩,(权)万纪族孙。……擢万年令,赏罚明,见恶辄取。时语曰(略)。"《全唐诗》卷八七六"语"据录,题作《万年人语》;《古谣谚》卷十二题作《时人为权怀恩语》,今从拟。

河北语

唯此两何,杀人最多。

【按】《旧唐书》卷一八三《武懿宗传》:"万岁通天年中,契丹贼帅孙万荣寇河北,命懿宗为大总管讨之。军次赵州,及闻贼将至冀州,懿宗惧,便欲弃军而遁。……由是贼众进屠赵州而去。寻又令懿宗安抚河北诸州。先是,百姓有胁从贼众,后得归来者,懿宗以为同反,总杀之,仍生剔取其胆,后行刑,流血盈前,言笑自若。初,孙万荣别帅何阿小攻陷冀州,亦多屠害士女;至是,时人号懿宗与阿小为两何,为之语曰(略)。"《全唐诗》卷八七六"语"据录,题作《河北语》,题注:"武懿宗封河内郡王,安抚河北,民陷契丹来归者,懿宗总杀之,流血盈前,不顾。初契丹别帅何阿小陷冀州,多屠害士女,至是人以懿宗暴忍似之,为之语曰。"今从拟。《古谣谚》卷十二题为《时人为武懿宗何阿小语》。

江淮间语

贵如许、郝,富若田、彭。

【按】《旧唐书》卷八四《郝处俊传》:"处俊性俭素,土木形骸,自参综朝政,每与上言议,必引经籍以应对,多有匡益,甚得大臣之礼。侍中、平恩公许圉师,即处俊之舅,早同州里,俱宦达于时。又其乡人田氏、彭氏,以殖货见称。有彭志筠,显庆中,上表请以家绢布二万段助军,诏受其绢万匹,特授奉议郎,仍布告天下,故江、淮间语曰(略)。"《全唐诗》卷八七六"语"据录,题《江淮间语》,今从拟,题注:"安陆郝处俊,与其舅许圉早同州里,俱秉钧衡。又其乡人田氏、彭氏,以殖货见称,有彭志筠者,显庆中尝上表请以家绢布二万段助军,授奉义郎,故江淮间语云云。"《古谣谚》卷十二题作《江淮间为许郝田彭四氏语》,注:"《新唐书·郝处俊传》'许、郝'作'郝、许','若'作'如'。"

京洛语

衣裳好,仪观恶。不姓许,即姓郝。

【按】清·杜文澜《古谣谚》卷五四引《太平御览》(卷一百八十居处部):"韦述《两京记》曰:仁和坊兵部侍郎许钦明宅。钦明,户部尚书圉师犹子,与中书令郝处俊乡党亲族。两家子弟类多丑陋,而盛饰车马,以游里巷。京洛为之语曰(略)。"题为《京洛为许郝两家子弟亲族语》;又见明冯梦龙《古今谭概》委蜕部第二十"貌寝陋",题为《京洛讽语》;《全唐诗》卷八七六"语"亦据录,题作《京洛语》,今从拟,题注:"许钦明与郝处俊乡党亲族,两家子弟类多丑陋,而盛饰车马以游里巷,京洛为之语曰。""观"作"貌"。

相书语

目有四白,五夫守宅。

【按】见《全唐诗》卷八八〇"占辞",题注:"张璟藏论妇人相引此。"

葬书语

其一
葬压龙角,其棺必斲。

其二
朱雀和鸣,子孙盛荣。

其三
朱雀悲哀,棺中见灰。

其四
安龙头,枕龙角。不三年,自消铄。

其五
安龙头,枕龙耳。不三年,万乘至。

【按】见《全唐诗》卷八八〇"占辞",其一小注:"书生相郝处俊葬地。"其三小注:"英公徐勣卜葬得前繇,张璟藏曰:非也,此所谓朱雀悲哀,棺中见灰,后果斮棺焚尸。"其四小注:"张约相崔巽墓。"其五小注:"巽遗言。后明皇微行至墓所,巽言验而约言不验。"其二、其三见《太平广记》卷三八九"徐勣"条引《朝野佥载》:"唐英公徐勣初卜葬,繇曰(略)。张景藏闻之,私谓人曰:'所占者过也。此所谓朱雀悲哀,棺中见灰。'后孙敬业扬州反,弟敬贞答款曰:'敬业初生时,于蓐下掘得一龟,云大贵之象。英公今秘而不言,果有大变之象。'则天怒,斮英公棺,焚其尸,灰之应也。"《全唐诗续拾》卷五八"谶"据《新编分门古今类事》卷十七引《摭遗》补录其四,题作《白云先生张约言葬失其地谶》,又据同书补录其五,题作《崔巽遗言》,注:"按《摭遗》云唐明皇猎于温泉,见一山上有新坟,张约随行,云葬失其地,引数语。询樵者,知为崔巽墓。巽子告以遵父遗言葬此,诏蠲巽子终身徭役。"

阴阳书语

乔木先枯,众子必孤。

【按】见《全唐诗》卷八八〇"占辞",题注:"张鷟故宅有桑,高四五丈,无故枯死,寻而祖亡。阴阳书所云,此其验也。"题目从拟。

薛稷书语

买褚得薛不落节。

【按】见《全唐诗》卷八七六,题作《薛稷书语》,今从拟,题注:"稷善书,师褚河南,时语云。"《古谣谚》卷八二据录,题作《时人为薛稷语》,注:"《唐书断》:薛稷,天后朝位至少保,文章学术名冠当时,学书师褚河南,时称。"

台中语

侯知一不伏致仕,张惊自请起复。
高筠不肯作孝,张栖贞情愿遭忧。

【按】《太平广记》卷二五八"台中语"条引《朝野佥载》:"周夏官侍郎侯知一年老,敕放致仕。上表不伏,于朝堂踊跃驰走,以示轻便。张惊丁忧,自请起复。吏部主事高筠母丧,亲戚为举哀,筠曰:'我不能作孝。'员外郎张栖贞被讼,诈遭母忧,不肯起对。时台中为之语曰(略)。皆非名教中人,并是王化外物,兽心人面,不其然乎!"《全唐诗》卷八七六"语"据录,题作《台中语》,今从拟;《古谣谚》卷五七题作《台中为侯知一张惊高筠张栖贞语》。

吴人语

榆儿复榆妇,造屋兼造车。

十七八九夜,还书复借书。

【按】唐·张鷟《朝野佥载》卷四:"唐郑愔曾骂选人为痴汉,选人曰:'仆是吴痴,汉即是公。'愔令咏痴,吴人曰(略)。"《全唐诗》卷八六九"谐谑一"据录,题为吴人《咏痴》,题注:"郑愔曾骂选人为痴汉,选人曰:'仆是吴,痴汉即是公。'愔令咏痴,吴人云云。"题目自拟。

峡程旧语

五月下峡,死而不吊。

【按】唐·李肇《唐国史补》卷下:"近代杜邠公自西川除江陵,五月下峡,官舟千艘,不损一只。旧语曰(略)。此特邠公之洪福,自古未之有也。"《古谣谚》卷五八据录,题为《峡程旧语》,今从拟;《全唐诗续拾》卷五八题作《峡中旧语》。

时人嘲陆馀庆语

说事即喙长三尺,判事则手重千斤。

【按】后唐·冯贽《云仙杂记》卷九:"陆馀庆为洛州长史,善论事而缪于决判,时嘲之曰(略)。"又见宋叶廷珪《海录碎事》卷十二"臣职部下刺史门·手重五斤",首句"即"作"则",次句"千斤"作"五斤"。明冯梦龙《古今谭概》衿嫚部第十二:"陆馀庆为洛州长史,能言而艰于决判。时人语曰(略)。其子亦谑云:'陆馀庆,陆馀庆,笔头无力嘴头硬。一日受词讼,十日看不竟。'书纸迭案褥下,馀庆得之,曰:'必是那狗!'遂鞭之。"但前句无"即",后句无"则";"其子"后文字出《朝野佥载》卷二。

韦氏语

大郎罢相,小郎拜相。

【按】宋·钱易《南部新书》戊:"韦承庆出相,除礼部尚书,嗣立入拜鸾台侍郎平章事。时人语曰(略)。"《全唐诗》卷八七六"语"据录,题作《韦氏语》,今从拟;《古谣谚》卷五九题作《时人为韦承庆语》。

天授中语

遇徐、杜者必生,遇来、侯者必死。

【按】《旧唐书》卷九〇《杜景俭传》:"天授中,与徐有功、来俊臣、侯思止专理制狱,时人称云(略)。"《全唐诗》卷八七六"语"据录,题作《天授中语》,今从拟,题注:"杜景俭为司刑丞,与徐有功及来俊臣、侯思止理刑狱,时人称之云。"《古谣谚》卷十二题作《时人称徐有功杜景俭来俊臣侯思止语》,注:"《新唐书·杜景佺传》作'遇徐、杜者生,侯、来者死'。"

学者为苏李沈宋语

苏、李居前,沈、宋比肩。

【按】《新唐书》卷二〇二《宋之问传》:"魏建安后迄江左,诗律屡变,至沈约、庾信,以音韵相婉附,属对精密。及之问、沈佺期,又加靡丽,回忌声病,约句准篇,如锦绣成文。学者宗之,号为'沈、宋',语曰(略)。谓苏武、李陵也。"《全唐诗》卷八七六"语"据录,题作《号沈宋语》;《古谣谚》卷十二题作《学者为苏李沈宋语》,今从拟。

题张昌仪门语

一两丝能得几时络。

【按】《太平广记》卷一八八"张易之"条引《国史纂异》:"张昌仪兄弟恃易之、昌宗之宠,所居奢溢,逾于王者。末年,有人题其门曰(略)。昌仪见之,遽命笔续其下曰:'一日即足。'未几祸及。"《全唐诗》卷八七六"语"据录,题作《题张昌仪门语》,今从拟;《古谣谚》卷六〇题作《马永卿引俗谚释绚》,"丝"作"绚",并引《嬾真子》卷三:"俗谚云云云,以谕小人之逐目前之荣也。然'绚'字当作'媮',《太玄经络》之次五曰:蜘蛛之务,不如蚕一媮之利,'媮'音七侯反,与'绚'同音,今以《太玄》证之,故'绚'当作'媮'。"后又注:"《履斋示儿编》卷二十三无'丝'字。"

益州人吏为杜景俭语

录事意,与天通,益州司马折威风。

【按】《旧唐书》卷九〇《杜景俭传》:"杜景俭,……出为益州录事参军。时隆州司马房嗣业除益州司马,除书未到,即欲视事,又鞭笞僚吏,将以示威。景俭谓曰:'公虽受命于此州司马,而州司未受命也。何藉数日之禄,而不待九重之旨?即欲视事,不亦急耶?'嗣业益怒。景佺又曰:'公今持咫尺之制,真伪未知,即欲揽一州之权,谁敢相保?扬州之祸,非此类耶?'乃叱左右各令罢散,嗣业惭赧而止。俄有制除嗣业荆州司马,竟不如志,人吏为之语曰(略)。"《全唐诗》卷八七六据录,题作《益州人吏语》;《古谣谚》卷十二题作《益州人吏为杜景佺语》,今从拟。《新唐书》卷一一六《杜景佺传》作:"……既乃除荆州司马,吏歌之曰:'录事意,与天通;州司马,折威风。'由是寖知名。"

时人为萧佺邹昉语

萧佺驸马子,邹昉骆驼儿。
非关道德合,只为钱相知。

【按】唐·张鷟《朝野佥载》卷五:"邹骆驼,长安人。先贫,常以小车推蒸饼卖之。每胜业坊角有伏砖,车触之即翻,尘土涴其饼,驼苦之。乃将钁劚去十余砖,下有瓷瓮,容五斛许,开看,有金数斗,于是巨富。其子昉,与萧佺交厚,时人语曰(略)。"《全唐诗》卷八七六"语"据录,题作《时人为邹昉语》,题注:"邹骆驼,长安人,先贫,卖蒸饼于胜业坊,钁得金数斗,于是巨富。其子昉与萧佺驸马游,时人语曰。"《古谣谚》卷五七题为《时人为萧佺邹昉语》,今从拟。

中宗时人为李元恭语

长宁安乐并狂颠,既教翻地亦翻天。
卖弄大家犹未足,便使元恭来取钱。

【按】《册府元龟》卷六三八《铨选部·贪贿》:"李元恭,中宗时以大理少卿为长宁、安乐二公主所引用,令知吏部侍郎,分往东都掌选事,亦以赃污闻于天下,故时人为之语曰(略)。"《全唐诗续拾》卷五八"语"据录,注称:"此首及下首承陶敏先生见告。"

中宗时(京师)人为郑愔语

杀郑愔,天必阴。

【按】《册府元龟》卷六三八《铨选部·贪贿》:"郑愔谄事武三思及韦氏,悖逆庶人,历选吏部侍郎。愔掌选,专以卖官为务,人多怨讟。时京师大旱,为之语曰(略)。其为人所恶如此。"《全唐诗续拾》卷五八"语"据录,题目从拟。

武三思干政时天下语

崔、冉、郑,乱时政。

【按】《新唐书》卷二○六《武三思传》:"时疾三思奸乱窃国,比司马懿。……与宗楚客兄弟、纪处讷、崔湜、甘元柬相驱煽,王同皎、周憬、张仲之等不胜愤,谋杀之,为冉祖雍、宋之愻、李悛所白,皆坐死。……司农少卿赵履温、中书舍人郑愔、长安令马构、司勋郎中崔日用、监察御史李悒托其权,熏炙中外,其尤干政事者,天下语曰(略)。"《全唐诗》卷八七六"语"据录,题作《神龙中语》;《古谣谚》卷十二题作《武三思干政时天下语》,今从拟。

时人为窦怀贞语

窦仆射前为韦氏国奓,后作公主邑丞。

【按】《旧唐书》卷一八三《窦怀贞传》:"神龙二年,累迁御史大夫,兼检校雍州长史。时韦庶人及安乐公主等干预朝政,怀贞每诣顺委曲取容,改名从一,以避后父之讳,自是名称日损。庶人微时乳母王氏,本蛮婢也,特封莒国夫人,嫁为怀贞妻。俗谓乳母之婿为阿奓,怀贞每因谒见之次及进表疏,列在官位,必曰'皇后阿奓',时人或以'国奓'呼之,初无惭色。……韦庶人败,左迁濠州司马。寻擢授益州大都督府长史,以附会太平公主,累拜侍中、兼御史大夫,代韦安石为尚书左仆射,……睿宗为金仙、玉真二公主创立两观,料功甚多,时议皆以为不可,唯怀贞赞成其事,躬自监役。怀贞族弟詹事司直维鍌谓怀贞曰:'兄位极台衮,当思献可替否,以辅明主。奈何校量瓦木,厕迹工匠之间,欲令海内何所瞻仰也?'怀贞不能对,而监作如故。时人为之语曰(略)。言怀贞伏事公主,同于邑官也。"《全唐诗》卷八七六"语"据录,题作《窦仆射语》;《古谣谚》卷十二题作《时人为窦怀贞语》,今从拟,注:"《新唐书·窦怀贞传》作'前作后国奓,后为主邑丞'。"

时人为崔无诐语

皇后嫁女,天子娶妇。

【按】《旧唐书》卷一八七下《崔无诐传》:"京兆长安人也。本博陵旧族,父从礼,中宗韦庶人之舅,景龙中卫尉卿。时中书令、郧国公萧至忠才位素高,甚承恩顾,敕亡先女冥婚韦庶人亡弟。无诐婚至忠女,后为女家,中宗为儿家,供拟甚厚,时人为之语曰(略)。"《全唐诗》卷八七六"语"据补,题作《时人为崔无诐语》,今从拟;《古谣谚》卷十二题作《中宗时人语》,注:"按《汉书·张延寿传》:子放取皇后弟平恩侯许嘉女,上为放供张,赐甲第,充以乘舆服物,号为天子取妇,皇后嫁女。新、旧书《萧至忠传》均作天子嫁女,皇后娶妇。但彼浑言时人谓,此明称时人语,故置彼录此。"

时人为苏颋李某语

苏瓌有子,李峤无儿。

【按】唐·李濬《松窗杂录》:"中宗尝召宰相苏瓌、李峤子进见,二丞相子皆童年,上近抚于赭袍前,赐与甚厚。因语二儿曰:'尔日忆所通书,可奏为吾者言之。'颋应曰:'木从绳则正,后从谏则圣。'峤子(失其名)亦进曰:'斫朝涉之胫,剖贤人之心。'上曰(略)。"《古谣谚》卷五七据《太平御览》卷四一四《朝野佥载逸文》辑录,题作《时人为苏颋李某语》,今从拟;《全唐诗续拾》卷五八"语"题为《时人为苏颋语》。

司府吏人为尹思贞语

不畏侯卿杖,惟畏尹卿笔。

【按】《旧唐书》卷一〇〇《尹思贞传》:"长安中,……寻复入为司府少卿。时卿侯知一亦厉威严,吏人为之语曰(略)。其为人所伏若此。"《全唐诗》卷八七六"语"据录,题作《吏人语》,题注:"尹思贞为司府少卿,清刚难犯,时卿侯知一亦厉威严,吏人语云。"《古谣谚》卷十二题作《司府吏人为尹思贞语》,今从拟,后注:"《新唐书·尹思贞传》'惟'作'祇',《孔帖》卷七十五'惟'作'只'。"

时人为贾敦颐张仁愿语

洛州有前贾后张,可敌京兆三王。

【按】《旧唐书》卷九三《张仁愿传》:"神龙二年,中宗还京,以仁愿为左屯卫大将军,兼检校洛州长史。时都城谷贵,盗窃甚众,仁愿一切皆捕获杖杀之,积尸府门,远近震慑,无敢犯者。初,高宗时贾敦颐为洛州刺史,亦有政绩,与仁愿皆为一时之最。故时人为之语曰(略)。其见称如此。"《全唐诗》卷八七六"语"据录,题作《洛州语》,题注:"初,高宗时,贾敦颐为洛州刺史,有政绩。神龙中,仁愿为洛州长史,皆一时之最,故时人语曰。"《古谣谚》卷十二题作《时人为贾敦颐张仁愿语》,今从拟,后注:"《新唐书·张仁愿传》无'州'、'可'字。"

景云初语

前有马、裴,后有卢、李。

【按】《旧唐书》卷一〇〇《卢从愿传》："睿宗践祚,拜吏部侍郎。中宗之后,选司颇失纲纪,从愿精心条理,大称平允。其有冒名伪选及虚增功状之类,皆能擿发其事,典选六年,前后无及之者。……初,高宗时,裴行俭、马载为吏部,最为称职,及是,从愿与李朝隐同时典选,亦有美誉。时人称曰:吏部前有马、裴,后有卢、李。"宋钱易《南部新书》丁:"卢从愿,景云中典选,有声称,时人曰:'前有裴、马,后有卢、李。'裴即行俭,马即马载,李即朝隐。"《全唐诗》卷八七六"语"据录,题作《景云初语》,"马、裴"作"裴、马",题注:"卢从愿为吏部侍郎,典选六年,颇有声称,时人语云云。裴即行俭,马谓戴(党按:"戴"疑为"载"之误),李谓朝隐也。"《古谣谚》卷十二题作《时人为卢从愿语》,"前"前有"吏部"二字,注:"《新唐书·卢从愿传》无'吏部'二字,《全唐诗》十二函八,'裴'字在'马'字上。"

景云中海内语

姚宋为相,邪不如正。
太平用事,正不如邪。

【按】《旧唐书》卷七七《柳亨传附柳泽传》:"先是,姚元之、宋璟知政事,奏请停中宗朝斜封官数千员。及元之等出为刺史,太平公主又特为之言,有敕总令复旧职。泽上疏谏曰:'……今海内咸称太平公主令胡僧慧范曲引此辈,将有误于陛下矣。谤议盈耳,咨嗟满衢,故语曰(略)。'"《全唐诗》卷八七六"语"据录,题作《斜封官语》;《古谣谚》卷十二题作《景云中海内语》,今从拟。

李处郁语

飧若入咽,百无一全。

【按】见《全唐诗》卷八七六"语",题注:"幽州都督孙佺五月北征,军师李处郁谏,不从,师果败。"后注:"飧音孙,山东人谓湿饭为飧,幽州以北并为燕地,故云。"按孙佺,唐睿宗时任左羽林大将军,统兵征讨契丹,战死(《旧唐书·孙处约传》)。

时人号王丘崔沔语

丘山岌岌连天峻,沔水澄澄彻底清。

【按】见《全唐诗》卷八七六"语",题注:"丘与沔并掌吏部,时人为之语曰。"《古谣谚》卷七五引《颜鲁公集·博陵崔孝公宅陋室铭记》:"公讳沔,字若冲,博陵安平人。分掌十铨,公与王邱为选人,所歌曰云云,时人韪之。"另题作《选人为崔沔王邱歌》,原语为:"沔水澄明彻底清,邱山介直连天峻。"小注:"《事文类聚新集》卷十一、《合璧事类后集》卷二十七引《分纪》、《全唐诗》十三函八,'邱山'句在'沔水'句上,'明'作'澄','介直'作'岌岌'。"

时人为阎麟之裴光庭语

麟之口,光庭手。

【按】《旧唐书》卷八四《裴光庭传》:"时有门下主事阎麟之,为光庭腹心,专知吏部选官,每麟之裁定,光庭随而下笔,时人语曰(略)。"《全唐诗》卷八七六"语"据录,题作《吏部过官语》;《古谣谚》卷十二题作《时人为阎麟之裴光庭语》,今从拟。

唐时人为进士登科语

其一

及第进士,俯视中黄郎。
落第进士,揖蒲华长马。

其二

进士初擢第,头上七尺焰光。

【按】唐·封演《封氏闻见记》卷三"贡举":"故当代以进士登科为登龙门,解褐多拜清紧,十数年间,拟迹庙堂。轻薄者语曰(略)。又云(略)。好事者纪其姓名,自神龙以来迄于兹日,名曰《进士登科记》,亦所以昭示前良,发起后进也。"其一末句"揖蒲华长马",注称《学海》本作"崔蒲弃道旁",宋王谠《唐语林》卷八"补遗"原文钞录,清王鸣盛《十七史商榷》卷八一"新旧唐书十三·偏重进士立法之弊"谓其一:"此段似有误,'揖'上疑脱'平'字,'马'字疑衍。及第进士俯视中书、黄门两省郎官;落第尚可再举,一得即蹿清要,故平揖近畿蒲州、华州之令长也。其立法之弊如此。"周勋初《唐语林校证》注[一七]案:"王氏释'俯视中、黄郎'说诚是,而释'揖蒲、华长马'则有误。'长马'乃当时某一军职之俗称,见《北梦琐言》卷四'毕舅如分'(蜀《杨会》附)。"《古谣谚》卷四七据录,题作《唐时人为进士登科语》,今从拟;《全唐诗续拾》卷五八"语"题为《轻薄者为进士及第语》。

选人语

其一

有钱石下好,无钱刘下好,士大夫张下好。

其二

硕学师刘子,儒生用典言。

其三

今年柿子并遭霜,为语石榴须早摘。

【按】《太平广记》卷二五五"石抱忠"条引《御史台记》:"石抱忠检校天官郎中,与侍郎刘奇、张询古同知选,抱忠素非静慎,刘奇久著清平,询古通婚名族,将分铨,时人语曰(略),斯言果征。[抱忠]复与许子儒同知选,刘奇独以公清称。抱忠师范子儒,颇任令史勾直,每注官,呼曰:勾直乎?时人又为之语曰(略)。抱忠后与奇同弃市,选人或为摈抑者,复为语曰(略)。"《全唐诗》卷八七六"语"据录,题作《选人语》,今从拟,其一"石下"作"石上",其二末句"典"作"与";《古谣谚》卷三二题作《时人为石抱忠刘奇张询古许子儒语》,后按:"《说郛》卷五十一列《御史台记》,未载此条,今据《广记》录之。"

长安人为宋清语

人有义声,卖药宋清。

【按】唐·李肇《国史补》卷中:"宋清卖药于长安西市。朝官出入移贬,清辄卖药迎送之。贫士请药,常多折券,人有急难,倾财救之。岁计所入,利亦百倍。长安言(略)。"《古谣谚》卷五八据录,题为《长安为宋清言》;《全唐诗续拾》卷五八题作《长安人为宋清语》,今从拟。

俗语

关东出相,关西出将。

【按】唐·李复言《续玄怪录》卷四"李卫公靖行雨":"世言(略),岂东西而喻耶?所以言奴者,亦臣下之象。向使二奴皆取,位极将相矣。"明杨慎《古今谚》"古谚古语"谓虞诩传引谚。

先天时京中语

姜师度一心看地,傅孝忠两眼相天。

【按】唐·张鷟《朝野佥载》卷四:"唐先天中,姜师度于长安城中穿渠,绕朝堂坊市,无所不至。上登西楼望之,师度堰水泷柴筏而下,遂授司农卿。于后水涨则奔突,水缩则竭涸。又前开黄河,引水向棣州,费亿兆功。百姓苦其淹渍,又役夫塞河。开元六年,水泛溢,河口堰破,棣州百姓一概没尽。师度以为功,官品益进。又有傅孝忠为太史令,自言明玄象,专行矫谲。京中语曰(略)。"《太平广记》卷二五五转引,《全唐诗》卷八七六"语"据录,题作《先天时京中语》,今从拟。又唐刘肃《大唐新语》卷四"政能第八":"司农卿姜师度明于川途,善于沟洫。尝于蓟北约魏帝旧渠,傍海新创,号曰平虏渠,以避海难,馈运利焉。时太史令傅孝忠明于玄象。京师为之语曰:'傅孝忠两眼窥天,姜师度一心看地。'言其思穿凿之利也。"《旧唐书》卷一八五下《姜师度传》略同。明冯梦龙《古今谭概》口碑部第三十一据录;《古谣谚》卷十二据《大唐新语》录,题作《时人为傅孝忠姜师度语》,首句"窥"作"看",次句"相"作"穿";又《新唐书》卷一百《姜师度传》:"时为语曰:'孝忠知仰天,师度知相地。'嘲所嗜也。"

时人为杨惠之语

道子画,惠之塑,夺得僧繇神笔路。

【按】见《全唐诗》卷八七六"语",题注:"惠之不知何处人,唐开元中,与吴道子同师张僧繇笔迹,号为画友,巧艺并著,而道子声光独显。惠之遂都焚笔研,毅然发愤,专肆塑作,能夺僧繇画相,与道子争衡,时人语曰。"《古谣谚》卷八二题作《时人为吴道子杨惠之语》。

里间诅语

若违教,值三豹。

【按】唐·张鷟《朝野佥载》卷二:"监察御史李嵩、李全交,殿中王旭,京师号为'三豹'。嵩为赤豸豹,交为白额豹,旭为黑豹,皆狼戾不轨,鸩毒无仪,体性狂疏,精神惨刻。每讯囚,必铺棘卧体,削竹签指,方梁压髁,碎瓦搘膝,遣仙人献果、玉女登梯、犊子悬驹、驴儿拔橛、凤凰晒翅、猕猴钻火、上麦索、下阑单,人不聊生,囚皆乞死。肆情锻炼,证是为非;任意指麾,傅空为实。……被追者皆相谓曰:'牵牛付虎,未有出期;缚鼠与猫,终无脱日。妻子永别,友朋长辞。'京中人相要,作咒曰:'若违心负教,横遭三豹。'其毒害也如此。"《新唐书》卷一八六《王旭传》作:"里间至相诅曰:'若违教,值三豹。'"《全唐诗》卷八七六"语"据录,题作《里间诅语》,今从拟;《古谣谚》卷十二亦据《新唐书》辑录,题作《京师里间诅》;又《全唐诗续拾》卷五八"语"另据《朝野佥载》补录,题作《京中人作二豹咒》,后按:"《全唐诗》卷八七六作三言二句,系录自《新唐书》卷一八六《王旭传》,今重录。"

唐时人为秘书省太常寺官语

正字校书,咏诗骑驴。

奉礼太祝,轻裘食肉。

【按】清·杜文澜《古谣谚》卷六七引《雍洛灵异录》:"开元中,以太常礼仪声乐之司属亦择才。太祝奉礼与秘书省校书郎正字相埒,而校正俸禄微少,孤寒英杰者居之,或有不办匹马,乘驴入省。而太祝奉礼,每月请明衣绢布及胙肉,俸禄又倍多,乃公卿子弟居之,衣、马比校正颇有轻肥。时有语曰(略)。"题作《唐时人为秘书省太常寺官语》,今从拟;《全唐诗续拾》卷五八据《翰苑新书前集》卷二四引《雍洛灵异记》补录,题目同《古谣谚》。

开元落第者语

两两三三戴帽子,日暮但候吟一声,长安竹帛皆枯死。

【按】唐·佚名《大唐传载》:"开元中,进士第唱于尚书省。其策试者并集于都堂,唱其第于尚书省。有落去者,语云(略)。"题目自拟。

世人为吴道子王陁子言

陁子头,道子脚。

【按】唐·张彦远《历代名画记》卷九:"王陁子,善山水幽致,峰峦极佳。世人言山水者,称(略)。"《古谣谚》卷四〇及《全唐诗续拾》卷五八均同题补录,今从拟。

时人为韩朝宗语

生不用万户侯,但愿一识韩荆州。

【按】《李太白全集》卷二六《与韩荆州书》:"(李)白闻天下谈士相聚而言曰(略),何令人之景慕,一至于此耶?岂不以有周公之风,躬吐握之事,使海内豪俊,奔走而归之?"《古谣谚》卷七五据录,题作《天下谈士为韩朝宗言》,首句作"生不愿封万户侯";《全唐诗续拾》卷五八亦据补,题曰《时人为韩朝宗语》,今从拟。

时人号李知远语

李下无蹊。

【按】见《全唐诗》卷八七六"语",题作《时人号李知远语》,今从拟,题注:"知远知选,胥吏肃然敛迹,时人号云。"《古谣谚》卷八二题作《时人为李知远号》。

时人为李乂语

李下无蹊径。

【按】《新唐书》卷一一九《李乂传》:"进吏部侍郎,仍知制诰。与宋璟等同典选事,请谒不行,时人语曰(略)。"《全唐诗》卷八七六"语"据录,题作《又号李乂语》,题注:"乂典选事,请谒不行,时人又语云。"《古谣谚》卷十二题作《时人为李乂语》,今从拟。

时人为杨贵妃语

义髻抛河里,黄裙逐水流。

【按】唐·郑处诲《明皇杂录·辑佚》:"杨贵妃尝以假髻为首饰,而好服黄裙。天宝末童谣曰(略)。"《新唐书》卷三四《五行志一》:"天宝初,……杨贵妃常以假鬓为首饰,而好服黄裙,近服妖也。时人为之语曰(略)。"宋乐史《杨太真外传》:"又贵妃常以假髻为首饰,而好服黄裙。天宝末,京师童谣曰(略)。至此应矣。"明杨慎纂《古今风谣》并入《唐天宝中玄都观诗妖》其二,注出《杨妃外传》。《全唐诗》卷八七八"谣"题为《天宝初语》,题注:"天宝初,杨贵妃常以假鬓为首饰,而好服黄裙,时人为之语曰。"《古谣谚》卷十二题作《时人为杨贵妃语》,今从拟,注:"《太真外传》卷下作天宝末京师童谣,《潜确类书》卷八十八作京师谣。"

天宝中时人语

殷、颜、柳、陆,萧、李、邵、赵。

【按】《旧唐书》卷一八七下《赵晔传》:"晔性孝悌,敦重交友,虽经艰危,不改其操。少时与殷寅、颜真卿、柳芳、陆据、萧颖士、李华、邵轸,同志友善,故天宝中语曰(略)。以其重行义,敦交道也。"《全唐诗》卷八七六"语"据录,题作《八友语》,后句"萧、李"作"李、萧"。《古谣谚》卷十二题作《天宝中时人语》,今从拟,注:"《新唐书·赵宗儒传》及《萧颖士传》,萧、李作李、萧。《孔帖》卷三十四作商、颜、柳、陆、李、萧、赵、邵。按改殷为商,系宋初人避宣祖讳。"宋钱易《南部新书》乙:"天宝中,语云:'殷、颜、柳、陆、萧、李、邵、赵。'以其行义敦交也。"

称二王语

朝廷左相笔,天下右丞诗。

【按】《太平广记》卷二一一"王维"条引《唐画断》:"唐王右丞维,家于蓝田玉山,游止辋川。兄弟以科名文学冠绝当代,故时称(略)者也。"《全唐诗》卷八七六"语"据录,题作《称二王语》,今从拟,题注:"王右丞维及弟缙,以科名文学,冠绝当代,时人云。"《古谣谚》卷四〇题曰《时称王维王缙语》。

罗吉口号

罗钳吉网。

【按】见《全唐诗》卷八七六"语",小注:"明皇朝,侍御史罗希奭、吉温附李林甫,相勖以虐,时号云。"题目从拟。

陕州士民为卢奂语

不须赛神明,不必求巫祝。

尔莫犯卢公,立便有祸福。

【按】五代·王仁裕《开元天宝遗事》卷上"立有祸福":"卢奂为陕州刺史,严毅之声闻于关内。玄宗幸京师,次陕城顿,知奂有神政,御赞笔于厅事曰:'专城之重,分陕之雄。人遇惠爱,性实谦冲。亦既利物,存乎匪躬。斯为国宝,不坠家风。'寻除兵部侍郎。陕州之民多有淫祀者,州之士民相语曰(略)。"《全唐诗》卷八七六"语"据录,题作《陕州语》,题注:"卢奂为陕州刺史,以严毅闻,州民多有淫祀者,民相语云云。后明皇擢为兵部侍郎。"《古谣谚》卷二一题作《陕州士民为卢奂语》,今从拟。

真源邑中为华南金语

南金口,明府手。

【按】唐·韦绚《刘宾客嘉话录》:"(张)巡性明达,不以簿书介意。为真源宰,县有豪华南金,悉委之,故时人语曰(略)。及巡闻之,不以为事。"又《新唐书》卷一九二《张巡传》:"更调真源令。土多豪猾,大吏华南金树威恣肆,邑中语曰(略)。巡下车,以法诛之,赦余党,莫不改行迁善。政简约,民甚宜之。"《全唐诗》卷八七六"语"据录,题作《真源邑语》;《古谣谚》卷十二题作《真源邑中为华南金语》,今从拟。

徐浩引俗语

书无百日工。

【按】清·杜文澜《古谣谚》卷四十引《法书要录》卷三:"唐徐浩《论书》:张伯英临池学书,池水尽墨。永师登楼不下,四十余年。张公精熟,号为草圣;永师拘滞,终著能名。以此而言,非一朝一夕所能尽美,俗云云云,盖悠悠之谈也。宜白首攻之,岂可百日乎?"《全唐诗续拾》卷五八亦据之补录,题目从拟。

唐时为八诗人语

前有沈宋王杜,后有钱郎刘李。

【按】《唐才子传》卷二《刘长卿传》:"长卿清才冠世,颇凌浮俗,性刚多忤权门,故两逢迁斥,人悉冤之。诗调雅畅,甚能炼饰。其自赋伤而不怨,足以发挥风雅,权德舆称为'五言长城'。长卿尝谓:'今人称前有沈、宋、王、杜,后有钱、郎、刘、李。李嘉祐、郎士元何得与余并驱?'"《古谣谚》卷十二据录,题为《唐时为八诗人语》,后按:"盛唐诗人王摩诘与杜少陵齐名,此称王杜,盖即摩诘、少陵也。"《全唐诗续拾》卷五八亦同题据补,今从拟。又《新唐书》卷二〇三《文艺传下》:"(钱)起,吴兴人。天宝中举进士,与郎士元齐名,时语曰:'前有沈、宋,后有钱、郎。'终考功郎中。"

时人为魏博牙军语

长安天子,魏府牙军。

【按】《新唐书》卷二一〇《藩镇魏博传·罗绍威传》:"魏牙军,起田承嗣,募军中子弟为之,父子世袭,姻党盘互,悍骄不顾法令。……厚给廪,姑息不能制。时语曰(略),谓其势强也。"《全唐诗》卷八七六"语"据录,题作《魏博语》,题注:"魏牙军,起田承嗣,募军中子弟为之,父子世袭,悍骄不顾法令,更易节帅,不嗛意辄害之。厚给廪,姑息不能制,时语云云。"《古谣谚》卷十二据录,题作《时人为魏牙军语》;《全唐诗续拾》卷五八题为《时人为魏博牙军语》,今从拟。

陈藏器引俗语

韭是草钟乳,苋是水硫黄。

【按】见清·杜文澜《古谣谚》卷三八,题作《陈藏器引俗语》,今从拟,注:"《本草拾遗》:俗谓云云,言其温补也。"又注:"《秋林伐山》卷六作谚。"又注:"《孙公谈圃》卷中:陆生韭叶,柔脆可菹,则名为草钟乳。水产之苋,其滑可食,则名为水硫黄,岂二物亦性之暖欤?不然,徒盗其名也。《秋林伐山》:菱叶日舒夜敛,苋华昼合宵炕,故菱寒苋暖,谚云云云也。"

首句注:"《秋林伐山》'是'作'为'。"后句注:"按下句原本无,今据《孙公谈圃》、《秋林伐山》补。"《全唐诗续拾》卷五八据录,注:"按《重修政和经史证类备用本草》卷二十三引陈藏器《本草》作'韭叶是草钟乳'。"

时人为阳城郑钢李周南语

转远转高,转近转卑。

【按】唐·李肇《国史补》卷上:"阳城居夏县,拜谏议大夫。郑钢居阌乡,拜拾遗。李周南居曲江,拜校书郎。时人以为(略)。"《古谣谚》卷五八及《全唐诗续拾》卷五八皆同题补录,今从拟。后书"郑钢"作"郑刚"。

冯梦龙引唐俗语

李家娘子,才出墨池,便登雪岭。何期一日,黑白不均。

【按】明·冯梦龙《古今谭概》委蜕部第二十"黑白不均":"崔涯者,吴越狂生,嘲妓李端端诗云:'黄昏不语不知行,鼻似烟囱耳似铛。独把象牙梳插髻,昆仑山上月初生。'端得诗,忧心如病,乃拜候道旁,战栗祈哀。涯改绝句粉饰之曰:'觅得黄骝䩞绣鞍,善和坊里取端端。扬州近日浑成错,一朵能行白牡丹。'于是居豪大贾竞臻其户。或谑之曰(略)。"题目自拟。

洛阳歌妇嘲语

吃得肚婴撑,寻思绕寺行。

空中设罗网,只待杀虫生。

【按】明·冯梦龙《古今谭概》文戏部第二十七"蜘蛛诗":"洛阳歌妇杨苎罗,聪慧有才思,杨凝式甚怜之。时有僧云辨者,善讲经,杨令对歌者讲。忽蜘蛛垂丝飏云辨前,杨笑谓歌者曰:'试嘲得着,奉绢二匹。'歌者应声曰(略)。辨体充肚大,故嘲之。杨见诗绝倒,大叫'和尚将绢来!'云辨惭且笑,与绢五匹。"题目自拟。

江湖行船语

水不载万。

【按】唐·李肇《国史补》卷下:"江湖语云:'水不载万。'言大船不过八九千石。然则大历、贞元间,有俞大娘航船最大,居者养生送死嫁娶悉在其间;开巷为圃,操驾之工数百,南至江西,北至淮南,岁一往来,其利甚博,此则不啻载万也。"《古谣谚》卷五八据录,题作《江湖行船语》,今从拟;《全唐诗续拾》卷五八题为《江湖语》。

代宗朝京师语

常无分别元好钱,贤者愚而愚者贤。

【按】唐·苏鹗《杜阳杂编》卷上:"上纂业之始,多以庶务托于钩衡。而元载专政,益堕国典,若非良金重宝,趑趄左道,则不得出入于朝廷。及常衮为相,虽贿赂不行,而介僻自专,少于分别,故升降多失其人。或同列进拟稍繁,则谓之沓伯。由是京师语曰(略)。"《全唐诗》卷八七六"语"题作《代宗朝京师语》,今从拟。后句作"贤者愚,愚者贤",题注:"元载专权,事以货成,及常衮为相,虽贿赂不行,而介僻自专,失于分别。故是时京师语曰。"《古谣谚》卷六七题作《京师为常衮元载语》。

号钱郎语

前有沈、宋,后有钱、郎。

【按】宋·晁公武《郡斋读书志》卷十七"别集类上":"(钱起)与郎士元齐名,时曰(略)。"《全唐诗》卷八七六"语"据录,题作《号钱郎语》,今从拟。

时人为刘毕语

刘郎中松树孤标,毕庶子松根绝妙。

【按】见《全唐诗》卷八七六"语",题注:"刘商官为郎中,爱画松石树木,格性高迈。时有毕庶子,亦善画松树木石,时人云。"《古谣谚》卷八二据录,题作《时人为刘商毕某语》。

戏谏司语

韩谏议虽分左右,归拾遗莫辨存亡。

【按】见《全唐诗》卷八七六"语",题目从拟,题注:"李泌相德宗,奏请罢拾遗、补阙,上虽不从,亦不授人,谏司惟韩皋、归登而已。泌仍命收其署餐钱,令登等寓食于中书舍人,故时戏云。"

裴度语

鸡猪鱼蒜,逢著则吃。生老病死,时至则行。

【按】见《全唐诗》卷八七六"语",题注:"度不信数术,不好服食,每语人云。"题目从拟。

贞元少年语

一人向隅,满坐不乐。

【按】《太平广记》卷二八一引薛渔思《河东记·独孤遐叔》:"方见一少年举杯瞩之曰:'(略)。小人窃不自量,愿闻金玉之声。'"题目自拟。

宝历中宫人语

风流箭,中的人人愿!

【按】宋·陶穀《清异录》卷下"武器·风流箭"条:"宝历中,帝造纸箭竹皮弓,纸间密贮龙麝末香。每宫嫔群聚,帝躬射之,中者浓香,触体了无痛楚。宫中名风流箭,为之语曰(略)。"明冯梦龙《古今谭概》卷三"风流箭"条及《古谣谚》卷六九皆据引,题作《宝历中宫人语》,今从拟;《全唐诗续拾》卷五八据《说郛》卷六一引《清异录》另录为:"风流箭,风流人人愿。"题为《风流箭语》。

时人为兔褐语

兔褐真不如假。

【按】唐·李肇《国史补》卷下:"宣州以兔毛为褐,亚于锦绮,复有染丝织者尤妙,故时人以为(略)也。"《古谣谚》卷五八、《全唐诗续拾》卷五八皆同题补录,今从拟。

镇海军壮儿语

壮儿过大梁,如上龙门。

【按】唐·范摅《云溪友议》卷上"江都事":"李相公绅督大梁日,闻镇海军进健卒四

193

人,一曰富苍龙,二曰沈万石,三曰冯五千,四曰钱子涛,悉能拔橛角抵之戏。既至,果然趑径也。翌日,于球场内犒劳,以驾车老牛筋皮为炙瘤魁之窬(魁,酒樽也,盛一斗二升,多以栖槐榴为之,或铜铸也)。坐四辈于地茵,大桮,令食之。万石等三人,视炙坚粗,莫敢就食。独五千瞋目张口,两手捧炙,如虎啖肉。丞相曰:'真壮士也!可以扑杀西域健胡。'又令试于抵戏,苍龙等亦不利,独五千胜之。十万之众,为之披靡。于是独进五千,苍龙等退还本道,语曰(略)也。"《古谣谚》卷五八据录,题为《镇海军道为壮儿语》;《全唐诗续拾》卷五八题作《镇海军壮儿语》,今从拟。

两京闾巷语

合是阿舅。

【按】唐·赵璘《因话录》卷六"羽部":"元和、长庆中,两京闾巷间相见,多云(略)。及大和以来,文宗欲崇树外戚,而诈称国舅者数辈,竟不得其真。'合是'之说,果有验矣。"题目自拟。

宝历宫中语

宝帐香重重,一双红芙蓉。

【按】唐·苏鹗《杜阳杂编》卷中:"宝历二年,浙东国贡舞女二人:一曰飞鸾,一曰轻凤。修眉黟首,兰气融冶,冬不纩衣,夏不汗体。所食多荔枝榧实、金屑龙脑之类。衣轾罗之衣,戴轻金之冠,表异国所贡也。轾罗衣无缝而成,其纹巧织,人未之识焉。轻金冠以金丝结之为鸾鹤状,仍饰以五彩细珠,玲珑相续,可高一尺,秤之无二三分。上更琢玉芙蓉以为二女歌舞台,每歌声一发,如鸾凤之音,百鸟莫不翔集其上。及观于庭际,舞态艳逸,更非人间所有。每歌罢,上令内人藏之金屋宝帐,盖恐风日所侵故也。由是宫中语曰(略)。"《全唐诗》卷七九七据录,题作宝历宫人《句》;同书卷八七六"语"复录,题曰《宝历宫中语》,今从拟,题注:"宝历二年,浙东贡舞女二人,一曰飞燕,一曰轻凤,修眉黟首,兰气融冶,带轻金之冠,琢玉芙蓉为顶。罗衣无缝而成,歌一发如鸾凤音,舞态艳逸,非人间所有。上藏之金屋宝帐,由是宫中语曰。"《古谣谚》卷六七题作《宝历宫人为飞鸾轻凤二女语》。

举场语

欲入举场,先问苏张。苏张犹可,三杨杀我。

【按】五代·王定保《唐摭言》卷七"升沈后进":"大和中,苏景胤、张元夫为翰林主人,杨汝士与弟虞卿及汉公,尤为文林表式。故后进相谓曰(略)。"《太平广记》卷一八一"苏景张元夫"、《新唐书》卷一七五《杨虞卿传》皆据引;《全唐诗》卷八七六"语"据录,题作《举场语》,今从拟;《古谣谚》卷十二题作《时人为苏张三杨语》,首句"人"作"趋",次句缺"先"字。宋王说《唐语林》卷四将此语误系于宪宗元和中。

京师人号牛杨语

太牢笔,少牢口,东西南北何处走。

【按】清·杜文澜《古谣谚》卷十八引《牛羊日历》:"牛僧孺乃与杨虞卿兄弟驱驾轻薄,又恶裴度之功,曾进《曹马传》以谋陷害。虞卿又结李宗闵之门人,尽驱之牛门,此外有不附者,潜被疮痏,遭之者谓之阴毒伤寒。京师语曰云云。太牢,僧孺;少牢,虞卿。"题作《京师为牛僧孺杨虞卿语》,注:"《困学纪闻》卷五:礼、特牲不言牢,楚语,天子举以太牢。注:牛羊豕也。卿举以少牢。注:羊豕。自注:唐《牛羊日历》云云。然太牢非止于牛,少牢非止于羊也。何氏焯云:《大戴礼》天圆篇:诸侯之祭牲,羊曰少牢;士之祭牲,特豕曰馈食。此则《牛羊日历》所由名也。"《全唐诗》卷八七六"语"题作《京师人号牛杨语》,今从拟。题注:"牛僧孺与杨虞卿兄弟驱驾轻薄,有不附己者,潜被疮痏,京师为之语云。"又注:"太牢,僧孺;少牢,虞卿也。"明冯梦龙《古今谭概》儇弄部第二十二"侯白"条则作:"牛僧孺善为文,杨虞卿善谈说。京师语曰:'太牢手,少牢口。'从来杨姓为牛带累久矣。"

京师为牛僧孺李宗闵语

门生故吏,不牛则李。

【按】见《全唐诗》卷八七六"语",题作《又号牛李》,题注:"李谓宗闵也。"《古谣谚》卷八二据录,题为《京师为牛僧孺李宗闵语》,今从拟。

荆南民为段文昌语

旱不苦,祷而雨;雨不愁,公出游。

【按】《新唐书》卷八九《段文昌传》:"大和四年,检校左仆射,徙帅荆南。州或旱,祓解必雨;或久雨,遇出游必霁。民为语曰(略)。"《全唐诗》卷八七六"语"据录,题作《荆南语》;《古谣谚》卷十二题作《荆南民为段文昌语》,今从拟。

历城士人为光政寺磬语

磬神圣,恋光政。

【按】唐·段成式《酉阳杂俎》前集卷三"贝编":"历城县光政寺有磬石,形如半月,腻光若滴。扣之,声及百里。北齐时移于都内,使人击之,其声杳绝。却令归本寺,扣之声如故。士人语曰(略)。"《古谣谚》卷六九及《全唐诗续拾》卷五八均同题补录,今从拟。

齐人为妒妇津语

欲求好妇,立在津口。
妇立水傍,好丑自彰。

【按】唐·段成式《酉阳杂俎》前集卷十四"诺皋记上":"妒妇津,相传言晋泰始中,刘伯玉妻段氏,字明光,性妒忌。伯玉常于妻前诵《洛神赋》,语其妻曰:'娶妇得如此,吾无憾矣。'明光曰:'君何得以水神美而欲轻我?吾死,何愁不为水神。'其夜乃自沉而死。死后七日,托梦语伯玉曰:'君本愿神,吾今得为神也。'伯玉寤而觉之,遂终身不复渡水。有妇人渡此津者,皆坏衣枉妆,然后敢济,不尔,风波暴发。丑妇虽妆饰而渡,其神亦不妒也。妇人渡河无风浪者,以为己丑,不致水神怒;丑妇讳之,无不皆自毁形容,以塞嗤笑也。故齐人语曰(略)。"《古谣谚》卷六九及《全唐诗续拾》卷五八皆同题补录,今从拟。

举场中为乡贡进士语

乡贡进士,不博上州刺史。

【按】《太平广记》卷一八一"苏景彻张元夫"条引《卢氏杂说》:"文宗曾言进士之盛,时宰相对曰:'举场中自云(略)。上笑之曰:'亦无奈何!'"《古谣谚》卷五八据录,题作《举场中为乡贡进士语》,今从拟。后按:"《说郛》卷四十八列《卢氏杂记》,未载此条,今据《广记》录之。"《全唐诗续拾》卷五八题为《文宗时举场中语》。

京师语

丑侯脓脓,多用半装。

【按】《全唐诗续拾》卷五八据《续谈助》卷三引《牛羊日历》所引辑录,题目从拟。

右威卫嘲语

门缘御史塞,厅被校书侵。

【按】见《全唐诗》卷八七二"谐谑四",题注:"秘书省之东即右威卫,荒秽摧毁。其大厅逼校正院,南对御史台,人嘲之云云。"题目从拟。

会昌中长安人语

今年长安人吃人。

【按】日本·圆仁《入唐求法寻礼行记》卷四:"打潞府兵入他界不得,但在界首,频有敕催,怪无消息:'征兵多时,都不闻征罚者何?'彼兵众惊惧,捉界首牧牛儿、耕田夫等送入京,妄称捉叛人来。敕斩尸骸满路,血流湿土为泥。看人满于道路。天子时时看来,旗枪交横辽乱。见说:'被送来者不是唐叛人,但是界首牧牛、耕种百姓,枉被捉来。国家兵马元来不入他界,恐王怪无事,妄捉无罪人送入京也。'两军健儿每斩人了,割其眼肉吃。诸坊人皆云(略)。"《全唐诗续拾》卷五八"语"据录,题目从拟。

会昌中长安人笑语

祈雨即恼乱师僧,赏物即偏与道士。

【按】日本·圆仁《入唐求法寻礼行记》卷四:"今年已来,每雨少时,功德使奉敕帖诸寺观,令转经祈雨。感得雨时,道士偏蒙恩赏,僧尼寂寥无事,城中人笑曰(略)。"题目自拟。

濠梁里人为薛媛语

当时妇弃夫,今日夫离妇。
若不逞丹青,空房应独守。

【按】唐·范摅《友溪友议》卷上"真诗解":"濠梁人南楚材者,旅游陈颍。岁久,颍守慕其仪范,将欲以子妻之。楚材家有妻,以受颍牧之眷深,忽不思义,为辄已诺之。遂遣家仆归取琴书等,似无返旧之心也。或谓求道青城,访僧衡岳,不亲名宦,唯务玄虚。其妻薛媛,善书画,妙属文,知楚材不念糟糠之情,别倚丝萝之势,对镜自图其形,并诗四韵以寄之。楚材得妻真及诗范,遽有隽不疑之让,夫妇遂偕老焉。里语曰(略)。"《古谣谚》卷五八据录,题作《濠梁里人为薛媛语》,今从拟;《全唐诗续拾》卷五八题为《里语》,次句"离"改作"弃"。

时人为刘师贞语

孝于何,通神明。汉有丁兰,唐有师贞。

【按】清·杜文澜《古谣谚》卷五四引《太平御览》(卷四百十四人事部):"《史系》曰:刘师贞字文通,彭城人也。蚤失其母,及长,不记容状,哀慕之心不拘月制。至忌辰,终日涕泣,未尝寝食。忽梦见其状,谓之曰:我乃母也。若孝通神明,故我得达乃处。师贞梦中大哭,既觉,哀号逾甚。乃作偶人象以事之,朝夕起居,反告如常,每为荐新然后食,时人语曰(略)。"《全唐诗续拾》卷五八"语"亦同题据补,今从拟。

郭崇韬故人子弟引俚语

骑虎者,势不得下。

【按】《新五代史》卷二四《郭崇韬传》:"故人子弟对曰:'俚语曰(略)。今公权位已隆,而下多怨嫉,一失其势,能自安乎?"《古谣谚》卷十二据录,题作《郭崇韬故人子弟引俚语》,今从拟;《全唐诗续拾》卷五八题为《俚语》。

人为分香莲语

分香莲,不论钱。

【按】清·杜文澜《古谣谚》卷五三引唐·冯贽《云仙杂记》(卷七引《三堂往事》):"三堂使宅有钩仙池,莲子一岁再结实,子十只,其花时,香兼桃梅荚菊。郡人传。"《全唐诗续拾》卷五八亦同题补录,今从拟。

蜀人谓长须僧语

一事南无,折却长须。

【按】《太平广记》卷二六二"长须僧"条引《王氏见闻》:"三蜀有长须长老,自言是宰相孔谦子,莫知谁何,不剃发须,皓然垂腹。拥百余众,自江湖入蜀,……先谒枢密使宋光嗣,因问曰:师何不剃须?答曰:落发除烦恼,留须表丈夫。宋大恚曰:吾无髭,岂是老婆耶!遂揖出:'俟剃却髭,即引朝见。'徒众既多,旬日盘桓,不得已剃髭而入。徒众耻其失节,悉各散亡。……蜀人谓师曰(略)。"《古谣谚》卷六八、《全唐诗续拾》卷五八皆同题据录。明冯梦龙《古今谭概》颜甲部第十八"长须僧"后句作:"蜀人为之语曰:'作事何愚?折却长须。'"

宣州人为弘农王语

何独后予,徯其来苏。

【按】清·吴任臣《十国春秋》卷十一《吴十一·沈颜传》"及《宣州重建小厅记》行世",小注:"《记》曰:界江南宣州,实为奥区。……暨巨盗起芒砀,环弊于四方,是邦载罹窘阨,虽城隍仅免,而外无孑遗矣。兵部裴公馀庆去任,窦常侍聿自池牧来临,莅事未几,遽为秦彦所据,奸连邻憝,一旦拥兵渡江,引党赵锽以代己任。是岁南滁刘颢作乱,扬州继丧师律。二境流离,人不堪命。弘农王方作自汜水,爰奋义旗,询于同盟,则田公司空首决弘谋。及维扬克定,秦彦就诛,宣人有言曰(略)。"《古谣谚》卷二四据录,题作《宣州人为弘农王言》;《全唐诗续拾》卷五八据《文苑英华》卷八〇二沈颜《宣州重建小厅记》著录,题为《宣州人为弘农王语》,今从拟。

崔淙引俚语

川壅则溃,月盈则匡。善败由己,吉凶何常。

【按】《全唐文》卷四五九崔淙《登姑苏台赋》:"斯实累卵于九层,夫何见夫三百里,俚语有之曰(略)。"《古谣谚》卷八一据录,题作《崔淙引俚语论善败》,末句"常"作"尝";《全唐诗续拾》卷五八题为《崔淙引俚语》,今从拟,末句"常"亦作"尝"。

丹州俗语

丹州白室,胡头汉舌。

【按】唐·李吉甫《元和郡县图志》卷三《关内道三·丹州》:"《禹贡》雍州之域,春秋时为白翟所居。"原注:"《隋图经》云:'义川本春秋时白翟地,今其俗云丹州白室,胡头汉舌,其状似胡,其言习中夏。白室即白翟语讹耳,近代号为步落稽胡,自言白翟后也。'"《古谣谚》卷二六、《全唐诗续拾》卷五八皆同题据录,今从拟。

户牖俗语

二十三,日正南。二十五,日当户。

【按】唐·李肇《国史补》卷中:"古之屋室,中为牖,东为户。故今语曰(略)。"《古谣谚》卷五八、《全唐诗续拾》卷五八皆同题据录,今从拟。

金榆山土人言

金驴一鸣,天下太平。

【按】唐·段成式《酉阳杂俎》续集卷八"支动":"金驴,晋僧朗住金榆山,及卒,所乘驴上山失之,时有人见者,乃金驴矣。樵者往往听其鸣响,土人言(略)。"《古谣谚》卷六九、《全唐诗续拾》卷五八皆同题据补,今从拟。

段成式引俗语

王母甘桃,食之解劳。

【按】唐·段成式《酉阳杂俎》续集卷十"支植下":"王母桃,洛阳华林园内有之,十月始熟,形如括蒌。俗语曰(略)。亦名西王母桃。"《古谣谚》卷六九据录,题为《段成式引俗语》,今从拟;《全唐诗续拾》卷五八题为《俗语》。

段成式引俗言

见鹊上梁必贵。

【按】唐·段成式《酉阳杂俎》前集卷十六"广动植之一·羽篇":"鹊巢中必有梁。崔圆相公妻在家时,与姊妹戏于后园,见二鹊构巢,共衔一木如笔管,长尺余,安巢中,众悉不见。俗言'见鹊上梁必贵'。大历八年,乾陵上仙观天尊殿有双鹊衔柴及泥,补葺隙坏一十五处,宰臣上表贺。"又见《太平广记》卷四六一"崔圆妻"。题目自拟。

蜀人为南诏语

西戎尚可,南蛮残我。

【按】《新唐书》卷二一五上《突厥传上》:"广德、建中间,吐蕃再饮马岷江,常以南诏为前锋,操倍寻之戟,且战且进,蜀兵折刃吞镞,不能毙一戎。戎兵日深,疫死日众,自度不能留,辄引去。蜀人语曰(略)。"《古谣谚》卷十二据录,题作《蜀人为吐蕃南诏语》;《全唐诗续拾》卷五八题为《蜀人为南诏语》,今从拟。

元和时人为进士榜语

元和天子丙申年,三十三人同得仙。
袍似烂银文似锦,相将白日上青天。

【按】五代·王定保《唐摭言》卷七"好放孤寒":"元和十一年,岁在丙申,李凉公下三十三人皆取寒素。时有诗曰(略)。"《太平广记》卷一八一"李逢吉"条复录,《古谣谚》卷五八亦据录,并据《太平广记》改《唐摭言》"时有诗曰"为"时有语曰",题目从拟。

杜牧闻梦中人语

辞春不及秋,昆脚与皆头。

【按】唐·李绰《尚书故实》:"杜紫微顷于宰执求小仪不遂,请小秋又不遂。尝梦人谓曰(略),后果得比部员外。"清杜文澜《古谣谚》卷四七据录,题目从拟。

大中后进士语

欲得命通,问瑝、嵎、都、雍。

【按】五代·孙光宪《北梦琐言》卷十一"希慕求进":"唐自大中后,进士尤盛。……先是,李都、崔雍、孙瑝、郑嵎四君子,蒙其盼睐者,由是进升。故曰(略)。"《古谣谚》卷五八据录,题作《人为李都崔雍孙瑝郑嵎语》。宋·王谠《唐语林》卷四"企羡":"开成、会昌中,又曰:'鲁、绍、瓖、蒙,识即命通。'又曰:'郑、杨、段、薛,炙手可热。'又有'薄徒''厚徒',多轻侮人,故裴泌侍御作《美人赋》讥之。后有瓖值、韦罗甲,又曰:'瑝、值、都、雍,识即命通。'"《全唐诗》卷八七六"语"据《北梦琐言》补录,题作《大中后进士语》,今从拟。题注:"大中后,进士尤盛,李都、崔雍、孙瑝、郑嵎四君子,蒙其盼睐者多进升,故曰。"

大中时语

郑、杨、段、薛,炙手可热。
欲得命通,鲁、绍、瓖、蒙。

【按】唐·裴庭裕《东观奏记》卷中:"魏国公崔铉秉政,郑鲁、杨绍复、段瓖、薛蒙一时俊造,铉所取信,凡有补吏、议事,或与之参酌。时人语曰:'炙手可热,杨、郑、段、薛;欲得命通,鲁、绍、瓖、蒙。'时鲁为刑部侍郎,铉欲引以为相,圣旨授河南尹,不测其事。赴后,上问:'郑鲁发后,除改卿还自由否?'铉惊恐,密以此事访于左右,云:'御扆上题此四句。'铉益畏。"又《新唐书》卷一六〇《崔铉传》:"铉所善者郑鲁、杨绍复、段瓖、薛蒙,颇参议论,时语曰:'郑、杨、段、薛,炙手可热;欲得命通,鲁、绍、瓖、蒙。'帝闻之,题于扆。"《太平广记》卷一八一"苏景彻张元夫"条仅谓:"开成会昌中又曰:郑杨段薛,炙手可热。"《全唐诗》卷八七六"语"题作《大中时语》,今从拟,题注:"宣宗朝,崔铉秉政,所善者郑鲁、杨绍复、段瓖、薛蒙,颇参议论,时人语如此。帝闻,书之于扆,铉卒以此罢。"又注:"一作鲁绍瓖蒙,识即合通。"《古谣谚》卷十二亦据《新唐书》补录,题作《时人为崔铉语》。

选举人语

王凝裴瓒,舍弟安潜。朝中无呼字,知闻厅里,绝脱靴宾客。

【按】五代·王定保《唐摭言》卷七"升沈后进":"大中、咸通中,盛传崔慎由相公尝寓尺题于知闻。或曰(略)。凝,终宣城;瓒,礼部尚书;潜,侍中。"《全唐诗》卷八七六"语"据录,题为《选举人语》,今从拟,题注:"大中、咸通中,盛传崔慎由相公常寓尺题于知闻,故选举人为此语。"《古谣谚》卷五八据《全唐诗》改《唐摭言》末句"或曰"为"故选举人为语曰",题作《选举人为崔慎由语》。

科目举人语

未见王窦,徒劳漫走。

【按】五代·王定保《唐摭言》卷七"升沈后进":"太平·王崇、窦贤二家,率以科目为资,足以升沈后进,故科目举人相谓曰(略)。"《全唐诗》卷八七六"语"据录,题作《科目举人语》,今从拟;《古谣谚》卷五八题曰《科目举人为王崇窦贤语》。

戏杜审权语

座主审权,门生处权,可谓权不失权。

【按】宋·钱易《南部新书》戊:"杜审权大中十二年知举,放卢处权。有戏之曰(略)。"《全唐诗》卷八七六"语"仅录前二句,题作《戏杜审权语》,题目从拟。题注:"审权知举,放卢处权,人戏语云。"《全唐诗续拾》卷五八"嘲谑"据以另补,题作《戏杜审权》,后按:"《全唐诗》卷八七六录此条不全,今重录。"

讥裴休

赵氏女皆尼氏女,师翁儿即晋公儿。
却教术士难推算,胎月分张与阿谁。

【按】五代·何光远《鉴诫录》卷二"耽释道":"裴休相公性慕禅林,往往挂衲,所生儿女多名师女僧儿,潜令嬖妾承事禅师,留其圣种,当时士族无不恶之。李德裕相公惟好玄门,往往冠褐,修彭祖房中之术,求茅君点化之功,沙汰缁徒,超升术士,但无所就,身死朱崖。议者以裴、李二公累代台铉,不守诸儒之行,各迷二教之宗,翻成点污空门,妖淫玄教。……近以二公之行，识者笑焉。所以时人讥晋公曰（略）。"《全唐诗》卷八七二"谐谑四"据录，题曰《讥裴休》，今从拟，首句"赵氏女"作"赵氏儿"。

咸通初人语

昔瓠子将坏，而王尊不去。洛水未至，而李纳已回。

【按】《唐语林》卷七补遗："咸通初，……及李纳为河南尹，是年大水，纳观水于魏王堤上，波势浸盛，虑其覆溺，于是策马而回。时人语曰（略）。是时男女多栖于木，咸为所漂者，父母观之不能救。"题目自拟。

天下为潘纬何涓语

潘纬十年吟古镜，何涓一夜赋潇湘。

【按】 五代·王定保《唐摭言》卷十"海叙不遇"："何涓，湘南人也。业辞，尝为《潇湘赋》，天下传写。少游国学，同时潘纬者，以《古镜》诗著名，或曰（略）。"《全唐诗》卷八七六"语"据录，题作《潘何诗赋语》，题注："咸通中，湘南何涓《潇湘赋》，潘纬《古镜》诗，天下传之曰。"《古谣谚》卷五八据此将《唐摭言》末句改作"天下传之曰"，题为《天下为潘纬何涓语》，今从拟。

韩偓用俗语

闲人有忙事。

【按】 清·杜文澜《古谣谚》卷四五引《能改斋漫录》："韩偓诗用之云：'须信闲人有忙事，且来冲雨觅渔师。'"题为《又引俗语》。题目自拟。

郑仁表自语

天瑞有五色云，人瑞有郑仁表。

【按】 见《全唐诗》卷八七六"语"，题注："仁表豪爽，以门阀文章自高，尝云。"题目从拟。

嘲四相

礭礭无余事,钱财总被收。

商人都不管,货路几时休。

【按】宋·钱易《南部新书》甲:"曹礭、杨收、徐商、路岩同秉政,外有嘲之曰(略)。"又宋·王谠《唐语林》卷七补遗:"咸通末,曹相礭、杨相收、徐相商、路相岩同为宰相。杨、路以弄权卖官,曹、徐但备员而已。长安谣曰(略)。"首句"礭礭"作"礭礭","余"作"论"。《全唐诗》卷八七二"谐谑四"据录,题作《嘲四相》,今从拟。题注:"宣宗时,曹礭、杨收、徐商、路岩同秉政。"按曹礭咸通中以本官同中书门下平章事,杨收于懿宗时累擢中书舍人、翰林学士承旨,后以中书侍郎同平章事,徐商于咸通初加刑部尚书,四年同平章事,路岩懿宗咸通初以兵部侍郎同平章事,居位八年,累进左仆射,故《唐语林》所记为是。

湖苏二郡语

湖接两头,苏联三尾。

【按】宋·钱易《南部新书》己:"咸通末,郑浑之为苏州督邮,谭铢为醝院官,钟福为院巡,俱广文。时湖州牧李超、赵蒙相次俱状元。二郡境土相接,时为语曰(略)。"《全唐诗》卷八七六"语"据录,题作《湖苏二郡语》,今从拟。《古谣谚》卷三二据《衣冠盛事》辑录,题作《湖苏二郡人为牧掾语》,"联"作"连"。

吏部旧语

长名以前,选人属侍郎。

长名已后,侍郎属选人。

【按】宋·钱易《南部新书》乙:"吏部故事,放长名榜,旧语曰(略)。"《全唐诗》卷八七六"语"据录,今从拟。题注:"吏部故事放长榜,旧语云。"《古谣谚》卷五九亦据补,两书第三句"已"皆作"以"。

省中语

后行祠屯,不博中行都门;

中行刑户,不博前行驾库。

【按】唐·李肇《国史补》卷下："旧说吏部为省眼,礼部为南省舍人,考功度支为振行。此部得餕下食,以饭从者,号比盘。二十四曹呼左右司为都公。省下语曰(略)。"《古谣谚》卷五八据录,题为《省下语》,第三句"中"作"下";《太平广记》卷一八七"刑户"作"礼部";《全唐诗》卷八七六"语"据录,题作《省中语》,今从拟,注:"'礼部'一作'刑记'。"

时人为省中谚

司门都官,屯田水部,入省不数。

【按】宋·钱易《南部新书》丁:"省中司门、都官、屯田、虞部、主客,皆闲简无事,时谚曰:'司门水部,入省不数。'"《全唐诗》卷八七六"语"据录,题作《郎吏语》,小注:"尚书郎,吏、兵部为前行;司门、都、比、屯田、虞、水、膳部、主客,皆在后行,闲简无事,语曰。"《古谣谚》卷五九引《合璧事类》卷三一补"都官"、"屯田"四字,题为《时人为省中谚》,今从拟。《全唐诗续拾》卷五八亦同,注:"《全唐诗》卷八七六所录不全。"

谏院台省语

遗补相惜,御史相憎,郎官相轻。

【按】唐·李肇《国史补》卷下:"每大朝会,监察御史押班不足,则使下御史因朝奏者摄之。谏院以章疏之故,忧患略同。台中则务苛礼,省中多事,旨趣不一。故言(略)。"《全唐诗》卷八七六"语"、《古谣谚》卷五八同题著录,今从拟。

御史台语

事长如事端。

【按】唐·李肇《国史补》卷下:"御史故事:大朝会则监察押班,常参则殿中知班,入阁则侍御史监奏。盖含元殿最远,用八品;宣政其次,用七品;紫宸最近,用六品。殿中得立五花砖、绿衣、用紫案褥之类,号为七贵。监察院长与同院礼隔,语曰(略)。"《全唐诗》卷八七六"语"据录,题作《御史台语》,今从拟;《古谣谚》卷五八题作《御史台为院长语》。

京兆府语

不立两县令,不坐两少尹。

【按】《太平广记》卷一八七"莎厅"条引《闻奇录》:"京兆府时云(略)。两县引马到府门,传门而报。两尹入厅,大尹亦到厅,不得候两尹坐后出,不得候两尹立后出。"《全唐诗》卷八七六"语"及《古谣谚》卷六七皆据录,同题为《京兆府语》,今从拟。

翰林谏议语

饶道斗上坡去,亦须却下坡来。

【按】宋·叶梦得《石林燕语》卷五:"俗称翰林学士为'坡',盖唐德宗时尝移学士院于金銮坡上,故亦称'銮坡'。唐制:学士院无常处,驾在大内,则置于明福门;在兴庆宫,则置于金明门,不专在翰林院也。然明福、金明不以为称,不常居之尔。谏议大夫亦称'坡',此乃出唐人之语。谏议大夫班本在给舍上,其迁转则谏议岁满方迁给事中,自给事中迁舍人。故当时语云(略)。以谏议为上坡,故因以为称。"《全唐诗》卷八七六"语"据录,题作《翰林谏议语》,今从拟;《古谣谚》卷六〇题作《唐时为翰林谏议语》,小注:"《青箱杂记》作'饶君上坡去,却须下坡来'。《李氏谈录》'道'作'君'"。

举子语

槐花黄,举士忙。

【按】元·辛文房《唐才子传》卷十"翁承赞"条:"唐人应试,每在八月,谚曰(略)。"宋钱易《南部新书》乙"谚曰"作"人为语曰",又改末句"举士"为"举子"。《全唐诗》卷八七六"语"据《唐才子传》著录,题作《举子语》,今从拟,题注:"举子七月后,即于诸州府拔解,人为语曰。"《古谣谚》卷二五引《秦中岁时记》:"进士下第,当年七月后,献新文求拔解,故曰(略)。"题作《秦中谚》。

时人为进士语

其一

三十老明经,五十少进士。

其二

太宗皇帝真长策,赚得英雄尽白头。

【按】五代·王定保《唐摭言》卷一"散序进士":"进士科始于隋大业中,盛于贞观、永徽之际;缙绅虽位极人臣,不由进士者,终不为美,以至岁贡常不减八九百人。其推重谓之'白衣公卿',又曰'一品白衫'。其艰难谓之(略)。其负倜傥之才,变通之术,苏、张之辨说,荆、聂之胆气,仲由之武勇,子房之筹画,弘羊之书计,方朔之诙谐,咸以是而晦之;修身慎行,虽处子之不若;其有老死于文场者,亦所无恨。故有诗云(略)。"《全唐诗》卷八七六"语"仅录其一,题作《明经进士语》,小注:"言其艰难也。"《古谣谚》卷五八两语俱录,又据《潜确类书》卷五十改《唐摭言》"有诗云"为"时人语曰",题作《时人为进士语》,今从拟。

杂帖语

常杂鲍帖。

【按】唐·佚名《大唐传载》:"常相衮为礼部判杂文榜后云:'旭日登场,思非不锐;通宵绝笔,恨即有余。'所以杂文入选者常不过百人。鲍祭酒防为礼部,帖经落人亦甚。时谓之(略)。"《全唐诗》卷八七六"语"据录,题曰《杂帖语》,今从拟;《古谣谚》卷六八题曰《时谓常衮鲍防语》。

闽人语

欧阳独步,藻蕴横行。

【按】见《全唐诗》卷八七六"语",题作《闽人语》,今从拟。题注:"谓欧阳詹及林藻、林蕴,相继登第也。"《古谣谚》卷八二据录,题作《闽人为欧阳詹林藻林蕴语》。

咸通中语

今年敕下尽骑驴,短辔长鞦满九衢。
清瘦儿郎犹自可,就中愁杀郑昌图。

【按】五代·王定保《唐摭言》卷十五"条流进士":"咸通中,上以进士车服僭差,不许乘马。时场中不减千人,虽势可热手,亦皆跨长耳。或嘲之曰:'今年敕下尽骑驴,短辔长鞦满九衢。清瘦儿郎犹自可,就中愁杀郑昌图。'"又同书卷十二"轻佻":"咸通末,执政病举人仆马太盛,奏请进士举人许乘驴。郑光业材质瑰伟,或嘲之曰(略)。"《全唐诗》卷八七二"谐谑四"据录,题作《嘲举子骑驴》,次句"辔"作"轴",又注:"一作'紫轴绯亶毛'。"今另拟题。

崔沆放榜时人语

座主门生,沆瀣一气。

【按】宋·钱易《南部新书》戊:"乾符二年,崔沆放崔瀣,谭者称(略)。"《全唐诗》卷八七六"语"题作《崔沆放榜时人语》,今从拟。题注:"沆放崔瀣,时人语云。"末句"气"作"家"。《古谣谚》卷五九题为《谭者称崔沆崔瀣语》。

乾符中人称蒋凝语

臼头花钿满面,不若徐妃半妆。

【按】五代·王定保《唐摭言》卷十"载应不捷声价益振":"乾符中,蒋凝应宏辞,为赋止及四韵,遂曳白而去。试官不之信,逼请所试,凝以实告。既而比之诸公,凝有得色,试官叹息久之。顷刻之间,播于人口。或称之曰(略)。"《古谣谚》卷二一引唐·朱揆《钗小志》谚,题作《朱揆引谚》,"臼"作"白";《全唐诗续拾》卷五八亦据补,题作《乾符中人称蒋凝语》,今从拟。

僖宗时里巷语

任见右厢天子。

【按】《新唐书》卷三五《五行志二》:"僖宗时,里巷斗者激怒,言(略)。"题目自拟。

广明初都人语

黄贼打黑贼。

【按】《新唐书》卷三五《五行志二》:"黄巢未入京师时,都人以黄米及黑豆屑蒸食之,谓之(略)。"又见元·马端临《文献通考》卷三一〇"讹言"。《全唐诗》卷八七六"语"据录,题注:"黄巢未入京师,都人以黄米及黑豆屑蒸食之,因有此语。"《古谣谚》卷三二据《文献通考》辑录,与《全唐诗》俱题作《广明初都人语》,今从拟。

丹阳语

待钱来,待钱来。

【按】宋·吴处厚《青箱杂记》卷七:"唐末丹阳民常戏语曰(略)。及后钱镠授镇海军节度、浙江西道观察处置使、润州刺史,遂据有钱塘,乃其应也。"《全唐诗》卷八七八"谣"据录,题作《丹阳语》,今从拟。题注:"丹阳民常有此戏语,后钱镠授镇帅润州刺史,遂据有钱塘,乃其应也。"《古谣谚》卷五九题作《唐末丹阳民戏语》,小注:"《吴越备史》卷一:景福二年九月,制授王镇海节度、浙江西道观察处置等使、润州刺史。先是今年三月,诏以凤翔宿卫耀德都头李铤授特进同平章事,领浙西差。朝廷以李茂贞故将夺之权,乃有此授,而丹阳已为淮海人所有。至是命王,时议当之。又周宝莅丹阳,州人凡有期,必曰待钱来,斯之应也。蜀禅月大师休公尝上诗曰:今日再三难更让,谶辞唯道待钱来。"

绍兴邦人旧语

晴禹祠,雨龙瑞。

【按】宋·王象之《舆地纪胜》卷十"两浙东路·绍兴府景物下·龙瑞宫"注:"在府东南二十五里,有禹穴及阳明洞天,唐置怀仙馆,开元二年改今额。尤宜烟雨中望之,重峰叠巘,图画莫及,故邦人旧语曰(略)。"《古谣谚》卷二六据录,题目从拟。

建安语

龙门一半在闽川。

【按】见《全唐诗》卷八七六"语",题注:"成都距长安才二千里,每岁随计求名者甚鲜,建安之贡,无岁无之,故曰。"《古谣谚》卷八二同题据录,今从拟。

绵州里语

欲知续修者,脚下自生毛。

【按】五代·杜光庭《录异记》卷六"洞":"绵州昌明县豆圌山,真人豆子明修道之所也。西接长岗,犹通车马;东临峭壁,陡绝一隅。自西壁至东峰,石笋如圌,两崖中断,相去百余丈,跻攀险绝,人所不到。其顶有天尊古宫,不知所制年月。古仙曾筀绳桥以通登览,而绲筀朽绝,已积岁年。里中有言曰(略)。"《全唐诗》卷八七五"谶记"补录,题为《昌明里中谶》,次句"自"作"是",题注:"绵州昌明县窦圌山,窦子明修道之所。临峭壁,筀桥以岁久朽绝,里中云云。后咸通初,山下居人有毛意欢得道术,布板椽于绳上而度焉。"

江陵语

琵琶多于饭甑,措大多于鲫鱼。

【按】《太平广记》卷二六六"卢程"条引《北梦琐言》:"江陵在唐世号衣冠薮泽,人言(略)。"《全唐诗》卷八七六"语"据录,题为《江陵语》,今从拟。题注:"江陵在唐世号衣冠薮泽,时人称云。"《古谣谚》卷五八题作《江陵人言》。

汾晋村野间语

欲作千箱主,问取黄金母。

【按】宋·陶穀《清异录》卷上"地理·黄金母"条:"汾晋村野间语曰(略)。意谓多稼厚畜由耕耘所致。"《全唐诗》卷八七六"语"题作《汾晋语》,题注:"谓多稼厚畜,耕土所致也。"《古谣谚》卷六九题曰《汾晋村野间语》,今从拟。

唐昭宗引俚语

纥干山头冻死雀,何不飞去生处乐。

【按】《新五代史》卷二一《寇彦卿传》:"初,太祖与崔胤谋,欲迁都洛阳,而昭宗不许。其后昭宗奔于凤翔,太祖以兵围之,昭宗既出,明年,太祖以兵至河中,遣彦卿奉表迫请迁都。彦卿因悉驱徙长安居人以东,皆拆屋为栰,浮渭而下,道路号哭,仰天大骂曰:'国贼崔胤、朱温使我至此!'昭宗亦顾瞻陵庙,徬徨不忍去,谓其左右为俚语云(略)。相与泣下沾襟。"《古谣谚》卷十二据录,题目从拟。注:"《御览》卷四十五引《郡国志》,'干'作'真'。《广博物志》卷五,'干'作'其'。《怀小编》卷十九:《御览》引《郡国志》作纥真山,其作'纥干'者,《晋书·载记》乞伏部老父字养子曰纥干。'纥干'者,夏言依使也。《能改斋漫录》:《五代史》昭宗云:纥干山头冻死雀。余以'干'字非是。《水经注》纥真山冬夏积雪,鸟雀冻死,故'纥干'为无据。考《山海经》称纥直山。按纥直山盖亦名纥干山,其作纥其、纥真,想因与直字形近而误。《全唐诗》、《北梦琐言》卷十五,'死'作'杀'。《白帖》卷九十五,'生'作'往'。"同书卷二六复引《太平寰宇记》:"朔州鄯阳县纥真山,《冀州图》云:在县城东北三十里,登之望桑干、代郡,数百里宛然。夏恒积雪,故彼人语曰(略)。"

太白山神语

三珠并一珠,驴马没人驱。
岁月甲庚午,中兴戊己土。

【按】《旧五代史》卷四六《末帝纪上》:"先是,帝在凤翔日,有瞽者张濛自言知术数,事太白山神,其神祠即元魏时崔浩庙也。时之否泰,人之休咎,濛告于神,即传吉凶之言,帝亲校房暠酷信之。一日,濛至府,闻帝语声,骇然曰:'非人臣也。'暠询其事,即传神语曰(略)。暠请解释,曰:'神言予不知也。'……帝乃以濛摄馆驿巡官。至是,帝受册,册曰:

'维应顺元年岁次甲午,四月庚午朔。'帝回视房暠曰:'张濛神言甲庚午,不亦异乎!'帝令暠共术士解三珠一珠事,言:'三珠,三帝也;驴马没人驱,失位也。'帝即位之后,以濛为将作少监同正,仍赐金紫以酬之。"《全唐诗》卷八六四"神"据录,题作《太白山神语》,今从拟,题注:"唐废帝初举兵,有客将房暠,素信瞽者张濛,能下太白山神,盖魏崔浩也。暠使问之,神传语不能解。后即位受册,曰维应顺元年岁次甲午四月庚午朔,帝顾暠曰:'神言不验哉!'由是暠益亲信,专以巫祝为事。"《古谣谚》卷十二题作《张濛传太白山神语》。

韩鄂引俗语

其一
一年计树之以谷,十年计树之以木。

其二
一日之计在一晨,一年之计在一春。

其三
以时及泽为上策。

其四
八月雨班阑,高低尽可怜。

【按】《全唐诗续拾》卷五八均据唐·韩鄂《四时纂要》卷一补录其一、其二、其三,又据《四时纂要》卷三补录其四,今据之分题重录。

人为太白山横云语

南山瀑布,非朝则暮。

【按】清·杜文澜《古谣谚》卷二八引《长安志》卷十四:"武功县太白山,《周地图记》:太白山甚高,上常积雪,无草木。半山有横云如瀑布,则澍雨,人常以为候,验之如离毕焉。故语曰(略)。"题作《人为太白山横云语》,今从拟。小注:"杨氏慎《画品》卷一作'时人语'。"《全唐诗续拾》卷五八"语"亦同题据补。

清丰故老传语

金堤头上,有秦女楼。

【按】清·杜文澜《古谣谚》卷二六引《太平寰宇记》卷五七"河北道六":"澶州清丰县金堤上源,在县南四十五里,故老传云云,下入顿丘县界。"《全唐诗续拾》卷五八"语"亦同题补录。

后辈称吴道子曹仲达语

吴带当风,曹衣出水。

【按】宋·郭若虚《图画见闻志》卷一"叙论·论曹吴体法":"曹、吴二体,学者所宗。按唐张彦远《历代名画记》称北齐曹仲达者,本曹国人,最推工画梵像,是谓曹,谓唐吴道子曰吴。吴之笔,其势圆转,而衣服飘举。曹之笔,其体稠叠,而衣服紧窄。故后辈称之曰(略)。"《古谣谚》卷四〇据录,题作《后辈称吴道子曹仲达语》,今从拟;《全唐诗续拾》卷五八"语"题为《人为吴道子曹仲达语》。

蓟州耆旧语

燕山石鼓,鸣则有兵。

【按】清·杜文澜《古谣谚》卷二六引《太平寰宇记》卷七〇"河北道十九":"蓟州渔阳县燕山,在县东南七十里。悬崖侧有石鼓,去地百余丈,望之若数百十囷。有石梁贯之,鼓东南有石人援桴,状同击势。耆旧言(略)。"题作《渔阳耆旧言》。《全唐诗续拾》卷五八亦据补,题作《蓟州耆旧语》,今从拟。

南溪县故老传语

东石从西,乞子将归。

【按】清·杜文澜《古谣谚》卷二六引《太平寰宇记》卷七九"剑南西道八":"戎州南溪县乞子石,在州南五里,两石夹青衣江树对立,如夫妇之相向。故老相传云云。故《风俗记》云:人无子,祈祷有应。"题作《南溪县故老传语》,今从拟;《全唐诗续拾》卷五八"语"题为《南溪故老传语》。

宋城民为祝天贶和甄语

去了裹头冰,却得一段著脚琉璃。

【按】宋·陶穀《清异录》卷上"官志·裹头冰"条:"宋城主簿祝天贶励已如冰玉,百姓呼为裹头冰。天贶去后,和甄来尉,颇得天贶余味,加以儒而文,民间语曰(略)。"《古谣谚》卷六九据录,题作《宋城民为祝天贶和甄语》;《全唐诗续拾》卷五八亦同题著录,今从拟。

《灌畦暇语》引常言

一作一止,知人表里。

【按】唐·无名氏《灌畦暇语》:"世有常言(略),故诸葛孔明入五原,军既退,司马宣王按行其营垒处,叹曰:'真天下奇才也。'"《全唐诗续拾》卷五八"语"据补。

《酉阳杂俎》引语

其一

买鱼得鲌,不如食茹。

其二

宁去累世宅,不去鳖鱼额。

其三

洛鲤伊鲂,贵于牛羊。

其四

得合澜蠣,虽不足豪,亦足以高。

其五

槟榔扶留,可以忘忧。

其六

白马甜榴,一实直牛。

其七

草木晖晖,苍黄乱飞。

【按】见唐·段成式《酉阳杂俎》前集卷十六《广动植之一》,《全唐诗续拾》卷五八"语"据录。

秦中儿童戏歌

颠当颠当牢守门,蠮螉寇汝无处奔。

【按】唐·段成式《酉阳杂俎》前集卷十七"虫篇"："颠当，成式书斋前，每雨后多颠当。窠（俗人所呼）深如蚓穴，网丝其中，土盖与地平，大如榆荚。常仰捍其盖，伺蝇蠖过，辄翻盖捕之，才入复闭，与地一色，并无丝隙可寻也。其形似蜘蛛（如墙角乱绸中者），《尔雅》谓之王蚨蝎，《鬼谷子》谓之蚨母，秦中儿童戏曰（略）。"《古谣谚》卷六九据录，题曰《秦中儿童戏为颠当语》，首句小注："《金华子杂编》云：京师儿童以草临此虫穴呼之，谓之钓骆驼。须臾，此虫出穴，有明经刘寡辞曰：此即《尔雅》王蚨蝎也。"《全唐诗》卷八七六"语"题曰《秦中儿童戏歌》，今从拟。原语为："颠当牢守门，蠮螉寇汝无处奔。"小注："蠮螉即螺蠃，衔虫子祝之，化为己子。"《全唐诗续拾》卷五八分别录之，后按："《全唐诗》卷八七六收此歌不全，今重录。"

举场旧话

其一

闻多见少，迹静心勤。卷头有眼，肚里没嗔。

其二

貌谨气和，见面少，闻名多。

其三

上等举人，应同人举；中等举人，应丞郎举；下等举人，应宰相举。

【按】《全唐诗续拾》卷五八据《唐摭言》卷十五辑补，后注称："此承汤华泉同志见告。"

岭南俗语

踏梯摘茄子，把扇吃馄饨。

【按】唐·高怿《群居解颐》"岭南风俗"条："岭南地暖，草菜经冬不衰。故蔬圃之中，栽种茄子者，宿根二三年者，渐长枝干，乃成大树。每夏秋熟时，梯树摘之，三年后，树老子稀，即伐去，别栽嫩者。又其俗，入冬好食馄饨，往往稍暄，食须用扇，至十月，但率以扇一柄相遗，书中以吃馄饨为题，故俗云（略）。"（见王利器辑录《历代笑话集》，上海古籍出版社1981年版第57页）。《古谣谚》卷六九亦据录，题曰《岭南冬令俗语》。题目另似。

谕长安市民语

黄王起兵，本为百姓。非如李氏，不爱汝曹。

【按】宋·司马光《资治通鉴》卷二五四"唐纪七十·僖宗广明元年"条："晡时，黄巢前锋将柴存入长安，金吾大将军张直方帅文武数十人迎巢于霸上。巢乘金装肩舆，其徒皆被发，约以红缯，衣锦绣，执兵以从，甲骑如流，辎重塞途，千里络绎不绝。民夹道聚观，尚让历谕之曰：'（略）。汝曹但安居无恐。'"张紫晨《歌谣小史》第九章据之转述。

故都头钱俗语

千钱精神头钱卖。

【按】宋·陆游《老学庵笔记》卷十："唐小说载李纾侍郎骂负贩者云：'头前价奴兵。''头钱'，犹言'一钱'也。故都俗语云（略），亦此意云。"《古谣谚》卷六〇据录，题目从拟。

唐末五代人语

及第不必读书，作官何须事业。

【按】宋·赵令畤《侯鲭录》卷四"唐末五代政弊"："唐末五代，权臣执政，公然交赂，科第差除，各有等差。故当时语云（略）。"《全唐诗》卷八七六"语"据录，题曰《唐末五代人语》，今从拟；《古谣谚》卷六一题作《五代时人为及第作官人语》，小注："《古谚闲谭》卷三'官'作'宦'。"

时人为黄筌语

黄筌画鹤，薛稷减价。

【按】宋·郭若虚《图画见闻志》卷二"纪艺上"："黄筌，字要叔，成都人。十七岁事王蜀后主为待诏。至孟蜀加检校少府监，赐金紫，后累迁如京副使。善画花竹翎毛。……孟蜀后主广政甲辰岁，淮南驰骋，副以六鹤，蜀主遂命筌写六鹤于便坐之壁，因名六鹤殿。由是蜀之豪贵，请为图轴者接迹。时人谚云（略）。"《全唐诗》卷八七六"语"据录，题作《时人为黄筌语》，今从拟，题注："筌善写花竹翎毛，于孟昶殿画六鹤，因目其殿为六鹤殿，当时称叹，为语曰。"《古谣谚》卷四〇题为《时为黄筌薛稷语》。

场中为沈颜语

下水船。

【按】宋·晁公武《郡斋读书志》卷十八"别集类中"："（沈）颜少有辞藻，琴棋皆臻妙。

场中语曰(略)。言为文敏速,无不载也。"《古谣谚》卷三三据录,题目从拟。

梁时人为吴道子刘彦齐语

唐朝吴道子手,梁朝刘彦齐眼。

【按】宋·郭若虚《图画见闻志》卷五"故事拾遗·刘彦齐":"梁千牛卫将军刘彦齐善画竹,为时所称。世族豪右秘藏书画,虽不及天水之盛,然好重鉴别,可与之争衡矣。本借贵人家图画,臧赂掌画人私出之,手自传模,其间用旧褾轴装治,还伪而留真者有之矣。其所藏名迹不啻千卷,每暑伏晒曝,一一亲自卷舒,终日不倦。能自品藻,无非精当,故当时识者皆谓(略)也。"《古谣谚》卷四〇据录,题作《时人为吴道子刘彦齐语》;《全唐诗续拾》卷五八"语"题为《梁时人为吴道子刘彦齐语》,今从拟。

教坊伶人献语

天子不须忧北寇,守贞面上管幽州。

【按】《旧五代史》卷一〇九《李守贞传》:"其年(开运二年)夏,契丹寇边,以守贞为北面行营都部署。少帝开曲宴于内殿,以宠其行,教坊伶人献语云(略)。既罢,守贞有自负之色,以其言夸诧于外。"《全唐诗续拾》卷五八"嘲谑"据补,题目从拟。

曾崇范妻闻梦中人语

田头有鹿迹,田尾有日炙。

【按】清·杜文澜《古谣谚》卷五五引《合璧事类》(前集卷六十一婚礼门引野史):"曾崇范之妻许聘数人,其夫辄死。一夕梦人谓曰云云,乃汝夫也。后嫁崇范方悟。"题目从拟。《全唐诗》卷八六八"梦"题作曾崇范妻《梦中语》,后句作"由尾著日炙",题注:"南唐曾崇范,其妻先许聘数人,皆死。后梦人得语云,此是汝夫。果嫁于曾也。"

扬州人为彭玕语

十金易一笔,百金易一篇。

【按】清·吴任臣《十国春秋》卷七三《楚七·彭玕传》:"玕通《左氏春秋》,尝募求西京石经,厚赐以金。扬州人至相语曰:'(略)。况得士乎!故士人多往往依之。"《古谣谚》卷二四、《全唐诗续拾》卷五八均同题补录,今从拟。

五代人语

泰山之高,可比君福。

不用寸功,日享千钟。

【按】宋·文莹《玉壶清话》卷九《李先主传》:"是岁,赵王李德诚卒,德诚即建勋之父也。少时,人相曰(略)。"题目自拟。

唐末五代士人语

贵不如贱,富不如贫,智不如愚,仕不如闲。

【按】宋·赵令畤《侯鲭录》卷八"唐末五季士大夫言暴政":"唐末五季,士大夫有言曰(略)。谓严刑、征科、责任、驱役四事也,其深有旨。"题目自拟。

《新五代史》引语

其一

世乱识忠臣。

其二

清风兴,群阴伏;日月出,爝火息。

【按】《新五代史》卷三二《死节传第二十序》:"语曰(略),诚哉!五代之际,不可以为无人,吾得全节之士三人焉,作《死节传》。"又同书卷六一《吴世家第一序》:"呜呼!自唐失其政,天下乘时,黥髡盗贩,衮冕峨巍。吴暨南唐,奸豪窃攘。蜀险而富,汉险而贫。贫能自强,富者先亡。闽陋荆蹙,楚开蛮服。剥剽弗堪,吴越其尤。牢牲视人,岭蜑遭刘。百年之间,并起争雄。山川亦绝,风气不通。语曰(略)。"题目自拟。

冯贽引俗语

其一

人欲不饭筋骨舒,夤缘须入郇公厨。

其二

没了期,没了期,修城才了又开池。

· 217 ·

【按】后唐·冯贽《云仙散录》"郇公厨"引《长安后记》:"韦陟厨中,饮食之香错杂,人入其中,多饱饫而归,俗语曰(略)。"又"附录一"《云仙散录》卷九"没了期"引《五代史补》卷一《钱镠俚谤》:"钱镠封吴越王,工役大兴,士卒嗟怨,或夜书府门曰(略)。镠出见之,命吏书曰:'没了期,没了期,春衣才了又冬衣。'嗟怨顿息。"《古谣谚》卷五三仅录其一,题作《长安为郇公厨语》;《全唐诗》卷八《没了期歌·军士歌》:"没了期,没了期,营基才了又仓基。"同书卷八七六"语"辑录其一,题作《郇公厨语》,题注:"韦陟袭父安石封郇国公,厨中饮食香味错杂,人或入其中,多饱饫而归,俗语云。"

厨官为魏王卢相两家饮馔语

王羹亥卯未,相粥白玄黄。

【按】宋·陶榖《清异录》卷下"馔羞·王羹亥卯未相粥白玄黄":"魏王继岌每存羹,以羊兔猪胾而参之。时卢澄为平章事趋朝,待漏堂厨具小馔,澄惟进粥,其品曰粟粥、乳粥、豆沙加糖粥,三种并供,澄各取少许,并和而食。厨官遂有(略)之语。"《古谣谚》卷六九据录,题作《厨官为魏王卢相两家饮馔语》,今从拟;《全唐诗续拾》卷四一题作《后唐厨官咏魏王继岌羹丞相卢澄粥》)。

五代俗语

入朝印不开,见客口不开,归宅门不开。

【按】明·冯梦龙《古今谭概》口碑部第三十一"三不开相公":"五代废帝时,马胤孙为相,时号'三不开相公':(略)。"题目自拟。

闽伶官戏主延政语

只闻有泗州和尚,不见有五县天子。

【按】宋·钱易《南部新书》癸:"王延彬独据建州称伪号,一旦大设,为伶官作戏词云(略)。"《全唐诗》卷八七二"谐谑四"据录,题目从拟,题注:"王延政据建州,僭号大殷皇帝,后为南唐所俘。"尾注:"南唐伶人李家明亦尝谑之云:大殷天平冠,今已无用,告乞为优服。"

孟蜀丐者语

不得灯,灯便倒。

【按】宋·张唐英《蜀梼杌》卷下:"(孟知祥)二十六日薨,年六十一,伪谥文武圣德英烈明孝皇帝,庙号高祖,葬和陵。初,有丐者自号醋头,手携一灯架,所至处卓之,呼曰'不得灯灯便倒'。至是,人以为应。"《古谣谚》卷二四录作《蜀中丐者醋头呼语》:"不得灯,灯便倒。"注:"《幸蜀记》:'得'作'使'。《全唐诗》十二函八:二'灯'字均作'登'。"《全唐诗》卷八七五"谶记"题作《孟蜀丐者语》,语曰:"不得登,登便倒。"题注:"孟知祥僭号,未几而殂。先是有丐者自号醋头,手携一灯檠,所至卓之云云。至是人以为应。"

蒲萄髻语

蒲萄髻,十穗胜五穗。

【按】后唐·冯贽《云仙散录》"蒲萄髻"引李明之《衡山记》:"衡山小儿发初生,为小髻十数。父母为儿女相胜之辞曰(略)。"题目自拟。

曹务光语

财可得,法难求。

【按】后唐·冯贽《云仙散录》"斗盆烧香"条引《旧相禅学录》:"曹务光见赵州以斗盆烧乳头香十斤,曰(略)。"题目自拟。

杜重威引俚语

逢贼得命,更望复子。

【按】《新五代史》卷五二《杜重威传》:"开运元年,加重威北面行营招讨使。明年,引兵攻泰州,破满城、遂城。契丹已去至古北,还兵击之,重威等南走,至阳城,为虏所困,赖符彦卿、张彦泽等因大风奋击,契丹大溃。诸将欲追之,重威为俚语曰(略)乎?乃收马驰归。"《全唐诗》卷八七六"语"据录,题作《杜重威引俚语》,今从拟;《古谣谚》卷十二亦同题补录,末句"子"后有"乎"字。

广陵人语

朱蒜不及秋。

【按】宋·吴处厚《青箱杂记》卷七:"谣谶之语在《洪范》五行,谓之诗妖,言不从之罚,前世多有之,而近世亦有焉。昔徐温子知训在广陵,作红漆柄骨朵,选牙队百余人执以前导,谓之'朱蒜'。天祐末,广陵人竞服短袴,谓之'不及秋'。后十三年六月,知训为朱瑾所杀焉,则'朱蒜不及秋'之应也。"题目自拟。

五代南汉广南石谶语

人人有一,山山值牛。兔丝吞骨,盖海承刘。

【按】宋·吴处厚《青箱杂记》卷七:"广南刘䶮初开国,营构宫室得石谶,有古篆十六,其文曰(略)。解者云:'人人有一,大人也;山山,出也;值牛者,䶮建汉国,岁在丑也;兔丝者,晟袭位,岁在卯也;吞骨者,灭诸弟也。越人以天水为赵为盖海,指皇朝国姓也;承刘者,言受刘氏降也。'"题目自拟。

赞宁引语

利不百,不变格。

【按】宋·赞宁《宋高僧传》卷十《唐新吴百丈山怀海传》:"系曰:……今海公作古,天下随之者,益多而损少之故也。谥海公为大智,不其然乎?语曰(略),将知变斯格,厥利多矣。"《全唐诗续拾》卷五八"语"据补,题目从拟。

从谂等语

其一
不语十年五载,无人唤你作哑汉。

其二
树摇鸟散,鱼惊水浑。

其三
知恩者少,负恩者多。

其四
不睹云中雁,焉知沙塞寒。

其五
金屑虽贵,落眼成翳。

其六

如人饮水,冷暖自知。

其七

叶落归根。

【按】其一见唐·文远记录《赵州录·赵州和尚语录卷上》:"问:'如何是一句?'……师又云:'若一生不离丛林,不语十年五载,无人唤你作哑汉。'"其二见《赵州录·赵州和尚语录卷上》:"问:'如何是学人本分事?'师云(略)。"其三见《赵州录》:"师问菜头:'今日吃生菜?熟菜?'菜头提起一茎菜,师云(略)。"又见《景德传灯录》卷十本传、《五灯会元》卷四《赵州从谂禅师》。其四见《赵州录》:"师问新到:'近离甚处?'云:'台山。'师云:'还见文殊也无?'僧展手,师云:'展手颇多,文殊谁睹?'云:'只守气,急杀人。'师云(略)。"其五见唐·慧然集《临济录·镇州临济慧照禅师语录》:"侍云:'金屑虽贵,落眼成翳。又作么生?'师云:'将为你是个俗汉。'"其六见《祖堂集》卷二《第三十二祖弘忍和尚》:"慧明云:'某甲虽在黄梅剃发,实不得宗乘面目。今蒙行者指授,也有入处,如人饮水,冷暖自知。'"其七见《祖堂集》卷二《第三十三祖惠能和尚》:"门人问师:'师归新州,早晚却回?'师云:'叶落归根,来时无口。'"

佛书引语

其一

停囚长智。

其二

赤脚人趁兔,著靴人吃肉。

【按】见《全唐诗》卷八七六"语",题目从拟。

灵佑禅师引俗语

蚊子上铁牛,无汝下嘴处。

【按】宋·普济《五灯会元》卷九《沩山灵佑禅师》:"岩却问师:'百丈大人相如何?'师曰:'巍巍堂堂,炜炜煌煌。声前非声,色后非色。(略)。'"题目自拟。

五代竟钦禅师语

日出方知天下朗,无油那点佛前灯。

【按】宋·普济《五灯会元》卷十五《双峰竟钦禅师》："韶州双峰竟钦禅师,益州人也。开堂日,云门和尚躬临证明。僧问:'如何是佛法大意?'师曰(略)。"题目自拟。

慧颙禅师语

不上天堂,即入地狱。

【按】宋·赜藏主编集《古尊宿语录》卷七《汝州南院(慧颙)禅师语要》："问:'从上诸圣向甚么处去也?'师云(略)。"题目自拟。

僧道熙语

驴马不同途。

【按】清·吴任臣《十国春秋》卷九九《闽十·僧道熙传》："僧道熙,漳南人。……延彬良久又问:'驴来,马来?'道熙曰(略),其机辩如此。"题目自拟。

第五编　敦煌歌谣

咏廿四气诗

咏立春正月节

春冬移律吕，天地换星霜。
冰泮游鱼跃，和风待柳芳。
早梅迎雨水，残雪怯朝阳。
万物含新意，同欢圣日长。

咏雨水正月中

雨水洗春容，平田已见龙。
祭鱼盈浦屿，归雁□山峰。
云色轻还重，风光淡又浓。
向看入二月，花色影重重。

咏惊蛰二月节

阳气初惊蛰，韶光大地周。
桃花开蜀锦，鹰老化春鸠。
时候争催迫，萌芽护短修。
人间务生事，耕种满田畴。

咏春分二月中

二气莫交争，春分两处行。
雨来看电影，云过听雷声。
山色连天碧，林花向日明。
梁间玄鸟语，欲似解人情。

咏清明三月节

清明来向晚,山渌正光华。
杨柳先飞絮,梧桐续放花。
鴽声知化鼠,虹影指天涯。
已识风云意,宁愁谷雨赊。

咏谷雨三月中

谷雨春光晓,山川黛色青。
桑间鸣戴胜,泽水长浮萍。
暖屋生蚕蚁,喧风引麦葶。
鸣鸠徒拂羽,信矣不堪听。

咏立夏四月节

欲知春与夏,仲吕启朱明。
蚯蚓谁教出,王苽自合生。
簇蚕呈茧样,林鸟哺雏声。
渐觉云峰好,徐徐带雨行。

咏小满四月中

小满气全时,如何靡草衰。
田家私黍稷,方伯问蚕丝。
杏麦修镰钐,锄荒竖棘篱。
向来看苦菜,独秀也何为。

咏芒种五月节

芒种看今日,螗螂应节生。
彤云高下影,鵙鸟往来声。
绿沼莲花放,炎风暑雨清。
相逢问蚕麦,幸得称人情。

咏夏至五月中

处处闻蝉响,须知五月中。
龙潜绿水穴,火助太阳宫。
遇雨频飞电,行云屡带虹。
蕤宾移去后,二气各西东。

咏小暑六月节

倏忽温风至,因循小暑来。
竹喧先觉雨,山暗已闻雷。
户牖深青霭,阶庭长绿苔。
鹰鹯新习学,蟋蟀莫相催。

咏大暑六月中

大暑三秋近,林钟九夏移。
桂轮开子夜,萤火照空时。
菰果邀儒客,菰蒲长墨池。
绛纱浑卷上,经史待风吹。

咏立秋七月节

不期朱夏尽,凉吹暗迎秋。
天汉成桥鹊,星娥会玉楼。
寒声喧耳外,白露滴林头。
一叶惊心绪,如何得不愁。

咏处暑七月中

向来鹰祭鸟,渐觉百藏深。
叶下空惊吹,天高不见心。
气收禾黍熟,风静草虫吟。
缓酌樽中酒,容调膝上琴。

咏白露八月节

露沾疏草白,天气转清高。
叶下和秋吹,惊看两鬓毛。
养羞因野鸟,为客讶蓬蒿。
火急收田种,晨昏莫告劳。

咏秋分八月中

琴弹南吕调,风色已高清。
云散飘摇影,雷收振怒声。
乾坤能静肃,寒暑喜均平。
忽见新来雁,人心敢不惊。

咏寒露九月节

寒露惊秋晚,朝看菊渐黄。
千家风扫叶,万里雁随阳。
化蛤悲群鸟,收田畏早霜。
因知松柏志,冬夏色苍苍。

咏霜降九月中

风卷清云尽,空天万里霜。
野豺先祭兽,仙菊遇重阳。
秋色悲疏木,鸿鸣忆故乡。
谁知一樽酒,能使百愁亡。

咏立冬十月节

霜降向人寒,轻冰绿水漫。
蟾将纤影出,雁带几行残。
田种收藏了,衣裘制造看。
野鸡投水日,化蜃不将难。

咏小雪十月中

莫怪虹无影,如今小雪时。
阴阳依上下,寒暑喜分离。
满月光天汉,长风响树枝。
横琴对绿醑,犹自敛愁眉。

咏大雪十一月节

积阴成大雪,看处乱菲菲。
玉管鸣寒夜,披书绕绛帏。
黄钟随气改,鹖鸟不鸣时。
何限苍生类,依依惜暮晖。

咏冬至十一月中

二气俱生处,周家正立年。
岁星瞻北极,舜日照南天。
拜庆朝金殿,欢娱列绮筵。
万邦歌有道,谁敢动征边。

咏小寒十二月节

小寒连大吕,欢鹊垒新巢。

拾食寻河曲,衔柴绕树梢。

霜鹰延北首,鸲鹆隐聚茅。

莫怪严凝切,春冬正欲交。

咏大寒十二月中

腊酒自盈樽,金炉著炭温。

大寒宜近火,无事莫开门。

冬与春交替,星周月讵存。

明朝换新律,梅柳待阳春。

【按】张锡厚主编《全敦煌诗》卷五〇据伯2624、斯3880校录,题元稹作,又"一作卢相公诗"(北京:作家出版社2006年版第六册第2631—2653页)。颜廷亮主编《敦煌文学》之张锡厚《诗歌》三《敦煌民间诗歌》节录第一首(甘肃人民出版社1989年版第169页)。

汝南薛彦俊励志诗

同光二载,姑洗之月,蒙生一拾二叶,迷愚小子汝南薛彦俊,残水之鱼,不得精妙之词,略咏七言。

童儿学业切殷勤,累习诚望得人钦。

但似如今常寻诵,意智逸出盈金银。

不乐利润愿成道,君子烦道不忧贫。

数年读诵何得晓,孝养师父求立身。

【按】张锡厚主编《全敦煌诗》卷六四据斯6204校录(作家出版社2006年版第七册第3124页)。颜廷亮主编《敦煌文学》之张锡厚《诗歌》三《敦煌民间诗歌》复录(甘肃人民出版社1989年版第171页),题目自拟。

无名氏诗四首

其一

人生一世只为逢,昨朝今日事不同。

但看后园桃李树,花开能得几时红。

其二

学郎汉□郭会昌,看看一似憨头狼。
世间薄酒总饮尽,一朝出来褥城隍。

其三

阿师本是阎家儿,解甚不知得处书。
今朝遣人轻轻问,后问之时心莫疑。

其四

先生本是这□哥,逐日书字甚要他。
写经早料不得吃,三时趁食费鞋靴。

【按】张锡厚主编《全敦煌诗》卷六七"无名氏"据伯希和藏文编号P.T.0027卷背原抄补录,皆取首句为题(作家出版社2006年版第八册第3217—3219页)。又见颜廷亮主编《敦煌文学》之张锡厚《诗歌》三《敦煌民间诗歌》(甘肃人民出版社1989年版第171页)。

沙州歌谣八首

神皇圣氏,生于文王。文王之祖,生于后稷。故诗人所谓生人尊祖也。

其一

于昭武王,承天剪商。谁其下武?圣母神皇。穆斯九族,绥彼四方。遵以礼仪,调以阴阳。三农五谷,万庾千箱。载兴文教,载构明堂。八窗四闼,上圆下方。多士济济,流水洋洋。

其二

明堂之兴,百工时揆。庶人子来,馘鼓不胜。肃肃在上,无幽不察,无远不相。千龄所钟,万国攸向。俗被仁礼,家怀孝让。帝德广运,圣寿遐延。明明在下,于昭于天。本枝百代,福祚万年。

其三

惟彼洛邑,圣母营之。惟彼河水,神皇清之。穆穆帝子,圣母生之。浩浩海渎,神皇平之。福兮祐兮,在圣母兮。盛兮昌兮,在神皇兮。

其四

圣母皇皇,抚临四方。东西南北,无思不服。秃发狂瞽,侵我西土。皇赫斯怒,爰整其旅。荒徼之外,各安其所。穆穆圣君,受天之祐。

其五

圣皇为谁？神皇圣母。于万斯年，受天之祐。永淳之季，皇升玉京。如丧其考，人不聊生。裴、徐作衅，淮海波惊。

其六

皇皇圣母，定纵服横。绥以大德，威以往兵。神谋独运，天鉴孔明。危邦载静，乱俗还平。河图洛书，龟背龙胁。

其七

圣母临人，永昌帝业。既营大室，爰构明堂。如天之堰，如地之方。包含五色，吐纳三光。傍洞八牖，中制九房。百神荐趾，膺乾之统。得坤之经，子来之作。不日而成，不得有得。□□非名，如天之寿，于万斯龄。

其八

黄山海水，蒲海沙场。地邻蕃服，家接浑乡。昔年寇盗，禾麦凋伤。四人忧忧，百姓逞逞。圣人哀念，赐以惟良。既抚既育，或引或将。昔靡单袴，今日重裳。春兰秋菊，无绝斯芳。

【按】张锡厚主编《全敦煌诗》卷六七"无名氏"据伯 2005、2695 两种抄本补录（作家出版社 2006 年版第八册第 3220—3227 页），题目从拟。《全唐诗续拾》卷五八据罗振玉《鸣沙石室佚书》影印敦煌写卷《沙州〔都督府〕图经》，即伯 2005 卷，校以伯 2695 卷补录，总题为《载初元年沙州歌谣》，无八首之分，后按："原诗题作《歌谣》，在《图经》中自成一目。末云：右唐载初元年四月，风俗使于百姓间采得前件歌谣，具状上讫。今据以拟题。"

无名氏诗二首

罹乱何处没刀枪

罹乱何处没刀枪，煞戮无辜可悯伤。
似玉颜容刀下死，如花美貌箭头亡。
魂灵冥寞居泉壤，骸骨东西抛路傍。
好是同修菩萨行，资勋念佛往天堂。

僧家俗舍有先魄

僧家俗舍有先魄，总得魂灵入道场。

法雨洒时消热恼，慈风扇处息灾殃。

威灵永劫消涂炭，尽遣长年往净方。

九品花生花里坐，一时同见法轮王。

【按】张锡厚主编《全敦煌诗》卷六七"无名氏诗二首"据伯 2104、斯 4037 两种抄本补录（作家出版社 2006 年版第八册第 3230—3232 页），原均以首句为题，今从拟。

无名氏诗三首

上道清法师诗二首

其一

自到敦煌有多时，每无管领接括希。

寂寞如今不请说，苦乐如斯各自知。

其二

思量乡井我心悲，未曾一日展开眉。

耐得清师频管领，似逢亲识是人知。

上清法师诗并序

窃以某乙家乡万里，涉歧路而长赊，羡爱龙沙，收心驻足，初听蛩吟于阶砌，乍闻蝉噪于高梧。是千门求富之辰，乃巧女七夕之夜。辄奉诸贤，宁无谁思，遂述七言，请清师勿令怪笑。

七日佳人喜夜晴，各将花果到中庭。

为求织女专心坐，乞巧楼前直至明。

【按】张锡厚主编《全敦煌诗》卷六七据斯 2107 背面校录（作家出版社 2006 年版第八册第 3233—3236 页）。

自从塞北起烟尘

自从塞北起烟尘，礼乐诗书总不存。

不见父兮子不子，不见君兮臣不臣。

暮闻战鼓雷天动，晓看带甲似鱼鳞。

只是偷生时暂过，谁知久后不成身。

【按】张锡厚主编《全敦煌诗》卷六七"无名氏"据伯 2119、2564、2633、3107 等五种抄本补录,以首句为题(作家出版社 2006 年版第八册第 3238 页),今从拟。同书卷一四三又附于"十二时"题下,多出"愿得再逢尧舜日,圣朝偃武却修文。勤学不辞贫与贱,发愤长歌十二时"四句。

无名氏诗五首

清莲台上见天堂

清莲台上见天堂,众生真心礼四方。
降魔处上夜放光,菩萨悲愿遍十方。

神龟诗

海中有神龟,两鸟共相随。
游依世间故,老众人不知。
道鸟衔牛粪,口称我且归。
不能谨口舌,電煞老死尸。

坐禅不乱意

坐禅不乱意,观色更无缘。
三毒罗刹得成佛,不要留心再坐禅。

坐禅得须不喜动

坐禅得须不喜动,何要观心了三界。
但观性内所,不知意缘起。

心平不用持戒

心平不用持戒,行直何须坐禅。
恩则普同佛子,义则上下叹然。
苦口则是良药,依㮣定出黄莲。
菩萨向心如觅,天堂即在眼前。

【按】张锡厚主编《全敦煌诗》卷六七据伯 2129 校录(作家出版社 2006 年版第八册第 3240—3245 页),其二《神龟诗》校记[一]称:"刘复《敦煌掇琐》琐十八收录云:'此颇似歌谣。'"刘复《敦煌掇琐》、孙望《全唐诗补逸》卷十八俱录,皆题为《无名僧禅诗五首》。颜廷亮主编《敦煌文学》之张锡厚《诗歌》三《敦煌民间诗歌》选录第二首(甘肃人民出版社 1989 年版第 172 页),首联次句"两"原作"雨","相"原作"想"。

尚书后题诗

野棘知人意,因何不早回。
既能牵挽得,待后拽将来。

【按】张锡厚主编《全敦煌诗》卷六七据伯2516校录(作家出版社2006年版第八册第3249页)。题目从拟。

秦地断长川

吴山下泪□,秦地断长川。
语似清江上,分首共凄然。
相逢尽今日,后语不知年。
愿君聊住马,□谕欲动□。

【按】张锡厚主编《全敦煌诗》卷六七据伯2530(敦煌遗书)补录(作家出版社2006年版第八册第3250页)。题目从拟。

辩才家教卷上并序

昔辩才者,是不可思议人也。是善知识,教化阎浮提众生成道,免堕迷愚之中。痴顽之类,人身难保,中□难生,却遇迷□。自须添知,会其八节,知其四季,酌量时使,禀其年岁。时丰即贱,凶年即贵。栽树防热,筑堤防水,积行防衰,积谷防饥。勤读诗书,自然知足。学时虽难,用时还易。鱼潜江海,须愧其水;鹤寄千林,高枝即贵。奉劝时人,须于此义,不可轻辩才之美。齐之足知,达之义理。终身无咎,人之仰贵。譬如土生□□,金生丽水。

贞清门章第一

　　学士问辩才□:□□□□,□□答曰

欲嗔即喜,欲恨即休。欲贪即止,欲财即□。□□□□以德报怨,人如相雠。以怨报而不绝,则行是人之大。□□□□,先立他人。危人自安,死门何远。即要立身,须得良友。近贤者□,近贱者忧。衣破须补,屋漏须修。好事即须□□,□□不可勤求。结交先须离己,负心必见怨仇。

省事门章第二

学士问辩才曰:如何省事? 辩才答曰

但行正直,莫行诸恶。大道直行,免登山谷。莫轻他人不被辱,知理识分得人□。酒莫多吃,必无犯触。财莫多贪,免遭枷狱。官法明明,格令如烛。吾语不可忘,弟子须开耳目。劝时不听吾言,一朝悔将何及。

劝善门章第三

学士问辩才曰:善门有何因缘? 辩才答曰

万般求法,不如劝心。千种多知,不如禁口。三教之中,臭恶不过秽言;一切名香,□□不过善语。孝经云:言满天下无口过,行满天下无怨恶。磨刀恨不利,刀利伤人指。求财恨不多,财多害人己。不枉法,不得财,若枉法,祸必来。君子爱财,取之有道。贞夫爱色,纳之以礼。莫将有限之身,求无限之宝。颂曰:劝君莫贪财,贪财祸必来。于道但依人,法门为谁开。

六亲章第四

立身须行孝,家务亦殷勤。出门求诸事,先须启二亲。善言胜美味,含笑莫怀嗔。好儿和眷属,婢妇和六亲。为人莫骄慢,为礼莫因循。侍奉莫辞苦,理业莫辞辛。在众莫人我,非亲莫为亲。山行须让道,言语莫伤人。伤他还自伤,更教断说人。有茶屈东舍,有酒命西邻。出去入他户,人来莫闭门。输官莫在后,种莳莫伤春。居村莫越众,众处莫超群。言多有何益,少语省精神。好赌莫为友,好杀莫为朋。分争莫为理,五眼莫为邻。非□莫淘米,不作莫燃灯。从头须节省,免后受饥贫。

积行章第五

学士问辩才:何名为积行? 辩才答曰

积行防衰,积谷防饥。□□□□,积义防亏。积善之家,必有余庆。积恶之家,必有余殃。终日行善,善犹不足。一日行恶,恶即有余。老子云:一朝不洗面尘生,一日念善诸恶超。时人只解水洗面,不解用善净其心。以偈曰:家教看时真似浅,款曲寻思始知深。向外搜求无可觅,五蕴山中闹如林。梦里昏昏无所见,觉来惶惶用意寻。贱人贱薄轻文字,贵人贵即重如金。剪截浮调宣要妙,无过彼此不相侵。

十劝章第六

学士问辩才曰:十劝之中,有何所得? 辩才答曰:十劝之中,非常利益,若能依此教，的然无误失。颂曰：

劝君一，居家济济无啾唧。约束莫教行诈伪，即此无灾身大吉。一行若也有差参，百行之中将总失。傍人免道家教疏，家教天生道理密。

劝君二，莫令小女知家事。八十老人学种田，犹自不得天心至。劝君作小用尊言，禀受虔心须用耳。保爱六亲行善缘，此是男儿存终始。

劝君三，虽然成长未更谙。见他人笑学他笑，迷意愚痴未所堪。使教出去遭人愁，父母恩言苦再三。即可送入于学门，莫教夫子就门参。

劝君四，修德人身莫取次。亲近智人学风流，教伊远近传君子。合有人情须精尽，若没人情狗相似。即徒迤逦劝成人，不是辩才夸文字。

劝君五，侍奉不可辞辛苦。十月怀胎起坐难，报取三年亲乳哺。不论男女一般怜，总随恩爱无他苦。既若不听辩才言，请问慈乌来返哺。

劝君六，家贫不用贪酒肉。一种营农一种田，因甚你家偏不熟。冬前不见秋耕地，春时难可求资蓄。无柴无米及无铛，谁人肯煮无米粥。

劝君七，嘱咐殷勤非今日。立身若也不殷勤，懒堕慵馋惟乐吃。尸陀林里觅朋僚，如此般流非不一。当时不纳辩才言，一入暗门无处出。

劝君八，立身切莫亲屠杀。世间生死有轮回，冤家并对词难说。将心悔不早□□，负命有仇须救拔。愿身早□登生路，转劝修行休宰杀。

劝君九，事须少吃无名酒。多吃令人失礼仪，醉后人传无去就。醉时狂语万般言，众人责辱千般有。醉时不听辩才言，须向人前呈羞丑。

劝君十，知有法门何要入。纵有妖邪索命来，远离浊泥净处立。但以心中行正直，非理谁人何所及。十善之中总能依，□不将心求节级。

经业门章第七

学士问辩才曰：何名为经业？立谁为师？立谁为主？辩才答曰

自修自整，自治自教。立心为师，立身为主。自治家业，自用本智。不笑贫穷，不羡富贵。不作非违，不愁道理。不解经营，不求名利。不犯官愆，不怕神鬼。黄昏则睡，天明则起。不饮杯觞，不愁酒醉。不参上下，不问名讳。病来即卧，病差即起。活则且住，死来即去。亦不求神，亦无祸祟。求神若得病差，□□□□□□。

□□□章第八

□□□□□答曰

以身为本，以财为利。莫损其身，莫求其利。莫说他非，莫论他事。

莫笑贫穷,莫羡富贵。兢兢自使,战战自治。用天之道,分地之利。谨身节用,莫违甘旨。饥即投人乞食,渴即甘泉饮水。闲来窗下读书,闷则房中稳睡。孝养堂前父母,出入总须安危。夜间即须脱服,旦朝还须早起。待来参却大人,便须庭前扫地。煞可梳头洗面,处分厨中姒娌。出语切莫高声,少长□在分义。叔母拘柴著火,伯母则即担水。一个拣择菜蔬,一个便须淘米。姒娌切须和颜,人人须知次第。大人若有指扬,切莫强来说理。男女恩爱莫偏,递互莫令有二。孝顺和颜姑嫜,且莫说他兄弟。内外总得传名,亲族必应欢喜。若乃依此而行,便是孝名妇礼。

贞女章第九

学士问辩才曰:贞女之门如何? 辩才答曰

贞女娉与贤良,谨节持奉姑嫜。严母出贞女,严父出贤良。侍奉殷勤莫亏失,免令损辱阿耶娘。身体发肤须保爱,父母千金莫毁伤。劝君审思量,莫护短,必寿长。内得外,莫称扬。行善巧,必无殃。行恶积,招不祥。依律吕,合宫商。但取弱,莫争强。勤节省,必馀粮。无失错,大吉昌。合宫。

四字教章第十

学士问辩才曰:四字言教,有何所得? 辩才答曰:四字教中,非常有益。偈曰

人栽香树,肯生荆棘。但行布施,莫生悋惜。冬委闲牛,春耕得力。春养初苗,秋成必积。勤耕之人,必丰衣食。勤学之人,必居官职。耕田不种,损人功力。有子不教,费人衣食。有衣但著,有饭但吃。忽尔无常,与他谁吃。朋友之言,而有信的。人行善愿,必逢知识。人行恶愿,祸必来积。再劝殷勤,自须努力。

五字教章第十一

学士问辩才曰:五字言教,有何所能? 辩才答曰

劝君须觉悟,凡事审思量。□餐尝百味,智慧实能强。出语能方便,胜烧百和香。少言胜多语,柔软必胜刚。肚里无惭愧,何劳远送香。出言如刀切,发意似剑枪。一朝危厄至,悔不早思量。

善恶章第十二

学士问辩才曰:何名为善恶? 辩才答曰

居家何以逆,兄弟姒娌无知识。居家何以义,兄弟姒娌相委记。居家

何以恶,兄弟姒娌不相托。居家何以好,兄弟姒娌不相道。居家何以分,兄弟姒娌不相遵。居家何以贫,兄弟姒娌不殷勤。居家何以富,兄弟姒娌相倚付。居家何以贱,兄弟姒娌相谗□。居家何以贵,兄弟姒娌常欢喜。居家何以破,兄弟姒娌争人我。居家何以成,兄弟姒娌有恩情。居家何以失,兄弟姒娌相啾唧。居室何以安,兄弟姒娌如鱼水。

悉以广法

尔时学士问,辩才曰

悉以广法,普济群生。教愚迷昧,转□贤英。常用智慧,如烛照明。终显章句,汝等审听。能依教法,信受奉行。

【按】张锡厚主编《全敦煌诗》卷六八据伯 2515、斯 4329 两种抄本补录,校记[一]称:"1982 年,刘修业曾整理发表王重民遗稿《敦煌写本〈辩才家教〉跋》(案:见北大中古史研究中心编《敦煌吐鲁番文献研究论集》,中华书局 1982 年版),内云:'……末有甲子年四月廿五日显比丘僧愿成俗姓王保记'一行,大意以修身治家为主,糅合释道之说,而总归于儒。虽托之辩才,卷末结言亦仿佛偈,而立言则与释子为远,盖通俗社会上一般人之观念,多如是也。每章或托之学士问,辩才答,以发挥意见。然多韵语,五言者如白话诗,七言者如唱经文。"(作家出版社 2006 年版第八册第 3252—3280 页)。

客龄然过潼关

鹦转辞秦国,鸡鸣出晋关。
城临孟津水,路入渑池川。
古迹逢人问,新花着马攀。
帝乡何处在,遥指白云间。

【按】张锡厚主编《全敦煌诗》卷六九据伯 2555 补录(作家出版社 2006 年版第八册第 3281 页)。又见柴剑虹《敦煌唐人诗文选集残卷(伯二五五五)补录》(《文学遗产》1983 年第 4 期)。

海边黛色在似有

海边黛色在似有,舟人言是三山口。
八月秋风上信时,雁飞却在征帆后。

【按】张锡厚主编《全敦煌诗》卷六九据伯 2555 补录(作家出版社 2006 年版第八册第

3282页),以首句为题,今从拟。又见柴剑虹《敦煌唐人诗文选集残卷(伯二五五五)补录》(《文学遗产》1983年第4期)。

无事辞却家

无事辞却家,等闲到流沙。

马口聚冰沫,剑头生雪花。

少年事不晓,塞漠徒经过。

【按】张锡厚主编《全敦煌诗》卷六九据伯2555补录(作家出版社2006年版第八册第3283页),以首句为题,今从拟。校记[一]谓:"原抄于岑参《寄宇文判官》末句'别来头已斑'之后,存诗五言六句,诗题、撰者俱佚,简称伯本。"

无名氏诗四十二首

莫道封侯在武威

莫道封侯在武威,请看辛苦老戎衣。

书中未有黄金出,梦里羞提白发归。

边城汉少犬戎多

边城汉少犬戎多,数月僮团更索和。

南望汉兵肠欲□,不知圣主意如何。

盏酒不能醉得人

盏酒不能醉得人,二桃何事煞三臣。

曾闻四马奔于郑,总为量美尽不□。

明时才子气凌云

明时才子气凌云,高步长安在数君。

不意舟中逢□水,应缘地下要□□。

丈夫屈滞不须论

丈夫屈滞不须论,今载蹉跎虚度春。

无钱开口令人恨,有物皆谈是好□。

山人高兴日将昏

山人高兴日将昏,欲去遮回恋一樽。
醉望村烟数道起,不知何处是柴门。

爱君忠信两能齐

爱君忠信两能齐,志感边陲静鼓鼙。
只缘孝行超骞舆,枯杨今始再生荑。

玄冬丽洒送寒赊

玄冬丽洒送寒赊,皎皓浮空散满花。
穷奇瑞雪知人贺,雺霏队队向君家。

君家桃李欲迎春

君家桃李欲迎春,东阁凡知几种人。
任从寒附炉中火,莫遣风飐门下尘。

塞上无媒徒苦辛

塞上无媒徒苦辛,不如归舍早宁亲。
纵令百战穿金甲,他自封侯别有人。

少年凶勇事横行

少年凶勇事横行,欲击单于不用兵。
塞外不辞弓甲冻,山头月照宝刀明。

明时奉遣别黄州

明时奉遣别黄州,行至汉阳南渡头。
春风不解传乡信,江月偏能照客愁。

久游塞外倦风尘

久游塞外倦风尘,是日穷途苦问辛。
百年富贵知何处,一晌凄惶愁煞人。

作客令人心里孤

作客令人心里孤,如今归去一钱无。
家乡不久应如此,自到河西频失途。

岁去年来已白头

岁去年来已白头,更闻啼鸟使人愁。
客旅无钱可沽酒,春光莫道不相留。

塞上蹉跎数岁年

塞上蹉跎数岁年,一离桑井更无缘。
朝朝唯候天兵降,宿昔令人白发迁。

十载支离泣异方

十载支离泣异方,一生徒说赋长杨。
功勋不敢邀麟阁,形影何曾接雁行。

万里愁肠断不难

万里愁肠断不难,眼前分水不曾干。
故乡只今谁忍道,莫交鹦鹉唤长安。

万里边城一树花

万里边城一树花,愁来相对几咨嗟。
旅客只今肠欲断,春光何时到流沙。

二顷田园在上都

二顷田园在上都,十年不见兴长孤。
池边哀鸟纵飞去,洞里仙经收得无。

八月金风万里秋

八月金风万里秋,飘起罗帐不缘愁。
与想长安闺里妇,悔交夫婿觅封侯。

建章宫里出容华

建章宫里出容华,妙舞来过主第家。
万人楼前折杨柳,三调路上踏梅花。

今朝日色甚能暄

今朝日色甚能暄,有客传心新受年。
美酒三樽独不酌,愁来更作故人篇。

今朝独坐弄明琴

今朝独坐弄明琴,直为方亭在竹林。
忽见飞泉停九石,谁知落叶谙听琴。

缘窗独坐情难违

缘窗独坐情难违,红粉佳人不可欺。
女人本是优柔性,今日须呈孟姜□。

鸳鸯注口慢梳头

鸳鸯注口慢梳头,一入昭阳未解愁。
闷来后园摘萱草,愁时闺里理箜篌。

东枝阿那西枝存

东枝阿那西枝存,孔子东行厄在陈。
不知九曲殊难度,悔不桑间问女人。

思忆遥遥房屋虚

思忆遥遥房屋虚,缓步庭前恐独居。
君向陇西经几载,愁来寒雁与传书。

沉吟疑悟渐更深

沉吟疑悟渐更深,玉漏催妆未可吟。
裁衣寄向边庭塞,唯愿强夫照妾心。

夜闻孤雁切人肠

夜闻孤雁切人肠,忽忆征夫在远乡。
直为关山多屈滞,造得寒衣谁与将。

星翻月落三更半

星翻月落三更半,忽起被袍坐长叹。
愁来稔以缘琴弹,不觉弦长寸寸断。

千回万转庭前晓

千回万转庭前晓,不睡心中怀杪杪。
每夜含啼直至明,怎知忆念君多少。

去时河畔柳初黄

去时河畔柳初黄,灞岸桥边桃李香。
思君昔日行恩处,独坐春江空断肠。

高楼画阁一层层

高楼画阁一层层,未得云履不可登。
为开帘绁深深处,引取春光能不能。

明月偏能照洞房

明月偏能照洞房,幽闺独卧懒添香。
无端蟋蟀惊人叫,半夜相思欲断肠。

自从夫婿戍楼兰

自从夫婿戍楼兰,啼痕涟涟拭不干。
他家闺阁冬犹暖,贱妾房风春亦寒。

长信宫中秋月明

长信宫中秋月明,昭阳殿内捣衣声。
雀罗帐里无情悰,深处庭前不忍听。

今朝心里闷晦晦

今朝心里闷晦晦,不意更将愁来对。
共君好酒觅五升,一起送愁千里外。

小小愁时一两盏

小小愁时一两盏,大大愁时三五杯。
一日中间三度醉,交我愁从何处来。

檀枝打灯不须愁

檀枝打灯不须愁,酒债将来儿自酬。
莫看手下无钱用,一旦无明万世休。

今朝装束一团骄

今朝装束一团骄,过与秦筝不肯调。
应是比来自在作,见人欲听故相邀。

绐绤红花绣耳衣

绐绤红花绣耳衣,骄多啐眼世间希。

巧能妙解边庭舞,直至平明莫放归。

【按】张锡厚主编《全敦煌诗》卷六九据伯2555补录(作家出版社2006年版第八册第3284—3313页),皆以首句为题,今从拟。其第一首复见张书卷八四"无名氏诗十二首"第四,唯第三句"黄金出"作"黄金屋",末句"梦里羞提白发归"作"□□衔将自兹归"。本卷校记[一]称:"原抄于无名氏撰《无事辞却家》(拟题)诗后,空二格,小字'七言'下抄写'莫道封侯在武威存七言绝句四十七首。除去已考知撰者及诗题外,还有四十二首尚难判定其撰者。"第二十九首"沉吟疑悟渐更深"末句之"强"又校作"丈"。

明堂诗

君不见明堂基址至黄泉,宝盖犹来彻远天。上圆本与乾坤合,下方何处不相连。四窗蜿蜒参辰外,八闼玲珑日月边。金栏刻作琉璃色,玉柱纯将银缕缠。东夷百济闻倾化,西戎蕃国率皆然。南蛮稽颡俱言献,北狄胡王悉贡甗。行路难,路难明堂在殿前。李家定得千千岁,圣主还同万万年。

【按】张锡厚主编《全敦煌诗》卷七十据伯2555《唐人诗文选集》正面部分原抄补录,校记[一]:"诗题原作'明堂诗一首',撰者已佚,存杂言诗十八句,简称伯本。兹以'明堂诗'为题。"(作家出版社2006年版第八册第3315页)

无名氏咏物诗十六首

毬杖

一生长养在山亭,被屈将来别立名。

贵人把向场中弄,犹如初月趁流星。

笔

一生长养在蓬门,久在公衙不立勋。

蒙得都官配入管,平明点着墨离军。

葵

一生长养在园林,数度人来皆被侵。

昨日蒙君一度洽,平明还作两般心。

筶筷

一生执节不曾亏,数个平虚被我违。
十将临门在守捉,朝朝著甲有何常。

六甲

一马不出五马忧,韩信将兵度六钩。
不辞草命从君煞,恐畏行人意不周。

石人

长头叉手李陵边,直疑将心尽百年。
不避雷风及白雨,唯愁洪水又滔天。

十将思功竞立名

十将思功竞立名,盘回屈曲美人成。
每日领头都计会,平明围取项王城。

□板

五岳之主严为尊,执节迎歌出塞门。
十将分马两畔立,须臾着甲似鱼鳞。

绢

八彩绣里细寻思,名是疋□不中骑。
头上一双鹦鹉鸟,一回三悲不能飞。

□丰

大王约束苦丁宁,空里唯闻作梵声。
给孤园中寻花柳,般若波罗愿早成。

人子

昨朝不记共君期,忽起披衣走入帏。
玉体从君咬一口,更作娇声恨阿谁。

烛

罗衣被剥骨崖崖,直为甘泉相逼催。
十将比来并手捉,平明唯见一堆灰。

钱

兄弟四人同一楋,各自别房安置着。
里许有个古人名,万代流传皆不恶。

□度落

横被相缠缚,无过向地搥。
可中得下脱,独舞几千回。

头似文殊头

头似文殊头,身缠摩诃演。
声出遍虚空,法轮着地转。

有槽不盛水

有槽不盛水,有柱不承梁。
□思皎明月,承仕好诸郎。

【按】张锡厚主编《全敦煌诗》卷七〇据伯 2555《唐人诗文选集》残卷补录,校记[一]:"正面抄写,接抄于'孔璋代李邕死表'之后,空约五、六行,另行起抄诗十六首,每首七言四句或五言四句,诗题抄写在诗行顶端,未署撰者。"(作家出版社 2006 年版第八册第 3316 页)

陷蕃诗七首

冬出敦煌郡入退浑国朝发马圈之作

西行过马圈,北望近阳关。
回首见城郭,黯然林树间。
野烟暝村墅,初日惨寒山。
步步缄愁色,迢迢惟梦还。

至墨离海奉怀敦煌知己

朝行傍海涯,暮宿幕为家。
千山空皓雪,万里尽黄沙。
戎俗途将近,知音道已赊。
回瞻云岭外,挥涕独咨嗟。

冬日书情

殊乡寂寞使人悲,异域留连不暇归。
万里山河非旧国,一川戎俗是新知。
寒天落景光阴促,雪海穹庐物色稀。
为客终朝长下泣,谁怜晓夕老容仪。

登山奉怀知己

闲步陟高岗,相思泪数行。
阵云横北塞,煞气暝南荒。
极目愁无限,椎心恨未遑。
黯然乡国处,空见路茫茫。

夏中忽见飞雪之作

三冬自北来,九夏未南回。
青溪虽郁郁,白雪尚皑皑。
海阇山恒暝,云愁雾不开。
唯余乡国意,朝夕思难哉。

冬日野望

出户过河梁,登高试望乡。
云随愁处断,川逐思弥长。
晚吹低丛草,遥山落夕阳。
徘徊噎不语,空使泪沾裳。

夏日途中即事

何事镇驱驱,驰骖傍海隅。
溪边论宿处,涧下指餐厨。
万里山河异,千般物色殊。
愁来竟不语,马上但长吁。

青海卧疾之作二首

其一

数日穹庐卧疾时,百方投药力将微。

惊魂漫漫迷山路,怯魄悠悠傍海涯。
旋知命与浮云合,可叹身同朝露晞。
男儿到此须甘分,何假含啼枕上悲。

其二

邂逅遇迍蒙,人情讵见通。
昔时曾虎步,即日似禽笼。
有命如朝露,无依类断蓬。
缅怀知我者,荣辱杳难同。

秋夜

一夜秋声傍海多,五更寒色早来过。
自然羁旅肠堪断,况复猜嫌被网罗。

青海望敦煌之作

西北指流沙,东南路转遐。
独悲留海畔,归望阻天涯。
九夏无芳草,三时有雪花。
未能刷羽去,空此羡城鸦。

首秋闻雁并怀敦煌知己

戎庭节物由来早,倏忽霜风被寒草。
旅雁嗈嗈□□□,羁人夜夜心如捣。
与君离别恨经年,何事音书遂黯然。
肠断只今□□□,空知西北泣云烟。

秋中雨雪

趁趉雨雪下长川,浩荡风波近海□。
乡国只今迷所在,音书纵有遣谁传。

临水闻雁

□来临水吊愁容,忽睹愁容泪满胸。
肝胆隳离凡几度,云山阻隔况千重。
心殊语异情难识,东步西驰意不从。
羁继只今肠自断,更闻哀雁叫雝雝。

秋中霖雨

寒雨霖霖竟不停,羁愁寂寂夜何宁。
山遥塞阔阻乡国,草白风悲感客情。
西瞻瀚海肠堪断,东望咸秦思转盈。
才薄孰知无所用,犹嗟戎俗滞微名。

梦到沙州奉怀殿下

一从沦陷自天涯,数度凄惶怨别家。
将谓飘零长失路,谁知运合至流沙。
流沙有幸逢人主,唯恨无才遇尚赊。
日夕恩波沾雨露,纵横顾盼益光华。
光华远近谁不羡,常思刷羽抟风便。
忽使三冬告别离,山河万里诚难见。
昨来魂梦傍阳关,省到敦煌奉玉颜。
舞席歌楼似登陟,绮筵花柳记跻攀。
总缘宿昔承言笑,此夜论心岂暂闲。
睡里不知回早晚,觉时只觉泪斑斑。

秋夜望月二首

其一
皎皎山头月欲低,月压羁愁睡转迷。
忽觉泪流痕尚在,不知梦里向谁啼。

其二
愁眠枕上泪痕多,况复寒更月色过。
与君万里难相见,不然一度梦中罗。

夏日非所书情

自从去岁别流沙,犹恨今秋归望赊。
将谓西南穷地角,谁言东北到天涯。
山河远近多穹帐,戎俗追观少物华。
六月尚闻飞雪片,三春岂见有烟花。
凌晨倏闪奔雷电,薄暮斯须敛霁霞。
傍对崇山形屹屹,前临巨壑势岈岈。
昨来羁思忧如捣,即日愁肠乱似麻。
为客已遭迍否事,不知何计得还家。

忆故人二首

其一
别君彼此两平安,别后凄惶凡几般。
虽然更寄新书去,忆时捻取旧诗看。

其二
一更独坐泪成河,半夜相思愁转多。
左右不闻君语笑,纵横只见唱戎歌。

夜度赤岭怀诸知己

山行夜忘寐,拂晓遂登高。
回首望知己,思君心郁陶。
不闻龙虎啸,但见豺狼号。
寒气凝如练,秋风劲似刀。
深溪多绿水,断岸饶黄蒿。
驿使□靡歇,人疲马亦劳。
独嗟时不利,诗笔唯然操。
更忆绸缪者,何当慰我曹。

晚次白水古戍见枯骨之作

深山古戍寂无人,崩壁荒丘接鬼邻。
意气丹诚□□□,唯余白骨变灰尘。
汉家封垒徒千所,失守时更历几春。
比日羁愁肠自断,□□到此转悲辛。

晚秋至临蕃被禁之作

一到荒城恨转深,数朝长叹意难任。
昔日三军雄镇地,今时百草遍城阴。
隤墉穷巷无人迹,独树孤坟有鸟吟。
邂逅流移千里外,谁念凄惶一片心。

晚秋登城之作二首

其一

孤城落日一登临,感激戎庭万里心。
乡国云山遮不见,风光惨淡益愁深。

漂流空叹东溪水,倏忽仍嗟西岭阴。
留滞只今寒暑变,谁怜客子独悲吟。

其二

东山日色片光残,西岭云像暝草寒。
谷口穹庐遥逦迤,磽边牛马暮盘跚。
目前愁见川原窄,望处心迷兴不宽。
乡国未知何所在,路逢相识问看看。

陷蕃诗

秋夜闻风水

夜来枕席喧风水,忽坐长叹恨无已。
为客愁多在九秋,况复沦流更千里。

望敦煌

数回瞻望敦煌道,千里茫茫尽白草。
男儿留滞暂时间,不应便向戎庭老。

晚秋羁情

悄焉独立思畴昔,忽尔伤心泪旋滴。
常时游涉事文华,今日羁缧困戎敌。
知音好识竟何在,黯然已矣山河隔。
吊影惭魂嗟一身,夕往朝朝绝三益。
非论邂逅离朋友,抑亦沦流彫羽翮。
自怜销瘦衣渐宽,谁念凄惶心转窄。
近来殊俗盈衢路,尚见蒿莱遍街陌。
屋宇摧残无个存,犹是唐家旧踪迹。
城边谷口色苍茫,木落霜飞风淅沥。
凌晨煞气半天红,薄暮寒云满山白。
羁绁时深情愤怒,漂泊乡遥心感激。
不忧懦节向戎夷,只恨更长愁寂寂。

国中登山

戎庭闷且闲,谁复解愁颜。
步步或登岭,悠悠时往还。
野禽噪河曲,村犬吠林间。
西北望君处,踌躇日暝山。

有恨久囚

人易千般去,余嗟独未还。
空知泣山月,宁觉鬓苍斑。

冬夜非所

长夜闭荒城,更深恨转盈。
星流数道赤,月出半山明。
不闻村犬吠,空听虎狼声。
愁卧眠虽着,时时梦里惊。

忽有故人相问以诗代书达知己二首

其一

忽闻数子访羁人,问着咸言是德邻。
与君咫尺不相见,空知日夕泪沾巾。

其二

自闭荒城恨有余,未知君意复何如。
非论阻碍难相见,亦恐猜嫌不寄书。

得信酬回

人回忽得信,具委书中情。
羁思顿虽豁,忆君心转盈。
自怜漂泊者,邂逅闭荒城。
欲识肝肠断,更深听叫声。

闻城哭声有作

昨闻河畔哭哀哀,见说分离凡几回。
昔别长男居异域,今殇小子瘗泉台。
羁愁对此肠堪断,客舍闻之心转摧。
漂泊自然无限苦,况复存亡有去来。

除夜

荒城何独泪潸然,闻说今宵是改年。
亲故暌携长已矣,幽缧寂寞镇愁煎。
更深肠绝谁人念,夜永心伤空自怜。
为恨漂零无计力,空知日夕仰穹天。

春宵有怀

独坐春宵月渐高,月下思君心郁陶。
踌躇不觉三更尽,空见豺狼数遍号。

久憾缧绁之作

一从命驾赴戎乡,几度躬先亘法梁。
吐纳共饮江海注,纵横竞挥慧风飏。
今时有恨同兰艾,即日无辜比冶长。
黠虏莫能分玉石,终朝谁念泪沾裳。

非所寄王都护姨夫

敦煌数度访来人,握手千回问懿亲。
蓬转已闻过海畔,萍居见说傍河津。

戎庭事事皆违意,庱口朝朝计苦辛。
缧绁倘逢恩降日,宿心言豁在他辰。

哭押牙四寂

哀哉存殁苦难量,共恨沦流处异乡。
可叹生涯光景促,旋嗟死路夜何长。
空令肝胆摧林竹,每使心魂痛渭阳。
缧绁时深肠自断,更闻凶变泪沾裳。

白日走风沙

白日走风沙,黄昏飞雪花。
愁云暗□畔,寒色暝天涯。
缧绁今将久,归期恨路赊。
时时眠梦里,往往见还家。

感丛草初生

羁客绝知闻,急难阻投杖。
泪与泉俱流,愁将草齐长。
缧绁淹岁年,归期唯梦想。
春色纵芳菲,片心终郁怏。

春日羁情

乡山临海岸,别业近天坭。
地接龙堆北,川连雁塞西。
童年方剃削,弱冠导群迷。
儒释双披玩,声名独见跻。
须缘随恳请,今乃恨暌携。
寂寂空愁坐,迟迟落日低。
触槐常有志,折槛为无蹊。
薄暮荒城外,依稀闻远鸡。

恨到荒城一闭关

恨到荒城一闭关,乡园阻隔万重山。
咫尺音书犹不达,梦魂何处得归还。

愤闷屡纵横

愤闷屡纵横,愁深百计生。
相思凡几度,慷慨至三更。
虏塞饶白刺,戎乡多紫荆。
关山尔许远,魂梦若为行。

晚秋

戎庭缧绁向穷秋,寒暑更迁岁欲周。
斑斑泪下皆成血,片片云来尽带愁。
朝朝心逐东溪水,夜夜魂随西月流。
数度凄惶犹未了,一生荣乐可能休。

佚题诗六首

其一

天涯地角一何长,雁塞龙堆万里强。
每恨沦流经数载,更嗟缧绁泣千行。

其二

缧绁戎庭恨有余,不知君意复何如。
一介耻无苏子节,数回羞寄李陵书。

其三

发为多愁白,心缘久客悲。
更遭缧绁事,因此改容仪。

其四

春来渐觉没心情,愁见豺狼夜叫声。
君但远听肠应断,况仆羁缧在此城。

其五

日月千回数,君名万遍呼。
睡时应入梦,知我断肠无。

其六

白日欢情少,黄昏愁转多。
不知君意里,还解忆人摩。

逢故人之作

故人相见泪龙钟,总为情怀昔日浓。
随头尽见新白发,何曾有个旧颜容。

题故人所居

与君昔离别,星岁为三周。
今日观颜色,苍然双鬓秋。
茅居枕河浒,耕凿傍山丘。
往往登樵径,时时或饭牛。
一身尚栖屑,庶事安无忧。
相见未言语,唏吁先泪流。

非所夜闻笛

夜闻羌笛吹，愁杂豺狼□。
涕泪落如雨，肝肠痛似刀。
更深新月落，坐久明星高。
感激不遑寐，连宵思我曹。

感兴临蕃驯雁

感兹驯雁色苍苍，徘徊顾步貌昂昂。
不见衔芦避矰缴，空闻落翮困堤塘。
差池为失衡阳伴，邂逅飘零虏塞傍。
引颈长鸣望云路，何时刷羽接归行。

闺情二首

其一

千回万转梦难成，万遍千回睡里惊。
总为相思愁不寐，纵然愁寐忽天明。

其二

百度看星月，千回望五更。
自知无夜分，乞愿早天明。

【按】张锡厚主编《全敦煌诗》卷七一、卷七二据伯2555《唐人诗文选集》残卷补录，卷七一校记[一]云："正面抄写，接抄于无名氏'咏物诗十六首'之佚题诗(有槽不盛水)之后。首起'冬出敦煌郡入退浑国朝发马圈之作'，下讫'闺情'二首，存诗四十四题五十九首，未署撰者，简称伯本。伯本原抄五十九首诗，或拟作'敦煌唐人诗人残卷'；或拟作'敦煌两个陷蕃人残诗'；或拟作"残诗集"；或依原卷直录，不另拟题，等等。兹据潘本拟作'陷蕃诗'。"(作家出版社2006年版第八册第3328—3350页)自《陷蕃诗》以下另见张锡厚主编《全敦煌诗》卷七二(作家出版社2006年版第八册第3351—3375页)。其中《闺情二首》又见任半塘《敦煌歌辞总编·补遗·五七言体》，据伯2555校录为《五七言情辞·闺情二首》

（上海古籍出版社 1987 年版下册第 1796 页），注："右二首直接录自王重民辑《敦煌唐人诗集残卷》。二首同韵，意贯，宜属歌辞。王氏有跋云：'卷中有诗七十二首，从未见过著录。它们的作者，是唐朝中期我国国内民族战争中，被吐蕃俘虏的两个汉族人。一个姓氏已不可考，只知他是唐德宗建中二年（七八一）吐蕃攻占敦煌后，在这一年秋天，被押解离开敦煌，经过一年多的时间，路过墨离海、青海、赤岭、白水，到达临蕃。另一个人叫马云奇，大约在贞元三年（七八七），吐蕃攻占安西后，从敦煌出发，经过淡水，被押送到安西。途中他们用诗记录了见闻和感慨。当时，这些地方是吐蕃的势力范围，所以在唐代史书上，几乎是空白。因此，这些诗文学造诣虽不算高，内容也不无糟粕，但在史料上，却是很有价值的。'"

娥眉怨

孤坐正含颦，娇莺啼向人。
管弦悲绿水，罗绮怨青春。
轻絮凝妆匣，飞花绕镜轮。
寻思烟海戍，双泪湿红巾。

【按】见张锡厚主编《全敦煌诗》卷七三，校记[一]："敦煌遗书藏无名氏诗《娥眉怨》见伯2555《唐人诗文选集》残卷，正面抄写，接抄于刘长卿《高兴歌》之后，首行顶端题作《娥眉怨》，存诗二行，五言八句，未署撰者，简称伯本；兹据伯本原抄'娥眉怨'为题。又见柴剑虹《敦煌唐人诗文选集残卷补录》，《文学遗产》1983 年第 4 期。"（作家出版社 2006 年版第八册第 3376 页）

别望怨

征客戍龙砂，倡楼晓望赊。
宝筝红袖拂，香褥翠屏遮。
有使从边塞，传书到狭斜。
为君横急吹，更作落梅花。

【按】见张锡厚主编《全敦煌诗》卷七三，校记[一]："敦煌遗书藏无名氏诗《别望怨》见伯2555《唐人诗文选集》残卷，正面抄写，接抄于颜舒《珠帘怨》之后，首行顶端题作《别望怨》，存诗二行，五言八句，未署撰者，简称伯本；兹据伯本原抄'别望怨'为题。又见柴剑虹《敦煌唐人诗文选集残卷补录》，《文学遗产》1983 年第 4 期。"（作家出版社 2006 年版第八册第 3377 页）

思佳人率然成咏七首

临封尺素黯销魂

临封尺素黯销魂,泪流盈纸可悲吞。
白书莫怪有斑污,总是潸然为泪痕。

叹嗟玉貌谪孤州

叹嗟玉貌谪孤州,思想红颜意不休。
看人遥忆情多少,泪滴封书纸上流。

直为烦怨不出门

直为烦怨不出门,言将白日是黄昏。
朝夕尚犹都不觉,秋冬谁更辨寒温。

三时出望陟南楼

三时出望陟南楼,百回延首望东州。
知人忆着兼肠断,不觉题书双泪流。

精神恍惚总缘奴

精神恍惚总缘奴,憔悴啼多眼欲枯。
追思遥想肝肠断,遥忆还怜气不苏。

别来月已两回新

别来月已两回新,相思怀抱失精神。
不信诗中稠叠意,殷勤问取送书人。

形枯消瘦为分离

形枯消瘦为分离,乾坤顿觉少光晖。
天倾云注东征去,相助迎奴计日归。

【按】见张锡厚主编《全敦煌诗》卷七三,校记[一]:"敦煌遗书藏无名氏诗'思佳人率然成咏七首'见伯2555《唐人诗文选集》残卷,正面抄写,接抄于原题刘希夷《白头老翁》诗后,顶格抄写诗题'思佳人率然成咏',题下空三格,以下连抄诗七首,每首七言四句,未署撰者,简称伯本;兹以'思佳人率然成咏七首'为目。又见柴剑虹《敦煌唐人诗文选集残卷补录》,《文学遗产》1983年第4期。"(作家出版社2006年版第八册第3378—3382页)

奉答二首

其一

纵使千金与万金,不如人意与人心。

欲知贱妾相思处,碧海清江解没深。

其二

红妆夜夜不曾干,衣带朝朝渐觉□。

形容只今销瘦尽,君来莫作去时看。

【按】见张锡厚主编《全敦煌诗》卷七三,校记[一]:"敦煌遗书藏无名氏诗'奉答二首'见伯2555,《唐人诗文选集》残卷,正面抄写,接抄于无名氏'思佳人率然成咏七首'之第七首'形枯消瘦为分离'诗后,诗题在首行顶端,题作'奉答',存诗二首,每首七言四句,未署撰者,简称伯本;……又见柴剑虹《敦煌唐人诗文选集残卷补录》,《文学遗产》1983年第4期。"(作家出版社2006年版第八册第3383—3384页)

无名氏诗二首

早夏听谷谷叫声此鸟鸣则岁稔

林里羞蘋藻,衔杯听鸟声。

鹧鸪南骞迅,鸿雁北飞轻。

瞅翅翻身下,间关曲未成。

尝闻方便说,即此表丰盈。

同　前

绿树映山溪,群公觑鸟啼。

野花空弄影,芳叶引阴齐。

兴洽青山北,邀欢到日西。

丰年应有□,□乐满斜蹊。

【按】见张锡厚主编《全敦煌诗》卷七三,校记[一]:"敦煌遗书藏无名氏诗二首见伯2555《唐人诗文选集》残卷,正面抄写,接抄于无名氏《奉答二首》诗后,另行起,首题'早夏听谷谷叫声此鸟鸣则岁稔';再另行起,抄写'林里羞蘋藻'正文。再另行起,题'同前',空二格,抄写'绿树映山溪'正文。存诗二首,每首五言八句,未署撰者,简称伯本。又见柴剑虹

《敦煌唐人诗文选残卷补录》,《文学贵产》1983年第4期。"(作家出版社2006年版第八册第3384—3386页)

无名氏《过田家二首》

其一

适野过村落,芳园数树梅。
绿窗招蝶入,黄鸟唤花开。
陌上农人语,庭前犬吠来。
寒湿犹未已,春酒且尝醅。

其二

樵牧寻南涧,云鸿向北飞。
谷深花吐晚,树迥鸟声稀。
浊水千渠引,青春百草肥。
□视效郭外,从此欲忘归。

【按】见张锡厚主编《全敦煌诗》卷七三,校记[一]:"敦煌遗书藏无名氏诗'过田家二首'见伯2555,《唐人诗文选集》残卷,正面抄写,接抄于无名氏《早夏听谷谷叫声此鸟鸣则岁稔》及《同前》诗后,另行起,首题'过田家二首',空二格,抄写'适野过村落'正文;又另行起,抄写次首。存诗二首,每首五言八句,未署撰者,简称伯本。兹据伯本原抄'过田家二首'为目。又见柴剑虹《敦煌唐人诗文选集残卷补录》,《文学遗产》1983年第4期。"(作家出版社2006年版第八册第3386—3388页)

无名氏《松篁翠色能藏马》

前残佚**帝城春**。
松篁翠色能藏马,桃李翠阴可借人。
那堪更有穷途子,飒然离家数千里。
秦地由来无主人,汉廷若个为知己。
一别乡园已数年,不乘驷马耻归田。
扬子赋成人未见,苏秦裘敝有谁怜。
恭闻季诺无余眷,义声扬扬天下遍。
平生肝胆向谁呈,今日呈君愿君见。

【按】见张锡厚主编《全敦煌诗》卷七三,校记[一]:"敦煌遗书藏无名氏诗《松篁翠色能藏马》见伯2555,《唐人诗文选集》残卷,原抄于背面卷端,首残尾全,首起'帝城春',下讫篇末'今日呈君愿君见',诗题、撰者已佚,简称伯本。……又见柴剑虹《敦煌唐人诗文选集残卷补录》,《文学遗产》1983年第4期。"(作家出版社2006年版第八册第3388—3389页)

从军行二首

其一

侠少翩翩驰铁骑,白羽插腰弓在臂。
战胜未蒙天子知,功成却使将军忌。
十年辞魏阙,征战犹未歇。
容颜久犯胡地霜,肝胆长悬汉家月。
愿得总王师,灭却凶奴也不疑。
何图只取班超印,不愤空传窦宪碑。
此怀犹未惬,举目愁云又重叠。
试听胡笳一两声,归心便碎榆关叶。

其二

十四五年在金微,身上何曾解铁衣。
教旗乍觉山河转,走马回头草树飞。
边庭三月仍萧索,白日沉沉映沙漠。
关中春色始欲来,塞上寒风又吹却。
频到虏庭斩首还,即今刀上血犹殷。
欲觅封侯仍未得,却令羞见玉门关。

【按】张锡厚主编《全敦煌诗》卷七三据伯2555《唐人诗文选集》残卷背面校录,校记[一]:"又见柴剑虹《敦煌唐人诗文选集残卷补录》,《文学遗产》1983年第4期。"(作家出版社2006年版第八册第3392—3393页)

闺情五首

其一

桃花日照柳含烟,深下帘帏只是眠。
春鸟怪人朝不起,千言万语傍窗前。

其二

春来往往不知明,黄鸟窗边唤始惊。
枕上颦眉犹呓语,觉来还说梦中情。

其三

胸前不掩绣被衫,入帐斜推瑱枕函。
春睡起来犹未足,银波莫卷水精帘。

其四

君王不见泪空垂,梅树徒开向日枝。
深宫隔世无人伴,遮莫狂风旋旋吹。

其五

惯得君王偏宠怜,日高犹在御楼眠。
睡来香气冲帘外,觉后笑花落枕前。

【按】张锡厚主编《全敦煌诗》卷七三据伯2555《唐人诗文选集》残卷背面及伯2803校录,校记[一]:"又见柴剑虹《敦煌唐人诗文选集残卷补录》,《文学遗产》1983年第4期。"(作家出版社2006年版第八册第3395—3399页)

陷蕃诗十二首

白云歌

予时落殊俗,随蕃军望之,感此而作

遥望白云出海湾,变成万状须臾间。
忽散鸟飞趁不及,唯只清风随往还。
生复灭兮灭复生,将欲凝兮旋已征。
因悟悠悠寄寰宇,何须扰扰徇功名。

灭复生兮生复灭,左之盈兮右之缺。
从来举事皆尔为,何不含情自怡悦。
殊方节物异长安,盛夏云光也自寒。
远戍只将烟正起,横峰更似雪犹残。
白云片片映青山,白云不尽青山尽。
展转霏微度碧空,碧空不见浮云近。
渐觉云低驻马看,联绵缥缈拂征鞍。
一不一兮几纷纷,散不散兮何漫漫。
东西南北互驱驰,上下高低恣所宜。
影□碧池冰莹低,光浮绿树霰凝枝。
欲谓白云必从龙,飞来飞去龙不见。
欲谓白云不从龙,乍轻乍重谁能变。
一重未过一重催,一畔萦岩一畔开。
栾巴呴酒应随去,子晋吹笙定伴来。
披襟引袖遽迎风,欲为吹云置袖中。
云飞入袖将为满,袖卷看云依旧空。
雷殷殷兮雨濛濛,成阴润下云之功。
倏然云晴销四极,所润宁知白云力。
大贤济世徒自劳,一朝运否谁相忆。
不知白云何所以,年年岁岁从山起。
云收未必归石中,石暗翻埋在云里。
世人变迁比白云,白云无心但氛氲。
白云生灭比世人,世人有心多苦辛。
旋生旋灭何穷已,有心无心只如此。
当须体道有贞素,不用浮荣说非是。
望白云,白云潦乱满空山。
高低赋象非情欲,余遂感之心自闲。
望白云,白云天外何悠扬。
既悲出塞复入塞,应亦有时还帝乡。

送游大德赴甘州口号此便代书寄呈将军

支公张掖去何如,异俗多嫌不寄书。
数人四海皆兄弟,为报殷勤好在无。

九日同诸公殊俗之作

一人歌唱数人啼,拭泪相看意转迷。
不见书传清海北,只知魂断陇山西。
登高乍似云霄近,寓目仍惊草树低。
菊酒何须频劝酌,自然心醉已如泥。

俯吐蕃禁门观田判官赠向将军真言口号

怪来偏觉主君怜,料取分明在眼前。
说相未应惊燕颔,看心且爱直如弦。

题周奉御

明王道得腹心臣,百万人中独一人。
阶下往来三径迹,门前桃李四时春。

赠邓郎将四弟

把袂相欢意最浓,十年言笑得朋从。
怜君节操曾无易,只是青山一树松。

同前以诗代书

古来同病总相怜,不似今人见眼前。
且随浮俗贪趋世,肯料寒灰亦重然。

途中忆儿女之作

发为思乡白,形因泣泪枯。
尔曹应有梦,知我断肠无。

至淡河同前之作

念尔兼辞国,缄愁欲渡河。
到来河更阔,应为涕流多。

被蕃军拘系之作

何事逐漂蓬,悠悠过凿空。
世穷徒运策,战苦不成功。
泪滴东流水,心遥北翥鸿。
可能忠孝节,长遣困西戎。

诸公破落官蕃中制作

别来心事几悠悠,恨续长波晓夜流。
欲知起坐相思意,看取山云一段愁。

赠乐使君

知君桃李遍成蹊,故托乔林此处栖。
虽然灌木凌云秀,会有寒鸦夜夜啼。

【按】张锡厚主编《全敦煌诗》卷七四据伯2555《唐人诗文选集》残卷背面校录,校记[一]引述诸家之说,推测作者或为开元、天宝间人马云奇,或为另一陷蕃诗人,或为毛押牙,但皆无明证。参作家出版社2006年版第八册第3400—3412页。

无名氏诗二首

轻须火急赴平卢

轻须火急赴平卢,□故无心向用扶。
即问边庭诸将士,久在沙场好在无。

杞笔椽书未增财

杞笔椽书未增财,不觉眼中□津泉。
有个偻罗不如此,将军设□万年眷。

【按】张锡厚主编《全敦煌诗》卷七四据伯2555卷背校录,校记[一]谓:"原抄于卷后空纸杂写中,诗前抄有'杂物账'十五行,诗后又抄'金光明寺借物账五行',存诗四行,七言绝句诗二首,诗题、撰者已佚,简称伯本。"(作家出版社2006年版第八册第3412—3414页)

齴齨新妇文附诗二首

阿家诗

齴齨新妇甚典砚,直得亲情不许见。
千约万束不取语,恼得老人肠肚烂。

新妇诗

本性齴齨处处知,阿婆何用事悲悲。
若觅下官行妇礼,更须换却百重皮。

【按】张锡厚主编《全敦煌诗》卷七四据伯 2564、2633、斯 4129 三种抄本补录,注③:"'齴齨',辞书无载。郭在贻云:'考《集韵》去声祃韵,'迓讶',言不正。其中'迓'、'齴'同在一小韵之内,'讶'、'齨'音近,仅声调不同而已。颇疑'齴齨'就是'迓讶',其义为言语不正。"(作家出版社 2006 年版第八册第 3414—3416 页)

写书不饮酒

写书不饮酒,恒日笔头干。
且作随宜过,即与后人看。

【按】张锡厚主编《全敦煌诗》卷七四据伯 2621、3305 等五种抄本校录(作家出版社 2006 年版第八册第 3418—3420 页)。

孝子传附诗九首

舜子一首

瞽叟填井自目盲,舜子从来历山耕。
将米冀都逢父母,以舌舐眼再还明。

舜子又一首

孝顺父母感于天,舜子淘井得银钱。
父母抛石压舜子,感得穿井东家连。

郭巨

郭巨专行孝养心,时年饥俭苦来侵。
每被孩儿夺母食,生埋天感赐黄金。

王褒

王褒慈母怕雷声,每至春间不得宁。
及至百年亡没后,抱坟犹怕阿娘惊。

明达

明达载母逐农粮,每被孩儿夺剥将。
阿耶卖却孩儿去,贤妻割㜷遂身亡。

文让

至哀行孝感天闻,事母惶惶出众群。
乃至阿娘亡没后,能令鸟兽助培坟。

向生

向生养母值艰危,被征边疆未得归。
新妇家中行不孝,天雷霹雳背上亡。

武子

武子为国远从征,母病餐人肉始轻。
新妇闻之方割股,阿家吃了得疾平。

丁兰

丁兰刻木作慈亲,孝养之心感动神。
并舍忽然偷斩却,血流洒地真如人。

【按】张锡厚主编《全敦煌诗》卷七五据伯 2621、3536、2680、2721,斯 5776、0389 六种抄本校录。第七首《向生》校记[四]称末句"亡":"王三庆《〈敦煌变文集〉中的〈孝子传〉新探》校作'捶'。"(作家出版社 2006 年版第八册第 3421—3428 页)

无名氏诗十一首

今朝书字笔头干

今朝书字笔头干,谁知明振实个奸。
向前早许则其信,交他者人不喜欢。

竹林清郁郁

竹林清郁郁,百鸟取天飞。
今朝是我日,且放学郎归。

遮莫千金与万金

遮莫千金与万金,不如人意与人心。
黄金将来随手散,不如人意进长存。

寸步难相见

寸步难相见,同街似隔山。
长天作何罪,交见不交连。

尚书读尚书

尚书读尚书,读坐在楼头。
一双青龙在,□尽□□□。

昔日家中富

昔日家中富,门前车马多。
可中贫贱去,朝不□□过。

日日三场战

日日三场战,离家数十年。
将军马上落,百姓霜中怜。

白玉非为宝

白玉非为宝,黄金我未须。
□竟千张数,心存万卷书。

麴尘溪上素红披

麴尘溪上素红披,影逐溪流伴落时。
时人自怜肠欲断,春晖下阙

大鹏素点欲高飞

大鹏素点欲高飞,凤凰出队复相随。
今始闻名人未识,将军泪落卧□□。

琵琶金□自弹造

琵琶金□自弹造,宝马金鞍络绿绦。
暂对塞门下阙

【按】张锡厚主编《全敦煌诗》卷七五据伯2622辑录。第二首《竹林清郁郁》校记[四]:"'学生郎',应作'学生'或'学郎'。……又项(楚)校录此诗作六言四句:'竹卡林青

郁郁,之伯鸟取天飞。今朝是我假日,且放学生郎归。'"(作家出版社 2006 年版第八册第 3429—3438 页)

崔氏夫人训女文

香车宝马竞争辉,少女堂前哭正悲。
吾今劝汝不须哭,三日拜堂还得归。
教汝前头行妇礼,但依吾语莫相违。
好事恶事如不见,莫作本意在家时。
在家作女惯娇怜,今作他妇信前缘。
欲语三思然后出,第一少语莫多言。
路上逢人须敛手,尊卑回避莫汤前。
外言莫向家中说,家语莫向外人传。
姑嫜共语低声应,小郎共语亦如然。
早朝堂上起居了,诸房伯叔并通传。
妯娌相看若鱼水,男女彼此共恩怜。
上和下睦同钦敬,莫作二意有庸偏。
夫婿醉来含笑问,迎前扶侍送安眠。
莫向人前相辱骂,醒后定是不和颜。
若能一一依吾语,何得翁婆不爱怜。
故留此法相教示,千秋万古共流传。

崔氏夫人壹本

【按】张锡厚主编《全敦煌诗》卷七六据伯 2633,斯 4129、5643 三种抄本校录(作家出版社 2006 年版第八册第 3442—3443 页)。颜廷亮主编《敦煌文学》之张锡厚《诗歌》三《敦煌民间诗歌》曾作节录。

燕子赋之二附诗一首

此歌身自合,天下更无过。
雀儿和燕子,合作开元歌。

【按】张锡厚主编《全敦煌诗》卷七六据伯 2653 抄本校录(作家出版社 2006 年版第八册第 3454 页)。

飞落家家昭

□□□□□双,飞落家家昭□□。
□叶□有如心哀,□署尽疑怀月坐。
诠达人事向地来,□军选士才无失。
不逢恩□偏照出,因赏咸研虽暂寂。
仍愁息鉴深生难,只今肝胆呈君尽。
但愿回光更照看。

【按】张锡厚主编《全敦煌诗》卷七七据伯2687抄本校录(作家出版社2006年版第八册第3497页)。

无名氏诗三首

我有一片心

我有一片心,价直万两金。
若能□□□,□□□□□。

欲隐山学道

欲隐山学道,不能忽西东。
受记只数偈,□于既代□。

我是沙门僧

我是沙门僧,本来无怨恶。
口解如是理,心多烦恼作。

【按】张锡厚主编《全敦煌诗》卷七七据伯2690等补录(作家出版社2006年版第八册第3500—3502页)。

等闲当时苦

等闲当时苦,久后自荣身。
千金无所用,欲使不求人。

【按】张锡厚主编《全敦煌诗》卷七七"无名氏"据伯2738校录,原抄于《太公家教》卷背"社司转帖"等杂写中,诗后又抄"咸通十年己丑六月"等字(作家出版社 2006 年版第八册第 3502—3503 页)。

读诵须勤苦

读诵须勤苦,成就如似虎。
不词杖捶体,愿赐荣躯路。

【按】张锡厚主编《全敦煌诗》卷七七据伯 2746 校录。校记[四]谓第三句:"词,徐辑校作'辞'。"(作家出版社 2006 年版第八册第 3503 页)

净土不离自家田

净土不离自家田,修琢变化应有缘。
旧日荒芜种少□,□□□□□□。

【按】张锡厚主编《全敦煌诗》卷七七据伯 2774 抄本校录,校记[一]:"原抄于《付法藏传》行间,大字行书,首全尾残,诗题、撰者俱无,简称伯本。兹以首句'净土不离自家田'为题。"(作家出版社 2006 年版第八册第 3508 页)

少年老伴自皆殊并序

前阙况且年高之辈,气力则尽合衰羸;英俊后生,武艺则要夸骁捷。今者小来疗大,不顾能解存亡,射堕则准拟论功,竞来则正争人我。不期老年朋党,弯弧而两断并盈;可畏后生,强弩而一筹不得。遂则魂惊胆碎,洽背汗流,面带忧颜,自惭衰劣。古云道:齿刚则折,舌柔则长。经中之不载虚言,书内之具传此事。睹此希奇之事,终要晓示后人。乃题一首之七言,聊申四韵之八句。

少年老伴自皆殊,既有雄豪莫可欺。
黄鹞纵然夸迅捷,老鸰逢者尽能追。
今时武艺难求得,往日人闻见者希。
不料自家无寸效,题名传与后来知。

【按】张锡厚主编《全敦煌诗》卷七七据伯 2761《祈祷文》卷背抄本校录,校记[一]:"又诗后倒书'牧羊人王阿朵,伏以今月十八日纳自死古母羊一口皮付白祐庆,伏请处分。己卯年四月□牧羊人王阿朵为凭,十八日。'"(作家出版社 2006 年版第八册第 3532—3533 页)

夫字为首尾

夫婿一去远征徂,贱妾思君情转孤。
凤楼惆怅多□忆,雁信传书到豆卢。
遥想杨□空寂寞,那堪独守泪呜呜。
当今圣主回銮驾,逆贼黄巢已就诛。
恩光料合□□莫,劝君幸勿恋穹庐。
战袍著尽谁将去,万里迢迢碛路纡。
天山旅泊思江外,梦里还家入道墟。
镜湖莲沼何时摘,柳岸垂泛杨碧朱。
妾向江楼长掩泪,采莲无复奏笙竽。
闺中缅想效场苦,却羡西江比目鱼。
红颜憔悴休脂粉,寂寞阳台满绝无。
秋深但见鸿归消,愿织回文寄远夫。

【按】该诗原为张锡厚主编《全敦煌诗》卷七九"无名氏诗十八首"其一,其余多为官吏赠答诗,此不录。张书据伯2762抄本辑录(作家出版社2006年版第八册第3534页)。

故人闻道雁传书

故人闻道雁传书,雁去雁来音信希。
一抱远戍阳关外,白发逢秋未□归。

【按】张锡厚主编《全敦煌诗》卷八〇据伯2803抄本校录,校记[一]谓原抄于"天宝九载九月十二日、十七日史索秀玉牒下。伯二八〇三于天宝年间文书之上复抄有唐昭宗景福二年至乾宁三年索大力、张良真等状稿。存诗三首,……此诗原抄两遍(一遍未完),诗题、撰者俱无"(作家出版社2006年版第八册第3554页)。

无名氏诗四首

日转月动星柳看

花能□□散香难,日转月动星柳看。
春秋两□三时卧,探取星辰历算难。

春花先动实久看

春花先动实久看,日中午时记能先。
水到干地生湿草,摘落花□斗一犀。

问说天下内心知

明人伴涉证□书,问说天下内心知。
动□集语观百事,诵过千卷意难欺。

同前

今者厶乙且莫欺,把弓射箭百子期。
阵头无人当□立,退到本地被人欺。

【按】张锡厚主编《全敦煌诗》卷八〇据伯 2841 抄本校录(作家出版社 2006 年版第八册第 3556—3557 页),又见徐俊《敦煌写本诗歌续考》(《敦煌研究》2002 年第五期)。

书后有残纸

书后有残纸,不可别将归。
虽然无手笔,且作五言诗。

【按】张锡厚主编《全敦煌诗》卷八十据伯 2947、3192 等五种抄本校录,校记[一]:"经查此诗原抄于《蕲法师垂引文》末。诗前题记云:'甲寅年四月十八日书记。'池田温《中国古代写本识语集录》第一〇四一号定为吐蕃甲寅年(八三四),即唐文宗大和八年。存诗五言四句,诗题、撰者俱无。……兹以首句'书后有残纸'为题。……此诗似为敦煌学郎所撰。"(作家出版社 2006 年版第八册第 3559—3560 页)

咏月诗六首

其一

一团白玉海东生,冲断浮云意气行。
照尽国家无限事,众星那敢辄分明。

其二

余愤黄昏独上楼,可怜新月复新秋。
半轮挂在天南面,一只眉生水底头。

其三

廊落新秋景像安,桂轮光照满阶栏。
红楼直上悬明镜,碧海当心陷玉盘。

其四

夜月沉沉无片霞,流光处处照人家。
轮回渐觉西南转,庭树移阴东北斜。

其五

初夜闲行看月时,西南角上细如眉。
谁家镜匣参差着,露出菱头□□□。

其六

月生三四难为比,不似真珠不似弓。
有意玉环初打破,却回明镜照虚空。

【按】张锡厚主编《全敦煌诗》卷八〇据伯2973抄本校录(作家出版社2006年版第八册第3565—3569页)。

无名氏诗四首

鸟喜排花落

鸟喜排花落,鱼游乱水清。
浊池藏月影,枯树隐风声。

塞外芦花白

塞外芦花白,庭前奈叶黄。
如今寒去也,兄弟在他乡。

积财虽是宝

积财虽是宝,用尽会应贫。
不如怀道德,金玉自随身。

兄弟不假多

兄弟不假多,宝剑会须磨。
苍鹰踏蛇上,寒雁两边波。

【按】张锡厚主编《全敦煌诗》卷八〇据伯2976抄本校录(作家出版社2006年版第八册第3570—3572页)。

奉赠贺郎

报贺郎,莫潜藏,障门终不免,何用漫思量。清酒浓,如鸡臞,知独与白羊。不论空林酢,兼要好椒薑。姑娣能无语,多言有侍娘。不知何日办,急共妇平章。如其意不决,请问阿耶娘。

【按】张锡厚主编《全敦煌诗》卷八十据伯2976《唐人诗文选集》残卷校录,校记[一]:"接抄于高适《酬李别驾》诗后,撰者已佚,原题作'奉赠贺郎'。《敦煌宝藏》著录云:'伯2976,高适诗三首(《自蓟北归》、《宴别郭校书》、《奉赠贺郎》),将此首拟为高适所作,徐辑云:'然此卷抄录不甚严谨,不宜以前诗确定后诗之作者。其语言、风格亦与高适诗不类,疑非适作。'"(作家出版社2006年版第八册第3573页)

赵□不买卜

虽知八卦圣人材,何必将心问命胎。
或遇吉时虚暗喜,或遇凶时意徘徊。
荣枯已向生前定,福祸从他头上来。
但存五常君子样,合为灾处不为灾。

【按】张锡厚主编《全敦煌诗》卷八十"无名氏"据伯2987抄本校录(作家出版社2006年版第八册第3574—3575页),陈祚龙《敦煌古抄中世诗歌一续》作贯休诗(《敦煌学海探珠》,台湾商务印书馆1979年版)。

沙弥天生道理多

沙弥天生道理多,人名不得奈人何。
从头至尾没闲姓,忽若学字不得者。
打你沙弥头脑破。

【按】张锡厚主编《全敦煌诗》卷八十据伯2995补录(作家出版社2006年版第八册第3575—3576页)。

无名氏诗二首

宋家大门面西开

宋家大门面西开,椀落当心金阿堆。
麦粟□□主山崖,慢眉慢□主把推。

游历芳霏尽日闲

□林小径百花斑,游历芳霏尽日闲。
幸有□□□笔在,余人何要小□仙。

【按】张锡厚主编《全敦煌诗》卷八十据伯3054补录,校记[一]谓其一:"此首见伯本,原抄于卷背题记'大唐天福三年岁次己亥五月六日张富郎自手之耳'之后。诗题、撰者俱无。……兹以首句'宋家大门面西开'为题。"(作家出版社2006年版第八册第3579—3580页)

无名氏诗二首

富即非为富

富即非为富,贫贱非为常。
□即同怀去,事即不可相。
贫富本无常,深名以自彰。
他事非我事,贤愚何须相。

世间凡夫愚痴

世间凡夫愚痴,终日造作营为。
怜爱妻子眷属,谓呼世世相随。
积聚财钱谷帛,一旦无常与谁。

【按】张锡厚主编《全敦煌诗》卷八一据伯3056、4895补录,原为《无名氏二十六首》之第二十一首、第二十二首(作家出版社2006年版第八册第3601—3602页)。

十恨

一恨前生不修福,二恨托生在地狱。
三恨前头无径路,四恨火宅难出头。
五恨不遇善知识,六恨虚然一世休。
七恨贪著多五欲,八恨一生为囚徒。
九恨命似当风烛,十恨死去没人留。

【按】张锡厚主编《全敦煌诗》卷八四据伯 3113、2130 等四种抄本校录(作家出版社 2006 年版第八册第 3647 页)。

闻阿耶名字何何嗜

闻阿耶名字何何嗜,时常弄醉没功课。
家内无片包子皮,街头逐日叫人我。
亦见男女索皮裘,阿郎许皮十三个。
大小不与皮裘穿,看勺寒冷总推过。
尸靴未到入门来,个个捉取眼里唾。
怎生恶业多生养,稠繁恰似蒲桃棵。
春来分付与日头,冬天没衣总独卧。
连竹色凑三个妇,数内最他阿林大。
乃事得那好阿娘,碎小尽到他结裹。
阿耶语话没断绝,口角里伴两弄火。
伏望阿耶高照察,窟里男女瞰碎磨。

【按】张锡厚主编《全敦煌诗》卷八四据伯 3125 抄本校录(作家出版社 2006 年版第八册第 3651 页)。

雁行悲失序

雁行悲失序,双林折一枝。
手足今朝断,贤兄何日期。

小弟肝肠裂,儿女哭声齐。

傍人皆泣泪,□含少依栖。

【按】张锡厚主编《全敦煌诗》卷八四据伯 3163 抄本校录(作家出版社 2006 年版第八册第 3656 页),又谓整理本有黄征、吴伟《敦煌愿文集》(岳麓书社 1995 年版)。

闻道测书难

闻道测书难,测书实是难。

测书须侧立,还须侧立看。

【按】张锡厚主编《全敦煌诗》卷八四据伯 3189 抄本校录,校记[一]:"经查此首原抄于《开蒙要训》卷末,诗前题记:'开蒙要训一卷三界寺学士郎张彦宗写记。'"(作家出版社 2006 年版第八册第 3657—3658 页)

三十余年在战场

三十余年在战场,百生千死为君王。

雕弓岁岁恒看月,金甲年年镇被霜。

【按】张锡厚主编《全敦煌诗》卷八四"无名氏"据伯 3192、斯 9038 两种抄本补录(作家出版社 2006 年版第八册第 3659 页)。

无名氏诗二首

专心向常望

专心向常望,忆念转恫惶。

魂梦相催赴,何日回时光。

夜转更深玉漏忙

夜转更深玉漏忙,独坐照穿意徊徨。

更兼平判相悉惜,何日却是过时光。

【按】张锡厚主编《全敦煌诗》卷八四据伯 3197 抄本补录,原抄于《捉季布传文》卷背(作家出版社 2006 年版第八册第 3660—3662 页)。

无名氏诗十一首

还曾一日哀风尘

□□□□□神,还曾一日哀风尘。
谁知泣向□□□,□□边头知战人。

骆驼碛口战场开

骆驼碛口战场开,□□□从碛外来。
苏武不知何处在,路傍谁见李陵台。

塞上知己不易求

塞上知己不易求,客中言别泪先流。
昨日望君迨远夜,十六明月照人愁。

谁家富贵百年期

谁家富贵百年期,但念□□□合□。
莫看即木黄麈下,会有明君闲暇时。

少来不惯卧沙场

少来不惯卧沙场,近日频蒙绿酒觞。
直为无人能受容,游游不觉是他乡。

一卧沙场连数秋

一卧沙场连数秋,沙场宿索少良友。
初见君来畏人意,今看君去使人愁。

满月明如镜

满月明如镜,轻云薄似罗。
故人迷处所,空自坐劳歌。

露湿吟弦重

露湿吟弦重,风飘儛袖轻。
与彼花共色,别树鸟同声。

四塞无征伐

四塞无征伐,三冬罢战夫。
干戈总不用,甲杖遣谁输。

明月夜高照

明月夜高照，忽然思荆轲。
生不是然生，灾犯迷日多。

汗马连宵被

汗马连宵被，鸣弦彻宵张。
报你闺中妾，十载永望□。

【按】张锡厚主编《全敦煌诗》卷八四据伯 3200 抄本补录（作家出版社 2006 年版第八册第 3664—3673 页），原有十二首，第四首《莫道封侯在武威》已见张书卷六九"无名氏诗四十二首"其一，后二句略异，前录已说明，此从略。

敦煌境望好

敦煌境望好，川原四面尽。
果榛□万姓，坚甲□□□。

【按】张锡厚主编《全敦煌诗》卷八四据伯 3211 抄本补录，据校记[一]说明，原抄于"王梵志诗卷中"背面残片上，首全尾残，诗题、撰者俱无（作家出版社 2006 年版第八册第 3674—3675 页）。

无名氏诗二首

白云满归路

白云满归路，青山压去舟。
沽声□外□，独树补边州。

孤州无四邻

大□□千里，孤州无四邻。
为文沽□月，远近□于人。

【按】张锡厚主编《全敦煌诗》卷八四据伯 3246 抄本补录，据校记[一]说明，原抄于《新集吉凶书仪》卷背，"诗前抄有'辛巳年十月十五日共放人羊总计'六行，其后为'安再宜新添叠子抄录如后'三行，诗原抄作二行，以空格断句。同卷背另抄'三不骨'俚曲五首等"（作家出版社 2006 年版第八册第 3675—3676 页）。

无名氏诗三首

今朝闷会会

今朝闷会会,更将愁来对。

好酒沽五升,送愁千里外。

垂落烟尘气

垂落烟尘气,山头玉月明。

□鸡怕夜雨,逃出凤凰城。

男儿屈滞不须论

男儿屈滞不须论,今岁蹉跎虚度春。

□□强健不学问,满行逐色陷没身。

□□自身□教勤,一朝得疾留后人。

【按】张锡厚主编《全敦煌诗》卷八四据伯 3305 抄本正面补录,原抄于《论语》卷第五(尾题)之后,校记[一]:"此本卷背开端有题记一行:'咸通九年(868)闰十一月十八日书记。'卷末抄'咸通十年(869)正月廿一日社司转帖'一件,上述纪年或可作为判断上述三诗抄写时代的依据。"(作家出版社 2006 年版第八册第 3677—3679 页)

今见花时满树红

今见花时满树红,一日一半尽随风。

人生合向空门问,问着空门转更空。

世路如空梦亦空,寻思意合两蒙蒙。

梦时元是人间事,只者人间似梦中。

【按】张锡厚主编《全敦煌诗》卷八四据伯 3346 抄本补录,原抄于《修功德记》、《二月八日文》、《盂兰盆文》、《赞阿弥陀佛序》、《发愿文》等卷背(作家出版社 2006 年版第八册第 3682 页)。

无名氏婚嫁诗

咏女家大门词

柏是南山柏,将来作门额。
门额长时在,女是暂来客。

至中门咏

团金作门扇,磨玉作门镮。
擎却金钩锁,拔却紫檀关。

逢锁诗

锁是银钩锁,铜铁相铰过。
暂请钥匙开,且放刺史过。

至堆诗

彼处无瓦砾,何故生此堆。
不假用锹镬,且借玉把推。

至堂基诗

琉璃为四壁,磨玉作基阶。
何故相要勒,不是太山崖。

至堂户诗

堂门策四方,里有四合床。
屏风十二扇,锦被尽文章。

催妆二首

其一

今宵仙女降人间,对镜匀妆计已阑。
自前夭桃花菡萏,不须脂粉污容颜。

其二

两心他自早相知,一过遮阑故作迟。
更转只愁奔兔月,情来不要画娥眉。

咏开撒帐合诗

一双青白鸽,绕帐三五匝。
为言相郎道,先开撒帐合。

去行座幛诗二首

其一
夜久更阑月欲斜,绣幛玲珑掩绮罗。
为报侍娘浑擎却,从他驸马见青娥。

其二
锦帐重重掩,罗衣队队香。
为言侍娘道,去却有何妨。

去扇诗三首

其一
青春今夜正方新,红叶开时一朵花。
分明宝树从人看,何劳玉扇更来遮。

其二
千重罗扇不须遮,百美娇多见不奢。
侍娘不用相要勒,终归不免属他家。

其三
闺里红颜如舜花,朝来行雨降人家。
自有云衣五色映,不须罗扇百重遮。

咏同牢盘诗

一双同牢盘,将来上二官。
为言侍娘道,绕帐三巡看。

去帽惑诗

璞璞一头花,蒙蒙两鬓插。
少来鬓发好,不用帽惑遮。

去花诗二首

其一

一花去却一花新,前花是假后花真。
假花上有衔花鸟,真花更有采花人。

其二

神仙本自好容华,多事傍人更插花。
天汉坐看星月晓,纷纷只恐入云霞。

脱衣诗二首

其一

山头宝逗甚昌扬,衫子背后双凤凰。
襜裆两袖双鸦鸟,罗衣折叠入衣箱。

其二

既见如花面,何须著绣衣。
终为比翼鸟,他日会双飞。

合发诗三首

其一

本是楚王宫,今夜得相逢。
头上盘龙结,面上贴花红。

其二

昔日双蝉鬓，寻常两髻垂。
今宵来入手，结发赴佳期。

其三

绿鬓蝉双入，青眉应二仪。
盘龙今夜合，交颈定相宜。

梳头诗

月里娑罗树，枝高难可攀。
暂借牙梳子，箅发却归还。

系指头诗

系本从心系，心真系亦真。
巧将心上系，付以系心人。

咏系去离心人去情诗

天教天女渡河津，来向人间只为人。
四畔傍人总远去，从他夫妇一团新。

咏下帘诗

宫人玉指白纤纤，娘子姮娥众里潜。
微心欲拟观容貌，暂请傍人与下帘。

去幞头诗

擎却数枚花，他心早一家。
何须作形迹，更用幞头遮。

请下车诗

上林园里一株梅,千年万岁未曾开。
潘安少年躬躬立,暂请娘子下车来。

咏门诗

上去双门槛,下去两重关。
为报主人道,今夜使君还。

问答诗二首

□扇□诗
归去来,归去来,久住令人贱。
天上九重云,明星难可见。

儿答
且莫归,且莫归,王大□徘徊。
明星方便出,九重云自开。

掣被诗

昨夜忽惊眠,论情是恶怜。
被从抛那畔,裤又落谁边。
隔事无藏地,从他笑我天。
唯将两个手,遮后又遮前。

女嫂答

佛堂新影画,金刚使两厢。
去却双菩萨,死田正相当。

儿答

脱衣神女立阳台,夜久更阑玉漏催。
欲作绫罗生千造,玉体从君任看来。

催妆诗

还乘妙手作催妆,心中报道实不知。
即合刺史自身造,因何得遣宾郎书。

【按】张锡厚主编《全敦煌诗》卷八五据伯 3350、3893 及斯 5515 等六种抄本校录(作家出版社 2006 年版第九册第 3685—3717 页)。颜廷亮主编《敦煌文学》之张锡厚《诗歌》三《敦煌民间诗歌》又曾选录(甘肃人民出版社 1989 年版第 170 页)。

无名氏诗三首

春日相饯

相送至河梁,相思殊未央。
山头日杳杳,涧底水泱泱。
蒲生半池绿,花发一园香。
交横无数酒,若个是离觞。

鸟来鸟转使

鸟来鸟转使,岁去岁非遥。
面上红颜色,头中白发饶。
人生日复日,怀愁朝复朝。
百年凡几夜,三万六千宵。

天地心间净

天地心间净,日月眼中明。
人作千年贵,金银一代荣。

【按】张锡厚主编《全敦煌诗》卷八六据伯 3353 抄本及日僧空海《文镜秘府论》东卷《二十九种对》"第五互成对"下引诗校录(作家出版社 2006 年版第九册第 3721—3723 页)。

天愁日月无光

天愁日月无光,地愁草□炉黄。

水愁江□没绝,人愁□□□□。

【按】张锡厚主编《全敦煌诗》卷八六据伯 3369 辑录,校记[一]:"原抄于首题'孝经一卷并序'卷背。"(作家出版社 2006 年版第九册第 3725 页)

计写两卷文书

计写两卷文书,心里些些不疑。

自要心身恳切,更要师父阇梨。

【按】张锡厚主编《全敦煌诗》卷八六据伯 3386 校录,校记[一]谓:"原抄于'杨满山咏孝经一十八章'之后,存诗六言四句,诗题、撰者俱无。"(作家出版社 2006 年版第九册第 3726 页)颜廷亮主编《敦煌文学》之张锡厚《诗歌》三《敦煌民间诗歌》录为《三界寺学士郎张富诗》(甘肃人民出版社 1989 年版第 172 页)。

无名氏诗四首

生涯哀有极

生涯哀有极,死路去何怱。

伤哉百年内,相疾于繇年。

逝水无还滴

逝水无还滴,流光难再追。

景驰难□止,时命亦如斯。

气遂风灯化,神从朝露垂。

思秋送李大夫

秋深更夜静,风熏嘶马吟。

能□□露容,以日映西沉。

雁逐阳春景,蝉声彻□空。

佳人裁古赋,战阵野人心。

急来贷我钱

急来贷我钱，已后不难还。

是君没凭已，合今经一年。

【按】张锡厚主编《全敦煌诗》卷八六据伯 3420 辑录（作家出版社 2006 年版第九册第 3727—3731 页）。

朱明应肇蛘

朱明应肇蛘，儛喜庆新枝。

虹燕归堂闹，闹收帘难展。

【按】张锡厚主编《全敦煌诗》卷八六据伯 3457 抄本辑录，原抄于《河西节度使司空造大窟功德记》卷背（作家出版社 2006 年版第九册第 3738 页）。

落花篇

仲春欲半风始暖，淡荡先来吹菜园。
园里□花开不歇，桃花未尽梨花发。
蛾眉无数春园里，共爱春风满园起。
欲攀红树弄芳花，更起因风乘落花。
花落因风不因折，飞满空中下如雪。
散冲玉面点凝妆，乱著罗衣碎成獭。
纷纷林里满林芳，一回风起一回香。
半著罗裙人掩得，半落红沼水鱼持。
晚来零落花渐稀，见在收将且送归。
帔中擎得仍嫌少，袖里□看畏却飞。
归去明朝须早来，且废新妆事镜台。
勿愁一夜风吹尽，一半吹尽一半开。

【按】张锡厚主编《全敦煌诗》卷八七据伯 3480、2555 等三种抄本辑录（作家出版社 2006 年版第九册第 3749 页）。

须人读自书

须人读自书,奉上百匹罗。

来人读不得,回头便唱歌。

【按】张锡厚主编《全敦煌诗》卷八七据伯 3486 补录,校记[一]:"原抄于《开蒙要训》卷背第一件文书。……又诗后有'乾符三年正月廿二日施舍账',另抄有题记:'乾符贰年岁次乙未三月十一日敦煌县徒众至方等道场为记'。"(作家出版社 2006 年版第九册第 3751 页)

歌 谣

二月仲春色光辉,万户歌谣总展眉。

太保应时纳福祐,夫人百庆无不宜。

三光昨来转清耀,六郡尽道似尧时。

田地今年别滋润,家园果树似荼脂。

河中现有十硙水,潺潺流溢满百渠。

必定丰熟是物贱,休兵罢甲读文书。

再看太保颜如佛,恰同尧王有重眉。

弓硬刀强箭又褐,头边虫鸟不能飞。

四面蕃人来跪伏,献驼纳马没停时。

甘州可汗亲降使,情愿与作阿耶儿。

汉路当日无停滞,这回来往亦无虞。

莫怪小男女呦哆语,童谣歌出在小厮儿。

厶乙口承阿郎万万岁,夫人等劫石不倾移。

阿耶驱来作证见,阿娘也交作保知。

优赏但知与一匹锦,令厶乙作个出入衣。

【按】张锡厚主编《全敦煌诗》卷八七"无名氏"据伯 3500 补录,以首句为题,校记[一]:"法国目录定名为'歌谣',《敦煌宝藏》拟题作'童谣歌'。……据邓文宽考伯 3500《童谣》'有感于张淮深一平甘州回鹘受封而作','成于中和四年二月'。……荣新江则谓歌谣中虽有'甘州可汗亲降使,情愿与作阿耶儿'二句,但张义潮执政时(851—867)甘州尚无可汗,也不可能有降使称子之事。歌谣所记沙州、甘州两地的父子关系,应是甘州顺化可汗

（九二八年后唐所封）以前的事，也即曹议金征甘州回鹘的结果。诗中'太保'指曹议金。"（作家出版社 2006 年版第九册第 3752—3754 页）

忽起气肠嘘

忽起气肠嘘，何名大丈夫。
心里百事有，□那手中无。

【按】张锡厚主编《全敦煌诗》卷八七据伯 3573 补录，校记[一]："索引新编著录作'论语义疏残卷'，又著录残片作'贞明九年卖身契'。"（作家出版社 2006 年版第九册第 3756 页）

无名氏诗五首

春日春风动

春日春风动，春来春草生。
春人饮春酒，春鸟弄春声。

春来春去秋复秋

春来春去秋复秋，不知征战几时休。
闺阁红颜谁作主，沙场白骨没人收。

马足龙城白草秋

马足龙城白草秋，雁门南望见并州。
李陵死处沙埋骨，苏武归乡雪满头。

孔子高山坐

孔子高山坐，弱水不能流。
诸君在学问，何敢说君同。

高山高高高入云

高山高高高入云，真僧真真真是人。
清水清清清见底，长安长长长有君。

【按】张锡厚主编《全敦煌诗》卷八七据伯 3597 等三种抄本补录（作家出版社 2006 年版第九册第 3759—3763 页）。颜廷亮主编《敦煌文学》之张锡厚《诗歌》三《敦煌民间诗歌》又题其一、其五为《重出字诗》。

知君清楼对金江

知君清楼对金江,春风落日到沙场。

满□花□人不□,□□□□似漫襄。

【按】张锡厚主编《全敦煌诗》卷八九据伯 3616 校录,原抄于《春秋后语·赵语上》卷背(作家出版社 2006 年版第九册第 3790 页)。

即日一千僧

即日一千僧,住在寺山林。

百鸟同偎宿,相看如兄弟。

【按】此诗原见敦煌遗书伯 3633 抄本,张锡厚主编《全敦煌诗》卷八九据刘复《敦煌掇琐》琐三三校录(作家出版社 2006 年版第九册第 3791 页)。

店铺招徕叫卖口号二首

其一

厶乙铺上新铺货,要者相问不须过。

交关市易任平章,买物之人但且坐。

其二

橘皮胡桃瓤,栀子高良薑。陆路诃梨勒,大腹及槟榔。亦有苷萝荜拨,芫荑大黄,油麻椒蒜,荷藕弗香。甜干枣,醋石榴,绢帽子,罗幞头。白礬皂礬,紫草苏芳。秒糖吃时牙齿美,饧糖咬时舌头甜。市上买取新襖子,街头易得紫绫衫。阔口裤,崭新鞋,大跨腰带拾参事。

【按】张锡厚主编《全敦煌诗》卷八九据伯 3644 补录,推测为后唐同光年间抄(作家出版社 2006 年版第九册第 3792—3794 页)。

一到龙沙十五年

一到龙沙十五年,终日戍云朔河□。

侍宰得更朝天波,素玉阶前司众园。

【按】张锡厚主编《全敦煌诗》卷八九据伯 3666 补录，校记［一］："原抄于'燕子赋 一卷'卷背，诗前有'大顺元年（890）十二月五日孔孔'杂写、素描动物头像及吕岩《直上青山望八都》诗，其后有'文德元年（888）十二月十八日'杂写，存诗七言四句，撰者已佚。"（作家出版社 2006 年版第九册第 3811 页）

题戍楼山

黄垒巉岩行路难，一心遥怕鬼门关。
临津塞古无人迹，不堪惆怅戍楼山。

【按】张锡厚主编《全敦煌诗》卷八九据伯 3730 补录（作家出版社 2006 年版第九册第 3817 页）。

无名氏诗三首

代闺情二首

其一

春色虽来拟伴人，妾心贞素转加新。
饶伊黄鸟声声唤，要藉情中不动帼。

其二

自从夫别懒调筝，独寝空房愁转生。
每恨孤情无处对，常思远信意纵横。

久不相访忽睹尺书奉酬情素

昨来寂绝断承望，今朝忽见五三行。
君既不移鸾鸟节，仆心亦托雁随阳。

【按】张锡厚主编《全敦煌诗》卷九三据伯 3812 补录（作家出版社 2006 年版第九册第 3902—3904 页），原为四首，今选录三首。

无名氏诗六首

高适在哥舒大夫幕下请辞退托兴奉诗

自从嫁与君，不省一日乐。
遣妾作歌舞，好时还道恶。

不是妾无堪,君家妇难作。
下堂辞君去,去后君莫错。

闺情为落殊蕃陈上相知人

自从沦落到天涯,一片真心恋著查。
憔悴不缘思旧国,行啼只是为冤家。

同前四首

其一

相随万里泣胡风,匹偶将期一世终。
早知中路生离别,悔不深怜沙碛中。

其二

不须推道委人猜,只是君心自不开。
今夜闺门凭莫闭,孤魂拟向梦中来。

其三

自处长信宫,每向孤灯泣。
闺门镇不开,梦从何处入。

其四

只今桃李正堪攀,所恨枝高引手难。
愿君垂下方便叶,袖卷将归看复看。

【按】张锡厚主编《全敦煌诗》卷九三据伯3812补录,校记[一]:"王重民《补全唐诗》将上述六首诗拟附于高适诗后;潘重规《补全唐诗新校》改作'隶属宋家娘子的作品',施淑婷《敦煌本高适诗研究》从潘说。由于诗题下未署撰者,仅据前首宋家娘子《春寻花柳得情》,而将此六首悉附其名下,未见允当。兹判作无名氏诗;一作'宋家娘子诗'。"(作家出版社2006年版第九册第3906—3912页)

九想观诗九首

初生想

初生满月字婴孩,内外亲罗送喜来。
男号明珠女百匹,车马门前擘不开。

童子想

日月相催成幼童,五五三三作一丛。
虽解聚沙为佛塔,心中仍未辨西东。

盛年想

三十红颜盛少年,意气英雄文武全。
荣华衣冠车马足,妻妾纵横满目前。

衰老想

年侵蒲柳竟桑榆,骨竭筋枯皮肉疏。
面上红颜千道皱,欲行十步九长嘘。

病苦想

四支沉重染缠疴,日夜尪羸苦渐多。
百味目前俱不入,业合如斯知奈何。

死想

妻妾平生多捧拥,及至死时谁不恐。
怨家苦哭三五声,葬时送出填丘冢。

胮胀想

送至荒田丘冢间,亲戚妻奴各自还。
唯见一堆脓血聚,何曾更有旧红颜。

烂坏想

日炙风吹皮肉烂,见者谁不怀嗟叹。
虫衔兽曳当头分,筋骨分离支节散。

白骨想

纵横白骨色如银,尽是门家豪族人。
莫言即日埋荒草,亦曾意气驱风云。

【按】张锡厚主编《全敦煌诗》卷九三据伯 3892 及 4597 卷子校补,校记[一]之②:"此本卷背'杂写'内,有年代题记若干,如'光化四年(即天复元年,901)九月三日'、'光化三年(900)五月廿日弟子比丘律师念记'、'光化四年九月十五日灵图寺法圣'、'咸通九年(868)正月四日学生德书卷'以及'咸通九年武文晟念佛德'等。"(作家出版社 2006 年版第九册第 3926—3934 页)

无名氏诗二首

人生不学漫是非

人生不学漫是非,愚情小子实堪悲。
三文两字浅将用,疑欲更作心里迷。

先贤制作好文书

先贤制作好文书,人身明过戴头皮。
早晚会知心明晓,努力恳克寻古诗。

【按】张锡厚主编《全敦煌诗》卷九三据伯3906补录(作家出版社2006年版第九册第3935—3936页)。

无名氏诗十六首

听唱张骞一曲歌

张骞本自欲登山,汉帝使遣上升天。
今朝得遇西王母,驾鹤乘龙上紫烟。
王母一见甚玲珑,花林玉树竞开红。
比闻仙桃难可见,不期今日得相逢。
张骞寻河值朦胧,正见药树在月中。
鸡鸣三声在日里,狗吠三声□虚空。
阎浮太子专精进,欲往西园访花林。
唤取鲁班刻车辇,唤取嵇康来抚琴。
张骞寻河甚迟迟,正见织女在罗机。
五百交梭一时动,五百钻头并相随。
玉女恒在宝台坐,常共牵牛七月期。
七月六日暂相见,七月七日即分离。
张骞寻河方逍遥,正见织女摘仙桃。
张骞身向内宫坐,共一牵牛为夫妇。
状似远道苦征辽,水深千丈而难度。

交儿何处觅船艘,织女啼哭莫抱槽。
谁能为汝造浮桥,寄语填河乌鹊鸟。
年年不为早恨嚎。

自从边塞别三春

自从边塞别三春,镇作辽阳征戍人。
只见寒风飘白雪,不闻黄鸟弄成春。

五章的的二年分

五章的的二年分,书信沉沉寂不闻。
鸳鸯帐里须□抱,杨柳园中不忘君。

少少心供养

少少心供养,承恩得宠多。
昨来春睡重,梦里学行歌。

笑里千般美

笑里千般美,朱唇乞早开。
如今见不语,别后尽将来。

果树兰阶种

果树兰阶种,风吹满路香。
今□拟采取,直为守人强。

缠绵分数载

缠绵分数载,闺帐隔一春。
虽为塞北客,岂可忘东邻。

无事他乡主

无事他乡主,那能不饯人。
赠人一行字,乞愿莫生嗔。

我有一口刀

我有一口刀,半刚半是柔。
不将余处用,拟斩负心人。

触处翻天觅

触处翻天觅,今朝何地逢。
无事相放法,不及早通融。

万事通融得

万事通融得,相思不可哉。
为言判割却,还早入心来。

杨柳南亭树

杨柳南亭树,春来不忆处。
长啼红烛下,□□□□□。

独卧意间屋

独卧意间屋,人心浪自迷。
不知收取意,抱志守空阙。

自恨家严切

自恨家严切,偷怜不尽情。
公官曾有日,努力避风声。

意得奴薄行

意得奴薄行,终身不拟知。
只能消百恶,见面怜伤他。

词出恐家口

词出恐家口,从他万众采。
但存缘业在,恶尽好还来。

【按】张锡厚主编《全敦煌诗》卷九四据伯 3910 等两种抄本补录(作家出版社 2006 年版第九册第 3938—3957 页),原为"无名氏诗二十一首",今选录 16 首。

无名氏《大有百姓不喜欢》

□□□□□好,天泰楼上□□□。
胡地□争且□弹,上阳□园□□□。
中丞仲福□□□,进成诚吏是就□。
沙州差发□□泉,大有百姓不喜欢。

【按】张锡厚主编《全敦煌诗》卷九五据伯 3962 校录,校记[一]:"原抄于《论语集解·学而篇》背面,诗前抄'咸通十二年(871)四月十八日学生'等字,存诗七言八句,残损严重,诗题、撰者俱无。"(作家出版社 2006 年版第九册第 3962 页)

咏九九诗九首

其一
一九冰头万叶枯,北天鸿雁过南湖。
霜结草头敷碎玉,露凝条上撒珍珠。

其二
二九严凌切骨寒,探人乡外觉衣单。
群鸟夜投高树宿,鲤鱼深向水中钻。

其三
三九飕飗寒正交,朔风如箭雪难消。
南坡东地周荒坝,往来人使过冰桥。

其四
四九寒风不掩身,乌栖犹自选高林。
参没未知过半夜,平明辰在中天心。

其五
五九残冬日稍长,金乌□映渐近堂。
为报学生须在意,每人添诵两三行。

其六
六九衣单敢出门,朝风庆贺得阳春。
南坡未有蓂藕动,犬来先向北阴存。

其七
七九黄河已泮冰,鲤鱼惊散当头行。
喜鹊衔柴巢欲垒,去年秋雁却来声。

其八
八九蓂藕应日生,阳气如云遍地青。
鸟向林间催种谷,人于南亩已深耕。

其九
九九东皋自合兴,农家在此乐轰轰。
耧中透下黄金籽,平原垄上玉苗生。

【按】张锡厚主编《全敦煌诗》卷九五据伯4017校录,校记[一]:"册子本,正面第五件文书……接抄在首题'行人转帖'之后,另有'乙酉年'七月纪事文书。饶宗颐推测'乙酉年'为后唐同光三年(925),或可作为判断此件文书的抄写时代。"(作家出版社2006年版第九册第3970—3977页)

枯树再生苗

枯树再生苗,枝上坐百雕。
头□须努力,勤勤□骨哮。

【按】张锡厚主编《全敦煌诗》卷九五据伯4072校录(作家出版社2006年版第九册第3980页)。

无名氏诗七首

顺子瞎眼口

顺子瞎眼口,一似驴屎孔。
不语西,莫语□,打一拳,
眼睛墆落著罗。莫道不道憨㞧人,
的定不是作狉□。

五月布谷不乱鸣

五月布谷不乱鸣,后园肥地无人耕。
身向别处栽苇子,遣妾青苗何处生。

海兴押衙

海兴押衙,文笔堪夸。出到街头,万民谈话。若说行解,世上莫过见者。不论水食,绫罗装裹。绯红头绳,亦嫌古破。好氈上被,不睡不卧。一夜先□,总被踏破。残奴唱弹,保进便和。忽闻歌声,七遍往过。

打纸安师

打纸安师,日常掉槌。
每长欲盗,偷那纸皮。

打纸阿师木槌高

打纸阿师木槌高,喉咙恶忝忝张喋。

行内有一□□□,不得黄水口嘈嗷。

今日遇见四句言

今日遇见四句言,我不是驴怎交著人牵。

暂隔贤兄及贤弟,不知心内□□煎。

今日特见四句言

今日特见四句言,说苟奴札经心意坚。

我有善因固邀请,如何道个著人牵。

【按】张锡厚主编《全敦煌诗》卷九六据伯4525补录(作家出版社2006年版第九册第3983—3990页)。

残奴弹唱

残奴弹唱,保进便和。忽闻歌声,七遭过往。

【按】张锡厚主编《全敦煌诗》卷九六据伯4525补录(作家出版社2006年版第九册第3993页)。

悲咽老来怨恨多

悲咽老来怨恨多,寂然空院坐阶墀。

燕语莺啼愁煞我,那堪更睹雁南飞。

人生厚薄谁能定,世路应知有盛衰。

苦是释门先老将,临年谁料数分离。

前岁珍珍抛我去,今春象象又先归。

北堂空有行来迹,西院休闻诵古诗。

吾亦寻常观水月,习风犹滞未销疑。

唯恨红颜随日灭,自怜能驻几时姿。

茶灶无烟宾客少,过斋犹是半含饥。

病容策杖无人侍,禅房空有小沙弥。

爱心已逐浮云卷,增想应知渐似锥。

丈夫叵耐无情物，一饷南蜇又北蜇。
霜钟起韵愁中结，吟对长天不展眉。
举步龙钟难决遣，低徊不免问禅师。
暂解还来濛水镜，兴物将心且对治。
及到黄昏思旧事，百忧攒簇又成悲。

【按】张锡厚主编《全敦煌诗》卷九六据伯4660补录，原见《敦煌名人名僧邈真赞汇集》卷背第一件文书（作家出版社2006年版第九册第3993—3994页）。

嘲法师诗二首

其一

法师寻常大模样，今日小座屈不上。
外边似个偻㑩人，莫是怀中没伎俩。

其二

法师适来极口夸，海林将谓晒偻㑩。
如今想料多没力，何事无端劫麦车。

【按】张锡厚主编《全敦煌诗》卷九六"无名氏诗二首"据伯4701补录（作家出版社2006年版第九册第3999—4001页）。又见颜廷亮主编《敦煌文学》之张锡厚《诗歌》三《敦煌民间诗歌》（甘肃人民出版社1989年版第172—173页）。

自咏一绝

今朝游行到此来，伏睹造我骂手杖。
若也间此不□贱，千吼万唤不到来。

【按】张锡厚主编《全敦煌诗》卷九六据伯4787补录（作家出版社2006年版第九册第4001页）。

敦煌西裔是临边

敦煌西裔是临边，四塞清平扫狼烟。
令公加节拾万年，沙府围境小长安。

【按】张锡厚主编《全敦煌诗》卷九六据伯5026补录,校记[一]:"另据第三句'令公加节拾万年',推知此诗作于五代宋初敦煌曹氏归义军时期。"(作家出版社2006年版第九册第4007页)

无名氏诗四首

其一

□□□□□,□□□□□。
□叶紫檀枝,花开郁金色。

其二

□□□□芳霏,远客心孤语即悲。
□□□□自恨,独无归处意□□。

其三

□□□□□□,望尽朝廷一日中。
□□□□□处,今时难化变□□。

其四

□□□□□□,三千回鹘满奔波。
终日强心偷劫活,天殃□□自分花。

【按】张锡厚主编《全敦煌诗》卷九六据伯5033补录(作家出版社2006年版第九册第4008—4010页)。

秋胡小说附诗

玉面映红妆,金钩蔽采桑。
眉黛条间发,罗襦叶里藏。
颊夺春桃李,身如白雪霜。

【按】张锡厚主编《全敦煌诗》卷九七据斯0133补录(作家出版社2006年版第九册第4013页)。

无名氏诗二首

宝像嵯峨面正东

宝像嵯峨面正东,千龛灵圣数万层。

前投流波碧涧水,常光夜现照金容。

丈夫百艺立功名

丈夫百艺立功名,为有圣分是事成。

司空岁寿一千年,至秋甘州贺太平。

【按】张锡厚主编《全敦煌诗》卷九七据斯 0214 辑录,校记[一]:"经查斯 0214 卷背'甲申年十一月廿日录事杜友遂'社司转帖之后,抄诗二首,诗题、撰者俱无,简称斯本。《燕子赋》篇末题记:'癸未年十二月廿一日永安寺学士郎杜友遂书记之耳。''甲申年三月廿三日永安寺学郎杜友遂抄记之耳'。……宁可、赫春文《敦煌社邑文书辑校》(江苏古籍出版社 1997 年出版)考定'癸未年'为后唐同光元年(923),'甲申年'则为同光二年(924)。永安寺在沙州寿昌县境。"(作家出版社 2006 年版第九册第 4014—4016 页)

好客须留住

好客须留住,三秋莫放归。

出门□道好,莫作主人□。

【按】张锡厚主编《全敦煌诗》卷九七据斯 0329 补录(作家出版社 2006 年版第九册第 4022 页)。

路玉令何在

路玉令何在,今宵银传先。

妻孥何寂寞,日日半含咽。

【按】张锡厚主编《全敦煌诗》卷九七据斯 0361 补录,谓原抄于杜友晋撰《书仪镜》卷背"杂写"内,存诗五言四句,诗题、撰者俱无。(作家出版社 2006 年版第九册第 4023 页)

立春

铜浑初庆暑,玉律始调阳。
五福除三祸,万吉消百殃。
宝鸡能辟恶,瑞燕解呈祥。
立春著户上,富贵子孙昌。

【按】张锡厚主编《全敦煌诗》卷九七据斯0610补录,校记[一]:"《启颜录》末题记云:'开元十一年(723)八月五日写了,刘丘子于二舅□。'"(作家出版社2006年版第九册第4028页)

无名氏诗四首

欲宜抽身直上飞

欲宜抽身直上飞,青天遥远人总知。
发心归路平原客,北戍年满也不除。

登师奴头归接兄

登师奴头归接兄,不拣僧俗礼皆□。
欲疑条条寻根本,陈师爱财也大期。

都来人身极难求

都来人身极难求,中就尼僧不解羞。
直至爱他□钱汉,被他奔逐□自尤。

都来不是爱他汉

都来不是爱他汉,直至如今不相看。
早晚归到清净处,且是前生业缘牵。

【按】张锡厚主编《全敦煌诗》卷九七据斯0619补录(作家出版社2006年版第九册第4029—4032页)。

无名氏诗二首

假读百车经

假读百车经,心乱恒无定。
分别说是非,吾我三毒盛。
如蛇出窟游,恒与万物竞。
虽然读药方,终归不差病。

世有愚痴君

世有愚痴君,不肯信福德。
贼心薄行迹,终日乏衣食。
擎袋傍村走,不知何□□。
入手不还他,直是老白贼。
死后安角尾,世世还他力。

【按】张锡厚主编《全敦煌诗》卷九八据斯0646正面第一件文书补录(作家出版社2006年版第九册第4036—4037页)。

今日写书了

今日写书了,合有五升来。
高贷不可得,还是自身灾。

【按】张锡厚主编《全敦煌诗》卷九八据斯0692补录(作家出版社2006年版第九册第4038页)。颜廷亮主编《敦煌文学》之张锡厚《诗歌》三《敦煌民间诗歌》题作《学仕郎安友盛诗》。

春至人先觉

春至人先觉,秋来雁早知。
草何北岸□,花□挂南枝。

【按】张锡厚主编《全敦煌诗》卷九八据斯0713补录(作家出版社2006年版第九册第4039页)。

王梵志诗集序附诗

逆子定省翻成孝,懒妇晨夕事姑嫜。
查郎骟子生惭愧,诸州游客忆家乡。
慵夫夜起□□□,懒妇彻明对缉筐。
悉皆咸臻知罪福,勤耕恳苦足糇粮。
一志五情不改易,东州西郡并称扬。
但令读此篇章熟,顽愚暗憃悉贤良。

【按】张锡厚主编《全敦煌诗》卷九八据斯 0778、5796 两种抄本校录(作家出版社 2006 年版第九册第 4040 页)。

无名氏诗三首

一生独立不曾移

一生独立不曾移,无问春冬不著衣。
面上寻常带嗔色,不知心中恨阿谁。

莫言炙手火复热

莫言炙手火复热,火尽须臾灰亦灭。
借问云霄富贵人,阿奈从头命不绝。

黄金万两徒劳积

黄金万两徒劳积,在后于身却□怨。
不如善善言闻下阙。

【按】张锡厚主编《全敦煌诗》卷九八据斯 0796 补录(作家出版社 2006 年版第九册第 4042—4044 页)。

嘲沙弥诗

沙弥清奴实实聋,但见学士本处诵。
不如闻法取城外,打那肚皮烂宠宠。
准义师主真心教,是你钝浊百陇众。

【按】张锡厚主编《全敦煌诗》卷九八据斯 1084 补录(作家出版社 2006 年版第九册第 4049 页)。又见颜廷亮主编《敦煌文学》之张锡厚《诗歌》三《敦煌民间诗歌》。

送却丁未旧岁

送却丁未旧岁,迎取戊申来前。
向旦元正初启,齐听拜贺□□。

【按】张锡厚主编《全敦煌诗》卷九八据斯 1815 补录,校记[一]:"原抄于《百行章》卷背《六十甲子纳音》之后,原诗约存九行,模糊难辨,姑录六言四句,余俟考。"(作家出版社 2006 年版第九册第 4093—4094 页)

日日长相望

日日长相望,宛转不离心。
见君行坐处,一似火烧身。

【按】张锡厚主编《全敦煌诗》卷九八据斯 1824 补录(作家出版社 2006 年版第九册第 4094 页)。

小来不学文字名

□□□□□令,小来不学文字名。
□□□□□念,后他合得车马迎。

【按】张锡厚主编《全敦煌诗》卷一〇二据斯 1931 校录,并推测约作于后梁龙德二年(923)(作家出版社 2006 年版第十册第 4180 页)。

无名氏诗二首

咸阳城北咸阳原

君不见咸阳城北咸阳原,原上青陵汉家帝。
白云苍梧起与无,珠帘玉椀何时比。
忆昔布衣称汉阳,□□□场亏百万。
兴兴梦血字四方,子孙故托其夫长。

地台钟鼓乐未央,千秋万岁归山岗。
松柏无恨蒿色里,鸽变威尽秋烟起。
长乐钟声入暮天,平生树柏对平千。
地下应埋三尺剑,人间上有五铢钱。
常闻照母珠真塞,别有千林皆玩起。
今日延年梅树来,当时七月诸侯至。
七沙英雄不足襟,冲天折柱竟无能。
焉知魂归风□废,唯有星明挂五陵。

老人相问嗟叹诗

幸因游赏去西东,陌上春游逢一翁。
其翁皓发面无色,策杖微微怨无力。
引耳听言听不闻,驻目看人看不识。
是时余乃叹其翁,何因发白面无红。
何不双眉学春柳,飘摇两发骋秋蓬。
翁乃当时闻此语,含笑唤言儿且住。
体瘦皮疏吾不将,暗冥昏迷留与汝。
吾嗟三五少年时,神精美貌逞芳姿。
莫言我独今如此,汝等须臾还若斯。

【按】张锡厚主编《全敦煌诗》卷一○二据斯 2049、伯 2544 等四种抄本校录(作家出版社 2006 年版第十册第 4181—4186 页),原题"无名氏诗七首",今选录二首。颜廷亮主编《敦煌文学》之张锡厚《诗歌》三《敦煌民间诗歌》拆分为《少儿答老翁》及《老翁答少[儿]》两首,总题为《少年老翁相问叹诗》,文字亦有出入(甘肃人民出版社 1989 年版第 170 页)。

庐山远公话附诗二首

薄皮囊脓血

薄皮囊脓血,筋缠臭骨头。
从头观至足,遍体是脓流。

今年定是有来年

今年定是有来年,如何不种来年谷。
今生定是有来生,如何不修来生福。

【按】张锡厚主编《全敦煌诗》卷一〇三据斯 2073 补录（作家出版社 2006 年版第十册第 4204—4205 页），原为五首，今选录二首。

今日好风光

今日好风光，骑马上天堂。
谁家有好女，嫁与学士郎。
【按】张锡厚主编《全敦煌诗》卷一〇七"无名氏"据斯 3713、伯 3305 等四种抄本校录（作家出版社 2006 年版第十册第 4338 页）。

郎君须立身

郎君须立身，莫共酒家亲。
君不见生生鸟，为酒送其身。
【按】张锡厚主编《全敦煌诗》卷一〇七据斯 3724、5711 及伯 5557 等十种抄本校录（作家出版社 2006 年版第十册第 4340 页）。

离合诗图诗四首

日日昌楼望

日日昌楼望，山山出没云。
田心思远客，门口问贞人。

白水泉当路

白水泉当路，此木柴在深。
亡心忘记忆，西女要寻人。

非衣裴醋大

非衣裴醋大，□□吕秀才。
白七皂罪过，王廿弄人子。

旦之是不善

旦之是不善，非心悲慈深。
八王全法用，人曾会言语。
山佳崔夫子。

【按】张锡厚主编《全敦煌诗》卷一〇七据斯3835、伯3597两种抄本校录(作家出版社2006年版第十册第4344—4349页)。原四首校记[一]中所附离合诗图略。

往日修行时

往日修行时,忙忙为生死。

今日见真是,生死寻常事。

见他生,见他死,返观自身亦如此。

【按】张锡厚主编《全敦煌诗》卷一〇七据斯4037、伯2952两种抄本校录(作家出版社2006年版第十册第4351页)。

无名氏诗三首

看字极快有分判

□□□□□□,看字极快有分判。

□□□□□聪明,恳苦学问觅才艺。

不知学郎有才志

不知学郎有才志,直是无嫌没意□。

甚好儿郎学括顶,言语中间不中听。

学郎尊姓阴

学郎尊姓阴,财艺今不求。

直是□□□□,适奉尊卑好儿郎。

【按】张锡厚主编《全敦煌诗》卷一〇七据斯4129抄本校录(作家出版社2006年版第十册第4353—4354页)。

买去城南今草园

买去城南今草园,□独欲会酒家钱。

乃可三不□□□,□□□□□。

【按】张锡厚主编《全敦煌诗》卷一〇八据斯4669抄本校录,校记[一]:"原抄于'王梵志诗'卷背,首全尾残,存七言二句又四字,以下残佚。"(作家出版社2006年版第十册第

4382 页）

康大娘遗书诗

日落西山昏，孤男留一群。
剪刀并柳尺，贱妾且随身。
盒里残妆粉，留些与后人。
有情怜男女，无情亦任君。
黄泉无用时，徒劳作微尘。

【按】张锡厚主编《全敦煌诗》卷一○九"无名氏"据斯 5381、0361 两种抄本校录（作家出版社 2006 年版第十册第 4388 页）。又见颜廷亮主编《敦煌文学》之张锡厚《诗歌》三《敦煌民间诗歌》。

诸杂斋文附诗三首

亡小娘子

慈亲同坠泪，伤嗟何处游。
空存兰眼□，争似汝身留。
去岁春帏暖，今朝壮露秋。
几般鸾凤锦，应付别人收。

亡夫

银灯闲夜烛，金带旧时容。
不见当时貌，教余何处逢。
恩情心未断，流泪转添浓。
两剑沉三尺，寻思恨噎胸。

亡妻

胶漆荣兮久，绸缪意若何。
深闺尘露縠，幽帐锁轻罗。
云鬓金蝉坠，凤钗玉雀蹉。
秦筝花谢后，须歇旧时歌。

【按】张锡厚主编《全敦煌诗》卷一○九据斯 5639、5640 两种抄本校录（作家出版社

2006年版第十册第4396—4399页)。

无名氏诗二首

乍别大众三两月

乍别大众三两月,心中哽噎无处说。
伏蒙司空开大藏,免交东窟直□□。

此院有个刘法和

此院有个刘法和,皮肉坚硬极㑒罗。
来世骨体多受苦,□□□□□□。

【按】张锡厚主编《全敦煌诗》卷一○九据斯5711校录(作家出版社2006年版第十册第4405—4406页)。

此定□公到兄歌

此定□公到兄歌,千□鸟则趁个□。
自今与后改□归,缘是面上□□多。

【按】张锡厚主编《全敦煌诗》卷一○九据斯5723校录(作家出版社2006年版第十册第4407页)。

无名氏诗二首

良人带甲远从征

前阙行难度远。托情下阙良人带甲远从征。去时河畔草下阙。机上锦文犹未织。更深托雁□下阙青云万里无霞□。碧海青□下阙知君塞北深相忆。遣妾凄下阙□□静□□下阙夫婿连年累不放。将军欲似□□□。□□千里尘掩面。纱窗百过细罗笼。倘遇飞鸿出塞北。为传锦字□□达。语已独坐乃思惟。叹息良人可□期。塞外风霜切骨冷。征夫寒冻阿□□。□妾洞房恒独守。含啼夜静上金机。织锦成满一百尺。闺人相命出罗□。燕山本来辛苦地。一别千金数载离。女伴相将营捣练。为其征客送□□。

赠捣练篇

秋树寒飞夜萧索。塞雁哀鸣□□□。
不虑闺帏罗帐单。遥愁寒地征衣薄。
今年征客未言归。秋来须与造□□。
玳瑁案前叠玉练。珍珠帘外残余沥。
可怜夜脸带红妆。徒伴缣帏□□□。
争向砧前竞弄杵。一队风来一队香。
更深北斗参转回。罗袖风吹捻□□。
□月砧前杵影摇。风吹陌上声得远。
一时鼎座堂阶下。鼎定还来□□□。
□知摇落凤凰钗。眼看振破盘龙髻。
明月更深西龙邗。北斗横河参□□。
□练擎将画堂内。珊瑚床内急裱衣。
玉户珠帘须卷却。窗边宝□□□。
今朝各自归家去。明朝还共一时来。
归去洞房更已久。女伴相将助□□。
□暗频挑金烛灯。怕热时支熨斗。
纵横熨斗占文章。欲缝直为□□□。
珊瑚匣里取尺量。玳瑁箱中检□□。
明朝驿使榆林过。此夜裱缝□□□。
匆匆忘结三条绵。往往虚行一度针。
沙场寒多人总闻。露变霜□□□□。
表中厚絮重重暖。炉上添香遍遍熏。
咸威远寄向金微。含啼问使□□□。
殷勤为报征夫道。明□还著别时裳。
一叹一长呼。月落上□□。
□□俄闻钟鼓声。忽觉街衢车马喧。
引领门前侧耳听 见使□□□□问
答言今欲向长城 长城士卒皆劳苦
离家兄弟从戎伍 秦王间□□□恬
北筑长城压狂虏。壮士提戈行幽塞。

弱者驱驰令运□。□□□托送寒衣。
未委夫人问何义_{下阙}。

【按】张锡厚主编《全敦煌诗》卷一一三据斯 8466 与斯 8467 拼合卷校录(作家出版社 2006 年版第十册第 4497—4502 页)。

嘴赤脚亦赤

嘴赤脚亦赤,身体□狼苍。
把□□□,□□□堂。
往日君王宠,赏赐□明□。

【按】张锡厚主编《全敦煌诗》卷一一三据斯 8671 校录,校记[一]:"原抄于'残片'之上。仅存二行,下半部份残损严重,墨色浅淡,尚难辨识,首尾俱残,姑录作五言六句。"(作家出版社 2006 年版第十册第 4510 页)

芭蕉若结子

芭蕉若结子,竹叶生其实。
如骠怀妊时,斯皆还自害。
利养及名问,愚人所爱乐。
能坏众善法,如剑斫人头。

【按】张锡厚主编《全敦煌诗》卷一一三据英国印度事务部图书馆藏敦煌汉文文书 Ch.03.20(IOL.C.97)校录,"原抄于西域文书上部空白处,侧书,存诗五言八句"(作家出版社 2006 年版第十册第 4515—4516 页)。

春日春风动

春日春风动,春山春水流。
春人饮春酒,春棒打春牛。

【按】张锡厚主编《全敦煌诗》卷一一五"无名氏"据日本三井文库别馆藏敦煌遗书校录,原为日本北三井家藏,编号北三井 103,原抄于《成唯识论》卷七背面(作家出版社 2006 年版第十册第 4566 页)。

不见小人行

不见小人行，早达如来庭。
得笔皆感谢，纸上有分明。
常与他人隐，不论古人情。
师兄好师兄，济接有心灵。

【按】张锡厚主编《全敦煌诗》卷一一五据丹麦哥本哈根皇家图书馆藏敦煌文献补录，编号为 MS2（作家出版社 2006 年版第十册第 4567 页）。

小儿骑竹马

小儿骑竹马，童子注千□。
誓将抱良死，还同竹马期。
纵使风雪至，不避雨沾衣。

【按】张锡厚主编《全敦煌诗》卷一一六据淡字 076（北 1323）等校录，"原抄于《维摩经抄》卷背"（作家出版社 2006 年版第十册第 4568 页）。

今夜叹孤愁

今夜叹孤愁，哀怨复难休。
嗟□有圣德，□□□□□。

【按】张锡厚主编《全敦煌诗》卷一一六据海字 077（北 4488）校录（作家出版社 2006 年版第十册第 4569 页）。

吐吓人易老

吐吓人易老，氺水长流。
迟迤不书写，日月度三秋。

【按】张锡厚主编《全敦煌诗》卷一一六据夜字 098（北 7677）校录，校记[一]谓黄永武《敦煌遗书最新目录》拟作"方言诗一首"，又引项楚《敦煌诗歌导论》第三章《民间诗歌》："第二句是将'水'字离为'氵'、'乑'二形，再合为'水'形，一字三用，属于离合诗的范围。其余三句大概是加偏旁,诗应作:'上下人易老,水水长流。天也不书写,日月度三秋。'"(作家出版社2006年版第十册第4574—4575页)

无名氏诗四首

那日兜头儿

那日兜头儿,当初便有心。
数度门前过,何曾见一人。

高门出贵子

高门出贵子,好木出良材。
丈夫不学问,官从何处来。

悠悠天上云

悠悠天上云,父母生我身。
少来学里坐,今日得成人。

张功郎高威力汉

张功郎高威力汉,带甲玄㝢去马长。
不死回归□兵□,愿我张功人□长。

【按】张锡厚主编《全敦煌诗》卷一一六"无名氏"据玉字091(北8317)正面抄本校录,校记[一]:"池田温定此件文书年代在'九世纪前期'。"(作家出版社2006年版第十册第4576—4580页)

青青河畔草

青青河边草,游鱼水舃舃。
男儿不学问,如若一头驴。

【按】张锡厚主编《全敦煌诗》卷一一六据生字025(北8347)正面第六件文书、斯8448第三残片等四种抄本校录(作家出版社2006年版第十册第4581页)。

五言诗一首赠上

写书今日了,因何不送钱。
谁家无赖汉,回面不相看。

【按】张锡厚主编《全敦煌诗》卷一一六据宿字099（北8374）正面第一件文书校录（作家出版社2006年版第十册第4583—4584页）。

无名氏诗二首

从善得生天

从善得生天，五藏服人身。
十恶堕地狱，倡突堕畜生。

忍辱得端正

忍辱得端正，瞋恚得丑陋。
布施得大富，悭贪堕贫穷。

【按】张锡厚主编《全敦煌诗》卷一一六据衣字028（北8432）校录（作家出版社2006年版第十册第4594—4595页）。

学郎身姓□

学郎身姓□，长大要人求。
堆亏急学得，成人作都头。

【按】张锡厚主编《全敦煌诗》卷一一六据位字068（北8442）正面第一件文书校录（作家出版社2006年版第十册第4596页）。

无名氏诗四首

石女无夫主

石女无夫主，木湿火能求。
空中打失橛，压沙不出油。

空中觅鸟迹

空中觅鸟迹，海里觅鱼踪。
水中画十字，将绳系取空。

无手把了乚

无手把了乚，行时骑水牛。

影动身不动，桥流水不流。

镜中像梦中，心无实质绝。

面里无嗔供养具

面里无嗔供养具，口里无嗔吐妙香。

心里无嗔是珍宝，无染无著是珍常。

【按】张锡厚主编《全敦煌诗》卷一一八据上海博物馆藏敦煌遗书上博48（41379）号校录（作家出版社2006年版第十册第4652—4654页）。

意逐青云去

意逐青云去，心随碧海游。

昼来飞不得，凡度几恒秋。

【按】张锡厚主编《全敦煌诗》卷一一八据天津市艺术博物馆藏敦煌文献津艺六一（G）号补录，校记[一]："原抄作两行，存诗五言四句，诗题、撰者俱无，简称津艺本。……《天津市艺术博物馆藏敦煌文献》（七）附录《叙录》云：'一九八七年鉴定：作伪。'"（作家出版社2006年版第十册第4656页）

禅定消长夜

禅定消长夜，心中不觉寒。

常观三界内，无有一人安。

【按】张锡厚主编《全敦煌诗》卷一一八"无名氏"据天津市艺术博物馆藏敦煌文献津艺169号及台北"国立中央"图书馆藏敦煌卷子第139号校录（作家出版社2006年版第十册第4658页）。颜廷亮主编《敦煌文学》之张锡厚《诗歌》三《敦煌民间诗歌》称寒斋藏《根本说一切有部毗奈耶颂》卷内题诗（甘肃人民出版社1989年版第172页）。

可怜学生郎

可怜学生郎，每日画一张。

看书佯度日，泪落数千行。

【按】张锡厚主编《全敦煌诗》卷一一八据中国书店收藏本补录,校记[一]:"原抄于《佛说无量寿宗要经》卷背。诗共三首,第一首即为此诗,五言四句,诗题、撰者俱无。"(作家出版社2006年版第十册第4661页)

无名氏诗二首

鸣钟偈

洪钟振响觉群迷,声振十方无量土。
一切含识普知闻,救拔众生长夜苦。

闻钟偈

闻钟卧不起,护法善神嗔。
现世福德薄,来世受蛇身。

【按】张锡厚主编《全敦煌诗》卷一七九据斯0381、1625、5573、4654四种抄本校录(作家出版社2006年版第十四册第6679—6680页)。颜廷亮主编《敦煌文学》之张锡厚《诗歌》三《敦煌民间诗歌》亦引录,文字有出入(甘肃人民出版社1989年版第169页)。

劝善偈二首

其一

黑风西北起,东南镇鬼兵。
永常天地暗,何得心不惊。

其二

先须断酒肉,贪嗔更莫生。
人能慎此事,佛道一时行。

【按】张锡厚主编《全敦煌诗》卷一八二据斯6469、12508及伯3117等四种抄本校录(作家出版社2006年版第十五册第6809—6811页)。颜廷亮主编《敦煌文学》之张锡厚《诗歌》三《敦煌民间诗歌》将二首合为一首。

伦敦藏《般若波罗蜜多心经》卷末题诗

速时三界有,悟时十方空。
欲知成佛处,令在净心中。

【按】见颜廷亮主编《敦煌文学》之张锡厚《诗歌》三《敦煌民间诗歌》(甘肃人民出版社1989年版第172页)。

题画和尚

壁上无年岁,人间绝往来。
面尘何日洗,经卷几时开?
发乱无刀剃,袈裟是笔裁。
若也无定谁,墙塌是轮回。

【按】见颜廷亮主编《敦煌文学》之张锡厚《诗歌》三《敦煌民间诗歌》引日本龙谷大学藏《悉达太子修道因缘》末附咏画诗(甘肃人民出版社1989年版第172页),颔联"几时"原作"已时",今据改。

猫儿题

邈成身似虎,留就躯如龙。
解走过南北,解行西与东。
僧繇画壁上,图下镇悬空。
伏恶亲三善,降狞近六通。

【按】见颜廷亮主编《敦煌文学》之张锡厚《诗歌》三《敦煌民间诗歌》引列宁格勒藏L.1458敦煌写卷诗(甘肃人民出版社1989年版第172页)。

长安辞(来生得见五台山)四首

其一
天长地阔杳难分①,中国众生不可闻②。长安帝德承恩报,万国归投拜圣君③。

其二
汉家法用令章新④,四方取则玉华吟⑤。文章绎络如流水⑥,白马驮经即自临⑦。

其三

故来行险远寻求⑧，谁谓明君不暂留⑨。修身不避关山苦⑩，学问仍须度百秋⑪。

其四

谁知此地却回还⑫，泪下沾衣不觉斑。愿身死作中华鬼⑬，来生得见五台山⑭。

【按】任半塘《敦煌歌辞总编》卷三据斯5540、苏1369、伯3644编录（上海古籍出版社1987年版中册第885页）。注："此组四辞内容涉及梵僧驮经来唐求学，欲瞻礼五台山；其写本又兼备有伦敦及列宁格勒两地之藏，讹字不同，争论甚多，较为重要，不可忽视。"饶宗颐推断其作年为初盛唐间。《全唐五代词》卷七仅录前三首，《全敦煌诗》卷一七六题为《礼五台山偈四首》。①"杳"，《全唐五代词》卷七作"要"。②"众生不可闻"，《全敦煌诗》卷一七六作"中天不可论"。③"投"，《全敦煌诗》卷一七六作"朝"。④"法用令章新"，《全唐五代词》卷七作"法用礼术心"，《全敦煌诗》卷一七六作"法度礼将新"。⑤"玉华吟"，《全唐五代词》卷七作"五更吟"，《全敦煌诗》卷一七六作"慕华钦"。⑥"绎络"，《全唐五代词》卷七作"经络"，《全敦煌诗》卷一七六作"浩浩"。⑦"即"，《全敦煌诗》卷一七六作"远"；"临"，《全唐五代词》卷七作"林"。⑧"行险"，《全敦煌诗》卷一七六作"发意"。⑨"谓"，《全敦煌诗》卷一七六作"为"；"不暂"，《全唐五代词》卷七作"名暂"。⑩此句《全敦煌诗》卷一七六作"将身岂惮千山路"。⑪此句《全唐五代词》卷七作"学问何须□□□"，《全敦煌诗》卷一七六作"学法宁辞度百秋"。⑫"谁知"，《全敦煌诗》卷一七六作"何期"。⑬"死作中华鬼"，《全敦煌诗》卷一七六作"长在中华国"。⑭"来"，《全敦煌诗》卷一七六作"生"。

无名氏残句十五则

在家疑是客，别国却为亲。

【按】张锡厚主编《全敦煌诗》卷六七据伯2012补录，原抄于"佛画"背（作家出版社2006年版第八册第3229页）。

无名氏残句

日日延宾客，实胜孟尝君。

沙州判官邓骨仑，草书草判不须论。

【按】张锡厚主编《全敦煌诗》卷八四据伯2622背面所抄补录，原抄于《日日三场战》

诗后(作家出版社 2006 年版第八册第 3439 页)。

无名氏残句

灵图大寺面南开,千罗宝盖满□来。

【按】张锡厚主编《全敦煌诗》卷七五据伯 3311 补录,原抄于卷背《开蒙要训》前杂写中,存七言二句,残句前题记作"沙弥宝宣",残句或为五代后期敦煌灵图寺僧宝宣所写(作家出版社 2006 年版第八册第 3680 页)。

无名氏残句

将军定边计,出下阙。

【按】张锡厚主编《全敦煌诗》卷八六据伯 3353 辑录,"原抄于《春日相饯》之前,另行起,抄此残句"(作家出版社 2006 年版第九册第 3724—3725 页)。

无名氏残句

野鹊孤飞独不群。

【按】张锡厚主编《全敦煌诗》卷八七据伯 3466 辑录,"原抄于《朋友书仪》卷末杂写内,残存七言一句"(作家出版社 2006 年版第九册第 3748 页)。

无名氏残句

有德人心下,无才意即高。恶人相触忤,被骂必从饶。

【按】张锡厚主编《全敦煌诗》卷九六据伯 4525 辑录,"原抄于《大方等大集经》卷第二十背面杂写中"(作家出版社 2006 年版第九册第 3991 页)。

无名氏残句

旅客住江西,逐乐恋花池。

【按】张锡厚主编《全敦煌诗》卷九六据伯 4525 辑录,"原抄于《大方等大集经》卷第二十卷背"(作家出版社 2006 年版第九册第 3992 页)。

无名氏残句

五月五日天中节,一切恶事尽消灭。

【按】张锡厚主编《全敦煌诗》卷九八据斯0799辑录(作家出版社2006年版第九册第4045页)。

无名氏残句

无事将投入罗网,求飞欲出计如何。愿逢下阙。

【按】张锡厚主编《全敦煌诗》卷一〇三据斯2277辑录(作家出版社2006年版第十册第4212页)。

无名氏残句

文盈师兄好念经,过□了后没人情。

【按】张锡厚主编《全敦煌诗》卷一〇三据斯2646辑录,原抄于《佛说无量寿宗要经》卷背(作家出版社2006年版第十册第4213页)。

无名氏残句

闻道边庭苦,如今到始知。可知今郎君下阙。
龙鱼未变色,难见出头时。今夜下阙。
何曾默突郎,郎君莫作大罗窊。意辛不是令人笑。女儿郎君更窈窕下阙。
雁鸟城隍鹤最稀下阙。

【按】张锡厚主编《全敦煌诗》卷七五据淡字050(北7220)卷背补录(作家出版社2006年版第十册第4572页)。原有残句七则,今选录四则。

风归云四首

征夫数载①,萍寄他邦②。去便无消息,累换星霜。月下愁听砧杵起,塞雁□行③。孤眠鸾帐里,枉劳魂梦④,夜夜飞飏。　　想君薄倖⑤,

更不思量。谁为传书与,表妾衷肠⑥。倚牖无言垂血泪,暗祝三光。万般无那处⑦,一炉香尽,又更添香。

【按】《云谣集杂曲子》三十首主要见于斯1441、伯2838、3251抄本,今据唐圭璋《云谣集杂曲子校释》(陈人之、颜廷亮编《云谣集研究汇录》)迻录。①"数载",王国维《敦煌发见唐朝之通俗诗及通俗小说》作"数岁"。②"他邦",孙其芳《云谣集杂曲子校注》作"他乡"。③ 王国维《敦煌发见唐朝之通俗诗及通俗小说》作"愁听砧杵,疑塞雁行",罗振玉迻录本、王重民《敦煌曲子词集》、刘复《敦煌掇琐》作"月下愁听砧杵,拟塞雁行",冒广生《新斠云谣集杂曲子》、朱孝臧校本作"月下愁听砧杵,拟塞雁□行",郑振铎校本作"月下愁听砧杵拟,塞雁□行",任二北《敦煌曲校录》作"月下愁听砧杵起,塞雁南行",潘重规《云谣集杂曲子新书》作"月下愁听砧杵,拟塞雁行行",沈英名、孟玉《敦煌云谣集新校订》作"月下含愁听砧杵,拟塞雁行",孙其芳校本作"月下愁听砧杵,凝塞雁行"。④"枉劳",罗振玉、刘复迻录本作"往劳"。⑤"薄倖",王国维《敦煌发见唐朝之通俗诗及通俗小说》、罗振玉、刘复、朱孝臧、郑振铎、王重民与沈英名、孟玉校本皆作"薄行"。⑥ 王国维《敦煌发见唐朝之通俗诗及通俗小说》、罗振玉迻录本作"谁为传书,与妾表衷肠"。⑦ "无那",罗振玉迻录本、任二北校本作"无奈"。

又

绿窗独坐①,修得君书②。征衣裁缝了,远寄边隅③。想得为君贪苦战④,不惮崎岖⑤。终朝沙碛里⑥,只凭三尺,勇战奸愚⑦。　　岂知红脸,泪滴如珠⑧。往把金钗卜⑨,卦卦皆虚⑩。魂梦天涯无暂歇,枕上长嘘⑪。待卿回故里⑫,容颜憔悴⑬,彼此何如。

【按】① 王国维《敦煌发见唐朝之通俗诗及通俗小说》及王重民校本"绿窗"前有"怨"字。② 王国维《敦煌发见唐朝之通俗诗及通俗小说》、郑振铎、王重民、孙其芳校本"修得"后补"为"字。③ "边隅",王国维《敦煌发见唐朝之通俗诗及通俗小说》作"边塞",罗振玉、冒广生、朱孝臧、郑振铎、王重民校本作"边虞"。④ "想得",任二北《敦煌曲校录》作"想你";"贪",沈英名、孟玉校本改"含"。⑤ "崎岖",罗振玉迻录本、沈英名、孟玉校本作"驰驱",王重民校本作"崎驱"。⑥ "终朝",罗振玉、王重民迻录本作"中朝";"沙碛里",王国维《敦煌发见唐朝之通俗诗及通俗小说》作"沙里口",罗振玉迻录本作"沙碛里山",沈英名、孟玉校本作"砂迹里"。⑦ "只凭",刘复《敦煌掇琐》、王重民、潘重规校本作"已凭";王国维《敦煌发见唐朝之通俗诗及通俗小说》、罗振玉迻录本作"冯(凭)三尺勇战奸愚"。⑧ 王国维《敦煌发见唐朝之通俗诗及通俗小说》作"岂知红粉泪如珠",罗振玉迻录本作"岂知红粉泪的如珠"。⑨ "往把",王国维《敦煌发见唐朝之通俗诗及通俗小说》、冒广生、朱孝臧、任二北、王重民、潘重规、孙其芳与沈英名、孟玉校本皆作"枉把"。⑩ 王国维《敦煌发见唐朝之通俗诗及通俗小说》作"卦□皆虚"。⑪ "长嘘",刘复《敦煌掇琐》作"长虚"。⑫ "卿",任二北校本作"公卿",沈英名、孟玉校本作"公";"回故里",罗振玉迻录本、刘复《敦煌掇琐》、王重民校本作"回故日",孙其芳校本作"回归日"。⑬ 末句前三句王国维《敦煌发见唐朝之通俗诗及通俗小说》作"枕上虚待公卿,回日容颜憔悴",末句前二句潘重规校本作"待公卿回,故日容颜憔悴"。

又

　　幸因今日,得睹娇娥。眉如初月①,目引横波。素胸未消残雪②,透轻罗③,□□□□□④。朱含碎玉⑤,云髻婆娑⑥。　　东邻有女,相料实难过⑦。罗衣掩袂⑧,行步逶迤。逢人问语羞无力,态娇多⑨。锦衣公子见,垂鞭立马,肠断知麽⑩。

　　【按】① "初月",沈英名、孟玉校本作"初三月"。② "素胸",孙其芳校本作"酥胸";"残雪",沈英名、孟玉校本作"残雪冷"。③ 沈英名、孟玉校本"透"前补"暗"字。④ 罗振玉、郑振铎迻录本、王重民、潘重规、孙其芳与沈英名、孟玉校本不缺五字。⑤ 沈英名、孟玉校本作"朱唇含翠玉"。⑥ 沈英名、孟玉校本作"钗横云髻,摇曳婆娑"。⑦ "相",沈英名、孟玉校本缺。⑧ "掩袂",沈英名、孟玉校本作"掩长袂"。⑨ "态",沈英名、孟玉校本作"媚态"。⑩ "麽",罗振玉、郑振铎迻录本及王重民校本皆作"磨"。

又

　　儿家本是,累代簪缨。父兄皆是①,佐国良臣。幼年生于闺阁②,洞房深③。训习礼仪足,三从四德,针指分明。　　嫁得良人④,为国远长征⑤。争名定难⑥,未有归程。徒劳公子肝肠断,谩生心⑦。妾身如松柏,守志强过⑧,曾父坚贞⑨。

　　【按】① "皆是",罗振玉、郑振铎迻录本作"皆事",沈英名、孟玉校本作"原皆是"。② "生于",沈英名、孟玉校本作"本生于"。③ "深",沈英名、孟玉校本作"深肩"。④ "嫁",朱孝臧、王重民、任二北、潘重规、孙其芳校本皆作"娉",沈英名、孟玉校本此句作"良人娉得"。⑤ "远",任二北校本作"愿";沈英名、孟玉校本缺"远"字。⑥ "定难",沈英名、孟玉校本作"定难到"。⑦ "谩",沈英名、孟玉校本作"誇谩"。⑧ 沈英名、孟玉校本改作"刚强守志"。⑨ "曾父",孙其芳校本作"鲁女"。

天仙子二首

燕语啼时三月半①,烟蘸柳条金线乱。五陵原上有仙娥,携歌扇,香烂漫,留住九华云一片。　　犀玉满头花满面,负妾一双偷泪眼。泪珠若得似珍珠②,拈不散,知何限,串向红丝应百万。

【按】①"燕语啼时",沈英名、孟玉校本作"燕子啼时",王国维《敦煌发见唐朝之通俗诗及通俗小说》、罗振玉迻录本、任二北、孙其芳校本作"燕语莺啼"。②"珍珠",王国维《敦煌发见唐朝之通俗诗及通俗小说》、王重民、任二北、孙其芳校本作"真珠"。

又

燕语莺啼惊觉梦①,羞见鸾台双舞凤。天仙别后信难通,无人问②,花满洞,休把同心千遍弄③。　　叵耐不知何处去,正是花开谁是主④。满楼明月夜三更,无人语,泪如雨⑤,正是思君肠断处⑥。

【按】①"觉",罗振玉、郑振铎、王重民校本作"教"。②"问",冒广生、任二北校本作"共",沈英名、孟玉校本作"闻"。③"休",吴肃森《敦煌歌辞选注》作"羞"。④"正是",任二北校本作"正值"。⑤"如",王重民校本作"无"。⑥"正是",朱孝臧、任二北、王重民、潘重规、孙其芳与沈英名、孟玉校本皆作"便是"。

竹枝子二首

罗幌尘生,幨帏悄悄①,笙簧无绪理。恨小郎游荡经年,不施红粉镜台前,只是焚香祷祝天。　　垂珠泪滴②,点点滴成斑③。待伊来敬共伊言④,须改往来段却颠⑤。

【按】①冒广生、任二北校本首二句作"罗幌尘生□□□",沈英名、孟玉校本作"罗幌尘生幨帏悄"。②"滴",罗振玉迻录本、郑振铎校本作"的"。③"滴",罗振玉迻录本、郑振铎校本作"的",朱孝臧校本脱"滴"字。冒广生、任二北校本首二句录作"幨帏悄悄垂珠泪,□□□□,点点滴滴成斑",沈英名、孟玉校本作"夜阑默默垂珠泪,点滴成斑迹",孙其芳校注本作"垂珠泪,滴点点,滴成斑"。④罗振玉迻录本缺"敬"字,任二北校本"敬"作"即",沈英名、孟玉校本断作"待伊来,敬共伊言"。⑤"段",冒广生斠本作"假",潘重规校本作"断",又沈英名、孟玉校本末句前补"几回相见把情牵"一句。

又

高卷珠帘垂玉牖①,公子王孙女②。颜容二八小娘③,满头珠翠影争光④,百步惟闻兰麝香。　　口含红豆相思语⑤,几度遥相许。修书传与萧娘⑥,倘若有意嫁潘郎,休教潘郎再断肠⑦。

【按】①"珠帘",王重民校本作"朱帘";"玉牖",冒广生、任二北校本作"玉户"。② 沈英名、孟玉校本作"王孙公子"。③"颜容",王重民、孙其芳校本作"倾容",沈英名、孟玉校本作"美容颜",罗振玉迻录本、郑振铎校本作"公子王孙女倾,二八小娘"。④"争光",罗振玉迻录本作"无光"。⑤"口",王重民校本作"只"。⑥"传与",任二北校本作"传书";"萧娘",罗振玉迻录本、朱孝臧、郑振铎、王重民校本皆作"萧郎"。又沈英名、孟玉校本改作"暗修书,传与萧娘"。⑦"教",罗振玉迻录本、朱孝臧、郑振铎、王重民、任二北、潘重规、孙其芳与沈英名、孟玉校本作"遣","再"皆作"争"。

洞仙歌二首

华烛光辉,深下帡帱。恨征人,久镇边夷①。酒醒后,多风措②。少年夫婿,向绿窗下,左偎右倚。　　拟铺鸳被,把人尤泥③,须索琵琶重理④。曲中弹到"想夫怜"处,转相爱,几多恩意⑤。却在绪克鸳衾枕⑥,愿长与今宵相似⑦。

【按】①"边夷",罗振玉迻录本作"边来"。② 罗振玉迻录本作"□□醋",郑振铎、王重民、任二北、潘重规、孙其芳与沈英名、孟玉校本作"多风醋"。③"把人",孙其芳校注本作"抱人"。④"琵琶",郑振铎校本作"瑟琶"。"重理",王重民校本作"从理",冒广生斠本"重"前缺一字。⑤"恩意",罗振玉迻录本、郑振铎校本作"思意"。⑥"绪克",罗振玉迻录本作"绪里克",王重民校本作"绪衷克",郑振铎校本作"却在绪里,克鸳衾枕",冒广生斠本作"却再絮文鸳衾里",任二北校本作"却再叙衷鸳衾里",潘重规新书本作"却再叙衷鸳衾枕",孙其芳校注本作"却再续衷情鸳衾枕"。⑦ 罗振玉迻录本末句缺"愿"字。沈英名、孟玉校本末二句作"却再叙,充鸳衾枕,愿长与,今宵相似"。

又

悲雁随阳,解引秋光。寒蛩响①,夜夜堪伤,泪珠串滴②,旋流枕上。无计恨征人,争向金风漂荡③。　　捣衣嘹亮,懒寄回文先往④。战袍待稳絮,重更熏香⑤,殷勤凭驿使追访。愿四塞来朝明帝,令我夫婿,免教流浪⑥。

【按】①"寒蛩响",罗振玉迻录本作"它它虫响";沈英名、孟玉校本作"响寒蛩"。②"滴",罗振玉迻录本作"的"。沈英名、孟玉校本此句作"泪珠串,频频滴"。③ 冒广生斠本作"无计恨,征人争向",沈英名、孟玉校本作"无计纾恨,征人争向,金风漂荡,捣衣嘹亮"。④"回文先往",冒广生斠本作"回文□先住"。⑤ 郑振铎、任二北、潘重规、孙其芳校本作"战袍待稳,絮重更熏香",沈英名、孟玉校本作"战袍待稳,絮熏香重"。⑥ 郑振铎校本作"令夫婿免教流浪",冒广生、朱孝臧校本作"令我客,休施流浪",王重民、潘重规与沈英名、孟玉校本作"令戍客,休施流浪",任二北、孙其芳校本作"令戍客休施流浪"。

破阵子四首

莲脸柳眉休晕①,青丝罢笼云②。暖日和风花戴媚③,画阁雕梁燕语新④,卷帘恨去人。　寂寞长垂珠泪,焚香祷尽灵神。应是潇湘红粉继⑤,不念当初罗帐恩,抛儿虚度春⑥。

【按】①"休晕",罗振玉迻录本、朱孝臧等校本皆作"休韵",任二北校本作"羞晕"。② 冒广生斠本"罢"前缺一字;"笼"沈英名、孟玉与孙其芳校本作"拢"。③"暖日和风",罗振玉迻录本作"日暖风和"。④"雕",王重民辑本作"凋"。⑤"继",任二北校本作"恋",孙其芳校注本作"绊"。⑥ 罗振玉迻录本"寂寞长垂珠泪"后作"焚香祷尽□灵□□□□□□□□□□□□□虚度春"。

又

日暖风轻佳景①,流莺似问人②。正是越溪花捧艳,独隔千山与万津。单于迷虏尘。　雪落亭梅愁地③,香檀枉注歌唇④。拦径萋萋芳草绿⑤,红脸可知珠泪频。鱼笺岂易呈。

【按】①"佳景",罗振玉迻录本作"住景"。②"人",冒广生斠本缺。③"亭梅",罗振玉迻录本、朱孝臧、郑振铎、冒广生、王重民校本皆作"停梅"。又任二北校本此句作"梅雪落停愁地"。④"枉注",罗振玉迻录本、郑振铎校本作"往注"。⑤"拦径",沈英名、孟玉校本作"兰径"。

又

风送征轩迢递,参差千里余①。目断妆楼相忆苦,鸿雁南来鳞迹疏②,和愁缄去书③。　　春色可堪孤枕,心焦梦断□初④。早晚三边无事了,香被重眠比目鱼⑤,双眉应自舒。

【按】① "里",冒广生斠本缺。② "鸿雁南来",罗振玉迻录本、潘重规与沈英名、孟玉校本作"鱼雁百水",任二北校本作"鱼雁山川",孙其芳校注本作"鱼雁游水";"迹",罗振玉迻录本、朱孝臧、郑振铎、王重民、潘重规校本作"积"。又冒广生斠本此句作"鱼雁由来鳞翼疏"。③ "缄",朱孝臧、冒广生、王重民、任二北、潘重规、孙其芳与沈英名、孟玉校本作"封"。④ "梦断□初",任二北校本作"梦断更初",潘重规、孙其芳校本作"梦断初",沈英名、孟玉校本作"梦断当初"。⑤ "比目",王重民校本作"比翼"。

又

年少征夫军帖,书名年复年。为觅封侯酬壮志①。携剑弯弓沙碛边,抛人如断弦。　　迢递可知闺阁,吞声忍泪孤眠。春去春来庭树老,早晚王师扫却还②,免教心怨天③。

【按】① 首三句朱孝臧、郑振铎、王重民、任二北、潘重规、孙其芳校本皆作"年少征夫堪恨,从军千里余,为爱功名千里去"。冒广生斠本次句作"从军千里□□",沈英名、孟玉校本作"从军千里间"。② "扫却",罗振玉迻录本、朱孝臧、冒广生、王重民、任二北、潘重规校本皆作"归却"。③ "教",王重民校本作"交"。

浣沙溪二首①

丽景红颜越众希②,素胸柳脸柳眉低③。拟笑千花羞不拆④,懒芳菲。　　偏□□□□□,□□□□□□。□引五陵思恳切⑤,要君知。

【按】① 罗振玉迻录本、王重民校本题作[浣沙溪],任二北校本题作[浣溪沙]。② "景",孙其芳校注本作"影";"希",罗振玉迻录本、孙其芳校注本作"稀"。③ "素胸",孙其芳校注本作"酥胸";"柳脸",罗振玉迻录本、朱孝臧、郑振铎、冒广生、王重民、任二北、潘重规与沈英名、孟玉校本皆作"莲脸"。④ "拟笑",任二北校本作"一笑",孙其芳校注本作"凝笑";"拆",罗振玉迻录本作"折",朱孝臧、王重民、任二北、潘重规与沈英名、孟玉校本作"坼"。⑤ "偏",朱孝臧、王重民校本作"篇",罗振玉迻录本无缺字,作"偏引五陵思恳切",任二北、潘重规、孙其芳校本作"□□□□□□。□□□□□□。偏引五陵思恳切",沈英名、孟玉校本三句则作"夜伴无人虚枕侧,朝来每自觉凄其,偏引五陵思恳切"。

又

髻绾湘云淡淡妆,早春花向脸边芳。玉腕慢从罗袖出,捧酒觞①。纤手令行匀翠柳②,素咽歌发绕雕梁③。但是五陵争忍得,不疏狂。

【按】①"酒",朱孝臧、郑振铎、冒广生、王重民、任二北、潘重规与沈英名、孟玉校本皆作"杯"。②"令行",罗振玉迻录本作"全分",王重民、潘重规与沈英名、孟玉校本作"令分"。③"素咽",罗振玉迻录本、郑振铎校本作"素喉";"雕梁",王重民校本作"凋梁"。

柳青娘二首

素丝髻绾脸边芳①,淡红衫子掩酥胸②。出门斜撚同心弄,意恛惶,故使横波认玉郎③。　　叵耐不知何处去,教人几度挂罗裳④。待得归来须共语,情转伤,断却妆楼伴小娘。

【按】①"素丝",王重民、任二北、孙其芳与沈英名、孟玉校本皆作"青丝"。②"酥胸",罗振玉迻录本缺二字,朱孝臧、郑振铎、王重民、潘重规与沈英名、孟玉校本皆作"素胸"。③"故使",罗振玉迻录本、王重民校本作"固使"。④"教",王重民校本作"交"。

又

碧罗冠子结初成,肉红衫子石榴裙。故著胭脂轻轻染①,淡施檀色注歌唇,含情唤小莺②。　　只问玉郎何处去③,才言不觉到朱门。扶入锦□□□□,□殷勤④,因何辜负少年人⑤。

【按】①"胭脂",朱孝臧、郑振铎、王重民校本作"烟脂";"染",沈英名、孟玉校本作"润"。② 冒广生、任二北校本作"□□含情唤小莺",沈英名、孟玉校本作"注歌唇,檀色含情唤小莺"。③"只问",罗振玉迻录本作"只教"。④ 此二句罗振玉迻录本作"扶入锦□□□殷勤",任二北校本作"扶入锦□□□□,□殷勤",沈英名、孟玉校本作"扶入锦帏羞无语,献殷勤"。⑤"少年人",罗振玉迻录本、任二北校本作"倚阑人"。

倾杯乐二首

忆昔笄年,未曾离过①,生长深闺苑②。闲凭着绣床,时拈金针,拟貌舞凤飞鸾③。对妆台重整嬉恣面④,知身世算料岂教人见⑤。又被良媒,苦出言词相诱訑⑥。　　每道说水际鸳鸯⑦,惟指梁间双燕。被父母将儿匹配,便认多生宿姻眷。一旦嫁得狂夫⑧,攻书业⑨,抛妾求名宦。纵然选得⑩,一时朝要荣华,争稳便⑪。

【按】① "曾离过",朱孝臧校本作"省离□",刘复《敦煌掇琐》、王重民、孙其芳与沈英名、孟玉校本作"省离阁",冒广生斠本作"曾离阁",任二北、潘重规校本作"省离合"。② "苑",任二北校本作"院"。③ "拟貌",刘复《敦煌掇琐》、冒广生与沈英名、孟玉校本作"拟儿",孙其芳校注本作"拟描"。④ "嬉恣",王重民、潘重规、孙其芳与沈英名、孟玉校本作"娇姿"。⑤ "身世",刘复《敦煌掇琐》作"身儿",冒广生、任二北、孙其芳校本作"自儿儿",王重民、潘重规校本作"身貌";"教",王重民、潘重规校本作"交"。沈英名、孟玉校本此句改作"容儿算蝉娟,知身岂教人见"。⑥ 沈英名、孟玉校本改作"出言相诱訑"。⑦ "水际",刘复《敦煌掇琐》、王重民校本作"水济";"鸳鸯",朱孝臧、冒广生、任二北、潘重规、孙其芳与沈英名、孟玉校本作"鸳鸯"。⑧ "嫁",王重民、任二北、潘重规、孙其芳与沈英名、孟玉校本作"娉"。⑨ "攻",王重民校本、刘复《敦煌掇琐》作"功"。⑩ "纵然",刘复《敦煌掇琐》、朱孝臧校本作"众然"。⑪ 郑振铎校本末三句作"众然选得一时朝,要荣华争稳便",冒广生斠本末二句并作"一时荣华争稳便",任二北、潘重规、孙其芳校本末二句断作"一时朝要,荣华争稳便",沈英名、孟玉校本末二句作"一时朝要,荣华富贵争稳便"。

又

窈窕透迤,貌超倾国难应比①。浑身挂绮罗②,未省从天得知③。脸如花,自然多娇媚。翠柳画娥眉,横波如同秋水。裙上石榴④,血染罗衫子⑤。　　观艳质语软言轻⑥,玉钗坠,素绾乌云髻⑦。年二八,久锁香闺⑧,爱引猧儿鹦鹉戏⑨。十指如玉如葱,凝酥体⑩,雪透罗裳里。堪嫁与公子王孙⑪,五陵年少,风流婿。

【按】① 朱孝臧校本作"□儿超□倾国难应比",郑振铎校本作"儿超倾国难应比",冒广生斠本作"貌儿超群",任二北校本作"体貌超群,倾国应难比",沈英名、孟玉校本作"容儿超众,倾国应难比"。② 朱孝臧、王重民、任二北、潘重规、孙其芳校本"绮罗"后补"装束"二字;此句沈英名、孟玉校本改作"浑身挂绮罗,装束华丽"。③ "得知",任二北、孙其芳校本作"得至"。冒广生斠本三、四句作"浑身□挂,绮罗装束,从天得至"。④ "裙上",朱孝臧、郑振铎、王重民、潘重规、孙其芳校本作"裙生"。⑤ "罗",冒广生斠本缺。⑥ "软",郑振铎、王重民校本、刘复《敦煌掇琐》作"载"。⑦ 沈英名、孟玉校本作"钗坠乌云绾髻"。⑧ "锁",王重民、朱孝臧、郑振铎校本作"偵";沈英名、孟玉校本改作"香闺久镇"。⑨ "戏",郑振铎、王重民校本、刘复《敦煌掇琐》作"钑"。⑩"凝酥体",郑振铎、王重民、潘重规、孙其芳校本作"银酥体",冒广生斠本作"□□体"。⑪"堪",孙其芳校注本作"堰",沈英名、孟玉校本"堪"前皆补"正"字;"嫁",王重民、任二北、沈英名、孟玉校本作"娉"。

内家娇二首

丝碧罗冠,搔头坠髻①,宝装玉凤金蝉。轻轻浮粉②,深深长画眉绿,雪散胸前。嫩脸红唇,眉如刀割③,口如朱丹④。浑身挂异种罗裳,更薰龙瑙香烟。　　屐子齿高慵移步⑤,两足恐行难。天然有灵性⑥,不嫁凡夫⑦。招事无不会解⑧,烹水银⑨,炼玉烧金,别尽歌篇。除非却应奉君王,时人未可趋颜。

【按】①"坠髻",郑振铎、王重民、任二北校本作"坠鬓",刘复《敦煌掇琐》、潘重规、孙其芳校本作"坠髻鬓"。②"浮"任二北校本作"敷",孙其芳校注本作"傅"。③"眉",王重民校本作"明"。④"如",冒广生、王重民、任二北、刘复《敦煌掇琐》、潘重规、孙其芳与沈英名、孟玉校本作"似";"朱丹",郑振铎、王重民校本、刘复《敦煌掇琐》作"珠丹"。⑤ 郑振铎校本作"屐子岂齿,高慵移步",沈英名、孟玉校订本》删"步"字。⑥ 任二北校本作"天然有□□灵性"。⑦"嫁",王重民、潘重规与沈英名、孟玉校本作"娉";"凡夫",朱孝臧、王重民校本、刘复《敦煌掇琐》作"凡交",潘重规、孙其芳与沈英名、孟玉校本作"凡间"。⑧ 冒广生斠本作"招□□□□"。⑨"水银",沈英名、孟玉校本作"水里"。此三句郑振铎校本作"不嫁凡,交招事无不会解,烹水银",任二北校本作"不娉凡间,招事无不会,解烹水银",潘重规、孙其芳与沈英名、孟玉校本作"不娉凡间,交招事无不会,解烹水银"。

又

两眼如刀,浑身似玉,风流第一佳人①。及时衣著,梳头京样,素质艳丽情春②。善别宫商,能调丝竹③,歌令尖新。任从说洛浦阳台,谩将比并无因。　　半含娇态④,逶迤缓步出闺帏⑤。搔头重慵备不插⑥,只把同心千遍撚弄,来往中庭。应是降王母仙宫⑦,凡间略现容真。

【按】①"佳人",郑振铎校本作"帏人"。②"情春",任二北、孙其芳与沈英名、孟玉校本作"青春"。③ 任二北校本作"能丝调竹"。④ 沈英名、孟玉校本作"娇态半含"。⑤"缓",郑振铎、王重民校本作"换";"帏",郑振铎校本、刘复《敦煌掇琐》作"帏",王重民、任二北、潘重规、孙其芳与沈英名、孟玉校本作"门"。⑥"备",王重民、孙其芳校本作"慊"。此句任二北校本作"搔头重慵摠不插,□□□□";冒广生斠本作"半含娇态,逶迤□,缓步出闱帏。搔头□重,慵葱不插,□□□□"。⑦ 沈英名、孟玉校本自"搔头"后改作"搔头重慵憁,不插瑶珍,只把同心细结,千遍撚弄,来往中庭。为惜芳辰,应长降,王母仙宫,凡间略现容真"。

拜新月二首

荡子他州去,已经新岁未还归①。堪恨情如水,到处辄狂迷。不思家园②,花下遥指祝神明③,直至如今④,抛妾独守空闺。　　上有穹苍在,三光也合遥知⑤。倚帏帏坐,泪流点滴⑥,金粟罗衣,自嗟薄命,缘业至于斯⑦。乞求待见面,誓不辜伊。

【按】①"未还归",孙其芳校本作"还未归"。②"园",朱孝臧、郑振铎、冒广生、王重民、任二北、潘重规、孙其芳与沈英名、孟玉校本皆作"国"。③"神明",冒广生、任二北、潘重规、孙其芳与沈英名、孟玉校本作"神祇"。④"如",刘复《敦煌掇琐》、朱孝臧、郑振铎、冒广生、王重民、任二北、潘重规、孙其芳与沈英名、孟玉校本皆作"于"。⑤"也",冒广生斠本缺。⑥"倚",任二北校本作"依";"滴",刘复《敦煌掇琐》作"的"。此二句沈英名、孟玉校本作"倚帏帏,泪流滴"。⑦"斯",刘复《敦煌掇琐》作"思"。

又

国泰时清晏,咸贺□列多贤士①,播得群臣美②,卿敢同如鱼水③。况当秋景,萛叶初敷卉④。向登新楼上仰望⑤,蟾色光迟回⑥。　　顾遇玉兔影媚⑦,明镜匣参差斜堕。澄波美⑧,犹怯怕衔半钩耳⑨。万家向月下,祝告深深跪。愿皇寿千千岁,登宝位⑩。

【按】① 冒广生、郑振铎、任二北校本、刘复《敦煌掇琐》皆作"咸贺列多贤士",王重民、潘重规、孙其芳与沈英名、孟玉校本作"咸贺朝列多贤士"。②"播",孙其芳校注本作"博"。③"卿",冒广生斠本缺,孙其芳校本作"情";"敢同",沈英名、孟玉校本作"感",孙其芳校注本作"感同";又郑振铎校本三、四句作"播得群臣美卿,敢同如鱼水"。④"敷卉",沈英名、孟玉校本作"敷嫩黄卉"。⑤"向",潘重规校本作"同"。⑥"光迟",郑振铎、潘重规校本、刘复《敦煌掇琐》作"光翅";又冒广生斠本此二句作"登楼仰望,蟾色光迟",任二北校本作"同登新楼上,仰望蟾色光起",沈英名、孟玉校本作"登新楼上,仰望蟾色光翅"。⑦"顾遇",郑振铎校本作"顾",任二北、潘重规校本作"回顾",沈英名、孟玉校本作"回顾玉兔影"。⑧"美",郑振铎校本、刘复《敦煌掇琐》作"善";冒广生斠本"顾遇"后三句作"回头遇玉兔,影媚明镜匣参差。斜坠澄波",孙其芳校本则作"顾遇玉兔影媚明镜匣,参差斜坠澄波美"。⑨ "犹",刘复《敦煌掇琐》作"由";"衔",郑振铎、潘重规与沈英名、孟玉校本作"衝";"耳",冒广生斠本作"饵";任二北校本此句作"犹怯怕半钩衔饵"。⑩ 任二北与沈英名、孟玉校本末二句作"愿皇寿千千,岁登宝位"。

抛球乐二首

珠泪纷纷湿绮罗①,少年公子负恩多②。当初姊妹分明道③,莫把真心过与他。□□子细思量着④,淡薄知闻解好麽⑤。

【按】① "纷纷",潘重规与沈英名、孟玉校本作"芬芬"。② "恩",郑振铎校本作"思"。③ "姊妹",朱孝臧、郑振铎、王重民、孙其芳与沈英名、孟玉校本皆作"姊姊"。④ 冒广生、任二北、潘重规、孙其芳与沈英名、孟玉校本、刘复《敦煌掇琐》不缺二字。⑤ "麽",郑振铎、王重民校本作"磨"。

又

宝髻钗横坠鬓斜,殊荣绝胜上阳家。蛾眉不扫天生绿,莲脸能匀似早霞①。无端略入后园看②,羞杀亭中数树花③。

【按】① "莲脸",王重民、潘重规、孙其芳校本作"蝉脸";"早霞",郑振铎、王重民校本作"朝退",孙其芳校本作"朝霞",刘复《敦煌掇琐》作"早退"。② "无端",潘重规与沈英名、孟玉校本缺。③ "亭",任二北与沈英名、孟玉校本作"庭"。

渔歌子二首①

睹颜多,思梦误②,花枝一见恨无路③。心哽噎④,泪如雨,见便不能移步。　　五陵儿,娇态女⑤,莫阻来情从过与⑥。畅平生,两风措⑦,若得丘山不负。

【按】① 任二北、王重民、潘重规、孙其芳与沈英名、孟玉校本题作[鱼歌子]。② "误",冒广生、郑振铎、王重民、孙其芳校本及刘复《敦煌掇琐》皆作"悮"(同误)。③ "路",王重民、潘重规校本作"门路"。④ "心",任二北校本作"声"。⑤ 任二北、王重民、潘重规、孙其芳校本及刘复《敦煌掇琐》作"恋娇态女",沈英名、孟玉校本作"恋娇女"。⑥ "来情",任二北校本作"两情"。⑦ "措",刘复《敦煌掇琐》、王重民、任二北、潘重规、孙其芳与沈英名、孟玉校本皆作"醋"。

又

洞房深,空悄悄,虚把身心生寂寞①。待来时,须祈祷,休恋狂花年少。　　淡匀妆,周旋妙②,只为五陵正渺渺。胸上雪,从君咬,空把千金买笑③。

【按】①"把",王重民、孙其芳校本作"抱";"生",孙其芳校本缺。②"周旋",刘复《敦煌掇琐》、郑振铎、王重民校本作"固施";"妙",孙其芳校本作"少"。③"空把",冒广生、王重民、孙其芳校本作"恐把",刘复《敦煌掇琐》、郑振铎、任二北、潘重规与沈英名、孟玉校本作"恐犯";"笑",王重民校本、刘复《敦煌掇琐》作"唤"。

喜秋天二首

潘郎妄语多①,夜夜道来过。赚妾更深独弄琴②,弹尽相思破③。寂寂更深坐,泪滴浓烟翠④。何处贪欢醉不归,羞向鸳衾睡。

【按】①"妄",郑振铎校本作"忘"。②"赚",郑振铎校本、刘复《敦煌掇琐》作"湛",王重民校本作"谌"。③"弹",王重民校本作"掸"。④"滴",郑振铎校本作"的";"浓",任二北校本作"炉"。

又

芳林玉露催①,花蕊金风触。永夜严霜万草衰,捣练千声促②。谁家台榭曲③,嘹亮宫商足④。暮恨朝愁不忍闻⑤,早晚离尘土⑥。

【按】①"催",任二北、孙其芳校本作"摧"。②"捣",刘复《敦煌掇琐》作"祷"。③"曲",任二北校本作"间",王重民、潘重规校本、刘复《敦煌掇琐》作"菊",冒广生校本缺。又沈英名、孟玉校本此句作"台榭谁家曲"。④"嘹",郑振铎、王重民校本作"撩"。⑤"暮",朱孝臧、郑振铎、冒广生、王重民、潘重规校本、刘复《敦煌掇琐》皆作"每"。⑥"尘土",任二北校本作"尘俗",沈英名、孟玉校本作"尘壑"。

捣衣声(三载长征)

良人去,住边庭。三载长征,万家砧杵捣衣声①。坐寒更,添玉漏②,

懒频听。　　向深闺远闻雁悲鸣,遥望行人③,三春月影照阶庭。帘前跪拜,人长命,月长生。

【按】任半塘《敦煌歌辞总编》卷二据斯 2607 编录(上海古籍出版社 1987 年版上册第 309 页),注:"原本调名写《浣溪沙》,非。《唐杂言格调》拟名[捣衣声],兹从之。"《敦煌曲子词集》卷上、《全敦煌诗》卷一三〇录为"失调名"。① "砧",《敦煌曲子词集》卷上作"拈"。② 《敦煌曲子词集》卷上、《全敦煌诗》卷一三〇作"添□玉泪"。项楚《敦煌歌辞总编匡补》以为"漏"当作"泪"。③ "人",《敦煌曲子词集》卷上、《全敦煌诗》卷一三〇缺。

定乾坤(征战几时休)

塞北征战几时休①,罢风流。汝家夫婿□□□②,荏苒已经秋。寒衣造了无人送,凭□□书将③。纱窗孤雁叫,泣泪数千行。

【按】任半塘《敦煌歌辞总编》卷二据斯 5643 编录(上海古籍出版社 1987 年版上册第 311 页),注:"原本写:'塞元征战几时休?罢风流,濊家夫□□□汝,任染已经秋。寒衣造了无人送,凭□□书将。纱窗孤雁叫,泣泪数千行。'"又注:"'汝'疑是'妾';'壻'乃拟补。'书将'句疑是'凭谁书寄将'。"又注:"凭首句,可知此辞乃安史乱中作,天宝末也。"《全唐五代词》卷七依饶宗颐《敦煌曲》录为"失调名"。① "北",《全敦煌诗》卷一三一作"垣",项楚《敦煌歌辞总编匡补》同。② 《全唐五代词》卷七作"汝家夫婿□□",《全敦煌诗》卷一三一作"汝家夫□□□□"。③ 《全唐五代词》卷七作"凭□寄□书将",《全敦煌诗》卷一三一作"凭□□□书将"。

宫怨春(到边庭)

柳条垂处处①,喜鹊语零零。焚香稽首表君情②,慕得萧郎好武③,累岁长征。向沙场里,轮宝剑④,定欃枪。　　去时花欲谢,几度叶还青⑤,相思夜夜到边庭⑥。愿天下销戈铸戟,舜日清平。待功成日,麟阁上,画图形。

【按】任半塘《敦煌歌辞总编》卷二据斯 2607 编录(上海古籍出版社 1987 年版上册第 313 页),注:"此辞内容既属《征妇怨》,当为盛唐作品。"① "处处",《敦煌曲子词集》卷上、《全敦煌诗》卷一三〇作"处也"。② "稽首表君情",《敦煌曲子词集》卷上作"稽告□君情",《全唐五代词》卷七作"稽首告君情",《全敦煌诗》卷一三〇、项楚《敦煌歌辞总编匡补》作"启告诉君情"。③ "慕得",《敦煌曲子词集》卷上作"慕德"。④ "轮",《全敦煌诗》卷一三〇作"抡"。⑤ "青",《敦煌曲子词集》卷上作"清"。⑥ "相思",《敦煌曲子词集》卷上作"遥思相〔想〕",《全敦煌诗》卷一三〇作"遥思"。

鹊踏枝（征夫早归）

叵奈灵鹊多瞒语①,送喜何曾有凭据。几度飞来活捉取,锁上金笼休共语。　　比拟好心来送喜,谁知锁我在金笼里。欲他征夫早归来②,腾身却放我向青云里。

【按】任半塘校编《敦煌歌辞总编》卷二据《敦煌零拾》编录（上海古籍出版社1987年版上册第315页),注:"此辞以'灵鹊'起,'灵鹊'早见于开天间之口语,又因《征夫》而有《征夫怨》之明证,其作辞时代显属盛唐。"①"奈",《敦煌曲子词集》卷上作"耐","瞒"作"满",又作"谩"。②"欲",吴肃森《敦煌歌辞选注》作"愿"。

失调名（上战场）

十四十五上战场,手执长枪。低头泪落悔吃粮,步步近刀枪。昨夜马惊辔断,惆怅无人拦障①,险径下阙。

【按】任半塘《敦煌歌辞总编》卷二据伯3360编录（上海古籍出版社1987年版上册第319页),注:"对于伯3360卷之正背面看法不同。王目认为写在此卷正面者,是'大唐五台曲子五首,寄在《苏莫遮》';背有'十四十五上战场'诗一首。左录亦认此辞所在乃纸背。饶编云:此卷正面又杂写'十四十五上战场'等句二行。按既是长短句,又趋向平仄通叶,未知何以曰'诗'。《苏莫遮》六首乃盛唐作品。右辞既写在同卷背面,其产生时代或不太晚。"①"拦障",《全唐五代词》卷七、《全敦煌诗》卷一二七、项楚《敦煌歌辞总编匡补》作"遮拦"。

望江南（临池柳）

莫攀我,攀我心太偏①。我是曲江临池柳,者人折了那人攀②。恩爱一时间。

【按】任半塘《敦煌歌辞总编》卷二据伯2809、3911编录（上海古籍出版社1987年版上册第321页）。①"心太偏",《敦煌曲子词集》卷上作"大偏心",《全唐五代词》卷七作"太心偏"。②"了",《敦煌曲子词集》卷上作"去"。

别仙子(调名本意)

此时模样,算来似①,秋天月,无一事,堪惆怅。须圆阙,穿窗牖,人寂静,满面蟾光如雪。照泪痕何似,两眉双结。　　晓楼钟动,执纤手,移银烛②。猥身泣,声哽噎。家私事,频付嘱,上马临行说。长思忆,莫负少年时节。

【按】任半塘《敦煌歌辞总编》卷二据斯4332编录(上海古籍出版社1987年版上册第324页),注:"此辞堪为盛唐作品。"①"似",《敦煌曲子词集》卷上、《全敦煌诗》卷一三一作"是"。②《敦煌曲子词集》卷上、《全敦煌诗》卷一三一"移银烛"前有"看看别"三字。

菩萨蛮(千般愿)

枕前发尽千般愿:要休且待青山烂。水面秤锤浮①,直待黄河彻底枯。　　白日参辰见,北斗回南面。休即未能休,且待三更见日头②。

【按】任半塘《敦煌歌辞总编》卷二据斯4332编录(上海古籍出版社1987年版上册第326页),张紫晨《歌谣小史》据录。俞平伯《唐宋词选》:"那诗(《上邪》)山盟海誓是直说,这里反说,虽发尽千般愿,却毕竟负了心,却是不曾说破。"①"水面",《敦煌曲子词集》卷上、《全敦煌诗》卷一三一作"水面上"。②"日头",《敦煌曲子词集》卷上作"月头"。

思越人(美东邻)

美东邻,多窈窕,绣裙步步轻抬。独向西园寻女伴,笑时双脸莲开①。少年分手低声问②,忽忽恨阙良媒。怕被颠狂花下恼,牡丹不折先回。

【按】任半塘《敦煌歌辞总编》卷二据伯2748编录(上海古籍出版社1987年版上册第329页),注:"以下三首据饶编'新增曲子资料'补。同卷《思越人》有二首,此第二首,因其格调完整,阙字少,故列在前,以示模楷。五代冯延巳、孙光宪等皆有作。"① 此句《全唐五代词》卷七作"笑小时,双脸连开"。②"少年",二字原缺,今据张锡厚《全敦煌诗》卷一二四补。此句《全唐五代词》卷七作"山牟分手,低声问"。

思越人(拌不得)

一枝花,一盏酒,小争不去□□。□□□□终不醉,无花对酒难□。

一枝□□□□,□枝慕我心迷。几度拟拌拌不得,思量且坐□□。

【按】任半塘《敦煌歌辞总编》卷二据伯2748编录(上海古籍出版社1987年版上册第331页),注:"曰'酒',曰'醉'者再,应是筵前著词,因知前后两首,了无联系。"《全唐五代词》卷七作:"一枝花,一盏酒,小争不去(下缺)终不醉,无花对酒难□□。　一枝(下缺)枝慕我心迷,几度拟判判不得,思量且□□坐。"张锡厚主编《全敦煌诗》卷一二四作:"一枝花,一盏酒,小□争不□□。□□□终不醉,无花对酒难□。　一枝遗□□□,□枝慕我心迷。几度拟判判不得,思量□□□坐。"

怨春闺(调名本意)

好天良夜,□月碧霄高挂①。羞对文鸾,泪湿红罗帕。时敛愁眉,恨君颠罔,夜夜归来。红烛长流云榭②。　夜久更深,罗帐虚熏兰麝。频频出户,迎取嘶嘶马。含笑觑③,轻轻骂,衣拸撘④。叵耐金枝,扶入水精帘下。

【按】任半塘《敦煌歌辞总编》卷二据伯2748编录(上海古籍出版社1987年版上册第333页),注:"按《思越人》二首,《怨春闺》一首皆在本卷背面之开头处,如王目所提其后原本尚有大中四年题记之文件,则三辞之写本时代势必在公元八五〇年以前——无可疑。"① 此二句《全敦煌诗》、《全唐五代词》卷七作"好天良夜月,碧霄高挂"。②"长流",《全唐五代词》卷七作"长明",项楚《敦煌歌辞总编匡补》谓当作"长留"。③"觑",《全敦煌诗》、《全唐五代词》卷七作"阗"。④《全敦煌诗》、《全唐五代词》卷七"衣"前有"把"。

送征衣(如鱼水)

今世共你如鱼水,是前世因缘。两情准拟过千年,转转计较难,教汝独自眠①。　每见庭前双飞燕,他家好自然②。梦魂往往到君边③,心专石也穿④,愁甚不团圆。

【按】任半塘《敦煌歌辞总编》卷二据斯5643编录(上海古籍出版社1987年版上册第337页),注:"原本题'曲子《送征衣》',短调,叶平,民间情辞。"又注:"唐代民间受佛教流毒甚溥。此辞曰'今世……前世……''因缘……自然',俨然在俗之佛姑口气,正饶(宗颐)编所谓佛教影响,虽男女情辞中亦不能免者。"①"眠",《敦煌曲子词集》卷上、《全敦煌诗》卷一三一作"孤眠",项楚《敦煌歌辞总编匡补》谓任编漏录"孤"字。②"好",《敦煌曲子词集》卷上、《全敦煌诗》卷一三一作"如"。③《敦煌曲子词集》卷上、《全敦煌诗》卷一三一缺"梦魂往往"四字,项楚《敦煌歌辞总编匡补》谓"往往"二字"肯定不是原文,此等情况,唯有仍作缺文处理,无须代为填词也"。④"专",《敦煌曲子词集》卷上、《全敦煌诗》卷一三一作"穿"。

再相逢(情恨切)

与君别后,何日再相逢,关山阻隔信难通。情恨切,气填胸,连衿泪落重重。　　世通荣贵寿如松,寒雁来过附书踪。谓君憔悴损形容,教儿泪落千重。

【按】任半塘《敦煌歌辞总编》卷二据斯2607编录(上海古籍出版社1987年版上册第340页),注:"前后结语'重重'与'千重'虽复,而感情真挚,民间所尚。"《敦煌曲子词集》卷上、《全唐五代词》卷七、《全敦煌诗》卷一三〇皆以"失调名"迻录。

失调名(花发增思)

花未发,增所思,及见花开转益悲。花开未发尚有期,独我情怀无见时。中宵月下空流泪,肠断关山知不知。

【按】任半塘《敦煌歌辞总编》卷二据伯3812编录(上海古籍出版社1987年版上册第341页),注:"此卷所载皆诗歌,有高适、殷济、武涉、刘长卿等人之作。此首介乎诗、歌之间。惟'三三、七、七、七、七七'之句格全同李白'娇唱歌'调,亦近李贺在'十二月乐词'内闰月'帝重光'之辞,仅贺作末句换仄韵耳。既换仄韵,则愈近杂言短歌,而贺作且为'乐词',更无可疑,故此调亦当是歌曲。"

失调名(六问枕不平)

六问枕不平,看似□□□。君从后园去,后园□□□。金钗薄落地,自作一股折①。罗带自嫌长,自作同心结。所以枕不平②,盖缘郎转歇③。君作□□心,莫听闲人说。

【按】任半塘《敦煌歌辞总编》卷二据斯5852编录(上海古籍出版社1987年版上册第342页),注:"单单六问六答,故事情节必已甚多,与《南歌子》同一题裁、同一作用,可能均为讲唱文之脚本。再则通体虽为五言十二句之歌辞,亦属'曲子'范围。"《敦煌曲子词集》卷上分录为"残句":"六问枕不乎看似(下缺)"、"事从后园去后园(下缺)"、"金钗薄落地自作壹故舌罪(下缺)"、"带自赚长自作同心吃东(下缺)"、"枕不平盖郎园转歇君作(下缺)"、"心莫听闲人说曲子一本(下缺)"。①《全敦煌诗》卷一三一作"□作壹枚舌"。②"所以",

《全敦煌诗》卷一三一作"东□"。③"缘郎",《全敦煌诗》卷一三一作"郎园"。

望江南(负心人)

天上月,遥望似一团银。夜久更阑风渐紧,与奴吹散月边云①,照见负心人。

【按】见罗振玉编《贞松堂曾西陲秘籍丛残》第一集,原抄于孔衍《春秋后语》卷背,任半塘《敦煌歌辞总编》卷二据补(上海古籍出版社1987年版上册第344页),并注:"词格极似《云谣集》。盖正面之《春秋后语》虽写于懿宗咸通间,而右辞之著作时代犹在前,究不能限定为何时也。"王国维《敦煌发见唐朝之通俗诗及通俗小说》题作"西江月","散"作"却",又将"五梁台上月,一片玉无瑕。迤逦看归西海去,横云出来不敢遮,霎嗻绕天涯"作为下阕补入;又注"为"原作"以",末句"负心"原作"附心";下阕次句"瑕"原作"暇",第三句"迤逦"原作"以里"(原载《东方杂志》第十七卷第八号,见陈人之、颜廷亮编《云谣集研究汇录》,上海古籍出版社1998年版第3页)。①"与",《敦煌曲子词集》卷上、《全敦煌诗》卷一三二作"为"。

渔歌子(恨狂夫)

春雨微,香风少,帘外莺啼声声好。伴孤屏,无语笑①,寂对前庭悄悄。　　当初去,向郎道,莫保青娥花容貌。恨狂夫②,不归早,教妾实在烦恼③。

【按】任半塘《敦煌歌辞总编》卷二据罗振玉编《敦煌零拾》与《西陲秘笈丛残》第一集编录(上海古籍出版社1987年版上册第346页)。郑振铎《唐代的民间歌赋》、王重民《敦煌曲子词集》卷上题作《鱼歌子》。①"无",《敦煌曲子词集》卷上、《全敦煌诗》卷一三二作"微"。②"狂夫",《敦煌曲子词集》卷上作"惶交"。③"实",《敦煌曲子词集》卷上作"思";"烦",《全敦煌诗》卷一三二作"懊"。

渔歌子(玉郎至)

绣帘前,美人睡,庭前猧子频频吠①。雅奴白②,玉郎至,扶下骅骝沉醉。　　出屏障②,整云髻③,莺啼湿尽相思泪④。共别人好,说我不是,得莫辜天负地⑤。

【按】原见日本桥川时雄藏敦煌写本,任半塘《敦煌歌辞总编》等据补(上海古籍出版社1987年版上册第348页),注:"原本题目为'月',与辞意不符,必误,待校。"① 任编称原文"庭"写作"厅",项楚《敦煌歌辞总编匡补》谓:"原写'厅'字自佳,而定改'庭'字,殊不可解。"② "白",《敦煌曲子词集》卷上、《全敦煌诗》卷一三二作"卜",项楚《敦煌歌辞总编匡补》谓:"原写'卜'字不误。'卜'即占卜,谓占卜'玉郎'是否归宿。"② "障",王重民《敦煌曲子词集》卷上、《全敦煌诗》卷一三二作"帏"。③ "整云髻",《敦煌曲子词集》卷上、《全敦煌诗》卷一三二作"正云起"。④ "泪",《敦煌曲子词集》卷上、《全敦煌诗》卷一三二作"被"。⑤ "得莫",《敦煌曲子词集》卷上作"得莽",《全唐五代词》卷七作"你莫"。

临江仙(少年夫婿)

少年夫婿奉恩多①,霜脸上泪痕多②,千回□去自消磨③。罗带上鸾凤,拟拆意如何④。　　锦帐屏帏多冷落⑤,何处恋娇娥⑥。回来直拟苦过磨,思量□得,还是谙哥哥⑦。

【按】任半塘《敦煌歌辞总编》卷二据伯3137编录(上海古籍出版社1987年版上册第350页),注:"原本首二行磨损模糊,失调名,兹按格调,订为《临江仙》。"① "少年夫婿",《敦煌曲子词集》卷上作"小年少辈"。② "霜",《敦煌曲子词集》卷上缺。③《敦煌曲子词集》卷上、《全敦煌诗》卷一二五作"千回去自消磨"。④ "拆",《敦煌曲子词集》卷上作"折"。⑤ "多冷落",《敦煌曲子词集》卷上、《全敦煌诗》卷一二五作"冷落多"。⑥ "何处",《敦煌曲子词集》卷上、《全敦煌诗》卷一二五作"何复",张璋、黄畬《全唐五代词》卷七作"因何复"。⑦ 两句《敦煌曲子词集》卷上作"思量得还是□□□",《全敦煌诗》卷一二五作"思量得还是谙哥哥"。

南歌子(奖美人)

悔嫁风流婿,风流无准凭。攀花折柳得人憎,夜夜归来沉醉,千声唤不应。　　回觑帘前月,鸳鸯帐里灯,分明照见负心人。问道些须心事①,摇头道不曾。

【按】任半塘《敦煌歌辞总编》卷二据伯3137编录(上海古籍出版社1987年版上册第353页),又见《全敦煌诗》卷一二五。① "些须",《敦煌曲子词集》卷上作"与顷"。

南歌子(奖美人)

翠柳眉间绿,桃花脸上红。薄罗衫子掩酥胸,一段风流难比,像白莲出水中①。

【按】任半塘《敦煌歌辞总编》卷二据伯3137编录(上海古籍出版社1987年版上册第354页),郑振铎《唐代的民间歌赋》谓《敦煌掇琐》题作[奖美人]:"刘半农先生以为'当是[虞美人],但词调与今所传[虞美人]不同。'原本未写完。"①《敦煌曲子词集》卷上、《全敦煌诗》卷一二五作"像白莲出水(下缺)"。

山花子(难期会)

去年春日长相对,今年春日千山外。落花流水东西路,难期会。西江水竭南山碎,忆得终日心无退①。当时只合同携手,悔悔悔②。

【按】任半塘《敦煌歌辞总编》卷二据斯5540编录(上海古籍出版社1987年版第358—359页)。①"得",《全唐五代词》卷七作"你"。②后两字"悔悔",原缺,今据《全敦煌诗》卷一三一补。

南歌子(心自偏)

争不教人忆,怕郎心自偏。近来闻道不多安①,夜夜梦魂间错②,往往到君边③。 白日长相见,夜头各自眠。终朝尽日意悬悬④,愿作合欢裙带⑤,长绕在你胸前⑥。

【按】任半塘《敦煌歌辞总编》卷二据伯3836编录(上海古籍出版社1987年版上册第377页)。①"闻道",《敦煌曲子词集》卷上作"闻遂"。②"梦魂间错",《敦煌曲子词集》卷上作"梦悟到错",《全敦煌诗》卷一二七作"梦寤倒错"。③"往往",《敦煌曲子词集》卷上作"妄妄"。④"尽日",《敦煌曲子词集》卷上作"径日","悬悬"作"喧喧"。⑤"作合欢",《敦煌曲子词集》卷上作"使合官(绾)"。⑥"绕",《敦煌曲子词集》卷上作"镜"。

泛龙舟(游江乐)

春风细雨霑衣湿,何时恍忽忆扬州①。南至柳城新造口②,北对兰陵孤驿楼③。回望东西二湖水,复见长江万里流。白鹤双飞出溪壑,无数江鸥水上游。泛龙舟④,游江乐⑤。

【按】任半塘《敦煌歌辞总编》卷二据斯6537及伯3271编录(上海古籍出版社1987年版上册第379页),注:"敦煌写本曲辞之流传今日者有千余首,皆唐五代作;其中可指为隋作者,硕果仅存,惟此一首而已。"又注:"兹先设一假说曰:隋末一退职官吏,曾随杨广龙舟至扬州,后因事由泗水南下,先至下邳郡之柳城,舟中北望兰陵县之驿楼。邳郡以南有皂河入泗,柳城适当其地。'皂''造'同音,辞中'造'字疑是'皂'。其人次日再进,泊某地,洪泽高宝诸湖已过,惟尚不远,犹在望中。及抵扬州,长江已了了于眼前,遂得恣赏鸥鹭,随其栖息,且舍舟登陆。此时正春风细雨,恍若当年,乃寄于辞咏,以纪新游。"①"恍",《敦煌曲子词集》卷下作"脱"。②"口",《敦煌曲子词集》卷下作"日",《全唐五代词》卷七作"里"。③"对",《敦煌曲子词集》卷下注:"斯'对'作'到'。"④"舟",《敦煌曲子词集》卷下作"洲"。⑤《敦煌曲子词集》卷下注:"斯卷无末六字。"

秋夜长(在他乡)

天暮芦花白,秋夜长,庭前树叶黄,旋草霜。　　门前客来了,绣襜裆,夫妻在他乡,泪千行。

【按】任半塘《敦煌歌辞总编》卷二据伯3123编录(上海古籍出版社1987年版上册第388页)。张璋、黄畲《全唐五代词》卷七题"失调名",另作:"芦花白,秋夜长,庭前树叶黄。门前寒,旋草霜,来了绣盖裆,夫妻在他乡,泪千行。"

秋夜长(远行人)

一只银瓶子,两手拴。携送远行人,福禄安。　　承闻黄河长,不信宽。身上渡明官,恐怕人①。

【按】任半塘《敦煌歌辞总编》卷二据伯3123编录(上海古籍出版社1987年版上册第390页),注:"此辞内容演故事,文字讹误,无从求全。"《全唐五代词》卷七录为"失调名",作:"一只银瓶口两手全,催送远行人。弗禄安承问,黄河长不清。觅身上,渡明官,恐怕人大每。"颜廷亮主编《敦煌文学》之孙其芳《词》另作:"一只银瓶两手擎,催送远行人。福禄安承问,黄河长不清。觅身上,渡命官,恐怕人大憎。"①"人",原缺,今据《全敦煌诗》卷一二五补。又《全敦煌诗》卷一二五增补下阕:"火海芦花白,秋夜长。庭前树叶黄,旋草霜。门前寒来了,绣襜裆,夫妻在他乡,泪千行。"

浣溪沙(远客思归)

玉露初垂草木凋①,雁飞南去燕离巢。寸步如同云水隔,月轮高。远客思归砧杵夜,庭前□叶堕银篠②。蟋蟀哀鸣阶砌下③,恨长宵。

【按】任半塘《敦煌歌辞总编》卷二据伯3821编录(上海古籍出版社1987年版上册第391页)。①"玉露",《敦煌曲子词集》卷上作"玉云"。②"□叶",颜廷亮主编《敦煌文学》之孙其芳《词》作"红叶"。③"哀鸣",《敦煌曲子词集》卷上、《全唐五代词》卷七、《全敦煌诗》卷一二七作"夜鸣"。

菩萨蛮(送行人)

昨朝为送行人早,五更未罢金鸡叫。相送过河梁①,水声堪断肠。唯愁离别苦②,努力登长路。驻马再摇鞭③,为传千万言。

【按】任半塘《敦煌歌辞总编》卷二据伯3251编录(上海古籍出版社1987年版上册第393页)。①"河梁",《敦煌曲子词集》卷上、《全敦煌诗》卷一二五作"鸿梁"。《全唐五代词》卷七校勘:"'河梁'原卷作'鸿梁',任二北校改如上。蒋礼鸿《敦煌曲校议》云:'鸿,当作虹。'"②"愁",《敦煌曲子词集》卷上、《全唐五代词》卷七作"念"。③"驻马",《敦煌曲子词集》卷上作"住马",《全敦煌诗》卷一二五作"住马处"。

谒金门(上龙门)

云水客,书剑十年功积①。聚尽萤光凿尽壁,不逢青眼识。　　终日尘驱役饮食,□□泪珠常滴②。欲上龙门希借力,莫教重点额。

【按】任半塘《敦煌歌辞总编》卷二据伯3821编录(上海古籍出版社1987年版上册第394页),注:"此辞可能作于盛唐。"①"剑",《敦煌曲子词集》卷上、《全敦煌诗》卷一二七作"见",《全唐五代词》卷七作"卷";"积",颜廷亮主编《敦煌文学》之孙其芳《词》作"绩"。②《敦煌曲子词集》卷上、《全敦煌诗》卷一二七作"泪珠常滴",颜廷亮主编《敦煌文学》之孙其芳《词》两句作"终日尘驱役迫,饮泣泪珠常滴"。

生查子(立功勋)

三尺龙泉剑,箧里无人见①。一张落雁弓②,百只金花箭。　　为国竭忠贞,苦处曾征战。先望立功勋③,后见君王面。

【按】任半塘《敦煌歌辞总编》卷二据伯3821编录(上海古籍出版社1987年版上册第395页),张紫晨《歌谣小史》第九章据录。①"箧",《敦煌曲子词集》卷上作"侠〔匣〕"。②《敦煌曲子词集》卷上作"金落雁一张弓",《全敦煌诗》卷一二七作"落雁一张弓"。③"先望",《敦煌曲子词集》卷上作"未望",《全敦煌诗》卷一二七作"未忘"。

生查子（金殿选）

一树涧生松①，迥向长林起②。劲枝接青霄③，秀气遮天地④。郁郁覆云霞⑤，直拥高峰顶⑥。金殿选忠良，合赴君王意。

【按】任半塘《敦煌歌辞总编》卷二据伯3821编录（上海古籍出版社1987年版上册第397页）。①"涧"，《敦煌曲子词集》卷上作"间"。②《敦煌曲子词集》卷上、《全敦煌诗》卷一二七作"回长谁林起"。③《敦煌曲子词集》卷上作"颈故接青霜"。④"秀"，《敦煌曲子词集》卷上作"透"，《全敦煌诗》卷一二七作"逸"。⑤《敦煌曲子词集》卷上"覆"前有"起"。⑥"直"，《敦煌曲子词集》卷上、《全敦煌诗》卷一二七作"且"；"顶"，《全唐五代词》卷七作"际"，后书校勘："'际'原卷作'顶'，任二北本校改作'际'。蒋礼鸿《敦煌曲校议》云：'顶'字和'起'、'地'、'意'协韵，这是西北方音通例，'顶'字应读'帝'音。以为'顶'不需改作'际'。"

水调辞（天阙声名）

楚江摇曳大川冥①，天阙声名发梦思②。孤雁北望呈心远③，不及南山献寿时④。

【按】任半塘《敦煌歌辞总编》卷二据斯6537及伯3271编录（上海古籍出版社1987年版上册第399页），注："写本时代取斯卷之在宪宗元和。若伯卷之在僖宗乾符之期，已甚落后，不足反映作辞时代。"①"楚"，《敦煌曲子词集》卷下作"李"，"摇"作"遥"。②"梦"，《敦煌曲子词集》卷下、《全敦煌诗》卷一二六作"动"。③"雁"，《敦煌曲子词集》卷下作"椎"，《全敦煌诗》卷一二六作"帷"。④"寿"，《敦煌曲子词集》卷下、《全敦煌诗》卷一二六作"树"，前者"树"后又增补下阙："为言无谷还逢谷，将作无山更有山。马困时时索鞍揭，人乏往往捉树攀。"后者则另作一词，末句"捉"作"投"。

郑郎子（对明主）

青丝弦，挥白玉①，宫商角徵羽。五音足，何时得对明主弹②，一弦弹却天下曲。

【按】任半塘《敦煌歌辞总编》卷二据斯6537及伯3271编录，并推测原写本撰于唐宪宗元和年间（上海古籍出版社1987年版上册第400页）。①"挥"，颜廷亮主编《敦煌文学》之孙其芳《词》作"徽"。②"明主弹"，《敦煌曲子词集》卷下作"圣明主"。

菩萨蛮（问龙门）

自从宇宙充戈戟①，狼烟处处熏天黑。早晚竖金鸡，休磨战马蹄。　　森森三江水，半是儒生泪②。老尚逐经才③，问龙门何日开。

【按】见罗振玉编《贞松堂曾西陲秘籍丛残》第一集，原抄于孔衍《春秋后语》卷背，任半塘《敦煌歌辞总编》卷二等据补（上海古籍出版社1987年版上册第402页），并推定写作时间约在懿宗咸通年间（860—873）。①"宇宙"，王国维《敦煌发见唐朝之通俗诗及通俗小说》、《全敦煌诗》卷一三二作"宇内"；"充"，《敦煌曲子词集》卷上作"光"。②"儒生"，王国维《敦煌发见唐朝之通俗诗及通俗小说》作"离人"。③"经才"，《敦煌曲子词集》卷上作"今财"，注："曾毅公先生云'今'当作'金'。"

浣溪沙（为君王）①

却挂绿襕用笔章，不藉你马上弄银枪。罢却龙泉身解甲②，学文章。　　你取砚筒侬捻笔③，叠纸将来书两行。将向殿前报消息，也是为君王④。

【按】任半塘《敦煌歌辞总编》卷二据伯3128编录（上海古籍出版社1987年版上册第404页），注："辞内两见'你'字，分明代言，宜是讲唱曲或戏曲。"①《敦煌曲子词集》卷上题曰"浪涛沙"。②"解"，《敦煌曲子词集》卷上、《全敦煌诗》卷一二五作"攃"。③"你"、"侬"，《全敦煌诗》卷一二五作"捻"、"浓"。④"也是"，张璋、黄畬《全唐五代词》卷七缺二字。

临江仙（时世参差）

岸阔临江帝宅赊①，东风吹柳西斜②。春光催绽后园花③，莺啼燕语撩乱④，争忍不思家。　　每恨经年离别苦，等闲抛弃生涯⑤。如今时世已参差，不如归去，归去也，沉醉卧烟霞。

【按】任半塘《敦煌歌辞总编》卷二据伯2506及斯2607编录（上海古籍出版社1987年版上册第406页），注："此辞与次辞同有不满'时世'表现，应同一作辞时代，最似盛唐之末转入衰乱逆流中之产品，……作者殆一久滞唐都，不满时政，或功名不遂，穷愁潦倒之人。"①"帝宅赊"，《敦煌曲子词集》卷上、《全唐五代词》卷七及吴肃森《敦煌歌辞选注》作"底见沙"。②"西斜"，《敦煌曲子词集》卷上据斯卷补作"向西斜"。③"催"，《敦煌曲子词集》卷上作"摧"。④"莺",《敦煌曲子词集》卷上作"鹦"。⑤"等闲",《全敦煌诗》卷一三〇作"纵然"。

浣溪沙(厌良贤)

卷却诗书上钓船①,身披蓑笠执鱼竿。棹向碧波深处去,几重滩。不是从前为钓者,盖缘时世厌良贤②。所以将身岩薮下,不朝天。

【按】任半塘《敦煌歌辞总编》卷二据伯3128及斯2607编录(上海古籍出版社1987年版上册第409页)。《全敦煌诗》卷一三〇题为"失调名"。①"卷",《敦煌曲子词集》卷上、《全敦煌诗》卷一三〇作"倦"。②"厌",《敦煌曲子词集》卷上、《全唐五代词》卷七及吴肃森《敦煌歌辞选注》皆作"掩"。

浣溪沙(志不迷)

八十颓年志不迷,一竿长地坐磻溪。钓□□□□□,□清时①。直道守迟频负命②,子麟何必用东西。我不□□□□,□□□。

【按】任半塘《敦煌歌辞总编》卷二据斯2607编录(上海古籍出版社1987年版上册第410页)。①"清时",《敦煌曲子词集》卷上、《全敦煌诗》卷一三〇作"时清"。②"迟",《敦煌曲子词集》卷上、《全敦煌诗》卷一三〇作"池"。

浣溪沙(幽境)

云掩茅亭书满床①,冰川松竹自清凉②。幽境不曾凡客到,岂寻常③。　　出入每教猿闭户,回来还伴鹤归装④。闲至碧溪垂钓处⑤,月如霜。

【按】任半塘《敦煌歌辞总编》卷二据伯3821编录(上海古籍出版社1987年版上册第412页)。①"亭",《敦煌曲子词集》卷上、《全敦煌诗》卷一二七作"庭"。②"冰",《全敦煌诗》卷一二七作"水"。③"岂",《敦煌曲子词集》卷上作"起〔超〕"。④"装",颜廷亮主编《敦煌文学》之孙其芳《词》作"庄"。⑤"闲",《敦煌曲子词集》卷上、《全唐五代词》卷七、《全敦煌诗》卷一二七作"夜"。

山僧歌(独隐山)

闲日居山何似好①,起时日高睡时早。山中软草以为衣,斋餐松柏随时饱。　　卧岩龛,石枕脑,一抱乱草为衣襖。面前若有狼籍生,一阵风来自扫了。　　独隐山,实畅道,更无诸事乱相挠。

【按】任半塘《敦煌歌辞总编》卷二据斯 5692 编录(上海古籍出版社 1987 年版上册第 413 页),注:"论内容:'山僧歌'三字乃原题,兹用作拟调名;'独隐山'三字乃原句,兹用作拟题。拟调名虽曰'山僧歌',实际是山歌,并非佛曲。拟题'独隐',完全确切,亦与师僧佛教无干。"《全敦煌诗》卷一八二将以下二首《取性游》、《最上乘》合作《山僧歌》,其末尚有十句为任本所无。① "闲日",《全敦煌诗》卷一八二作"问曰"。

取性游(岩前笑)四首

其一

只向岩前取性游,每看飞鸟作忙闹。念佛鸟,分明叫,啾啾唧唧撩人笑。

其二

蟒蛇鹿獐作队行①,猿猴石上打筋斗。林中鸣,种种有,更有醍醐沽美酒。

其三

寒号常闻受冻声,山鸡攀折起花秕②。贪看山,石撅倒,不能却起睡到晓。

其四

时人笑我作痴憨③,自作清闲无烦恼。粮木子,衣结草,卤莽贼来无可盗。

【按】任半塘《敦煌歌辞总编》卷三据斯 5692 编录(上海古籍出版社 1987 年版中册第 603 页)。① "蟒蛇鹿獐",《全敦煌诗》卷一八二作"麕鹿獐儿"。② "秕",《全敦煌诗》卷一八二作"枝"。③ "笑",《全敦煌诗》卷一八二作"唤"。

取性游(悟真如)四首

其一

行住坐卧纤毫无,影逐身随移转了。悟真如,没生老,人人尽有菩提道。

其二

口为贪爱逗无明,旷劫轮回受鞭拷。镬汤煎,并碓捣,受罪人人见阎老。

其三

假饶地狱历多年,只为波吒不肯了。劝世人,莫草草,须将智慧内外照。

其四

广求财物为他人,死后三途独自到①。业者多,无业少,所以佛说三乘教。

【按】任半塘《敦煌歌辞总编》卷三据斯5692编录(上海古籍出版社1987年版中册第1011页)。①"到",《全敦煌诗》卷一八二作"受"。

最上乘(顺水流)四首

其一

别无言①,别无语,无言无语名不取。无量劫来不思议,即应即舍生净土。

其二

莫谩喜,莫谩愁,欢喜忧愁早晚休。愚者眉头终日皱,达者如鱼顺水流。

其三

放四大,离五欲,浊恶世中足荣辱。不如信运且腾腾,免堕三途入地狱②。

其四

最上乘,无可造,不识工力自然了。识心见性又知时,无心便是释迦老。

【按】任半塘《敦煌歌辞总编》卷三据斯5692编录(上海古籍出版社1987年版中册第1009页)。①"别",《全敦煌诗》卷一八二作"则"。②"堕",《全敦煌诗》卷一八二缺,"入地狱"作"受涝漉"。

菩萨蛮(却回归)

常惭血愿居臣下①,明君巡幸恩霑洒。差匠见修宫,竭诚无有终②。奉国何曾睡,葺治无人醉。克日却回归,愿天涯总西③。

【按】任半塘《敦煌歌辞总编》卷二据斯2607编录(上海古籍出版社1987年版上册第415页),注:"乃华州修葺行宫之工匠对李晔所作《菩萨蛮》'飘飘'一章之和作,不但同内容,且依原韵。"①"愿",《敦煌曲子词集》卷上、《全敦煌诗》卷一三〇作"怨"。②"竭诚",《敦煌曲子词集》卷上作"谒□"。③"西",《敦煌曲子词集》卷上、《全唐五代词》卷七、《全敦煌诗》卷一三〇皆缺。

望江南(娘子面)

娘子面,硙了再重磨①。昨米忙薯行车少②,盖缘傍畔迚麸多③,所以不来过④。

【按】任半塘《敦煌歌辞总编》卷二据伯2809及伯3911编录(上海古籍出版社1987年版上册第418页)。①"硙",颜廷亮主编《敦煌文学》之孙其芳《词》作"硳"。②"薯",《敦煌曲子词集》卷上、《全唐五代词》卷七作"暮",《全敦煌诗》卷一二四作"莫";"行车少"皆作"行里小";颜廷亮主编《敦煌文学》之孙其芳《词》作"忙暮行离少"。③"迚麸多",《敦煌曲子词集》卷上、《全唐五代词》卷七、《全敦煌诗》卷一二四作"迚夫多",颜廷亮主编《敦煌文学》之孙其芳《词》作"伴妍夫"。④《全敦煌诗》卷一二四又将"莫攀我,攀我太心偏。我是曲江临池柳,者人折了那人攀,恩爱一时间"补为上词下阕。

失调名(织锦纹)

仕女鸾凰①,齐登金座,匡闲阶□□专心②,肯望转加新③。金丝线织成鸳凤,□□□□,回得金枝,合蝉野马,竞逐纷坛。□□□□值千金④,足蜂蕊攒花满,□□□□⑤。　　只为无人往达⑥,进入西秦。共练□□□然,织成端匹,遣家僮市卖,不□□□。纱窗每恨织锦纹,报仕女两两三三,□□归邻。从此后更也无人,日夜无效功。

【按】任半塘《敦煌歌辞总编》卷二据斯2607编录(上海古籍出版社1987年版上册第421页),注:"上片述女工织锦,如何求精,愿望甚宏;下片乃谓织成以后,既无从赠远,又不得善价,废然而止,反映唐代织女受剥削之严重。"① "凰",《全敦煌诗》卷一三〇作"凤"。② 二句《全敦煌诗》卷一三〇作"齐登金,坐径闲阶□□□□□□专心"。③ "肯",《全敦煌诗》卷一三〇作"恳"。④ 此数句《全敦煌诗》卷一三〇作"金丝线,织成鸳□□□□□□□□得,金枝合蝉野马,竞逐纷坛。□□□□□□□值千金"。⑤ 二句《全敦煌诗》卷一三〇作"足蜂蕊蕊攒花蒲□□□□□□□"。⑥ "只",《全敦煌诗》卷一三〇作"直"。

浣溪沙(开园穿池)

山后开园种药葵,洞前穿作养生池①。一架嫩藤花簇簇②,雨微微。坐听猿啼吟旧赋,行看燕语念新诗。无事却归书阁内,掩柴扉。

【按】任半塘《敦煌歌辞总编》卷二据伯3821编录(上海古籍出版社1987年版上册第426页)。① "洞",《敦煌曲子词集》卷上作"同",注:"阴云'同'应作'园'。"② "嫩",《全唐五代词》卷七、吴肃森《敦煌歌辞选注》作"紫"。

南歌子(赏春)

雪消冰解冻,烟凝地发萌。绿杨红药两分明①,万户千门,春色渐舒荣。　　忽睹双飞燕,时闻百啭莺。日惠处处管丝声②,公子王孙,赏玩惜芳情③。

【按】任半塘《敦煌歌辞总编》卷二据伯3836编录(上海古籍出版社1987年版上册第427页)。《敦煌曲子词集》卷上将"雪消冰解冻,烟凝地发萌。绿杨红药两分明,万户千门"另录为一词残句,均题"残卷甲第一节";《全唐五代词》卷七将上阕首四句另录为一词,笺评:"据《王集收藏记》伯3836并非卷子,乃不相连接之二散页,首页王重民题为'残卷甲第一部'载辞四首,即'春色渐舒荣'、'斜倚朱帘立'及'自从君去后'。末首残剩'雪消冰解冻'云云廿一字,不足半阕。蒋礼鸿《敦煌曲校议》以为此半首下缺部分即是前半首('春色渐舒荣'),两半首合成一阕《南歌子》。"① "药",《敦煌曲子词集》卷上、《全敦煌诗》卷一二七作"叶"。② "惠",《全敦煌诗》卷一二七作"思"。③ "惜",《敦煌曲子词集》卷上、《全敦煌诗》卷一二七作"诸"。

南歌子(消暑)

杨柳连堤绿,樱桃向日红。舜吟迎气陌秋风①,满院残花梜竹,缓缓脱帘栊②。　　荷叶排青沼③，云峰簇碧空④。举杯摇扇画堂中，时听笙歌消暑，思无穷⑤。

【按】任半塘《敦煌歌辞总编》卷二据伯3836编录（上海古籍出版社1987年版上册第430页）。①"舜"，原缺，今据《全敦煌诗》卷一二七补。另《敦煌曲子词集》卷上作"舜吟迎紫陌秋风"，《全唐五代词》卷七作"舜吟迎紫陌南风"。②"缓缓"，《敦煌曲子词集》卷上作"唤唤"。此句《全敦煌诗》卷一二七作"暖暖晚帘栊"。③"沼"，《敦煌曲子词集》卷上作"哭"。④"簇"，《全唐五代词》卷七作"插"。⑤后四句《敦煌曲子词集》卷上改作"郎君信是南山松柏，无心恋别人"。

定乾坤（修文寰海）

修文寰海圣明君①，感皇恩。八方无事妖氛靖②，定乾坤③。　　君臣道泰如鱼水，衣永挂长新④。道属轻山岳，千秋与万春。

【按】任半塘《敦煌歌辞总编》卷二据斯5643编录（上海古籍出版社1987年版上册第435页），注："右辞盛唐色彩甚浓。"《全唐五代词》卷七依饶宗颐《敦煌曲》录为"失调名"。①"修文"，《全敦煌诗》卷一三一作"报闻"。②"靖"，《全敦煌诗》卷一三一作"净"。③《全唐五代词》二句作"八方无事遥分，净定乾坤"。④《全唐五代词》卷七作"夜月挂长新"，《全敦煌诗》卷一三一作"铁衣挂长新"。

酒泉子（犯皇宫）

每见惶惶，队队雄军惊御辇。蓦街穿巷犯皇宫，只拟夺九重。　　长枪短剑如麻乱，争奈失计无投鼠。金箱玉印自携将，任他乱芬芳。

【按】任半塘《敦煌歌辞总编》卷二据伯2605编录（上海古籍出版社1987年版上册第438页），王重民《敦煌曲子词集》卷上题作《酒泉子·演故事》，张紫晨《歌谣小史》题作《队队雄军惊御辇》。

赞普子（蕃家将）

本是蕃家将①，年年在□头②。夏月披毡帐，冬天挂皮裘。　　语即令人难会，朝朝牧马在荒丘。若不为抛沙塞③，无因拜玉楼④。

【按】任半塘《敦煌歌辞总编》卷二据斯2607编录（上海古籍出版社1987年版上册第441页），注："《新唐书·吐蕃传》载高宗咸亨三年，吐蕃使论仲琮来朝，谓'吐蕃居寒露之野,物产寡薄。乌海之阴,盛夏积雪,暑韅冬裘。随水草以牧,寒则城处,施庐帐。器用不当中国万分一'。此种情形与右辞符合。"《敦煌曲子词集》卷上题"失调"。① "将",《敦煌曲子词集》卷上作"帐"。② "□头",《敦煌曲子词集》卷上、《全敦煌诗》卷一三〇作"草头"。③ "为",《敦煌曲子词集》卷上作"谓"。④ "因",《敦煌曲子词集》卷上作"恩"。

菩萨蛮（回鸾辂）

再安社稷垂衣理,寿同山岳长江水。频见老人星,万方休战征①。良臣安国步②,今喜回鸾辂③。从此后泰阶清,齐欢呼圣明④。

【按】任半塘《敦煌歌辞总编》卷二据伯 3128 编录(上海古籍出版社 1987 年版上册第 442 页),注:"此首词旨之重点在'再安社稷垂衣理'与'回鸾辂',特征则在'频见老人星'。查朱全忠乃由篡夺而得国,并无出亡与回都,或起兵于外,而收京还朝之事,无从谀以'再安社稷'。但玄、肃、僖、昭四代唐君则确有之,遂兴上项之颂谀。而星见之频载在史册者,至德、上元、宝应,续见三次(僖、昭两君无),详《册府元龟》二五'帝王部·符瑞三'。史文既如此昭然,应定右辞之作,在唐肃宗时。"张璋、黄畬《全唐五代词》卷七则称:"此首先曰'再安社稷',后曰'今喜回銮驭',应是光化元年之作。"① "战征",《敦煌曲子词集》卷上、《全唐五代词》卷七作"战争"。② "良臣"、"国步",《敦煌曲子词集》卷上作"良以"、"国部"。《全敦煌诗》卷一二五"国步"亦作"国部"。③ "鸾辂",《敦煌曲子词集》卷上、《全敦煌诗》卷一二五作"鸾凤",《全唐五代词》卷七作"銮驭"。④ "欢",原缺,今据《全敦煌诗》卷一二五补。另末句《敦煌曲子词集》卷上作"齐钦孚圣明",《全唐五代词》卷七作"齐钦主圣明"。

望江南（敦煌郡）

敦煌郡,四面六蕃围。生灵苦屈青天见①,数年路隔失朝仪,目断望龙墀。　　新恩降,草木总光辉。若不远仗天威力,河湟必恐陷戎夷,早晚圣人知。

【按】任半塘《敦煌歌辞总编》卷二据伯 3128、2809、3911 编录(上海古籍出版社 1987 年版上册第 445 页),注:"其作辞时代必在甘、凉、肃诸州陷蕃(大历元年,公元七六六)以后数年,至迟不到德宗建中二年(公元八七一)沙州最后陷蕃之前。若取此十五年间之中点,而稍稍偏迟,以作假定,当为公元七七四年,即代宗大历九年也。"又注:"更有一义,不可不察:《旧唐书·地理志》二〇谓贞观七年,始就西沙州原名,去'西'字,定曰沙州。天宝元年,改为敦煌郡;乾元元年,复为沙州。今见之文件中凡尚称'敦煌郡'者,其时代纵迟,应不出乾元之两年(公元七五八—九)。右辞首句乙丙皆写'敦煌郡',甲本亦写'敦煌悬',而不云沙州,正代表历史上之此一时代。况辞意是郡守迎谢。'新恩',又正当地名改制,不比民讴野唱可以随便,不遵政令。故论右辞之产生,确有属于肃宗乾元二年之可能。此年较上断之代宗大历九年,早十五年,差距不过如此。目前可综合以求,得其大要;他日如续得新证,再事精详。"① "苦",《全唐五代词》卷七作"若"。

浣溪沙(合郡人心)

好是身霑圣主恩,紫襴初降耀朱门①。合郡人心咸喜贺②,拜圣君。竭节尽忠扶社稷,指山为誓保乾坤。看着风前双旌拥③,贺明君。

【按】任半塘《敦煌歌辞总编》卷二据伯3128编录(上海古籍出版社1987年版上册第448页),注:"此首与上辞《望江南·敦煌郡》同卷同面,第三句亦称'合郡',时代应相次,亦作于肃宗乾元。"《全唐五代词》卷七笺评:"此二词可能作于曹议金为河西等州节度使之时,后唐庄宗同光元年。"① "紫襴初降耀",《敦煌曲子词集》卷上作"紫宁初耀",《全唐五代词》卷七作"紫襴初着",《全敦煌诗》卷一二五作"紫宁初降"。② "咸",《敦煌曲子词集》卷上、《全敦煌诗》卷一二五作"衔"。③ "风前",《敦煌曲子词集》卷上、《全敦煌诗》卷一二五作"风苗"。

菩萨蛮(敦煌将)

敦煌古往出神将,感得诸蕃遥钦仰。效节望龙庭,麟台早有名。只恨隔蕃部,情恳难申吐。早晚灭狼蕃,一齐拜圣颜。

【按】任半塘《敦煌歌辞总编》卷二据伯3128编录(上海古籍出版社1987年版上册第449页),注:"此首可能为德宗建中初之作,甚早。"又见《敦煌曲子词集》卷上、《全敦煌诗》卷一二五。《全唐五代词》卷七:"唱出外族统治下敦煌人民之爱国壮烈歌声,绝非温飞卿、韦端己辈文人学士所能领会,所能道出者。"

定西蕃(调名本意)

事从星车入塞,冲沙碛,冒风寒,度千山。　　三载方达王命,岂辞辛苦艰。为布我皇纶綍,定西蕃。

【按】任半塘《敦煌歌辞总编》卷二据伯2641编录(上海古籍出版社1987年版上册第452页),注:"原本此辞占三行,书于背面,原题曰:'曲子一首,寄在《定西蕃》。''寄在'说与《苏莫遮》前所见一致,证明为盛唐迄中唐歌辞前习用之语,与后世词集内曰'调寄'某某,作用相同。此本背面所书,主要为莫高窟之一篇题记,无标目,乃另一篇《莫高窟再修功德记》,此曲子一首,藏在二记之间,较难发现。"又注:"辞中'三载方达王命'句应有依据,大概不外迟早二说:早在德宗时,迟在宣宗时。据《新唐书·吐蕃传》,长安距吐蕃建牙之地,即今拉萨,凡八千里,使节往返不过六月。《册府元龟》九八〇'外臣部'备列有唐历朝遣使吐蕃年月。其中惟有崔汉衡于德宗建中二年二月之入蕃,因河西诸州已全非唐治,阻滞甚多,故次年九月始偕吐蕃使区颊赞,回至长安。喘息甫定,四年二月,复为'答蕃使'就道。归期无述,至早亦必在岁末,所谓'冲沙碛,冒风寒'者是也。综其前后,已经历二年半以上,故作者于入塞之中途,预计三年,可达'王命'耳。"

望江南(龙沙塞)

龙沙塞,路远隔恩波①。每恨诸蕃生留滞,只缘当路寇仇多,抱屈争奈何②。　　皇恩薄③,圣泽遍天涯。大朝宣差中外史,今因绝塞暂经过④,路远合通和⑤。

【按】任半塘《敦煌歌辞总编》卷二据伯3128、2809、3911及斯5556编录(上海古籍出版社1987年版上册第456页),注:"右辞所具本事,重在唐室之西遣使节已近边陲,而受寇阻;幸获沙州援纳,乃兴歌咏,以奖其通和,表其忠义。据此以求,在《张义潮变文》即有其事。宣宗大中十年,唐遣'回鹘册立使'王端章,随从押衙陈元弘,已至雪山之南,被回鹘叛部所劫,赖有沙州游奕人接护,始免,与右辞所咏正合。'龙沙'泛指沙州;'诸蕃'统括吐蕃、吐浑、回鹘;'寇仇'指各方'叛逆';'抱屈'指受阻被劫。下片全是嘉勉张义潮语。右辞之作,既可订在大中十年(公元八五六);右卷之写,则在后汉隐帝乾祐元年(公元九四八)。"①"恩",《敦煌曲子词集》卷上、《全唐五代词》卷七作"烟",《全敦煌诗》卷一二五作"烽"。②"奈",《全敦煌诗》卷一二五作"那"。③此句《敦煌曲子词集》卷上作"皇恩溥",《全敦煌诗》卷一二五作"新恩照"。④"暂",《全敦煌诗》卷一二五作"渐"。⑤"远",《敦煌曲子词集》卷上、《全敦煌诗》卷一二五作"次"。

望江南(边塞苦)

边塞苦,圣上合闻声。背蕃归汉经数岁,当为大国作长城①,金榜有嘉名。　　太傅化,永保更延龄。每抱沈机扶社稷,一人有庆万家荣,早愿拜龙旌。

【按】任半塘《敦煌歌辞总编》卷二据伯3128及斯5556编录(上海古籍出版社1987年版上册第458页),认为当作于懿宗咸通八年(867),歌咏敦煌人民起义归唐事。①"当为"，《敦煌曲子词集》卷上、《全唐五代词》卷七、《全敦煌诗》卷一二五作"常闻"。

献衷心（却西迁）

自从黄巢作乱，直到今年。倾动迁移，每惊天。京华飘飖，因此荒□。空有心，长思恋，明皇□①。　　愿圣明主，久居宫宇，臣等默佑，有望□②。常输弓剑③，更抛涯计。会将銮驾，一步步，却西迁④。

【按】任半塘《敦煌歌辞总编》卷二据斯2607编录（上海古籍出版社1987年版上册第460页），注："此辞至早作于僖宗中和二年。"张璋、黄畬《全唐五代词》卷七谓当是唐僖宗赴蜀以后留京之人作，校勘："'京华飘飖'数句，蒋礼鸿《敦煌曲校议》认为应作'京华飘飖因此荒，空有心肠，思恋明皇'。"①《全敦煌诗》卷一三〇后五句作"京华飘飖因此荒，空有心长思恋明皇"。②"佑"，《敦煌曲子词集》卷上作"始"，《全敦煌诗》卷一三〇略作"臣等然始有望"。③"输"，《敦煌曲子词集》卷上作"殊"。④末二句《敦煌曲子词集》卷上、《全敦煌诗》卷一三〇作"步步却西回"。

谒金门（开于阗）

开于阗，绵绫家家总满。奉戏生龙及玉椀①，将来百姓看。　　尚书座客□典②，四塞休征罢战。但□阿郎千秋岁③，甘州他自离乱。

【按】任半塘《敦煌歌辞总编》卷二据斯4359编录（上海古籍出版社1987年版上册第463页），注："作辞时代，应据辞内之首句及末二句订之。但自德宗后，迄唐之亡，两《唐书》及《册府元龟》等书内，对于于阗情形，都无记载。《新唐书·于阗传》曰：'安史之乱，绝不复至矣。'《沙州文录补》载《于阗公主绘地藏菩萨题记》，王国维跋云：'德宗时，吐蕃攻陷安西四镇，与唐隔绝，终唐之世遂不复知于阗事。'注云：'《北梦琐言》：裴相国休每发愿，世世为（于阗）国王弘护佛法。'案裴休卒于咸通后，唐与于阗有交通之迹，然迄未入贡。于阗与沙州之交通究竟何年恢复，有俟史家兼凭本辞所示，作专业探讨。辞内之'尚书'既指张义潮于咸通八年（公元八六七），入长安后，侄淮深留守瓜、沙之时，而义潮于咸通十三年已卒于长安，则辞当作于公元八七二之前。——所可推者，仅此而已。"①"戏"，《全唐五代词》卷七、《全敦煌诗》卷一三一作"献"。②《全唐五代词》卷七作"尚书座客典"，《全敦煌诗》卷一三一作"尚书坐宫殿"。③《全唐五代词》卷七、《全敦煌诗》卷一三一作"但阿郎千秋岁"。

菩萨蛮（在三峰）

千年凤阙争离弃①，何时献得安邦计。銮驾在三峰，天同地不同。

宇宙憎嫌侧②,今作蒙尘客。阃外有忠常,思佐圣人王③。

【按】任半塘《敦煌歌辞总编》卷二据伯3128及斯2607编录(上海古籍出版社1987年版上册第466页),注:"以下三首因昭宗李晔先作二首而和。……此首可能作于昭宗乾宁四年。"①"离弃",《敦煌曲子词集》卷上、《全敦煌诗》卷一三〇作"雄弃";《全唐五代词》卷七作"雄异",校曰:"'争雄异'原作'争雄弃',任二北本校改如上。蒋礼鸿《敦煌曲校议》云:'应作'争离弃',是怎样离得开的意思。'"②"憎",《敦煌曲子词集》卷上作"增"。③"佐",《敦煌曲子词集》卷上、《全唐五代词》卷七作"佑"。

菩萨蛮(却回归)

御园点点红丝挂①,因风坠落露枝架②。柳色正依依,玄宫照渌池。每思龙凤阙,惟恨累年别③。计日却回归,象似南山不动微。

【按】任半塘《敦煌歌辞总编》卷二据斯2607编录(上海古籍出版社1987年版上册第467—468页),注:"此首应是乾宁四年,原从李晔来华州之臣工将回长安,而有所作。"①"点点",《敦煌曲子词集》卷上、《全敦煌诗》卷一三〇作"照照","挂"皆作"罢"。②"因风",《敦煌曲子词集》卷上、《全敦煌诗》卷一三〇作"金风"。③"别",《敦煌曲子词集》卷上缺,《全敦煌诗》卷一三〇作"劫"。

菩萨蛮(忧邦国)

自从銮驾三峰住,倾心日夜思明主。惯在紫微间,笙歌不暂闲。受禄分南北,谁是忧邦国。此夜却回銮①,须教社稷安。

【按】任半塘《敦煌歌辞总编》卷二据斯2607编录(上海古籍出版社1987年版上册第469页),注:"此首应是光化元年,昭宗回长安后,留守宫伎所作,惯习笙歌,不废所职。"又注:"右辞乃基层人民爱心政治之声也,当非《尊前》、《花间》所有。"又见王重民《敦煌曲子词集》卷上、《全唐五代词》卷七、《全敦煌诗》卷一三〇。①"夜",《全敦煌诗》卷一三〇作"度"。

望江南(曹公德)

曹公德,为国拓西关①。六戎尽来作百姓,压坛河陇定羌浑②,雄名远近闻。　尽忠孝,向主立殊勋。靖难论兵扶社稷,恒将筹略定妖氛,愿万载作人君。

【按】任半塘《敦煌歌辞总编》卷二据伯3128及斯5556编录(上海古籍出版社1987年版上册第470页),推定创作时间约在同光三年或四年。《全唐五代词》卷七笺评:"此为述归义军曹氏功德,不似在曹元忠以后,疑当在曹议金时代。"①"拓",《敦煌曲子词集》卷上、张璋、黄畲《全唐五代词》卷七作"托"。②"坛",《全敦煌诗》卷一二五作"弹"。

浣溪沙(献大贤)

喜睹华宴献大贤①,歌欢共过百千年。长命杯中倾绿醑,满金船。
把酒愿同山岳固,昔人彭祖等齐年②。深谢慈怜兼奖饰,献羌言③。

【按】任半塘《敦煌歌辞总编》卷二据伯3128、4692编录(上海古籍出版社1987年版上册第474页),注:"此辞类当时少数民族——羌,款接唐使——'大贤',即席所歌。……辞宜在曹议金时,即后唐同光间。"①"献",《敦煌曲子词集》卷上作"喜",《全敦煌诗》卷一二五作"戏"。②"昔人",《敦煌曲子词集》卷上、《全敦煌诗》卷一二五作"昔日"。③"羌",《敦煌曲子词集》卷上作"羗",《全唐五代词》卷七校勘:"'羌'原卷作'羗',蒋礼鸿《敦煌曲校议》云:'羗是嘉字,形近之误。'"

失调名般涉调(贺当家)

国泰人安静,风沙向秀□,□□□□。□地种□□,□宫闹,任船车①。 听海燕,坐金牙,提葫芦帝萨金沙。长垂罗袖拂烟霞,齐拍手,贺我当家②。

【按】任半塘《敦煌歌辞总编》卷二据斯2607编录(上海古籍出版社1987年版上册第475页)。①《全敦煌诗》卷一三〇不分阕,前六句略作:"国泰人安静风沙,向秀下阙地种下阙闹任船车。"②"当家",《全敦煌诗》卷一三〇作"当今家"。

望远行(佐圣朝)

年少将军佐圣朝,为国扫荡狂妖①。弯弓如月射双雕,马蹄到处阵云消②。 休寰海③,罢枪刀,迎銮驾上超霄④。行人南北尽歌谣,莫把尧舜比今朝。

【按】任半塘《敦煌歌辞总编》卷二据伯4692编录(上海古籍出版社1987年版上册第478页),"为开元末期之声"。①"狂",《敦煌曲子词集》卷上作"匡"。②"阵云消",《敦煌曲子词集》卷上作"尽云霄",《全敦煌诗》卷一二九作"尽云消"。③"寰",《敦煌曲子词集》

卷上作"还"。④ 此句《敦煌曲子词集》卷上作"银鸾驾□上超霄",《全唐五代词》卷七作"银鸾驾□上连霄",《全敦煌诗》卷一二九作"银鸾驾走上超霄"。

歌乐还乡（调名本意）

匈奴扰乱四方,丈夫按剑而王。铁衣年年不脱,龙马岁岁长缰。腰间宝剑常挂,手里遮月恒张。一去扫除荡阵,为须歌乐还乡。

【按】任半塘《敦煌歌辞总编》卷二据斯0289编录（上海古籍出版社1987年版上册第480页）,注:"按此辞为六言八句,增一叠句,可能仍属《破阵乐》,其格罕见。"又注:"此辞所指既称'王',其人又复功成还乡,显已非立志进取,而是颂扬功绩,故不入'进取'类。若所颂扬者舍张义潮外,无第二人足当。"张锡厚主编《全敦煌诗》卷九七以首句为题,第三句"脱"作"卸",第五句"挂"作"拔",第七句"阵"作"尽"。

鹊踏枝（他邦客）

独坐更深人寂寂,忆念家乡①,路远关山隔②。寒雁飞来无消息,教儿牵断心肠忆。　　仰告三光珠泪滴③,教他耶娘,甚处传书觅。自叹宿缘作他邦客,辜负尊亲虚劳力。

【按】任半塘《敦煌歌辞总编》卷二据伯4017、《敦煌零拾》及《敦煌词掇》编录（上海古籍出版社1987年版上册第482页）,"至于作辞时代可能在八世纪"。① "念",《全敦煌诗》卷一二九作"恋"。② 二三句《敦煌曲子词集》卷上作"分离路远关山隔",注:"伯卷此句作'忆恋家乡路远隔山关'。"③ "仰告",吴肃森《敦煌歌辞选注》作"仰望";"珠泪",《敦煌曲子词集》卷上作"垂泪"。

浣溪沙（不忘恩）

结草衔珠不忘恩①,些些言语莫生嗔。比死共君缘外客,悉安存。百鸟相依投林宿②,道逢枯草再迎春。路上共君先下拜,遇药伤蛇口含真③。

【按】任半塘《敦煌歌辞总编》卷二据伯3128编录（上海古籍出版社1987年版上册第485页）,注:"右辞演故事,固不俟辨;其体用必入讲唱或扮唱;其旨在劝人报恩乐施。"① "衔珠",《敦煌曲子词集》卷上、《全唐五代词》卷七、《全敦煌诗》卷一二五作"城楼"。② "相依",《敦煌曲子词集》卷上作"相忆"。③ "遇药",《敦煌曲子词集》卷上、《全唐五代词》卷

七、《全敦煌诗》卷一二五作"如若"。

酒泉子（裴氏晖威）

砂多泉头，伴贼寇枪张怒起，语报恩住裴氏晖威。（下阙）

【按】 任半塘《敦煌歌辞总编》卷二据斯 4332 编录（上海古籍出版社 1987 年版上册第 489 页），谓盛唐作品。《全唐五代词》卷七题为"残阙"。又见《敦煌曲子词集》卷上、《全敦煌诗》卷一三一。

南歌子（对尊颜）

获幸相邀命，攀连坐未闲。卑微得接对尊颜，今日同□□□，□□□□□。

【按】 任半塘《敦煌歌辞总编》卷二据《敦煌词掇》编录（上海古籍出版社 1987 年版上册第 490 页），注："此辞从所存二十字来看，前合《南歌子》调，因设八空格，足供补成单片之用。演何故事，无考。"又注："此辞叙在傅惜华《敦煌唐人写本曲子记》内。日人编《隋唐盛世》内有影片，又载于庚午年（1930）七月三十日《北京画报》。"又见《敦煌曲子词集》卷上、《全敦煌诗》卷一三二。

乐世辞（孤雁）

失群孤雁独连翩，半夜高飞在月边。霜多雨湿飞难进，暂借荒田一宿眠①。

【按】 任半塘《敦煌歌辞总编》卷二据斯 6537 及伯 3271 编录（上海古籍出版社 1987 年版上册第 490 页），注："此调是七言四句之声诗，行于初唐。原本'辞'作'词'，……甲本写在德宗贞元间，乙本写在僖宗乾符间。"①《敦煌曲子词集》卷下后接下阕："菊黄芦白雁难飞，羌笛胡琴泪湿衣。见君长别秋江水，一去东流何日□。"

浣溪沙（海燕）

海燕喧呼别绿波，双飞迢遰历山河。坚志一心思旧主，垒新窠。出入岂曾忘故室，往来未有不经过①。辞主南归声切切②，感恩多。

【按】任半塘《敦煌歌辞总编》卷二据伯3821编录(上海古籍出版社1987年版上册第491页),注:"右辞宗旨亦在不忘旧恩。"①"有",《全敦煌诗》卷一二七作"省"。②"声切切",《敦煌曲子词集》卷上作"声上〔尚〕切",《全唐五代词》卷七作"声正切",《全敦煌诗》卷一二七作"声声切"。

望江南(五凉咏月)

台上月①,一片玉无瑕。迤逦看归西海去②,横云出来不敢遮③,霎霎绕天涯。

【按】见罗振玉编《贞松堂曾西陲秘籍丛残》第一集,原抄于孔衍《春秋后语》卷背,任半塘《敦煌歌辞总编》卷二据补(上海古籍出版社1987年版上册第492页)。王国维《敦煌发见唐朝之通俗诗及通俗小说》并入《望江南》"负心人"之下阕。《全唐五代词》卷七题作"五梁",谓"写卷时代定在咸通间"。①《敦煌曲子词集》卷上、《全敦煌诗》卷一三二"台"前有"五梁"二字。②"海",《敦煌曲子词集》卷上缺。③"不敢遮",《敦煌曲子词集》卷上作"不□□遮",注:"右二首(即《望江南》'天上月')文字依周波《先唐宋金元词钩沉》下册页107《敦煌词掇》迻录。"

酒泉子(咏马)

红耳薄寒,摇头弄耳摆金辔。曾经数阵战场宽,用势却还边。　　入阵之时,汗流似血,齐喊一声而呼歇。但则收阵卷旗旛,汗散卸金鞍①。

【按】任半塘《敦煌歌辞总编》卷二据伯2809、3911编录(上海古籍出版社1987年版上册第493页)。①"卸",原作"御",《敦煌曲子词集》卷上、《全唐五代词》卷七作"却",今据《全敦煌诗》卷一二四改。

酒泉子(咏剑)

三尺青蛇,斩新铸就锋刃刚①。沙鱼裹櫑用银装②,宝现七星光③。曾经长蛇偃月阵,一遍离匣神鬼遁④。鸿门会上佑明主⑤,胜用一条枪。

【按】任半塘《敦煌歌辞总编》卷二据伯2809及(日本桥梁川时雄所印)《隋唐盛世》编录(上海古籍出版社1987年版上册第496页)。①"刚",《全敦煌诗》卷一二四作"快"。此句《敦煌曲子词集》卷上作"斩判注乾锋刃崩"。②"裹櫑",《敦煌曲子词集》卷上作"泉霸",

颜廷亮主编《敦煌文学》之孙其芳《词》作"圈把"。③"现",《敦煌曲子词集》卷上作"见〔剑〕"。④"匦",《敦煌曲子词集》卷上作"通","遁"作"怕"。《全敦煌诗》卷一二四"遁"作"忙"。⑤"佑",《敦煌曲子词集》卷上作"佐","明主"作"明王"。

浣溪沙（是船行）

五两竿头风欲平①,张帆举棹觉船行②。柔舻不施停却棹,是船行。满眼风波多战灼③,看山恰似走来迎,子细看山山不动,是船行。

【按】任半塘《敦煌歌辞总编》卷二据伯3128、3155及斯2607编录（上海古籍出版社1987年版上册第499页）。①"五两竿头",《敦煌曲子词集》卷上作"五里";"竿头",《全唐五代词》卷七作"滩头",校:"'五里滩头'原作'五里竿头',任二北本校改如上。蒋礼鸿《敦煌曲校议》云:'五里应作五量。即五两,是船上候风的用具。'甚是。则此四字当作'五量竿头'。"②"张帆",《敦煌曲子词集》卷上作"长风";"船行",《全唐五代词》卷七作"船轻"。③"战灼",《敦煌曲子词集》卷上、《全唐五代词》卷七、《全敦煌诗》卷一三〇作"陕汋",吴肃森《敦煌歌辞选注》作"闪汋"。王重民注:"阴（法鲁）云当作'闪汋',此句据斯卷改,原作'满风沙多殃钓'。"

失调名（茛蓉不归）

茛蓉不归乡,经今半夏薑。去他乌头了血傍①。□他家附子豪强②。父母依意美长短,桂心日夜思量③。

【按】任半塘《敦煌歌辞总编》卷二据斯4508编录（上海古籍出版社1987年版上册第503页）。①《全敦煌诗》卷一三一作"去他乌头了,血滂滂"。②《全敦煌诗》卷一三一作"他家附子豪强"。③《全敦煌诗》卷一三一作"父母依意美,长短桂心,日夜思量"。

红娘子（秋水似天仙）（嵌曲名）

□□□宜,美人秋水似天仙。红娘子本住□□,蝶儿终日绕花间①。　　举头聚落秋□□,悔上采莲船。杨柳枝柔,堕落西番②。

【按】任半塘《敦煌歌辞总编》卷二据斯5643编录（上海古籍出版社1987年版上册第506页）,注:"'天仙'、'红娘子'、'采莲'、'杨柳枝'、'落番',均为曲调名,'绕花间'亦颇似曲名。宋潘自牧《记纂渊海》七八乐府门引《类要》:'开元中,李知柔进《红娘子》。'"《全唐五代词》卷七、《全敦煌诗》卷一三一皆录为"失调名"。①二句《全唐五代词》卷七作"红娘子,本住□□儿,终日绕花间",《全敦煌诗》卷一三一作"红娘子,本住□□□□儿,终日绕花间"。② 下阕《全唐五代词》卷七作"举头聚落□□,每上采莲船。杨柳枝头堕,落西□□□",《全敦煌诗》卷一三一作"头聚落秋□□□□梅上采莲船,杨柳枝桠堕落西(下阙)"。

失调名(醉思乡)

(上阙)羊子遍野巫山。醉胡子楼头饮宴,醉思乡千日醺醺。下水船盏酌十分,令筹更打江神。

【按】任半塘《敦煌歌辞总编》卷二据伯3911编录(上海古籍出版社1987年版上册第507页),原辞嵌入"羊子"、"巫山"、"醉胡子"、"醉思乡"、"下水船"、"江神"六种曲名。又见《敦煌曲子词集》卷上、《全唐五代词》卷七、《全敦煌诗》卷一二四。

水调辞(无谷还逢谷)

为言无谷还逢谷,将作无山更有山。马困时时索鞍揭,人乏往往捉树攀。

【按】任半塘《敦煌歌辞总编》卷二据斯6537及伯3271编录(上海古籍出版社1987年版上册第509页),注:"《水调辞》盛行于开天间。此四句不甚可解,似谜语。"又见王重民《敦煌曲子词集》及张璋、黄畬《全唐五代词》卷七。

失调名(断诸恶)

□□断诸恶,细细呹贪嗔。若使如罗汉,即自绝嚣尘。　　将刀且割无明暗,复用利剑断亲姻。究竟涅槃非是远,寻思寂灭即为邻。只是众生不牵致,所以沉沦罪业深。努力遵三宝,何处不全身。

【按】任半塘《敦煌歌辞总编》卷二据斯4277编录(上海古籍出版社1987年版上册第510页)。

失调名(见真时)

往日修行时,忙忙为生死。今日见真时,生死寻常事。见他生,见你死,反观自身亦如此。

【按】任半塘《敦煌歌辞总编》卷二据斯4037及伯2952编录(上海古籍出版社1987年版上册第510页),注:"此佛徒于生死与真觉间之初辨。"又注:"甲卷背有写卷题记曰:'乙亥年正月十日',虽仅用干支,并无年号,卷之正面写有贯休'赞念《法华经》僧'辞等,依休之世次,则正面写卷时期且限在第十世纪之初,无论背面之所书矣,当与仅仅适用于中晚唐一定时期之'干支指实'无涉。蜀王建称帝,在梁太祖开平元年,公元九〇七,此时休已入蜀依建,以迄于终。而九年后,梁末帝贞明元年,公元九一五,正是乙亥,乃此卷题记之年,亦即右辞产生时期之下限也。"

失调名(一室空)

五蕴山,山中一室空①。来来去去不相逢。一生身②,任舍住,至今不识主人翁③。

【按】任半塘《敦煌歌辞总编》卷二据斯2651编录(上海古籍出版社1987年版上册第512页),注:"此辞写在《大乘百法明门论》'开宗义记'卷子之背后。"①《全敦煌诗》卷一三一作"五蕴山中一室空"。②"身",《全敦煌诗》卷一三一作"生"。③"翁",《全敦煌诗》卷一三一作"公"。

失调名(劝诸人一偈)

劝君学道莫言说,言说性恒空。不断贪痴爱,坐禅浪用功。　　用功计法数,实是大愚庸。但得无心想,自合太虚空。

【按】任半塘《敦煌歌辞总编》卷二据斯3017及伯3409编录(上海古籍出版社1987年版上册第513页),注:"此辞原称'劝诸人一偈',格调'七五五五五五五五',叶四平,是唐代杂言歌辞之体制。原载于《五更转》'禅师各转'辞十首之前。……其末一名为圆明,可能即此辞之作者,惜不能肯定。"

杨柳枝

春去春来春复春①,寒暑来频。月生月尽月还新,又被老催人。只见庭前千岁月②,长在长存③。不见堂上百年人,尽总化微尘④。

【按】任半塘《敦煌歌辞总编》卷二据伯2809及《敦煌词掇》编录(上海古籍出版社1987年版上册第515页)。①"春去春来",《全敦煌诗》卷一二四作"春来春去"。②"见",

《敦煌曲子词集》卷上作"是"。③"长存",《全敦煌诗》卷一二四作"常存"。④"微尘",《敦煌曲子词集》卷上作"为陈",《全敦煌诗》卷一二四作"为尘"。

谒金门

　　长伏气①,住在蓬莱山里②。绿竹桃花碧溪水,洞中常晚起③。闻道君王诏旨④,服裹琴书欢喜。得谒金门朝帝美⑤,不辞千万里。

　　【按】任半塘《敦煌歌辞总编》卷二据伯3821、3333编录(上海古籍出版社1987年版上册第517页),谓创作时代"可能在盛唐";《全唐五代词》卷七谓"此词可能作于开元、天宝间"。①"长",《全敦煌诗》卷一二七作"常"。②"山",《全敦煌诗》卷一二七作"宫"。③"洞中常",《全敦煌诗》卷一二七作"清斋长"。④"君王诏旨",《全敦煌诗》卷一二七作"诸仙来至"。⑤"得",《全敦煌诗》卷一二七作"远";"帝美",《敦煌曲子词集》卷上作"帝庭",《全唐五代词》卷七作"帝陛"。

谒金门

　　仙境美,满洞桃花绿水。宝殿琼楼霞阁翠①,六铢常挂体②。　　闷即天宫游戏,满酌琼浆任醉。谁羡浮生荣与贵,临回看即是。

　　【按】任半塘《敦煌歌辞总编》卷二据伯3821编录(上海古籍出版社1987年版上册第519页)。①"琼",《敦煌曲子词集》卷上、《全敦煌诗》卷一二七作"秦"。②《敦煌曲子词集》卷上作"缘殊常挂体"。

临江仙

　　不处嚣尘千百年①,我于此洞求仙。坐□行游策杖②,策杖也,寻溪听流泉。　　神方求尽愿为丹,夜深长舞炉前。□□□□登云③,登云也,□□□□□。

　　【按】任半塘《敦煌歌辞总编》卷二据斯2607编录(上海古籍出版社1987年版上册第521页),注:"顾书手之任意性颇大!加以卷面残损,遂难得原貌。兹暂拟定如右,俟得他本再改正。"①"百",《全敦煌诗》卷一三〇作"万"。②《全敦煌诗》卷一三〇作"坐□□□□□,行游策杖"。③《全敦煌诗》卷一三〇作"夜深长□□□□,□□□舞于前。神方求尽愿为丹,□俱登云"。

失调名(伤蛇曲子)

听说昔时,隋侯奉命,出使行□。□□伤,临欲丧,眼中光,泪流血染路傍。□开展芝囊,取药封裹,□□□□□。　　□归日,见玉帝,□□□□,□□□□,□蛇改易,蒙君□□□□,□□□□。其蛇昼夜□□,□□□□堂。

【按】任半塘《敦煌歌辞总编》卷二据斯 2607 编录(上海古籍出版社 1987 年版上册第 526 页),注:"上片第三句应是'遇蛇伤',可补二字。'开展'上一字可补'忙'。下片首字可补'蛇'。"又注:"右辞以'听说'开端,分明是讲唱口气。下片'蒙君'句又显属代言,宜据此断其体用为讲唱辞,是从一较大之脚本中摘出者。"

失调名(多征使)

□台治化绝胜□,往复任君多征使。愿年年生居定照,□如日月照无已。

【按】任半塘《敦煌歌辞总编》卷二据斯 2607 编录(上海古籍出版社 1987 年版上册第 528 页),注:"'任君'用第二人称,亦代言体。喻如日月照临,其官不小。此卷所写各辞可能咏同一故事,在同一脚本。"

失调名(阵云收)

四海征□,喜天雨降,□□□□。□□唐尧,鸿恩四溥,海内乐无忧,阵云收。

【按】任半塘《敦煌歌辞总编》卷二据斯 2607 编录(上海古籍出版社 1987 年版上册第 529 页),注:"'征'下原写'弊',必讹。此字或叶尤韵,若须形、声、义俱合,为不易得,姑阙。'天'上一字原写'惜',入派上声,故取'喜'代之。'四溥'原写'四补',显讹。'阵'原写'陈'。'收'字是韵,无疑,故于'乐'下补'无忧'。第三句未必与'忧''收'同叶尤韵之字,一时尚难得当。"

失调名(葡萄酒)

葡萄酒金盏,差差差斟未满①。满苑里花发②,侧先先③,明朝看花花满县。　　唤同朋,出□□。三杯以后人尽醉,欢情乐曲陈□。打不涂散,却罗无限④。

【按】任半塘校编《敦煌歌辞总编》卷二据伯 3706 编录(上海古籍出版社 1987 年版上册第 531 页),注:"此调由三、四、五、六、七言组成,专叶去上,已觉罕见。'差差差'是斟酒声,当无可疑。……'涂散''却罗'似融结口语方言,须耐心求解。苟非敦煌写本歌辞本来包罗广大民间文艺者,曷由致之?"①"斟",《全敦煌诗》卷一四二作"张"。②"满苑里",原作"□远黑",今据《全敦煌诗》卷一四二改。③"先",原缺,今据《全敦煌诗》卷一四二补。④ 末三句《全敦煌诗》卷一四二作"欢请乐典陈击打,不徒散却罗无限"。

喜秋天（送征衣）

厅前夭桃柳线,频为送征衣。每年差良人见。(下阙)

【按】任半塘《敦煌歌辞总编》卷二据伯 3156 编录(上海古籍出版社 1987 年版上册第 533 页),注:"后二句意在良人远征,无从见面;每年惟赖送征衣往前方一次,得一见耳。主题既在'送征衣',其辞自属'征妇怨'一类。"又见《全敦煌诗》卷一二五。

失调名（曲子吐蕃）

(上阙)□吐蕃和□(中阙)。日西山(下阙)

【按】任半塘《敦煌歌辞总编》卷二据伯 2607 编录(上海古籍出版社 1987 年版上册第 535 页),注:"此残句前既有'曲子'二字,应予重视,比一般无'曲子'二字好!其下应是调名,惜已佚。辞曰'吐蕃'、曰'日西山',内容所写,想不外田园景色。"

浣溪沙（使风行）

一队风来一队尘,万里迢迢不见人。隉上无水受却□①,使风行②。

【按】任半塘《敦煌歌辞总编》卷二据伯 3155 编录(上海古籍出版社 1987 年版上册第 535 页),谓长安民间所作。①"隉",《全敦煌诗》卷一二五作"陆"。②《全敦煌诗》卷一二五"使风行"后又增补下阕:"斑山不迭趾马远,早晚到我本乡园。思忆耶娘长服药,应昏晨。"

木兰花（春风斩断我）

十年五岁相看过,为道木兰花一朵①。九天远地觅将来,移将后院深处坐②。又见蝴蝶千千个,由住安良不敢做③。傍人不必苦相须,恐怕春风斩断我。

【按】任半塘《敦煌歌辞总编》卷二据斯329编录(上海古籍出版社1987年版上册第537页),注:"右辞或为民间流传较广之作。右辞写一少女被掠,患难中之危急心情。反映社会现实,录下奴隶痛苦,远非《花间》人物陷在荒淫腐朽生活者比。极可贵!"又注:"原本写有'大顺三载壬子岁二月日',乃昭宗第三年,公元八九二,可信为右辞写本时代。"《全敦煌诗》卷一二九录为无名氏"失调名"词。① "为道",《全唐五代词》卷七作"为似",《全敦煌诗》卷一二九作"为抛"。② "移",《全唐五代词》卷七作"锁"。③ "安良",《全唐五代词》卷七作"安尖",《全敦煌诗》卷一二九作"尖良";"做"皆作"坐"。

失调名(花落又重开)

飞过尽,不敢抬,今岁中□□望夫来。□花落,又重开,断弦罢却,世总量□尘埃。

【按】任半塘《敦煌歌辞总编》卷二据斯329编录(上海古籍出版社1987年版上册第540页),注:"右辞写在卷背第四段,与'大顺三年'一行之间,约空十行地位,在此地位上,原本全空,不著一字。"

失调名(双泪流)

傍□□禁子频飞眼达花相策□南畔□□□敬途再生人名为能。眼中双泪流。

【按】任半塘《敦煌歌辞总编》卷二据斯329编录(上海古籍出版社1987年版上册第540页),注:"此首仅凭结末五字句,肯定其为歌辞,不能否认。"

失调名(归明王)

抛我一身却①,自家一身当。千万努力归明王,忆着吐蕃通信②,上□□□□③。

【按】任半塘《敦煌歌辞总编》卷二据斯329编录(上海古籍出版社1987年版上册第541页),注:"此辞在原本单独一首,不与前辞相联,而末有'曲子名一首'五字,乃为歌辞显著特征。……调名当是《南歌子》。"又注:"起句首尾二字皆讹,致含意不明。就通体看,乃其人于汉蕃之间尚违顺未定,强在歌辞中自勉,背景宜是唐末边陲,求其完全复原为不易。"①"抛",原缺,今据《全敦煌诗》卷一二九补。②《全敦煌诗》卷一二九作"忆著吐里再生人"。③《全敦煌诗》卷一二九作"名□能,眼中双泪流"。

失调名(苏合香)

兴未□,望休□,迢逍边塞长。青山昏自阴,秋树本来黄,秋树□无叶,鸟来何处藏。日炽蒲桃垂,风吹苏合香。

【按】任半塘《敦煌歌辞总编》卷二据斯1040编录(上海古籍出版社1987年版上册第542页),注:"后四句质朴如谣谚,是民间风格高处!"

失调名(苏合香)

(上阙)懒重抄,可怜□。□(中阙)打破雕梁双燕。(下阙)

【按】任半塘《敦煌歌辞总编》卷二据斯2104编录(上海古籍出版社1987年版上册第543页),注:"此卷所写,乃'神沙乡百姓状'及'赠道清和尚诗',而于两件之间,先写两行大字曰'具身形不长不短,带红带白,语含娇而未正,訾慵整以常偏',似变文,隔一小段地位,又见两个半行,各存六字,曰'懒重抄可怜□',曰'打破彫梁双燕',可信是歌辞。"

失调名(母恩长)

只为长时,驱驰辛苦。形貌精神,都来失绪。一头承侍翁姑,一畔又劑缚男女。日夜不曾闲,往往啼如雨。

【按】任半塘《敦煌歌辞总编》卷二据伯2418编录(上海古籍出版社1987年版上册第543页)。

失调名(佛·母同恩)

佛惜众生,母怜男女。一例承情,从头爱护。佛如母意无殊,母似佛心堪谕。今日座中人,分明须会取。

【按】任半塘《敦煌歌辞总编》卷二据伯2418编录(上海古籍出版社1987年版上册第544页),注:"此项讲经文内多用'教招'一辞。《云谣集·内家娇》调内已见,是盛唐口语。"

失调名（须报恩）

今既成人，还须报赛。莫学愚人，反生逆害。约束时只要谛听，嗔骂则莫生祇对。何假生西方，自生极乐界。

【按】任半塘《敦煌歌辞总编》卷二据伯2418编录（上海古籍出版社1987年版上册第544页）。

失调名（阿罗汉）

贪嗔皆断，尽是阿罗汉，来往得逍遥，生死难萦绊。慧剑镇，锋镶智，月常圆满。　　龙天释梵人，见者皆称赞。会中罗好形仪，月面长眉眼。绀青身，挂衲袍。云片片。

【按】任半塘《敦煌歌辞总编》卷二据前苏联藏《双恩记》变文插曲编录（上海古籍出版社1987年版上册第545页），注："《双恩记》变文即《佛报恩经讲经文》。其上文白语云：'何故名阿罗汉？答：应受世间胜供养，故名阿罗汉。复次阿罗者，谓烦恼名能割，用利慧刀，割烦恼贼！此罗汉等，或是久成正觉，权作声闻，新伏无明，才生果位。计数即尘沙莫及，都标即二万八千。'下接右辞一首。"

失调名（祥花坠）

声闻菩萨兼龙鬼，浩浩如沙难总记。风雨旋来海角清，神仙乱下祥花坠。满虚空，遍天地，壖罗微尘纤起。

【按】任半塘《敦煌歌辞总编》卷二据前苏联藏《双恩记》变文插曲编录（上海古籍出版社1987年版上册第546页），注："尤要者：辞紧接在所谓'诸法曲''妙清歌'之下，不能谓与'曲'也、'歌'也无关，则割出此七句为歌辞，依据甚充。"

失调名（道泰）曲子

上阙君臣道泰愿时清，八方投款况龙城。兵戈甲马尽下阙

【按】任半塘《敦煌歌辞总编》卷二据苏2847编录（上海古籍出版社1987年版上册第547页），注："见苏联藏《敦煌手稿总目》第二册、492页，原编2153B，指为'曲子'，惜未引全

辞,无从补足。"

捣练子(孟姜女四首)

其一

堂前立,拜辞娘,不觉眼中泪千行。劝你耶娘少怅望,为吃他官家重衣粮。

其二

辞父娘了,入妻房,莫将生分向耶娘。君去前程但努力,不敢放慢向公婆。

其三

孟姜女,杞梁妻,一去燕山更不归。造得寒衣无人送,不免自家送征衣。

其四

长城路,实难行,乳酪山下雪纷纷。吃酒只为隔饭病①,愿身强健早还归。

【按】任半塘《敦煌歌辞总编》卷三据伯2809、3911、3319编录(上海古籍出版社1987年版中册第549页),王重民《敦煌曲子词集》卷上、张锡厚主编《全敦煌诗》卷一二四皆合前二首为一首,后二首为一首。张璋、黄畬《全唐五代词》卷七、张紫晨《歌谣小史》第九章皆据录。①"只",《敦煌曲子词集》卷上、《全敦煌诗》卷一二四作"则"。

捣练子(孟姜女六首)

其一

云疑盖①,月已升②,朦胧不眠已三更③。面上褐绫红分散,号咷大哭呼三星。

其二

对白绵,二丈长,裁衣长短尺上量④。夜来梦见秋交末,自怕君身上□□⑤。

其三

孟姜女,秦杞梁⑥,声声懊恼小秦王⑦。秦王敢质三边滞⑧,千番万里筑城长⑨。

其四

长城下,哭声哀⑩,感得长城一垛摧⑪。里畔髑髅千万个⑫,十方骸骨不教回⑬。

其五

刃□亮,两拳拳,十个指头血沾根⑭。青竹干投上玄背子⑮,从今以后信和藩⑯。

其六

娘子好,体一言,离别耶娘十数年⑰。早晚到家乡勤饽徹⑱,月尽日交管黄纸钱。

【按】任半塘《敦煌歌辞总编》卷三据伯3718编录(上海古籍出版社1987年版中册第563—564页),《全唐五代词》卷七据饶宗颐《敦煌曲》补录前五首。①"盖",《全唐五代词》卷七作"盏"。②"已升",《全唐五代词》卷七、《全敦煌诗》卷一二七作"疑生"。③"朦胧不眠已",《全唐五代词》卷七、《全敦煌诗》卷一二七作"蒙蒙大绵疑三更"。④"长短",《全唐五代词》卷七、《全敦煌诗》卷一二七作"长来"。⑤两句《全唐五代词》卷七作"也来蒙见秋夏水,只怕遍身上裁",《全敦煌诗》卷一二七作"夜来梦见秋郊水,自怕宾身上□"。⑥"秦",《全唐五代词》卷七、《全敦煌诗》卷一二七作作"陈"。⑦《全唐五代词》卷七作"生生掬脑小臣王",《全敦煌诗》卷一二七作"生生激恼小秦王"。⑧"秦王敢质",《全唐五代词》卷七作"神王敢淹",《全敦煌诗》卷一二七作"秦王喊俺"。⑨"番",《全敦煌诗》卷一二七作"乡";"城长",《全唐五代词》卷七、《全敦煌诗》卷一二七作"长城"。⑩"声哀",《全唐五代词》卷七作"成忧"。⑪《全唐五代词》卷七作"敢淹长城一朵摧",《全敦煌诗》卷一二七作"喊俺长城一堕摧"。⑫"里畔髑髅",《全唐五代词》卷七作"里半酒楼"。⑬《全唐五代词》卷七作"十方兽骨不空回",《全敦煌诗》卷一二七作"十方收骨不空回"。⑭前三句《全唐五代词》卷七作"日掩亮,雨濛濛,十个郎投血石根",《全敦煌诗》卷一二七作"刃掩亮,雨蒙蒙,十个指头血沾根"。⑮"背子",《全唐五代词》卷七、《全敦煌诗》卷一二七作"被子"。⑯《全唐五代词》卷七作"从今与后像貌潘"。⑰"十数年",《全敦煌诗》卷一二七作"数拾年"。⑱"勤",《全敦煌诗》卷一二七作"勒"。

长相思（三不归三首）

其一

估客在江西①，富贵世间稀。终日红楼上，□□舞著辞②。频频满酌醉如泥，轻轻更换金卮。尽日贪欢逐乐，此是富不归。

其二

旅客在江西③，寂寞自家知④。尘土满面上，终日被人欺。朝朝立在市门西，风吹□泪双垂⑤。遥望家乡肠断⑥，此是贫不归。

其三

作客在江西，得病卧毫厘。还往观消息⑦，看看似别离。村人曳在道傍西，耶娘父母不知⑧。身上剟牌书字⑨，此是死不归。

【按】任半塘《敦煌歌辞总编》卷三据《敦煌零拾》、《敦煌词掇》及伯4017编录（上海古籍出版社1987年版中册第590页），注："甲卷之写本时代为顺宗永贞元年，公元八〇五，作辞时代可能在第八世纪。"①"估客"，郑振铎《唐代的民间歌赋》、王重民《敦煌曲子词集》卷上作"侣客"，《全唐五代词》卷七作"作客"，《全敦煌诗》卷一三二作"旅客"。②"辞"，郑振铎《唐代的民间歌赋》、王重民《敦煌曲子词集》卷上、《全敦煌诗》卷一三二作"棋"。③"旅客"，郑振铎《唐代的民间歌赋》、王重民《敦煌曲子词集》卷上、《全敦煌诗》卷一三二作"哀客"，《全唐五代词》卷七作"作客"。④"自家"，王重民《敦煌曲子词集》卷上作"家家"。⑤"□泪"，郑振铎《唐代的民间歌赋》、王重民《敦煌曲子词集》卷上、《全敦煌诗》卷一三二作"泪□"，《全唐五代词》卷七作"泪点"。⑥"肠断"，郑振铎《唐代的民间歌赋》、王重民《敦煌曲子词集》卷上、《全唐五代词》卷七、《全敦煌诗》卷一三二作"长短"。⑦"观"，原缺，今据王重民《敦煌曲子词集》卷上、《全唐五代词》卷七、《全敦煌诗》卷一三二补。⑧吴肃森《敦煌歌辞选注》删去"耶娘父母不知"一句。⑨"身"，《敦煌曲子词集》卷上缺，"牌"作"排"；"剟"，《全唐五代词》卷七作"缀"。

三台（十二月辞二首）

其一

正月年首初春，万户改故迎新①。李玄附灵求学，树下乃逢子珍。项托七岁知事，甘罗十二相秦。若无良妻解梦，冯唐宁得忠臣。

其二

二月遥望梅林,青条吐叶□□。□□□□□,□□□□□。□□□□□□,□□□□□。□□□□□□,□□□□□□。

【按】见任半塘《敦煌歌辞总编》卷三据《考古》杂志1972年第3期编录(上海古籍出版社1987年版中册第596页),注:"二辞写于《论语》郑玄注长卷之后,题记曰:'景龙四年二月一日,私学生卜天寿。'出土于新疆维吾尔自治区吐鲁番、阿斯塔那墓地之唐墓内。"可知原辞由卜天寿抄写,今存已非完帙,仍为唐代现存最早之"十二月"歌辞。①"万户",原缺,《全唐五代词》卷八"无名氏词"据郭沫若校补。

浣溪沙(问江湖二首)

其一

浪打轻船雨打蓬,遥看蓬下有渔翁①。莎笠不收船不系②,任西东③。　即问渔翁何所有,一壶清酒一竿风。山月与鸥长作伴,五湖中。

其二

一阵风起吹黑云④,船车撩乱满江津⑤。浩瀚洪波长水面,浪如银。即问长江来往客,东西南北几时分。一过教人肠欲断,况行人⑥。

【按】任半塘校编《敦煌歌辞总编》卷三据斯2607编录(上海古籍出版社1987年版中册第601页)。《全敦煌诗》卷一三〇题为"失调名"。①"蓬",《敦煌曲子词集》卷上缺。②"莎",《全唐五代词》卷七作"蓑"。③"西东",《敦煌曲子词集》卷上缺。④"一阵风起",《敦煌曲子词集》卷上、《全敦煌诗》卷一三〇作"一队风去",《全唐五代词》卷七作"一阵风来"。⑤"船车",《敦煌曲子词集》卷上、《全唐五代词》卷七作"船中"。⑥"况",《敦煌曲子词集》卷上作"谓",《全敦煌诗》卷一三〇作"为"。

西江月(女伴秋江三首)

其一

女伴同寻烟水,今宵江月分明。舵头无力一船横①,波面微风暗起。　拨棹乘船无定止②,楚词处处闻声③。连天江浪浸秋星④,误入蓼花丛里。

其二

浩渺天涯无际⑤,旅人船薄孤洲⑥。团团明月照江楼,远望荻花风起⑦。　　东去不回千万里,乘船正值高秋。此时变作望乡愁,一夜苦吟云水⑧。

其三

云散金波初吐⑨,烟迷沙渚沈沈。棹歌惊起乱栖禽,女伴各归南浦。船压波光摇夜舻⑩,贪欢不觉更深。楚词哀怨出江心⑪,正值月当南午⑫。

【按】任半塘《敦煌歌辞总编》卷三据斯2607编录(上海古籍出版社1987年版中册第606页)。①"一船",《敦煌曲子词集》卷上、《全敦煌诗》卷一三〇作"别一船"。②"拨",《敦煌曲子词集》卷上作"懒","止"作"正"。③"楚词",《敦煌曲子词集》卷上作"拜词","闻"作"闍";《全唐五代词》卷七"楚词"作"渔歌"。④"浸",《敦煌曲子词集》卷上作"侵"。⑤"浩",《敦煌曲子词集》卷上作"皓","际"作"济"。⑥"旅人",《敦煌曲子词集》卷上作"吕人","孤洲"作"孤舟"。⑦"荻花",《敦煌曲子词集》卷上作"秋花"。⑧"水",《敦煌曲子词集》卷上缺。⑨"金波",《全唐五代词》卷七作"金乌"。⑩"压",《敦煌曲子词集》作"押","摇夜舻"作"遥夜房";《全唐五代词》卷七校勘:"'船押'二句原作'船押波光遥野,房欢不觉更深',任二北本校改如上。蒋礼鸿《敦煌曲校议》云:'第一句不必改……房欢,应当是欢娱,娱字用同音字写作虞,写错了变成房,又倒在欢字上了。'"⑪"楚词",《全唐五代词》卷七作"楚歌"。⑫"南午",《敦煌曲子词集》卷上作"南干",注:"阴(法鲁)云'南干'当作'阑干',即栏杆。"

虞美人(海棠开二首)

其一

东风吹绽海棠开,香麝满楼台①。香和红艳一堆堆,又被美人和枝折,缀金钗②。

其二

金钗头上缀芳菲③,海棠花一枝。刚被蝴蝶绕人飞,拂下深深红蕊落,污奴衣。

【按】任半塘《敦煌歌辞总编》卷三据伯3994编录(上海古籍出版社1987年版中册第610页),注:"此民间作品,民间作品之本色,绝非文人欧阳炯作风。"《全敦煌诗》卷一二九合二首为一词。①"麝"《敦煌曲子词集》卷上、《全敦煌诗》卷一二九作"榭",颜廷亮主编

《敦煌文学》之孙其芳《词》作"泄"。②"缀",《敦煌曲子词集》卷上、《全唐五代词》卷七、《全敦煌诗》卷一二九作"坠"。③"头上",《敦煌曲子词集》卷上、《全敦煌诗》卷一二九作"钗上"。

定风波(伤寒三首)

其一

阴毒伤寒脉又微①,四肢厥冷最难医②。更遇盲医与宣泻③,休也,头面大汗永分离。　时当五六日,头如针刺汗微微。吐逆黏滑脉沈细④,胃脉溃⑤,斯须儿女独孤栖⑥。

其二

夹食伤寒脉沈迟⑦,时时寒热汗微微⑧。只为脏中有结物,虚汗出,心脾连胃睡不得⑨。　时当八九日,上气喘粗人不识。鼻颤舌焦容颜黑⑩,明医识,垛积千金医不得⑪。

其三

风湿伤寒脉紧沈,遍身虚汗似汤淋。此是三伤谁识别,情切⑫,有风有气有食结。　时当五六日,言语惺惺精神出。勾当如同强健日,名医识,喘粗如睡遭沈溺。

【按】任半塘《敦煌歌辞总编》卷三据伯3093编录(上海古籍出版社1987年版中册第615—616页),注:"我国歌辞自《诗经》以降,并汉魏六朝乐府、唐诗、宋词、元曲,以迄明清民间小曲,在生活实用方面最鲜明而具体者,宜莫逾于此三辞。"①"又",《全唐五代词》卷七作"已"。②"肢",《敦煌曲子词集》卷上作"支","最"作"猒","医"作"依"。③"泻",《敦煌曲子词集》卷上作"谢"。④"脉",《敦煌曲子词集》卷上作"全"。⑤"胃脉溃",《全唐五代词》卷七作"全冒愦"。⑥"斯",《敦煌曲子词集》卷上作"思"。⑦"夹",《敦煌曲子词集》卷上作"颊"。⑧"汗",《敦煌曲子词集》卷上作"破"。⑨"心脾",《敦煌曲子词集》卷上作"公脾"。⑩"鼻颤",《敦煌曲子词集》卷上作"自颤",又缺"颜"字,《全唐五代词》卷七"鼻颤"作"身颤"。⑪"垛",《敦煌曲子词集》卷上作"堕"。⑫"切",《敦煌曲子词集》卷上作"劝",《全唐五代词》卷七作"怯"。

失调名（听唱张骞一新歌九首）

其一

张骞本自欲登仙，汉帝使遣上升天。今朝得遇西王母，驾鹤乘龙上紫烟。

其二

王母一见甚玲珑，花林玉树竞开红。比闻仙桃难可见，不期今日得相逢。

其三

张骞寻河值朦胧，正见药树在月中。鸡鸣三声在日里，独笑三声□虚空。

其四

阎浮太子传精进，欲往西园访花林。唤取鲁班刻车辇，唤取嵇康来抚琴。

其五

张骞寻河甚迟迟，正见织女在罗机。五百交梭一时动，五百钻头并相随。

其六

玉女恒在宝台坐，常共牵牛七月期。七月六日暂相见，七月七日即分离。

其七

织女身向内宫坐，拟共牵牛为夫妇。状似远道昔征辽，水深千丈而难渡。

其八

张骞寻河放逍遥，正见织女摘仙桃。教儿何处觅船舰，织女啼哭苦号咷。

其九

织女啼哭莫号咷，谁能为汝造浮桥。寄语填河乌鹊鸟，年年为汝早填壕。

【按】任半塘《敦煌歌辞总编》卷三据伯3910编录(上海古籍出版社1987年版中册第627—628页),注:"此组九章,不全,乃神话故事讲唱辞,白语未见。"

菩萨蛮(归不归二首)

其一

清明时节樱桃熟①,卷帘嫩笋初成竹。小玉莫添香,正嫌红日长。四肢无气力,鹊语虚消息。愁对牡丹花,不曾君在家。

其二

香销罗幌堪魂断②,唯闻蟋蟀吟相伴。每岁送寒衣,到头归不归。千行欹枕泪,恨别添憔悴。罗带旧同心,不曾看至今。

【按】任半塘《敦煌歌辞总编》卷三据伯3251编录(上海古籍出版社1987年版中册第635页),《全唐五代词》卷七据录。①"清明",《敦煌曲子词集》卷上、《全敦煌诗》卷一二五作"朱明"。②"香销",《敦煌曲子词集》卷上作"香绡"。

南歌子(风情问答二首)

其一

斜隐朱帘立①,情事共谁亲。分明面上指痕新,罗带同心谁绾,甚人踏破裙②。　蝉鬓因何乱,金钗为甚分。红妆垂泪忆何人③,分明殿前实说,莫沉吟。

其二

自从君去后,无心恋别人。梦中面上指痕新,罗带同心自绾,被猁儿踏破裙。　蝉鬓朱帘乱,金钗旧股分④。红妆垂泪哭郎君⑤,妾似南山松柏⑥,无心恋别人⑦。

【按】任半塘《敦煌歌辞总编》卷三据伯3836编录(上海古籍出版社1987年版中册第638页)。《全唐五代词》卷七笺评:"此二词当时可能入歌舞戏,入陆参军、入俗讲,佐以说白,或其他辞体,以供讲唱。"①"隐",《全唐五代词》卷七作"倚",《全敦煌诗》卷一二七作"影"。②"破",《敦煌曲子词集》卷上作"褫"。③"妆",《敦煌曲子词集》卷上作"泣","人"作"君"。④"股",《敦煌曲子词集》卷上作"古"。⑤此句《敦煌曲子词集》卷上作"红泣垂泪沼"。⑥ "似",《全敦煌诗》卷一二七作"是"。⑦ 末二句《敦煌曲子词集》卷上作:"云峰挨碧空,举杯摇扇画堂中。时听笙歌消暑,思无穷。"

南歌子(长相忆二首)

其一

夜夜长相忆,知君思我无。绣帏红褥玉人铺①,深夜不来归舍,薄情是我夫。

其二

漫画眉端柳②,虚匀脸上莲。知他心在阿谁边,天天天□□□③,因何用意偏④。

【按】任半塘《敦煌歌辞总编》卷三据伯3836编录(上海古籍出版社1987年版中册第641—642页)。《敦煌曲子词集》题作"残卷甲第二节",仅录"心在旁,阿谁边?天天天,因何用以偏"数语,后又以"曲子更漏子"为题录为:"夜夜长相忆,诸君思我无职。时红辱五人铺,深夜不来归舍,薄情事我夫。蛮画眉儒柳,亏云剑上莲,知他(下阙)。"《全唐五代词》卷七笺评:"此调原卷作'曲子更漏子'五字,辞实非《更漏子》,乃单片《南歌子》二首,因其叶韵不同也。次首残剩十二字为'蛮(漫)画眉儒(间)柳,亏云(匀)剑(脸)上连(莲),知他'不足半首。"蒋礼鸿《敦煌曲校议》以为此十四字当与《曲子更漏子》(本卷《南歌子》第七首"夜夜长相忆")及次首残十二字合成一首完整的《南歌子》。《全敦煌诗》卷一二七合为一词。① "绣帏",《全敦煌诗》卷一二七作"识时"。② "端",《全敦煌诗》卷一二七作"如"。③《全敦煌诗》卷一二七作"天天天"。④ "意",《全敦煌诗》卷一二七作"以"。

苏幕遮(聪明儿二首)

其一

聪明儿,禀天性,莫把潘安,才貌相比并。弓马学来阵上骋,似虎入丘山,勇猛应难比。　善能歌,打难令,正是聪明,处处皆通娴①。久后策官应决定,马上盘枪,辅佐当今帝②。

其二

聪明儿,无不会,只为红鳞,未变归沧海。几度龙门点额退③,所有红波,绿水归潭再④。　摆金铃⑤,摇玉佩⑥,常有坚心,洒雨乾坤内。稍有行云□顶戴⑦,猛透强波,直向青云外。

【按】任半塘《敦煌歌辞总编》卷三据伯3821编录(上海古籍出版社1987年版中册第644—645页),注:"二辞可能作于盛唐。"①"娴",《全敦煌诗》卷一二七作"闭"。②"辅",《全敦煌诗》卷一二七缺;"佐",《敦煌曲子词集》卷上缺。③"额",《敦煌曲子词集》卷上作"颜"。④"再",《敦煌曲子词集》卷上、《全敦煌诗》卷一二七作"在"。⑤"铃",《敦煌曲子词集》卷上作"钤"。⑥"摇",《敦煌曲子词集》卷上作"摆"。⑦"戴",《敦煌曲子词集》卷上、《全敦煌诗》卷一二七作"载"。

定风波(儒士定风波二首)

其一

攻书学剑能几何?争如沙塞骋偻㑩。手执绿沉枪似铁①,明月,龙泉三尺斩新磨。　　堪羡昔时军伍,谩夸儒士德能康②。四塞忽闻狼烟起,问儒士,谁人敢去定风波。

其二

征服偻㑩未是功③,儒士偻㑩转更加。三策张良非恶弱④,谋略,汉兴楚灭本由他。　　项羽翘据无路⑤,酒后难消一曲歌⑥。霸王虞姬皆自刎⑦,当本,便知儒士定风波。

【按】任半塘《敦煌歌辞总编》卷三据伯3821编录(上海古籍出版社1987年版中册第650页),注:"此二首一问一答,显然联章;显然为民间文艺,文人所嗤为'俳优体'、为'戏剧文体'者。……应是盛唐作品。"①"绿沉",《敦煌曲子词集》卷上、《全敦煌诗》卷一二七作"六寻"。②"康",《全唐五代词》卷七作"多"。③"服",《敦煌曲子词集》卷上、《全敦煌诗》卷一二七作"后",此句《全唐五代词》卷七作"征战偻㑩未足多"。④"三策",《敦煌曲子词集》卷上作"三尺","非"作"飞"。⑤"翘据",《全敦煌诗》卷一二七作"翘楚"。⑥"酒",《敦煌曲子词集》卷上作"灭"。⑦"刎",《敦煌曲子词集》卷上作"别"。

菩萨蛮(求宦二首)

其一

自从涉远为游客,乡关迢递千山隔。求宦一无成①,操劳不暂停。路逢寒食节,处处樱花发。携酒步金隄②,望乡关双泪垂。

其二

数年学剑攻书苦,也曾凿壁偷光露③。堑雪聚飞萤,多年事不成④。每恨无谋识,路远关山隔。权隐在江河,龙门终一过。

【按】任半塘《敦煌歌辞总编》卷三据伯3333编录(上海古籍出版社1987年版中册第656页),注:"写'学优则仕'之痛苦经过,历历在目:家贫,一也;苦读,二也;离乡,三也;操劳,四也;无成,五也;弥坚,六也。……凿壁,映雪,囊萤,皆汉晋人事,唐人所美。"《全唐五代词》卷七据录。①"求宦",《全敦煌诗》卷一二七作"求官宦"。②"金隄",《敦煌曲子词集》卷上作"金瓶"。③"光露",《敦煌曲子词集》卷上、《全敦煌诗》卷一二七作"光路"。④"多年",原作"吕",《敦煌曲子词集》卷上作"屡"。

献忠心(调名本意二首)

其一

臣远涉山水,来慕当今。到丹阙,向龙楼①,弃氍帐与弓剑,不归边土②。学唐化,礼仪同③,沐恩深。 见中华好,与舜日同钦④。垂衣理,教化隆⑤。臣遐方无珍宝,愿公千秋住。感皇泽,垂珠泪,献忠心。

其二

蓦却多少云水⑥,直至如今。陟历山阻⑦,意难任。早晚得到唐囻里,朝圣明主。望丹阙,步步泪,满衣襟。 生死大唐好,喜难任。齐拍手,奏乡音⑧。各将向本国里,呈歌舞,愿皇寿,千万岁,献忠心。

【按】任半塘《敦煌歌辞总编》卷三据伯2506编录(上海古籍出版社1987年版中册第673页),注引《旧唐书·吐蕃传》:"吐蕃遣使论弥萨等入朝,请求和。则天宴之于麟德殿,奏百戏于殿庭。论弥萨曰:'臣生于边荒,由来不识中国音乐,乞放臣亲观。'则天许之。于是论弥萨等相视笑忭。拜谢曰:'臣自归投圣朝,前后理数优渥。又得亲观奇乐,一生所未见。自顾微琐,何以仰答天恩!区区褊心,唯愿大家万岁!'此段史实大可以作右辞之本事。"《全唐五代词》卷七称:"此二首可能作于武则天以后不久,因次首前片有'早晚得到唐国里'句,犹存武周文字遗迹。此二词内容,乃番酋朝贡时,用以献忠,必其人已身至唐都,在帝后前之所歌唱。其曲与辞,或居番国时,即有宿构,或至京都后,临时由唐太常代为之谋。此非民间曲辞之偶然用及其字者比。事后辞以声传,字以辞传,展转流入瓜州,写存石室,致今日犹得按其原用字体。可知其事其辞,去武则天之死尚未甚远。"①"向",《敦煌曲子词集》卷上、《全唐五代词》卷七、《全敦煌诗》卷一二四作"御"。②"边土",《敦煌曲子词集》卷上、《全唐五代词》卷七、《全敦煌诗》卷一二四作"边地"。③"同",《敦煌曲子词集》

卷上作"向"。④"钦",《敦煌曲子词集》卷上缺。⑤"教化隆",《敦煌曲子词集》卷上、《全唐五代词》卷七作"菊花浓"。⑥"蓦",《敦煌曲子词集》卷上作"莫"。⑦"陟",《敦煌曲子词集》卷上、《全唐五代词》卷七作"涉"。⑧"乡音",《敦煌曲子词集》卷上作"香音",《全唐五代词》卷七作"仙音"。

感皇恩（四海清平四首）

其一

四海天下及诸州,皆言今岁永无忧。长图欢宴在高楼①,寰海内,束手愿归投。　　朱紫尽风流,殿前卿相对,列诸侯,叫呼万岁愿千秋。皆乐业,鼓腹满田畴。

其二

当今圣寿比南山②,金枝玉叶竞相连③。百僚卿相列排班,呼万岁,尽在玉阶前。　　金殿悦龙颜④,祥云驾喜悦⑤,两盘旋,休将舜日比尧年⑥。人安泰,真是圣明天⑦。

其三

四海清平遇有年,黔黎歌圣德,乐相传。修文偃革习农田⑧,钦皇化,雨露溉无边⑨。　　瑞气集诸贤,群僚趋玉砌,贺龙颜,磐石永固寿如山。梯航路,相向共朝天⑩。

其四

万邦无事减戈铤,四夷来稽首,玉阶前⑪。龙楼凤阙喜云连,人争唱,福祚比金璵。　　八水对三川,升平人道泰,帝泽鲜⑫。修文罢武竞题篇,从此后,愿皇帝寿如山。

【按】任半塘《敦煌歌辞总编》卷三前二首据伯3128、后二首据伯3821编录（上海古籍出版社1987年版中册第682页），谓作于玄宗时代。①"长图",《敦煌曲子词集》卷上作"长途",《全唐五代词》卷七校勘:"'长图'原卷作'长途',任二北本从王文才、邵潭秋校作'长图'。蒋礼鸿《敦煌曲校议》云:'长途'疑是'宸游'之误。"②"比",《敦煌曲子词集》卷上作"被"。③"竞",《敦煌曲子词集》卷上作"竟",《全唐五代词》卷七作"尽"。④"悦",《敦煌曲子词集》卷上作"越"。⑤"喜悦",颜廷亮主编《敦煌文学》之孙其芳《词》作"喜雨"。⑥"比",《敦煌曲子词集》卷上作"被"。⑦"真是",《敦煌曲子词集》卷上、《全敦煌诗》卷一二五作"争似"。⑧"革",《敦煌曲子词集》卷上、《全唐五代词》卷七作"格"。⑨"溉",《敦煌曲子词集》卷上、《全敦煌诗》卷一二七作"盖"。⑩ "相向共",《敦煌曲子词集》卷上作"相同贡",《全敦煌诗》卷一二七作"相问共"。⑪ 此句《敦煌曲子词集》卷上作"四夷来稽前玉阶□",《全唐五代词》卷七作"四夷稽首玉阶前"。⑫ "泽",《敦煌曲子词集》卷上作"释"。

失调名（当身无敌二首）

其一

当身勇猛无敌,自有□志皆从。神兵开山拔海,横行振地威雄。会陵腾空沙漠,终该永克西东。一去由来北地,诸侯谁敢争功。

其二

骤马先驱北地,扬鞭复压西戎。南蛮摽如落叶,东夷卷似飞蓬。塞上曾经提剑,河边几度弯弓。是以名书竹帛,能令万国皆通。

【按】任半塘《敦煌歌辞总编》卷三据斯0289编录(上海古籍出版社1987年版中册第697页),谓作于咸通末年。

皇帝感（新集《孝经》十八章十八首）

其一

新歌旧曲遍州乡,未闻典籍入歌场。新合孝经皇帝感,聊谈圣德奉贤良。

其二

开元天子亲自注①,词中句句有龙光。白鹤青鸾相间错,连珠贯玉合成章。

其三

历代以来无此帝,三教内外总宣扬。先注孝经教天下,又注老子及金刚。

其四

始皇无道焚书尽②,赖得仙人壁里藏。拾得故文多损坏,孔生赓续巧相当。

其五

立身行道德扬名,君臣父子礼非轻。事君尽忠事父孝,感得万国总欢情。

其六

爱亲行道普温恭,他亲亦与己亲同。德孝流行遍天下③,刑于四海悉皆通④。

其七

在上不骄何以危⑤,制节谨度莫行非。一国之财不奢泰,费用约俭有何亏。

其八

上下无怨国中安,保其社稷鬼神欢。为作宫室四时祭,容止可法得人观。

其九

日月星辰天子服,藻火粉米大夫衣⑥。言满天下无怨恶,先王礼服总须知。

其十

资父事母而爱同,夙兴夜寐问温恭。但能三者俱备矣,圣人之教必流通。

其十一

□□□□□□□,□□□□□□通。皇帝亲耕万物熟,嘉禾合穗至今丰。

其十二

□□□□□□□,□□□□□□□。故能安亲行孝道,扬名后世普天和。

其十三

上说明王行孝道,下论庶俗事先亲。儒教之中是第一,孝感天地动鬼神。

其十四

乾坤两卦顺阴阳,星辰日月耀三光。万圣之中有一主,臣忠子孝在天王。

其十五

九经皓汗论今古⑦,书契文字发殷汤。孔子曾参说五孝,讲出开宗第一章。

其十六

孝经宗祖仲尼居,孔子讲说及诸徒。子弟总有三千数,达者唯有七十余。

其十七

资于事父而爱君,先须孝养有一星⑧。□□□□□□,一夜五起莫生嗔。

其十八

故以孝顺而别□,□□□□□□。保其禄位仓廪实,居官起职□□□。

【按】 任半塘《敦煌歌辞总编》卷三据伯 2721、3910 及斯 0289、5780 编录(上海古籍出版社 1987 年版中册第 734—735 页),注称"辞属玄宗朝作品",又注:"盛唐歌场之设可能已遍及州乡。《皇帝感》辞既入歌场,体虽不演故事,若曾穿插说白,入讲唱,已极明显。"① "天子",《全敦煌诗》卷一二八作"天宝"。② "焚书",《全敦煌诗》卷一二八作"焚烧"。③ "孝",《全敦煌诗》卷一二八作"教"。④ "刑",《全敦煌诗》卷一二八作"行"。⑤ "以",《全敦煌诗》卷一二八作"所"。⑥ "大夫",《全敦煌诗》卷一二八作"庶人"。⑦ "汗",《全敦煌诗》卷一二八作"瀚"。⑧ "星",《全敦煌诗》卷一二八作"身"。

皇帝感(新合《千文》《皇帝感》辞九首)

其一

帝诏四海赞诸宾,黄金满屋未为珍。虽然某某无才学①,且听歌舞说千文。

其二

天宝圣主明三教,追寻隐士访才人。金声玉振恒常妙②,近来歌舞转加新。

其三

御注孝经先□唱,又谈千文献明君。一了总于书上读③,不是歌里满座听④。

其四
天地玄黄辨清浊,笼罗万载合乾坤。日月本来有盈昃,二十八宿共参辰。

其五
宇宙洪荒不可测,节气相推秋复春。四时回转如流电,燕去鸿来愁煞人。

其六
三年一闰是寻常,云腾致雨有风凉。暑往律移秋气至,寒来露结变成霜。

其七
形端表正自将身,四海知识总相亲。祸因恶积行千里,福缘善庆满乡邻。

其八
海水由来有咸味,河水分流入建章。龙鱼带鳞潜戏水,鸳鸯刷羽远遨翔。

其九
剑号巨阙七星文,珠称夜光蛇报恩。菜重芥薑续所贵,李柰甚珍献圣君。

【按】任半塘《敦煌歌辞总编》卷三据斯0289、5780编录(上海古籍出版社1987年版中册第743—744页),注:"甲本据北京图书馆照片,乙本据显微胶片,丙本据巴黎所寄照片。甲乙残阙甚,兹以丙本为主。"约作于天宝间。①"某某",《全敦煌诗》卷一二八作"某乙"。②"振",《全敦煌诗》卷一二八作"管"。③《全敦煌诗》卷一二八作"一一总依书上说"。④"满座听",《全敦煌诗》卷一二八作"漫虚传"。

十恩德(报慈母十恩德十首)

第一怀躬守护恩
说着气不舒①,慈亲身重力全无,起坐待人扶。如恙病,喘息粗,红颜渐觉焦枯。报恩十月莫相辜,佛且劝门徒。

第二临产受苦恩

今日说向君,苦哉母腹似刀分,楚痛不忍闻。如屠割,血成盆,性命只恐难存。劝君问取释迦尊②,慈母报无门。

第三生子忘忧恩

说着鼻头酸,阿娘腹肚似刀剜③,寸寸断肠肝。闻音乐,无心观④,任他罗绮千般。乞求母子面相看,只愿早平安。

第四咽苦吐甘恩

今日各须知,可怜慈母自家饥,贪喂一孩儿。为男女,母饥羸,纵食酒肉不肥。大须孝顺寄将归,甘旨莫教亏。

第五乳饱养育恩

抬举近三年,血成白乳与儿餐,犹恐更饥寒⑤。闻啼哭,坐不安,肠肚万计难翻⑥。任他笙歌百千般,偷眼岂须看⑦。

第六回干就湿恩

干处与儿眠,不嫌污秽及腥膻,慈母卧湿毡。专心缚⑧,怕磨研,不离孩儿体边⑨。记之慈母苦忧怜⑩,恩德过于天。

第七洗濯不净恩

除母更教谁,三冬十月洗孩儿⑪,十指被风吹。慈乌鸟,绕林啼⑫,衔食报母来归。枝头更教百般飞⑬,不孝也应师。

第八造作恶业恩

为男女作姻⑭,杀个猪羊屈闲人⑮,酒肉会诸亲。信果报⑯,下精神,阿娘不为己身。由他造业自难陈⑰,为男为女受沉沦。

第九远行忆念恩

此事实难宣,既为父母宿因缘,肠肚悉钩牵。放秋去,往征边,阿娘魂魄于先。儿身未出到门前,母意过山关。

第十冤憎会悯恩

流泪百千行,爱别离苦继心肠⑱,忆念是寻常。十恩德,说一场,人闻争不悲伤。善男善女审思量,莫教辜负阿耶娘。

【按】任半塘《敦煌歌辞总编》卷三据斯0289、4438等编录(上海古籍出版社1987年版中册第748—750页),注:"右辞乃佛教徒借儒家之封建道德,麻醉人心,促其归向佛教。"

颜廷亮主编《敦煌文学》之刘进宝《俚曲小调》谓乃民间劝孝歌辞。① "舒",《全敦煌诗》卷一四五作"甦"。② "问",《全敦煌诗》卷一四五作"闻"。③ "腹",《全敦煌诗》卷一四五作"肠"。④ "观",《全敦煌诗》卷一四五作"欢"。⑤ "恐",《全敦煌诗》卷一四五作"怕"。⑥ "翻",《全敦煌诗》卷一四五作"潘"。⑦ "眼",《全敦煌诗》卷一四五作"眠"。⑧ "心",《全敦煌诗》卷一四五作"须"。⑨ "体",《全敦煌诗》卷一四五作"傍"。⑩ "慈母",《全敦煌诗》卷一四五作"父母"。⑪ "十月",《全敦煌诗》卷一四五作"寒月"。⑫ "啼",《全敦煌诗》卷一四五作"飞"。⑬ "更教",《全敦煌诗》卷一四五作"大有"。⑭ "为男女",《全敦煌诗》卷一四五作"为男为女"。⑮ "个",《全敦煌诗》卷一四五作"他"。⑯ "信果",《全敦煌诗》卷一四五作"倍悲"。⑰ "由",《全敦煌诗》卷一四五作"任","业"作"罪"。⑱ "继",《全敦煌诗》卷一四五作"系"。

十种缘(父母恩重赞十三首)

其一

父母恩重十种缘,第一怀躬受苦难①。不知是男还是女,慈悲恩爱与天连。菩萨子

其二

第二临产足心酸②,命如草上露珠悬。两人争命各怕死,恐怕无常落九泉。菩萨子

其三

第三母子足安然,莫忘孝顺养残年③。亲情远近皆欢喜,冤家怀抱竞来看④。菩萨子

其四

第四血入腹中煎,一日二升不屡餐。一年计乳七石二,母身不觉自焦干。菩萨子

其五

第五渐渐长成年,愁饥愁渴又愁寒。干处常回儿女卧,湿处母身自家眠。菩萨子

其六

第六乳哺恩最难,如饧如蜜与儿餐。母吃家常如蜜味,恐怕儿嫌腥不餐。菩萨子

其七

第七洗濯不净衫⑤,腥骚臭秽母向前。除洗不净无遍数,尚恐诸人有谗言。菩萨子

其八

第八为避恶业缘,躬亲负重蓦关山⑥。若是长男造恶业,要共小女结成缘。菩萨子

其九

第九远行烦恼缘,一回儿出母于先。父母心中百计较,眼中流泪似如泉。菩萨子

其十

第十怜悯无二般,从头咬取指头看。十指咬著无不痛,教娘争忍两般怜。菩萨子

其十一

忧愁烦恼道场边,逢人即道损容颜。且母怀躬十个月⑦,常怕起卧不安然。菩萨子

其十二

儿行千里母行千,儿行万里母于先。一朝母子再相见,犹如破镜却团圆。菩萨子

其十三

烧香礼拜归佛道,愿值弥勒下生年。各自虔心礼贤圣,此是行孝本根源。菩萨子

【按】任半塘《敦煌歌辞总编》卷三据斯 2204、0126 编录(上海古籍出版社 1987 年版中册第 766—768 页),谓作辞年代当在初盛唐。《全敦煌诗》卷一七九题《父母恩重赞》。①"躬",《全敦煌诗》卷一七九作"担"。②"足",《全敦煌诗》卷一七九作"是"。③"莫",《全敦煌诗》卷一七九作"承","残"作"贱"。④"冤",《全敦煌诗》卷一七九作"浑"。⑤"衫",《全敦煌诗》卷一七九作"衣"。⑥"躬",《全敦煌诗》卷一七九作"担"。⑦"且母",《全敦煌诗》卷一七九作"母且","躬"作"担"。

孝顺乐（调名本意十二首）

其一

人生一世大堪伤，浮生如似电中光。道场今日苦相劝，是须孝顺阿耶娘。

其二

起初第一是怀胎，阿娘日夜数般灾。日夜只忧分离去，思量怎不泪灌灌①。

其三

第二临产更艰辛，须臾前看丧其生②。好恶只看一晌子，思量怎不鼻头辛。

其四

第三生子得身安，多般苦痛在身边。眼见孩儿生草上，阿娘欢喜喜百般③。

其五

第四咽苦更难言，殷勤育养转加难④。好物阿娘不吃□，调和香饵与儿餐⑤。

其六

就中第五更难陈，阿娘日夜受殷勤⑥。胜处安排与儿卧，心中犹怕练儿身。

其七

洗濯第六遇天寒，腥脓不净阿娘看。十指冻来疑欲落，阿娘日夜转焦干。

其八

须臾第七又悽惶⑦，三年乳哺痛悲伤。吐热免寒枰举大⑧，争令辜负阿耶娘⑨。

其九

苦哉第八长成人，杀害命祸母姻亲⑩。儿大长成娶新妇，女还长大送他门⑪。

其十

远行第九切心酸,儿行千里母心牵⑫。只见母心随儿去,不见儿身在母前。

其十一

第十男女不思量,高言忤逆阿耶娘。约束将来尽不肯,曾参日夜泪千行。

其十二

并劝面前诸弟子,是须孝顺阿耶娘。愿得今生行孝道,□□□□□□□。

【按】此无名氏词十二首主见伯2843,原抄于"十恩德赞一本"末句"誓愿辜负阿耶娘"之后,任半塘《敦煌歌辞总编》卷三据录(上海古籍出版社1987年版中册第772—774页)。① "怎",《全敦煌诗》卷一三四作"争"。② "生",《全敦煌诗》卷一三四作"身"。③ 第二个"喜"原缺,今据《全敦煌诗》卷一三四补。④ "殷勤",《全敦煌诗》卷一三四作"驱驱"。⑤ "饵",《全敦煌诗》卷一三四作"美"。⑥ "殷",原缺,今据《全敦煌诗》卷一三四补。⑦ "悽",《全敦煌诗》卷一三四作"恒"。⑧ "枱",《全敦煌诗》卷一三四作"抬"。⑨ "令",《全敦煌诗》卷一三四作"合"。⑩ "母",原缺,今据《全敦煌诗》卷一三四补。⑪ "送",《全敦煌诗》卷一三四作"事"。⑫ "心牵",《全敦煌诗》卷一三四作"行千"。

求因果(孝义十首)

其一

一一劝君学好事,孝义存终始。立身礼让最为先,每事学周旋。学取每常存义礼①,好事人皆美。不得摴蒲学赌钱,非道没良贤。

其二

遍见赌钱无利益,枉费人功力。晓夜驱驱不得眠,一调舍家缘。针头料得锄头掷②,终是无成益。数回赌得这回输,少智没盈馀。

其三

痴心只拟赢千百,福命何曾得。日深月久费功夫,钱物又原无。遍见赌钱还赌命③,几个心平正。至亲骨肉共铺摊,遍伐也相谩④。

其四

斗打两家因此起,各说强词理。忽然村戆不平安,便被两般看。
既有闲功学好事,日夜看文字。读取先贤内教书,无价碎真珠。

其五

更有三端并六艺,广学多周被。因何我慢学搏蒲,虚使用功夫⑤。
词中奉劝苦丁宁,有耳总须听。只恐当年小后生,学道且须平。

其六

侍奉尊亲及父母,不得辞辛苦。急须勾当作家生,和慎乐轰轰⑥。
大家处分便须行,每事莫相争。喏诺齐恭礼莫亏,一一惧严威。

其七

侍奉比来居左右,索唤专祇候。假如出去疾来归,咨告父娘知。
兄友弟恭存礼义,每事无难易。父慈子孝说言同,和顺好家风。

其八

好即同衣无不耻,大家无拣彼。上和下睦总随从,无事不通同。
与人交道通还往⑦,先问家尊长⑧。不得迷头自意专⑨,私为不周旋⑩。

其九

曾闻父在观其志,孝义存终始。百年好恶自家看,每事要周旋。
养子自知身不孝,不是如今道。切须钦敬自家身,孝养要恭勤。

其十

见其寿考要欢喜⑪,终始供甘美。见其衰老病来侵,争得没愁心。
父母年老皮肉薄,□□筋衰弱。眼暗多饶耳又聋,白发损形容。

【按】任半塘《敦煌歌辞总编》卷三据斯5588编录(上海古籍出版社1987年版中册第777—779页),注:"此组内有四首戒赌,谓由'赌钱'到'赌命',足见唐代民间此风之炽,辞有社会生活史价值。"又谓"斯5588之写本时代可能在宣宗大中以前"。①"存",《全敦煌诗》卷一四八作"仁"。②"料",《全敦煌诗》卷一四八作"利"。③"还",《全敦煌诗》卷一四八作"不"。④"遍伐",《全敦煌诗》卷一四八作"递代"。⑤"使",《全敦煌诗》卷一四八作"枉"。⑥"慎",《全敦煌诗》卷一四八作"顺"。⑦"通",《全敦煌诗》卷一四八作"追"。⑧《全敦煌诗》卷一四八"先问"前有"切须"二字。⑨"迷",《全敦煌诗》卷一四八作"摇"。⑩"私",《全敦煌诗》卷一四八作"只"。⑪"要",《全敦煌诗》卷一四八作"苦"。

求因果(悌让四首)

其一
姊妹兄弟如手足,断却难相续。共汝同胞骨肉连,争得不心欢①。长如今生身强健,兄弟勤相见。一朝生命掩黄泉②,难得再团圆。

其二
遍见今时少识智,迷上更加骏③。自家骨肉也相欺,恩义不相知。彼此不能相忍耐,小事翻为大。为尊人我竞相欺④,礼度失尊卑。

其三
如此见知全是错,骨肉原看恶。何如礼让不须争,恩义亦连生⑤。恩从上报兄饶弟,礼让多周备。义从下起弟饶兄,至老不相争。

其四
恒山四鸟同窠养,羽翼皆成长。临时队散各东西,长恋不能飞⑥。空里盘旋三五转,递飞相攀恋⑦。悲鸣惨见哭声凄,不忍当头飞。

【按】任半塘《敦煌歌辞总编》卷三据斯 5588 编录(上海古籍出版社 1987 年版中册第 781 页)。①"欢",《全敦煌诗》卷一四八作"酸"。②"生",《全敦煌诗》卷一四八作"身","掩"作"染"。③"骏",《全敦煌诗》卷一四八作"痴"。④"尊",《全敦煌诗》卷一四八作"争"。⑤"亦",《全敦煌诗》卷一四八作"可"。⑥"恋",原缺,今据《全敦煌诗》卷一四八补。⑦ 原作"追□□攀恋",今据《全敦煌诗》卷一四八补。

求因果(修善十一首)

其一
□□□□□□□,□□□□□。□□□□□□□,□□□□□。□□□□□□□,只为求因果。急生修得累生求①,须上涅槃楼。

其二
日日挝钟吹法蠡②,修善意轻罗。一前一步踏莲窠,诸佛竞来过。此是上方行步处,识者皆来聚。下界凡夫路得麽③,修善最喽啰。

其三

有福之人登彼岸,免受三途难。无福之人被弃遗④,未有出缘期。
努力回心归善道,地狱无人造。轮回烦恼作菩提,生死难阿鼻。

其四

普劝阎浮世界人,修善莫因循。切须钦敬自家身,莫遣受沉沦。
今生果报前生种,惭愧生珍重。来生更望此生身,修取后来因。

其五

一失人身万不复,堕在三途狱。万般千种受灾殃,痛苦彻心肠。
在生不觉分毫善⑤,恶事专心羡⑥。死后轮回受苦忙,自作自身当。

其六

劝君努力自修行,离却淤泥坑。守轨贪生恋世荣⑦,究竟有何成。
世荣虽好还生老,终是轮回道。学善修禅离死生,诸佛会中行。

其七

劝善比来无恶意,学取如来智。同向菩提会里行,清净了无生。
但知学善莫狐疑,生死与君期。改除三毒变慈悲⑧,诸佛当时知。

其八

十恶不生名十善,便是如来见。忍辱包含并总齐,便是佛菩提。
上十二千人众悟,识佛知门户。扫洒堂中修善台,清净没尘埃。

其九

有福之人拱着手,衣食原来有。无福之人终日忙,少食没衣裳。
今生受苦犹常可⑨,修取来生果。如今不解礼当阳,累劫受灾殃。

其十

怕罪之人心改变,翻恶回为善⑩。故犯之人不避殃,自做自身当。
自从发意礼南宗,终日用心功。一法安心万法通,无不尽消溶。

其十一

见说善言并善语,志意思惟取。耳中闻恶便佯聋,走过疾如风。
今生得达菩提岸,惭愧无头畔。愧要中心作佛人⑪,教得善缘因。

【按】任半塘《敦煌歌辞总编》卷三据斯5588编录(上海古籍出版社1987年版中册第869—871页)。①"急",《全敦煌诗》卷一四七作"今"。②"蠢",《全敦煌诗》卷一四七作

"螺"。③"路得麽",《全敦煌诗》卷一四七作"得遇摩"。④"弃遗",《全敦煌诗》卷一四七作"业随"。⑤"觉",《全敦煌诗》卷一四七作"学"。⑥"专",《全敦煌诗》卷一四七作"惠"。⑦"轨",《全敦煌诗》卷一四七作"执"。⑧"改",《全敦煌诗》卷一四七作"断"。⑨"常",《全敦煌诗》卷一四七作"尚"。⑩"翻",原缺,今据《全敦煌诗》卷一四七补。⑪"中",《全敦煌诗》卷一四七作"修"。

求因果(苦学二首)

其一

志心苦学志心求,见性大修由①。因循过日累生休,虚度数十秋。此是菩提真种子,救度人生死。今生修得累生收,福慧不能休。

其二

大郎虽然不识字,晓会天下事。生生世世说真言,妙法听幽玄。见性得超三界外,诸佛为期会。志心修道得生天,地狱永无缘。

【按】任半塘《敦煌歌辞总编》卷三据斯5588编录(上海古籍出版社1987年版中册第876页)。①"修由",《全敦煌诗》卷一四七作"悠悠"。

求因果(真悟八首)

其一

千经万教分明说,善恶同增减。救度阎浮大地人,几个是心真。悟人见说生回向,志意求无上。莫似从前蹭蹬行,有眼恰如盲。

其二

贪恋火宅不性悟,终日居迷路。闻其善事却沉吟,地狱沦加深①。词中莫怪苦丁宁,佛法没人情。任你愚人听不听,悟者自心明。

其三

迷者用心诸处觅,费却千车力。不知身内有如来,门户不曾开。佛即是人人是佛,识取真假物。即冰是水水为冰,何处认疏亲。

其四

迷即众生悟是佛,能出或能没②。慧日消除冻水冰,本性湛然凝。

佛即喻如冰水智,智者还如委。迷人心地得星星,回暗却为明。

其五

迷者不知身是佛,恶想何曾没。悟人教道学无为,犹自智狐疑。眼见光花诸色相,便即生回向。不解回心但执迷,任性走东西。

其六

悟者自身修个性,比来学究竟。用心洒扫一间房,清寂涅槃堂。上下空闲无一物,即见当阳佛。金火银炉烧宝香,经教在傍厢。

其七

性悟不愁衣食薄,终日心头乐。本性原来好唱歌,心里念弥陀。自从寻觅善根由,万事总虚休③。离居火宅没忧愁,常乐在心头。

其八

迷人终日愁衣食,费却千车力。悟来谁肯受艰辛,忧道不忧贫。前生种得今生福,富贵多财禄。今世还修来世因,预办不贫人。

【按】任半塘《敦煌歌辞总编》卷三据斯5588编录(上海古籍出版社1987年版中册第877—878页)。①"沦",《全敦煌诗》卷一四七作"转"。②"或",《全敦煌诗》卷一四七作"还"。③"虚",《全敦煌诗》卷一四七作"须"。

求因果(息争十首)

其一

忆昔当时心未悟,万恶心头聚。如今学善减精神,柔奜奜如人①。自从礼佛归香火,绝得争人我。受若依依胜得狂②,自己审思量。

其二

太硬太刚全易折,枉用斤头铁。何如和和少添刚,软硬恰相当。遍见豪强争意气③,全是凡夫智。不能方便体圆融,刚强作匆匆。

其三

父母发肤何要毁,只为无明嘴。结终两个竟虚空,相骂不成功。一身被毁犹尚可,父母何僭过。祖父先灵作骂门,被毁失精神。

其四

恶口秽言相点污,出口难申吐。亲情中内懒听闻,著戁见他人④。

假如有理教申雪,一一当头说。也莫言词抑压人,闪赚自家身。

其五

不能忍辱经官断,不是喽啰汉⑤。因何泼口骂尊亲,笑煞四边人。世间好事无心学,志老无知别⑥。出语争强说是非,人我竞相欺。

其六

自若敬他还自敬,大智菩提性。若也欺他也自欺,料算没便宜。豪强之人风火性,爱共人争竞。等闲村戆便争论,追领入公门。

其七

无理有钱多破用,官典相原纵。有理无钱吃棒人,自损自家身。根本两家全是可,只是争人我。村戆终当不肯休,经县又经州。

其八

枷禁日多全不问,钱物消磨尽。争禁烦恼赌牛知,□□□□□⑦。多言多语多有过,多事多饶祸。少祸无过少发言,少事少因缘。

其九

煞缚熟持三五度,也合知甘苦。累经著棒更赔钱,渐渐软如绵。识字少年抄取读,长智多风俗。总是南宗内教言,原自善根源⑧。

其十

不学之人无心照,见说何方笑。学者专加女角心⑨,钦敬重如金。多饶不共人争竞,忍辱修心性。万般千种发狂心,收在总持林。

【按】任半塘《敦煌歌辞总编》卷三据斯5588编录(上海古籍出版社1987年版中册第880—882页)。①"柔",原缺,今据《全敦煌诗》卷一四八补。②"受若",《全敦煌诗》卷一四八作"瘦弱"。③"豪",《全敦煌诗》卷一四八作"索"。④"著戆",《全敦煌诗》卷一四八作"羞赧"。⑤"不",《全敦煌诗》卷一四八作"便"。⑥"志",《全敦煌诗》卷一四八作"至"。⑦ 两句《全敦煌诗》卷一四八作"争禁烦恼睹□牛,知□大悠悠"。⑧"原自",《全敦煌诗》卷一四八作"表白"。⑨"女角",《全敦煌诗》卷一四八作"苦用"。

求因果(二首)

其一

飞禽尚自存恩义,□□□□□。□□□□□□□,□□□□□。

□不乘之坐相连，□□□□□。田真兄弟最相亲，□□□□□。

其二

孝义相见常欢喜，不采妇儿语。相和孝顺向翁婆，下缺

【按】见张锡厚主编《全敦煌诗》卷一四八（作家出版社2006年版第5580—5581页）。

失调名（送师赞四首）

其一

人生三无岁，花林。父母送师边。花林。师今圆寂去①，花林。舍我逐清闲。花林。送师至何处，花林。置著宝台间②。花林。

其二

送师回来无所见③，花林。唯见师空房。花林。举手开师户，花林。唯见空绳床。花林。低头礼师座，花林。泪落数千行。花林。

其三

低头整师履，花林。踌躇内心悲④。花林。与师永长别，花林。再遇是何时。花林。律论今无主，花林。有疑当问谁。花林。

其四

双灯台上照，花林。师去照阿谁。花林。愿师早成佛，花林。弟子逐师来。花林。千千万万□，花林。□□□□⑤。花林。

【按】任半塘《敦煌歌辞总编》卷三据伯4597、3120及斯1947编录（上海古籍出版社1987年版中册第922页）。每句"花林"为和声辞。《全敦煌诗》卷一七四录为无名氏《送师赞》，不分首。①"圆"，《全敦煌诗》卷一七四作"演"。②"间"，《全敦煌诗》卷一七四作"中"。③"所"，《全敦煌诗》卷一七四作"处"。④"踌躇"，《全敦煌诗》卷一七四作"操醋"。⑤《全敦煌诗》卷一七四无此句及以下。

行路难（七夕相望八首）

贵贱等蒙禅师说偈，兼与五更转，把得寻思，即爱慕禅师，不知为计。留得共住修道，贵贱等各自思维，各作行路难一首。

第一

丈夫恍惚忆家乡，归去来，归去从来无所住①。来去百过空来去，不

见一个旧住处。　　住处皆是枷锁纽,劝君学道须避就。法界平等一如如,理中无有的亲疏。君不见,行路难,行路难,道上无踪迹。

第二

始知虚空以为屋宅,大地以为床席。水火毕竟相随,如风无有踪迹。离散各不相知,合即五家共一②。既知自身状迹,何处更有亲戚。君不见,行路难,行路难,道上无踪迹。

第三

父母皆贪嗔痴爱生我③,祖父先是二十五有眷属。原是色声香味触④,妻儿即是色境五欲。万法毕竟相随,微尘以为同学。君不见,行路难,行路难,道上无踪迹。

第四

众生大大痴,不肯著,如来衣。常卧无明被,昏昏长夜睡。念念求财色,不觉死时至。空手入三途,何期悔来此。君不见,行路难,行路难,道上无踪迹。

第五

众生常被色财缠缚,没溺爱河,沉沦生死,处处经过。八风常动,六识昏波。常念五欲,不念弥陀。　　生天无分,地狱对门。循环六道,回换万身。欲得学道,须舍冤亲。君不见,行路难,行路难,道上无踪迹。

第六

常捏龟毛为罝网,磨炼兔角作刀枪。大悲泽里网得鹿,铁围山中捕得羊。　　白羊驾车来运载⑤,乾闼婆城中作宴会。二乘门外不忍看,菩萨端坐意气大⑥。　　辟支四果心生疑,声闻缘觉无所知。修道若达此法门,始能行得大慈悲。君不见,行路难,行路难,道上无踪迹。

第七

慈悲度脱诸众生,先须持戒不杀生。杀生偷盗皆计罪,地狱门前专相待。不见一法成,亦无一法坏。逆顺平等一如如,是故名为大丈夫。君不见,行路难,行路难,道上无踪迹。

第八

身骑精进马,忍辱作鞍辔。持戒作枪𥎞,慈悲为将帅⑦。　　手把禅定弓,身破三十六军贼⑧。获得菩提勋,无心是官职。差作巡境使,四方和六贼。大丈夫自恨无道德。　　虚食信施供,假名入山谷。忽若得道果,历劫相劳禄。欲得学无为,常须三不足。君不见,行路难,行路难,道上无踪迹。

【按】任半塘《敦煌歌辞总编》卷三据伯3017、3409编录(上海古籍出版社1987年版中册第987—990页),注:"八人依次唱出,始有八首,并无任何定格存在。"①"住",《全敦煌诗》卷一四一作"归"。②《全敦煌诗》卷一四一两句互倒。③《全敦煌诗》卷一四一"父母"后有"从"字。④《全敦煌诗》卷一四一作"祖父先是二十五有,眷属原是色声香味触"。⑤"羊",《全敦煌诗》卷一四一作"牛"。⑥"大",《全敦煌诗》卷一四一作"待";又将其六、其七合为一诗。⑦"将帅",《全敦煌诗》卷一四一作"军将"。⑧"身",《全敦煌诗》卷一四一作"射"。

拨弹关(调名本意二首)

其一

第一劝汝学参禅,心须坚。禅门禅理性甚玄,悟者少,迷多般。欲得学人悟本性,出巡环,不在内外不中间。无住相,遍三千。弥陀佛。

其二

第二劝汝平善男,勤勤参。众生世上有二三,一世了,莫贪婪。多见众生我著相,物上贪。似与明珠不肯捻,抛却走,一场憨。弥陀佛。

【按】任半塘《敦煌歌辞总编》卷三据斯2204编录(上海古籍出版社1987年版中册第1004页)。

无如匹(调名本意二首)

其一

隐隐逸逸,天上天下无如匹。左边升,右边没,如山岌岌云中出。

其二

崔崔嵬嵬,天堂地狱一时开。行如雨,动如雷,似月团团海上来。

【按】任半塘《敦煌歌辞总编》卷三据斯2614、伯2319等编录(上海古籍出版社1987年版中册第1006页)。

失调名（迷生死四首）

其一

忽然生，忽然死①，四大成身非偶尔。只闻大海变桑田，不见人生得坚有。

其二

居世人，迷生死，生死犹如巡镮蚁②。来来去去不停闲，去去来来常如此。

其三

三界中，难出离，出离之人无一二。自从旷劫受波叱，几个为人免生死③。

其四

□□□，□□□，□□□□□□□。今生死是未来生，今生生是前生死④。

【按】任半塘《敦煌歌辞总编》卷三据伯2952等编录（上海古籍出版社1987年版中册第1025页）。张锡厚主编《全敦煌诗》卷八〇作"无名氏诗四首"，各以首句为题。①"忽"，《全敦煌诗》作"或"。②"镮蚁"，《全敦煌诗》作"蚁还"。③"免"，《全敦煌诗》作"无"。④《全敦煌诗》题"残诗一首"："□□死，是未来。生今生生是前生，死（下阙）。"

失调名（禅唱二首）

其一

般若波罗自不多，谈空说道恋婆婆。欲陈其事无人听，眼对长空口唱歌。

其二

能观自在是禅那，风不垂前水不波。有情欲拨三途苦，无意将身入乃阿。

【按】任半塘《敦煌歌辞总编》卷三据伯3165编录（上海古籍出版社1987年版中册第1027页）。

失调名（三嘱歌三首）

其一

第一嘱甚嘱,发愿耶娘长万福。十月怀躬受苦辛①,乳哺三年相养畜②。　　貌堂堂,仁义足,可中五逆甘采去③,死了掇头入地狱。

其二

第二嘱甚嘱④,事须兄弟且和睦。莫听邻里外人言,便即恶发别开口⑤。　　□□□,□□□,□□□□□□□⑥,争打分离自啼哭。

其三

第三嘱甚嘱⑦,作牛马驼驴并六畜。盖缘前生贪君财⑧,轻驮少打长君福。　　蹄穿领破没人知赎⑨。怕死怨闻怨苦声⑩,刀割汤焊望口扑⑪。

【按】任半塘《敦煌歌辞总编》卷三据伯3165编录(上海古籍出版社1987年版中册第1029页)。《全敦煌诗》卷一八〇又据斯2702移录,校记〔一〕:"正面抄写,首题'净名经集解关中卷上'。背面第二件文书,即为篇题、撰者俱佚之'三嘱歌',共七行。"题作《三嘱歌三首》。①"躬",《全敦煌诗》卷一八〇作"担"。②"畜",《全敦煌诗》卷一八〇作"育"。③"去",原缺,据《全敦煌诗》卷一八〇补。④《全敦煌诗》卷一八〇无"甚嘱"二字。⑤"口",《全敦煌诗》卷一八〇作"门"。⑥《全敦煌诗》卷一八〇末三句作两句:"便即恶发别开口,争打分离自啼哭。"⑦《全敦煌诗》卷一八〇无"甚嘱"二字。⑧"贪",《全敦煌诗》卷一八〇作"负"。⑨"穿",斯本原作"川";"赎",《全敦煌诗》卷一八〇缺。⑩第一个"怨",《全敦煌诗》卷一八〇作"遥"。⑪"焊",《全敦煌诗》卷一八〇作"煎"。

还京乐（斫妖魅四首）

其一

知道终驱猛勇①,世间专。能翻海,解移山,捉鬼不曾闲。

其二

见我手中宝剑,刃新磨②。斫妖魅,去邪魔,见鬼了血洴波③。

其三

□□□者鬼,意如何。□□□,□□□④,争敢接来过。

其四

小鬼咨言大鬼⑤,□□歌。审须听,□□□,□□□□□。

【按】任半塘《敦煌歌辞总编》卷三据苏1465编录(上海古籍出版社1987年版中册第1030—1031页),柴剑虹《敦煌写卷中的曲子还京洛及其句式》据前苏联列宁格勒藏编号L.1465残片整理迻录为《曲子还京洛》其一:"知道终驱猛勇,世间趣,能翻海,解逾山,捉鬼不曾闲。"其二:"见我手中宝剑,刃新磨,斫妖魅,去邪魔……"其三:"见鬼了,血洴波,这鬼意如何?怎敢接来过?"其四:"小鬼子,言大歌,审须听……"(见《敦煌歌辞总编·附载五》,上海古籍出版社1987年版下册第1865页),注:"第一段炫耀自己的捉鬼本领……第二段是夸耀自己的宝剑锋利,能斩除一切妖魔。三、四段则是直接对妖魅鬼怪的警告。《还京洛》疑即《还京乐》。……作为一首降魔歌词,《曲子还京洛(乐)》也很可能是当时广泛流行的'傩舞'的唱词。"《全敦煌诗》卷一五一合为一词,称:"首题'曲子还京洛',存十七行,行三至七字,内有十二行,各空一、二格抄写,撰者已佚,简称俄本。"(作家出版社2006年版第十二册第5651页)①"终驱",《全敦煌诗》卷一五一作"钟馗"。②"刃",《全敦煌诗》卷一五一作"利"。③"见",原缺,今据《全敦煌诗》卷一五一补。④此四句《全敦煌诗》卷一五一略作"者鬼意如何"。⑤"大鬼",《全敦煌诗》卷一五一作"大哥"。

三冬雪(斫妖魅十五首)

沙门入言如来典句,盖不虚拈,令护命于九旬,遣加提于一月。是以共邀流辈,同出精蓝,讽宝偈于长街,□深怀于碧磵。希添忍服,望济寒衣,他时猊座,上答酬恩,此日轩阶,略呈雅韵。

(平吟)远辞萧寺来相谒,总把衷肠斩切说。一回吟了一伤心,一遍言时一气咽。

其一

话苦辛,申恳切,数个师僧门伫列①。只为全无一事衣,如何御彼三冬雪②。

其二

或秋深,严凝月,萧寺寒风声切切。囊中青缯一个无,身上故衣千处结。

其三

最伤情,难申说,杖笠三冬皆总阙。寒窗冷幍一无衣③,如何御彼三冬雪。

其四

被蝉声,耳边聒,讲席绊萦身又阙④。大业鸿名都未成,禅体衣单难可说⑤。

其五

坐更阑,灯残灭,讨义寻文愁万结。抱膝炉前火一星,如何御彼三冬雪。

其六

师僧家,滋味别,不解经营无计设。一夏安居柰苑中,三秋远诣英聪哲。

其七

律藏中,分明说,亲许加提一个月。若不今朝到此来,如何御彼三冬雪。

其八上

命同人,相提箧,总向朱门陈恳切。不是三冬总没衣,谁能向此谈扬说。

其九

恨严凝,兼腊月,既是多寒且无热。怕怖忧煎将告来,垂慈御彼三冬雪。

其十

诣英聪,访贤哲,盼望仁慈相允察。退故嫌生惠与僧,教将御彼三冬雪。

其十一

尊夫人,也相谒,敬佛敬僧人尽说。背子衫裙百种衣,施交御彼三冬雪。

其十二

诸郎君,不要说,记爱打傍兼出热⑥。酒沾墨污损伤衣,施僧御彼三冬雪。

其十三

小娘子,娉二八⑦,月下花前避炎热。万般新好污沾衣⑧,施交御彼三冬雪。

其十四

阿孩子,怜心切,满箧名衣皆罗列。倘要延年养北堂,施交御彼三冬雪。

其十五

苦再三,斩切说⑨,未沾恩光难告别。回身检点箧箱中,施交御彼三冬雪。

(侧吟)秋风忽尔入僧扃,又被蝉吟别树鸣。故国未期愁悄悄,乡关思处泪盈盈。寒衣未放无支拟,便觉秋风意不停。结侣共吟花园侧,遂将肝胆一时倾。

【按】任半塘《敦煌歌辞总编》卷四据伯2107、斯5572编录(上海古籍出版社1987年版中册第1049页),注:"此组及下组皆僧徒沿门募化衣装时所唱,皆作重句联章体。此组为秋冬募寒衣用,次组'前门化'为春夏募夏衣用。"又:"此组前有骈文'人言',及'平吟'四句,后以'侧吟'七律作结,中间唱辞杂言,则倾向于俗体。"《全敦煌诗》卷一七三题为无名氏《秋吟一本》。①"切",《全敦煌诗》卷一七三作"砌"。②"彼",《全敦煌诗》卷一七三作"被"。③"憭",《全敦煌诗》卷一七三作"榻"。④"席",《全敦煌诗》卷一七三作"荐"。⑤"禅",《全敦煌诗》卷一七三作"裸"。⑥"傍",《全敦煌诗》卷一七三作"榜"。⑦"娉",《全敦煌诗》卷一七三作"骋"。⑧"污",《全敦煌诗》卷一七三作"汙"。⑨"斩切",《全敦煌诗》卷一七三作"轩砌"。

千门化(化三衣七首)

(侧吟)□当星月护含生,恰到秋深怆客情。雨漏再寻金口教,洪衢亲许谒时人。千般琐细阶前说,一种微言砌畔陈。退故嫌生箱捧出,愿同山岳与沧溟。

(平吟)卯岁离家如幻化,不乐聚沙骑竹马。幸因雪岭得为僧,寒衣佛敕千门化。

其一

三冬月,九旬罢,护戒金园僧结夏。赏劳施设律留文,三衣佛敕千门化。

其二

久吟经,坐深夜,蟋蟀哀鸣吟砌下。蝉声早响诣朱门,三衣佛敕千门化。

其三

睹碧天,珠露洒,颗颗枝头蜜悬挂①。月冷风高渐渐凉②,三衣佛敕千门化。

其四

雁来新③,燕去也,独对孤灯叹福寡。渐掩茅房下翠微,三衣佛敕千门化。

其五

恋烟萝,不欲舍,只为严霜凋叶下。秋来未有御寒衣,加提佛敕千门化。

其六

入王城,投长者④,愿鉴野僧相恳话。不因五利佛留文,缁徒争取千门化。

其七

虽是僧,性闲暇,唯有炎凉未免也。除非证果离胞胎,这回不向千门化。

(侧吟)佛留明教许加提,受利千门正是时。两两共吟金口偈,三三同演梵音诗。暂离峰顶巡朱户,略出云房下翠微。送福吟经今日至,愿开恩惠赏加提。

【按】任半塘《敦煌歌辞总编》卷四据伯2107编录(上海古籍出版社1987年版中册第1057—1058页),注:"此组曲辞供夏季募化用。"《全敦煌诗》卷一七三仍合于无名氏《秋吟一本》。①"蜜",《全敦煌诗》卷一七三作"密"。②"渐渐凉",《全敦煌诗》卷一七三作"霜渐浓"。③"新",《全敦煌诗》卷一七三作"亲"。④"投",《全敦煌诗》卷一七三作"板"。

失调名(出家赞文十首)

其一

舍利佛国难为,吾本出家之时,舍却耶娘恩爱,惟有和尚阇黎。

其二

舍利佛国难为,吾本出家之时,舍却亲兄热妹①,惟有同学相随。

其三

舍利佛国难为,吾本出家之时,舍却花钗媚子,惟有剃刀相随。

其四

舍利佛国难为,吾本出家之时,舍却胭脂胡粉,惟有藻豆杨枝②。

其五

舍利佛国难为,吾本出家之时,舍却罗衣锦绣,惟有覆膊相随③。

其六

舍利佛国难为,吾本出家之时,舍却高头绣履,惟有草鞋相随。

其七

舍利佛国难为,吾本出家之时,舍却油毡锦褥,惟有坐具三衣。

其八

舍利佛国难为,吾本出家之时,舍却金盘银盏,惟有镔钵铜匙④。

其九

舍利佛国难为,吾本出家之时,舍却高堂瓦舍,惟有草庵相随。

其十

舍利佛国难为,吾本出家之时,舍却金鞍细马,惟有锡杖相随。

【按】任半塘《敦煌歌辞总编》卷四据斯 5573、6273、6923、4143 及伯 4597、苏 1364、1365 等编录(上海古籍出版社 1987 年版中册第 1071—1072 页)。①"亲兄热妹",《全敦煌诗》卷一七三作"兄弟姊妹"。②"藻",《全敦煌诗》卷一七三作"操"。③"相随",《全敦煌诗》卷一七三作"被支"。④"镔",《全敦煌诗》卷一七三作"掮"。

十无常(调名本意十首)

其一

每思人世流光速,时短促。人生日月暗催将,转茫茫。　　容颜不觉暗里换,已改变。直饶便是轮转王,不免也无常。堪嗟叹,堪嗟叹,愿生九品坐莲台,礼如来。

其二

伤嗟生死轮回路,不觉悟。巡环来往几时休,受飘流。　　纵君人世心无善,难劝谏。愚痴不信有天堂,不免也无常。堪嗟叹,堪嗟叹,愿生九品坐莲台,礼如来。

其三

人间四相行徒见,贵与贱。文才武艺两般荣,夺人情。　　愚痴恣纵身为荣,心喜作。昔时樊哙及张良,不免也无常。堪嗟叹,堪嗟叹,愿生九品坐莲台,礼如来。

其四

少年英雄争人我,能系里。相呼相唤动笙歌,笑仙娥。　　酒席夸打巢云令,行弄影。及时大是好儿郎,不免也无常。堪嗟叹,堪嗟叹,愿生九品坐莲台,礼如来。

其五

夺人眼目芙蓉貌,当年少。凉罗冠子镂金花,扫烟霞。　　风流雅醋能行步,巫山女。千金一笑玩春光,不免也无常。堪嗟叹,堪嗟叹,愿生九品坐莲台,礼如来。

其六

愚人不信身虚幻,得久远。英雄将谓没人过,使偻儸。　　纵然劝得教归仰,招毁谤。直须追到阎罗王,不免也无常。堪嗟叹,堪嗟叹,愿生九品坐莲台,礼如来。

其七

劝君切莫为冤恶,用意错。些些少少住心头,免得结冤仇。　　愚情纵恣身无用,如似梦。直饶彭祖寿延长,不免也无常。堪嗟叹,堪嗟叹,愿生九品坐莲台,礼如来。

其八

经营财宝人生分,须平稳。荣华富贵足资财,宿将来。　　闻身强健行檀施,作福利。莫待合眼被分张,不免也无常。堪嗟叹,堪嗟叹,愿生九品坐莲台,礼如来。

其九

人居浊世逢劫坏,恶世界。星霜暗改几多时,作微尘。　　生居浊世人之苦,须怕怖。饶君铁柜里稳潜藏,不免也无常。堪嗟叹,愿生九品坐莲台,礼如来。

其十

　　分明招引经云教,净土好。论情只是胜婆婆,有弥陀。　　直须早作行程路,休遗误。常知佛国寿延长,决定没无常。堪嗟叹,堪嗟叹,愿生九品坐莲台,礼如来。

　　【按】任半塘《敦煌歌辞总编》卷四据斯 2204、0126 编录(上海古籍出版社 1987 年版中册第 1071—1072 页),注:"曲调甚好,乃后期《杨柳枝》所自出。……此调之来源仍在民间,非佛曲歌辞原本所有。……但和声辞系外加,且如此之长,则是佛曲歌辞之本等措施,非民间歌辞所有。"

五更转(七夕相望五首)

其一

　　一更每年七月七,此时受□日①。在处敷座结交□②,献供数千般。□晨达天暮③。一心待织女。忽若今夜降凡间,乞取一交言。

其二

　　二更仰面碧霄天,参差众星前④。月明夜□□周旋⑤,□□□□□。诸女彩楼畔,烧取玉炉烟。不知牵牛在那边,望得眼睛穿⑥。

其三

　　三更女伴近彩楼,顶礼不曾休。佛前灯暗更添油,礼拜再三求⑦。　　会甚□北斗,渐觉更星候。月落西山欻星流,将谓是牵牛⑧。

其四

　　四更缓步出门听⑨,直走到街庭⑩。今夜斗末见流星,奔逐向前迎。此时为将见⑪,发却千般愿。无福之人莫怨天,皆是少因缘。

其五

　　五更敷设了□□⑫,处分总教收⑬。五个姮娥结彩楼⑭,那个见牵牛⑮。　　看看东方动,来把秦筝弄。黄针拨镜再梳头,遥遥到来秋⑯。

　　【按】任半塘《敦煌歌辞总编》卷五据斯 1497 编录(上海古籍出版社 1987 年版下册第 1225—1226 页),注:"(一)内容不是咏牛女双星本身故事,而是咏人间怨女求偶,如真、如梦,托此神话,望天上双星,降凡相助,实际则望有缘之牛郎,前来相会,但事与愿违,终于失败。(二)脚本之体用不仅歌唱,所唱尚分出五种场景:天空、庭中、街头、闺中;具有仰观天象,顶礼不休,临街奔逐,返闺中梳头、弹筝等动作,已介于讲唱与戏弄间。"谓创作时间乃在盛唐。属敦煌民间俚曲小调。《全敦煌诗》卷一二九录为《喜秋天》五首。① "受□日",《全敦煌诗》卷一二九作"寿夫日"。② 《全敦煌诗》卷一二九作"在处敷陈结交伴"。③ 《全敦煌诗》卷一二九作"今晨连天暮"。④ "差",《全敦煌诗》卷一二九作"次"。⑤ 《全敦煌诗》卷一二九作"月明遍周旋"。⑥ 下阕《全敦煌诗》卷一二九改作"会甚□北斗,渐觉更星候。月落西山欬星流,将谓是牵牛"。⑦ "求",《全敦煌诗》卷一二九作"候"。⑧ 《全敦煌诗》卷一二九下阕改作:"诸女彩楼畔,烧取玉炉烟。不知牵牛在那边,望作眼睛穿。" ⑨ "听",《全敦煌诗》卷一二九作"厅"。⑩ "走",《全敦煌诗》卷一二九作"是"。⑪ "为",《全敦煌诗》卷一二九作"难"。⑫ 《全敦煌诗》卷一二九不缺末二字。⑬ "处",《全敦煌诗》卷一二九作"取"。⑭ "彩",《全敦煌诗》卷一二九作"高"。⑮ "个",《全敦煌诗》卷一二九作"边"。⑯ "遥遥",《全敦煌诗》卷一二九作"看看"。

五更转(缘名利七首)

其一

一更初夜坐调琴,欲奏相思伤妾心。每恨狂夫薄行迹,一过抛人年月深。

其二

君自去来经几春,不传书信绝知闻。愿妾变作天边雁,万里悲鸣寻访君。

其三

二更孤帐理秦筝,若个弦中无怨声。忽忆狂夫镇沙漠①,遣妾烦怨双泪盈。

其四

当本只言今载归,谁知一别音信稀。贱妾犹自姮娥月②,一片贞心独守空闺。

其五

三更寂寞取箜篌,叹狂夫□□□□。□□□□□□□,□□□□□□□。

其六

尔为君王效忠节,都缘名利觅封侯。愿君早登丞相位,妾亦能孤守百秋。

其七

四更丛竹弄宫商,每恨贤夫在渔阳③。池中比目鱼游戏,海鸥双□□□。

【按】任半塘《敦煌歌辞总编》卷五据伯2647编录(上海古籍出版社1987年版下册第1248—1249页),注:"此套与大曲《阿曹婆》措辞多同,显皆开、天间之'征夫怨'。惟征夫所以不归,并非概缘府兵制之拘钳,亦每由于征夫自己有所贪恋,斯为本质所在,不容混过。"张紫晨《歌谣小史》第九章转录。《全唐五代词》卷七题作"闺思"。①"狂",《全敦煌诗》卷一三三作"征"。②"犹自",《全敦煌诗》卷一三三作"状似"。③"每",《全唐五代词》卷七作"痛"。

十二月歌(辽阳寒雁十二首)

其一

正月孟春春渐暄,狂夫一别经数年①。无端嫁得长征婿,教妾寻常独自眠。

其二

二月仲春春未热②,自别征夫实难掣。贞君一去到三秋,黄鸟窗边唤新月。也也也也。

其三

三月季春春极暄③,忽念辽阳愁转添④。贱妾思君肠欲断,君何无行不归还。

其四

四月孟夏夏渐热,忽忆贞君无时节⑤。妾今犹存旧日意,君何不忆妾心结⑥。

其五

五月仲夏夏盛热,忽忆贞夫愁更发⑦。一步一望陇山东,忽见君□愁似结。

其六

六月季夏夏共同,妾亦情如对秋风。□容日日宾胡月⑧,后园春树□□□。

其七

七月孟秋秋已凉,寒雁南飞数万行。贱妾思君肠欲断,□□□□□□□。

其八

八月仲秋秋已阑,日日愁君行路难。妾愿秋胡速相见,□□□□□□□。

其九

九月季秋秋欲末,忽忆贞君无时节。鸳鸯锦被冷如水⑨,与向将□□□□。

其十

十月孟冬冬渐寒,今尚纷纷雪敷山⑩。寻思别君尽憔悴⑪,愁君作客在□□。

其十一

十一月仲冬冬严寒,幽闺犹坐绿窗前⑫。战袍缘何不开领,愁君肌瘦恐嫌宽⑬。

其十二

十二月季冬冬极寒,昼夜愁君卧不安。枕函褥子无人见,忽忆贞君□□□。

【按】任半塘《敦煌歌辞总编》卷五据斯6208编录(上海古籍出版社1987年版下册第1254—1255页),此辞与下辞皆写思妇怀念征夫。《全敦煌诗》卷一四九作"失调名 十二月歌"。①"经数年",原缺,今据《全敦煌诗》卷一四九补。②"未",《全敦煌诗》卷一四九作"已"。③"极",《全敦煌诗》卷一四九作"遽"。④"添",《全敦煌诗》卷一四九作"难"。⑤"贞",《全敦煌诗》卷一四九作"征"。⑥"结",《全敦煌诗》卷一四九作"竭",末附和声辞"也也也也"。⑦"贞夫",《全敦煌诗》卷一四九作"征人"。⑧"宾",原缺,今据《全敦煌诗》卷一四九补。⑨"水",《全敦煌诗》卷一四九作"冰"。⑩"敷",《全敦煌诗》卷一四九作"封"。⑪《全敦煌诗》卷一四九作"琴瑟别君尽进罢"。⑫"犹",《全敦煌诗》卷一四九作"独"。⑬"肌",《全敦煌诗》卷一四九作"肥"。

十二月(边使戎衣十二首)

其一

正月孟春春渐暄,一别狂夫经数年。□□□□□□,遣妾寻常独自眠。

其二

二月仲春春盛暄,深闺独坐绿窗前。□□□□□赖,教儿夫婿远防边①。

其三

三月季春春极暄,花开处处竞争鲜。花□□□□□笑,贱妾看花双泪涟②。

其四

四月孟夏夏初热,为忆狂夫难可彻。□□□□□秦筝,更取瑶琴对明月。

其五

五月仲夏夏盛热,狂夫归否问时节③。庭□□□□□,□见莺啼声哽咽。

其六

六月季夏夏共同,妾心恨如对秋风④。□□□□□改,教儿憔悴只缘公。

其七

七月孟秋秋渐凉,教儿独寝守空房。君在寻常嫌夜短,君无恒觉夜能长。

其八

八月仲秋秋已凉,寒雁南飞数万行。贱妾犹存旧日意,君何无幸不还乡⑤。

其九

九月季秋秋欲末,狂夫一去独难活。愿营方便觅归□,使妾愁心暂时豁。

其十

十月孟冬冬渐寒,为君捣练不辞难。莫怪裁衣不开领,愁君肌瘦恐嫌宽⑥。

其十一

十一月仲冬冬雪寒,戎衣造得数般般。见今专访巡边使,寄向君边着后看⑦。

其十二

十二月季冬冬已极,寒衣欲送愁情逼。莫怪裁缝针脚粗,为忆啼多竟无力。

【按】任半塘《敦煌歌辞总编》卷五据伯3812编录(上海古籍出版社1987年版下册第1263—1264页)。《全敦煌诗》卷一四二题"无名氏词十二首·失调名 十二月词"。①"防",《全敦煌诗》卷一四二作"巡"。②"涟",《全敦煌诗》卷一四二作"还"。③"否",《全敦煌诗》卷一四二作"复"。④"如",《全敦煌诗》卷一四二作"与"。⑤"无幸",《全敦煌诗》卷一四二作"无行"。⑥"肌",《全敦煌诗》卷一四二作"肥","恐"作"总"。⑦"后",《全敦煌诗》卷一四二作"复"。

十二时(咏史十二首)

其一

夜半子,干将造剑国无二。臣剑安在石松间①,为父报仇不惜死。

其二

鸡鸣丑,子胥乃别平王走②。会稽山中眉间赤③,龙泉宝剑腰下吼④。

其三

平旦寅,昔日巢父尧时人。许由不羡九州长,临河洗耳不许臣。

其四

日出卯,五帝三皇原智巧⑤。神农为人辨五谷,涉历山川尝百草。

其五

食时辰,夫子东行厄在陈。九曲明珠难可任,悔不桑间问女人。

其六

隅中巳,昔日秦王造地市。一心拟捉张子房,人死为名复为利。

其七

正南午,王莽殿前悬布鼓。路上行人皆来打,一心拟捉汉光武。

其八

日昳未,荆轲报仇燕太子。不杀秦王为仁义,如今反作秦地鬼。

其九

晡时申,齐晏虽小大国臣。二桃何为杀三士⑥,田疆接冶丧其身。

其十

日入酉,昔日秦坑能消酒。项王不取范增言,韩信投降汉王走⑦。

其十一

黄昏戌,萧何相国能造律。张良谋计无人过,韩信管兵不输失。

其十二

人定亥,项伯投门多敬爱⑧。项庄舞剑杀汉王,乃得张良教樊哙⑨。

【按】任半塘《敦煌歌辞总编》卷五据伯3821编录(上海古籍出版社1987年版下册第1276—1277页)。①"石",《全敦煌诗》卷一四三作"木"。②"平王",《全敦煌诗》卷一四三作"梁王"。③"眉间赤",《全敦煌诗》卷一四三作"逢赤眉"。④"腰",《全敦煌诗》卷一四三作"刀"。⑤"原智",《全敦煌诗》卷一四三作"元自"。⑥"士",《全敦煌诗》卷一四三作"人"。⑦"韩信",原作"转信",今据《全敦煌诗》卷一四三改。⑧"多",《全敦煌诗》卷一四三作"都"。⑨"教",《全敦煌诗》卷一四三作"救"。

五更转(识字五首)

其一

一更初,自恨长养枉身躯①。耶娘小来不教授,如今争识文与书。

其二

二更深,孝经一卷不曾寻。之乎者也都不识,如今嗟叹始悲吟。

其三

三更半,到处被他笔头算。纵然身达得官职,公事文书争处断。

其四

四更长,昼夜常如面向墙。男儿到此屈折地,悔不孝经读一行。

其五

五更晓,作人已来都未了。东西南北被驱使,恰如盲人不见道。

【按】任半塘《敦煌歌辞总编》卷五据《敦煌零拾》编录(上海古籍出版社1987年版下册第1284页),谓约作于天成二年。① "身",《全敦煌诗》卷一五一作"生"。

十二时(发愤勤学十二首)

自从塞北起烟尘,礼乐诗书总不存。不见父兮子不子,不见君兮臣不臣。暮闻战鼓雷天动,晓看带甲似鱼鳞。只是偷生时暂过,谁知久后不成身。愿得再逢尧舜日,圣朝偃武却修文。勤学不辞贫与贱,发愤长歌十二时辰。

其一

平旦寅,少年勤学莫辞贫。君不见朱买臣未得贵①,犹自行歌背负薪。

其二

日出卯,人生在世须臾老②。男儿不学读诗书,恰似园中肥地草③。

其三

食时辰,偷光凿壁事殷勤。丈夫学问随身宝,白玉黄金未足珍④。

其四

隅中巳,专心发愤寻诗史。每忆贤人羊角哀,求学山中并粮死。

其五

日南午,读书不得辞辛苦。如今圣主召贤才,用尔中华长去武⑤。

其六

日昳未,暂时贫贱何羞耻。昔日相如未遇时,凄惶卖卜于廛市。

其七

哺时申,悬头刺股是苏秦。贫病即令妻嫂弃⑥,衣锦还乡争拜秦。

其八

日入酉,金樽多泻蒲桃酒。劝君莫弃失途人,结交承仕须朋友⑦。

其九

黄昏戌,琴书独坐茅庵室⑧。天子不将印信迎,誓隐山林终不出。

其十

人定亥,君子虽贫礼常在。松柏纵然经岁寒,一片贞心长不改⑨。

其十一

夜半子,莫言屈滞常如此⑩。鸿鸟只思羽翼齐,点翅飞腾千万里。

其十二

鸡鸣丑,莫惜黄金结朋友。蓬蒿岂得久荣华,飘飘万里随风走。

【按】任半塘《敦煌歌辞总编》卷五据伯2564、2633、3821、斯4129编录(上海古籍出版社1987年版下册第1288—1289页)。①"买臣",《全唐五代词》卷七缺。②"须臾老",《全唐五代词》卷七作"须死老"。③"恰",《全唐五代词》卷七作"却"。④"足",《全唐五代词》卷七、《全敦煌诗》卷一四三作"是"。⑤《全唐五代词》卷七作"去耳中华长用武"。⑥"弃",《全唐五代词》卷七、《全敦煌诗》卷一四三作"行"。⑦"仕",《全唐五代词》卷七作"已"。⑧"琴书",《全敦煌诗》卷一四三作"吟诗"。⑨"长",《全敦煌诗》卷一四三作"常"。⑩"常",《全敦煌诗》卷一四三作"长"。

十二时(天下传孝十二首)

其一

平旦寅,叉手堂前咨二亲。耶娘约束须领受,检校好恶莫生嗔。

其二

日出卯,情知耶娘渐觉老。子父恩怜没多时①,递户相劝须行孝。

其三

食时辰,尊重耶娘生尔身。未曾孝养归泉路,来报生中不可论。

其四

隅中巳,耶娘渐觉无牙齿。起坐力弱须人扶,饮食吃得些些子。

其五

正南午,董永卖身葬父母。天下流传孝顺名,感得织女来相助。

其六

日昃未,入门莫取外婿意。六亲破却不须论,兄弟惜他断却义。

其七

晡时申,孝养父母莫生嗔。第一温言不可得,处分小语过于珍。

其八

日入酉,父母在堂少饮酒。阿阇世王不是人,杀父害母生禽兽。

其九

黄昏戌,五擿之人何处出。空里唤向百街头,恶业牵将不拣足。

其十

人定亥,世间父子相怜爱。怜爱亦没得多时②,不保明朝阿谁在。

其十一

夜半子,独坐思维一段事。纵然妻子三五房,无常到来不免死。

其十二

鸡鸣丑,败坏之身应不久。纵然子孙满堂前,但是恩爱非前后。

【按】任半塘《敦煌歌辞总编》卷五据《敦煌零拾》编录(上海古籍出版社1987年版下册第1297—1298页),注:"此套原卷约写于公元九二七年。"① "怜",《全唐五代词》卷七、《全敦煌诗》卷一五一作"深"。② "没得",《全唐五代词》卷七、《全敦煌诗》卷一五一作"得没"。

百岁篇(丈夫十首)

其一

一十香风绽藕花,弟兄如玉父娘夸。平明趁伴争毬子,直到黄昏不忆家。

其二

二十容颜似玉珪,出门骑马乱东西。终日不解忧衣食①,锦帛看如脚下泥。

其三

三十堂堂六艺全,纵非亲友亦相怜。紫藤花下倾杯处,醉引笙歌美少年。

其四
四十看看欲下坡,近来朋友半消磨。无人解到思量处,只道春光没有多②。

其五
五十强谋几事成,一身何足料前程。红颜已向愁中改,白发那堪镜里生。

其六
六十驱驱未肯休,几时应得暂优游。儿孙稍似堪分付,不用闲忧且自愁。

其七
七十三更眼不交,只忧闲事未能抛。无端老去令人笑,衰病相牵似拔茅。

其八
八十谁能料此身,忘前失后少精神。门前借问非时鬼③,梦里相逢是故人。

其九
九十残年实可悲,欲将言语泪先垂。三魂六魄今何在,霹雳头边耳不知。

其十
百岁归原起不来④,暮风骚屑石松哀。人生不外非虚计⑤,万古空留一土堆。

【按】任半塘《敦煌歌辞总编》卷五据斯 2947、5549、伯 3821 编录(上海古籍出版社 1987 年版下册第 1307 页)。①"日",《全敦煌诗》卷一四四作"知"。②"没有",《全敦煌诗》卷一四四作"未由"。③"时鬼",《全敦煌诗》卷一四四作"知己"。④"起",《全敦煌诗》卷一四四作"去"。⑤《全敦煌诗》卷一四四作"人生不作非虚幻"。

百岁篇(女人十首)

其一
一十花枝两斯兼,优柔婀娜复屡纤。父母怜似瑶台月①,寻常不许出珠帘。

其二
二十笄年花蕊春,父娘娉许事功勋。香车暮逐随夫婿,如同萧史晓从云。

其三
三十朱颜美少年,纱窗揽镜整花钿②。牡丹时节邀歌伴③,拨棹乘船采碧莲。

其四
四十当家主计深,三男五女恼人心。秦筝不理贪机织,只恐阳乌昏复沉。

其五
五十连夫怕被嫌,强相迎接事屡纤。寻思二八多轻薄,不愁姑嫂阿家严。

其六
六十面皱发如丝,行步龙钟少语词。愁儿未得婚新妇,忧女随夫别异居。

其七
七十衰羸争奈何④,纵饶闻法岂能多。明晨若有微风至,筋骨相牵似打罗。

其八
八十眼暗耳偏聋,出门唤北却呼东。梦中常见亲情鬼⑤,劝妾归来逐逝风。

其九
九十余光似电流,人间万事一时休。寂然卧枕高床上,残叶彫零待暮秋。

其十

百岁山崖风似颓,如今身化作尘埃。四时祭拜儿孙在,明月长年照土堆。

【按】任半塘《敦煌歌辞总编》卷五据斯 2947、5549 及伯 3821、3168 编录(上海古籍出版社 1987 年版下册第 1315—1316 页),注:"此套除公式化表现由幼及衰之进程外,在前五首颇写少女至老妇如何适应家庭环境之复杂心理,较丈夫篇为有物,值得玩味。"① "母",《全敦煌诗》卷一四四作"娘"。② "钿",《全敦煌诗》卷一四四作"残"。③ "伴",《全敦煌诗》卷一四四作"舞"。④ "奈",《全敦煌诗》卷一四四作"那"。⑤ "常",《全敦煌诗》卷一四四作"长"。

百岁篇(垅上苗十首)

其一

一十一,春禾垅上苗初出。东园桃李花渐红,西苑垂杨更齐密。

其二

二十二,苍鹰出笼毛爪利。四岁马孳寒初搭鞍,狐狸并得相逢值①。

其三

三十三,开筵美酒正初含②。弯弓直向单于北,仗剑仍过翰海南。

其四

四十四,蛾眉镜里无青翠。红颜夜夜改常仪,蝉鬓朝朝不相似。

其五

五十五,林野东西遍道路。鬓边白发如素丝③,颊上青颜若秋露。

其六

六十六,寒暑无端来逼逐。妻儿男女伴愁容,冤家肯教寡情欲。

其七

七十七,寿年乡党无人匹。童仆朝扶暮坐看,眼中冷泪连珠出。

其八

八十八,力弱形枯垂鹤发。骨瘦穷秋怯夜风,身老霜天愁尽日。

其九

九十九,临崖摧残一株柳。新生白发头上无④,映日红颜更何有⑤。

其十

一百终,寂寂泉台掩夜空。闭骨不知寒暑变,月明长照垅头松。

【按】任半塘《敦煌歌辞总编》卷五据伯3361、斯1588编录(上海古籍出版社1987年版下册第1324—1325页)。《全敦煌诗》卷一四〇与下列"池上荷"合为"无名氏词二十首",题为《叹百岁诗》。①"并",《全敦煌诗》卷一四〇作"可"。②"正",《全敦煌诗》卷一四〇作"整"。③"如素丝",《全敦煌诗》卷一四〇作"垂如丝"。④"头",《全敦煌诗》卷一四〇作"身"。⑤"映",《全敦煌诗》卷一四〇作"旧"。

百岁篇(池上荷十首)

其一

一十一,池上新荷行花出。珠弹近追黄雀年,玉襁初稳青春日①。

其二

二十二,专为英侠交豪贵。箜篌筚篥杨柳花,青丝玉镫浮云骑。

其三

三十三,武略文章陌上谈②。十月角弓鸣塞北,五花骏马猎城南③。

其四

四十四,草木山川动杀气。风光渐渐不依依,物色那堪太憔悴。

其五

五十五,前王后帝何堪数。寂寂春光愁不明,凛凛寒风来入户。

其六

六十六,日月迅走如奔蝮④。鬓边白发竞相催,手中柱杖仍嫌曲。

其七

七十七,举头斜望西山日。皇王纵有金马迎,伛偻那堪玉堂出。

其八

八十八,筋疲力尽如枯札。毡褥从君坐万重⑤,还如独卧寒江雪⑥。

其九

九十九,临崖垂藤挂枯柳⑦。百年之事俄尔间,金玉满堂非我有。

其十

一百终,坟前几树凌霜松。千秋不见蛾眉态,万岁空留狐兔踪。

【按】任半塘《敦煌歌辞总编》卷五据伯 3361、斯 1588 编录(上海古籍出版社 1987 年版下册第 1331—1332 页),注:"前套此辞写其人纵恣骑猎,别无关心;右辞则写其人已专意交游,随允扈卫。且具浓厚之初盛唐色彩,而前辞不然,安从强合一组?"①"稳",《全敦煌诗》卷一四〇作"影"。②"略",《全敦煌诗》卷一四〇作"用"。③"骏",《全敦煌诗》卷一四〇作"骢"。④"蝮",《全敦煌诗》卷一四〇作"逐"。⑤"坐",《全敦煌诗》卷一四〇作"出"。⑥"江",《全敦煌诗》卷一四〇作"霜"。⑦"临崖",《全敦煌诗》卷一四〇作"万岁"。

十二时(劝凡夫十二首)

其一

夜半子,夜半子,众生重重萦俗事。不能禅定自观心,何日得悟真如理。　　豪强富贵暂时间,究竟终归不免死。非论我辈是凡夫,自古君王亦如此。

其二

鸡鸣丑,鸡鸣丑,不分年贬侵蒲柳①。忽然明镜照前看②,顿觉红颜不如旧。　　眼暗□羸渐加愁,头鬓苍茫面复皱③。不觉无常日夜催,即看强梁那可久④。

其三

平旦寅,平旦寅,智慧莫与色为亲。断除三障及三业,远离六贼及六尘。　　金玉满室非是宝,忍辱最是无价珍。男子女人行此事,不染生死免沉沦。

其四

日出卯,日出卯,浊恶世界多烦恼。欲得当来证果因,弃舍荣华急修道⑤。　　随时麻褐且充体,锦铺罗衣莫将好。如来尚自入涅槃,凡夫宿业谁能保⑥。

其五

食时辰,食时辰,六贼轮回不识珍。自恨生长阎浮提⑦,恒为冤魔会须勤。　　众生在俗须眼利,莫著沉沦守迷津。跋提河边洗罪垢⑧,菩提树下证成真。

其六

隅中巳,隅中巳,所恨流浪共生死⑨。法船虽达涅槃城⑩,二鼠四蛇从后至。　人生犹如水上泡,无常煞鬼忽然至。三日病卧死临头,善恶二业终难避。

其七

正南午,正南午,人命犹如草头露。火急努力勤修福,第一莫贪自迷误。　阎罗司命难求嘱⑪,积宝陵天无用处。若其放慢似寻常⑫,历劫哀哉自受苦⑬。

其八

日昳未,日昳未,众生禀性惟求利⑭。孰知猛火逼燃来⑮,不解将身远相避⑯。　无心诵读大乘经,执著悭贪怀恩意⑰。一朝病卧死生催⑱,腾身直入到焦热地⑲。

其九

晡时申,晡时申,慈悲喜舍最为珍。被他打骂恒忍辱,当来获得菩提因⑳。　皮骨肉髓终莫惜㉑,法水时时得润身㉒。一切烦恼渐轻微,解脱逍遥出六尘。

其十

日入酉,日入酉,观看荣华实不久。劫石尚自化为尘,富贵那能得长有㉓。　愚人不悟守迷津㉔,专爱杀生并好酒。无常不肯与人期,地狱刀山长劫受。

其十一

黄昏戌,黄昏戌,冥路幽深暗如漆。牛头狱卒把铁杈㉕,罪人一入无时出。　智者闻声心胆惊㉖,幸者思量莫输失㉗。欲得当来避险路㉘,勤修般若波罗蜜。

其十二

人定亥,人定亥,罪福总是天曹配。善因恶业自相随㉙,临渴掘井终难悔。　荣华恰似风中烛,眼里贪色大痴昧㉚。一朝冷落卧黄沙㉛,百年富贵知何在。

【按】任半塘《敦煌歌辞总编》卷五据斯 0427、"鸟"10 编录(上海古籍出版社 1987 年版下册第 1347—1349 页),注:"此套'旧编'依甲本,题'禅门《十二时》',非。……辞之内容是劝凡夫觉醒,凡夫未出家,不合题为'禅门'。今经增订,并改题,始较近真相。"① "贬",《全唐五代词》卷七作"既",《全敦煌诗》卷一四五作"纪"。② "前",《全敦煌诗》卷一四五作"用";《全唐五代词》卷七作"点照看"。③《全唐五代词》卷七、《全敦煌诗》卷一四五作"头鬓苍苍(茫)面复皴。眼暗匡量渐加愁"。④《全唐五代词》卷七作"既看强量那能久"。⑤ "急修道",《全唐五代词》卷七作"修佛道"。⑥ "宿业",《全敦煌诗》卷一四五作"宿夜";"谁",《全唐五代词》卷七作"殊"。⑦ "生长",《全敦煌诗》卷一四五作"长生";"提",《全唐五代词》卷七作"地"。⑧ "洗罪垢",《全唐五代词》卷七作"细罪句"。⑨ "所",《全唐五代词》卷七作"自";"共",《全唐五代词》卷七作"归",《全敦煌诗》卷一四五作"俱"。⑩ "虽达涅槃城",《全唐五代词》卷七作"未达涅槃时"。⑪ "司",《全唐五代词》卷七作"索",《全敦煌诗》卷一四五作"伺"。⑫ "若其",《全唐五代词》卷七作"若也"。⑬ "历劫",《全唐五代词》卷七作"力竭";"受",《全敦煌诗》卷一四五作"辛"。⑭ "禀性惟求利",《全唐五代词》卷七作"品性须求理"。⑮ "孰知",《全唐五代词》卷七作"热至";"燃"作"身"。⑯ "解",《全唐五代词》卷七作"暇"。⑰ "执著",《全唐五代词》卷七作"执善"。⑱ "死生",《全唐五代词》卷七、《全敦煌诗》卷一四五作"死王"。⑲ "直",《全唐五代词》卷七作"一";"焦热地",《全敦煌诗》卷一四五作"镬汤里"。⑳ "获",《全唐五代词》卷七作"护"。㉑《全唐五代词》卷七作"皮肉血水终不惜"。㉒ "时时",《全唐五代词》卷七作"何时"。㉓ "得长有",《全唐五代词》卷七作"长得守",《全敦煌诗》卷一四五作"得长寿"。㉔ "愚人不悟",《全唐五代词》卷七作"遇人不会"。㉕ "狱卒",《全唐五代词》卷七作"王乖"。㉖ "智",《全唐五代词》卷七作"至"。㉗ "幸者",《全敦煌诗》卷一四五作"行人";"输"作"论"。㉘ "欲得当来",《全唐五代词》卷七作"当来欲得"。㉙ "自",《全唐五代词》卷七作"总"。㉚ "贪色大痴昧",《全唐五代词》卷七作"贪索大痴晦"。㉛ "黄沙",《全唐五代词》卷七作"黄泉"。

十二时(佛性成就十二首)

平旦寅,了了轮回受苦辛。含全□□□□,意识参杂有数人。
日出卯,令□□□□□。门外三车不用论,□□□□□□□。
食时辰,无明花发几时新。□声□□□□,随运贪生恣苦因。
隅中巳,□□□□□□。故知击浪风势惊,□□□□□□□。
正南午,般若之船能救苦。得达彼岸舍□船,□□□□□□□。
日昳未,将知二境如□□。毁誉不动如须弥,□□□□□□□。
晡时申,终取如来□□□。火威停炉□□□,□□□□□□□。
日入酉,世谛荣华应不久。但拯无明不染心,则与诸佛为心首。

黄昏戌,自有心中如慧日。但知识得涅槃城,则是般若波罗蜜。
人定亥,众生久被无明盖。一往沉沦苦海中,此度出离生死海。
夜半子,发愿无明心不起。欲除烦恼是菩提,则是火宅离生死。
鸡鸣丑,故知佛性人人有。若知万象悉皆空,则知佛性得成就。

【按】任半塘《敦煌歌辞总编》卷五据斯2679编录(上海古籍出版社1987年版下册第1361—1362页),注:"此套写在'南宗定邪正《五更转》'之后,前七首原本破烂,共阙六十五字。……全辞宗旨,结在末章:人人皆有佛性,但欲据此根基,有所成就,还须究竟大乘之'空'义。……作者此时可能尚未出家。"

十二时(禅门十二首)

其一

平旦寅,发意断贪瞋。莫教心散乱①,虚度一生身。

其二

日出卯,取镜当心照。明知内外空②,更莫生烦恼。

其三

食时辰,努力早出尘。莫念时时苦,回向涅槃因③。

其四

隅中巳,火宅难居止④。专修解脱身,莫著求名利⑤。

其五

正南午,四大无梁柱。须知假合空⑥,万物皆无主⑦。

其六

日昳未⑧,造恶相连累⑨。恒将败坏身,流浪生死地⑩。

其七

晡时申,须见未来因⑪。自驱终不保⑫,终归一微尘⑬。

其八

日入酉,观身非长久⑭。念念不离心,数珠恒在手。

其九

黄昏戌,归依须暗室⑮。无明亦无际⑯,何时逢慧日⑰。

其十

人定亥,吾今早已悔⑱。驱驱不暂停,万物皆失坏⑲。

其十一

夜半子,减睡还须起⑳。端坐正观心,掣却无明蔽㉑。

其十二

鸡鸣丑,摘木看窗牖㉒。明来暗自除㉓,佛性心中有。

【按】任半塘《敦煌歌辞总编》卷五据伯3604、3116、3821及《敦煌零拾》、斯5567编录(上海古籍出版社1987年版下册第1375—1376页)。《全唐五代词》卷七、《全敦煌诗》卷一四三顺序不同。①"教",《全敦煌诗》卷一四三作"令"。②"明知",《全敦煌诗》卷一四三作"情知"。③"回向",《全唐五代词》卷七作"早取",《全敦煌诗》卷一四三作"会取"。④"居",《全唐五代词》卷七作"归"。⑤末二句《全唐五代词》卷七作"恒在败坏身,漂流生死海",《全敦煌诗》卷一四三作"恒将败坏身,漂流生死海"。⑥"须",《全敦煌诗》卷一四三作"谁";"假合空",《全唐五代词》卷七作"寡合身",《全敦煌诗》卷一四三作"假合身"。⑦《全唐五代词》卷七作"万佛皆为主"。⑧"昳",《全唐五代词》卷七作"昃"。⑨"恶",《全敦煌诗》卷一四三作"罪"。⑩末二句《全唐五代词》卷七、《全敦煌诗》卷一四三作"无常念念至,徒劳漫(满)破费"。⑪"须",《全唐五代词》卷七作"修"。⑫《全唐五代词》卷七、《全敦煌诗》卷一四三作"念身不久住"。⑬"微",《全敦煌诗》卷一四三作"聚"。⑭"非长",《全唐五代词》卷七作"知不"。⑮"归依须",《全敦煌诗》卷一四三作"须臾归"。⑯《全唐五代词》卷七作"罪垢亦未知"。⑰"逢",《全唐五代词》卷七作"见"。⑱"已",《全唐五代词》卷七作"欲";《全敦煌诗》卷一四三此句另作"金乌早已改"。⑲"皆失坏",《全敦煌诗》卷一四三作"徒丧会"。⑳"减",《全唐五代词》卷七作"监"。㉑"掣",《全唐五代词》卷七作"济";"蔽",《全敦煌诗》卷一四三作"被"。㉒"摘木",《全敦煌诗》卷一四三作"侧目"。㉓"除",《全唐五代词》卷七作"知"。

十二时(法体十二首)

其一

平旦寅,洗足烧香礼世尊。胡跪虔诚齐发愿,努力修取未来因。

其二

日出卯,凭案寻经传圣教。过去之佛舍轮王①,妻儿眷属何须乐。

其三

食时辰,纵然被骂莫生嗔。遍体脓血流不尽,总是皮囊虚坏身②。

其四

隅中巳,析食持斋莫贪利③。暂时清净能护持,即获弥陀珍宝器。

其五

正南午,努力勤修存防护④。六根之际用功夫⑤,莫教外境来相误⑥。

其六

日昳未,众生须作出罪意⑦。莫言出家空剃头⑧,不得随风逐浪去⑨。

其七

晡时申,若能观行最为珍。一切善法从心起,十方诸佛不离身。

其八

日入酉,莫学渴鹿驱焰走⑩。空走功夫漫波波⑪,法水何时得入口⑫。

其九

黄昏戌,智慧明灯暗中出。千罗万绮归舍者⑬,文殊师利方丈室。

其十

人定亥,普劝众生莫造罪。释迦犹自入涅槃,岂有凡夫得长在。

其十一

夜半子,铜钟鸣晓即须去⑭。不如闻早学修行⑮,一宝之身不空去⑯。

其十二

鸡鸣丑,四大之身应不久。刹那造罪即无常⑰,三途地狱无人救⑱。

【按】任半塘《敦煌歌辞总编》卷五据伯3113、斯5567、伯4028、2813编录(上海古籍出版社1987年版下册第1389—1390页)。①"之",《全敦煌诗》卷一三九作"诸"。②"皮",《全敦煌诗》卷一三九作"浮"。③"食",《全敦煌诗》卷一三九作"时"。④"防",《全唐五代词》卷七作"方"。⑤"六根之际",《全唐五代词》卷七作"六振文殊"。⑥"外境来相误",《全唐五代词》卷七作"业镜来相悟"。⑦"作",《全唐五代词》卷七作"住"。⑧《全唐五代词》卷七作"□□出□空剃头"。⑨"随风逐浪",《全唐五代词》卷七作"值风波消"。⑩"驱",《全唐五代词》卷七作"逐"。⑪"走",原缺,今据《全敦煌诗》卷一三九补。《全唐五代词》卷七作"定起功夫满波波"。⑫《全敦煌诗》卷一三九作"宫罗归舍藏得见",《全唐五代词》卷七作"供罗归舍藏德违"。⑬《全敦煌诗》卷一三九作"文殊方丈失铜钟",《全唐五代词》卷七作"文殊方丈来同住"。⑭"铜钟鸣晓",《全唐五代词》卷七、《全敦煌诗》卷一三九作"镇向凡夫"。⑮"修行",《全唐五代词》卷七、《全敦煌诗》卷一三九作"禅师"。⑯"一宝之身不",《全唐五代词》卷七作"一保之身莫",《全敦煌诗》卷一三九作"一报之身莫"。⑰"刹那",《全唐五代词》卷七作"叉□"。⑱"途",《全敦煌诗》卷一三九作"逢";"无"作"没"。

十二时(学道十二首)

其一

夜半子,荫中真如止。观心超有无,寂然俱空礼①。

其二

鸡鸣丑,实相离空有。但作不住观,熏成无量寿。

其三

平旦寅,学道事须贫。了无卓锥地,会合涅槃因。

其四

日出卯,佛性除烦恼②。正念知色空,可得菩提道。

其五

食时辰,勤息除我人。善了平等性,当证法王身。

其六

隅中巳,伏折内魔使。外境自然除,圆成调御士。

其七

正南午,身中有净土。澄心离断常,佛性自然睹。

其八

日昳未,识性如鼎沸。定慧圆三空,当成四无畏。

其九

晡时申,法性契于尘。善作无住相,生灭体为真。

其十

日入酉,色心应非久。内外若不安,觉道中为首。

其十一

黄昏戌,须诠能所律。与般若相应,湛然离入出。

其十二

人定亥,蕴中真如在。但悟八识源,自成七觉海。

【按】任半塘《敦煌歌辞总编》卷五据伯2943编录(上海古籍出版社1987年版下册第1406—1407页)。①"礼",《全敦煌诗》卷一三四作"理"。②"除",《全敦煌诗》卷一三四作"处"。

太子十二时

其一

夜半子,摩耶夫人诞太子。步步足下生莲花,九龙齐吐温和水。

其二

鸡鸣丑,昔日诸亲本自有。黄羊车匿圈东西,不那千人自心有。

其三

平旦寅,太子因中是佛身。本有三十二相好,神通智慧异诸人①。

其四

日出卯,出门忽逢病死老。即知此戒正堪修,便是回心求佛道。

其五

食时辰,本性持戒断贪嗔。不羡世间为国主,唯求涅槃成佛因。

其六

隅中巳,库藏金银尽布施。怜贫恤老及慈悲,每有苦灾今日是②。

其七

正南午,太子修行实辛苦。每日持斋一麻麦,舍却悭贪及父母。

其八

日昳未,太子神通实智慧。眉间放光照十方,救拔众生及五趣③。

其九

晡时申,太子广开妙法门。降得魔王及外道,莎罗林里见世尊。

其十

日入酉,阎浮提众生难化诱。愿求世尊陀罗尼,若有人闻诵持受。

其十一

黄昏戌,佛闻双林无有失。阿难合掌白佛言,文殊来问维摩诘。

其十二

人定亥,十代弟子来忏悔④。佛说西方净土国⑤,见闻自消一切罪。

【按】此组词原见伯2734、2918抄本,任二北《敦煌曲校录》、刘复《敦煌掇琐》、张璋、黄畲《全唐五代词》卷七等据录(上海古籍出版社1986年版第939—940页)。《全敦煌诗》卷一三三题"无名氏词十二首·十二时 圣教十二时"。①"慧",《全敦煌诗》卷一三三作"惠"。②"灾",《全敦煌诗》卷一三三作"哉"。③"及",《全敦煌诗》卷一三三作"出"。④"代",《全敦煌诗》卷一三三作"大"。⑤"国",《全敦煌诗》卷一三三作"因"。

五更转(假托禅师各转十首)

其一

一更静坐观刹那①,生灭妄想遍娑婆。客尘烦恼积成劫,成劫除劫转更多②。

其二

二更静坐息心神,喻若日月去浮云③。未识心时除妄想,只此妄想本来真。

其三

真妄原来同一体④,一物两名难合会。合会不二大丈夫,历劫相随今始解。

其四

三更静坐入禅林,息妄归真达本心⑤。本心清净无个物,只为无物悉包融。

其五

包融一切含万境,色空不异何相得⑥。故知万法一心如⑦,却将法财施一切⑧。

其六

四更念定悟总持,无明海底莲藕丝⑨。取丝出水花即死,未取丝时花即萎⑩。

其七

二疑中间难启会,劝君学道莫懈怠。念念精进须向前,菩提烦恼难了解⑪。

其八

了解烦恼是痴人⑫,心心法数不识真⑬。一物不念始合道,说即得道是愚人⑭。

其九

五更隐在五荫山,丛林陡暗侵半天⑮。无想道师结跏坐⑯,入定虚凝证涅槃。涅槃生死皆是幻,无有此岸非彼岸。

其十

三世共作一刹那,影见世间出三界。若人达此理真如,行住坐卧皆三昧。

【按】任半塘《敦煌歌辞总编》卷五据斯5996、3017、伯3409编录(上海古籍出版社1987年版下册第1412—1413页)。《全唐五代词》卷七据饶宗颐《敦煌曲》补录。①"静",《全唐五代词》卷七、《全敦煌诗》卷一四一作"净"。②"成",《全唐五代词》卷七、《全敦煌诗》卷一四一作"以"。③"若",《全唐五代词》卷七作"苦"。④"妄",《全唐五代词》卷七作"忘"。⑤"妄",《全唐五代词》卷七作"间"。⑥"得",《全唐五代词》卷七作"界",《全敦煌诗》卷一四一作"碍"。⑦"如",《全敦煌诗》卷一四一作"生"。⑧"将法财",《全唐五代词》卷七作"转法时"。⑨任本"莲"前有"取"字,今据《全敦煌诗》卷一四一删。《全唐五代词》卷七作"取莲丝"。⑩"未",《全唐五代词》卷七、《全敦煌诗》卷一四一作"不"。⑪"了解",《全唐五代词》卷七作"撩简",《全敦煌诗》卷一四一作"料简"。⑫"了解",《全唐五代词》卷七作"□简",《全敦煌诗》卷一四一作"料简"。⑬"法数",《全唐五代词》卷七作"教注",《全敦煌诗》卷一四一作"数法"。⑭"即",《全唐五代词》卷七作"助"。⑮"陡",《全敦煌诗》卷一四一作"斗";"侵",《全唐五代词》卷七作"须"。⑯"无想",《全唐五代词》卷七、《全敦煌诗》卷一四一作"无明"。

五更转（南宗赞五首）

其一

一更长，一更长①，如来智慧化中藏。不知自身本是佛，无明障闭自慌忙②。　　了无蕴③，体皆亡。灭六识，不相当。行住坐卧常作意④，则知四大是佛堂。

其二

一更长，二更长，有为功德尽无常。世间造作应不久，无为法会体皆亡。　　入圣位，坐金刚。诸佛国，遍十方。但知十方原贯一⑤，决定得入于佛行。

其三

二更长，三更严，坐禅习定苦能甜⑥。不信诸天甘露蜜⑦，魔军眷属出来看。　　诸佛教，实福田。持斋戒，得生天。生天终归还堕落，努力回心取涅槃⑧。

其四

三更严，四更阑，法身体性本来禅。凡夫不念生分别，轮回六趣心不安。　　求佛性，向里看。了佛意，不觉寒。广大劫来常不悟⑨，今生作意断悭贪。

其五

四更阑，五更延，菩提种子坐红莲。烦恼泥中常不染，恒将净土共金颜。　　佛在世，八十年。般若意，不在言。夜夜朝朝恒念经⑩，当初求觅一言诠⑪。

【按】任半塘《敦煌歌辞总编》卷五据伯2963编录（上海古籍出版社1987年版下册第1429页）。张锡厚主编《全敦煌诗》卷一三五"无名氏词五首"据伯2963、斯4173等七种敦煌遗书抄本校录。①《全唐五代词》卷七无三字。②"闭"，《全敦煌诗》卷一三五作"蔽"。③"无"，《全敦煌诗》卷一三五作"五"。④"作"，《全唐五代词》卷七、《全敦煌诗》卷一三五作"注"。⑤"知十方"，《全敦煌诗》卷一三五作"诸世界"。⑥"习"，《全敦煌诗》卷一三五作"执"；"苦"作"甚"。⑦"信"，《全敦煌诗》卷一三五作"藉"。⑧"取"，《全敦煌诗》卷一三五作"趣"。⑨"广"，《全敦煌诗》卷一三五作"旷"。⑩"经"，《全唐五代词》卷七作"佛"。⑪"言诠"，《全唐五代词》卷七作"年川"。

五更转(无相五首)

其一
一更浅,众要诸缘何所遣①。但依正观且□□②,念念真如方可显。

其二
二更深,菩提妙理誓探寻。旷彻清虚无去住,证得如如平等心。

其三
三更半,宿昔尘劳从此断。先除过现未来因,栻喻成规超彼岸。

其四
四更迁,定慧双行出盖缠。了见色空圆净体,澄如戒月莹晴天。

其五
五更催,佛日凝然妙境开。超透四禅空寂处③,相应一念见如来。

【按】任半塘《敦煌歌辞总编》卷五据伯2963编录(上海古籍出版社1987年版下册第1455页)。①"要",《全敦煌诗》卷一四九作"妄"。②《全敦煌诗》卷一四九第一个缺字作"言"。③"超",《全敦煌诗》卷一四九作"照"。

五更转(太子入山修道赞十五首)

其一
一更夜月凉①,东宫建道场②。幡化伞盖日争光③,烧宝香。

其二
共奏天仙乐,龟慈韵宫商④。美人无奈手颐忙⑤,声绕梁。

其三
太子无心恋,闭目不形相。将身不作转轮王,只是怕无常。

其四
二更夜月明,音乐堪人听。美人纤手弄秦筝,貌轻盈。

其五
姨母专承事,耶输相逐行。太子无心恋色声,岂能听。

其六

轮回三恶道,六趣在死生。从来改却这般名,只是换身形。

其七

三更夜月亭⑥,嫔妃睡不醒。美人梦里作音声,往相迎⑦。

其八

出家时欲至,天王号作瓶。宫中闻唤太子声,甚叮咛。

其九

我是四天王,故来远自迎。朱骢便蹑紫云腾,共去夜逾城⑧。

其十

四更夜月偏⑨,乘云到雪山。端身正坐欲向前⑩,坐禅延⑪。

其十一

寻思父王忆,每当姨母怜⑫。耶输忆我向门看,眼应穿。

其十二

便即唤车匿,分付与衣冠。将吾白马却归还,传我言。

其十三

五更夜月交⑬,帝释度金刀。毁形落发绀青毫,鹊奠巢⑭。

其十四

牧女献牛乳⑮,长者奉香茅⑯。誓当作佛苦海峤,眉间放白毫。

其十五

日食一麻麦,六载受勤劳。因充果满自逍遥,三界超。

【按】任半塘《敦煌歌辞总编》卷五据伯3065、3061、李盛铎旧藏本编录(上海古籍出版社1987年版下册第1458—1459页)。①"凉",《全唐五代词》卷七作"良"。②"建",《全敦煌诗》卷一三八作"见"。③"日",《全唐五代词》卷七作"月"。④"慈",《全唐五代词》卷七、《全敦煌诗》卷一三八作"兹";"韵",《全敦煌诗》卷一三八作"弄"。⑤"颐",《全敦煌诗》卷一三八作"头"。⑥"月亭",《全敦煌诗》卷一三八作"已停"。⑦"相",《全敦煌诗》卷一三八作"往"。⑧《全唐五代词》卷七、《全敦煌诗》卷一三八无"共去"二字。⑨"月",《全敦煌诗》卷一三八作"已"。⑩"欲向",《全敦煌诗》卷一三八作"向欲"。⑪"延",《全唐五代词》卷七作"边"。⑫"当",《全敦煌诗》卷一三八作"想"。⑬"月",《全敦煌诗》卷一三八作"已"。⑭"奠",《全唐五代词》卷七作"顶",《全敦煌诗》卷一三八作"缔"。⑮《全敦煌诗》

卷一三八作"牧牛女献乳"。⑯"茅",《全唐五代词》卷七作"药"。

五更转(太子成佛五首)

其一
一更初,太子欲发坐寻思①。奈知耶娘防守到,何时得度雪山川。

其二
二更深,五百个力士睡昏沉。遮取黄羊及车匿,朱骢白马同一心。

其三
三更满,太子腾空无人见。宫里传闻悉达无,耶娘肝肠寸寸断②。

其四
四更长,太子苦行万里香。一乐菩提修佛道,不藉你世上作公王。

其五
五更晓,大地上众生行道了③。忽见城头白马踪,则知太子成佛了。

【按】任半塘《敦煌歌辞总编》卷五据伯2483、3083编录(上海古籍出版社1987年版下册第1473页)。《全唐五代词》卷七题作《太子五更转》,张紫晨《歌谣小史》第九章迻录。①"寻思",《全唐五代词》卷七作"心思"。②"肝肠",《全敦煌诗》卷一三九作"肠肝"。③"上",《全敦煌诗》卷一三九作"下"。

十二时(劝学八首)

其一
平旦寅,□□□□未安身。奉劝有男须入学,莫推言道我家贫①。
从小父娘□□□,到大猥猡必越人。纵然未得一官职,笔下方圆养二亲。

其二
日出卯,□□□□□衣巧。不言官职作曹同②,天下相钦酒饭饱。
村坊每每人□□,□□□□□□□。人夫丛里得轻行,纸笔在身当役了。

其三

食时辰,□□□□□□□。□□□宁心莫慢,逢人礼节切须存③。□□□□□□□,□□□□用胜人④。会得先贤经典义,何愁到处不安身。

其四

隅中巳,有子须教识文字。共人两递定英雄,把笔思惟获道理。远近称传道姓名,遥闻谈说人皆美。世人不敢苦欺凌,都为文章有纲纪。

其五

正南午,读书便是随身宝⑤。高官卿相在朝廷,幼时入学曾辛苦。□□□□□□□□,□□□□□□□□。假如未遇在中间,时人岂敢来轻侮。

其六

日昳未,□□□□莫辞废。然如日下涉劬劳⑥,成名还有凌云志。□□□□□□□□,□□□□□□□□。他时若得高官职⑦,百里之成作伟器。

其七

晡时申,劝君教子胜留银。不见昔时勤学仕,衣锦还乡朱买臣。名播其传天下说,扬名父母不及亲⑧。但教十年冬夏读,不搂变作一贫人⑨。

其八

日入酉,常行好事劝朋友。东舍遥呼去吃茶,西舍用留去饮酒⑩。□□□□□□□□,□□□□□□□□。羡他德义美三端,遐方四海相知久⑪。

下阙四首

【按】任半塘《敦煌歌辞总编》卷五据伯2952编录(上海古籍出版社1987年版下册第1556—1557页),注:"右辞充满儒家学优则仕,升官发财思想。特点在唱于民间村坊。"
① "推言",《全敦煌诗》卷一三五作"言推"。② "同",《全敦煌诗》卷一三五作"司"。③ "节",《全敦煌诗》卷一三五作"则"。④ "用胜人",《全敦煌诗》卷一三五作"朋胜己人"。⑤ "随",《全敦煌诗》卷一三五作"在"。⑥ "如",《全敦煌诗》卷一三五作"知"。⑦ "他时若得",《全敦煌诗》卷一三五作"他身得一"。⑧ "扬名",原缺,今据《全敦煌诗》卷一三五补。

⑨"搂",《全敦煌诗》卷一三五作"捷";"贫"作"官"。⑩"用留",《全敦煌诗》卷一三五作"朋流"。⑪"久",《全敦煌诗》卷一三五作"友"。

十二时（求宦四首）

上阕八首

其一
黄昏戌,官职比来从此出。文章争不多勤学①,有志勿令生愧悔②。

其二
人定亥,先王典籍合敬爱。若能读得百家书,万劫千生名价在。

其三
夜半子,春榜即写才文字。朝廷上下骋词章③,万个之中无有二。

其四
鸡鸣丑,权隐在尘非长久。一朝肥马衣轻裘,富贵荣华万物有。

【按】任半塘《敦煌歌辞总编》卷五据伯2952编录(上海古籍出版社1987年版下册第1563—1564页)。①"多勤",《全敦煌诗》卷一三五作"尽心"。②"志",《全敦煌诗》卷一三五作"智"。③"朝廷上",《全敦煌诗》卷一三五作"朝堂门"。

五更转（警世二首）

其一
一更初,少年光景暂时无。一世之间何足度,谁知四大是空虚。人皆恒作千年调,谓将不死镇安居。有钱不解修功德,沽酒买肉事凶粗。终日贪生不觉老,鬓边白发实难除。面上红颜千道皱,腰疼脊曲项筋□。眼暗耳聋见不辨①,头昏脑转手专遇②。□中牙齿并落尽,皮肉瘦损遍身枯③。出门入户着弱杖,坐卧欲起觅人扶。村舍追随不能去,亲情故旧往还疏。丈夫一朝身如此,与死无别有何殊。

其二
二更分,阎浮众生不可论。终日匆匆望富贵,谁先□业受饥贫④。当时梳头镜里照,如今一拢永无因。被他将衣面上盖,合眼瞑瞑不解睁⑤。

从你男女头前哭,千呼万唤耳不闻。脚着纸靴常不脱,眼索衣裳遮莫嗔。终归不免深埋却,□□□□□□。

下阙三首

【按】任半塘《敦煌歌辞总编》卷五据伯 2976 编录(上海古籍出版社 1987 年版下册第 1566 页)。①"见",原缺,今据《全敦煌诗》卷一三六补。②"昏",《全敦煌诗》卷一三六作"风";"遇",原缺,今据《全敦煌诗》卷一三六补。③"遍",原缺,今据《全敦煌诗》卷一三六补。④"先□",《全敦煌诗》卷一三六作"□先"。⑤"睁",《全敦煌诗》卷一三六作"嗔"。

南宗定邪正五更转

一更初,妄想真如不异居。迷则真如是妄想,悟则妄想是真如。念不起,更无馀。见本性,等空虚。有作有求非解脱,无作无求是空虚。

二更催,大圆宝镜镇安台。众生不要攀缘境,由斯障蔽心不开。本自净,没尘埃。无染着,绝轮回。诸行无常是生灭,但观实相见如来。

三更深,如来智慧本由心。唯佛与佛乃能见,声闻缘觉不知音。住山窟,坐禅林。入空定,便凝心。一坐还同八万劫,只为体麻不重金。

四更阑,法身体性不劳看。看则住心便作意,作意还同妄想抟。妄想抟,莫攒玩。忍本性,自观看。善恶无思亦无念,无思无念是涅槃。

五更分,菩提无住复无根。过去舍身求不得,五师普遂不忘恩。施法药,大张门。去障蔽,豁浮云。能与众生开佛眼,皆令见性免沉沦。

【按】见张璋、黄畲《全唐五代词》卷七"敦煌词"。

阿曹婆辞(镇陇西三首)

第一

昨夜春风入户来①,动人怀②。只见庭前花欲发,半含哈③。　　直为思君容貌改④,征夫镇在陇西坏⑤。正见庭前双鹊喜⑥,君在塞外远征回,梦先来。

第二

独坐幽闺思转多,意如何。秋夜更长难可度,慢怜他⑦。　　每恨狂夫薄行迹,一从征出镇蹉跎。直为思君容貌改⑧,疆场还道□□□,□□□。

第三

当本只言三载归,灼灼期。朝暮啼多淹损眼⑨,信音稀。　　妾守空闺恒独寝⑩,君在塞北亦应知⑪。懊恼无辞呈肝胆⑫,留心会合待明时,□□□⑬。

【按】任半塘《敦煌歌辞总编》卷七"大曲"据斯6537、伯3271编录,注:"此套因有'当本只言三载归'句,与唐代府兵制相合,宜为盛唐作品。"(上海古籍出版社1987年版下册第1671—1672页)。①"入户来",《敦煌曲子词集》卷下、《全敦煌诗》卷一二六作"来入户"。②"人怀",《敦煌曲子词集》卷下作"如门",《全唐五代词》卷七、《全敦煌诗》卷一二六作"如开"。③"哈",《全敦煌诗》卷一二六缺。④"直",《敦煌曲子词集》卷下缺;"思",《全敦煌诗》卷一二六作"辞"。⑤"坏",《敦煌曲子词集》卷下、《全敦煌诗》卷一二六作"杯"。⑥"庭前",《敦煌曲子词集》卷下作"前庭";"喜"作"熹"。⑦"慢",《敦煌曲子词集》卷下作"曼"。⑧"为思",《全敦煌诗》卷一二六作"与辞"。⑨"淹",《敦煌曲子词集》卷下作"掩"。⑩《敦煌曲子词集》卷下缺"音稀妾守"四字。⑪"君在",《敦煌曲子词集》卷下作"君王"。⑫"辞",《敦煌曲子词集》卷下、《全敦煌诗》卷一二六作"知"。⑬《敦煌曲子词集》卷下无三字。

斗百草辞(喜去觅草四首)

第一

健寺祈长生①,花林摘浮郎②。有情离合花,无风独摇草。喜去喜去觅草,色数莫令少。

第二

佳丽重名城③,簪花竞斗新④。不怕西山白,惟须东海平。喜去喜去觅草⑤,觉走斗花先。

第三

望春希长乐,南楼对百花⑥。但看结李草⑦,何时染缬花⑧。喜去喜去觅草⑨,斗罢且归家。

第四

庭前一株花,芬芳独自好。欲摘问旁人,两两相捻笑⑩。喜去喜去觅草,灼灼其花报。

【按】任半塘《敦煌歌辞总编》卷七"大曲"据斯 6537、伯 3271 编录,注:"从次首之'佳丽'、三首之'望春'、'长乐'看,事应出于宫中,四辞之歌舞,应亦出于宫中。"(上海古籍出版社 1987 年版下册第 1679 页)。张璋、黄畬《全唐五代词》卷七引《开天遗事》:"唐天宝时,长安士女,春时斗花,戴插奇花,以多者为胜,皆用千金市名花,植庭中,以备斗。"① "健寺",《敦煌曲子词集》卷下、《全敦煌诗》卷一二六作"建士",张璋、黄畬《全唐五代词》卷七作"建寺",颜廷亮主编《敦煌文学》之孙其芳《词》作"健士"。② "浮郎",颜廷亮主编《敦煌文学》之孙其芳《词》作"艳郎"。③ "名城",《敦煌曲子词集》卷下、《全敦煌诗》卷一二六作"明臣"。④ "簪",《敦煌曲子词集》卷下、《全敦煌诗》卷一二六作"争"。⑤ 《敦煌曲子词集》卷下缺"觅草"二字。⑥ "百花",《敦煌曲子词集》卷下、《全敦煌诗》卷一二六作"北华"。⑦ "但",《全敦煌诗》卷一二六作"且"。⑧ "染缬",《敦煌曲子词集》卷下作"染颉",《全唐五代词》卷七作"怜颉",《全敦煌诗》卷一二六作"怜缬"。⑨ 《敦煌曲子词集》卷下缺"觅草"二字。⑩ "笑",《敦煌曲子词集》卷下、《全敦煌诗》卷一二六作"取"。

何满子辞(长城侠客四首)

第一

半夜秋风凛凛高①,长城侠客逞雄豪。
手执钢刀利如雪②,腰间恒挂可吹毛③。

第二

秋水澄澄深复深④,喻如贱妾岁寒心。
江头寂寞无音信,薄暮惟闻黄鸟吟⑤。

第三

城傍猎骑各翩翩,侧坐金鞍调马鞭。
胡言汉语真难会,听取胡歌甚可怜。

第四

金河一去路千千,欲到天边更有天。
马上不知时历变⑥,回来未半早经年。

【按】任半塘《敦煌歌辞总编》卷七"大曲"据斯 6537、伯 3271 编录(上海古籍出版社 1987 年版下册第 1684 页)。① "半夜",《敦煌曲子词集》卷下、《全敦煌诗》卷一二六作"平夜"。② "利",颜廷亮主编《敦煌文学》之孙其芳《词》作"亮";"如",《敦煌曲子词集》卷下缺,《全唐五代词》卷七作"霜"。③ "挂",《敦煌曲子词集》卷下、《全敦煌诗》卷一二六作

"垂"。④"深复深",《敦煌曲子词集》卷下作"掬复掬"。⑤"黄鸟",《敦煌曲子词集》卷下作"□鸟",张璋、黄畲《全唐五代词》卷七作"塞鸟"。⑥"时历",《敦煌曲子词集》卷下、《全敦煌诗》卷一二六作"何处"。

剑器辞（上秦王三首）

第一

皇帝持刀强,一一上秦王。斗贼勇勇勇①,拟欲向前汤。应手三五个②,万人谁敢当。从家缘业重③,终日事三郎。

第二

丈夫气力全④,一个拟当千⑤。猛气冲心出,视死亦如眠。籚簌不离手⑥,恒日在阵前。譬如鹘打雁,左右悉皆穿。

第三

排遍白旗舞⑦,先自有由来⑧。合如花焰秀,散若电光开。喊声天地裂,腾踏山岳催。剑器呈多少,浑脱向前来。

【按】任半塘《敦煌歌辞总编》卷七"大曲"据斯6537编录（上海古籍出版社1987年版下册第1692—1693页）。①"斗",《全敦煌诗》卷一二六作"闻"。②"应",《敦煌曲子词集》卷下、《全唐五代词》卷七作"心";"三五个",《全敦煌诗》卷一二六作"五三个"。③"从",《全敦煌诗》卷一二六作"宅"。④"气力",吴肃森《敦煌歌辞选注》作"力气"。⑤"一",《敦煌曲子词集》卷下缺;"拟",颜廷亮主编《敦煌文学》之孙其芳《词》作"似"。⑥"籚簌",《敦煌曲子词集》卷下作"率率",《全敦煌诗》卷一二六作"弯弓"。⑦"遍",《敦煌曲子词集》卷下、《全敦煌诗》卷一二六作"备"。⑧"由来",《敦煌曲子词集》卷下作"来由"。

剑器词

明朝游上苑,火急报春知。
花须连夜发,莫待晓风吹。

【按】张璋、黄畲《全唐五代词》卷七据饶宗颐《敦煌曲》补录（上海古籍出版社1986年版第909页）。

苏幕遮（大唐五台曲子六首寄在《苏莫遮》）

大圣堂,非凡地,左右盘龙,为有台相倚①。岭岫嵯峨朝雾已②,花木芬芳，菩萨多灵异。　　面慈悲，心欢喜，西国真僧，远远来瞻礼。瑞彩时时岩下起，福祚当今，万古千秋岁。

上东台，过北斗③，望见扶桑，海畔神龙斗④。雨雹相和惊林薮，雾卷云收，化现千般有⑤。　　吉祥鸣，师子吼，闻者狐疑，怕往罗筵走⑥。才念文殊三两口，大圣慈悲，方便潜身救。

上北台，登险道，石径崚嶒，缓步行多少。遍地名花微异草⑦，定水潜流，一日三回到。　　骆驼崖，风袅袅，来往巡游，须是身心好。罗汉岩头观漆河⑧，不得久停，为有神龙懆⑨。

上中台，盘道远，万仞迢迢，仿佛回天半。宝石巉岩光灿烂，异草名花，似锦堪游玩。　　玉华池，金沙畔，冰窟千年，到者身心颤。礼拜虔诚重发愿，五色祥云，一日三回现。

上西台，真圣境，阿耨池边，好似金桥影。两道圆光明似镜，一朵香山，崒屼堪吟咏。　　师子踪，深印定，八德池边，甘露常清净。菩萨行时龙众请，居士谈扬，为有天人听⑩。

上南台，林岭别，净境孤高，岩下观星月。远眺遐方情思悦⑪，或听神钟⑫，感愧捻香爇。　　蜀锦花，银丝结，供养诸天本之木，菡苕无人折⑬。往日尘劳今消灭，福寿延长⑭，为见真菩萨。

【按】任半塘《敦煌歌辞总编》卷七"大曲"据伯3360、斯0467、2080、2985、4012编录（上海古籍出版社1987年版下册第1771—1773页）。①"为"，《敦煌曲子词集》卷上作"唯"。②"已"，《敦煌曲子词集》卷上作"起"。注："斯四六七'雾起'作'圣地'。"③"北斗"，《敦煌曲子词集》卷上作"北平"。④"神龙"，《敦煌曲子词集》卷上作"龙神"。注："此句依斯四六七卷改，原卷及斯二〇八〇卷并作'雾卷云收，化现千般有'。"⑤"化现"，《敦煌曲子词集》卷上作"现化"。⑥ 此句《敦煌曲子词集》卷上作"怕网罗烟走"，注："斯四六七'怕网罗烟走'作'便往那边走'。"⑦ 此句《敦煌曲子词集》卷上作"遍地莓苔异软草"。⑧"漆河"，张璋、黄畬《全唐五代词》卷七作"漆瀑"。⑨"为"，《敦煌曲子词集》卷上作"唯"；"神龙懆"，《敦煌曲子词集》卷上作"龙神操"。⑩"为"，《敦煌曲子词集》卷上作"唯"。⑪"情思"，《敦煌曲子词集》卷上作"思情"。⑫"神钟"，张璋、黄畬《全唐五代词》卷七作"神镜"。⑬"无人折"，《敦煌曲子词集》卷上作"人间彻"，注："斯四六七'人间彻'作'无人折'。"⑭"延长"，《敦煌曲子词集》卷上作"延年"。

失调名（发箭到长安）

□□射立甚分明，忙把金弓接画斡①。脚踏□白□坛②，发箭到长安。　　适□面,从来合有动停君③,恰似前过□。侧耳听,只似觉凄声。

【按】据任半塘《敦煌歌辞总编·补遗·只曲类》迻录。此词原写于敦煌遗书《维摩诘经》卷背,周绍良《补敦煌曲子词》整理录文,"从词意审之,多怨征戍之苦,所以这些作品似是敦煌当地羁人之作。从时间推断应该已经在唐代晚期。"(《敦煌学论集》,甘肃人民出版社1985年版)。①"忙",《全敦煌诗》卷一三二作"王","斡"作"幹"。②《全敦煌诗》卷一三二此句前有"四围百姓看"一句。③"动停",《全敦煌诗》卷一三二作"洞庭"。

失调名(一家归)

一家归,□年尽,日渐西①。□□上诣开云道,专使请事大王□②,生死说一场。自身受甚苦,观音也合知。　　自身坐处无罪过,三边使来不。发遣一封书,青天也合知。

【按】原载周绍良《补敦煌曲子词》(《敦煌学论集》,甘肃人民出版社1985年版),今据任半塘《敦煌歌辞总编·补遗·只曲类》迻录(上海古籍出版社1987年版下册第1753页)。①"西",《全敦煌诗》卷一三二作"高"。②《全敦煌诗》卷一三二作"专诚请事大王王"。

失调名(男儿出外)

男儿出外径前行①,路上慎莫逢贼兵②。两家排阵便该斗,三棱凿子乱纵横。夺目云中落羽翰③,相隈莫效鸦鹊争④。

【按】原载周绍良《补敦煌曲子词》(《敦煌学论集》,甘肃人民出版社1985年版),今据任半塘《敦煌歌辞总编·补遗·只曲类》迻录(上海古籍出版社1987年版下册第1754页)。①"径",《全敦煌诗》卷一三二作"进"。②《全敦煌诗》卷一三二"贼"前有"劫"字。③"翰",《全敦煌诗》卷一三二作"条"。④"相隈莫效",《全敦煌诗》卷一三二作"相谓莫交"。

浣溪沙(黄莺)

一只黄莺薄天飞,空中罗网嗟长悬。唤取家中好恩眷,叹人言①。高意郎君劳更缚②,忽然得夺旋高天③。悔不当初人心负,奉你两个没因缘④。

【按】原载周绍良《补敦煌曲子词》(《敦煌学论集》,甘肃人民出版社1985年版),今据任半塘《敦煌歌辞总编·补遗·只曲类》迻录(上海古籍出版社1987年版下册第1755页),注:"辞为男女纠纷而发,特设黄莺为喻,劝薄幸郎回头。是唐代民间之'关雎'与'比兴'也,应重视。"①"叹",《全敦煌诗》卷一三二作"贪"。②"更缚",原缺,今据《全敦煌诗》卷一三二补。③"夺",《全敦煌诗》卷一三二作"脱"。④"奉",原缺,今据《全敦煌诗》卷一三二补。

失调名(问安)

问安分明比似潘①,绕欢。贱妾□□□至五更寒②,外看。远闻孤山风动晓,心酸。　　弱手两挎酒家钱③,皇天④。愿作江河变澄川⑤,将身航海没波澜。

【按】原载周绍良《补敦煌曲子词》(《敦煌学论集》,甘肃人民出版社1985年版),今据任半塘《敦煌歌辞总编·补遗·只曲类》迻录(上海古籍出版社1987年版下册第1756页),注:"文字讹别太甚,难于疏通。"①"比",《全敦煌诗》卷一三二作"不";"似"作"以"。②"至五更寒",《全敦煌诗》卷一三二作"之五更"。③"弱"、"挎",原缺,今据《全敦煌诗》卷一三二补。④"皇",《全敦煌诗》卷一三二作"黄"。⑤"澄",《全敦煌诗》卷一三二作"成"。

失调名(草头霜冷)

草头霜冷误中年,误中年。先须学取礼义全,誓愿莫归还。　　脱却皮裘蕃汉国,蕃汉国①。多应养马上胭脂山,泪眼仰青天。

【按】原载周绍良《补敦煌曲子词》(《敦煌学论集》,甘肃人民出版社1985年版),今据任半塘《敦煌歌辞总编·补遗·只曲类》迻录(上海古籍出版社1987年版下册第1756—1757页),注:"此辞道出蕃民于归化中所生之反感,乃一种有关之边声,史家不可轻视。"① 两句之"蕃",《全敦煌诗》卷一三二皆作"返"。

临江仙(大王处分)

大王处分靖烽烟①,山路阻隔多般。寒风切切贱于丹,行路远,正见一条天。　　愿我早晚夺山川②,大王尧舜团圆。自今以后把枪攒,卸金甲③,高唱快活年④。

【按】原载周绍良《补敦煌曲子词》(《敦煌学论集》,甘肃人民出版社1985年版),今据任半塘《敦煌歌辞总编·补遗·只曲类》迻录(上海古籍出版社 1987 年版下册第 1757 页），注："上片谓执行命令（'处分'），下片述自家愿望。妙在'尧舜团圆'四字，既粗鲁直率，又奇兀可喜！是武人之思想与口吻。"① "靖"，《全敦煌诗》卷一三二作"警"。② "夺"，《全敦煌诗》卷一三二作"脱"。③ "卸"，《全敦煌诗》卷一三二作"舍"。④ "高"，《全敦煌诗》卷一三二作"齐"。

望江南（大丈夫汉）

大丈夫汉，为国莫思身。单枪匹马抢排阵，尘飞草动便须行①，以后敬家军②。　　两阵壁，隐微处莫潜身。腰间四围十三尺③，龙泉宝剑靖妖氛，举将来献明君。

【按】原载周绍良《补敦煌曲子词》(《敦煌学论集》，甘肃人民出版社 1985 年版），今据任半塘《敦煌歌辞总编·补遗·只曲类》迻录(上海古籍出版社 1987 年版下册第 1758 页），注："原本全首作'大丈夫汉，为国莫思身。躭枪匹马枪排阵，尘非草动便须去，已后敬家斤。两阵壁，影揿处莫渐身。腰间四谓十三只，龙泉保剑敬腰粉，手将来显名君。'此据周氏打字机复制本过录，其中难免渗入今日之简化字体，不能反映五代传写本之原貌，兹经改订如上。"又注："'大丈夫汉'犹今称'大男子汉'，表示男尊女卑。"① "行"，《全敦煌诗》卷一三二作"去"。② "以"，《全敦煌诗》卷一三二作"已"。③ "尺"，原缺，今据《全敦煌诗》卷一三二补。

失调名（远征行）

上却沙场别却妻①，教我儿婿远征行。乃可襜鞍梯汉婿②，大王不容许女人妆。　　女人束妆有何妨，妆束出来似神王。乃可刀头剑下死，夜夜不愿守空房③。

【按】原载周绍良《补敦煌曲子词》(《敦煌学论集》，甘肃人民出版社 1985 年版），今据任半塘《敦煌歌辞总编·补遗·只曲类》迻录(上海古籍出版社 1987 年版下册第 1759 页），注："通首是嫁给汉人之蕃妇口气，甚奇！"① "上"，《全敦煌诗》卷一三二作"离"。② "梯"，《全敦煌诗》卷一三二作"替"。③ "愿"，《全敦煌诗》卷一三二作"辨"。

浣溪沙（山头水道）

忽见山头水道埋①，鸳鸯环甲被金鞍②。马上弯弓搭箭射，塞门看。

为报乞寒王子大,胭脂山下战场宽。丈夫儿出来须努力,觅取策三边。

【按】原载周绍良《补敦煌曲子词》(《敦煌学论集》,甘肃人民出版社1985年版),今据任半塘《敦煌歌辞总编·补遗·只曲类》迻录(上海古籍出版社1987年版下册第1760页),注:"原无调名,校补。起二句之意不连贯,可知首句'水道埋'是讹文,待校。'搭箭射'原作'答社箭','塞'原作'赛','乞'原作'吃','胭'原作'烟','战场'原作'贱长','策'原作'第'。"又:"'乞寒'原是初唐即有之一种胡戏,以水相泼,又谓'泼寒'。此处所见殆别有含义。'王子大'或是'大王子'之讹。末句在可解不可解之间。"①"埋",《全敦煌诗》卷一三二作"烟"。②"环",《全敦煌诗》卷一三二作"擐"。

失调名(抛我一生)

抛我一生却①,自家一身当。归汉路,千万忆君。若在生之时,不谓人死,卿卿忆著,眼中泪落千行②。道路遥远,早晚得回过③。黄河水满过三边,圂上过,不觉水深浅。早去过,日落西下得相见。

【按】原载周绍良《补敦煌曲子词》(《敦煌学论集》,甘肃人民出版社1985年版),今据任半塘《敦煌歌辞总编·补遗·只曲类》迻录(上海古籍出版社1987年版下册第1760页),注:"此为十三辞中讹舛最多,最难理解之一首。"①"生",《全敦煌诗》卷一三二作"身"。② 此数句《全敦煌诗》卷一三二断作"归汉路,千万忆,君若在,生之时,不为人,死卿卿,忆着眼中泪落千行"。③《全敦煌诗》卷一三二"回"前有"见"字。

浣溪沙(万里迢停)

万里迢停不见家,一条黄路绝鸣沙。自忆家乡心意乱①,日长斜。
海水轻圂来往□②,远闻孤雁转思多。惆怅年年归北路,曲子催送浪陶沙。

【按】原载周绍良《补敦煌曲子词》(《敦煌学论集》,甘肃人民出版社1985年版),今据任半塘《敦煌歌辞总编·补遗·只曲类》迻录(上海古籍出版社1987年版下册第1761页)。①《全敦煌诗》卷一三二作"不忘家乡心忆恋"。②"往",《全敦煌诗》卷一三二作"望"。

失调名(耶娘老)

一不愿耶娘老,二不愿梵公生①,三不愿无弟兄,四不愿自身当。

燕子云中鸟,下来绕此堂②。同席温美酒,且以唱歌人。

【按】原载周绍良《补敦煌曲子词》(《敦煌学论集》,甘肃人民出版社1985年版),今据任半塘《敦煌歌辞总编·补遗·只曲类》迻录(上海古籍出版社1987年版下册第1761页),注:"此十三辞有内容,有文彩,而混于芜驳中,乍视之,为一团茅草,无足取;稍稍辨别,乃知为唐代蕃汉间流行之原唱,为时为境,值得详考。"① "生",《全敦煌诗》卷一三二作"王"。② "此",《全敦煌诗》卷一三二作"北"。

高兴歌(酒赋二十一首)

其一

王公特达越今古,六尺堂堂善文武。
但令今昔醉如泥,不惜钱财用如土。

其二

远近咸知用度惯,轻弃隋珠召玉环。
绿酒长令能涨海,黄金不用积如山。

其三

嵇叔夜,阮仲容,冰玉琢,成千钟。
为与刘伶千日酒,醉卧南山百尺松。

其四

一言道合即知音,酒如泉水肉如林。
有胆浑沦天许大,泰山团作小于心。

其五

瘿木杯,犀酒角,长铺抵唇声瀺灂。
白日林里访山涛,夜向瓮前寻华卓。

其六

珊瑚杓,金叵罗,倾酒淙淙如龙涡。
酒若悬流注不歇,口如沧海吸黄河。

其七

鹅儿黄,鸭头绿,桑落蒲桃看不足。
相令唯忧日势斜,吟叹只怕时光促。

其八

挑金灯,爇玉烛,绿珠姮娥送歌曲。
遮莫酒如黑黯湫,终须欲入山含巇谷。

其九

点清酒,如竹叶,沾着唇,甜如颊。
樽中湛湛旁人怯,酒熏花色赤翩翩,面上紫光凝聂欠。

其十

凤凰杯,玛瑙盏,左旋右旋大虫眼。
千车鹿脯作资财,百只枪筹是家产。

其十一

无劳四字犯章程,不明不快酒满盛。
银碗浑擎张口泻,君听且作瀺灂声。

其十二

筝笛相和声沸天,更将新曲入繁弦。
为听十拍黄花酒,打折一条白玉鞭。

其十三

新闻九醖气氛氲,嫌何昔日孟尝君。
壶觞百杯徒浪饮,章程不许李稍云。

其十四

彻晓天明坐不起,酕醄酩酊芳筵里。
回头吐出莲花杯,浮萍草盖泛香水。

其十五

暖淳淳,本无骨,咽入喉中声唿唿。

其十六

纳䣧酒,嗢勃桃,拨醅尝却三五瓢。
新头旧酒逢新酒,半似含消半未消。

其十七

今年九月寒应早,高幡百度尊前倒。
人醉何愁不得归,马识酒家来去道。

其十八

入凝冬,香满室,红地炉,相压膝。

银铛乱点野駞酥,罍罍酒消鱼眼出。

户外多应冻慄寒,筵中不若三春日。

其十九

孔夫子,并颜渊,古今高哲称大贤。

辩士甲乙鲁仲连,何晏马融老郑玄。

桃花园里看无地,走入壶中却有天。

其二〇

璨然可观辞赋客,兴治文章光惮赫。

人生一代不荣华,彭祖徒劳年七百。

其二一

醉眠更有何所忧,衣冠身外复何求。

但得清樽消日月,莫愁红粉老春秋。

【按】见任半塘《敦煌歌辞总编·补遗·只曲类》据斯、2049、伯2633等校录(上海古籍出版社1987年版下册第1764—1784页),注:"本辞并非赋体。'酒赋'二字,义为'赋酒',不说明其为赋体。"

婆罗门(咏月曲子四首)

其一

望月婆罗门,青霄现金身。面带黑色齿如银,处处分身千万亿①,锡杖钵天门②。双林礼世尊。

其二

望月陇西生,光明天下行③。水精宫里落轰轰④,两边仙人常瞻仰,鸾舞鹤弹筝⑤。凤凰说法听。

其三

望月曲弯弯,初生似玉环。渐渐团圆在东边,银城周回星流遍,锡杖夺天门⑥。明珠四畔悬。

其四

望月在边州,江东海北头。自从亲向月中游,随佛逍遥登上界,端坐宝花楼。千秋似万秋⑦。

【按】王重民《敦煌曲子词集》卷上据斯 4578 移录(上海古籍出版社 1950 年版第 21 页)。①"齿如银,处处分身千万亿",《敦煌曲子词集》卷上缺,今据《全敦煌诗》卷一三一补。②"钵",《全唐五代词》卷七作"把",《全敦煌诗》卷一三一作"拨"。③"天下行",《敦煌曲子词集》卷上缺,今据《全敦煌诗》卷一三一补。④"水精",《敦煌曲子词集》卷上缺,今据《全敦煌诗》卷一三一补。"落",《全唐五代词》卷七、《全敦煌诗》卷一三一作"乐"。⑤"筝",《全唐五代词》卷七作"琴"。⑥"门",《全唐五代词》卷七作"关"。⑦"似",《全敦煌诗》卷一三一作"万"。

失调名(女人束装)

女人束装有何妨,装束出来似神王。
宁可刀头剑下死,夜夜不便守空房。

【按】见颜廷亮主编《敦煌文学》之孙其芳《词》引《补敦煌曲子词》第九首下片(甘肃人民出版社 1989 年版第 200 页)。

春光好(感恩光)

□□□,□□□,□□□,□□□塞旧戎装①,却着汉衣裳。　　家住大杨海□②,蛮夷不会宫商。今日得逢明圣主,感恩光。

【按】任半塘校编《敦煌歌辞总编》卷二据伯 2506 编录(上海古籍出版社 1987 年版上册第 436 页),《敦煌曲子词集》卷上、张锡厚主编《全敦煌诗》卷一二四录为"失调"。①《全敦煌诗》作"(上阙)塞旧戎装",颜廷亮主编《敦煌文学》之孙其芳《词》作"(上缺)[脱去]旧戎装"。②《敦煌曲子词集》卷上作"家住大杨海"。

失调名(忆家乡)

忆家乡,远断日渐长。终日悬夕听消息,亦看化作泪千行。作客御西堂。　　自别无罪过,日月礼四方。耶娘不知叹肝肠,儿亦跪娘泪千行。深世□家香。

【按】张锡厚主编《全敦煌诗》卷一二四"无名氏词十首"据伯 2809、3911、3319 抄本校录(作家出版社 2006 年版第十一册第 4915 页)。

失调名(绿朵清特花正红)

绿朵清特花正红,□花开,今□各曾相误人。宗老改乡朋。　　好□水店今盘上,送何□,何日再相逢。道逢龙神先下拜,□称存。

【按】张锡厚主编《全敦煌诗》卷一二四"无名氏词十首"据伯 2809 抄本校录(作家出版社 2006 年版第十一册第 4916 页)。

失调名(君蓬生来不得了)

君蓬生来不得了,大家谁使入城报。城□河叫声地台,看下围堞请行倾。夫音官亦□大字,项寺倘取成一舍。田地□□圣践日,已得家丁遭己大。□赤子,行行至,□□要言留心来。□□□兼一个,月座杜令热如火。丁头老下杜脚皮,眼令疾和尽更别。足坐却踏石石皮。

【按】张锡厚主编《全敦煌诗》卷一二四"无名氏词十首"据伯 2809 抄本校录(作家出版社 2006 年版第十一册第 4917 页)。

无名氏失调名词二首

其一

当今皇帝圣明天,先伦面对玉阶前。百僚群臣呼万岁,拜贺圣明天。旗旙队伍,共日争先。

其二

乾符盖帝光明年,从此我□出圣贤。福日百凭南山,满口歌扬,情唱快活年。不管老少尽咸欢,得见君王遑礼拜,恰似菩萨绕含延。

【按】张锡厚主编《全敦煌诗》卷一二七据伯 3906 册子本校录,并推断其词当抄于天福七年壬寅岁,即公元 942 年(作家出版社 2006 年版第十一册第 5026—5028 页)。

失调名（闻说长安万里）

闻说长安万里，经理黄龙，景两坚早万曲□。见问□□□，□□□□□□□。梁富□省安。　　闻说太公□语，以经三载。父命□□上钦阑，我不识梵语。水上犹还解间别，不恨乱吞钩。

【按】张锡厚主编《全敦煌诗》卷一二九据斯 0329 校录，原在同卷"无名氏词四首"之"失调名·十年五岁相看过"，校记〔一〕谓："经查斯 0329 卷背'敕归义军节度使牒'后，抄有曲词七行。……存词二首（'十年五岁相看过'、'闻说长安万里'）……"（作家出版社 2006 年版第十一册第 5063 页，此词载第 5065 页）。

失调名（织成锦字）

织成锦字，凭飞雁，达金花。想君南北意难裁，敬途轻，花落又重开。　　断弦罢却，无心量，任尘埃。傍飞过尽不归来，今岁中，谁筑望夫台。

【按】张锡厚主编《全敦煌诗》卷一二九据斯 0329 校录（作家出版社 2006 年版第十一册第 5071 页）。

别仙子三首

其一

玉浆酒泉，添襕衣，下曹朝。君王催奏乐，方响逐云霄。鸳鸯帐地笙歌舞，善劝王子归本路。　　天同荣，白金映，人穿甲，马悬铃。树雀儿，近刀兵。海晏河清罢征战，三边烟火灭妖精。

其二

昨来侥倖，人说道，心思苦，教奴嗔。含惆怅，扶腮泣，灯穿牖。

其三

曾来不信，人说道，相思苦，如今现。嗔交我，劳情与，攒眉立，倚枕卧。日夜悬肠割肚，堕玉柱，直待绮门朱户。　　忆君直得如痴醉，容言语，胸裙上，红罗带上啼恨吁。过然得，重相见，依旧还同一处。归罗帐，特地再论心苏。

【按】张锡厚主编《全敦煌诗》卷一三一据斯4332、7111校录（作家出版社2006年版第十一册，其一见第5144页，其二见5145页，其三见5146页）。

失调名十七首

其一
听说这个身，六道久沉沦。驼驴□马受艰辛，无为遍知闻。

其二
只为多欺诳，谩他一切人。得分恩养亲一门，偿债是一身。

其三
重驮驱行急，杖打不离身。蹄穿脊烂受辛勤，谁是肯救君。

其四
苦劝道中人，闻着莫生嗔。直须修取未来因，虚度一生身。

其五
此身像一船，槛在苦海边。船中有个苦迷人，不能自悟身。

其六
一面船不破，又逐逝波奔。漂流没没住沉沦，何日逢人身。

其七
劝君学道人，懒惰莫修因。明珠一失再难闻，虚度过秋春。

其八
西方极乐界，法王号弥陀。朝朝行坐唱仙歌，达者甚应多。

其九
西方无恶道，快乐胜娑婆。修行达者总曾过，金楼宝殿多。

其十
嘱咐道中人，日夜要精勤。空王留在好安身，鼓乐便来陈。

其十一
金桥迁身过，钟声引行人。为君修道不离身，荡荡出嚣尘。

其十二

世间学善多,几个解柔和。迷心随境受蹉跎,何日出爱河。

其十三

自心即是佛,不悟外求他。洗除声色离腾波,定得见弥陀。

其十四

愁见花迷人,朝朝造业沦。目下虽然且随群,不修悟真身。

其十五

妄想多攀境,不惧业来侵。无常至日不停容,分散各西东。

其十六

普告行人知,依旧莫愚痴。三关莫放勤住持,西方会为期。

其十七

净土有金钟,声拂满虚空。六时嘹亮在身躬,悟者得相逢。

【按】张锡厚主编《全敦煌诗》卷一三六"无名氏词十七首"据伯2963校录(作家出版社2006年版第十二册第5268—5279页)。

无名氏归去来八首

他乡甚难居

归去来,他乡甚难居。饥渴寒热逼,六贼复来诛。无常念念催,人天及三途。不如早还归,饮乳食醍醐。寿命如虚空,不见有亲疏。

他乡多留难

归去来,他乡多留难。无事入牢狱,动即著羁绊。缚解从缘生,妄情有静乱。所以二见兴,因由无正观。不行是非道,诸结自然散。飘然无一念,疾疾到彼岸。

他乡非我土

归去来,他乡非我土。凄惶孤鸟兽,唯识非我侣。身心不自在,飘摇随风鼓。严坐观无常,不见我之所。去来空中疏,不知至何许。

他乡思煞人

归去来,他乡思煞人。唯识自不识,云何见客尘。心识妄境界,是非因缘□。洪波起乱想,刹那常纷纭。晏然至寂默,邪正谁能辨。

他乡竟何于

归去来,他乡竟何于。诸法因谁生,一异俱不俱。从此性惑起,魔王外道驱。智慧识心丧,洪波竭流枯。六道寂不行,亦不住真如。

他乡多烦怨

归去来,他乡多烦怨。客主不相识,何处觅根源。去来空中迹,出入不由门。还来归本家,宅神从先尊。众流没性海,游观菩提园。

他乡非荣华

归去来,他乡非荣华。暂来寄君住,无事善恶加。我乱性清净,云何毒药茶。自他本不然,喻若虚空花。即是无为岸,高涉度恒沙。

他乡怀心数

归去来,他乡怀心数。识神随化转,非自非他作。法界皆同然,何者是静虑。不知已何言,岂容有来去。空有中流亡,解脱塞诸路。

【按】张锡厚主编《全敦煌诗》卷一三七据伯 4895 校录(作家出版社 2006 年版第十二册第 5285—5292 页),均以次句为题,今从拟。

无名氏入山学五首

大士延复进

入山学,大士延复进。身命如灰土,弃舍而不悋。檀度最为初,愚俗岂能信。厌世志成就,阿耨多罗印。

明人誓尽节

入山学,明人誓尽节。色心相催促,兴造烦恼结。慧刀断根源,容容无寒热。

善事不辞辛

入山学,善事不辞辛。报形无穷尽,妄计以为人。五阴空无主,寂绝入道因。

栖勤那可言

入山学,栖勤那可言。四蛇蚖蜜我,处处不安眠。三界火宅难,速自起清泉。

唯识无伴侣

入山学,唯识无伴侣。飘摇随风移,何有我之所。无自无他相,须臾降法雨。

【按】张锡厚主编《全敦煌诗》卷一三七据伯4895校录(作家出版社2006年版第十二册第5292—5296页),均以次句为题,今从拟。

无名氏山中乐五首

大士在中游

山中乐,大士在中游。无缚无解脱,永断恒沙流。兴造大悲船,运载法界囚。

诸法非邪正

山中乐,诸法非邪正。是非呼声响,何处有恬净。善恶虚空花,解缘合真性。

聚集非有先

山中乐,聚集非有先。寻名入魔网,无始常□□。心识如火灭,不受六道因。

刹那甚峻速

山中乐,刹那甚峻速。生死大夜中,谁能慧烛明。明栢不相除,即是成正觉。

实是大布奇

山中乐,实是大布奇。虚寂示照海,乃为方寸烦。境智不相成,显出佛菩提。

【按】张锡厚主编《全敦煌诗》卷一三七据伯4895校录(作家出版社2006年版第十二册第5297—5300页),均以次句为题,今从拟。

无名氏出深山五首

何处中安居

出深山,何处中安居。风云无寻慧,真俗岂能殊。湛然不动处,朋宗永陵虚。

调意身心闲

出深山,调意身心闲。八风转不动,五怖不坏颜。疮疣病未发,讷钝不须言。

夷齐同一观

出深山,夷齐同一观。易易恒安俱,不论有静乱。生死无来去,云何到彼岸。

刚柔能卷舒

出深山,刚柔能卷舒。临渊而不住,五欲深泥夫。藏识性明净,烦恼体如如。

非识之所识

出深山,非识之所识。寂寥旷远求,积行非今日。

【按】张锡厚主编《全敦煌诗》卷一三七据伯4895校录(作家出版社2006年版第十二册第5301—5305页),均以次句为题,今从拟。

安心难三首

其一

安心难,欲得心安无处安。一处不安是大定,无定无安是湛然。湛然清净性常住,无心无识是道路。道路过度诸众生,唯多人踏道更平。平道无过忍辱是,恶草棘刺永不生。

其二

诸人修道憎贪欲,不知贪欲是佛朴。菩萨故向贪欲生,无有欲心染世俗。世俗因缘贵贪欲,历劫染爱无有足。虎狼师子易伏捺,唯有财色难制勒。若能制勒得,解脱当处得。

其三

一念净心入精屋,精屋即是无明□。□道理中有真容,始知石内生金玉。不雕不琢不成宝,无解无行无道德。解行相依如车轮,亦如空中鸟二翼。破戒如鸟投罗网,乱定如车无有轴。因缘具备须和会,定惠双修不孤独。前念后念无间断,始得名为善付嘱。

【按】张锡厚主编《全敦煌诗》卷一四一据伯 3409 校录(作家出版社 2006 年版第十二册第 5387—5389 页)。

缁门百岁篇十首

其一

一十辞亲愿出家,手携经禧学煎茶。
驱鸟未解从师教,往往抛经摘草花。

其二

二十空门艺卓奇,沾恩剃发整威仪。
应法以堪师羯磨,五年勤学尽毗尼。

其三

三十精通法轮全,四时无暇复无眠。
有心直拟翻龙藏,岂肯因循过百年。

其四

四十幽玄总揽之,游巡天下入王畿。
经论一言分擘尽,五乘八藏更无疑。

其五

五十恩延入帝宫,紫衣新赐意初浓。
谈经御殿倾雷雨,震起潜波卧窟龙。

其六

六十人间置法船,广开慈谕示因缘。
三车已立门前路,念念无常劝福田。

其七

七十连宵坐结跏,观空何处有荣华。

匡心直乐求清净,永离沾衣染著花。

其八

八十虽存力已残,梦中时复到天关。
还遇道人邀说法,请师端坐上金坛。

其九

九十之身朽不坚,犹蒙圣力助轻便。
残灯未灭光辉薄,时见迎云在目前。

其十

百岁归原逐鬼风,松楸叶落几春冬。
平生意气今朝尽,聚玉如山总是空。

【按】张锡厚主编《全敦煌诗》卷一四四据伯3821、斯2943等六种抄本校录(作家出版社2006年版第十二册第5436—5447页)。

五更转(维摩五更转五首)

其一

一更初,一更初,医王设教有多途。
维摩权疾徙方丈,莲花宝相坐街衢。

其二

二更浅,二更浅,金粟如来巧方便。
室包乾像掌擎山,示有妻儿常厌患。

其三

三更深,三更深,释迦演法语同音。
听闻随类皆得解,观根为说称人心。

其四

四更至,四更至,月面毫光千道起。
有学无学万馀人,助佛弘宣一大事。

其五

五更晓,五更晓,将明佛国先有兆。

一盖之中千土呈，十方世界俱能照。

【按】张锡厚主编《全敦煌诗》卷一四四据斯2454、伯3141两种抄本校录（作家出版社2006年版第十二册第5527—5531页）。

行路难十首

其一至其四原阙（今另行编次）。

其一

君不见，无心□□□，□□□□□□。　　□□□□□□□，□□□□ □□□，□□□□□□□。□□□□任浮沉，动止□□□□□。□□□ □□□□，□□□可身心得。□□□□□□□，□□□□□□□。□□希承授记音，幸愿唯须弃狂药。无劳空□□□□，□□非有非不有。动念即是为魔侵。行路难，路难无心甚清高。一切诸法如阳炎，何须学□□ □□。

其二

君不见，无心无自他，法界虚融□□□。　　和乃无和无彼此，得一即泛法流河。一亦非一疆□□□，□□□一转生多。为灭一多之取见，故说般若修多罗。□□虚融同一海，缘起犹如海上波。波□□□□□，□□□净本同窠。劝君迷路诸人□，□□□□□□□。若也忘怀绝诸见，便能树下证佛陀。　　行路难，路难无心甚洹洹。君等若其不信者，□□□□□□□。

其三

君不见，无心甚微细，□□□□□□□。　　□□虚通唯一心，一心非心乃真谛。真谛□□□□□，为许痴饤之所迷。八难三途□□□，□□□□□□□。□□□□想睡者，于中自□□□□。□□□□登真□，□□□□□□□，勿更怀疑自沉滞。□□□□□□□，□□□□□□羁制。
行路难，路难无心□□□。□□□□□□□，□□失路漫西东。

其四

君不见，无心□□□，非无非有绝称量。　　一切虚融□□□，□□□无□□□。□□起灭如影响，影响非□□非长。虚䂓非真如幻梦，

463

幻梦非断复非常。可□□□觉等,采花拔刺浪栖迟。讵解忘怀绝诸见,□□之理自然彰。大圣悟此称正觉,八风五欲不能伤。为许无心得自在,所以号为诸法王。　　行路难,路难无心罕见珍。和氏连城非不美,所叹惟逢楚国人。

其五

君不见,无心无楷约,小智下愚难准度。　　昔日教人练八斋,今乃自身行十恶。惑者见之言是谬,达士了然恒不错。见善见恶本由心,不□□□□所作。于个善恶才兴念,即是烦恼深基脚。迷人空里漫寻花,终日驱驱自缠缚。若悟此中深趣者,触处朗然无所著。自在犹如不系舟,得性逍遥甚清廓。　　行路难,路难无心无谬失。善□□□空里花,那能舍一而求一。

其六

君不见,无心无所见,万法混齐忘贵贱。　　法性虚融遍十方,十方非遍非不遍。法本不生亦不灭,如幻如梦因缘见。□□之法离有无,迷者于中生著恋。岂悟本来非异体,连群总入魔王罥。大圣弘誓起慈悲,鹿野园中演花线。示善示恶令修舍,盖是杨叶权方便。若于此教执不移,何殊狗逐雷声转。　　行路难,路难无心妙且深。叹许守相迷人辈,争采黄叶叶真金。

其七

君不见,无心之大施,旷然忘怀绝衰利。　　随缘聚散任五家,不计彼此之差二。开门任取不为限,缘起即主非关自。三事由来不预怀,岂简福田之渐次。一切无求无所欲,任运无施无不施。无心之心超世间,故得称为施中至。无心之心通法界,法界平等非殊异。若能悟此一体檀,即是无碍檀那地。　　行路难,路难无心甚奇特。不见福田之是非,深达无利无功德。

其八

君不见,无心大木叉,绝虑忘怀超正邪。　　无心之心无异体,法界虚通混一家。十恶十善源无异,八邪八正本非差。迷人邪相随心执,犹如空里简狂花。流浪轮回曾不悟,耽荒五欲著骄奢。大圣弘慈巧方便,制诸律戒设开遮。余今既学无心律,超过彼律出尘沙。安能更学声闻志,狭小门内顾羊车。　　行路难,路难无心甚微细。制戒本意为防心,非有心人何所制。

其九

君不见,无心之大忍,埋名晦迹殊幽隐。　　灰心讷辩示愚庸,闭智塞聪韬锐敏。旷然忘怀绝彼此,苦对怨憎自平泯。侵陵逼恼若空花,空花无实无根本。骂辱讥诃如影响,影响何曾有亏损。但能朗然无所缘,一切忍行无不尽。赠言同志诸人辈,幸勿空中浪生愤。若悟此身同化人,烦恼魔军自然殒。　　行路难,路难无心百事好。无心无碍若虚空,知复何人能触恼。

其十

君不见,无心之大勤,绝思绝念始殷殷。　　殷殷无念无不念,无念无勤无不勤。如盲对色不见见,如聋遇响不闻闻。法性本来恒寂灭,迷者生心存所存。凄遑绕塔求功德,昼夜辛苦事云云。岂悟所作唯迷倒,乃更深栽生死根。修善虽言得胜果,地狱天堂恒对门。唯有不念归真寂,魔王卷迹自亡魂。　　行路难,路难深是难思法。迷人梦里见三祇,学者那应超九劫。

其十一

君不见,无心之大禅,无缘无相离中边。　　无相非相非无相,无缘非缘非不缘。冲微寂寞同真际,虚凝冥杳契幽玄。超过一切诸三昧,乃号无名无碍禅。若人离念深通达,判知五欲不能牵。五欲之中能自在,即是摩诃第一仙。寄语凄惶穷子辈,入于父舍直来前。勿怖威严便自鄙,淤泥之内乃生莲。　　行路难,路难无心甚高良。既得幸承慈父命,那更窥觑除粪行。

其十二

君不见,无心之大慧,廓廓落落无边际。　　无碍虚融离有无,微妙疏通含一切。一切疏通忘彼此,如如平等论非是。非是是是号空空,空空亦空乃法尔。法尔空空无他自,慧眼明照恒不二。不二无知无不知,无知不知称大智。大智非明非不明,不明非明无明明。无明之照不照照,不照之照乃无生。　　行路难,路难无心甚清泰。涅槃生死不关怀,荡荡如空无罣碍。

【按】张锡厚主编《全敦煌诗》卷一四九据斯6042及日本龙谷大学藏本等三种抄本校录,总题"无名氏词十二首"(作家出版社2006年版第十二册第5582—5597页)。

悉昙颂八首

其一

颇逻堕,颇逻堕。第一舍缘清净座。万事不起真无我,直追菩提离因果,心心寂灭无殃祸,念念无念当印可。摩底利摩,鲁留卢楼颇逻堕。

诸佛弟子莫懒惰,自劝课,爱河苦海须度过。忆食不食常被饿,木头不攒不出火。那逻逻,端坐,娑诃耶,莫卧。

其二

只领盛,只领盛。第二住心常看净。亦见亦闻无视听,生灭两忘犹未证,从师授语方显定,见佛法师无二性。性顶领径,鲁留卢楼只领盛。

诸佛弟子莫嗔佞,三毒忽起无佛性。痴狂心乱恼贤圣,眼贪色尘耳缚听,背却天堂向恶境。盈令令,修定,娑诃耶,归正。

其三

复浪养,复浪养。第三看心须屏当。扫去垢秽除灾障,即色即空会无想。妄想分别是心量,体上识体实无谤。谤底利谤,鲁留卢楼复浪养。

诸佛弟子莫毁谤,一切皆有罪业障,他家闻声不相放。三寸舌根作没向。道长说短恼心王,心王不了说短长,来生业道受苦殃。羊良良,屏当,娑诃耶,净扫堂中须供养。

其四

拂栗质,拂栗质。第四八识合六七。看心心本是禅室,法身身法智非一。五眼六通光慧日,言下便悟实无密。密底利密,鲁留卢楼拂栗质。

诸佛弟子莫放逸,无始已来居暗室。生死流转不得出,只为愚迷障慧日。逸栗密,栗密,沙诃耶,真实。

其五

晓燎耀,晓燎耀,第五实相门中照。一切名利妄呼召,如已等息貌非貌。非因非果无嗔笑,性上看性妙中妙。要底里要,鲁留卢楼晓燎耀。

诸佛弟子莫嗔笑,忧悲嗔笑是障道。于此道门无嗔笑,登心须看内外照。眼中有翳须磨耀,铜镜不磨不中照。遥燎料,作好,娑诃耶,莫恼。

其六

按懒畔,按懒畔。第六心离禅门观。不来不去无岸畔,觉上看觉除定乱。佛子与众生同体段,本原清净磨垢散。叹底利叹,鲁留卢楼按懒畔。

诸佛弟子莫楞看,道上大有罗刹唤。愚人来去常系绊,染着色尘心撩乱。行住坐卧无体段,在于众中慢叫唤,得他劝谏即橛难。那逻逻,荼灌,娑诃耶,钝汉。

其七

普路喻,普路喻。第七圆明大慧悟。四门十八离名数,生灭妙有悬通度。三界大师实难遇,生死涅槃不合渡。爱何递上不留住,即心非心魔自去。去底利去,鲁留卢楼普路喻。　　诸佛弟子常觉悟,一念净心无杂污,一切魔军自然去。间间屡,专注,娑诃耶,大悟。

其八

嘎略药,嘎略药。第八禅门绝斟酌。不高不下无楼阁,不出不入无城郭。是想显声即初学,生心动念勿令着。久坐用功作非作,无乐可乐是常乐。慧灯一照三千墭,定水常清八万铄,十方诸佛同开觉。觉底利博,鲁留卢楼嘎略药。　　诸佛弟子自在作,莫制约。四维上下不可度,住寂涅槃同门廓。甚安乐,无著,娑诃耶,等觉。

【按】见吴肃森《敦煌歌辞选注》(辽宁人民出版社1990年版,其一见147页,其二见148页,其三见150页,其四见152页,其五见154页,其六见155页,其七见157页,其八见159页)。

辞娘赞

好住娘,好住娘。娘娘努力守空房,好住娘。儿欲入山修道去,好住娘。兄弟努力好看娘,好住娘。儿欲入山坐禅去,好住娘。回头顶礼五台山,好住娘。五台山上松柏树,好住娘。正见松柏共天连,好住娘。上到高山望四海,好住娘。眼中泪落数千行,好住娘。下到高山青草里,好住娘。豺狼野兽竞来亲,好住娘。乳哺之恩未曾报,好住娘。誓愿成佛报娘恩,好住娘。耶娘忆儿肠欲断,好住娘。儿忆耶娘泪千行,好住娘。舍却耶娘恩爱断,好住娘。且须袈裟相对坐,好住娘。舍却亲兄与熟弟,好住娘。且须师僧同行伴,好住娘。舍却金瓶银叶盏,好住娘。且须钵盂清锡杖,好住娘。舍却槽头龙马群,好住娘。且须虎狼师子声,好住娘。舍却治毡锦褥面,好住娘。且须乱草似一束,好住娘。佛道不远回心至,好住娘。今身努力觅后因,好住娘。

【按】张锡厚主编《全敦煌诗》卷一七二据伯2581、斯1497、5892等九种敦煌遗书抄本校录,题注:"一作好住娘赞,一作辞娘赞文,一作辞阿娘赞。"(作家出版社2006年版第十四册第6454页)。吴肃森《敦煌歌辞选注》分为十四首另录。

散花乐七首

其一

启首归依三学满,散花乐,天人大圣十方尊。满道场。

其二

昔者雪山求半偈,散花乐,不顾躯命舍全身。满道场。

其三

巡历百姓求善友,散花乐,敲骨出髓不生嗔。满道场。

其四

帝释四王捧马足,散花乐,夜半逾城出宫城。满道场。

其五

苦行六年成正觉,散花乐,鹿苑初度五归尊。满道场。

其六

弘誓慈悲度一切,散花乐,三乘说教济群生。满道场。

其七

大众捧花来供养,散花乐,一时稽首散虚空。满道场。

【按】见吴肃森《敦煌歌辞选注》(辽宁人民出版社1990年版,其一、其二见第167页,其三、其四见168页,其五见169页,其六、其七见170页)。

归去来（出家乐赞）

归去来，宝门开。正见弥陀升宝坐，菩萨散花称善哉。称善哉。
宝林看，百花香。水鸟树林念五会，哀婉慈声赞法王。赞法王。
共命鸟，对鸳鸯。鹦鹉频伽说妙法，恒叹众生住苦方。住苦方。
归去来，离娑婆。常在如来听妙法，指授西方是释迦。是释迦。
归去来，见弥陀。今在西方现说法，拔脱众生出爱河。出爱河。
归去来，上金台。势至观音来引路，百法明门应自开。应自开。

【按】张璋、黄畲《全唐五代词》卷七据任二北《敦煌曲校录》补录（上海古籍出版社1986年版第929页），又见吴肃森《敦煌歌辞选注》。

归去来（归西方赞）

归去来，谁能恶道受轮回。且共念彼弥陀佛，往生极乐坐花台。
归去来，娑婆世境苦难裁。撒手专心念彼佛，弥陀净土法门开。
归去来，谁能此处受其灾。总劝同缘诸众等，努力相将归去来。且共往生安乐界，持花普献彼如来。
归去来，生老病死苦相催。昼夜须勤念彼佛，极乐逍遥坐宝台。
归去来，娑婆苦处哭哀哀。急需专念弥陀佛，长辞五浊见如来。
归去来，弥陀净刹法门开。但有虚心能念佛，临终决定坐花台。
归去来，昼夜唯闻唱苦哉。努力回心归净土，牟尼殿上礼如来。
归去来，娑婆秽境不堪停。撒手须归安乐国，见佛闻法悟无生。
归去来，三涂地狱实堪怜。千生万死无休息，多劫常为猛焰燃。声声为念弥陀号，一时闻者坐金莲。
归去来，刀山剑树实难当。饮酒食肉贪财色，长劫将身入镬汤。不如西方快乐处，永超生死离无常。

【按】张璋、黄畲《全唐五代词》卷七据任二北《敦煌曲校录》补录（上海古籍出版社1986年版第930—931页），笺评："此套见敦煌卷子，载《日藏》八十五卷《法照集》'净土五会念佛诵经观行仪'卷下，此辞或即法照所作。"

水古子三十八首

一
隆诞宫中呼万岁,此时长庆退云飞。
银台门外多车马,尽是公卿进御衣。

二
朝廷赏罚不逡巡,宣事书家出各频。
当日进黄闻数纸,即凭酬答有功人。

三
中书奉敕当时行,尽集朝官入大明。
远国戎夷修下礼,圣朝天子得蕃情。

四
内宴功臣有旧仪,会宁陈设是恩私。
伶人奏语龙墀上,如说三皇五帝时。

五
君王闲静欲听歌,西面银台课事多。
恩泽不曾遗草木,朝来三度进喜和。

六
孔雀知恩无意飞,开笼任性在宫闱。
裁人亦见轻罗锦,欲取金毛绣武衣。

七
寒更丝竹转泠泠,月过犹残色在庭。
坐上司天封状入,南方初见老人星。

八
掖庭能织御衣人,幅尺襟襕尽可身。
斗染□□颜色好,水波纹里隐龙鳞。

九
秋月君王多猎去,飞龙□□□□归。
承恩好马香汤洗,犹恐轻尘污御衣。

十

中使先□□□,春明楼上马蹄声。
宫人各各恋弓箭,欲向君前斗□□。

十一

春天日色正光辉,欲得新鹰近眼飞。
珠殿少风尘□□,□□□上绣帘衣。

十二

新候恩光日日临,宫中咒愿意皆深。
频□□□□□□,缀著春人当背心。

十三

上方外案收狐兔,教猎宫中贵在□。
□□□君王□□,近闻中尉进花鹰。

十四

春时花发宴文王,弄戏千般赏赉忙。
移却御楼东畔屋,少阳宫里斗鸡场。

十五

花开欲幸教坊时,桃杏先令隔宿知。
闻出内家新舞女,翰林别进柘枝词。

十六

新殿中庭索柱排,府家躬进少书怀。
叶开花展回头望,金作阑干玉砌阶。

十七

美人背看内园中,犹自风流着退红。
为赌金钱争百草,急行遗却玉珑璁。

十八

生衣匆进紧纹纱,当背相连一朵花。
宣下当时休遣织,近来宫里断奢华。

十九

日晚中人走马来,宫门处处遣教开。
传声亦过排军使,祗候君王打猎回。

二十

新进桥几是黄檀,闻道朝来退玉鞍。
不信近人能污取,天生曲处是龙盘。

二一

春天暖日会妃嫔,各各梳头出样新。
鹊语下阶争跪拜,愿令恩泽胜旁人。

二二

中国常依礼乐经,远蕃无不进王庭。
昆仑信物犀腰带,尽是通天鸟兽形。

二三

美女承恩赐好梅,银丝笼子不教开。
宫棋赢得人将去,却进君王道赌来。

二四

牡丹昨日吐深红,移向新城殿院中。
欲得且留颜色好,每窠皆着碧纱笼。

二五

欲得藏钩语少多,嫔妃宫女任相和。
每朋一百人为定,遣赌三千匹彩罗。

二六

两朋高语任争筹,夜半君王与打钩。
恐欲天明催促漏,赢朋先起舞缠头。

二七

批答封章不再寻,少年宣史称君心。
近来暗读羲之帖,学得行书似翰林。

二八

内家供应万般齐,无欲宫门使检题。
尚食为盘三百面,引行先托一株犀。

二九

随他女伴赏春时,走下阶来独自迟。
行把短红买拂子,弄鹰抛在好花枝。

三十

夜饮宫人总醉醒,起来逢月在中庭。
金炉排火珠帘外,每处胧胧真兽形。

三一

尽喜秋时净洁天,爱行寻遍绕宫泉。
才人愿得荷花弄,鱼藻池头争上船。

三二

百司供拟甚纷纭,丹凤重修了奏闻。
明日禁兵阶立仗,金鹅襖子赐将军。

三三

寒光憔悴暖光繁,推历今朝是岁元。
宫里玉钗长一尺,人人头上戴玉幡。

三四

先换音声看打毬,独教菊部在春楼。
不排次第排恩泽,把板宫人立上头。

三五

寒食两朋坊内宴,朝来排遣为清明。
飞龙更取兰州马,催促毬场下踏城。

三六

不出闺闱三四年,卷帘唯见四时天。
如今歌舞浑新法,争得君王唤眼前。

三七

君王欲幸九成宫,便著罗衣换大红。
闻道教坊新逐鹘,莫教鹦鹉出金笼。

三八

琵琶捍拨紫檀槽,弦管初张鼓调高。
理曲遍来双腕扬,教人把筯喂樱桃。

【按】张璋、黄畬《全唐五代词》卷七据饶宗颐《敦煌曲》补录(上海古籍出版社1986年版第914—922页),笺评:"按《水古(鼓)子》,敦煌琵琶谱有《水鼓子》,而《教坊记》有《水沽子》,即《乐府诗集》之《水鼓子》,《北梦琐言》作《水牯子》,其曲辞为七言四句,与此相同。"张锡厚主编《全敦煌诗》卷一〇九据斯6171著录,题为无名氏《宫词三十九首》第一首为:"□□□□□□,□□□□看新图。教坊因进翻来曲,□□□□□□□。"其余文字亦有出入。

儿郎伟(今者时当岁暮)

今者时当岁暮,新年鬼魅澄清。万恶潜藏地户,扫荡积代妖精。自从今夜已后,深山隐迹无名。况缘敦煌胜境,四邻戎丑纵横。三五年间作贼,令公亲自权兵。一讨七州压伏,从兹贼寇平宁。家家贮积殷实,门门快活丰盈。若说驱傩子弟,国内最是英灵。今夜殄除灾孽,合得金盏银瓶。诸人总莫悭惜,子孙总得高荣。阿娘拟与匹帛,阿耶行遗绠缇。如此赏设学士,万代富贵刻铭。

【按】黄征《敦煌愿文〈儿郎伟〉辑考》甲《敦煌写本〈儿郎伟〉原卷辑校》"驱傩词"条据伯2058(背面)辑录(《敦煌语文丛说》,台湾新文丰出版股份有限公司1997年版第624—625页)。又黄征《敦煌文学〈儿郎伟〉辑录校注》谓:"这种叫作《儿郎伟》的俗文学作品以六言和四言为主,间有五言和七言,有时则三、四、五、六、七相杂。通常每首一韵到底,是一种有固定名称的俗诗。多数《儿郎伟》末尾标有'音声'二字,可知是入乐的,因此也可说是一种歌辞。但是任半塘先生的《敦煌歌辞总编》未收这些作品,未知何故。从内容看,《儿郎伟》可分为三类:驱傩词,上梁文,障车文。驱傩词写岁终驱除鬼魅疫疠,上梁文写建房造窟,障车文写婚娶。这三类内容可归结为'祝愿文'。驱傩词祝愿新年平安,无病无灾;上梁文祝愿建筑成功(上梁是造屋成功的象征);障车文祝愿新郎、新娘快活和婚后发达兴旺(障车是挡住迎娶之车向新郎、新娘讨赏的游戏)。在这中间,还有大量对当时政治清明、建造捐资、新郎新娘恩惠的赞颂,因此也是一种赞颂文。这些《儿郎伟》大抵作于张议潮、张淮深叔侄及曹议金等统治敦煌时期,是确定无疑的敦煌地方文学。"(同上书第673—674页)。《全敦煌诗》卷一五二将此词与下一词并题无名氏《儿郎伟·驱傩词二首》。

儿郎伟(若说开天辟地)

若说开天辟地,自有黄帝轩辕。押伏冥司六道,并交守分帖然。五道大神执按,驱见太山府君。寻勘浮游浪鬼,如何恼害人天!盗贼夜行街巷,偷劫诸处财钱。不曾富贵快乐,长时枷锁相连。羊司鬼回长改短,一心减削于官。草场多无贮积,功事恒日不全。设司未便面麦,一升梧桐泪□前。乡官鬼恐嚇合郡,百姓并总称怨。造食鬼多费面米,饭食同炊上天。已前都为一队,领过阎罗王边。牛头钻心拔舌,狱卒铁叉来剜。驱入阿鼻地狱,无因得到人间。不是驱傩虚妄,不信者问取明贤。自从今年之后,长幼无病安眠。

【按】黄征《敦煌愿文〈儿郎伟〉辑考》甲《敦煌写本〈儿郎伟〉原卷辑校》"驱傩词"条据伯2058(背面)校录(《敦煌语文丛说》,台湾新文丰出版股份有限公司1997年版第625页)。又见黄征《敦煌文学〈儿郎伟〉辑录校注》(同上书第674页)。

儿郎伟(驱傩之法)

驱傩之法①,出自轩辕。直为辟除浮沴,且要百姓宜田。自从长史领节,千门乐业欢然。司马兼能辅翼,鹤唳高鸣九天。条贯三军守法,奸吏屏迹无喧。北狄衔恩拱手,南戎纳款旌旜。太夫人握符重镇,即加国号神仙。能使南阳重霸,子父昌盛周旋。昨使曹光献捷,表中细述根源。三使连镳象魏,兰山不动烽烟。人马保之平善,月初已到殿前。圣人非常欢喜,不及降节西边。大将同欢助庆,愁甚不遇丰年!从兹河西开朗,太常舞蹈向前。

【按】黄征《敦煌愿文〈儿郎伟〉辑考》甲《敦煌写本〈儿郎伟〉原卷辑校》"驱傩词"条据伯2569(背面)伯3552辑录(见《敦煌语文丛说》,台湾新文丰出版股份有限公司1997年版第626页)。①《全敦煌诗》卷一五二"驱"前有"除夜"二字。

儿郎伟(驱傩圣法)

驱傩圣法,自古有之。今夜扫除,荡尽不吉,万庆新年。长史千秋万岁,百姓猛富足钱。长作大唐节制,无心恋慕腥膻。司马敦煌太守,能使子父团圆。今岁加官受爵,入夏便是貂蝉。太夫人表入之后,即降五色华笺。正是南阳号国,封邑并在新年。自是神人咒愿,非干下里之言。今夜驱傩仪仗①,部领安城火袄②。但次三危圣者③,搜罗内外戈铤。趁却旧年精魅,迎取蓬莱七贤。并及南山四皓,金秋五色红莲。从此敦煌无事,城隍千年万年。

【按】黄征《敦煌愿文〈儿郎伟〉辑考》甲《敦煌写本〈儿郎伟〉原卷辑校》"驱傩词"条据伯 2569(背面)伯 3552 辑录(见《敦煌语文丛说》,台湾新文丰出版股份有限公司 1997 年版第 626—627 页)。①"仪",《全敦煌诗》卷一五二作"队"。②"火",《全敦煌诗》卷一五二作"大"。③"但",《全敦煌诗》卷一五二作"以"。

儿郎伟(驱傩之法)

驱傩之法,自昔轩辕。钟馗白泽,统领居仙。怪禽异兽,九尾通天。总向我皇境内,呈祥并在新年。长史寿同沧海,官崇八坐貂蝉。四方晏然清帖,猃狁不能犯边。甘州雄身中节,嗢末送款旌旜。西州上拱宝马,焉祁送纳金钱。从此不闻枭鸺,敦煌太平万年。

【按】黄征《敦煌愿文〈儿郎伟〉辑考》甲《敦煌写本〈儿郎伟〉原卷辑校》"驱傩词"条据伯 2569(背面)伯 3552 辑录(见《敦煌语文丛说》,台湾新文丰出版股份有限公司 1997 年版第 627 页)。《全敦煌诗》卷一五二同。

儿郎伟(适从远来至宫门)

适从远来至宫门,正见鬼子一群群。就中有个黑论敦,条身直上舍头蹲。耽气袋,戴火盆,眼赫赤,着绯裈,青云烈,碧温存。中庭沸湃,院里乱纷纷。唤钟夔,拦着门,去头上①,放气熏,慑肋折,抽却筋,拔出舌,割却唇。正南直须千里外,正北远去不须论。

【按】黄征《敦煌愿文〈儿郎伟〉辑考》甲《敦煌写本〈儿郎伟〉原卷辑校》"驱傩词"条据伯 2569(背面)伯 3552 辑录(见《敦煌语文丛说》,台湾新文丰出版股份有限公司 1997 年版第 627 页)。①"去",《全敦煌诗》卷一五二作"弃"。

儿郎伟（圣人福禄重）

圣人福禄重，万古难俦匹。剪孽贼不残，驱傩鬼无一。东方有一鬼，不许春时出。南方有一鬼，两眼赤如日。西方有一鬼，便使秋天卒。北方有一鬼，浑身黑如漆。四门皆有鬼，擒之不遗一①。今有定中殃(央)，责罚功已毕。自从人定亥，直至黄昏戌。何用打桃符，不须求药术。弓刀左右趁，把火纵横焌。从头使厥傩，个个交屈律。岁岁野狐儿，不许□妖祟。

【按】黄征《敦煌愿文〈儿郎伟〉辑考》甲《敦煌写本〈儿郎伟〉原卷辑校》"驱傩词"条据伯2569（背面）伯3552校录（见《敦煌语文丛说》，台湾新文丰出版股份有限公司1997年版第627页）。①"擒之"，《全敦煌诗》卷一五二作"擒擒"。

儿郎伟（咒愿太夫人）

咒愿太夫人，敕封李郡君。旧殃即除荡，万庆尽迎新。幄帐纯金作，牙床尽是珍。绣褥鸳鸯被，罗衣笼上熏。左右侍玉女，袍袴从成群。鱼膏炳龙烛，魍魉敢随人？钟夔并白泽，扫瘴尽妖氛。夫人寿万岁，郎君爵禄增勋。小娘子如初月，美艳甚芳芬。异世双无比，不久纳为婚。日日筵宾客，实胜孟尝君。百群皆来集，同坐待新春。

【按】黄征《敦煌愿文〈儿郎伟〉辑考》甲《敦煌写本〈儿郎伟〉原卷辑校》"驱傩词"条据伯2569（背面）伯3552辑录（见《敦煌语文丛说》，台湾新文丰出版股份有限公司1997年版第627页）。《全敦煌诗》卷一五二同。

儿郎伟（适从远来至宫宅）

适从远来至宫宅，正见鬼子笑嚇嚇。傀墙下，傍篱栅。头朋僧，眼隔搦。骑野狐，绕项脉(巷陌)。捉却他，项底搦。塞却口，面上掴。磨里磨，砲里侧。镬汤烂，煎豆踖，放火烧，以枪擭。刀子割，脔脔擗。因今驱傩除魍魉，纳庆先祥无灾厄。

【按】黄征《敦煌愿文〈儿郎伟〉辑考》甲《敦煌写本〈儿郎伟〉原卷辑校》"驱傩词"条据伯2569（背面）伯3552辑录（见《敦煌语文丛说》，台湾新文丰出版股份有限公司1997年版第628页）。《全敦煌诗》卷一五二同。

儿郎伟二首

其一

银山银带关,银坡银岸□。银□□欲多,银门银户坐。银树银华,银叶银□。银河银樽必酒成,银□银铛如酒著。银鹅裤袍,总继银做。□已带车乘,庄铰钉丛多。总市买卖将银针,小儿游去掷银锁。坐卧常向南岳界,澡浴常用银娑罗。大富大贵总如此,今宵故此来驱傩。

其二

金庭银阙,金柱金门。金鞍金马,里有金人。东厨金釜,百燃金薪。金盘九阙,金盏金樽。饮者金酒,食者金珍。仓置金粟,出乘金轮。金枝簇从身,是金吾将军。荣华富贵如此,纳庆且寿新春。

【按】张锡厚主编《全敦煌诗》卷一五二据伯2569卷背校录,谓:"该卷缩微胶卷已收入藏文卷内,编号0113。原抄于原题〔儿郎伟·除夜驱傩之法〕之前,共九行,行二十五字左右,抄存首句为'银山银带关'、'金庭金阙'二首,调名、篇题、撰者俱无。据第一首末句'今宵故此来驱傩',知其亦为'驱傩'之'儿郎伟'曲词,据补调名〔儿郎伟〕,诸本均未载,简称伯本。"(作家出版社2006年版第十二册第5690—5691页)。

儿郎伟(青阳上元)

青阳上元,迎新灭古,共计昌年。所有旧年妖竖,来春不令近川。敦煌是神乡胜境,外狄不曾稍传。四海争诸纳贡,尽拜延定楼前①。传说阿郎治化,如日照著无边。百姓移风易俗,不乐跳□求钱②。总愿宽耕营种,只爱食足衣全③。实亦不曾出里④,麦□〔□〕日生烟⑤。街南公段(断)去交易⑥,街北将硬秤进颠。毛国番人,不会汉法,也道此人偏怜。百姓这回快活,且须□□□传。如此□□□□,□□□□□□。

【按】黄征《敦煌愿文〈儿郎伟〉辑考》甲《敦煌写本〈儿郎伟〉原卷辑校》"驱傩词"条据伯2612(背面)辑录(见《敦煌语文丛说》,台湾新文丰出版股份有限公司1997年版第630页)。①"定",原缺,今据《全敦煌诗》卷一五二补。②"跳□",《全敦煌诗》卷一五二作"粜籴"。③"只爱食",原缺,今据《全敦煌诗》卷一五二补。④"不曾",原缺,今据《全敦煌诗》卷一五二补。⑤《全敦煌诗》卷一五二作"麦、□图□日生烟"。⑥《全敦煌诗》卷一五二作"街南人观去交易"。

儿郎伟（驱傩岁暮）

驱傩岁暮，送故迎新。若说旧年灾难，直递走出川原。总缘尚书信敬，九处结会金坛。以镇旧岁恶鬼，诸天降下王前。已后更不闻病疾，同寿彭祖相连。龙沙神乡福地，千年乃降奇贤。瑞雪应时长下，湿润境内畴田。小种多收万倍，家家广亭麦圌。齐声皆唱快活，万户徭役不偏。急总营农作著，莫交谷苔阑珊①。但愿尚书万岁，共贼世代无缘。　　音声。

【按】黄征《敦煌愿文〈儿郎伟〉辑考》甲《敦煌写本〈儿郎伟〉原卷辑校》"驱傩词"条据伯3270 DX1049 辑录（见《敦煌语文丛说》，台湾新文丰出版股份有限公司1997年版第631—632页），注："伯3270 伊丽莎白女士、周绍良先生皆有校录，但伊录只有第一、第二、第四首，且未录全。……DX1049 原卷未见，系荣新江先生在英国调查卷子时抄寄，今作为参校本。"①"谷"，《全敦煌诗》卷一五二作"种"。

儿郎伟（今夜旧岁未尽）

今夜旧岁未尽，明朝便是新年。所有旧岁鬼魅，逐出境内他川。已后家兴人富，官高日进日迁。牛羊遍满，谷麦如似太山。兄恭弟顺，姑嫂相爱相怜。男女敬重，世代父子团圆。家长持钥开锁，火急出帛缠盘。新妇驰骤厨舍，娘子钉饤牙盘。金杯银椀齐把，酒瓮像似甘泉。家人急总著作，秋时广运麦圌。儿郎齐声齐和，皆愿彭祖同年。　　音声

【按】黄征《敦煌愿文〈儿郎伟〉辑考》甲《敦煌写本〈儿郎伟〉原卷辑校》"驱傩词"条据伯3270 DX1049 辑录（见《敦煌语文丛说》，台湾新文丰出版股份有限公司1997年版第632页），又见颜廷亮主编《敦煌文学》之刘进宝《俚曲小调》及《全敦煌诗》卷一五二。

儿郎伟（驱傩之法）

驱傩之法，天下共传。岁暮追呼五道，点检旗潾（麒麟）戈铤①。排比只于中馆，天兵助我撒坛。捉取浮游浪鬼，不教伊独弄威权。我尚书天降之子，如今正是小（少）年。初春天使便到，加官且拜貂蝉。油幢双旌前引，天子委托西边。应是检虚之者，并教于展脚长眠②。三危圣者部领，枷项递送幽燕。不许沙州亭宿③，亦不许恼乱川原。我尚书敬重三宝，威

光炽盛无边。八方总来跪伏,猃狁蹈舞殿前。恐怕恶鬼入界,请佛九处结坛。如此信心不绝,受命千年万年。　　音声

【按】黄征《敦煌愿文〈儿郎伟〉辑考》甲《敦煌写本〈儿郎伟〉原卷辑校》"驱傩词"条据伯 3270 DX1049 辑录(见《敦煌语文丛说》,台湾新文丰出版股份有限公司 1997 年版第 632 页)。①"潾",《全敦煌诗》卷一五二作"铃"。②"于",《全敦煌诗》卷一五二无。③"亭",《全敦煌诗》卷一五二作"停"。

儿郎伟(驱傩是故之常法)

驱傩是故之常法,出自轩辕。且要扫除旧事,建立新年。冬降瑞需无限,秋时谷麦如山。我尚书敬重三宝,共贼世代无缘。万姓歌谣鼓腹,恰似舜日尧年。莫愁东路闭塞,开春天使至前。进奉盘龙大锦,绫罗绢彩数般。官高绝称辅相,切要狎(押)伏西边①。六蕃尽来贡献,驱羊进马殿前。向西直至于阗,路润越于铺锦。进奉珍玩白玉,绵绫杂彩千端。界内皆唱快活,同寿彭祖一般。　　音声

【按】黄征《敦煌愿文〈儿郎伟〉辑考》甲《敦煌写本〈儿郎伟〉原卷辑校》"驱傩词"条据伯 3270 DX1049 辑录(见《敦煌语文丛说》,台湾新文丰出版股份有限公司 1997 年版第 632 页)。①"狎(押)",《全敦煌诗》卷一五二作"压"。

儿郎伟(盖闻二仪交运)

盖闻二仪交运,故制四序奔驰。若说迎新送故,兼及近代是□。总交青龙步(部)领,送过葱岭海隅。敦煌神砂福地,贤圣助于天威。灾疹永无侵遶(挠)①,千门保愿安居。皆是太保位分,八方俱伏同知。河西是汉家旧地,中隘猃狁安居。数年闭塞东路,恰似小水之鱼。今遇明王利化,再开河陇道衢。太保神威发愤,遂便点缉兵衣。略点精兵十万,各各尽摆铁衣。直至甘州城下,回鹘藏举无知②。走入楼上乞命,逆者入火焚尸。大段披发投告③,放命安于城池。已后勿愁东路,便是舜日尧时。内使新降西塞,天子慰曲名师。向西直至于阗,纳供献玉琉璃。四方总皆跪伏,只是不绝汉仪。太保深信三宝,寿命彭祖同时。

【按】黄征《敦煌愿文〈儿郎伟〉辑考》甲《敦煌写本〈儿郎伟〉原卷辑校》"驱傩词"条据伯 3270 DX1049 辑录(见《敦煌语文丛说》,台湾新文丰出版股份有限公司 1997 年版第 633

页)。①"遶(挠)",《全敦煌诗》卷一五二作"扰"。②"举",《全敦煌诗》卷一五二缺。③"段",《全敦煌诗》卷一五二作"股"。

儿郎伟(圣人福禄重)

圣人福禄重,万古难俦匹。剪孽贼不残,驱傩鬼无失。东方有一鬼,不许春时出。西方有一鬼,便使秋天卒。南方有一鬼,两眼赤如日。北方有一鬼,浑身黑如漆。四门皆有鬼,擒之不遗一。今有静中央,责罚功已毕。更有十二属,亦解为凶吉。自从人定亥,直至黄昏戌。何用钉桃符,不须求药术。弓刀左右趁,把火纵横焌。随头使蹙傩,个个交屈律。今朝一扫荡,无处不周悉。只宜王千龄,不合生一疾。天门日昌炽,府库常盈溢。岁岁夜胡儿,长头霑优恤。

【按】黄征《敦煌愿文〈儿郎伟〉辑考》甲《敦煌写本〈儿郎伟〉原卷辑校》"驱傩词"条据伯3468校录(见《敦煌语文丛说》,台湾新文丰出版股份有限公司1997年版第634页)。《全敦煌诗》卷一五三将此首与下二首录为无名氏《儿郎伟·进夜胡词三首》,又见颜廷亮主编《敦煌文学》之刘进宝《俚曲小调》。

儿郎伟(万乘之国)

万乘之国,城池廓落。人物差殊,鬼神杂错。或良或贱,或美或恶。举止不同,形容纷泊。醋大之鬼,汪汪博博。贫儿之鬼,嚎嚎削削。田舍之鬼,邈邈趚趚。市郭儿之鬼,膧膧灼灼。工匠之鬼,敲敲琢琢。奴婢之鬼,逡逡造造。僧尼之鬼,头似科䑶。瘦病之鬼,眼如大洛。窃盗之鬼,缘棚上阁。悖逆之鬼,无头有脚。咬蛇之鬼,唇口略绰。遇箭之鬼①,精神卓朔。万般千种,一呼百诺。远行箭射,近者刀斫。动嘴者与拳,埋头者使镬。见到者科断,未来者追捉。书符不点朱砂,絜须门悬赤索②。作岁桿(旱)者与棒③,行瘴气者与药。一时点付团头,总遣五作家埋却④。

【按】黄征《敦煌愿文〈儿郎伟〉辑考》甲《敦煌写本〈儿郎伟〉原卷辑校》"驱傩词"条据伯3468校录(见《敦煌语文丛说》,台湾新文丰出版股份有限公司1997年版第634—635页)。①"遇",原作"过",今据《全敦煌诗》卷一五三改。②"絜",《全敦煌诗》卷一五三作"皆"。③"桿(旱)",《全敦煌诗》卷一五三作"捍"。④"五",《全敦煌诗》卷一五三作"忤"。

儿郎伟(王畿之内)

王畿之内,顷陷逆地。风雨因而不顺,鬼神从而骤起。蝗旱并集,饥馑顿责。赖我明王,德化潜被。变汤时之旱,弭尧年之水。降甘泽于秋分,下米价于冬至。皱店章店,匝于城市。铧行稽行,溢于鄽肆。布一丈而列漫(引蔓),绢三尺而达利。午生则处处乘骑,卫子则家家秣饲。掞平一升而五十,傩三百斤而千四。谷幹大于牛腰,蔓菁贱于马齿。人无饥色,食加鱼味。有口则皆食蒲萄①,欢乐则无人不醉。万姓获福,百神降祉。至道兴行,妖气自弭。淮西残贼,不日应死。海内生灵,垂衣而理。刑罚不滥,车书无二。九合越于齐桓,一统超于秦始。

【按】黄征《敦煌愿文〈儿郎伟〉辑考》甲《敦煌写本〈儿郎伟〉原卷辑校》"驱傩词"条据伯 3468 校录(见《敦煌语文丛说》,台湾新文丰出版股份有限公司 1997 年版第 635 页),校记:"本卷无《儿郎伟》之名,然伯 3552 第二首与本卷第一首略同,题有《儿郎伟》之名;伯 2552'城池廓落'以下与本卷第二首略同,亦题有《儿郎伟》之名。兹以二卷参校。"①"食",《全敦煌诗》卷一五三作"餐"。

儿郎伟(夫论四时递运)

夫论四时递运,青阳寒节暄和。寒暑交驰奔骤,百卉感贺恩波。若说古贤所制,今宵礼合驱傩。万代积古,城池廓落。人物差殊,鬼神杂错。或良或贱,或美或恶。举止不同形,丑陋别姓名。富儿之鬼,汪汪博博。贫儿之鬼,笑笑削削①。田舍之鬼,邈邈趄趄②。市郭儿之鬼,朣朣(下残)。

【按】黄征《敦煌愿文〈儿郎伟〉辑考》甲《敦煌写本〈儿郎伟〉原卷辑校》"驱傩词"条据伯 3555(背面)(第四残片)校录(见《敦煌语文丛说》,台湾新文丰出版股份有限公司 1997 年版第 637 页),校记:"本卷所抄共二首,但原卷二首连抄似一首。据伯 3468 第四首标目'驱傩二首 第二首',则所略抄之第一首即本卷第一首也。"又:"朣朣,伯 3468 作'科朣',并且前有'头似'二字。"①"笑笑",原缺,今据《全敦煌诗》卷一五三补。②"趄趄",原缺,今据《全敦煌诗》卷一五三补。

儿郎伟(十道销戈铸戟)

(上阙)太平①。十道销戈铸戟,三边罢战休征。銮驾早移东阙,圣人再坐西京。南蛮垂衣顺化,北军伏款钦明。优诏宣流紫塞,兼加恩赐西庭。皇帝对封偏奖,驷骑已出龙城。昨闻甘州告捷,平善过于邠宁②。朔方安下总了③,沙州善使祇迎④。比至正月十五,毬场必见喜声。尚书封加七百,锦珍恰似撒星⑤。大将幞头匹帛,内臣亲捧来呈。百姓总顶帽子⑥,自后必合头轻。大家亟须努力,营农休取紫柽。家国仓库盈满,誓愿饭饱无倾⑦。

【按】黄征《敦煌愿文〈儿郎伟〉辑考》甲《敦煌写本〈儿郎伟〉原卷辑校》"驱傩词"条据伯3702校录(见《敦煌语文丛说》,台湾新文丰出版股份有限公司1997年版第638页),校记:"本卷首残,失题,王重民先生在《敦煌遗书总目索引》中解题道:'六字句,似为《儿郎伟》庆祝军功用。'……唯任半塘《敦煌歌辞总编》以为非《儿郎伟》作品,遂割为三截而编入该书。"任半塘《敦煌歌辞总编》卷三亦据斯3702编录,题为"失调名'恩赐西庭'三首"。① 《全敦煌诗》卷一五三无此数字。② "于",原缺,今据《全敦煌诗》卷一五三补。③ "安下",《敦煌歌辞总编》卷三作"安西"。④ "善",《敦煌歌辞总编》卷三作"遣",《全敦煌诗》卷一五三作"差"。⑤ "珍",《敦煌歌辞总编》卷三作"绣"。⑥ "顶",《全敦煌诗》卷一五三作"须"。⑦ "倾",《敦煌歌辞总编》卷三、《全敦煌诗》卷一五三作"争"。

儿郎伟(天生万物)

天生万物,归(俱)受新春。雪巨初消就令,寒霜卷尽彤云。萌芽溥天归(俱)发,瑞色遍绕西秦。不到江南塞北,恩波总极人门。是我令公丰熟,六蕃献贡追陈。降者安存放命,逆者寸斩亡魂。

【按】黄征《敦煌愿文〈儿郎伟〉辑考》甲《敦煌写本〈儿郎伟〉原卷辑校》"驱傩词"条据伯3856校录,校记:"人门,疑当作'八门'。"(见《敦煌语文丛说》,台湾新文丰出版股份有限公司1997年版第639页)。

儿郎伟(驱傩之法)

驱傩之法,送故迎新。且要扫除旧事,建立芳春。便于青阳之节,八方稽颡来臻。自从太保□□,千门喜贺殷勤。甘州数年作贼,直拟欺负侵陵。去载阿郎发愤,点集兵钾军人。亲领精兵十万,围绕张掖狼烟。未及张弓拔剑,他自放火烧然。一齐披发归伏,献纳金钱城川。遂便安邦定国,永世钦伏承前①。不经一岁未尽,他急逆乱无边。准拟再觅寸境,便共龙家相煎。又动太保心境，叵耐欺负仁贤。缉练精兵十万，如同铁石心肝。当便冲山进跨②，活捉猃狁狼烟。未至酒泉山□，他自魂胆不残。便献飞龙白马，兼及绫罗数般。王子再相□□，散发纳境相传。因兹太保息怒，善神护我川原。河西一道清泰，天子慰曲西边。六蕃总来归伏，一似舜日尧年。大都渴仰三宝，恶贼不打归降。万姓齐唱快活，家家富乐安眠。比至三月初首，天使祇降宣传。便拜三台使相，世代共贼无缘。万姓感贺太守，直得千年万年。

【按】黄征《敦煌愿文〈儿郎伟〉辑考》甲《敦煌写本〈儿郎伟〉原卷辑校》"驱傩词"条据伯4011校录(见《敦煌语文丛说》,台湾新文丰出版股份有限公司1997年版第639—640页)。①"钦",《全敦煌诗》卷一五三作"款"。②"跨",《全敦煌诗》卷一五三作"路"。

儿郎伟(玄英斯夜将末)

玄英斯夜将末,孟春来旦初开。千祥降临郡内,荡除旧岁妖灾。伏惟我大王宝位,千秋永坐金台。加以常行十善,月月奉持六斋。遂感四王护世,于国每施慈哀。更乃不通世界,近者一齐拜来。四道甚可清泰,塞外非起枪桰。百姓例皆快活,家家则广贮物财。司徒司空仆射,孝敬克俭情怀。亲佐官员大将,专意侍奉无乖。从兹学童呪愿,社稷劫石同阶。音声。

【按】黄征《敦煌愿文〈儿郎伟〉辑考》甲《敦煌写本〈儿郎伟〉原卷辑校》"驱傩词"条据伯4055校录(《敦煌语文丛说》,台湾新文丰出版股份有限公司1997年版第641页),校记谓"家家则广贮物财":"此句上原卷有'军贵不遣孤哀'句而用笔划去。"

儿郎伟(旧年初送玄律)

旧年初送玄律,迎取新节青阳。北陆寒光罢末,东风吹散冰光。万恶随于古岁,来朝便降千祥。应是浮游浪鬼,付与钟夔大郎①。从兹分付已讫,更莫恼害川乡。谨请上方八部,护卫龙沙边方。伏承大王重福,河西道泰时康。万户歌谣满路,千门谷麦盈仓。因兹狼烟殄灭,管内休罢刀枪。三边披肝尽髓,争驰来献敦煌。每岁善心不绝,结坛唱佛八方。缁众转《金光明》妙典,大悲亲见中央。如斯供养不绝,诸天助护阿郎。次为当今帝主,十道归化无疆。天公主善心不绝,诸寺造佛衣裳。现今宕泉造窟,感得寿命延长。如斯信敬三宝,诸佛助护遐方。夫人心行平等,寿同劫石延长。副使司空忠孝,执笔七步成章。文武过于韩信,谋才得达张良。诸幼郎君英杰,弯弧百兽惊忙。六蕃闻名撼颤,八蛮畏若秋霜。大将倾心向国,亲从竭力寻常。今夜驱傩之后,直得千祥万祥。　　音声。

【按】黄征《敦煌愿文〈儿郎伟〉辑考》甲《敦煌写本〈儿郎伟〉原卷辑校》"驱傩词"条据伯4976校录(见《敦煌语文丛说》,台湾新文丰出版股份有限公司1997年版第641页)。《全敦煌诗》卷一五四题作《儿郎伟·驱傩》。①"夔",《全敦煌诗》卷一五四作"尳"。

儿郎伟(驱傩之法)

驱傩之法,出自轩辕。□□□□□,□□□□原。人无天行小疾,草贼不犯□□。□□□□□,□□□□丝绵。大王是上方菩萨,□□□□□□。□□□□□,世代递镇西关。座俦以归北狄,行伏向化南蛮。四夷皆来进贡,一郡极以优风。　　音声。

【按】黄征《敦煌愿文〈儿郎伟〉辑考》甲《敦煌写本〈儿郎伟〉原卷辑校》"驱傩词"条据校录,校记:"本卷由荣新江先生抄录。原卷为残片,不知前后是否尚有其他首《儿郎伟》。"(见《敦煌语文丛说》,台湾新文丰出版股份有限公司1997年版第642页)。《全敦煌诗》卷一五四据○r8210之转录,校记:"敦煌遗书藏无名氏〔儿郎伟·驱傩之法〕曲词,见英国国家图书馆藏斯坦因第三次中亚考察所获胡语文献,编号○r8210,残片,残存五行,前三行下端各残佚十多字,首题'儿郎伟'。首尾俱全,内多残损,首起'驱傩之法',下讫'音声',存〔儿郎伟〕曲词一首,撰者已佚。"(作家出版社2006年版第十三册第5768页)。

儿郎伟(正月阳春佳节)

正月阳春佳节,万物咸宜。春龙欲腾波海,异瑞乞敬今时。大王福如山岳,门兴一宅光辉。今夜新受节仪,九天龙凤俱飞。五道将军亲至,步领十万熊罴。衣领铜头铁额,浑身总著豹皮。教使朱砂染赤,咸称我是钟馗。捉取浮游浪鬼,积郡扫出三危。学郎不才之器,敢请宫(恭)奉□□①。　　音声。

【按】黄征《敦煌愿文〈儿郎伟〉辑考》甲《敦煌写本〈儿郎伟〉原卷辑校》"驱傩词"条据斯2055(背面)校录(见《敦煌语文丛说》,台湾新文丰出版股份有限公司1997年版第643

页)。①"宫(恭)",《全敦煌诗》卷一五四作"供"。

儿郎伟(驱傩古人糟粕)

驱傩古人糟粕,递代相传①。今世乾坤交会,明朝日月推推②。逐鬼远迸他乡③,禳灾镇压城池。大王是上方菩萨,天耶下为神祇。治理二州八郡,孩童饭饱全衣。家家□□总满,户户至绫仓储④。但愿彭祖等寿⑤,□□□□□□。

【按】黄征《敦煌愿文〈儿郎伟〉辑考》甲《敦煌写本〈儿郎伟〉原卷辑校》"驱傩词"条据斯6181校录(见《敦煌语文丛说》,台湾新文丰出版股份有限公司1997年版第644页)。①《全敦煌诗》卷一五四"传"后有"驱□"。②"推推",《全敦煌诗》卷一五四作"推移"。③"乡",《全敦煌诗》卷一五四作"国"。④"绫",原缺,据《全敦煌诗》卷一五四补。⑤"彭祖",《全敦煌诗》卷一五四缺。

儿郎伟(若夫敦煌胜境)

维大唐长兴元年癸巳岁二十四日河西都僧统和尚依宕泉灵迹之地建龛一所上梁文

弟子厶厶上

若夫敦煌胜境,地杰人奇。自故崇善,难可谈之。古者三危圣迹,萨诃仗锡因兹。鸿基始运,察道乘时。自后先贤圣德,建立宝殿巍巍。莫不远觅净土,即此便是阿弥。厥今大施功者,我都僧统和尚之为欤! 伏维惟我都僧统和尚:业登初地,德托前英。神资天遐(假),五郡白眉。百金日食,声播四维。变通有则,妙在心机。故乃圣慈劫远,像法皆施。会众生之本意,流名万代之期。选择形胜之地,凑日即便开基。愿得天神助护,圣力可加威! 因兹一郡清晏,五老总令知之。若说和尚功业,难可谈量者矣!

【按】黄征《敦煌愿文〈儿郎伟〉辑考》甲《敦煌写本〈儿郎伟〉原卷辑校》"上梁文"条据伯3302(背面)校录(见《敦煌语文丛说》,台湾新文丰出版股份有限公司1997年版第644—645页)。校记:"厶,即'某'字,'弟子某某上'乃作者自署而以'某某'寓名。"《全敦煌诗》卷一五三将此首与下三首合录为无名氏《儿郎伟·上梁文四首》。

儿郎伟(凤楼更多巧妙)

凤楼更多巧妙,李都尉绳墨难过。剸截木无弃者,方圆结角藤萝。栱斗皇回软五,攒梁用柱极多。直向空里架镂,鲁班不是大哥。康傅子能行斤斧,苦也不得㝩䆗。张博士不曾道病,到来便如琢如磨。别索煎汤煮水,甚人供承得他?张贤面如满月,诸人总莫能过。施功才经半月①,楼成上接天河。奉我和尚旨教,今朝赏设绫罗。具述难可说尽,且成后韵之科。

【按】黄征《敦煌愿文〈儿郎伟〉辑考》甲《敦煌写本〈儿郎伟〉原卷辑校》"上梁文"条据伯3302(背面)校录(见《敦煌语文丛说》,台湾新文丰出版股份有限公司1997年版第645页),校记:"(第十六句)'总'上原有'不'字,衍文,今删。"① "功",《全敦煌诗》卷一五三作"工"。

儿郎伟(和尚众人之杰)

和尚众人之杰,多□不与时同。忽然发有大惠①,委令凿窟兴功。宕泉虽谓千窟,此窟难可擅论。实是显扬千佛,发晖龙象之容。康押衙一心事办,不怕你赤热三冬。海印极甚辛苦,四更便起打钟。调停一镬馎饦,一杓先入喉中。戒德厨营百味,共我和尚心同。董家优婆姨福中第一,亦能竭力输忠。

【按】黄征《敦煌愿文〈儿郎伟〉辑考》甲《敦煌写本〈儿郎伟〉原卷辑校》"上梁文"条据伯3302(背面)校录(见《敦煌语文丛说》,台湾新文丰出版股份有限公司1997年版第645页)。① "有",《全敦煌诗》卷一五三作"其"。

儿郎伟(今因良时吉日)

今因良时吉日,上梁雅合周旋。五郡英豪并在,一州士女骈阗。蒸饼千盘万担,一时云集宕泉。尽向空中乱撒,次有金钹银钱。愿我十方诸佛,亲来端坐金莲。荐我和尚景祐,福祚如海长延。应是助修之辈,见世总获福田。诸族六亲内外,永同瑶阁神仙。敦煌万人休泰,五稼丰稔龙川。莫怪辞多蹇讷,岁时犹望莺迁。自此上梁之后,高贵千年万年①。

【按】黄征《敦煌愿文〈儿郎伟〉辑考》甲《敦煌写本〈儿郎伟〉原卷辑校》"上梁文"条据伯3302(背面)校录(见《敦煌语文丛说》,台湾新文丰出版股份有限公司1997年版第645—646页)。①"高",《全敦煌诗》卷一五三作"富"。

儿郎伟(架镂上侵日月)

(前阙)难可筹量。架镂上侵日月,□楹直接云傍。将荐皇王寿域,寰瀛内外宁康。先资令公宝位,西陲早愿封王。社稷千年庆吉,城隍万载无殃。夫人仙颜恒茂,似莲出水舒光。宠荫日新日厚,恩荣月胜月昌。社众道芽引蔓,菩提枝机抽芳。过往先亡获益,神游七宝之床。并愿承斯福祐,极乐国内称扬。邓军使辕门纲纪,防危恒镇边疆。计略能过葛亮,机谋直超韩光。处处多施功干,凡事禀奉公方。李乐荣(营)社内尊长,万事总办祇当。今载初修功德,社人说好谈量。面饭早夜少吃,都来不饮黄汤。教训乐行徒弟,每日伏事君工①。承受先人歌调,齐吹并没低昂。便是乐营果报,必合寿命延长。身材一似饿鬼,行步似失儿母狼。养甚十男九女,时常干走干忙。牙齿早年疏漏,坐处先索盘觞。刘生社内录事,计料土公无妨。先看良辰吉日,然后占卜相当。日常行坐啼哭,风来勤拭眼光。忽然两手停罢,坐处滴得一潢。任似正心修善②,日日麦斗盈仓。邓押衙勾当酒料,猥地半个□□。□□音声聒聒,旦暮便作一□。□□□□□,□□你有脂□(下残)。

【按】黄征《敦煌愿文〈儿郎伟〉辑考》甲《敦煌写本〈儿郎伟〉原卷辑校》据伯4995(背面)校录(见《敦煌语文丛说》,台湾新文丰出版股份有限公司1997年版第646—647页),校记:"此卷未见录本。原卷首尾皆破损,失题。王重民《敦煌遗书总目索引》云此卷'背面儿郎伟,存卅一行',所定甚是。卷内残文虽未言及'上梁',但据'架镂上侵日月,□楹直接云傍'及'计料土公无妨'(土公谓太岁也)等句,知此篇实亦上梁文之属。又据斯3540《比丘福惠等十六人造佛窟约》等文知此篇作者乃修造佛窟所结之社中一员,故多以诙谐语为赞社员。"①"伏",《全敦煌诗》卷一五四作"优"。②"任",《全敦煌诗》卷一五四作"壬",校记:"'壬似',愿文集照录,又校云:疑当作'任博士'三字。……因斯3905卷《上梁文》有任博士之称。"

儿郎伟三首

维大唐天复元年辛酉岁一月十八日金光明寺造□窟上梁文

和尚□□自述

其一

□□□□所建,无过移山穿石。宕谷先贤古迹,萨诃所化因缘。因兹万圣出现,千佛各坐金莲。石涧长流碧水①,花林宝鸟声喧。圣迹早晚说尽,纸墨不可能言。猰犴狼心犯塞②,焚烧香阁摧残。合寺同心再造,来生共结良缘。梁栋群仙吐凤,盘龙乍吉惊天③。便是上方匠制,直下屈取鲁班。马都料方□□□④,绳墨不遵师传。若得多少功价,□□施与□□。□□□□菩萨,昼夜不曾睡眠。道齐□□□□,实□不下闲言。道政但存身□,不□□□□□。□□心口□□,意中可乐福田。广建□□□□,□□□水一般。宝国不□□□,出□□□□□。□□□□□出,□学打石□□。道岩□□□□,□□□□□。大悲实下造作,价直在弥勒□□。□□□□□,□□□□□。大因恰似个病蚖。虚实交□□□,□□□□坐禅。若说两勒兰□,□□□□□。□□□□□,□似驴叫一般。今日良辰已至,□□□□□。

其二

□□□□□□,□□□□□□。时也彤云初退,冰开柳絮芳烟。雾□□□□□,□□□□□□。□□□年丰熟,急须修建福田。宕谷萨诃□□,□□□□。□□□使导引,导师最是于先。石壁紫□□□,□□□□□□。□□□□□林,岩龛灵像端然。敦煌建持丈□,□□□□□□。□□□□□□,香阁历岁摧残。粉绘风吹日晒,□□□□□□。□□□□□□,□郡实可伤酸。昆季□□劝勉,□□□□□□。□□□□□,长幼尽得□欢。便募□工匠制,俄成□□□□。□□□□□□,□□□□穴穿。亲□□□□□,不似人间匠制。□□□□□□,□□□□□石,誓结来世因缘。

其三

今日喜身富鼎,镂□□□□□。□□□□相接,驱驱不曾暂闲。慈智最是辛忙,□□□□□□。□□□□□□,亦能办事周旋。已□诸余兄弟,□□□□□□。□□□□□,无□实不可言。方直又无数般,□□作也不前。□□□□□,□德□□工钱。任博士本性□□,□残□□□□。□阴地□□,任博士最□受福海似山。亡父□圣□□,故将同领福田。□日□□□日上梁香阁□传。余且孤陋□社命□正,馎饦空中乱撒,恰似雨点一般。大家□上梁之后,□柴最□□节香阁□□□作僧直□断山裂财□□□都摧□悉二壬□哲(下残)。

【按】黄征《敦煌愿文〈儿郎伟〉辑考》甲《敦煌写本〈儿郎伟〉原卷辑校》据斯3905(正、背两面)校录(见《敦煌语文丛说》,台湾新文丰出版股份有限公司1997年版第648页),校记:"本卷正、反面皆抄。正面有题,每句右侧有'厶'式句逗。反面无题,字体与正面同而字小,盖一人所抄。原卷中段上半截残损,卷面极其模糊,今反复辨识而录出。为便于复核及补正,凡疑难处俗字、讹字皆照录,阙损处依句式设阙文。"①"碧",《全敦煌诗》卷一五四作"圣"。②"犯",原作"把",据《全敦煌诗》卷一五四改。③"吉",《全敦煌诗》卷一五四缺。④"方",原缺,据《全敦煌诗》卷一五四补。

无名氏儿郎伟(障车词五首)

其一

障车之法:"吾是三台之位,卿相子孙。太原王郭,郑州崔陈。河东裴柳,陇西牛杨①。南阳张李,积代忠臣。障君车马②,岂是凡人。"

女答:"今之圣化,养育苍生。何处年少,漫事纵横!急手避路,发我车行。"障车之法,少年三五,忠赤荣华。闻君成礼,故来障车。

其二

峻峻南山,迢迢北斗。夜夕更阑③,从君统首。徒劳抵方,定知无酒。

障车之法:"吾是九州豪族,百郡名家。今之成礼,故来障车。不是要君羊酒,图君且作荣华。"

其三

向来所说,将君作剧。恰恰相要,欲何所索④。

障车之法,先自有方。须得骐骥一角,三足凤凰。辽东酒味,西国胡羊。拟成桂香⑤,秦地生姜。少一不足,实未形相。

其四

有酒如江,有肉如山。百味饮食,罗列班班。自馀杂物,并有君前。

障车之法,今古流传。拦街兴酒,枕巷开筵。多招徒党,广集诸贤。杯觞落解,丝竹暂咽⑥。故来遮障,觅君财钱。君须化道⑦,能罢万端。剑南骢马⑧,云走飞先。金钱万贯,绫罗数千。

其五

百僚扬州,美味歌筵。如其少一,定留乐酒⑨。

【按】张锡厚《全敦煌诗》卷一五三据伯3909校录(作家出版社2006年版第十三册第5729—5735页)。黄征《敦煌愿文〈儿郎伟〉辑考》甲《敦煌写本〈儿郎伟〉原卷辑校》校记:"本卷为婚嫁书仪集,全卷共六页,前抄《论通婚书法弟一》、《论女家答婚书弟二》、《女家通婚答书一本》;后抄失题《下女夫词》、《论咒愿新郎文》。《下女夫词》卷号颇多,已收入《敦煌变文集》;《咒愿新郎文》亦尚有伯2976《咒愿新女婿》、斯6207《咒愿新郎文》等,此类虽未标《儿郎伟》之名,但内容与形式皆颇相合,亦宜为《儿郎伟》作品。兹姑从略。"①"杨",黄征《敦煌愿文〈儿郎伟〉辑考》甲《敦煌写本〈儿郎伟〉原卷辑校》作"羊"。②"障",黄征《敦煌愿文〈儿郎伟〉辑考》甲《敦煌写本〈儿郎伟〉原卷辑校》作"陈"。③"夕",伯本作"昔",黄征《敦煌愿文〈儿郎伟〉辑考》甲《敦煌写本〈儿郎伟〉原卷辑校》作"背","阑"作"蘭"。④"何",黄征《敦煌愿文〈儿郎伟〉辑考》甲《敦煌写本〈儿郎伟〉原卷辑校》作"便"。⑤"桂",伯本原作"挂";"香",黄征《敦煌愿文〈儿郎伟〉辑考》甲《敦煌写本〈儿郎伟〉原卷辑校》作"昔"。⑥"咽",伯本原作"烟"。⑦"须",黄征《敦煌愿文〈儿郎伟〉辑考》甲《敦煌写本〈儿郎伟〉原卷辑校》疑作"虽"。⑧"骢",黄征《敦煌愿文〈儿郎伟〉辑考》甲《敦煌写本〈儿郎伟〉原卷辑校》作"鞍"。⑨伯本原作"定毕留乐酒",黄征《敦煌愿文〈儿郎伟〉辑考》甲《敦煌写本〈儿郎伟〉原卷辑校》作"定毕留□(延)"。

儿郎伟六首

其一

(上残)作极(约残二十字)

(约残二十字)荆轲满更,徒劳障车。(约残十五字)若所须酒,任府追取杜康。(约残十二字)若所须饼,追取赵耆待公。若所须钱财,任(约残四字)①。若所须匹帛,库藏皆有青黄。公但领物数放,可有何方(妨)!

其二

吾等今来障车,自依古人法式。君既羊酒并无,何要苦坐皆则②!问东定必答西,至南定知说北。犹自不别时宜,不要数多腰勒。

其三

无怠无荒,四夷来王。是何徒众,夜入村坊?鸡飞鸟宿,风尘荒荒。君是何人,辄事夜行?君且停住,吾欲论平。

其四

我是大唐儒士,极好芬芳。明闲经史,出口成章。未审使君,有何祇当?

其五

无偏无党,王道荡荡。春符分明,凭何辄障?

其六

我是诸州小子,寄旅他乡。形容窈窕,妩媚诸郎。含珠吐玉,束带衿庄。故来障车,须得牛羊。

长兴三年壬辰岁三月二十六日画宝员记

【按】黄征《敦煌愿文〈儿郎伟〉辑考》甲《敦煌写本〈儿郎伟〉原卷辑校》据斯6207校录(见《敦煌语文丛说》,台湾新文丰出版股份有限公司1997年版第653页)。今据《全敦煌诗》卷一五四分六首,其一自"荆轲满更"起句。颜廷亮主编《敦煌文学》之刘进宝《俚曲小调》录为:"荆轲满更徒劳障(下缺)若所须酒,任府追取杜康(下缺) 若所须饼,追取赵耆,待公(下缺) 若所须匹帛,库藏皆有青黄。公但领物数方,所有何方。□等今来障车,自依古人法式。君既羊酒并无,何要苦坐呰则。问东必定答西,至南定知说北。由自不别时宜,不要数多腰勒。无急无荒,赐夷来王。是何徒众,夜入村坊。鸡飞鸟宿,风尘荒荒。君是何人,辄事夜行。君且停住,吾欲论平。我是大唐孺事,极好芬芳,明闲经史,出口成章。未审使君,有何祇当。儿郎伟:无篇无当,王道荡荡。春符分明,凭何报障。儿郎伟:我是诸州小子,寄旅他乡。形容窈窕,武媚诸郎。含朱吐玉,束带衿庄。故来障车,须得牛羊。"①《全敦煌诗》卷一五四作"以下约残五字"。②"呰",《全敦煌诗》卷一五四缺。

儿郎伟残文

驱傩之法,出自轩辕。除故迎新之事,喜祥。(下残)

【按】张锡厚主编《全敦煌诗》卷一五四据斯0329卷背抄本校录(作家出版社2006年版第十三册第5749页)。

第六编　　附录

巴峡鬼夜吟

秋径填黄叶,寒摧露草根。

猿声一叫断,客泪数重痕。

【按】见《全唐诗》卷八六五"鬼",题注:"调露中,有人巴峡夜泊舟,闻咏诗声甚厉,激昂而悲,如是通宵,凡吟数十遍。访之,更无舟船,但空山石泉,溪谷幽绝,咏诗处有人骨一具。"

原陵老翁吟

其一

野田荆棘春,闺阁绮罗新。

出没头上日,生死眼前人。

欲知我家在何处,北邙松柏正为邻。

其二

洛阳女儿罗绮多,无奈孤翁老去何,奈尔何!

【按】见《全唐诗》卷八六七"怪",题注:"神龙中,庐江何让之赴洛,见原陵盘石上坐一翁,眉鬓皓然,著宾幪巾,襦裤,帻乌纱,抱膝南望吟诗。让之已讶其非人,翁忽又吟。让之遽欲前执,翁倏然跃入丘中。让之从焉,翁已复本形为一狐逃出。……"

许碏醉吟

阆苑花前是醉乡,踏翻王母九霞觞。

群仙拍手嫌轻薄,谪向人间作酒狂。

【按】《太平广记》卷四〇《续神仙传》:"许碏,自称高阳人也。少为进士,累举不第。

晚学道于王屋山,周游五岳名山洞府。……常醉吟曰(略)。好事者或诘之,曰:'我天仙也,方在昆仑就宴,失仪见谪。'"《全唐诗》卷八六一"仙"题作《醉吟》,"许碏"一作"许鹊",次句"踏"一作"拈",第三句"薄"一作"脱",题注:"许碏,高阳人。累举不第,学道于王屋,周游名山洞府,到处于石崖峭壁人不及处题云。许碏自峨眉山寻偓月子到此,笔踪神异,竟莫详偓月子也。游庐江,醉吟一诗,人皆笑为风狂。后插花作舞,上酒楼醉歌,升仙去。"《古谣谚》卷七二题作《许碏醉吟》,今从拟。

许宣平负薪吟

负薪朝出卖,沽酒日西归。
路人莫问归何处,穿入白云行翠微。

【按】《太平广记》卷二四引《续仙传》:"许宣平,新安歙人也。唐睿宗景云中隐于城阳山南坞,结庵以居。……时或负薪以卖,担常挂一花瓠及曲竹杖,每醉腾腾,拄之以归,独吟曰(略)。"《全唐诗》卷八六〇题作《负薪行》,小注:"许宣平,新安歙人。景云中,隐城阳山南坞,结庵以居。时或负薪卖,担挂一花瓠及曲竹杖,每醉,拄之以归。尝于同华间题诗传舍,李白东游,览之,曰:'此仙诗也。'及新安,累访之不得。后咸通七年,郡人许明奴家有妪入山采樵,见一人坐石上,食桃甚大,自称明奴之祖,即宣平也。与一桃食妪,妪后却食轻健,入山不归。"《古谣谚》卷七二题曰《许宣平负薪吟》,今从拟,末句小注:"《绣像列仙传》卷三作'借问家何处,穿云入翠微'。"

许宣平吟

一池荷叶衣无尽,半亩黄精食有馀。
又被人来寻讨着,移庵不免更深居。

【按】清·杜文澜《古谣谚》卷五二引《云谷卧馀》:"许宣平隐歙南阳城山,善吟诗,李太白访之不遇,题诗庵壁而去,所谓'我吟传舍诗,来访仙人居'者是也。宣平诗,传者仅《隐居三十载》一首耳。近阅《焦氏类林》,载宣平归见壁诗,又吟曰。"题目从拟。《全唐诗》卷八六〇题作《见李白诗又吟》,次句"半亩"作"两亩"。

段縠市中狂吟

一间茅屋,尚自修治。
任狂风吹,连檐破碎。
枓栱斜倚,看著倒也。
墙壁作散土一堆,主人翁永不来归。

【按】见《全唐诗》卷八六一"仙",题注:"段縠,累举进士不第,忽如狂,市中讴吟其诗。后死,及葬发视,但空棺耳。"

酒肆布衣醉吟

其一

阳春时节天地和,万物芳盛人如何。
素秋时节天地肃,荣秀丛林立衰促。
有同人世当少年,壮心仪貌皆俨然。
一旦形羸又发白,旧游空使泪连连。

其二

有形皆朽孰不知,休吟春景与秋时。
争如且醉长安酒,荣华零悴总奚为。

【按】《太平广记》卷八三"贞元末布衣"引《潇湘录》:"贞元末,有布衣于长安中游酒肆,吟咏以求酒饮。……时当素秋,风肃气爽,……布衣忽慨然而四望,泪下沾襟。一老叟怪而问之,布衣曰:'我来天地间一百三十之春秋也,每见春日煦,春风和,花卉芳菲,莺歌蝶舞,则不觉喜且乐。及至此秋也,未尝不伤而悲之也,非悲秋也,悲人之生也。韶年即宛若春,及老耄即如秋。'因朗吟曰(略)。老叟闻吟是诗,亦泣下沾襟。布衣又吟曰(略)。老叟乃欢笑,与布衣携手同醉于肆。后数日,不知所在,人有于西蜀江边见之者。"《全唐诗》卷八六二"仙"据录,其一首句"天地"作"天气"。《古谣谚》卷五八题作《长安酒肆布衣吟》,其一首句"阳春"作"阳和",注按:"《说郛》卷三十二列《潇湘录》,未载此条,今据《广记》录之。"

沙碛女子五原夜吟

云鬟消尽转蓬稀,埋骨穷荒无所依。
牧马不嘶沙月冷,孤魂空逐雁南飞。

【按】《太平广记》卷三四七"赵合"引《传奇》:"进士赵合,貌温气直,行义甚高。太和初,游五原,路经沙碛,……中宵半醒,月色皎然,闻沙中有女子悲吟曰(略)。合遂起而访焉,果有一女子,年犹未笄,色绝代,语合曰:某姓李氏,居于奉天,有姊嫁洛源镇帅,因往省焉。道遭党羌所虏,至此挝杀,……后为路人所悲掩于沙内,经今三载。……倘能为归骨于奉天城南小李村,……当有奉报。合许之,请示其掩骼处,女子感泣告之。合遂收其骨,包于橐中。"《全唐诗》卷八六六"鬼"题作《沙碛女子五原夜吟》,今从拟。题注:"进士赵合,太和初游五原,夜卧沙碛中,闻沙中女子悲吟,起问之,自陈姓李,家奉天城南小李村,往省姊,道遭党羌挞杀于此,今已三年。倘能归骨,必有以报。合如言收骨,携至奉天,访得小李村,葬之。明日,见此女子来谢曰:'吾大父有演《参同契》、《续混元经》,子能穷之,龙虎之丹,不日成矣。合受之,女子已没,合遂究其玄微,得度世。'"小注次句"荒"一作"乡","无"作"失";又第三句"冷"作"白"。《古谣谚》卷六八题作《五原沙碛女子吟》。

濆水神月夜吟

夜月明皎皎,绿波空悠悠。

【按】《太平广记》卷三一〇"夏阳赵尉"条引《宣室志》:"太和中,有赵生者,尉于夏阳。尝一夕雨霁,赵生与友数辈联步望月于濆泉之上。忽见一人,貌甚黑,被绿袍,自水中流沿泳,久之吟曰(略)。"《全唐诗》卷八六四"神"据录,题作《濆水神月夜吟》,今从拟;《古谣谚》卷九五附录十题作《赵生闻绿袍人吟》。

古丈夫与毛女吟

其一 古丈夫吟

饵柏身轻叠嶂间,是非无意到尘寰。
冠裳暂备论浮世,一饷云游碧落间。

其二 毛女吟

谁知古是与今非,闲蹑青霞远翠微。
箫管秦楼应寂寂,彩云空惹薜萝衣。

【按】《太平广记》卷四〇"陶尹二君"引《传奇》:"唐大中初,有陶太白、尹子虚二老人,……因携酿醖,陟芙蓉峰,寻异境,憩于大松林下,因倾壶饮。……忽松下见一丈夫,古服俨雅,一女子鬟髻彩衣,俱至,二公拜谒,忻然还坐。……古丈夫曰:'余秦之役夫也,家本秦人。……此毛女者,乃秦之宫人,同为殉者,余乃同与脱骊山之祸,共匿于此。……饮将尽,古丈夫折松枝叩玉壶而吟曰(略),毛女继和曰(略)。"《全唐诗》卷八六二"仙"题作《芙蓉古丈夫毛女吟》,《毛女吟》次句之"远"作"与",又注"一作绕";《古谣谚》卷六八曰《古丈夫与毛女吟》,今从拟。

广陵街道士戏吟

无事到扬州,相携上酒楼。
药囊为赠别,千载更何求。

【按】《太平广记》卷四六"刘商"引沈芬《续仙传》:"刘商,彭城人也。……入广陵,于城街逢一道士方卖药。……目之相异,乃罢药,携手登楼,以酒为劝。……道士下楼,闪然不见,商益讶之。商翌日又于城街访之,道士仍卖药,见商愈喜,复挈上酒楼,剧谈劝醉,出一小药囊赠商,并戏吟曰(略)。商记其吟,暮乃别去。"《全唐诗》卷八六二"仙"作广陵道士《戏吟》,题注:"道士于广陵城卖药,有灵效。彭城刘商弃官访道,遇而异之,携登酒楼,所谈秦汉历代事,皆如目睹。及暮归,道士下楼,倏不见。翼日,商于城街访之。道士仍卖药,见商愈喜,复挈上酒楼,剧谈劝醉,出一小药囊赠商,戏吟一诗,别去,累寻不复见。商服药身轻,为地仙。"《古谣谚》卷七二同,题作《广陵道士戏吟》,今从拟。

太白山玄士画地吟

学得丹青数万年,人间几度变桑田。
桑田虽变丹青在,谁向丹青合得仙。

【按】见《全唐诗》卷八六二"仙",题目从拟。

邻道场人货丹吟

寻仙何必三山上,但使神存九窍清。
炼得绵绵元气定,自然不食亦长生。

【按】见《全唐诗》卷八六二"仙",题目从拟。

马拯闻衡山祝融峰僧寺食堂内土偶吟诗

寅人但溺栏中水,午子须分艮畔金。
若教特进重张弩,过去将军必损心。

【按】《全唐诗补编》之《全唐诗续拾》卷五七据《太平广记》卷四三〇引裴铏《传奇》补录,题目从拟。

长安中鬼秋夜吟

吟

六街鼓绝行人歇,九衢茫茫空有月。

和

九衢生人何劳劳,长安土尽槐根高。

【按】清·杜文澜《古谣谚》卷九一引《辇下岁时记》:"俗说务本坊西门是鬼市,或风雨曛晦,皆闻其喧聚之声。又或中秋望夜,闻鬼吟云云,有和者云云。"《全唐诗》卷八六六亦录,其一首句"绝"作"歇","歇"作"绝",题注:"长安秋夜,有人闻鬼吟,又有和者。相传务本门是鬼市,或风雨晦冥,皆闻其喧聚之声焉。"

洋州馆亭白衣丈夫吟

家依楚水岸,身寄洋州馆。

望月独相思,衣襟泪痕满。

【按】唐·张读《宣室志》卷十:"大历中,有进士窦裕者,家寄淮海,下第,将之成都,至洋州无疾卒。裕尝与淮阴令吴兴沈生善,别有年矣,音尘两绝,莫知所适。后沈生自淮海调补金堂令,至洋州,舍于馆亭中。是夕,风月清朗,……俄见一白衣丈夫自门步入,且吟且嗟,似有恨而不舒者。久之,吟曰(略)。"《全唐诗》卷八六五据录,题作窦裕《洋州馆夜吟》,首句"家"作"门",末句"衣"作"尘";《古谣谚》卷九五附录十题作《洋州馆亭白衣丈夫吟》,今从拟,末句"衣"亦作"尘"。

南省北街人吟

放榜只应三月暮,登科又校一年迟。

【按】见《全唐诗》卷八七五"谶记",题目从拟,题注:"监察御史李顾言,贞元末应举,岁暮,诣南省访知己,见省北街中有一人,挈小囊,以乌纱蒙首。北去,徐吟诗云云。策马逼之,失其人所在。明年,京师自冬雨雪甚,畿内不稔,停举。又明春,德宗晏驾,果三月下旬放进士榜。顾言至元和元年及第。"

冢中人续郑郊吟

冢上两竿竹,风吹常嫋嫋。(郑郊)
下有百年人,长眠不知晓。(冢中人)

【按】见《全唐诗》卷八六六"鬼",题注:"郊,河北人,下第游陈蔡间。过一冢,上有竹二竿,青翠可爱。因吟诗二句,久不能续。忽闻冢中续此,郊惊问之,不复言矣。"

嵩山小儿吟

我本长生深山内,更何入他不二门。
争如访取旧时伴,休更朝夕劳神魂。

【按】见《全唐诗》卷八六七"怪",题注:"嵩山内有老僧结茅以居,忽见一小儿参礼,求为弟子。僧乃问曰:'此处人迹甚稀,汝因何至此?又因何求为弟子?'曰:'父母俱丧,身无所依,愿离尘俗,欲修来世福业也。'僧曰:'志愿虽嘉,能从道,心惟一乎?'小儿曰:'若心与言违,皇天后土自不容耳。'见其敏悟,遂与落发。精进勤劬,罕有伦等。居数年,时值深秋,忽慨然朗吟,长啸良久,有一群鹿过,小儿跃然,脱却僧衣,化为鹿而去。"

白蘋洲碧衣女子吟

碧水色堪染,白莲香正浓。
分飞俱有恨,此别几时逢。
藕隐玲珑玉,花藏缥缈容。
何当假双翼,声影暂相从。

【按】见《全唐诗》卷八六七"怪",题注:"张确尝游雪上白蘋洲,见二碧衣女子,携手吟此。确逐之,化为翡翠飞去。"题目从拟。

新林驿女吟示欧阳训

月明阶悄悄,影只腰身小。
谁是骞翔人,愿为比翼鸟。

【按】见《全唐诗》卷八六七"怪",题注:"生飞虫。"题目从拟。

密陀僧湖城厅吟

黄帝上天时,鼎湖元在兹。

七十二玉女,化作黄金芝。

【按】见《全唐诗》卷八六六"鬼",题注:"大和中,阌乡主簿沈恭礼摄湖城尉。有人自称李忠义,江淮人,傭于此,客死,丐祈一食,兼一小帽。恭礼许之。忠义曰:'此厅人居多不安,有一女子,年可十七八,名曰密陀僧,来参,甚不可与交言。'少间,果有一女子来,微笑转盼自荐,恭礼不顾,女吟此诗。恭礼又不顾,逡巡而去。在湖城,每夜辄来,后归阌乡,亦隔夜至。一年馀,方渐稀。然终不能为患也。"

张立本女吟

危冠广袖楚宫妆,独步闲庭逐夜凉。

自把玉簪敲砌竹,清歌一曲月如霜。

【按】《太平广记》卷四五四"张立本"条引《会昌解颐录》:"唐丞相牛僧孺在中书,草场官张立本有一女为妖物所魅,其妖来时,女即浓妆盛服于闺中,如与人语笑。其去即狂呼号泣不已,又每自称高侍郎。一日忽吟一首云(略),立本乃随口抄之。"《古谣谚》卷九七据录,题作《张立本女吟》,今从拟。注:"《三梦记》首句作'鬟梳嫽俏学宫妆','步'作'立','逐'作'纳','自'作'手'。《虚谷闲抄》首句作'环梳闹扫学宫妆',余与《三梦记》同。《全唐诗》十二函八'广'作'高'。《全唐文》卷六百六白行简《纪梦》'环'作'还','纳夜'作'夜纳'。《潜确类书》卷八十八'簪'作'钗',余与《虚谷闲抄》同。《妆台记》:贞元中,有闹扫妆髻。"又注:"按《说郛》卷四十九列《会昌解颐录》,未载此条,今据《广记》录之。"《全唐诗》卷八六七"怪"题作《高侍郎诗》,小注:"草场官张立本,有女为物所魅,自称高侍郎,吟诗一首。宅后有高偕侍郎墓,野狐窟穴其中,盖狐妖也。"首句"广"作"高";同书卷八六八"梦"另录张氏女《梦王尚书口授吟》:"鬟梳闹扫学宫妆,独立闲庭纳夜凉。手把玉簪敲砌竹,清歌一曲月如霜。"题注:"会昌初,安西市张氏,有女国色。昼梦至一大宅,幕次女辈十许人,同妆饰,候紫绶天官来,为吏部沈公。俄呼尚书来,为并帅王公。群女进乐侍酒,并州尤属意张,口授之吟,谓曰:'归辞父母,异日复来。'惊寤,泣曰:'尚书命我矣,殆将死乎!'因卧病累日,起,膏沐艳妆,拜父母而卒。"

虎神吟

昔为仙子今为虎,流落阴崖足风雨。

更将斑毳被余身,千载空山万般苦。

【按】唐·牛僧孺《玄怪录》卷三"萧志忠"："黄冠乃谓使者曰：'忆含质在仙都，岂意千年为兽身，悒悒不得志。聊为《述怀》一章。'乃吟曰（略）。"《古谣谚》卷九一引《虎苑》卷上："景云元年，萧至忠为衡州刺史。腊月将畋，先期，樵人薪于霍山，夜半月白，见长人衣豹皮，角而光芒，虎咒狐狸，千百从行，自称玄冥使者，奉帝命以若属充萧使君畋数。群兽哀号不起，使者曰：当求解于严四。樵人施从至东谷中，黄冠坐虎皮上，使者告之故，曰：萧公仁者，本顺时令，若媵六降雪，巽二起风，当不出矣。群兽皆欢鸣，黄冠吟曰云云。樵人归，未明，而风雪暴至，萧公罢畋矣。"题作《虎神吟》，今从拟，末句"空山"作"青山"。

云房先生吟

黄粱犹未熟，一梦到华胥。

【按】清·杜文澜《古谣谚》卷七二引《绣像列仙传》卷二："吕岩字洞宾，唐蒲州永乐县人，号纯阳。游长安酒肆，见一羽士，青巾白袍，因揖问姓氏，曰：吾云房先生也，居在终南鹤岭，子能从游乎？洞宾未应，云房因与同憩肆中。云房自为执炊，洞宾忽就枕昏睡，梦己举子赴京，状元及第，清要无不备历，两娶富贵家女，生子，婚嫁早毕，几四十年；又独相十年，权势薰炙。偶被重罪，籍没家资，分散妻孥，流于岭表，一身孑然，立马风雪中，方兴浩叹，恍然梦觉，炊尚未熟。云房笑吟曰云云。洞宾惊曰：先生知我梦耶？云房曰：子适来之梦，升沉万态，荣悴千端，五十年间一瞬耳！"题目从拟。

君山老父吟

湘中老人读黄老，手援紫藟坐翠草。
春至不知湘水深，日暮忘却巴陵道。

【按】《太平广记》卷二〇四"吕乡筠"引唐·谷神子《博异志》："洞庭贾客吕乡筠常以货殖贩江西杂货。……善吹笛，每遇好山水，无不维舟探讨，吹笛而去。尝于中春月夜，泊于君山侧，命樽酒独饮，饮一杯而吹笛数曲。忽见波上有渔舟而来者，渐近，乃一老父，鬓眉皤然，去就异常。乡筠置笛起立，迎上舟，老父维渔舟于乡筠舟而上，各问所宜。老父曰：闻君笛声嘹亮，曲调非常，我是以来。……引满数杯，乃吟曰（略）。"《古谣谚》卷九六附录十一据录，题目从拟，后按："《说郛》卷一百十六列《博异志》，未载此条，今据《广记》录之。"

马植闻堤上白衣吟

截竹为筒作笛吹，凤凰池上凤凰飞。
劳君更向黔南去，即是陶钧万类时。

【按】唐·孟棨《本事诗》"征异第五":"马相植罢安南都护,与时宰不通,又除黔南,殊不得意。维舟峡中古寺,寺前长堤,堤畔林木,夜月甚明,见人白衣缓步堤上,吟曰(略)。历历可听,吟者数四,遣人邀问,即已失之。"《古谣谚》卷九八附录十三据录,题目从拟。

衡州舟子吟

野鹊滩西一棹孤,月光遥接洞庭湖。
堪憎回雁峰前过,望断家山一字无。

【按】宋·王谠《唐语林》卷二"文学":"衡山五峰,曰紫盖、云密、祝融、天柱、石廪。下人多文词,至于樵夫,往往能言诗。尝有广州幕府夜闻舟中吟曰(略)。问之,乃其所作也。"《全唐诗》卷七八四据录,题目从拟,第三句"憎"作"嗟"。

湘中女子驿楼诵诗

红树醉秋色,碧溪弹夜弦。
佳期不可再,风雨杳如年。

【按】见《全唐诗》卷八六六"鬼",题注:"郑仆射愚,尝游湘中,宿于驿楼,夜遇女子诵诗,顷刻不见。"

织锦人吟

学织缭绫功未多,乱拈机杼错抛梭。
莫教官锦行家见,把此文章笑杀他。

【按】见《全唐诗》卷七八四,题注:"《卢氏杂说》云:卢氏子失第,徒步出都城,逆旅寒甚。有一人续至,附火吟云云。卢愕然,以为白乐天诗,问姓名,曰姓李,世织绫锦,前属东都官锦坊。近以薄伎投本行,皆云:'以今花样,与前不同。不谓伎俩,见以文彩求售者,不重于世如此。且东归去。'"题目从拟。

李梦符渔父吟

其一

村寺钟声度远滩,半轮残月落山前。
徐徐拨棹却归湾,浪叠朝霞锦绣翻。

其二

渔弟渔兄喜到来,波官赛却坐江隈。

椰榆杓子木瘤杯,烂煮鲈鱼满案堆。

【按】见《全唐诗》卷八六一"仙",题注:"李梦符,开平初人。在洪州日,与布衣饮酒狂吟。尝以钓竿悬一鱼,向市肆唱《渔父引》,卖其词,好事者争买之。得钱便入酒家,或抱冰入水,及出,身上气如蒸。后不知所在。"题目从拟。

伊用昌湖南闯斋吟

谁人能识白元君,上士由来尽见闻。

避世早空南火宅,植田高种北山云。

鸡能抱卵心常听,蝉到成形壳自分。

学取大罗些子术,免教松下作孤坟。

【按】见《全唐诗》卷八六一"仙",题注:"用昌入湖南,谒马氏,时方设斋,独不请。用昌自造之,据其坐。泊食毕,则大声吟诗,吟毕,拂衣而起。众讶异,乃逼问之,出门不见。"题目从拟。

章江书生吟

西去长沙东上船,思量此事已千年。

长春殿掩无人扫,满眼梨花哭杜鹃。

【按】见《全唐诗》卷八六二"仙",题注:"金陵陈省躬,显德中为临川宰,舟经章江,泊女儿浦。抵暮,有书生不通姓名,登舟求见,与省躬论语甚奇。问今晋朝第几帝,省躬具实对,微笑而已。生间高吟一诗,省躬疑是神仙,再拜叩问,终无言。出船,不见所之。"

富春沙际鬼吟

其一

殁江三十年,潮打形骸朽。

家人都不知,何处奠杯酒。

其二

莫问我姓名,向君言亦空。
潮生沙骨冷,魂魄悲秋风。

【按】见《全唐诗》卷八六五"鬼",题注:"吴越时,有人夜泊于富春间,月色淡然,见一人于沙际吟此。"《古谣谚》卷九五附录十引《志怪录》:"有人夜泊舟于富春间,月色淡然,见一人于沙际吟曰云云。舟人问曰:'君是谁,可示姓名否?'又吟曰云云。舟人上岸揖之,遂失所在。"

九华山白衣丈夫吟

涧水潺潺声不绝,溪陇茫茫野花发。
自去自来人不知,长时惟对空山月。

【按】唐·张读《宣室志》卷六:"晋昌唐燕士,好读书,隐于九华山。尝日晚,天雨霁,燕士步月上山,夜既深,有群狼拥于道,不得归,惧既甚,遂匿于深林中。俄有白衣丈夫,戴纱巾,貌孤俊,年近五十,循涧而来,吟步自若。伫立良久,乃吟曰(略)。"《全唐诗》卷八六六"鬼"据录,题作《九华山白衣吟》,末句"长"作"归",题注:"《河东记》无名小鬼赠韦齐休诗与此正同,云:'涧水溅溅流不绝,芳草绵绵野花发。自去自来人不知,黄昏惟有青山月。'"《古谣谚》卷九五附录十题作《九华山白衣丈夫吟》,今从拟,第三句"知"作"归",注:"《全五代诗》'归'作'知','长'作'归'。"《广记》卷三百四十八引《河东记》志无名小鬼赠韦齐休诗云:'涧水溅溅流不绝,芳草绵绵野花发。自去自来人不知,黄昏惟有青山月。'"

有神降于郑绎家吟诗

忽然湖上片云飞,不觉舟中雨湿衣。
折得莲花浑忘却,空将荷叶盖头归。

【按】《全唐诗续拾》卷五七据《类说》卷八、《说郛》卷四及《古今说海》本戴孚《广异记》辑录,题目从拟。

壶隐仙人吟诗

杯贤与杓圣,与我万户封。

【按】《全唐诗续拾》卷五七据《说郛》卷三二引佚名《树萱录》辑录,题目从拟。

龙朔中时人饮酒令

子母相去离,连台拗倒。

【按】唐·张鷟《朝野佥载》卷一:"龙朔年已来,百姓饮酒作令云(略)。子母者,盏与盘也;连台者,连盘拗倒盏也。及天后永昌中,罗织事起,有宿卫十余人于清化坊饮,为此令。此席人进状告之,十人皆弃市。自后庐陵徙均州,则子母相去离也;连台拗倒者,则天被废,诸武迁放之兆。"《新唐书》卷三五《五行志二》:"龙朔中,时人饮酒令曰(略)。俗谓杯盘为子母,又名盘为台。"明杨慎《古今风谣》据录,题作《龙朔中时人饮酒令》,今从拟,后注:"俗谓杯盘为子母,又名盘为台。子母去离,武后废帝于房州也。"《全唐诗》卷八七九"酒令"题作《龙朔中酒令》,《古谣谚》卷九九亦补录。

打令口号

总摇招,由三方。一圆分成四片,送在摇前。

【按】见《全唐诗》卷八七九"酒令",题目从拟。

伶人口号

相公经文复经武,常侍好今兼好古。
昔日曾闻阿舞婆,如今亲见阿婆舞。

【按】五代·刘崇远《金华子杂编》卷上:"李赵公绅再镇广陵,宁儌犹幕江淮。儌永贞二年相公权德舆门生,洎武宗朝,逾四十载。赵国(按:疑作"赵公")虽事威严,而亦以儌宿老敬之。儌列筵以迎府公,公不拒焉。既而出家乐侑之,伶人赵万金前献口号以讥之曰(略)。赵公颟然久之。"第三句小注:"《绀珠集》作'昔人曾闻阿武婆'。"又见唐·朱揆《谐谑录》"阿舞婆"条(王利器辑录《历代笑话集》,上海古籍出版社1981年版第50页)。题目自拟。

招手令

亚其虎膺,曲其松根,以蹲鸱间虎膺之下,以钩戟差玉柱之旁。
潜虬阔玉柱三分,奇兵阔潜虬一寸。死其三洛,生其五峰。

【按】见《全唐诗》卷八七九"酒令",题目从拟,首句小注:"谓手掌。"次句注:"谓指节。"第三句注:"蹲鸱,大指也。"第四句注:"钩戟,头指;玉柱,中指也。"第五句注:"潜虬,无名指也。"第六句注:"奇兵,小指也。"第七句注:"谓搔其腕也。"末句注:"通呼五指也。"

谷城石人腹谶文

摩兜鞬,慎勿言。

【按】《全唐诗续拾》卷五八"谶"据宋·苏颂《苏魏公集》卷五《累年告老恩旨未俞……》诗注引,并云:"唐刘洎少尝遇异人,谓之曰:'君当佐太平得富贵,然宜慎兜鞬之戒。'洎后为侍中,以议论不常获谴。刘洎,唐太宗时人。"题目从拟。

符凤引谶

黑衣神孙披天裳。

【按】见《全唐诗》卷八七五"谶记",题目从拟,小注:"武延秀尚安乐公主,恃恩放纵,有不臣之心。公主府仓曹符凤引谶云云。说之曰:今天下犹以武氏为念,驸马即神皇之孙,大周可再兴。每劝令著皁襈子以应之。"

安禄山古谶

两角女子绿衣裳,却背太行邀君王,一止之月必消亡。

【按】明·杨慎纂《古今风谣》题作《梁志公谣谶》,小注:"其应在天宝中,故附于此。"末注:"刘𫗧《隋唐嘉话》曰:两角女子,安字也;绿者,禄也;一止,正月也。安禄山果败。"清杜文澜《古谣谚》卷九九据录。《全唐诗》卷八七五"谶记"题作《安禄山古谶》,今从拟,题注:"《刘宾客嘉话》:宝志诗有此。两角女子,安字;绿即禄也;太行,山也;一止,正月也。逆胡见弑于其子,果以至德二载之正月。"次句"却背"作"端坐"。

安庆绪将败时谶

其一
渡河野狐尾独速,明年死在十八日。

其二
胡绝其后,死在合河口。

【按】唐·姚汝能《安禄山事迹》卷下："初,庆绪未败时,谶云(略),又云(略)。至是而验。"《全唐诗续拾》卷五八"谶"据补,题目从拟。

牛僧孺谶

首尾三麟六十年,两角犊子恣狂颠,龙蛇相斗血成川。

【按】《全唐文》卷七一〇李德裕《周秦行纪论》:"余尝闻太牢氏(牛僧孺)好奇怪,其身险易其行,以其姓应国家受命之谶曰(略)。"《全唐诗续拾》卷五八据补,题目从拟,后注:"《周秦行纪论》云:'余尝闻太牢氏好奇怪其身,险易其行,以其姓应国家受命之谶曰(略)。'三句为僧孺自撰,抑为敌党诬构,尚不详。宋陈善《扪虱新语》卷十三云'两角犊子自全忠姓也',傅璇琮先生《李德裕年谱》据以认为此谶'本是晚唐五代人讥讽朱全忠的言辞被用进这篇《周秦行纪论》中去'。《后村诗话后集》卷一引朱翌说'夫犊子双角,殆拆朱字耳',刘克庄以为朱泚、朱温皆'有时而验'。"

黄巢将兴之谶

黄蛇独吼,天下人走。

【按】《全唐诗续拾》卷五八据《广卓异记》卷六补录,题目从拟。

天复初刘道昌得篆书

八雄争天下,狣鼠先啾唧。
兔子上天床,猿猴三下失。
李子生狼藉,乃牛生叛斯。
群犬嘶首尾,走上中华国。

【按】《全唐诗续拾》卷五八据《分门古今类事》卷十四引《宾仙传》补录,首句注:"自庚子年黄巢见,朱全忠等八人僭号。"第三句注:"王建属兔,又以卯年开国。"第四句注:"朱温三帝属猴也。"第五句注:"昭宗也。"第六句注:"杨行密王于吴。斗牛,吴之分也。"末句注:"即六侵中国也。"

唐末旧谶

兔子上金床。

【按】见《全唐诗》卷八七五"谶记",题注:"唐旧有此谶语,董昌每引之,以为我卯生,来年岁在卯,二月二日亦卯,万世之业在于此。因于乾宁二年二月二日僭衮冕,即伪位,改号罗平国,以迄诛灭。"题目从拟。

天目山谶

天目山前两乳长,龙飞凤舞到钱塘。
海门一点巽山小,五百年间出帝王。

【按】《全唐诗续拾》卷五八据宋·钱俨《吴越备史》卷一、元·刘一清《钱塘遗事》卷一补录,题目从拟,后注:"《吴越备史》云此出郭璞《临安地志》,然此首平仄工稳,非郭璞之时所宜有,当出唐末人依托为钱氏开国之谶。"又注:"《钱塘遗事》:临安都城,其山肇自天目,谶云(略)。钱氏有国世,臣事中朝,不欲其说之著,更其末云'异姓王',以迁就之。高宗驻跸,其说始验。"

莆阳古谶

白湖腰欲断,莆阳朱紫半。
水绕壶公山,此时大好看。

【按】宋·李俊甫《莆阳比事》卷一:"古谶云(略)。城东南五里有港曰白湖,自熙宁断水为桥,莆之登第始倍于前。"原注:"《搜神秘览》:'壶公山欲断,莆阳朱紫半',讹矣。"《全唐诗续拾》卷五八"谶"据补。题目从拟。

宋齐丘引南唐开国谶

密密作,唐唐得。

【按】《全唐诗续拾》卷五八"谶"据《新编分门古今类事》卷二十引《纪异录》补录,题目从拟,后按:"《纪异录》载宋齐丘劝徐知诰即位语云:'又谶曰:密密作,杨行密开托之初也。唐唐得,非公而谁?天命定矣,愿公速副民望。'"

广顺末京师谶

小儿剃元首。

【按】《全唐诗续拾》卷五八据《说郛》卷二十引秦再思《洛中记异录》补录,题目从拟。后按:"《洛中记异录》言此为'新君之兆也。未几世宗嗣位,即替元首也。'《类说》卷十二引《纪异录》作'识者曰','元首'作'光首'。"

壶公山古谶

市连义井岁时丰,水绕壶公文物盛。

【按】宋·王象之《舆地纪胜》卷一三五《福建路·诗》引《古谶》,《全唐诗续拾》卷五八"谶"据补,题目从拟,首句"丰"误改作"半"。

周广顺初江南伏龟山圯石函铁铭

莫问江南事,江南自有凭。
乘鸡登宝位,跨犬出金陵。
子建司南位,安仁秉夜灯。
东邻家道阙,随虎遇明兴。

【按】见明·杨慎纂《古今风谣》,小注:"其文云:维天监十四年秋八月,葬宝公,铭背有引云。宝公得诵此偈,大书于板曰。巾幕之,人欲读者,必施数钱乃得读。讫即幕之,是臣名,臣陆倕、王筠、姚察,而下皆莫知其旨。或问之,曰在五百年后,卒乃铸其偈同葬焉。"尾注:"其后李煜降于宋,好事者云煜以丁酉年生,辛酉年袭位,即鸡也;开宝八年甲戌,江南国灭,是跨犬也;子建,曹彬也;安仁,潘美也;其后太平兴国戊寅,吴越王钱俶举国入朝,即东邻也;家道阙,无钱也;随虎,戊寅年也。"《古谣谚》卷九九据录,题目从拟。《全唐诗》卷八七五"谶记"题作《南唐升元殿基下石记》,题注:"江南将亡数年前掘得此。"次句"自有"作"事可";第三句"乘"作"抱","登"作"升";尾联作"东邻娇小女,骑虎渡河冰"。

涟水古冢瓶文

一双青鸟子,飞来五两头。
借问船轻重,寄信到扬州。

【按】见《全唐诗》卷八七五"谶记",题目从拟,题注:"周显德乙卯岁,伪涟水军使秦进崇修城,发一古冢,棺椁皆腐,得一瓶,中更有一瓶,黄质黑文,成隶字云云。其明年,周师伐吴,进崇死之。"

唐商客王昌瑾得古镜铭

三水中,四维下,上帝降子于辰马。先操鸡,后搏鸭,此谓运满一三甲。暗登天,明理地,遇子年中兴大事。混踪迹,沌名姓,混沌谁知真与圣。振法雷,挥神电,于巳年中二龙见。一则藏身青木中,一则现形黑金东。智者见,愚者盲,兴云注雨与人征。或见盛,或视衰,盛衰为灭恶尘滓。此一龙,子三四,递代相承六甲子。此四维,定灭丑,越海来降须待酉。此文若见于明王,国泰人安帝永昌。

【按】朝鲜·郑麟趾《高丽史》卷一"太祖一":"贞明四年三月,唐商客王昌瑾忽于市中见一人,状貌瑰伟,须发皓白,头戴古冠,被居士服,左手持三只梡,右手擎一面古镜,方一尺许,谓昌瑾曰:'能买我镜乎?'昌瑾以二斗米买之,镜主将米沿路散与乞儿而去,疾如旋风。昌瑾悬其镜于市壁,日光斜映,隐隐有细字可读,其文曰(略)。吾之记凡一百四十七字,昌瑾初不知有文,及见之,谓非常,献于裔,裔令昌瑾物色,求其人,弥月竟不能得。唯东州勃飒寺炽盛光如来像前有填星古像,如其状,左右亦持梡镜,昌瑾喜,具以状白,裔叹异之,令文人宋舍弘、白卓、许原等解之。舍弘等曰:'三水中,四维下,上帝降子于辰马者,辰韩、马韩也;巳年中二龙见,一则藏身青木中,一则现形黑金东者。青木,松也,谓松岳郡人以龙为名者之子孙可以为君主也;王侍中有王侯之相,岂谓是欤?黑金,铁也,今所都铁圆之谓也。今主初盛于此,殆终灭于此乎?先操鸡,后搏鸭者,王侍中御国之后,先得鸡林,后收鸭绿之意也。'三人相谓曰:'王猜忌嗜杀,若告以实,王侍中必遇害,吾辈亦且不免矣。'乃诡辞告之。"(韩国亚细亚文化社1990年版上册第36—37页)《全唐诗续拾》卷五八据补,题目从拟,第十二句"真"改作"慎",第二十六句"六"改作"元"。尾注:"时当后梁贞明中。"《全唐诗》卷八七五"谶记"另题作《高丽镜文》,所录原语为:"三水中,四维下,上帝降子于辰马。先操鸡,后搏鸭,巳年中,二龙见。一则藏身青木中,一则见形黑金东。"

黄涅槃谶

先打南,后打北,留取清源作佛国。

【按】见《全唐诗》卷八七五"谶记",题注:"闽王氏亡国,留从效继领留务,虽称藩南唐,实雄据一隅。先是妙应大师黄涅槃有谶云云,既而清源果无干戈之扰,乃从效姓名所应。"

陈智广谶

功下田,力交连。井底坐,二十年。

【按】见《全唐诗》卷八十七"谶记",题注:"智广遇留从效甚厚,又尝有谶云云。后从效果据泉州,如其言,后灭。"此为原题《陈智广谶》之第二首,因同书卷八七八将其一"骑马来,骑马去"题为《福州谣》单录,故此以《陈智广谶》单独著录。

僧缄示王处厚

周士同成,二王殊名。王居一焉,百日为程。

【按】见《全唐诗》卷八七五"谶记",题目从拟,题注:"缄,大中进士,削发修道,至后周显德中犹在。伪蜀举子王处厚尝叩之,言其必捷,但泰山举为司命,当食幽府禄。留四句示之。后成名者八士,内处厚与王慎言策名为二王,而一百二十日后,处厚竟亡,皆验焉。"

钱处士李氏谶

仿佛之间一倍杨。

【按】见《全唐诗》卷八七五"谶记",题目从拟,题注:"处士不知何许人,天祐末,尝游江淮,言李氏之祚云云。杨氏自称尊至禅代,二十年,李氏三十九年,果应。"

上蓝和尚晋汉两代谶

石榴花发石榴开。

【按】清·吴任臣《十国春秋》卷九九《闽十·上蓝和尚传》:"上蓝和尚,失其名,少居洪州上蓝院,精究术数,豫章人咸名曰上蓝。上蓝常于唐末著谶云(略),盖暗伏晋、汉之姓也,再言石榴者,明享祚不过二世也。"《全唐诗》卷八七五"谶记"据录,题目从拟。

又报王审知十字谶

不怕羊入屋,只怕钱入腹。

【按】清·吴任臣《十国春秋》卷九九《闽十·上蓝和尚传》:"及太祖封闽王,吴王杨行密常欲吞据东南,太祖遣人赍金帛遗上蓝,号曰送供,且问国休咎,上蓝以十字报曰(略)。太祖叹曰:'羊者,杨也;腹者,福也,得非福州之患不在行密,而在钱氏乎?'后数十年,福州果为两浙所有。"《全唐诗》卷八七五"谶记"据录,小注略同,题目从拟。

又遗钟传偈

但看来年二三月,柳条堪作打钟槌。

【按】清·吴任臣《十国春秋》卷九九《闽十·上蓝和尚传》:"上蓝疾笃时,钟传叩以后事,上蓝作偈云(略),掷笔而逝。明年,淮南兵陷洪州,人始悟打钟之义。"《全唐诗》卷八七五"谶记"据录,题目从拟,题注:"和尚在洪州,甚为钟传敬礼。疾笃,传省之,求一言相付。和尚起,索笔作偈以授,其末云云。明年春,淮帅引兵奄至,洪州果陷,江南遂为杨氏所有。"

蜀王氏谶文

李祐西王逢吉昌,上德兑兴丹莫当。

【按】见《全唐诗》卷八七五"谶记",题注:"王建妻弟眉州刺史周德权,值梁祖纂唐,引谶文上表劝进云。李祐西王,言唐后王氏兴西方也;土德,坤维也;兑兴,亦西方也;丹者,朱也,丹莫当,亦朱梁不敢抗也。建大悦,遂即位,德权累中书令。"

封抱一歇后语

面作天地玄,鼻有雁门紫。
既无左达承,何劳冈谈彼。

【按】见《全唐诗》卷八六九"谐谑一",原题封抱一《歇后》,今另拟题。原书题注:"抱一任栎阳尉,有客过之,既短,又患眼及鼻塞,用千字文语嘲之。"尾注:"一说人有患侧眼及翳,又有患鼻齆者,互嘲。一云:眼能日月盈,为有陈根委。一云:不别似兰斯,都由雁门紫。"此语出《太平广记》卷二五六引隋侯白《启颜录》"封抱一"条。

李涛答弟妇歇后语

惭无窦建,愧作梁山。

【按】见《全唐诗》卷八七一"谐谑三",题注:"涛弟澣,娶窦尚书女,年甲已高,出参。

涛望尘下拜曰:'只将谓亲家母。'又作歇后语云云,闻者莫不绝倒。"

莱儿与小子弟辈相谑语

其一

尽道莱儿口可凭,一冬夸婿好声名。
适来安远门前见,光远何曾解一鸣。

其二

黄口小儿口没凭,逡巡看取第三名。
孝廉持水添瓶子,莫向街头乱碗鸣。

【按】唐·孙棨《北里志》"杨妙儿":"杨妙儿者,居前曲,从东第四五家。本亦为名辈,后老退为假母。居第最宽洁,宾甚翕集。长妓曰莱儿,字逢仙,貌不胜扬,齿不卑矣。但利口巧言,诙谐臻妙。……天水(光远)未应举时,已相昵狎矣。及应举,自以俊才,期以一战而取。莱儿亦谓之万全,是岁冬大夸于宾客,指光远为一鸣先辈。及光远下第,京师小子弟,自南院径取道诣莱儿以快之。莱儿正盛饰立于门前以俟榜,小子弟辈马上念诗以谑之曰(略)。莱儿尚未信,应声嘲答曰(略)。其敏捷皆此类也。"题目自拟。

王苏苏和李标

怪得犬惊鸡乱飞,羸童瘦马老麻衣。
阿谁乱引闲人到,留住青蚨热赶归。

【按】唐·孙棨《北里志》"王苏苏":"王苏苏,在南曲中,屋室宽博,亿馔有序。女昆仲数人,亦颇善谐谑。有进士李标者,自言李英公勋之后,久在大谏王致君门下,致君弟侄,因与同诣焉。饮次,标题窗曰:'春暮花株绕户飞,王孙寻胜引尘来。洞中仙子多情态,留住刘郎不放归。'苏苏先未识,不甘其题,因谓之曰:'阿谁留郎?君莫乱道。'遂取笔继之曰(略)。标性偏,头面通赤,命驾先归。后苏苏见王家郎君,辄询:'热赶郎在否?'"又见录于宋金盈之《新编醉翁谈录》卷八"苏苏和诗讥进士"条。《全唐诗》卷八〇二据录,题目从拟。

选人嘲高士廉木履

刺鼻何曾嚏,蹋面不知嗔。
高生两个齿,自谓得胜人。

【按】见《全唐诗》卷八六九"谐谑一",题注:"士廉掌选,有选人自云解嘲谑,士廉时著木履,令嘲之,应声云云,士廉笑而引之。"题目从拟。

嘲刘师老

太府朝天升穆老,尚书倒地落刘师。

【按】唐·韦绚《刘宾客嘉话录·补遗》:"贞元末,太府卿韦渠牟、金吾李齐运、度支裴延龄、京兆尹嗣道王实皆承恩宠事,荐人多得名位。时刘师老、穆寂皆应科目,渠牟主持穆寂,齐运主持师老。会齐运朝对,上嗟其羸弱,许其致政而归。师老失据,故无名子曰(略)。"《全唐诗》卷八七二"谐谑四"题作《嘲刘师老》,今从拟,后句"刘师"作"刘郎"。

嘲郑薰

主司头脑太冬烘,错认颜标作鲁公。

【按】见《全唐诗》卷八七二"谐谑四",题注:"薰主文,举人中有颜标者,误谓鲁公之后。时徐方未宁,志在激忠烈,即以标为状元。及谢恩日,从容问及庙院,标曰:'标寒进也,未尝有庙院。'薰始大悟,塞默而已。无名子嘲之云云。"题目从拟。

嘲蒋蟠金丹

张鹄只消千驮绢,蒋蟠惟用一丸丹。

【按】见《全唐诗》卷八七二"谐谑四",题注:"光启中,蒋蟠以丹砂授韦中令,时吴人张鹄有文而贫,或为嘲语云云。"题目从拟。

袁州人谑彭伉

湛郎及第,彭伉落驴。

【按】五代·王定保《唐摭言》卷八"以贤妻激劝而得者":"彭伉、湛贲,俱袁州宜春人,伉妻即湛姨也。伉举进士擢第,湛犹为县吏。妻族为置贺宴,皆官人名士,伉居客之右,一座尽倾。湛至,命饭于后阁,湛无难色。其妻忿然责之曰:'男子不能自励,窘辱如此,复何为容!'湛感其言,孜孜学业,未数载一举登第。伉常辱之,时伉方跨长耳纵游于郊郭,忽有童驰报湛郎及第,伉失声而坠。故袁人谑曰(略)。"《全唐诗》卷八七二"谐谑四"据录,题作《袁州人谑彭伉》,今从拟,首句"郎"作"贲";《古谣谚》卷二〇题作《时人为湛贲彭伉语》,

注:"按此条见《唐摭言》,惟彼不言时人语,故置彼录此。"

时人为彭会毛炳语

彭生作赋茶三斤,毛氏传诗酒半升。

【按】见《全唐诗》卷八七二"谐谑四",题作《嘲毛炳彭会》,题注:"丰城毛炳,好学不能自给,入庐山,与诸主曲讲,获镪即以市酒尽醉。时彭会好茶,而炳好酒,或嘲之云云。《古谣谚》卷五二引《天禄识馀》卷下:"马令《南唐书》云:丰城毛炳好学,不能自给,入庐山,与诸生曲讲,获镪即以市酒尽醉。时彭会好茶而炳好酒,时人为之语曰。"后按:"马氏书卷十五《毛炳传》有此二句,作'或人嘲之'。高氏所引或别据他书,误为马氏书,今姑存之。"题作《时人为彭会毛炳语》,今从拟。

嘲伛偻人

拄杖欲似乃,播笏还似及。
逆风荡雨行,面干顶额湿。
著衣床上坐,肚缓脊皮急。
城门尔许高,故自匍匐入。

【按】见《全唐诗》卷八七二"谐谑四",题目从拟,题注:"有人患腰曲伛偻,常低头而行,傍人咏之。"

蜀选人嘲韩昭

嘉眉邛蜀,侍郎骨肉。导江青城,侍郎情亲。
果阆二州,侍郎自留。巴蓬集壁,侍郎不识。

【按】见《全唐诗》卷八七二"谐谑四",题目从拟,题注:"蜀王衍时,韩昭为吏部侍郎,受赂徇私,选人诣鼓院诉之,并有此嘲。衍召问昭,昭曰:'此皆太后、太妃国舅之亲,非臣之亲。'衍默然。"

引用书目

1.《北史》,唐·李延寿撰,中华书局1974年版。

2.《隋书》,唐·魏徵、令狐德棻撰,中华书局1973年版。

3.《隋炀帝海山记》,佚名,李时人编《全唐五代小说》第三册,陕西人民出版社1998年版。

4.《迷楼记》,佚名,李时人编《全唐五代小说》第三册,陕西人民出版社1998年版。

5.《开河记》,佚名,李时人编《全唐五代小说》第三册,陕西人民出版社1998年版。

6.《启颜录》,隋·侯白撰,见王利器《历代笑话集》,上海古籍出版社1981年版。

7.《隋唐嘉话》,唐·刘餗撰,程毅中点校,中华书局1979年版。

8.《朝野佥载》,唐·张鷟撰,赵守俨点校,中华书局1979年版。

9.《通典》,唐·杜佑撰,中华书局2003年版。

10.《元和郡县图志》,唐·李吉甫撰,中华书局1983年版。

11.《大唐创业起居注》,唐·温大雅撰,《丛书集成初编》本第3828册。

12.《大唐新语》,唐·刘肃撰,许德楠、李鼎霞点校,中华书局1984年版。

13.《明皇杂录》,唐·郑处诲撰,田廷柱点校,中华书局1994年版。

14.《东观奏记》,唐·裴庭裕撰,田廷柱点校,中华书局1994年版。

15.《国史补》,唐·李肇撰,曹中孚校点,上海古籍出版社2000年版《唐五代笔记小说大观》(上)。

16.《龙城录》,唐·柳宗元撰,曹中孚校点,上海古籍出版社2000年版《唐五代笔记小说大观》(上)。

17.《博异志》,唐·谷神子撰,穆公校点,上海古籍出版社 2000 年版《唐五代笔记小说大观》(上)。

18.《纂异记》,唐·李玫撰,李宗为校点,上海古籍出版社 2000 年版《唐五代笔记小说大观》(上)。

19.《甘泽谣》,唐·袁郊撰,李宗为校点,上海古籍出版社 2000 年版《唐五代笔记小说大观》(上)。

20.《刘宾客嘉话录》,唐·韦绚撰,阳羡生校点,上海古籍出版社 2000 年版《唐五代笔记小说大观》(上)。

21.《因话录》,唐·赵璘撰,曹中孚校点,上海古籍出版社 2000 年版《唐五代笔记小说大观》(上)。

22.《大唐传载》,唐·佚名撰,恒鹤校点,上海古籍出版社 2000 年版《唐五代笔记小说大观》(上)。

23.《独异志》,唐·李冗撰,萧逸校点,上海古籍出版社 2000 年版《唐五代笔记小说大观》(上)。

24.《宣室志》,唐·张读撰,萧逸校点,上海古籍出版社 2000 年版《唐五代笔记小说大观》(下)。

25.《尚书故实》,唐·李绰撰,萧逸校点,上海古籍出版社 2000 年版《唐五代笔记小说大观》(下)。

26.《三水小牍》,唐·皇甫枚撰,萧逸校点,上海古籍出版社 2000 年版《唐五代笔记小说大观》(下)。

27.《松窗杂录》,唐·李濬撰,阳羡生校点,上海古籍出版社 2000 年版《唐五代笔记小说大观》(下)。

28.《本事诗》,唐·孟棨撰,李学颖校点,上海古籍出版社 2000 年版《唐五代笔记小说大观》(下)。

29.《云溪友议》,唐·范摅撰,阳羡生校点,上海古籍出版社 2000 年版《唐五代笔记小说大观》(下)。

30.《杜阳杂编》,唐·苏鹗撰,阳羡生校点,上海古籍出版社 2000 年版《唐五代笔记小说大观》(下)。

31.《玉泉子》,唐·佚名撰,阳羡生校点,上海古籍出版社 2000 年版《唐五代笔记小说大观》(下)。

32.《剧谈录》,唐·康骈撰,萧逸校点,上海古籍出版社 2000 年版

《唐五代笔记小说大观》(下)。

33.《长短经》,唐·赵蕤编著,李梅训、巩曰国译注,中华书局2010年版。

34.《北里志》,唐·孙棨著,中华书局上海编辑所1959年版。

35.《耳目记》,唐·张鹭撰,《笔记小说大观》十三编一册,台北正兴书局1985年版。

36.《游仙窟》,唐·张鹭撰,川岛点校,北新书局1929年版。

37.《孤云先生续集》,韩国成大庆编《崔文昌侯全集》,韩国成均馆大学1972年版。

38.《李太白全集》,清·王琦注,中华书局1977年版。

39.《树萱录》,唐·刘寿撰,《说郛》(宛委山堂本),上海古籍出版社1988年版。

40.《岁华纪丽》,唐·韩鄂撰,《丛书集成初编》本,中华书局1985年版。

41.《灌畦暇语》,唐·佚名撰,《笔记小说大观丛书》六编一册,台北正兴书局1985年版。

42.《资暇集》,唐·李匡文撰,吴企明点校,中华书局2012年版。

43.《苏氏演义》,唐·苏鹗撰,吴企明点校,中华书局2012年版。

44.《传奇》,唐·裴铏撰,周楞伽辑注,上海古籍出版社1980年版。

45.《玄怪录》,唐·牛僧孺编,程毅中点校,中华书局1982年版。

46.《续玄怪录》,唐·李复言编,程毅中点校,中华书局1982年版。

47.《长恨歌传》,唐·陈鸿撰,丁如明辑校《开元天宝遗事十种》,上海古籍出版社1985年版。

48.《入唐求法寻礼行记》,日本·释圆仁著,小野胜年校注,花山文艺出版社1992年版。

49.《东文选》,朝鲜·徐居正编,韩国民族文化刊行会1974年版。

50.《历代名画记》,唐·张彦远撰,周晓薇校点,辽宁教育出版社2001年版。

51.《临济录》,唐·慧然集,杨曾文编校,中州古籍出版社2001年版,

52.《赵州录》,唐·文远记录,张子开点校,中州古籍出版社2001

年版。

53.《封氏闻见记》,唐·封演撰,赵贞信校注,中华书局2005年版。

54.《安禄山事迹》,唐·姚汝能撰,曾贻芬点校,中华书局2006年版。

55.《酉阳杂俎》,唐·段成式撰,曹中孚校点,上海古籍出版社2007年版《唐五代笔记小说大观》(上)。

56.《大唐西域记》,唐·玄奘等著,季羡林等校注,中华书局2000年版。

57.《教坊记》,唐·崔令钦撰,吴企明点校,中华书局2012年版。

58.《开天传信记》,唐·郑棨撰,吴企明点校,中华书局2012年版。

59.《乐府杂录》,唐·段安节撰,吴企明点校,中华书局2012年版。

60.《续高僧传》,唐·释道宣撰,《大正新修大藏经》第五十册。

61.《云仙散录》,后唐·冯贽编,张力伟点校,中华书局1998年版。

62.《旧唐书》,后晋·刘昫撰,中华书局1975年版。

63.《录异记》,五代·杜光庭撰,萧逸校点,上海古籍出版社2000年版《唐五代笔记小说大观》(下)。

64.《桂苑丛谈》,五代·严子休撰,阳羡生校点,上海古籍出版社2000年版《唐五代笔记小说大观》(下)。

65.《唐摭言》,五代·王定保撰,阳羡生校点,上海古籍出版社2000年版《唐五代笔记小说大观》(下)。

66.《金华子》,五代·刘崇远撰,阳羡生校点,上海古籍出版社2000年版《唐五代笔记小说大观》(下)。

67.《北梦琐言》,五代·孙光宪撰,贾二强点校,中华书局2002年版。

68.《开元天宝遗事》,五代·王仁裕撰,曾贻芬点校,中华书局2006年版。

69.《祖堂集》,南唐·静、筠二禅师编撰,孙昌武等点校,中华书局2007年版。

70.《玉堂闲话》,五代·王仁裕著,蒲向明评注,中国社会出版社2007年版。

71.《鉴诫录》,五代·何光远撰,邓星亮、邬宗玲、杨梅校注,巴蜀书社 2011 年版。

72.《吴越备史》,吴越·范坰等撰,《丛书集成初编》本第 3846 册。中华书局 1991 年版。

73.《法书要录》,唐·张彦远编,人民美术出版社 1984 年版。

74.《新唐书》,宋·欧阳修、宋祁撰,中华书局 1975 年版。

75.《旧五代史》,宋·薛居正等撰,中华书局 1976 年版。

76.《新五代史》,宋·欧阳修编,徐无党注,中华书局 1974 年版。

77.《资治通鉴》,宋·司马光撰,胡三省注,中华书局 1956 年版。

78.《醉翁谈录》,宋·罗烨撰,古典文学出版社 1957 年版。

79.《新编醉翁谈录》,宋·金盈之撰,古典文学出版社 1958 年版。

80.《杨太真外传》,宋·乐史撰,丁如明辑校《开元天宝遗事十种》,上海古籍出版社 1985 年版。

81.《三楚新录》,宋·周羽翀撰,台湾新文丰出版公司 1985 年《丛书集成新编》第 114 册。

82.《五国故事》,宋·佚名撰,台湾新文丰出版公司 1985 年《丛书集成新编》第 115 册。

83.《南唐近事》,宋·郑文宝撰,《丛书集成初编》本第 3856 册,中华书局 1985 年版。

84.《唐语林》,宋·王谠撰,周勋初校证,中华书局 1987 年版。

85.《唐会要》,宋·王溥撰,中华书局 2006 年版。

86.《册府元龟》,宋·王钦若等编纂,周勋初等校订,凤凰出版社 2006 年版。

87.《九国志》,宋·陆振撰,《丛书集成初编》本第 3843、3844 册。

88.《太平御览》,宋·李昉等编,中华书局 1956 年版。

89.《太平广记》,宋·李昉等编,中华书局 1961 年版。

90.《青箱杂记》,宋·吴处厚撰,李裕民点校,中华书局 1985 年版。

91.《郡斋读书志》,宋·晁公武撰,孙猛校证,上海古籍出版社 1990 年版。

92.《舆地纪胜》,宋·王象之撰,中华书局 1992 年版。

93.《能改斋漫录》,宋·吴曾撰,中华书局 1960 年版。

94.《乐府诗集》,宋·郭茂倩编,中华书局 1979 年版。

95.《鸡肋编》,宋·庄绰撰,萧鲁阳点校,中华书局1983年版。

96.《湘山野录》,宋·文莹撰,郑世刚、杨立扬点校,中华书局1984年版。

97.《石林燕语》,宋·叶梦得撰,侯忠义点校,中华书局1984年版。

98.《五灯会元》,宋·普济著,苏渊雷点校,中华书局1984年版。

99.《宋高僧传》,宋·赞宁撰,范祥雍点校,中华书局1987年版。

100.《西溪丛语》,宋·姚宽撰,孔凡礼点校,中华书局1993年版。

101.《古尊宿语录》,宋·赜藏主编集,萧萐父、吕有祥、蔡兆华点校,中华书局1994年版。

102.《宣和画谱》,王群栗点校,浙江人民美术出版社2012年版。

103.《图画见闻志》,宋·郭若虚撰,王其祎校点,辽宁教育出版社2001年版。

104.《侯鲭录》,宋·赵令畤撰,孔凡礼点校,中华书局2002年版。

105.《墨客挥犀》,宋·彭乘辑撰,孔凡礼点校,中华书局2002年版。

106.《南部新书》,宋·钱易撰,黄寿成点校,中华书局2002年版。

107.《海录碎事》,宋·叶廷珪撰,李之亮校点,中华书局2002年版。

108.《容斋随笔》,宋·洪迈撰,孔凡礼点校,中华书局2005年版。

109.《唐诗纪事》,宋·计有功辑撰,上海古籍出版社2008版。

110.《玉壶清话》,宋·文莹撰,郑世刚、杨立扬点校,中华书局1984年版。

111.《景德传灯录》,宋·道原著,顾宏义译注,上海书店出版社2010年版。

112.《清异录》,宋·陶穀撰,孔一校点,上海古籍出版社2007年版《宋元笔记小说大观》第一册。

113.《谈苑》,宋·杨亿口述、黄鉴笔录,宋庠整理,李裕民辑校,上海古籍出版社2007年版《宋元笔记小说大观》第一册。

114.《江邻幾杂志》,宋·江休复撰,孔一校点,上海古籍出版社2007年版《宋元笔记小说大观》第一册。

115.《青琐高议》,宋·刘斧撰,施林良校点,上海古籍出版社2007年版《宋元笔记小说大观》第一册。

116.《钓矶立谈》,宋·史温撰,上海进步书局印行本。

117.《蜀梼杌》,宋·张唐英撰,《丛书集成初编》本第 3855 册,中华书局 1985 年版。

118.《诗话总龟》,宋·阮阅编,周本淳校点,人民文学出版社 1998 年版。

119.《邵氏闻见后录》,宋·邵博撰,王根林校点,上海古籍出版社 2012 年版。

120.《唐才子传》,元·辛文房著,古典文学出版社 1957 年版。

121.《文献通考》,元·马端临撰,中华书局 1986 年版。

122.《古今风谣》,明·杨慎纂,《丛书集成初编》本第 2988 册。

123.《古今谚》,明·杨慎纂,《丛书集成初编》本第 2988 册。

124.《七修类稿》,明·郎瑛撰,上海书店出版社 2009 年版。

125.《古今谭概》,明·冯梦龙编著,栾保群点校,中华书局 2007 年版。

126.《戏瑕》,明·钱希言编,《丛书集成初编》本,中华书局 1985 年版。

127.《蔗山笔尘》,明·商辂撰,《丛书集成初编》本,中华书局 1985 年版。

128.《玉芝堂谈荟》,明·徐应秋撰,《笔记小说大观》第 11 册,广陵古籍刻印社 1983 年版。

129.《春明梦余录》,明·孙承泽撰,江苏广陵古籍刻印社 1990 年版。

130.《万姓统谱》,明·凌迪知撰,《四库全书》录明万历七年刻本。

131.《高丽史》,朝鲜·郑麟趾撰,韩国亚细亚文化社 1990 年版。

132.《全唐诗》,清·彭定求等编,中华书局 1960 年版。

133.《全唐文》,清·董诰等编,上海古籍出版社 1990 年版。

134.《古谣谚》,清·杜文澜辑,周绍良校点,中华书局 1958 年版。

135.《十国春秋》,清·吴任臣撰,徐敏霞、周莹点校,中华书局 1983 年版。

136.《池北偶谈》,清·王士禛撰,靳斯仁点校,中华书局 1982 年版。

137.《坚瓠集》,清·褚人获撰,李梦生校点,上海古籍出版社 2007 年版《清代笔记小说大观》第一册。

138.《中国历代诗歌选》,林庚、冯沅君主编,人民文学出版社 1964年版。

139.《歌谣小史》,张紫晨著,福建人民出版社 1981 年版。

140.《历代民歌选析》,厦门大学中文系编,福建人民出版社 1981年版。

141.《全唐诗外编》,王重民、孙望、童养年辑录,中华书局 1982年版。

142.《全唐诗补编》,陈尚君辑校,中华书局 1992 年版。

143.《中国历代歌谣精选》,贾克非编,北岳文艺出版社 1987 年版。

144.《敦煌云谣集新校订》,沈英名、孟玉著,台湾正中书局 1982年版。

145.《全敦煌诗》,张锡厚主编,作家出版社 2006 年版。

146.《敦煌曲子词集》,王重民辑校,商务印书馆 1950 年版。

147.《敦煌歌辞总编》,任半塘编著,上海古籍出版社 1987 年版。

148.《敦煌文学》,颜廷亮主编,甘肃人民出版社 1989 年版。

149.《敦煌歌辞选注》,吴肃森著,辽宁人民出版社 1990 年版。

150.《敦煌变文校注》,黄征、张涌泉著,中华书局 1997 年版。

151.《敦煌歌辞总编匡补》,项楚著,台湾新文丰出版公司 1995年版。

152.《敦煌语文丛说》,黄征著,台湾新文丰出版公司 1997 年版。

153.《云谣集研究汇录》,陈人之、颜廷亮编,上海古籍出版社 1998年版。

154.《全唐五代词》,张璋、黄畲编,上海古籍出版社 1986 年版。

155.《禅籍俗谚管窥》,周裕锴撰,《江西社会科学》2004 年第 2 期。

156.《笔记小说俗谚研究》,黄建宁著,人民出版社 2011 年版。

157.《长沙窑唐诗录存》,周世荣撰,《中国诗学》1997 年第五辑。

158.《禅宗俗谚初探》,四川大学 2004 年李涛贤硕士学位论文。

159.《禅籍谚语研究》,南京师范大学 2007 年范春媛博士学位论文。